KB162676

아메리카의 비극

(하)

아메리카의 비극

AN AMERICAN TRAGEDY

(하)

시어도어 드라이저 지음 · 김욱동 옮김

❖ 을유문화사

옮긴이 **김욱동**

한국외국어대학교 영문과 및 같은 대학원을 졸업하고 미국 미시시피대학교에서 영문학 석사, 뉴욕주립대학교에서 영문학 박사 학위를 받았다. 현재 서강대학교 인문학부 명예교수로 있다. 번역서로 『위대한 개츠비』, 『노인과 바다』, 『허클베리 핀의 모험』, 『앵무새 죽이기』, 『동물 농장』, 『호밀밭의 파수꾼』, 『그리스인 조르바』, 『맥티그』(공역) 등 30여 권이 있다.

을유세계문학전집 107
아메리카의 비극(하)

발행일·2020년 10월 10일 초판 1쇄
지은이·시어도어 드라이저 | 옮긴이·김욱동
펴낸이·정무영 | 펴낸곳·(주)을유문화사
창립일·1945년 12월 1일 | 주소·서울시 마포구 서교동 469-48
전화·02-733-8153 | FAX·02-732-9154 | 홈페이지·www.eulyoo.co.kr
ISBN 978-89-324-0495-0 04840   978-89-324-0330-4(세트)

• 값은 뒤표지에 표시되어 있습니다.
• 옮긴이와의 협의하에 인지를 붙이지 않습니다.

차례

제2부

제38장

글렌 의사의 결심은 로버타와 클라이드 두 사람에게 이루 말할 수 없는 충격과 두려움을 안겨 주었다. 누가 봐도 이제 로버타를 기다리고 있는 것은 사생아를 낳는 수치심밖에는 없었다. 클라이드에게는 비행의 폭로와 파멸뿐이었다. 그들로서는 글렌 의사만이 그들의 문제를 해결할 유일한 희망이었다. 그러나 적어도 클라이드의 경우에는 검은 장막이 조금씩 걷히기 시작했다. 간신히 정신을 차리고 나서 로버타가 클라이드에게 한 의사의 말에 따르면, 아직 모든 것이 끝장난 것은 아닐지도 모르기 때문이었다. 글로버스빌의 약국 주인이나 쇼트나 글렌 의사의 말대로라면 로버타의 생각이 잘못된 것일 수도 있을 가능성은 거의 없다시피 했다. 그래서 이런 의견은 로버타한테서는 호의적인 반응을 받지 못했지만, 클라이드에게는 이 상황을 대처할 수 없다는 지속적인 공포감에다 그런 무능력으로 확실히 사회적으로 폭로될지 모른다는 데서 오는 무기력을 초래했다. 그래서 어떻게든 해결책을 찾아보려고 몸부림을 치는 게 아니라 오히려 일을 자꾸 뒤로 미뤄 보려는 태도를 보였다. 워낙 타고난 성격 때문에 그는 어떻게든 무슨 조치를 하지 않으면 비극적 결과가 생기리라는 것을 뻔히 알면서도 자신에게 위험 부담을 주지 않고 의논할 만한 대상을 생각해 낼 수 없었다. 그의 말대로 글렌 의사는 로버타에게 '퇴짜를 놓은' 게 아닌가! 또 쇼트의 충고도 한 푼어치 가치도 없는 게 아닌가!

그러나 두 주일이 지나도록 클라이드는 애만 태울 뿐 다음으로 의논할 만한 특별한 개인을 생각해 낼 수 없었다. 어디 가서도 물어보기가 쉽지 않았다. 그렇게는 할 수 없는 노릇이었다. 더구나 누구에게 물어볼 것인가? 도대체 누구한테? 이런 문제는 시간이 걸리지 않는가? 그러나 날짜가 흐르는 동안 로버타도 클라이드도 약이나 수술로 문제를 해결할 수 없는 경우 상대방에 대해 어떻게 해야 할지 생각할 시간은 충분히 있었다. 로버타는 공장에서 말보다는 표정이나 기분으로 그를 다그치고 또 다그치면서 혼자서 이 문제와 싸워서는 안 된다고 마음을 굳히고 있었다. 그렇게는 할 수 없다고 말이다. 한편 그녀가 보기에 클라이드는 손을 놓고 있었다. 지금껏 시도한 것 말고는 더 이상 어떻게 손을 써야 할지 전혀 몰라서 쩔쩔맸다. 터놓고 말할 수 있는 친구가 없는 그로서는 여기저기서 남의 이야기처럼 이 사람 저 사람에게 말하여 필요한 정보를 얻을 수 있기를 기대해 보는 방법밖에는 없었다. 동시에 비현실적이고 무책임한 일이기는 하지만, 클라이드는 손드라가 속해 있는 유쾌한 세계에 초청을 받았고, 로버타의 딱한 사정이야 어쨌든 그가 참석하고 싶어 하고 또 실제로 참석하기로 한 저녁 시간과 일요일 모임 때문에 눈앞에 다가온 무서운 파멸을 잠시나마 잊을 수 있었다. 어떻게든 로버타가 이 곤경에서 벗어날 수만 있다면 얼마나 좋을까! 제발 그렇게만 될 수 있다면! 그러나 돈도 없고 친구도 없고 의학에 관한 지식도 없고 또한 그의 처지를 이해해 줄지 모르는 성적(性的)으로 자유분방한 그린데이비슨의 벨보이들도 이곳에는 없었다. 그는 래터러에게 편지를 보냈지만 그동안 플로리다로 자리를 옮긴 래터러의 손에 닿지 않아 아직은 답장이 없었다. 라이커거스에서 클라이드가 가장 잘 아는 사람들은 모두가 공장 사람들이거나 사교계의 사람들이었다. 한쪽 사람들은 너무 경험이 없거나 위험한 무리였고, 아직껏 흉금을 털어놓고 이야기할 만큼 친분이 없는 다른 쪽 사람들은 너무 낯설고 위험했다.

그러나 클라이드는 무슨 일이든지 해야 했다. 손을 놓고 가만히 있을 수만은 없는 일이었다. 언제 사람들이 눈치챌지 모르기 때문에 로버타도 언제까지나 그를 그렇게 내버려 둘 수도 없었다. 그래서 그는 때때로 지푸라기라도 잡아 보려는 심정으로 남들 같으면 부질없다고 생각할 일에 기대를 걸어 보기도 했다. 예컨대 어느 날 어느 감독 대리가 우연한 기회에 그 밑에서 일하던 어느 여직공이 '문제를 일으켜' 공장을 그만둘 수밖에 없었다는 이야기를 하자 클라이드는 기다렸다는 듯이 아이를 낳을 처지가 아니라면 그 여자는 어떻게 했을 것이라고 생각하느냐고 물어보았다. 그러나 그 감독 대리도 그 못지않게 그런 일에 어두웠기 때문에 아는 의사가 있었다면 찾아갔겠지만, 없다면 '갈 데까지 갔을' 거라고 말할 따름이었다. 그것은 클라이드에게는 전혀 도움이 되지 않는 말이었다. 또 한 번은 이발소에서 어느 젊은 여자가 혼인을 빙자해서 몹쓸 짓을 한 이 지방의 어느 건달을 고소했다는 「스타」지의 기사 내용이 화제가 되었을 때 "그 여자도 어쩔 수 없었으니까 그 녀석을 고발했겠지" 하고 말하는 사람이 있었다. 그 말을 듣자 클라이드는 기대를 걸고 한 마디 던졌다. "마음에도 없는 남자와 결혼하느니 차라리 무슨 다른 방법이 없었을까요?"

"글쎄요, 문제가 생각하는 것보다 그렇게 간단하지는 않아요. 이 지방에서는 특히 그렇죠." 그의 머리칼을 다듬고 있던 꽤나 아는 척하는 이발사가 말했다. "우선 법에 걸리는 일이거든요. 다음에는 돈이 엄청나게 듭니다. 하기야 돈만 있으면 귀신도 부릴 수 있다지만." 이발사는 가위질을 계속했고, 클라이드는 이발사의 말이 과연 옳다고 생각했다. 자기한테도 돈이 많다면 ― 몇 백 달러 말이다 ― 당장 로버타에게 어디든 혼자 가서 수술을 받도록 설득할 수도 있지 않겠느냐는 생각이 들었다.

그러나 클라이드는 날마다 전날처럼 누군가 의논할 사람을 찾아야겠다고 생각만 하고 있었다. 한편 로버타도 이제 자신이 직접 나서 무슨 조치를 취해야겠다고 생각했다. 클라이드가 나서지 않는다면 이제 더 그에게 의존할 수는 없는 노릇이었다.

이런 무서운 상황은 가볍게 보거나 타협할 수 없었다. 그녀로서는 잔인한 꼴을 당하고 있는 셈이었다. 클라이드는 이 일 때문에 그녀가 얼마나 괴로워하고 있고, 자기에게 어떤 영향을 미치고 있는지 모르는 것 같았다. 만약 그가 처음에 말한 것처럼 그녀를 도와주지 않는다면 그녀로서도 무서운 결과를 혼자 힘으로는 감당할 수 없었다. 그것은 도저히 있을 수도 없는 일이 아닌가! 로버타가 보기에 클라이드는 뭐니 뭐니 해도 남자였고 사회적 지위도 든든했다. 이렇게 위험한 위치에 놓여 있는데도 벗어나지 못한 채 꼼짝 못 하고 있는 것은 그가 아니라 바로 그녀였다.

두 번째 월경 날이 이틀 지나도 아무런 기별이 없자 로버타는 최악의 경우로 의심했던 것이 사실로 판명되었음을 최종적으로 알아차리고 말로 형용할 수 없는 참담한 심경을 클라이드에게 낱낱이 털어놓았을 뿐 아니라 사흘째 되는 날 저녁 전에서 거절당한 그 글로버스빌 교외의 의사에게 다시 찾아가 보려고 한다고 그에게 쪽지로 알렸다. 그녀는 그토록 너무 절박했다. 로버타는 쪽지에서 클라이드에게 같이 가 줄 수 있겠느냐고 물었다. 그동안 그녀를 위해 아무것도 제대로 해 준 것이 없는 그는 손드라와의 약속이 있었지만, 이 일이 무엇보다도 중대하다는 생각이 들어 그녀와 함께 가겠다고 승낙했다. 손드라에게는 공장 일 때문이라고 핑계를 대야 했다.

두 사람은 결국 두 번째로 글로버스빌을 방문했다. 그곳에 가는 도중 두 사람은 길고 초조한 대화를 나눴지만 그동안 그가 왜 아무런 대책도 세울 수 없었는지의 변명과, 이런 식으로 직접 행동에 나선 로버타의 용기에 대한 그의 찬사를 제외하고 나면 전혀 알맹이가 없는 내용이었다.

그러나 이번에도 의사는 수술을 해 주려고 하지 않았다. 로버타는 외출 중인 의사가 돌아오기를 거의 한 시간이나 기다린 뒤에 몸의 상태에 전혀 변화가 없어 무서워 죽겠다고 호소했지만 의사는 수술해 줄 아무런 기미도 보이지 않았다. 그의 원칙과 윤리에 어긋난다는 것이었다.

로버타는 또 한 번 발길을 돌렸지만 이번에는 시시각각으로 다가오는 위험과 거기에 따르는 공포감과 비참한 생각 때문에 눈물을 흘릴 기력조차 없었다.

이번에도 실패했다는 말을 들은 클라이드는 더 이상 도움이 될 만한 말도 할 수 없자 마침내 암담한 표정으로 입을 다물어버렸다. 그는 무슨 말을 해야 좋을지 몰랐고, 혹시 로버타가 그로서는 감당할 수 없는 어떤 사회적·경제적인 요구를 하지 않을까, 하고 두려울 뿐이었다. 그러나 라이커거스로 돌아가는 길에서도 그녀는 별로 말이 없었다. 그녀는 멍하니 창밖을 내다보았다. 그러면서 시시각각으로 현실적인 공포감이 다가오는데, 자기 힘으로는 어쩔 수 없는 처지를 생각했다. 그녀는 클라이드에게는 머리가 아파서 그러고 있는 것이라고 변명했다. 로버타는 혼자 있고 싶었다. 그러면서 좀 더 깊이 생각하고 또 어떤 해결책을 찾아보고 싶었던 것이다. 어떻게든 방법을 찾아야 했다. 그것은 분명했다. 그러나 어떤 방법을 어떻게 찾아낼 수 있단 말인가? 어떻게? 어떻게 무엇을 할 수 있단 말인가? 어떻게 이 구렁텅이에서 빠져나올 수 있을까? 온갖 악조건 속에서 구석에 몰린 짐승이 살려고 몸부림치는 것과 같았다. 그녀는 수백, 수천 가지 온갖 해결책을 생각해 봤지만 결국 그녀가 생각하기에 안전하고 유일한 해결책은 한 가지밖에 없었다. 그것은 바로 결혼이었다. 왜 결혼할 수 없단 말인가? 그러면 안 된다는 것을 알면서도 그에게 모든 것을 바치지 않았던가? 그의 강요에 못 이겨서 그랬던 게 아니었던가? 그가 도대체 뭐길래 그녀를 헌신짝처럼 버릴 수 있다는 말인가? 전에도 가끔씩 그랬지만, 특히 이번 위기가 일어난 뒤로 손드라와 그리피스 집안과 이번 일이 그의 꿈에 미칠 치명적인 영향 때문에 로버타에 대한 사랑이 이미 식었으며 그가 걱정하는 건 그녀의 처지보다는 자신이 입게 될 피해라는 것을 클라이드의 태도에서 역력히 볼 수 있었다. 공포감이 그녀의 마음을 완전히 장악하지 않을 때는 은근히 화가 나면서 이런 절망 상태에서는 보통 때와는 달리 결혼 자체를 요구해도 괜찮겠다는 결론에 서서히 이르렀다. 그것밖에는 달리 방법이 없었기 때문이다. 어째서 결혼해서는 안 된다는 말인가? 그녀의 인생도 그의 인생 못지않게 중요하지 않은가? 그가 자발적으로 그의 인생과 그녀의 인생을 하나로 만들지 않았던가? 그렇다면 왜 그가 지금 그녀를 도우려고 애쓰지 않는가? 만약 도울 수 없다면 그녀를 구원해 줄 유일한 방법인 이 마지막 희생을 감당할 수밖에 없을 것이다. 도대체 사교계가 무엇이기에 그는 그쪽 사람들만 생각하고 있는 것일까? 그쪽 사람들에 관한 관심 때문에 그는 이런 위기에 놓여 있는 그녀에게 왜 자신과 미래와 사회적 체면을 희생시키라고 요구해야만 하는가? 그녀 자신의 헌신에 비하면 사교계 사람들이 그에게 해 준 일은 확실히 아무것도 없었다. 그런 행위를 하도록 설득한 뒤 단맛을 다 보고 나서 싫증이 난다고 이제 와서 이런 위기에서 그가 그녀를 버릴 이유가 된단 말인가? 결국 그가 그토록 관심을 두고 있는 사교계 사람들은 그녀가 부득이해서 취할지도 모르는 방법을 이해해 줄지도 모른다.

로버타는 특히 두 번째로 글렌 의사를 찾아가 도움을 부탁했다가 거절당하고 돌아오는 길에 그런 생각을 많이 했다. 사실 그녀의 얼굴에는 단호한 표정이 감도는 때도 있었다. 전에 볼 수 없었던 그런 표정은 정신적으로 압박을 받다 보니 갑자기 생긴 것이었다. 그녀는 이를 악물었다. 결심이 선 것이었다. 클라이드는 그녀와 결혼하지 않으면 안 되었다. 지금의 문제를 해결하는 다른 방법이 없다면 결혼을 할 수밖에 없었다. 그럴 수밖에 없지 않은가. 그렇게 할 수밖에 없지 않은가. 그녀의 집안과 어머니, 그레이스 마, 뉴턴 부부, 그 밖에 그녀를 알고 있는 모든 사람을 생각해 보라. 이 사실을 알게 되면 충격과 고통과 수치심으로 괴로워할 사람들 말이다. 또한 그녀의 아버지며 형제자매들을 생각해서라도 그럴 수밖에 없었다. 있을 수 없는 일이지 않은가! 정말로 있을 수 없는 일이지 않은가! 물론 클라이드가 지금껏 출세의 꿈을 말해 온 것을 생각하면, 그에게 결혼을 요구한다는 것은 조금 가혹한 일인지도 모른다. 그러나 그것밖에는 다른 방법이 없지 않은가?

이튿날 클라이드는 그날 밤 꼭 다시 와 줘야 한다는 쪽지를 그녀에게서 받았다. 전날 밤 여러 시간을 그녀와 함께 있었기 때문에 쪽지를 받고 나서 그는 적잖이 놀랐다. 그에게 무엇인가 할 말이 있다는 내용이었다. 말투로 보아 절대로 거절을 용납할 수 없다는 단호한 뜻이 담겨 있는 것 같았다. 지금껏 로버타가 보낸 편지에서 처음 보는 일이었다. 클라이드는 이번 일이 해결되지 않는 한, 자기는 파멸이라는 생각에 짓눌려 있었기 때문에 가장 호의적인 표정을 짓고 찾아가서 그녀가 어떤 해결책을 내놓을지, 아니면 뭐라고 불평을 늘어놓을지 듣겠다고 동의하지 않을 수 없었다.

늦은 시간에 로버타의 하숙방으로 가 보니 그녀는 이번 일이 생긴 이래 처음 보는 차분한 모습을 하고 있어 그녀가 울고 있을 것으로 예상했던 클라이드는 조금 어리둥절했다. 그녀는 어떻게 하면 만족스러운 결론을 끌어낼 수 있을까 초조하게 생각하다 보니 타고난 머리가 잘 돌아 애써 침착한 모습을 보였다.

로버타는 자기 생각을 불쑥 말하기 전에 먼저 한마디 물었다. "다른 의사에 대해선 알아본 게 없어, 클라이드? 아니면 뭐 생각해 본 거나?"

"못 알아봤어, 로버타." 그는 난처하고 피곤한 표정으로 대답했다. 그 역시 정신적으로 폭발 직전으로 극도로 긴장해 있었다. "애를 써 봤지만 이런 일에 선뜻 나서려는 사람을 찾을 수가 있어야지. 로버타, 솔직히 말해서 난 이제 두 손을 들었어. 자기한테 좋은 생각이 떠오르지 않는 한 뾰족한 대책이 없어. 찾아갈 만한 다른 의사를 생각해 보거나 그런 의사에 대해 들어 보지 못했어?" 처음 찾아갔다 돌아오는 길에 그는 로버타에게 이민 가족의 딸 중에서 누군가를 사귀면 도움이 될 만한 정보를 조금씩 얻어 낼 수 있지 않겠느냐고 귀띔해 준 적이 있었다. 그러나 로버타는 쉽게 친구를 사귈 수 있는 성격이 아니라서 그 방면에서는 아무런 수확도 얻을 수 없었다.

'두 손을 들었다'는 클라이드의 말은 피할 수도 없을뿐더러 이제는 더 미룰 수도 없는 해결책을 제시할 기회를 그녀에게 주었다. 그러나 로버타는 그가 어떤 반응을 보일지 두려워서 어떻게 말을 꺼낼까 망설이다가 초조한 듯 고개를 젓고는 마침내 입을 열었다. "클라이드, 그동안 곰곰이 생각을 해 봤는데 이 길밖에는, 결혼하는 길밖에는 다른 방법이 없어. 벌써 두 달째야. 당장 결혼하지 않으면 사람들이 알게 될 거잖아?"

이 말을 하는 로버타의 태도에는 자신의 주장이 옳다는 확신에서 오는 외면적인 용기와 클라이드의 태도에 대한 내면적 불만이 한데 뒤섞여 있었다. 클라이드의 태도에서는 갑작스러운 놀라움과 노여움과 불안과 공포의 표정이 더더욱 두드러지게 드러났다. 그런 표정의 변화에서 지금 로버타가 그에게 부당한 요구를 하고 있다는 것을 읽을 수 있었다. 손드라와의 사이가 갈수록 더 친밀해지면서 희망도 부풀 대로 부풀어 있었기 때문에 클라이드는 지금 로버타의 그런 요구에 귀를 기울이고 미간을 찌푸리며 비교적 상냥했던 태도에서 두려움과 함께 반감과 돌이킬 수 없는 결과를 회피하려는 결연한 의지의 태도로 바뀌었다. 만약 로버타의 요구대로 한다면 손드라는 물론이고 직장과 그리피스 친척에 걸었던 출세의 야심도 모두 산산조각이 나고 말 것이다. 그런 생각을 하자 그는 속이 메스꺼워지면서 어떻게 말을 해야 할지 망설였다. 결혼만은 절대로 할 수 없지 않은가! 절대로 하지 않을 것이다! 그럴 순 없는 일이다! 절대로! 절대로! 하늘이 무너져도 절대로!

잠시 뒤 클라이드는 모호하게 말했다. "로버타, 그러면야 당신 문제는 번거롭지 않게 말끔히 해결되겠지. 하지만 난 어떻게 되지? 지금 내 형편으로는 그게 쉬운 일이 아니라는 걸 잊지 않았으면 좋겠어. 자기도 알다시피 내게는 돈이 없잖아. 가진 것이라곤 직장뿐이지. 더욱이 내 친척들은 당신 일을 전혀 모르고 있거든. 정말로 아무것도 말이지. 그런데 이제 와서 갑작스럽게 우리가 그동안 줄곧 사귀었고 또 일이 이렇게 되어서 어쩔 수 없이 결혼할 수밖에 없다는 사실이 알려져 봐. 맙소사, 내가 그동안 자기들을 속인 걸 알고 화를 낼 게 뻔해. 그렇게 되면 어떻게 될까? 나를 해고할지도 몰라."

클라이드는 이런 설명을 그녀가 어떻게 받아들이고 있는지 보려고 잠시 말을 멈췄다. 그러나 로버타의 얼굴에서 요즘에 그가 무슨 변명을 늘어놓을 때마다 떠오르던 미심쩍은 표정을 보고 갑작스러운 이 문제를 어떻게 해서든지 뒤로 미루어야겠다는 생각에서 회피하려는 듯 말을 이었다. "게다가 의사를 찾을 가능성이 아직은 전혀 없는 게 아니야. 지금까지는 운이 별로 없었지만 그렇다고 의사가 나타나지 말라는 법은 없거든. 아직은 시간이 좀 남아 있지 않아? 그래, 시간이 있고말고. 어쨌든 석 달까지는 괜찮으니까." 이것은 그가 그동안 래터러에게 받은 편지에서 안 사실이었다. "그리고 올버니에 있는 어느 의사가 수술해 줄지도 모른다는 말을 며칠 전에 들었거든. 우선 가서 알아보고 나서 당신한테 말하려고 했어."

이렇게 말하는 클라이드의 모호한 태도를 보고 로버타는 그가 문제를 뒤로 미루기 위해 그저 거짓말을 하고 있다는 것을 알 수 있었다. 올버니에는 그런 의사가 없었다. 더구나 그가 그녀의 요구에 분개하며 어떻게든 빠져나갈 방법만 궁리하고 있다는 것은 분명했다. 그가 결혼하겠다는 말을 그녀에게 한 적이 한 번도 없다는 것을 그녀 자신도 잘 알고 있었다. 그리고 그녀는 그와 결혼하자고 설득할 수는 있어도 그에게 무슨 일을 억지로 강요할 수는 없는 노릇이었다. 언젠가 말한 대로 만약 그녀 때문에 본의 아니게 직장을 잃게 되면 혼자 이곳을 떠날지도 모른다. 그가 그토록 애지중지하는 그 세계를 빼앗기고, 또 그녀 뿐 아니라 아이까지 맡아야 한다면 당장에라도 도망갈 생각을 할 만한 위인이었다. 그래서 로버타는 마음이 아무리 다급해도 단호하게 말하고 싶은 충동을 억제하고 좀 더 신중한 태도를 보였다. 한편 클라이드는 손드라가 중심인 그 밝은 세계를 영원히 놓치게 될지도 모른다고 생각하니 정신이 산란해져서 제대로 생각할 수 없었다. 로버타와 조그마한 가정을 꾸리며 날마다 땀 흘려 일하면서 그때그때 받는 봉급으로 그녀와 아이를 부양하는 생활, 다시는 빠져나올 수 없는 그런 생활 때문에 이 모든 것을 잃어버리다니! 맙소사! 그는 현기증이 났다. 절대로 그렇게 할 수는 없고, 그렇게 하고 싶지도 않았다. 그러나 로버타 때문에, 그의 한 번의 실수 때문에 그의 꿈이 언제라도 쉽게 산산조각이 날 수 있었다. 그는 바짝 경계하고 태어나서 처음으로 간계를 부리지 않을 수 없는 처지에 몰려 있었다.

그러면서도 클라이드는 동시에 속으로는 이토록 달라진 자신이 조금은 부끄러웠다.

그러나 로버타는 이렇게 말하고 있었다. "오, 클라이드, 그건 나도 알아. 하지만 방금 자기가 직접 아무런 대책이 없다고 하지 않았어? 의사를 만날 수 없다면 하루하루가 지나면 지날수록 내겐 문제가 더 어려워지거든. 결혼하고 몇 달도 안 돼 아기를 낳을 수 없다는 건 자기도 알 테지. 이 세상에 그걸 모르는 사람은 없을 테지. 더구나 나도 자기 못지않게 나 자신을 생각해야 하거든. 태어날 아기 생각도 해야 하고." 태어날 아기라는 말에 클라이드는 마치 뺨을 얻어맞기라도 한 것처럼 움찔했다. 로버타도 그의 그런 반응은 알아챘다. "내가 당장 할 수 있는 일은 두 가지 중 한 가지뿐이야. 결혼하든가, 아니면 이 임신 문제를 해결하든가. 그런데 자기에게는 이 문제를 해결할 능력이 없는 것 같아. 우리가 결혼할 경우 당신 큰아버지가 어떻게 생각할까, 어떤 태도를 보일까, 그게 그렇게 걱정이 된다면 말이지……" 그녀가 초조하지만 타이르듯 말했다. "……당장 결혼하고 그 사실을 당분간 비밀로 하면 되지 않을까? 우리가 할 수 있는 한, 꼭 그래야만 한다고 생각할 때까지 말이야." 그녀는 재치 있게 덧붙였다. "그동안 난 집에 가서 부모님께 그 사실을 털어놓고, 결혼했지만 당분간은 비밀로 해야 한다고 말이야. 그러다가 때가 되어 이제는 더 사실을 숨길 수 없게 되었더라도 큰아버지에게 알리고 싶지 않다면 딴 곳으로 가 버리거나 그냥 얼마 전에 결혼했다고 세상에 밝히면 될 것 아냐? 요즘엔 그렇게 하는 젊은이들이 많잖아. 그리고 살림을 꾸려 가는 문제로 말하면……." 그녀는 클라이드의 얼굴 위에 먹구름이 스치는 것을 보자 계속 말을 이었다. "……뭔가 할 일이야 없겠어? 나도 아기를 낳고 나면 언제라도 일자리를 구할 수 있어."

로버타가 처음 말문을 열었을 때 클라이드는 침대에 걸터앉아 초조하고 미심쩍은 표정으로 그녀의 말에 귀를 기울이고 있었다. 그러나 그녀가 결혼하고 딴 곳으로 가 버리면 되지 않겠느냐고 말하자 그는 건잡을 수 없는 충동에 자리에서 벌떡 일어섰다. 아기를 낳자마자 일자리를 얻겠다는 흔해 빠진 말이 그녀의 입에서 튀어나왔을 때는 그는 아예 겁에 질린 눈으로 그녀를 바라보았다. 운이 조금 따라 주고 그녀가 이토록 매달리지만 않는다면 손드라와 결혼하게 될지도 모르는 이때, 로버타와 결혼하고 그런 생활을 할 것을 생각하니 그는 그저 기가 막힐 뿐이었다.

"아, 로버타, 그러면 당신 문제는 모두 해결되겠지. 하지만 난 어떻게 되는 거야? 아, 맙소사, 겨우 이곳에서 첫발을 내디뎠는데. 짐을 싸고 떠나야 한다면. 큰아버지가 알게 되면 그렇게 할 수밖에 없겠지만. 아, 뭘 어떻게 해야 할지 모르겠단 말이야. 내가 장사를 할 줄 아나, 그렇다고 무슨 기술이 있나? 우리 둘 다 고생할 게 뻔해. 더욱이 큰아버지가 내게 기회를 준 것도 내가 사정을 했기 때문이었거든. 그런데 지금 와서 내가 갑자기 떠난다면 다시는 내게 아무런 기회도 주지 않으실 거야."

클라이드는 흥분한 나머지 언젠가 로버타에게 자기 부모도 전적으로 가난하지는 않아서 이곳 일이 마음에 들지 않으면 서부로 돌아가서 다른 일을 해 볼 수도 있다는 말을 한 사실을 까맣게 잊고 있었다. 그가 그런 말을 한 사실이 생각나자 로버타가 물었다. "우리가 덴버로 가거나 하면 어떻겠어? 아버님이 한동안만이라도 도와주시지 않을까?"

어떻게든 클라이드에게 그렇게 걱정스럽기만 한 것은 아니라는 걸 이해시키려고 애쓰고 있었기 때문에 로버타의 말투는 매우 부드러우면서도 애원하는 식이었다. 그러나 이 모든 문제와 관련하여 그의 아버지를 언급하는 것은 그러니까 모든 사람 중에서도 그의 아버지가 그들을 곤경에서 건져 줄지 모른다는 희망은 너무도 어이없는 것이었다. 그러고 보니 그녀는 이 세상에서 그의 처지가 어떤 것인지 너무도 모르고 있었다. 설상가상으로 그녀는 그의 부모 쪽에 희망을 걸고 있었다. 그런 기대가 어긋나게 되면 그녀는 그 일 때문에라도 거짓말을 했다고 그를 비난할지도 몰랐다. 그렇지 않다고 누가 말할 수 있으랴? 그런 의미에서도 가능하다면 지금 당장에라도 그녀에게 결혼 생각 따위는 잊게 할 필요가 있었다. 결혼이란 있을 수 없는 일이었기 때문이다. 도저히 말이다.

그러나 클라이드에게 결혼을 요구할 권리가 있다고 생각하는 로버타의 말에 공정하게 반대할 수 있을까? 어떻게 솔직하고 냉혹하게 결혼할 수도 없고 하고 싶지도 않다고 말할 수 있겠는가? 그렇다고 지금 그렇게 말을 하지 않는다면 그녀는 당연한 일처럼 그에게 결혼을 강요할지도 모른다. 그녀는 심지어 큰아버지를 찾아가거나 그의 사촌을 찾아가서(그는 길버트의 차가운 눈초리를 보는 듯한 느낌이 들었다) 사실을 폭로하려고 할지도 모르지 않은가! 만약 그렇게 된다면 그의 앞에는 파멸밖에는 없지 않은가! 파멸 말이다! 손드라에 걸었던 희망, 그 밖의 모든 것에 걸었던 희망은 물거품으로 돌아갈 수밖에 없었다. 그러나 지금의 그로서는 할 말이 별로 없었다. "로버타, 그렇게 할 순 없어. 어쨌든 지금 당장은 안 돼." 이 말을 듣자 그녀는 지금 상황에서 그가 자신의 결혼 요구를 거절할 용기가 없다는 것을 알 수 있었다. "어쨌든 지금 당장은 안 돼"라는 말을 봐도 알 수 있었다. 그러나 그녀가 이렇게 생각하고 있는 동안에도 그가 재빠르게 말을 이어 나갔다. "그렇게 빨리 결혼하고 싶지 않아. 지금으로서는 너무 벅찬 일이거든. 무엇보다도 나는 나이가 너무 어리고, 가진 게 아무것도 없어. 또 난 이곳을 떠날 수가 없어, 딴 곳으로 가 봤자 수입은 이곳의 반도 못될걸. 이런 기회가 얼마나 큰 것인지 자기는 이해하지 못해. 우리 아버지는 곤란을 받고 있지는 않지만, 큰아버지처럼 나를 도와줄 수도 없고, 도와주려고도 하지 않으실 거야. 자기는 잘 몰라. 그렇지 않고서야 그런 요구를 하지 않았겠지."

클라이드는 두려움과 불만이 뒤섞인 표정으로 말을 멈췄다. 그는 능란한 사냥꾼과 사냥개에 쫓기는 짐승과 크게 다르지 않았다. 로버타는 그가 자기를 무시하는 것은 어느 특정한 여자 때문이 아니라 그녀의 가난한 처지와는 너무도 대조적인 상류 사회의 매력 때문이라고 생각하면서 그러지 말아야 한다고 느끼면서도 화를 내면서 쏘아붙였다. "아, 그래요. 자기가 이곳을 떠날 수 없는 이유는 잘 알고 있죠. 하지만 자기는 직장보다는 늘 어울려 다니는 사교계 사람들 때문에 이곳을 떠날 수 없는 거야. 난 다 알고 있지. 클라이드, 자기는 내가 싫어진 거야. 그래서 그 사람들과 헤어지기 싫은 거라고. 바로 그것 말고 뭐가 있겠어. 잊었는지 모르겠지만 얼마 전까지만 해도 자기는 그렇지가 않았거든." 이 말을 할 때 그녀의 얼굴은 홍조를 띠고 눈빛은 번쩍거렸다. 로버타는 일단 말을 멈췄고, 클라이드는 도대체 이 일이 어떻게 끝나게 될지 생각하면서 그녀를 바라보았다. "하지만 자기는 마음대로 하라는 식으로 나를 내동댕이치고 떠날 수는 없어. 클라이드, 난 이런 식으로 버림받진 않을 테니까. 어림도 없는 일이야! 그럴 순 없어! 정말이야." 그녀는 긴장하여 스타카토식으로 빠르게 말했다. "내가 혼자서 감당하기엔 너무 벅차. 혼자서는 어떻게 해야 할지 몰라. 게다가 내가 의지할 수 있는 사람은 자기밖엔 없어. 그러니 날 도와야 해. 클라이드, 어떻게든 난 이 처지에서 벗어나야 해. 꼭 그래야 한다고. 자기가 도와주지도 않고 결혼도 해 주지 않는데, 내가 어떻게 가족들을 대하고 또 친지들을 대할 수 있겠어?" 이렇게 말하면서 그녀는 눈으로 애원하기도 하고 사납게 그를 쏘아보기도 하면서 극적으로 주먹을 쥐었다가 폈다가 했다. "자기가 생각했던 대로 나를 이 상태에서 구해 낼 수 없다면……." 클라이드가 보기에도 그녀는 몹시 괴로운 듯이 말을 이어 나갔다. "……결혼해서라도 날 구해 줘야 해. 적어도 나 혼자 힘으로 살아갈 수 있을 때까지만이라도. 나는 버림받고 싶지는 않아. 평생 나하고 같이 살자고 부탁하진 않겠어." 그녀는 결혼하자는 요구를 다르게 표현해서 클라이드의 마음을 결혼에 동의하는 쪽으로 이끌 수 있다면 뒤에 가서 그의 감정이 훨씬 누그러질지도 모른다고 생각해서 말했다. "원한다면 얼마 지난 뒤 내 곁을 떠나도 괜찮아. 이 문제가 해결되고 나서 말이지. 자기가 그렇게 하는 걸 말릴 수도 없는 일이고, 또 말리고 싶지도 않아. 하지만 지금은 내 곁을 떠날 수 없어. 그건 안 돼! 절대로 안 돼! 더구나……." 그녀는 말을 이었다. "난 이 지경에 빠지고 싶지 않았거든. 자기만 아니었으면 이렇게 되지 않았을 거야. 자기가 나를 이렇게 만들었지. 날 이 집에 오게 한 것도 당신이고. 그래 놓고 자기는 지금 날더러 혼자서 알아서 하라고 있잖아. 상류 사회 사람들에게 내 일이 알려지면 사교계에 드나들 수 없게 될까 봐 두려워서 말이야."

곤두선 신경이 감당하기에 이 논쟁은 너무도 벅찬 것이어서 로버타는 말을 중단했다. 그녀는 겁에 질려 있지만 격렬하지는 않게 조용히 흐느끼기 시작했다. 자제력을 되찾으려고 무척 애를 쓰고 있었으며, 그런 노력이 몸짓 하나하나에 드러났다. 한 동안 두 사람이 서 있은 뒤 클라이드는 어떻게 대답해야 할지 몰라 우두커니 그녀를 응시하고 있는 동안, 로버타는 간신히 마음을 진정시키고 나서 다시 입을 열었다. "아, 클라이드, 내가 어떻기에 몇 달 동안에 그렇게까지 달라질 수 있지? 어디 말 좀 해봐. 알고 싶어. 무엇 때문에 당신이 이토록 변한 거야? 크리스마스 무렵까지만 해도 이 세상 누구보다도 내게 잘해 줬는데. 시간 있을 때마다 거의 줄곧 나하고 함께 있었잖아. 그런데 그 뒤론 내가 구걸을 해야 겨우 자기는 저녁 시간을 보낼 수 있었지. 도대체 누구 때문이야? 무슨 일 때문이야? 어떤 여자 때문인지, 아니면 무슨 일 때문인지 그게 알고 싶어. 손드라 핀칠리, 버타인 크랜스턴, 아니면 다른 어떤 여자 때문인 거야?"

이런 말을 할 때 로버타의 눈빛은 볼 만했다. 클라이드는 손드라와의 일을 로버타가 완전히 알게 될 때 그 결과를 두려워했지만, 이 순간까지 다행히도 그녀는 확실한 내막은커녕 이렇다 할 의심조차 품고 있지 않았다. 비겁한 태도였지만 지금의 로버타의 처지나 그녀가 위협적으로 결혼 문제를 들먹이고 있는데도 그는 누구 때문이라거나 무엇 때문에 마음이 변했다는 식으로 사실대로 말할 수 없었다. 이제는 그녀에 대한 애정이 식었기 때문에 그녀의 슬픔에도 마음이 거의 흔들리지 않은 채 다만 이렇게 대답할 뿐이었다. "아, 그건 오해야, 로버타. 자기는 지금 내가 왜 이러는지 이해하지 못해. 이곳에서의 내 장래 때문에 그러는 거야. 만약 내가 이곳을 떠난다면 지금과 같은 기회는 다시는 오지 않을 거야. 만약 내가 이런 식으로 결혼하거나 이곳을 떠난다면 일은 다 끝장나는 거야. 좀 기다렸다가 자리를 굳히고 난 뒤에 결혼하고 싶어. 돈도 좀 모아야 하는데, 자기가 하자는 대로 한다면 나한테나 자기한테나 기회는 없는 거야." 그는 지금껏 그녀와 갈라지려는 뜻을 분명히 밝혀 온 사실을 잠시 까맣게 잊고 힘없이 덧붙였다.

"로버타, 만약 당신이 의사를 찾아내거나……." 그가 말을 이었다. "……당분간 혼자 딴 곳으로 가서 이 문제를 수습한다면, 그 비용을 보내 주겠어. 당신이 떠날 때까진 돈을 마련할 수 있을 거야."

로버타가 보기에 그렇게 말하는 클라이드의 얼굴에는 얼마 전까지 그가 계획했던 일들이 완전히 물거품으로 돌아갔다는 사실이 그대로 드러나 있었다. 그의 무관심이 그녀와 그녀의 배 속 아이까지 이런 식으로 매몰차게 버리는 단계에 이르렀다는 사실을 깨닫자 로버타는 화가 치밀면서 동시에 그 말이 의미하는 바에 덜컥 겁이 났다.

"오, 클라이드!" 그녀는 클라이드를 알게 된 뒤로 처음으로 용기 있고 도전적으로 대담하게 소리를 질렀다. "이렇게 변할 수가! 어쩌면 그렇게 몰인정할 수가 있어. 당신을 살리기 위해 나 혼자 떠나라니, 내가 떠나고 나면 이제는 더 내 걱정을 할 필요가 없을 테니, 편안한 마음으로 이곳에 남아 어느 아가씨하고 결혼할 수 있겠지. 절대로 그렇게는 안 할 거야. 그런 법은 없어. 그렇게 하지 않을 거야. 어림 반 푼도 없어. 절대로 그렇게 하지 않겠어. 이제 더 이상 할 말도 없어. 의사를 내게 알선해서 이 일을 수습하든가. 아니면 나하고 결혼해서 내가 아기를 낳고 가족들과 그 밖의 친지들 앞에 떳떳이 나설 수 있을 때까지만이라도 나하고 이곳을 떠나든가. 당신은 이제 날 사랑하지도 않으니 그때 가서 당신이 내 곁을 떠나든 말든 그건 상관하지 않겠어. 당신이 날 원하지 않는 것처럼 나도 당신을 원치 않아. 하지만 지금은 나를 도와줘야만 해. 그래야만 한다고. 어쩌면 이럴 수가!" 그녀는 다시 울먹이기 시작했다. 그러나 신랄하기는 했지만 심하게 울먹이지는 않았다. "우리 사랑이 이렇게 끝나다니. 나 혼자서 이곳을 떠나라는 말을 다 듣다니. 아무도 없이 혼자서 말이야. 당신은 여기 남아 있고. 아, 이럴 수가! 아, 어쩌면 이럴 수가! 나중엔 혼자서 아기를 떠맡게 되겠지, 남편도 없이."

로버타는 두 주먹을 움켜쥐고 절망적으로 고개를 내저었다. 클라이드는 자기가 한 말이 매정하다는 것을 잘 알고 있었지만 손드라를 향한 강렬한 욕망 때문에 순간 더 이상 할 말을 잃고 그냥 우두커니 서 있을 뿐이었다.

두 사람 사이에 비슷한 말이 더 오갔지만 이 난처한 시간이 흐르는 동안에 도달한 결론은 클라이드가 의사나 그 밖에 도움이 될 만한 사람을 알아본다면 그럴 만한 시간적 여유는 앞으로 기껏 한두 주밖에는 없다는 것이었다. 그 기간이 흘러도 신속히 해결할 수 없을 때는 그녀가 자신을 돌볼 수 있을 때까지 일시적이긴 하지만 여전히 법적으로 그녀와 결혼하는 방법밖에 없다는 것이 비록 분명히 표명한 것은 아니지만 묵시적으로 합의한 협박에 가까운 내용이었다. 이런 결론은 클라이드에게는 고문처럼 고통스러운 일이었고 로버타에게도 똑같이 참담하고 수치스러운 일이었다.

제39장

이런 상황을 해결할 수 있는 좋은 기술이 없는 상황에서 그런 견해에 반대한다는 것은 무슨 요행수라도 생기지 않는 한 더 큰 위험과 심지어 궁극적인 파멸을 의미하게 마련이었다. 그런데 그런 요행수는 생기지 않았다. 공장에는 로버타가 눈앞에 있어서 클라이드의 마음속에서 걱정을 떨쳐 버릴 수가 없었다. 그는 그녀를 타일러 딴 곳에서 일자리를 얻어 살 수 있게 할 수만 있다면 그녀의 모습을 날마다 보지 않아도 되고, 따라서 좀 더 냉정하게 생각해 볼 수 있었을지도 모른다. 어떻게 할 작정이냐고 늘 따지고 드는 것 같은 그녀의 모습이 보이는 곳에서는 그는 아무것도 생각할 수 없었다. 애정이 식어 버린 지금에 와서는 그녀의 처지에 대한 동정심도 자연히 줄어들고 있었다. 손드라에게 홀딱 빠져 있는 그로서는 마음이 어수선하여 그럴 경황도 없었다.

이런 심각한 딜레마에 빠져 있으면서도 클라이드는 계속 손드라에게 건 꿈을 좇고 있었다. 로버타의 암담한 사정은 때로는 이 꿈을 가리는 검은 구름으로밖에는 보이지 않는 듯했다. 그래서 그는 밤마다 아직 인연의 끈이 끊기지 않은 로버타와의 관계가 허락하는 한 자주 사교 모임에 모습을 나타냈다. 이제 그는 매우 행복하고 자랑스러운 마음으로 해리엇 댁이나 테일러 댁의 만찬회에 초대되어 참석했고, 손드라와 동행하거나 그녀를 만나리라는 기대에 가슴이 부풀어 핀칠리 댁이나 크랜스턴 댁의 파티에 나갔다. 손드라도 전에 호기심이 있어 그랬던 것처럼 이런저런 핑계를 대지도 않고 노골적으로 그를 찾기도 했으며, 사교 모임을 마련해서 그와 만날 기회를 만들 때도 있었다. 물론 이런 만남은 전형적인 사교 모임의 성격을 띤 것이어서 좀 더 보수적인 어른들도 특별한 의미를 부여하지 않는 것 같았다.

교제 문제에 유난히 까다로운 핀칠리 부인도 처음에는 딸과 딸의 친구들이 클라이드에게 너무 관심을 두는 것을 별로 좋아하지 않았지만, 클라이드가 점점 더 딸이 속해 있는 그룹에 초대되어 자기 집뿐 아니라 다른 집에도 드나들게 되는 것을 보자 마침내 클라이드가 소문보다는 집안이 좋은 모양이라고 생각하게 되어 아들과 손드라에게 그의 이야기를 묻기도 했다. 핀칠리 부인은 손드라한테서 클라이드가 길버트와 벨라의 사촌으로 누구나 다 그를 초대하는데도 돈이 없다는 이유만으로 손드라와 스튜어트가 그를 초대하지 않으려고 하는 것을 이해할 수 없다는 말을 듣고 당분간은 그냥 두고 보기로 했다. 물론 딸에게는 어떤 일이 있어도 그와 너무 가까이하지는 말라고 주의하라고 경고했다. 손드라는 어머니의 말에도 일리가 있다고 생각하면서도 클라이드에게 마음이 끌리고 있었으므로 어머니를 속이는 한이 있어도 몰래 그와 자주 만나야겠다고 결심했다. 두 사람의 친밀한 관계를 잘 알고 있는 사람들은 누구나 만약 손드라의 부모가 두 사람이 얼마나 뜨거워지고 있는지 알았다면 아마 충격을 받았을 거라고 말했을 것이다. 손드라와 관련하여 클라이드가 품고 있었고 지금도 품고 있는 꿈을 떠나, 그에 대한 손드라의 마음이 벌써 사랑의 심오한 화학 작용의 가장 파괴적인 국면에 급속도로 접근하고 있었기 때문이다. 사실 두 사람은 남이 보고 있지 않을 때 서로 손을 잡고 키스하고 뜨거운 눈빛으로 이야기를 나누는 일 말고도 아직은 분명하지 않지만 늘 두 사람을 떼어 놓고서는 생각할 수 없는, 막연하지만 점점 강렬해지고 커지는 장래에 관한 환상이 그들을 사로잡고 있었다.

이제 곧 찾아올 여름철이 오면 두 사람은 트웰프스 호수에서 카누를 탈 것이다. 호수 기슭의 나무들이 은빛 물 위에 길게 그림자를 드리우고 바람이 잔물결을 일으키는 동안 그는 노를 젓고 그녀는 한가하게 장래에 관한 암시로 그를 괴롭힐 터였다. 6월과 7월에는 핀칠리네 별장 근처의 크랜스턴네 별장과 팬트네 별장 서쪽과 남쪽으로 나 있는 풀이 우거지고 햇빛에 얼룩진 숲속 길을 걸어 서쪽으로 10킬로미터 넘게 떨어진 인스퍼레이션 곳으로 알려진 경치 좋은 곳으로 산책도 할 것이다. 샤런의 시골 장날에 손드라는 낭만 그 자체라고 할 집시 의상을 입고 매점을 운영하거나 멋진 승마복 차림으로 승마 기술을 과시할 것이다. 오후에는 차를 마시고 춤을 추고, 달빛 비치는 밤이면 그의 품에 안겨 두 사람은 눈빛으로 밀어를 주고받을 터였다.

이런 공상에 현실적인 제약이라고는 아무것도 없었다. 앞으로 부모가 나서 반대할지도 모른다는 걱정도 없었다. 다만 사랑과 여름, 그리고 누구의 반대도 없이 순탄하게 두 사람의 영원한 결합을 향해 나아가는 목가적이고 행복한 전진만이 있을 뿐이었다.

한편 로버타는 차마 클라이드를 파멸로 몰아갈 행동을 취하지도 못한 채 지루하고 을씨년스럽고 두려운 두 달을 더 보냈다. 클라이드는 어떻게든 책임을 회피하려고 생각할 뿐 그녀와 결혼할 의사가 전혀 없다는 것을 잘 알면서도 그녀는 클라이드처럼 행동하기가 두려워 질질 시간을 끌고 있었다. 또 그녀가 클라이드와 결혼하기를 기대한다는 뜻을 비친 뒤 몇 번 만난 자리에서 클라이드는 만약 그녀가 그의 큰아버지에게 모든 사실을 알린다면 그가 다른 곳으로 떠나 버릴 테니 결혼할 수 없을 것이라고 은근히 협박하기도 했다.

클라이드의 말투는 그녀가 지금 그의 입장을 곤란하게 만든다면 결혼할 수 없게 되는 것은 물론이고 그녀에게 가장 도움이 필요한 시기에 그녀를 도와줄 수도 없을 것이라는 사실을 내비치고 있었다. 그런 말투에서 로버타는 그가 이렇게 냉혹한 사람이었는지 의구심을 품었지만, 좀 더 깊이 생각해 보았더라면 그녀의 방에 들어오겠다고 고집을 부렸을 때부터 그가 그런 사람이라는 사실을 깨달았을 것이다.

로버타는 아무런 일도 하지 않았지만 클라이드는 그녀가 언제 무슨 짓을 할지 모른다는 생각에서 그녀가 협박하기 이전의 그 무관심하던 태도를 조금 바꾸어 적어도 그녀에게 관심과 친절을 베풀고 그녀와 우정을 유지하는 척했다. 언제 무슨 일이 터질지 모르는 상황이라 좀 더 외교적으로 조심스럽게 처신하지 않을 수 없었다. 더구나 그는 다시 한 번 그녀의 문제를 늘 걱정하고 있는 데다 달리 방법이 없다면 결혼하겠다는 태도를 보이는 것처럼 처신하면(물론 그녀와 결혼하겠다는 언질을 줄 생각은 추호도 없었다) 어리석게도 확실하진 않지만 그녀의 마음을 일시적으로나마 누그러뜨려 결혼하지 않고 도망도 치지 않은 채 어떻게든 이 곤경에서 벗어날 길을 여러모로 모색해 볼 시간을 벌 수 있으리라 기대하고 있었다.

로버타는 클라이드의 태도가 갑자기 바뀐 이유를 짐작할 수 있었지만 워낙 외롭고 허전했기 때문에 애정이 있다고는 할 수 없어도 짐짓 친절한 척하는 그의 말과 제안에 귀를 기울이려고 했다. 그가 부탁한 대로 그녀는 좀 더 기다려 보려고 생각했다. 그러는 동안 그는 돈도 조금 저축할 수 있을 뿐만 아니라 얼마 동안이나마 직장을 떠날 방법을 생각해서 그녀와 어디론가 가서 결혼하고 이어 다른 곳에 가서 그녀가 결혼한 여자의 자격으로 아기와 함께 떳떳이 살게 되면—그는 지금 시점에서는 이 점을 설명하지는 않았다—자기는 라이커거스에 돌아와서 능력껏 돈을 부쳐 주겠다고 설명했다. 그러나 그는 물론 자기가 허락하기 전에는 절대로 결혼했다는 사실을 말하거나 자기를 아기 아버지라고 밝혀서는 안 된다는 조건을 붙였다. 그녀는 자신이 여러 번 말했듯이 그가 결혼만 해 준다면 아무도 모르게 라이커거스에서 멀리 떨어진 곳에 가서 처자를 유기했다느니 뭐니 그런 이유를 들어 이혼 절차를 밟겠다는 이야기도 했다. 그가 결혼만 해 주면 그 후 적당한 시기를 봐서 — 이 점이 클라이드에게는 만족스럽지 않았지만 — 그렇게 해 주겠다는 것이다.

물론 이 무렵 클라이드는 진심에서 접근한 것이 아니었고, 로버타가 진심에서 또는 거짓으로 그런 말을 한 것인지에 대해서도 별로 관심이 없었다. 그는 부득이한 경우가 아니고서는 로버타 문제를 해결하는 데 필요한 짧은 기간이라도 라이커거스를 떠날 생각이 없었다. 그렇게 되면 잠시라도 손드라 곁을 떠나는 것이 되고, 그의 계획에 차질이 생기기 때문이다. 그는 이와는 반대로 어느 멜로드라마 영화에서 본 가짜 결혼식에 대해 — 가짜 목사와 가짜 증인들이 짜고 로버타 같은 순진한 시골 처녀를 속이는 결혼식 말이다 — 부질없는 공상을 하면서 시간을 보냈다. 그러나 그런 가짜 결혼식에 필요한 시간과 돈과 용기와 잔꾀는 그의 능력으로는 어림도 없다는 것을 그 자신도 인정하지 않을 수 없었다.

그리고 지금껏 상상도 못 했던 어떤 일이 생겨 문제를 해결해 주지 않는 한, 이제는 더 막을 길이 없는 파멸을 향해 나아가고 있다는 사실을 알고 있는 클라이드는 심지어 결정적인 순간이 와서 어떤 감언이설로도 이제 더 로버타의 입을 막을 수 없게 될 때 그녀가 주장하는 그런 관계를 맺은 일이 없으며 그녀와는 부서의 책임자와 여직공의 관계였을 뿐 그 이상도, 그 이하도 아니라고 우기면 어떨까 하고 생각하기도 했다. 그러나 공포는 여전히 끔찍했다.

5월 초 여러 임신의 징후와 병이 생기자 로버타는 클라이드에게 여직공들이 눈치를 채게 될 테니 아무래도 6월 1일 이후에는 공장에 나올 수 없을 것 같다고 말하기 시작했다. 바로 이 무렵 공교롭게도 손드라가 늦어도 6월 4일이나 5일에는 어머니와 스튜어트, 그리고 가정부 몇 사람과 함께 트웰프스 호수의 새 별장으로 가서 정규 시즌이 시작되기 전에 별장을 좀 손질해야 한다고 설명하기 시작했다. 그 뒤 늦어도 18일까지는 크랜스턴 씨네 가족들과 해리엇 씨네 가족들을 비롯해 여러 가족이 그곳에 도착할 텐데, 어쨌든 버타인을 통해 무슨 조치를 해놓을 테니 크랜스턴 씨 댁에서 초대장이 전달될 것이라고 했다. 그 뒤 일이 순조롭게 되면 해리엇 씨네, 팬트 씨네, 그리고 그곳에 별장이 있는 사람들한테서 주말에도 초대장이 전해질 것이며, 벨라가 있으니 그린우드의 그리피스 댁 별장에 갈 수 있을 것이라고도 했다. 7월 두 주일 휴가 때는 파인포인트의 카지노 클럽에 머물러도 되고, 그녀의 주선으로 크랜스턴 씨나 해리엇 씨 댁에서 그를 초청할 수도 있다는 이야기였다. 어쨌든 이곳에서 일할 동안 지출을 조금 줄이기만 하면 주인들이 손드라의 부모가 그렇듯 그에 대해 그렇게 적대적이지 않은 이 별장, 저 별장에서 손드라를 만나는 것은 물론이고 신문에서 그토록 많이 읽은 호수

생활도 즐길 수 있을 터였다.

처음으로 손드라는 클라이드가 그녀에게 지속해서 관심을 두고 있다는 소문 때문에 그녀의 부모가 장기 유럽 여행을 생각하고 있으며 그렇게 여행을 떠나면 그녀의 어머니와 스튜어트, 그리고 그녀 세 사람은 적어도 2년 동안은 돌아오지 못할 것이라고 설명했다. 그 말을 듣자 클라이드의 얼굴이 어두워지고 그녀 자신도 덩달아 괴로워 즉시 그에게 걱정하지 않아도 된다고 안심시켰다. 그녀는 모든 일이 잘 풀리게 될 것이라고 말했다. 현재 그를 사랑하는 감정이 아니라도 그녀의 치밀한 반격으로 어머니의 마음을 돌이킬 수 없다면 적당한 시기에 가서 어떤 행동을 취함으로써 어머니의 뜻을 꺾을 수밖에 없을지도 모른다는 것이었다. 그녀는 그 행동이 무엇인지 아직은 밝히려고 하지 않았지만 클라이드의 들뜬 상상력에는 함께 도망가서 결혼식을 올려 그녀의 부모가 반대해도 아무 소용없게 하는 형식을 띠고 있었다. 손드라가 막연하게나마 그런 가능성을 생각하게 된 것도 사실이었다. 그녀가 클라이드에게 설명한 것처럼 그녀의 어머니는 사회적으로 그녀에게 알맞은 사윗감, 지난해에 그녀에게 부쩍 관심을 보였던 어느 젊은이를 생각하고 있는 것이 분명했기 때문이다. 그러나 그녀 자신이 노골적으로 클라이드에게 말한 것처럼, 그에게 마음을 주고 있는 그녀가 어머니의 뜻에 따른다는 것은 쉬운 일이 아니었다. "꼭 한 가지 문제가 있다면, 내가 아직 이마에 피가 마르지 않았다는 거야." 그녀가 쾌활하게 속어를 사용해 가며 말했다. "그 때문에 내가 꼼짝달싹 못 하는 거거든. 하지만 오는 10월이면 난 성년이 돼. 그러면 부모님인들 어쩔 수 없지 뭐야. 나는 내가 원하는 사람과 결혼할 거야. 만약 이 도시에서 그럴 수 없다면 말이야. 목적지에 가는 길이 어디 한 길밖에 없나."

손드라의 그런 생각은 클라이드에게는 정신을 혼미하게 하는 어떤 감미로운 독약과도 같았다. 그를 열병처럼 들뜨게 했고, 정신을 마비하다시피 했다. 만약—지금 만약—로버타만 없었더라면 얼마나 좋을까. 로버타는 두려울 뿐 그 어떤 해결 방법도 없는 끔찍한 골칫거리였다. 손드라 부모의 반대는 그녀가 꺾을 수 있다고 했으니까 로버타 문제만 없다면, 천국 문이 그의 앞에 활짝 열려 있는 셈이 아닌가? 손드라, 트웰프스 호수, 상류 사회, 재산, 손드라의 사랑과 미모. 이런 모든 것을 생각하자 클라이드는 적잖이 흥분되었다. 일단 손드라와 결혼하고 나면 그녀의 가족들이라도 어쩔 수 없지 않겠는가? 결혼을 승인하고 라이커거스의 호화 저택 품 안으로 그들을 받아들이거나, 아니면 다른 방법으로라도 그들의 거처를 마련해 줄 수밖에 없을 것이다. 결국은 그도 핀칠리 전기 청소기 회사에서 한 자리를 차지하게 될 게 틀림없었다. 그렇게 핀칠리 집안의 그 많은 재산을 스튜어트와 함께 상속하게 된다면 그는 길버트 그리피스와 이곳에서 처음에 그를 업신여긴 사람들에 비해 더 낫지는 않아도 동등한 위치를 차지하게 될 터였다. 그리고 알라딘* 같은 그런 갑작스러운 영화는 보석 같은 손드라의 존재 때문에 더욱 빛이 날 터였다.

클라이드는 지금과 10월 사이의 시간을 어떻게 극복할 것인지 생각할 겨를이 없었다. 로버타가 당장 결혼을 요구하고 있다는 사실에도 별로 신경 쓰지 않았다. 그는 미루면 된다고 생각했다. 그러면서도 이제까지 살면서 이토록 파멸의 가장자리에 서 있어 본 적도 일찍이 없었다고 생각하며 고통스러워하고 불안에 떨고 있었다. 세상 사람들은— 특히 그녀의 어머니는— 적어도 로버타를 곤경에서 구해 주는 것이 그의 도리라고 생각할지도 몰랐다. 그러나 에스터가 곤경에 빠졌을 때 누가 그녀를 구해 주었던가? 그녀의 애인이었나? 애인이란 작자는 일말의 양심의 가책도 없이 떠나 버렸지만 그래도 에스터는 죽지 않고 살아남았다. 그렇다면 로버타는 에스터의 처지보다 더 나쁘지도 않으면서 왜 이런 식으로 그를 파멸시키려고 할까? 사회적, 예술적, 감정적, 정서적인 암살과 다를 바 없는 파멸을 강요하고 있는 까닭이 무엇일까? 이런 식으로 그를 곤경에 몰아넣지만 않는다면 그도 나중에 가서는— 물론 손드라의 돈이지만— 훨씬 더 많이 도와줄 수 있을 게 아닌가? 그의 인생을 망치려는 그녀의 그런 행동을 그는 용납할 수도 없었고, 용납하려고도 하지 않았다. 그렇게 되는 날이면 그의 인생은 파멸을 맞게 될 것이 아닌가!

제40장

이 무렵에 일어난 두 가지 사건으로 클라이드와 로버타 사이에 견해차가 더욱 뚜렷이 드러났다. 그중 한 사건은 로버타가 어느 날 저녁 센트럴 애비뉴에 있는 우체국 앞 보도에서 호화로운 대형차에 앉아 아직도 맞은편 스타크 빌딩에 있는 아버지를 기다리고 있는 애러벨러 스타크와 몇 마디 말을 나누고 있는 클라이드를 얼핏 본 것이었다. 자신의 신분과 유난스러운 취향에 알맞게 계절 유행에 따라 옷을 차려입은 애러벨러는 클라이드뿐 아니라 지나가는 사람들까지 의식해서 운전석에서 뽐내는 자세를 취하고 있었다. 일을 자꾸 뒤로만 미루고 있는 클라이드의 태도와 그에게 자신을 위해 행동하라고 강요하는 그녀의 요구 사이에서 갈피를 잡지 못하고 있던 로버타에게 애러벨러는 안정과 사치와 자유의 상징과 다름없었다. 바로 이런 것들 때문에 클라이드는 일을 질질 끌고 그녀가 직면해 있는 딱한 사정에 무관심했다. 아, 아쉽게도 로버타로서는 현재 처지에서 내세울 수 있는 결혼 요구 말고 그가 그녀의 요구에 응할 때 포기해야 할 모든 것에 견줄 만한 그 무엇을 그에게 줄 수 있단 말인가? 그에게 줄 게 아무것도 없었다. 그렇게 생각하니 그녀는 마음이 무겁기만 했다.

그러면서도 이 무렵 외면당한 자신의 비참한 상황과 미스 스타크의 처지를 비교하면서 로버타는 그녀답지 않게 더욱 불만스럽고 화가 치밀었다. 이것은 옳지 않았다. 세상은 공평하지가 않았다. 지난번 그와 만나 이 문제를 이야기한 후 벌써 몇 주일이 지났지만 클라이드는 그녀가 대답할 수 없는 질문을 할 것이 두려워 그녀의 방으로 찾아온 일이 없을뿐더러 공장이나 그 밖의 장소에서 그녀에게 말을 건넨 적도 거의 없었다. 그래서 그녀는 그가 자기를 소홀히 다루고 있을 뿐 아니라 미워하고 있다는 생각까지 하게 되었다.

그런데 사소하고 대수롭지 않은 그 광경을 보고 집으로 돌아가는 동안 로버타의 마음은 화가 난다기보다도 이제 사라져 버려 두 번 다시 찾아올 것 같지 않은 사랑과 위안 때문에 슬프고 가슴이 아팠다. 그런 사랑은 영원히…… 영원히…… 정말로 영원히…… 돌아오지 않을 터였다. 아, 이 얼마나 끔찍스러운가! ……정말로 얼마나 끔찍스러운가!

한편 이 무렵 클라이드는 사람에 따라서는 반어적이고 악의에 찬 운명의 장난이라고 볼 수 있는 로버타와 관련 있는 어떤 장면을 목격하게 되었다. 그다음 일요일 손드라가 계획한 이른

봄의 주말 파티에 참석하기 위해 애로우 호수의 트럼블 씨네 별장으로 자동차를 달리던 일행은 직선 코스인 빌츠에 접근하면서 로버타의 집이 있는 동쪽으로 우회해서 갈 수밖에 없었다. 트리페츠빌에서 올든 농장 옆을 지나 남북으로 뻗은 도로에 이르자 일행은 이 도로에 들어서면서 북쪽으로 방향을 바꾸었다. 이때 운전을 하고 있던 트레이시 트럼블이 누군가 내려서 앞에 있는 농가에 가서 이 길이 빌츠로 통하는지 어떤지 알아보는 게 좋겠다고 말했다. 마침 문가에 앉아 있던 클라이드가 얼른 차에서 내렸다. 길보다 약간 높은 대지 위에 서 있는 매우 황폐한 농가에 속한 교차로의 우편함에 로버타의 아버지인 타이터스 올든이라는 이름이 적혀 있는 것을 보고 그는 적잖이 놀랐다. 그녀의 부모가 빌츠 근처에 산다는 말을 로버타에게서 들은 적이 있었기 때문에 그는 그 농가가 바로 로버타의 집이라는 것을 금방 알 수 있었다. 그는 언젠가 로버타에게 조그마한 사진 한 장을 준 적이 있었는데, 그녀가 그 사진을 가족들에게 보여줬을지도 모른다는 생각이 들자 그는 그냥 농가 쪽으로 가야 할지 그만둬야 할지 마음을 정할 수 없어 잠시 망설였다. 쓰러져가는 이 볼품없는 농가가 로버타의 집이고, 따라서 자기와도 관계가 있다고 생각하니 그는 그냥 발길을 돌려 달아나고 싶었다.

그러나 차 안에서 옆에 앉아 있던 손드라가 그의 망설이는 태도를 보고 소리를 질렀다. "왜 그래, 클라이드? 개가 무서워서 그러는 거야?" 순간적으로 클라이드는 여기서 돌아섰다가는 나중에 그의 행동이 이야깃거리가 될 것이라는 생각이 들어 곧 걸음을 옮겼다. 자세히 살펴본 이 집의 모습은 참으로 한심스럽다는 느낌이 들었다. 이 얼마나 형편없는 집이란 말인가! 화창한 봄날인데도 그 집은 그저 쓸쓸하고 황량하기 이를 데 없지 않은가! 지붕은 썩어서 내려앉아 있고, 북쪽 굴뚝은 파손되었으며, 굴뚝 아래쪽에는 시멘트를 바른 거친 돌들이 널려 있고, 재목용 사슬로 고정시켜 놓은 남쪽 굴뚝은 금방이라도 쓰러질 것만 같았다. 그는 아래쪽 도로에 난 잡초가 우거진 작은 길을 따라 천천히 걸어 올라갔다. 집 앞문 앞에 층계 구실을 하는 제자리에서 벗어난 깨진 돌들도 그의 마음을 적잖이 어둡게 했다. 이런 것들 때문에 칠도 하지 않은 낡은 헛간들은 더욱더 황량해 보였다.

저런! 그래, 이게 바로 로버타의 집이었다! 이런 로버타가 손드라와 라이커거스 상류 사회에 거는 꿈에 부풀어 있는 그에게 결혼을 강요하다니! 차에 같이 타고 온 손드라가 사정은 모른다 해도 지금 보고 있지 않은가? 이 가난! 이 모든 을씨년스러운 풍경! 바로 이런 가난을 등지고 멀리 달려온 그가 아니었던가!

클라이드는 명치끝을 얻어맞은 듯한 통증과 역겨운 기분을 느끼며 문 앞으로 다가갔다. 그러잖아도 암담하기 그지없는 그의 마음을 더욱 어둡게 하려는 듯 타이터스 올든 자신이 문을 열었다. 실밥이 보이고 팔꿈치가 해진 낡은 상의와 불룩한 낡은 청바지를 입고 투박하고 광택이 없는, 발에 잘 맞지 않는 구두를 신은 타이터스는 무슨 용건이냐고 묻는 듯한 표정으로 클라이드를 바라보았다. 옷차림과 눈과 입 언저리가 로버타와 닮은 그의 모습을 보고 움찔한 클라이드는 얼른 아래쪽 도로가 빌츠를 지나 북쪽의 고속도로와 연결되느냐고 물었다. 그는 '그렇다'는 신속한 대답만 듣고 신속하게 차가 있는 곳으로 돌아가고 싶었지만, 타이터스는 일부러 마당까지 내려와서 손짓으로 더 좋은 길로 가려면 남북으로 뻗은 트리페츠빌 도로를 적어도 3킬로미터쯤 더 간 다음에 서쪽으로 차를 돌리라고 가르쳐 주었다. 클라이드는 그의 설명이 미처 끝나기도 전에 고맙다는 말 한마디를 던지고 얼른 뒤돌아서 자리를 떠났다.

바로 이 순간에도 로버타는 라이커거스가 그에게 줄 수 있는 모든 것을— 손드라, 다가오는 봄과 여름, 그리고 사랑과 낭만과 즐거움과 사회적 지위와 권력을— 포기하고 다른 지방에 가서 그녀와 결혼할 것으로 기대하고 있다고 생각하니 마음이 한없이 무거웠다. 남의 눈을 피해 어느 외딴 지방으로 도망가야 하다니! 아, 이 얼마나 끔찍스러운 일인가! 더구나 그의 나이에 어린애까지 양육해야 한다니! 아, 그녀와 그런 관계를 맺다니, 어떻게 그처럼 어리석고 마음이 약할 수가 있었을까? 겨우 며칠 밤의 외로움을 이기지 못했기 때문이 아닌가! 아, 조그만 참고 기다렸다면 다른 세계의 문이 그의 앞에 활짝 열렸을 게 아닌가? 그가 참고 기다렸다면 얼마나 좋았을까!

이제는 의심할 나위 없이 클라이드가 어서 빨리 자연스럽게 로버타를 떼어 놓지 않는 한 상류 사회 사람들이 그를 외면할 것은 불을 보듯 뻔한 일이었다. 더구나 그녀가 자라난 그 세계가 을씨년스러운 가난의 품속에 그를 끌어들여서 그의 집안의 가난이 처음부터 에워싸고 그를 질식시키려고 했던 것처럼 그의 숨통을 끊으려고 할지도 몰랐다. 지금 와서 생각해 보니 태어난 환경이 똑같은 두 사람이 처음에 서로 이끌렸다는 게 이상하다는 생각이 들었다. 왜 그랬을까? 인생이란 참으로 이상야릇한 것이 아닌가? 그러나 그보다 더 시급한 것은 발등에 떨어진 불을 끄는 일이었다. 이때부터 그는 여행하는 동안 줄곧 다시 한 번 문제의 해결 방법을 생각하고 있었다. 로버타나 그녀의 부모가 그의 큰아버지나 길버트에게 한마디만 뻥긋하는 날이면 틀림없이 그는 파멸에 이를 터였다.

클라이드는 다시 자동차에 오른 뒤 그 생각으로 마음이 혼란스러웠다. 조금 전만 해도 마음이 들떠서 이 즐거운 여행이 어떻게 될까 봐 친구들과 지껄여 대고 있던 그는 지금은 말없이 침묵을 지키고 있었다. 옆자리에서 사이사이 여름 동안의 계획을 그의 귀에 속삭이고 있던 손드라가 재빠르게 종알대는 대신 그에게 다시 속삭였다. "우리 귀여운 아기, 갑자기 왜 그래?" 클라이드가 저기압 상태일 때면 으레 손드라는 이런 식으로 응석을 부리곤 했다. 그런 태도가 클라이드에게는 고통스럽지만 짜릿하고 감미롭게 느껴졌기 때문이다. 그는 그녀를 '그의 응석 부리는 아가씨'라고 부를 때도 있었다. "아주 시무룩한 표정이야. 조금 전까지만 해도 얼굴 가득 미소를 지었는데. 다시 한 번 얼굴 펴 봐. 손드라에게 미소를 지어 봐. 착한 아기처럼 손드라의 팔을 꼭 쥐어 봐, 클라이드."

손드라는 자기의 응석이 어떤 효과를 불러일으켰는지 보려고 고개를 돌려 그의 눈 속을 들여다보았다. 물론 클라이드는 애써 밝은 표정을 지어 보이려고 했다. 그러나 손드라의 이 꿈같은 사랑 앞에서도 로버타의 유령, 그 일과 관련하여 로버타가 의미하는 모든 것이 — 그녀가 임신한 상태, 그것과 관련한 그녀의 최근 요구, 그리고 그녀와 도망가는 길 말고는 아무런 대책이 없다는 사실 등이 — 그의 눈앞에서 아른거렸다.

그런 지경에 빠지느니 차라리 손드라를 영원히 잃는 한이 있어도 캔자스시티에서 차 사고로 어린애가 죽었을 때처럼 아예 종적을 감춰 버리는 편이 나을지도 몰랐다. 그러나 그럴 때 손드라도, 라이커거스에서의 관계도 큰아버지도 이 세계도 — 한마디로 이 세계를 — 다 잃게 되는 것이다. 모든 것을 잃게 되는 게 아닌가! 모든 것을! 그러고는 또 한 번 비참한 신세가 되어 어머니에게 편지를 띄워 이곳에서 도망친 사연을 알려야 할지도 모른다. 큰아버지 집에서는 또 어떻게 생각할까? 그는 최근에 어머니에게 편지로 아주 잘 지내고 있다는 소식을 전했다. 내게는 왜 이런 일이 자꾸 일어나는 것일까? 내 인생은 결국 이러다가 마는 것일까? 한곳에서 겨우 자리를 잡았는가 하면 다른 곳으로 도망쳐서 처음부터 다시 시작하고, 그러다가 또 더 나쁜 일이 생겨서 다시 도망치고 말이다. 아니, 이제 더 도망 다닐 수는 없는 노릇이었다. 문제에 직면해서 어떤 식으로든지 해결해야 했다. 반드시 그래야만 했다.

아, 하나님!

제41장

6월 5일이 되자 손드라가 말한 것처럼 핀칠리 가족은 별장으로 떠났다. 그러나 떠나기 전에 손드라는 클라이드에게―정확한 날짜는 뒤에 다시 알려 주겠지만―다음 두 번째나 세 번째 주말에 크랜스턴 씨 댁 별장에 오라고 간곡히 부탁했다. 손드라가 떠나고 나니 클라이드는 로버타의 문제가 얽혀 있는데도 손드라 생각 때문에 일이 손에 잡히지 않았다. 공교롭게도 이 무렵 로버타는 두렵고 다급하여 조금만 더 참으면 무슨 방법을 찾아내겠다는 그의 말도 더 이상 아무 소용이 없게 되었다. 그가 아무리 사정을 해도 로버타가 보기에 자신의 상태는 마침내 치명적이어서 이제 더 엄벙덤벙 넘어갈 수 없는 지경에 이르렀다. 그녀는 이제 배가 나와서(이것은 주로 그녀의 상상이 빚어낸 허구였지만) 더는 숨길 수 없으며 공장의 동료들도 곧 눈치채게 될 것이라고 주장했다. 이제는 일도 제대로 할 수 없고, 잠도 편안히 잘 수 없으며 이곳에 더 머물러 있을 수 없다고 했다. 그녀의 경우에는 순전히 상상이었지만 벌써부터 진통을 느끼고 있었다. 그러니 그가 약속한 대로 당장에 결혼하고, 먼 곳이든 가까운 곳이든 아무 데라도 좋으니 함께 가자고 했다. 지금 이 무서운 위험에서 벗어날 수만 있다면 말이다. 그리고 아기를 낳기만 하면 약속한 대로 정말 그를 보내 주고 절대로, 정말로 두 번 다시는 그의 신세를 지지 않겠다고 간청하다시피 했다. 그러나 이번 주 안에, 늦어도 15일까지는 약속한 대로 일을 처리해 달라고 요구했다.

그러나 로버타가 하자는 대로 한다면 클라이드는 트웰프스 호수로 손드라를 찾아가는 것은 물론이고 그녀와 다시 만날 수조차 없이 로버타와 함께 떠나야 했다. 더구나 로버타가 주장하는 새로운 모험을 하려고 해도 거기에 필요한 돈을 미처 준비도 하지 않았다. 로버타는 자기가 1백 달러 넘게 저축해 놓았으니 일단 그 돈을 결혼하면 쓸 수도 있고, 또 그들이 가기로 하는 곳에 가는 비용에 보탤 수도 있지 않겠느냐고 설명했지만 부질없는 일이었다. 클라이드에게 그것은 모든 것을 잃고 그녀와 비교적 함께 가까운 도시로 가서 아무 일자리나 얻어 근근이 살림을 꾸려 가는 것을 의미했다. 그러나 그런 생활의 변화는 얼마나 비참할까! 그가 꿈꾸어 온 화려한 모든 것을 잃게 될 터였다. 그러나 아무리 머리를 쥐어짜 봐도 그로서는 다른 곳에 가서 살려면 몇 주 더 여유를 가지고 준비할 필요가 있으니 그녀에게 공장을 그만두고 당분간 집에 가서 지내라고 말하는 수밖에 없었다.

지금까지 무척 노력했지만 자기가 기대한 것처럼 돈을 저축할 수 없었다는 것이 그의 구실이었다. 그래서 새로운 삶을 준비하는 데 필요한 돈을 마련하려면 적어도 서너 주는 더 필요하다고 말했다. 적어도 150달러나 200달러는 되어야 한다고 그녀 자신도 짐작하고 있는 게 아닌가? 로버타가 생각하기에는 엄청난 액수의 돈이었다. 반면 그가 저축한 돈은 40달러도 안 되는데, 그 돈과 그동안 앞으로 생길지 모르는 돈까지 합쳐 트웰프스 호수로 놀러 가는 비용에 쓰려고 계획하고 있었다.

클라이드는 로버타가 한동안 집에 가 있어야 한다는 제안을 더욱더 그럴싸하게 할 생각으로 옷가지도 좀 준비해야 하지 않겠느냐고 덧붙여 말했다. 결혼하고 생활이 여러모로 달라질 새 출발을 하게 되었으니 옷도 조금 새로 마련해야 하지 않겠느냐는 것이었다. 그녀가 저축해 놓은 100달러, 또는 그 일부를 쓰면 되지 않겠는가? 클라이드는 자신의 상태가 너무 절박한 나머지 이렇게 제안하기에 이르렀다. 한편 지금껏 자신의 앞날이 어떻게 될지 몰라 혼숫감이나 아기 옷을 준비하지 않았던 로버타로서는 그런 말을 하는 그의 속셈이 여전히 일을 뒤로 미루려는 데 있다는 것을 짐작하면서도 두세 주 시간을 내어 여동생이 몇 번 신세를 진 일이 있는, 돈을 많이 받지 않으면서도 인심이 후한 어느 양장점 주인의 도움으로 적당한 드레스 두어 벌쯤 장만하는 것도 그리 나쁘지 않겠다고 생각했다. 로버타는 언젠가 영화에서 보았고 클라이드가 약속을 지켜 준다면 식을 올릴 때 입을 수 있는 꽃무늬 있는 회색 태피터* 애프터눈 드레스를 생각해 보왔다. 그녀는 이 멋진 드레스에 어울리는 테두리 밑에 분홍색이나 진홍색의 딸기 모양의 액세서리가 달린, 멋진 회색 실크 모자와 더불어 갈색 구두와 모자를 곁들여 주면 어디에 나서도 신부 차림으로 손색이 없을 산뜻한 푸른색 서지 여행복도 생각하고 있었다. 이런 준비를 하자면 일이 더 늦어질 뿐 아니라 비용도 더 들 것이고, 클라이드가 결혼해 주리라는 보장도 없는 데다 두 사람의 관점에서 보면 이렇게 이루어진 결혼 자체가 이미 빛이 바래 버렸다. 그렇더라도 그녀는 결혼을 중대한, 아니 성스럽기까지 한 일이며, 그렇게 만족스럽지 못한 상황에서도 결혼이 부여하고 이것과 관련해 떼어 놓을 수 없는 찬란한 빛과 로맨스를 마음속에서 지워 버릴 수는 없었다. 그리고 이상한 일이었지만 그동안 두 사람의 관계가 불안하고 긴장된 상태로 발전해 있었는데도 그녀는 처음에 사귈 때와 같은 눈빛으로 클라이드를 바라보고 있었다. 클라이드는 그리피스 집안의 사람으로 돈은 없다지만 사회적 신분이 높아 그녀 자신과 같은 처지의 여자들은 물론이고 그녀보다 집안이 좋은 여자들도 이런 식으로, 즉 결혼을 통해 관계를 맺고 싶어 했다. 클라이드는 그녀와 결혼하기를 꺼려 하고 있을지는 몰라도 어쨌든 중요한 인물임이 틀림없었다. 그녀는 그가 조금만 아껴 주면 남부럽지 않게 행복해질 수가 있을 것 같았다. 어쨌든 그는 한때 그녀를 사랑해 주지 않았던가. 그녀는 남자란—물론 남자도 남자 나름이겠지만—아이가 생기면 아이어머니에 대한 태도가 크게 달라질 때도 있다고 여겼다. 어머니와 그 밖의 사람들이 자주 그렇게 말

하는 것을 들은 적이 있었던 것이다. 남자들은 아이어머니에게
도 정을 느끼게 된다는 것이었다. 어쨌든 잠깐이라도—정말 잠
깐 말이다—그녀가 그의 말대로 한다면 그는 옆에서 그녀를 도
와 이 어려운 고비를 넘기게 해 주고, 태어나는 아이에게도 자
신의 이름을 주고 어떤 식으로든 일어설 수 있을 때까지 그녀를
도와줄 터였다.

그래서 로버타는 클라이드의 차가운 태도를 보고 몹시 불안
하고 미심쩍은 구석이 있지만 달리 계획도 없는 터라 우선 당
분간, 이 계획에 따르기로 했다. 로버타는 몸 상태가 좋지 않아
좀 쉬고 옷도 한두 벌 만들 겸 적어도 두 주일 정도 집에 가 있
겠다는 편지를 부모에게 띄웠다. 닷새 뒤 클라이드는 빌츠 집으
로 돌아가는 그녀를 폰다까지 배웅했다. 그러나 이렇다 할
뚜렷한 계획이 없는 클라이드에게 그녀의 침묵이 무엇보다도
중요하고 필수적이었다. 그녀가 조용히 있어 줘야만 파멸의
칼날이 목 앞에 있다 해도 좀 더 차분하게 생각할 수 있었기 때
문이다. 그래야만 그는 무슨 일을 하도록 강요받지 않고, 또한
로버타가 초조하거나 불안하거나 몹시 흥분한 상태에서 무슨
이상한 말이나 행동을 할지 모른다는 생각으로부터 잠시라도
고문받지 않을 듯했다. 만약 그녀가 이상한 언행을 하면 아무
리 그가 손드라와 관련한 좋은 계획을 생각해 내도 실행에 옮
길 수 없었다.

이 무렵 손드라는 트웰프스 호수에서 조금 뒤에 클라이드
가 도착하면 어떤 재미있는 일들이 기다리고 있는지 편지를 써

서 보내고 있었다. 푸른 호수, 흰 돛을 단 요트, 테니스, 골프, 승마, 자동차 드라이브 등 말이다. 그녀는 이 모든 것을 버타인과 함께 준비해 놓았다고 말했다. 그리고 그를 기다리고 있는 것이 또 있다고 했다. 아, 감미로운 키스— 키스— 키스!

제42장

이 무렵 동시에 날아든 편지 두 통이 클라이드가 이 모든 문제를 해결하기가 얼마나 어려운지 새삼 실감 나게 했다.

파인포인트 선착장에서
6월 10일

보고 싶은 클라이드에게

내 귀염둥이, 어떻게 지내고 있어? 잘 있는 거야? 이곳은 정말 즐거워. 벌써 사람들이 많이 와 있고, 또 날마다 밀려들고 있어. 파인포인트의 카지노 클럽과 골프장이 문을 열어서 숱한 사람들로 북적대고 있지. 지금 스튜어트와 그랜트가 각자 보트를 타고 그레이만(灣) 쪽으로 가는 소리가 들리네. 서둘러 빨리 와, 귀염둥이. 너무 좋아서 뭐라고 말로는 설명할 수 없거든. 푸른 숲속의 길을 따라 말을 달리고 날마다 오후 네 시면 카지노에서 춤을 추고 수영을 해. 지금 막 디키*를 타고 신나게 달리다가 돌아왔는데, 점심 먹고 나서 이 편지 부치려 또 한 번 디키를 타고 달릴 거야. 버타인은 주말이라도 좋고 아무 때라도 좋으니 와 달라는 편지를 오늘이나 내일 당신에게 부치겠다고 했어. 그러니까 손드라가 오라고 할 때 금방 와야 해. 알았지? 오지 않으면 손드라한테 심하게 매를 맞을 거야. 말썽쟁이 우리 착한 아기.

그 따분한 공장에서 열심히 일하고 있는 거야? 손드라는 여기서 함께 지내고 싶은데. 말도 타고, 자동차 드라이브도 하고, 수영도 하고, 춤도 추면서. 테니스 라켓과 골프채를 잊지 말고 꼭 갖고 와야 해. 카지노에는 멋진 골프장이 있으니까.

오늘 아침 승마 하고 있을 때 디키의 발굽 밑에서 새가 한 마리 날아올랐어. 디키가 놀라서 뛰는 바람에 손드라도 나뭇가지에 여기저기 긁혔지 뭐야. 클라이드는 이런 손드라가 불쌍하지도 않아?

손드라는 오늘 편지를 많이 쓰고 있어. 점심 먹고 편지를 부치고 나면 버타인과 니나와 셋이서 카지노에 갈 거야. 이곳에 있고 싶지 않은 거야? 〈토디〉에 맞춰서 춤을 출 수 있어. 손드라는 그 노래가 좋거든. 이젠 옷을 갈아입어야 해. 내일 또 쓸게, 말썽쟁이. 버타인의 편지를 받으면 곧장 답장을 쓰라고. 이 많은 얼룩이 뭔지 알아? 키스 자국이거든. 크고 작은 얼룩 말이야. 모두 당신에게 보낸 키스지 뭐야. 손드라에게 매일 편지를 보내. 그러면 손드라도 답장을 할 테니.

더 많은 키스와 함께

클라이드는 열심히 답장을 써서 두 시간 안에 보냈다. 그러나 같은 날 거의 같은 시간에 다음과 같은 편지가 로버타에게서 날아왔다.

빌츠에서
6월 10일

보고 싶은 클라이드에게

잠자리에 들 시간이지만 몇 줄 적겠어요. 여기까지 오느라고 얼마나 지루했던지 정말 병이 날 것 같았어요. 알다시피 무엇보다도 이곳에 (혼자서) 오고 싶지 않았거든요. 이제는 우리 계획도 세웠고 당신이 약속대로 나를 데리러 올 테니 그래서는 안 되는 줄 알면서도 왠지 불안하고 초조하기만 해요.

여기까지 읽은 클라이드는 로버타가 사는 그 비참한 시골을 생각하니 메스꺼울 만큼 역겨워졌지만, 시골과 그녀의 불행하지만 피할 수 없는 관계 때문에 그의 마음속에 옛날과 같은 양심의 가책과 측은한 동정심을 불러일으켰다. 뭐니 뭐니 해도 그녀의 불행은 그녀 스스로 초래한 것이 아니었다. 그녀에게는 매일 매일의 작업과 평범한 결혼 생활 말고는 미래에 기대할 만한 게 아무것도 없었다. 여러 날 만에 처음으로 로버타와 손드라 두 사람이 없는 지금 그는 그것을 분명하게 생각할 수 있었고, 그래서 우울하게나마 진심으로 그녀에게 동정심을 느낄 수도 있었다. 편지의 나머지 사연은 이렇게 계속되고 있었다.

하지만 이곳은 아주 좋아요. 초록색으로 물든 나무들은 너무 아름답고, 꽃들도 활짝 피어 있어요. 남쪽 창가로 가까이 다가갈 때마다 과수원에서는 벌 떼 소리가 들려요. 집에 오는 길에 호머에 사는 여동생과 제부 집에 들렀어요. 떳떳한 처지가 아니고는 여동생 가족 앞에 다시는 나타나지 않으려고 결심했으니 언제 또 만날 수 있을지 모르니까요. 마음을 모질게 먹었거나 악하게 먹고 이런 말을 적는 건 아니에요. 그저 슬퍼서 이러는 거죠. 여동생 집은 아담하더라고요. 멋진 가구와 축음기도 있어요. 애그니스는 프레드와 정말 행복하게 지내고 있어요. 언제까지나 행복하게 지내 줬으면 하고 바랄 뿐이에요. 내 꿈이 실현되었다면 우리도 얼마나 행복한 가정을 꾸밀수 있었을까, 하는 생각을 하지 않을 수 없었어요. 동생 집에 머무는 동안 제부는 줄곧 나더러 왜 시집을 가지 않느냐고 놀려 댔어요. 그래서 나는 "아, 제부, 내가 시집 안 간다고 그렇게 확신하지 말아요. 기다리는 사람에게 복이 있다는 말이 있잖아요" 하고 말해 줬어요. 그랬더니 "기다리다 할머니가 되지 않는다면 말이죠" 하고 되받아치지 않겠어요.

어쨌든 어머니를 다시 만나서 정말 기뻐요, 클라이드. 어머니는 애정이 많고 인내심이 있으며 큰 도움이 되는 분이에요. 그렇게 다정하고 좋은 어머니는 또 있을 수 없어요. 톰과 에밀리도 매한가지예요. 내가 집에 온 뒤로는 매일 밤 친구들을 불러들이고는 같이 놀자고 해요. 카드놀이를 하자, 게임을 하자, 춤을 추자고 말이죠. 하지만 지금은 몸이 불편해서 그럴 수가 없어요.

여기에서 클라이든 로버타가 사는 그 초라한 세계, 그가 얼마 전에 본 그 한심한 집을 마음속에 그려 보지 않을 수 없었다. 그 쓰러져 가는 집! 금방이라도 넘어질 것 같은 굴뚝! 그리고 촌스럽기 그지없던 그녀의 아버지. 이 모든 것이 손드라의 편지 내용과는 너무도 대조적이었다.

아버지와 어머니와 톰과 에밀리는 내 옆을 떠나지 않고 나한테 잘해 주려고 해요. 물론 나는 가끔 피곤하고 울적한 게 일 때문인 척해야 하지만 말이에요. 혹시 가족들이 진실을 알게 되면 어떻게 받아들일까 생각하면 양심의 가책을 느껴요. 어머니는 나더러 집에 오래 머무르든가 아예 직장을 그만두고 푹 쉬어서 건강을 되찾으라고 계속 말씀하시지만 물론 진실을 몰라서 그러시는 거죠. 불쌍한 우리 어머니. 만약 어머니가 알기라도 하시는 날에는! 그런 생각을 하면 무척 괴로울 때가 있어요, 클라이드. 아, 이를 어쩌나!

하지만 당신에게 이렇게 슬픈 감정을 늘어놓지 말아야겠어요. 내가 말했듯이, 만약 약속대로 당신이 나를 데리러 오기만 한다면 그러고 싶지 않아요. 그렇게 하지도 않겠어요, 클라이드. 내가 지금처럼 늘 그러는 건 아녜요. 3주 동안에 해야 할 여러 가지 준비에 손을 대기 시작했으니까 일을 하다 보면 딴생각을 할 겨를이 없을 거예요. 하지만 꼭 나를 데리러 오는 거겠죠? 내가 크리스마스 때 집에 오기 전부터니까 꽤나 오래됐네요……. 당신은 그동안 내 마음을 아프게 했지만, 이번만큼은 나를 실망시키거나, 또 내 마음을 아프게 하지는 않겠죠? 하지만 당신은 나한테 정말 잘해 주었어요. 당신에게 짐이 되지 않을 것을 약속하겠어요. 당신의 사랑이 식은 것은 알고 있으니까 이 일만 해결되면 나중에야 어떻게 되든 상관하지 않겠어요. 어쨌든 당신에게 짐이 되지 않겠다는 걸 진심으로 약속해요.

아, 이 얼룩 자국에 신경 쓰지 마세요. 요즘엔 전처럼 자신을 억제할 수 없을 때가 가끔 있어요.

내가 여기 온 용건에 대해 말해야겠네요. 가족들은 내가 라이커거스에서 열리는 파티에 입고 나갈 옷들을 장만하는 것으로 생각하고 있고, 내가 그곳에서 아주 즐거운 생활을 하는 걸로 알고 있어요. 하기야 그렇게 생각하는 편이 더 나을지도 모르죠. 만약 양재사인 앤스 부인을 보내지 않는다면, 내가 직접 폰다까지 나가서 옷감을 사야 할지도 모르겠어요. 혹 당신이 나를 데리러 이리로 오기 전에 한 번 더 만나고 싶으면 그럴 수 있어요. 물론 그러고 싶지 않겠지만요. 만약 만날 수 있다면 우리가 떠나기 전에 한 번 더 만나서 이야기하고 싶어요. 클라이드, 이렇게 옷을 준비하고 당신이 그러고 싶지 않다는 것을 알면서도 보고 싶으니 참 우스워요. 어쨌든 내가 당신이 하라는 대로 라이커거스를 떠나 집에 와 있고, 당신은 당신대로 즐겁게 시간을 보내고 있으니 이제는 만족하고 있겠죠. 지금의 시간이, 지난여름 우리가 여러 호수와 유원지에 다닐 때보다 그렇게 더 즐거운가요? 어쨌든, 클라이드, 이번 약속만은 기분 나쁘게 생각하지 않고 지켜 주겠죠? 지금 당신에게는 힘든 일일지 모르겠지만 다른 여자 같으면 더 많은 것을 요구할지도 모른다는 걸 잊지 말아요. 하지만 전에도 말했지만 난 그런 여자와는 다르고, 또 그렇게 될 수도 없어요. 내가 말한 대로 당신이 나를 이 궁지에서 벗어나게 한 뒤 내가 싫으면 떠나도 돼요.

클라이드, 마음에 없더라도 길고 재미난 편지를 보내 줘요. 내가 떠난 후로 나를 생각한 일은 한 번도 없다거나, 전처럼 보고 싶지 않았다는 내용이라도 좋고요. 내가 그곳으로 돌아오지 않았으면 좋겠다느니, 토요일부터 계산해서 2주가 지나기 전에는 도저히 이곳에 올 수 없다는 사연이라도 좋아요.

아, 마음에도 없는 이런 끔찍한 말을 적고 싶지 않았는데요. 너무 우울하고 피곤하고 외로워서 때로는 어쩔 수 없어요. 누군가 말 상대가 있으면 좋겠어요. 이해를 못할 테니 이곳 식구들에게 이야기할 수는 없어요. 또 누구에게 할 수 있는 이야기도 아니죠.

하지만 우울해하거나 시무룩하거나 짜증 내지 않겠다고 말했으면서도 이번에도 이렇게 넋두리만 늘어놓았어요. 다음에는—내일이나 모레는— 좀 더 밝은 내용의 편지를 쓰겠다고 약속할게요. 클라이드, 편지에라도 당신에게 털어놓으면 속이 후련해져요. 다만 몇 마디 말이라도 적어 보내서 내 마음을 기쁘게 해 주세요. 당신이 그렇게 하기 싫든 좋든 당신을 기다리고 있는 동안 그런 편지가 무척 필요해요. 그리고 물론 나를 데리러 오는 거죠? 그러면 나는 행복하고 고마운 나머지 어떤 식으로든지 당신을 귀찮게 하지 않도록 노력하겠어요.

당신의 외로운
로버타 드림

이 두 편지가 전하는 장면이 서로 너무 다른 나머지 클라이드는 마침내 로버타와는 절대로—정말로 절대로— 결혼하지 않을 것이며, 빌츠로 그녀를 데리러 가지 않을 것은 물론이고 그럴 수만 있으면 라이커거스로 돌아오지도 못하게 하겠다고 결심했다. 그가 빌츠로 가거나 로버타가 라이커거스로 돌아오는 날에는 최근 손드라가 가져다준 모든 기쁨이 하루아침에 끝나버릴 것이기 때문이다. 그렇게 되면 이번 여름 트웰프스 호수에서 손드라와 함께 지낼 수도 없고, 그녀와 도망쳐 결혼할 수도 없지 않은가? 정말 무슨 좋은 방법이 없을까? 이 끔찍스러운 상황에서 빠져나갈 탈출구가 정말로 없는 것일까?

6월의 어느 무더운 날 저녁, 직장에서 돌아와 그의 방에 놓여 있는 편지를 읽은 클라이드는 절망적인 상태에서 침대에 몸을 던지고 신음했다. 이렇게 비참할 수가 있는가! 거의 해결 방법이 없다시피 하니 얼마나 끔찍한 문제인가! 로버타를 타일러서 다른 곳에 가게 하거나 아니면 집에서라도 오래 머물게 하는 방법은 없을까? 그러면 매주 10달러나 12달러 아니, 그의 봉급 절반이라도 보내 줄 수 있을 텐데 말이다. 아니면 폰다나 글로버스빌이나 스키넥터디 같은 그리 멀리 떨어지지 않은 인근 도시에 가서 방을 얻어 조용히 지내고 있다가 결정적인 시간이 왔을 때 의사나 산파에게 갈 수도 있지 않은가? 만약 그녀가 그의 이름을 입 밖에 내지 않는다면 때가 오면 그가 나서서 의사나 산파를 찾아 줄 수 있을지도 모른다.

그러나 클라이드에게 그것도 두 주 안에 빌츠에 오거나 다른 곳에서 만나자는 것은 곤란했다. 그럴 수는 없는 일이었다. 그는 도저히 그렇게 할 수 없었다. 로버타가 끝내 고집을 부린다면 그는 다급한 나머지 무슨 짓을 할지 몰랐다. 가령 도망을 가 버리든지 아니면 빌츠에 가기로 된 날 이전이나 로버타가 그가 올 때가 됐다고 생각하기 전에 트웰프스 호수로 가서 손드라를 설득하여—아, 이것은 말할 수 없이 무모한 일이었지만—아직 만 열여덟 살이 안 된 그녀와 함께 도망쳐서 결혼식을 올린다면 그녀의 가족도 두 사람을 이혼시킬 수는 없을 터였다. 로버타는 그를 찾을 길이 없으니 사실을 폭로할 것이다. 그렇다 해도 클라이드는 전혀 그런 일이 없다고 잡아뗄 수 없단 말인가? 다만 그녀와는 부서의 우두머리와 여직공의 관계였을 뿐이라고 말이다. 그는 길핀 부부를 한 번도 만나 본 적이 없었고, 로버타와 함께 글로버스빌 교외의 글렌 의사를 찾아간 적도 없었다. 게다가 로버타는 그의 이름을 입 밖에 내지 않았다고 말하지 않았던가.

그러나 무슨 배짱으로 그렇게 잡아떼겠는가!

그러려면 아마 상당한 용기가 필요할 것이다.

로버타의 침착하면서도 나무라는 듯한, 겁에 질린 순진한 푸른 눈을 똑바로 바라본다는 것이 이 세상에서 그 무엇보다도 어렵다는 것을 클라이드는 잘 알고 있었다. 그가 그런 그녀의 눈을 쳐다볼 수 있을까? 그럴 용기가 그에게 있을까? 비록 그럴 용기가 있다고 해도 일이 만족스럽게 풀릴 수 있을까? 그 이야기를 들었을 때 손드라가 그의 말을 믿으려고 할까?

그러나 어쨌든 이런 생각을 좇다 보니 막상 트웰프스 호수에 가서 그 계획을 실천에 옮기든 옮기지 않든 클라이드는 손드라에게 그가 그곳에 간다는 사실을 편지로 알려야 했다. 그는 곧장 그리움을 듬뿍 담아 열렬한 사연을 그녀에게 적어 보냈다. 동시에 그는 로버타에게는 편지를 쓰지 않기로 했다. 이웃집에 전화가 있어 연락할 일이 생기면 그쪽으로 전화를 하라는 이야기를 얼마 전 그녀가 한 적이 있었기 때문에 필요하다면 나중에 장거리 전화를 걸기로 했다. 아무리 조심스럽게 쓴다 해도 지금 편지를 부친다는 것은 그녀와 결혼을 하지 않기로 그가 결심할 때 그들의 관계를 입증하는 데 필요한 증거를 그녀의 손에 쥐여 주는 것이나 다름없었기 때문이다. 이런 모든 속임수를 쓰다니!

그것이 비열한 짓이라는 것은 두말할 나위가 없었다. 그러나 로버타가 그의 말을 좀 더 순순히 들어주기만 했더라도 그는 이런 비열한 짓을 상상하지 않았을 것이다. 하지만 아, 손드라! 손드라! 그리고 그녀가 편지에서 설명한 트웰프스 호수 서쪽 물가에 자리 잡고 있는 그 호화로운 별장! 얼마나 아름다울까! 그로서는 어쩔 수 없는 일이었다. 그는 자기 계획을 밀고 나갈 수밖에 없었다! 그럴 수밖에 다른 길이 없지 않은가!

그래서 클라이드는 곧 자리에서 일어서 손드라에게 보내는 편지를 부치려고 밖으로 나갔다. 밖에 있는 동안 그는 석간신문을 사서 아는 사람들의 소식을 알리는 지방 기사를 읽고 잠시나마 기분을 전환하려고 했다. 그런데 올버니에서 발간되는 「타임스-유니언」지 일면에 다음과 같은 기사가 실려 있었다.

패스 호수에서 두 사람의 우발적인 참극 발생 ―
피츠필드* 부근 유원지에서 전복된 보트와 표류 중인
모자 두 개를 보면 희생자가 두 사람인 듯 ―
신원 미상의 젊은 여자 시체 한 구 발견 ―
동행자 시체는 아직 발견하지 못함

카누를 타는 것뿐 아니라 수상생활과 관계있는 스포츠라면 무엇이든 관심이 많을뿐더러 조정, 수영, 다이빙에 특별히 묘기가 있던 클라이드는 호기심에 그 기사를 읽었다.

매사추세츠주 팬코스트, 6월 7일발―

이틀 전 이곳에서 북쪽으로 22킬로미터쯤 떨어진 패스 호수에서 놀이하러 피츠필드에서 온 것으로 짐작되는 신원 미상의 한 남자와 한 젊은 여자가 뱃놀이를 하던 중 목숨을 잃는 사건이 발생했다.

화요일 아침 이곳에서 카지노 보트 클럽을 경영하는 토머스 루커스에게 피츠필드에서 왔다고 밝힌 한 남자와 한 젊은 여자는 열 시경 작은 보트를 빌려 도시락이 들어 있는 것으로 짐작되는 바구니를 싣고 호수의 북쪽 끝으로 출발했다. 엊저녁 일곱 시가 되어도 두 사람이 돌아오지 않자 루커스 씨는 아들 제프리와 함께 모터보트로 호수를 둘러보다가 북쪽 물가 근처의 수심이 얕은 곳에서 뒤집혀 있는 보트를 발견했지만 보트에 타고 있던 사람들의 종적은 찾아내지 못했다. 그 당시에는 보트를 빌려 타는 사들이 보트 사용료를 지불하지 않기 위해 달아난 경우로 생각한 루커스 씨는 보트를 선착장으로 끌어다 놓았다.

그러나 오늘 아침 혹시 사고가 일어났을지도 모른다는 의심이 들어 루커스 씨는 조수 프레드 월쉬와 아들과 함께 두 번째로 북쪽 물가를 둘러보다가 마침내 물가 근처의 골풀 속에 떠 있는 남자와 여자의 모자를 발견한 것이다. 즉시 수색대가 편성되고, 오늘 세 시에는 남자와 동행하고 있었다는 것 외에는 아무것도 알려진 바가 없는 여자의 시체가 인양되어 당국에 인계되었다. 남자의 시체는 아직 발견되지 않았다. 사고 현장 부근은 수심이 9미터가 넘는 곳이므로 나머지 시체를 인양할 수 있을지 어떨지는 아직 분명치 않다. 약 15년 전에도 같은 지점에서 이와 비슷한 사고가 발생했고, 그때는 어느 한쪽의 시체도 인양하지 못했다.

여자가 입고 있던 조그마한 상의의 안감에는 어느 피츠필드 업자의 상표가 붙어 있었다. 여자가 신은 구두 안쪽에도 역시 피츠필드의 제이콥스라는 제화점의 도장이 찍혀 있었다. 그러나 그 밖에는 그녀의 신원을 밝힐 만한 단서가 아무것도 없었다. 이곳 당국에서는 만약 여자가 핸드백을 들고 있었다고 해도 호수 바닥에 가라앉았을 것으로 보고 있다.

목격자에 따르면 남자는 키가 크고 피부색이 거무스레한 35세가량의 인물로 희고 푸른색 띠를 두른 밀짚모자를 쓰고 엷은 초록색 양복을 입고 있었다고 한다. 여자는 25세 안짝으로 보이고 신장이 165센티미터에 체중이 59킬로그램가량 되는 것 같다. 여자는 긴 암갈색의 머리를 땋아서 이마 위에 얹어놓고 있었다. 여자의 왼쪽 가운뎃손가락에는 자수정이 박힌 작은 금반지가 끼워져 있다. 피츠필드와 인근 도시의 경찰은 사고를 통고받았지만, 여자의 신원은 아직 밝혀지지 않고 있다.

여름철에는 흔히 있는 사건이라 클라이드는 그 기사에 특별한 관심을 두지 않았다. 물론 젊은 아가씨와 사내가 별로 알려지지 않은 조그마한 호수에 가서 대낮에 작은 보트를 타다가 목숨을 잃었다는 것은 이상한 데가 없지 않았다. 또한 나중에 두 사람의 신원을 알고 있는 사람이 아무도 없다는 것도 이상한 일이었다. 그러나 문제는 바로 여기에 있었다. 남자는 영원히 사라져 버린 것이다. 클라이드는 처음에는 별로 관심도 없이 신문을 내팽개치고 다른 일들, 자신이 지금 직면해 있는 문제, 그 문제를 어떻게 해결해야 할 것인지에 대해 생각했다. 그러나 나중에 그의 삶에 얽힌 복잡한 문제를 생각하면서 잠자리에 들려고 막 불을 끄려 할 바로 그때(어느 악마의 속삭임이던가? 아니면 어떤 마귀의 음흉한 귀띔이던가?) 그의 머릿속에 엉뚱한 생각이 스쳐 갔다. 만약에 그와 로버타가 아니, 그와 손드라가 그건 안 될 말이었다. (그건 아니지, 손드라도 그도 수영을 잘할 수 있으니까) 만약에 그와 로버타가 그를 괴롭히고 있는 복잡한 문제 때문에 전전긍긍하고 있는 이때에 어디에선가 조그마한 보트를 타다가 그것이 뒤집힌다면? 그렇게 된다면 그는 이런 문제에서 벗어나게 될 것이 아닌가? 그와 로버타가 해방이 될 게 아닌가! 그를 파멸로 몰아가고 있는 이 엄청난 문제에서 해방될 수 있는 게 아닌! 한편 ― 잠깐, 조그만 천천히! ― 그가 놓인 어려운 문제의 해결책으로 그런 방법을 생각한다면 그 자체가 벌써 마음속에서 죄를, 정말로 무섭고 끔찍한 죄를 짓는 게 아닌가? 그런 일은 생각조차 해서는 안 된다. 그런 행동은 나쁜, 아주 나쁜 짓이었다. 그렇지만 만약에 ― 물론 사고 때문이다 ― 그런 일이 일어난다면 어떻게 될까? 그런 사고가 만약 일어난다면 로버타에 관한 일은 한꺼번에 해결이 될 게 아닌가?

더 이상 로버타를 두려워하지 않아도 되고, 손드라 앞에서도 불안과 괴로움을 느낄 필요도 없을 것이다. 지금 그가 안고 있는 모든 문제는 흔적도 남기지 않고 말썽도 없이 조용히 해결되고, 오직 그의 앞날에는 행복만이 있을 것이다. 고의로 저지르지 않은 우발적인 익사 사고, 그것이 일어난다면 그의 장래가 찬란한 영광의 빛으로 빛날 것이다.

그러나 바로 이런 때 로버타에 관해서 그런 생각을 한다는 것 자체가(도대체 왜 그의 마음속에서 그런 사고와 로버타가 계속 관련되어 나타날까?) 이미 끔찍스러운 일이었다. 그런 생각은 절대로 해서는 안 되었다. 절대로, 절대로, 정말 절대로 말이다! 또 이 얼마나 끔찍스러운 일인가! 이 얼마나 무서운 일인가! 그것은 살인을 생각하는 것과 다름없지 않은가! 살인! 그러나 클라이드는 즐겁고 매혹적인 그녀 자신과 그녀의 생활을 적어 보낸 손드라의 편지와는 너무도 대조적인 로버타의 편지를 읽고 나서 워낙 감정의 동요를 느꼈기 때문에 그의 모든 문제를 쉽고 자연스럽게 해결할 수 있는 방법을 머릿속에서 차마 떨어 버릴 수 없었다. 그 자신과 로버타에게 그런 사고가 만약 일어나 주기만 한다면 말이다. 결국 그 자신이 어떤 범죄를 계획하고 있는 것은 아니지 않은가? 다만 그는 어떤 우발적인 사고에 대해, 만약 그런 사고가 일어난다면, 그의 경우에 그런 사고가 일어날 수만 있다면, 하고 생각할 뿐이었다. 아, '사고가 일어날 수만 있다면.' 그러나 흉악한 생각은 절대로, 정말 절대로 하지 말아야 한다. 그것은 안 될 말이다. 그러나 그는 수영에 능숙했기 때문에 아무리 먼 거리라 해도 물가까지 헤엄쳐 나올 자신이 있었다. 그는 지난여름, 이곳저곳 물가에서 함께 수영을 즐겼기 때문에 로버타가 수영을 할 줄 모른다는 것을 알고 있었다. 그렇다면—그렇다면 말이다—만약 그가 물에서 끌어내 주지 않는다면…….

클라이드는 램프 불을 켠 방 안에 앉아 아홉 시 반부터 열 시까지 그런 생각을 하고 있으려니 온몸과 머리끝에서 손가락 끝까지 이상하게 오싹한 소름이 끼쳤다. 이 얼마나 놀랍고 두려운 생각이란 말인가! 신문 기사를 읽고 이런 식으로 생각을 하다니. 참으로 놀라운 일이었다. 게다가 클라이드가 손드라를 만나러 가는 지역에는 가는 곳마다 호수가 널려 있었다. 손드라가 가 있는 곳에도 호수가 수십 군데나 있었다. 이것은 그가 손드라에게 들어서 알고 있는 사실이었다. 그리고 로버타는 야외와 물가에 나가기를 좋아했고 수영은 못하면서도—수영은 잘하지 못하면서도, 정말로 못하면서도 말이다—그들은, 적어도 그는 호수가 많은 곳으로 가게 되어 있었다. 그렇다면 로버타와 함께 가서는 안 될 이유도 없지 않겠는가? 더욱이 두 사람은 라이커거스를 영원히 떠나기 전에 7월 4일 독립기념일에 유원지에서 공휴일을 함께 즐기자고 말했다.

그러나 아니! 아니! 그것은 정말로 있을 수 없는 일이었다. 아무리 로버타를 떼어 놓고 싶어도 그런 사고를 생각한다는 것은 죄악이고 흉악하고 끔찍스러운 일이 아닌가! 비록 한순간이라도 그런 생각을 품어서는 안 되었다. 그것은 너무도 잘못되고—너무나 사악하고—이 얼마나 끔찍스러운 생각이란 말인가! 아, 이 소름 끼치는 생각! 그런 생각이 그의 머릿속에 떠오르다니! 그것도 하필이면 이때, 그녀가 그에게 함께 떠나자고 요구하고 있는 이때에!

죽음!

살인!

로버타 살해!

그렇지만 그녀에게서, 상식에서 벗어나고 융통성 없고 집요하게 다그치는 그녀의 요구에서 해방될 수만 있다면! 그런 생각을 하기만 해도 그의 몸은 벌써 식은땀으로 흠뻑 젖어 있었다. 그런데 지금은—그렇다면 언제—도대체 언제! 그러나 그는 그런 생각을 하지 말아야 했다. 아직 배 속에 있는 아이도 죽이는 게 아닌가!

그러나 계산적으로—고의로—그런 일을 생각할 수 있는 사람이 어디 있을까? 여름철이면 세계 곳곳에서 남녀노소를 막론하고 수많은 사람이 그런 식으로 물에 빠져 죽는다. 물론 클라이드는 확실히 로버타에게도 그런 사고가 일어나기를 바라지는 않을 것이다. 특히 지금과 같은 때에는 말이다. 때가 때인 만큼 그가 그런 일을 바랄 리는 더욱 없었다. 그는 다른 일은 몰라도 그런 부류의 인간은 아니었다. 절대로, 절대로, 정말로 절대로 그런 인간이 아니었다. 그런 생각을 품었다는 사실만으로도 그는 두 손과 얼굴에 식은땀이 배어 있었다. 그는 그런 부류의 인간은 아니었다. 제정신을 가진 올바른 사람이라면 그런 일을 생각하지 않았다. 그러니 그도 그런 생각을 하지 않을 것이었다. 지금부터는 말이다.

　클라이드는 그런 섬뜩한 생각을 한 자신에 대해 전율을 느끼며 침대에서 일어나 불을 켜고 될수록 냉정하게 그의 마음을 어수선하게 만든 그 기사를 다시 한 번 읽어 보았다. 그렇게 함으로써 그 기사가 암시하는 것을 말끔히 물리쳐 버릴 수 있다고 생각하면서 말이다. 기사를 읽고 나서 그는 옷을 입고 집에서 나와 센트럴 애비뉴를 따라 와이키지 애비뉴 위쪽으로 오크 거리까지 갔다가 다시 스프루스 거리를 거쳐 센트럴 애비뉴로 돌아왔다. 얼마 뒤 그는 바라던 대로 마음이 훨씬 가볍고 자유롭고 자연스러워지고, 또 인간적인 느낌이 들었다. 지금껏 그의 마음속에 슬며시 스며들고 있던 간사하고 끔찍한 생각을 완전히 물리쳤다고 느끼며 그는 방으로 돌아와 다시 잠을 청했다. 두 번 다시는 그런 생각을 품지 않을 것이다! 정말로 두 번 다시 말이다. 그는 절대로, 절대로, 두 번 다시는 그런 생각을 하지 않을 것이다. 정말 절대로 말이다.

　그러고 나서 클라이드는 어렴풋이 잠이 들면서 사납게 생긴 검은 개가 그를 물려고 하는 꿈을 꾸었다. 그는 개에게 물리려던 찰나 놀라서 깨어났다가 다시 잠이 들었다. 그러나 이번에는 숲속인지 동굴 속인지, 아니면 양쪽에 산이 가파르게 솟아 있는 깊은 골짜기인지 분간할 수 없는 매우 이상하고 을씨년스런 곳에 와 있었는데, 거기에는 처음에는 제법 괜찮아 보이는 길이 하나 나 있었다. 그러나 그가 길을 따라가 보니 갈수록 더 좁아지고, 어두워지다가 마침내는 아예 사라져 버리고 말았다. 그래서 그가 오던 길로 돌아가려고 돌아서 보니 바로 눈앞에 처음에는 관목처럼 보이던 여러 마리의 뱀이 한 데 얽혀 있는 것이 보였다. 그 위로 적어도 뱀 스무 마리가 위협하듯 머리를 쳐들고 두 갈래로 갈라진 혀를 내밀고 마노(瑪瑙) 같은 눈으로 그를 노려보고 있었다. 그가 얼른 돌아서 보니 이번에는 뿔이 달린 어떤 거대한 사나운 짐승이 무거운 발굽으로 관목을 부러뜨리며 그의 길을 가로막고 있었다. 그는 겁에 질려 필사적으로 비명을 지르며 다시 한 번 잠에서 깨어났다. 그날 밤, 그는 다시 잠을 이루지 못했다.

제43장

그러나 클라이드는 궁지에 몰린 상황에서 호수에 관한 생각을 아무리 애를 써서 물리치려 해도 쉽게 물리칠 수가 없었다. 그러지 않아도 의지가 약한 그의 마음을 괴롭히고 흔들어 놓고 혼란시키고 있는 그의 개인 문제와 우연히 관련이 있기 때문에 끔찍스럽긴 하지만 감쪽같이 자연스럽게 두 목숨을 앗아간 패스 호수의 사고는 그 나름대로 의미가 있었다. 그는 두뇌의 어떤 이상한 작용 때문에 젊은 여자의 시체는 발견되었지만 사내의 시체는 나타나지 않은 사실에 생각이 쏠렸다. 그는 자신도 모르게 이 흥미로운 사실에는 어쩌면 호수 속에 남자의 시체가 없을지도 모른다는 암시가 숨어 있을지 모른다고 생각하고 있었다. 이 세상에는 사악한 사람들이 가끔 다른 사람들을 제거하고 싶어 해서 그 사내도 여자를 제거하려고 호수에 데려갔을지도 모르지 않는가? 물론 교활하고 간악한 짓임에는 틀림이 없었지만 적어도 이 경우에는 멋지게 성공했다고 봐야 하지 않을까?

그러나 그 자신이 그런 사악한 가능성을 믿고 행동한다는 것은…… 그것은 절대로 있을 수 없는 일이었다! 그렇기는 해도 그 자신의 문제는 시시각각으로 더 다급해지고 있었다. 안락과 비참함, 행복한 기분과 패배와 불확실성의 서글픔을 대조적으로 뚜렷이 보여 주는 편지가 날마다 또는 적어도 하루걸러 로버타나 손드라한테서 날아들고 있었기 때문이다.

클라이드는 로버타에게는 편지를 쓰고 싶지 않았으므로 될수록 어정쩡한 태도로 전화로만 짤막하게 대화를 나누고 있었다. 어떻게 지내고 있어? 편지는 잘 받았고, 시골 집에 가 있으니 다행이야. 이런 날씨에 공장에서 일하느니 시골 집에 가 있는 편이 훨씬 더 좋지. 물론 이곳에서는 모든 일이 순조롭게 진행되고 있어. 갑자기 주문이 밀려들어 지난 이틀 동안은 몹시 바빴지만. 당신이 알고 있는 어떤 계획 때문에 일정한 금액을 저축하려고 최선을 다하고 있지. 그것 말고는 걱정할 일이 아무것도 없으니 마음을 푹 놓아. 일이 바빠서 미처 편지를 쓰지 못했고, 이것저것 할 일이 많아 편지를 쓸 틈이 별로 없지만, 고향 집에 가 있는 당신이 보고 싶어. 곧 다시 만나게 될 테니 그날을 기다리겠어. 라이커거스로 돌아와 만나야겠다고 했는데, 꼭 그러고 싶다면 그래도 좋지만 지금 꼭 그래야만 할까? 눈코 뜰 새 없이 바쁜 데다 어차피 뒷날 다시 만나게 될 텐데.

그러나 동시에 클라이드는 손드라에게 18일에는 틀림없이,

그리고 가능하면 그다음 주말에는 별장으로 가겠다고 편지를 보냈다.

결국 클라이드는 손드라를 향한 뜨거운 욕망과 로버타에 관한 문제를 직시할 수 없는 무능력에서 비롯한 정신적 요술과 속임수 때문에 적어도 한 주 주말 동안 다시 한 번 손드라를 만나는 그토록 부러워하던 특권을 누릴 수 있었다. 그것도 그로서는 이제껏 한 번도 본 적이 없는 화려한 환경에서 말이다.

클라이드가 트웰프스 호수 기슭에 있는 여관의 베란다에 붙어 있는 샤런의 공공 선착장에 내리자 그를 맞으려고 손드라는 물론 버타인과 그녀의 남동생이 나와 있었다. 손드라는 그를 태우려고 그랜트의 모터보트를 몰고 체인 호수를 건너왔다. 인디언 체인 호수의 눈부신 푸른 물. 양쪽 호수 기슭을 파수꾼처럼 지키면서 서쪽에서 나무들이 거울처럼 비치고 있는 물 위에 검은 그림자를 던지고 있는 높다랗고 검은 소나무들. 곳곳에 보이는 보트 하우스까지 딸린 크고 작은 흰색, 분홍색, 녹색, 갈색의 별장들. 호반의 대형 천막들. 크랜스턴이나 핀칠리네 등이 소유한 크고 위풍당당한 별장에서 뻗어 나온 길쭉한 선착장들. 녹색과 푸른색의 카누와 모터보트들. 일찍 도착한 사람들로 벌써 붐비고 있는 파인포인트의 화려한 호텔과 대형 천막들. 이어 크랜스턴네 별장 선착장과 보트 하우스가 나타났다. 물가의 풀밭에는 버타인이 얼마 전에 샀던 러시아산 울프하운드 두 마리가 엎드려 주인이 돌아오기를 기다리고 있었고, 이곳에서 집안 식구들의 시중을 드는 대여섯 명의 하인 가운데 한 사람인 존이 기다리고 있다가 클라이드의 가방과 테니스 라켓과 골프채를 받아들었다. 그러나 클라이드에게 무엇보다도 인상 깊었던 것은 터무니없이 크면서도 멋지게 설계된 별장 자체로 별장으로 들어가는 보도의 가장자리에는 밝은색의 제라늄이 심겨 있었고, 등의자가 놓여 있는 갈색 칠을 한 넓은 베란다에서는 아름다운 호수 풍경과 골프 복장, 테니스 복장 또는 편한 옷차림으로 이곳저곳에서 한가로운 시간을 보내고 있는 손님들과 그들이 타고 온 차들이 내려다보였다.

버타인의 부탁대로 존은 즉시 클라이드를 호수가 내려다보이는 큰 방으로 안내했고, 그곳에서 그는 목욕을 하고 손드라, 버타인, 그랜트와 함께 테니스를 치기 위해 옷을 갈아입었다. 버타인네 별장에 가 있는 손드라의 설명에 따르면 만찬을 한 뒤에는 버타인과 그랜트와 함께 카지노에 가서 그가 알고 있는 모든 사람에게 소개될 예정이었다. 그곳에서는 댄스파티가 예정되어 있었다. 그리고 그가 원한다면 내일 아침에는 일찍 식사 전에 손드라, 버타인 스튜어트와 함께 서쪽으로 뻗은 멋진 숲속 길로 말을 달려 인스피레이션 포인트와 호수가 멀리서 보이는 곳으로 가 보자고 했다. 숲속에는 그런 오솔길 몇 개를 제외하고는 65킬로미터 넘게 길이 없었다. 그가 듣기로는 길을 모르는 사람들은 방향을 잡을 수 없어서 나침반이나 안내인 없이 숲속에 들어갔다가는 그만 길을 잃고 헤매다가 목숨을 잃을 수도 있었다. 아침 식사 뒤 수영을 하고 나면 손드라와 버타인과 니나 템플이 손드라의 새로 익힌 수상 스키 실력을 시범적으로 보여 줄 예정이었다. 그다음에는 점심을 먹고 테니스나 골프를 즐기고 나서 카지노에 차를 마시러 가기로 되어 있었다. 저녁에는 호수 건너편에 있는 유티카의 브룩쇼네 별장에서 저녁 식사를 하고 댄스파티가 마련되어 있었다.

클라이드가 도착한 지 한 시간도 안 되어 이미 주말 계획은 꽉 짜여 있었다. 그러나 짧은 몇 분뿐만 아니라 어쩌면 몇 시간도 그와 손드라 두 사람이 단둘이서 보낼 시간을 용케 만들어 낼 수 있다는 것을 그는 잘 알고 있었다. 손드라의 다양한 기질이 그에게 어떤 새로운 기쁨을 안겨 줄지는 그때 가서 보면 알 일이었다. 로버타에 관한 일이 마음에 걸리기는 하지만 이 주말 동안만이라도 그 일에 대해서는 잊을 수 있었던 그는 그야말로 낙원에라도 온 것 같은 기분이었다.

크랜스턴네 별장의 테니스 코트에서 순백색의 짧은 테니스 스커트와 블라우스를 입고 녹황색의 점무늬가 있는 손수건으로 머리를 두른 손드라의 모습은 매우 발랄하고 우아하고 행복해 보였다. 그녀의 입술에 감도는 미소는 또 얼마나 아름다운지! 그를 힐끗 쳐다볼 때마다 그녀의 눈에 떠오르는 행복한 기약의 표정! 간혹 그에게 서브하려고 달려와서 라켓을 쥔 쪽의 손을 높이 쳐들고 한쪽 발끝이 땅에 닿을락 말락하면서 고개를 뒤로 젖히고 입을 살짝 벌려 웃고 있는 그녀의 모습은 날아가면서 몸의 균형을 잡는 한 마리의 새와 같았다. 그리고 트웬티 러브,* 서티 러브, 포티 러브라고 외칠 때 그녀는 '러브'라는 말에 웃음을 곁들여 악센트를 붙이고 있었는데, 외치는 그 소리는 그를 매료시키면서도 동시에 그의 마음을 슬프게 했다. 그러나 그 외침은 어느 관점에서는 지금의 그가 자유로운 몸이라면 그녀를 자기 것으로 만들 수 있다는 말로도 들려 그의 마음을 한껏 들뜨게 했다. 그러면서도 그 자신이 만들어 놓은 검은 장벽이 그의 앞을 가로막고 있지 않은가!

눈앞에는 밝은 태양이 높은 소나무들로부터 은빛의 잔물결이 이는 호수까지 펼쳐진 잔디밭에 눈부신 빛을 던지고 있었다. 호수에는 여기저기에 작은 돛배의 하얀 돛들이 보였고, 연인들끼리 햇빛을 만끽하면서 카누의 노를 젓고 있는 곳에서는 흰색, 녹색, 노란색이 난무하고 있었다. 여름의 계절 ― 여유로움 ― 따뜻한 날씨 ― 아름다운 색깔 ― 아늑함 ― 아름다움 ― 사랑, 이 모든 것은 몹시도 외로웠던 지난여름에 그가 꿈꾸던 것들이었다.

어떤 순간에 클라이드는 손이 닿는 곳에 간절한 소망이 영락없이 이루어질 것 같은 기대에 눈앞이 아찔할 정도로 황홀해졌다. 그러나 다른 순간에(로버타에 관한 생각이 얼음처럼 찬 바람으로 불어닥쳐) 그는 그 무엇도 지금 그를 위협하는 이런 감정보다 더 슬프고 끔찍하게 아름다움과 사랑과 행복의 꿈에 찬물을 끼얹는 것은 없다는 느낌이 들었다. 호수에서 두 사람이 익사했다는 그 끔찍한 기사 말이다! 그의 허황된 계획에도 불구하고 일주일 아니면 늦어도 두세 주 뒤에는 이 모든 것을 뒤로한 채 영원히 떠나게 될지도 모른다. 그러다가 갑자기 정신을 차리고 보면 그는 공을 놓치거나 형편없이 공을 치고 있었다. 그럴 때면 버타인이나 손드라나 그랜트가 고함을 질렀다. "어이, 클라이드, 지금 무슨 생각을 그렇게 하는 거야?" 그러면 그의 마음 가장 어두운 구석에서 '로버타 생각을 하고 있어!' 하고 대답할 것만 같았다.

그날 저녁 다시 브룩쇼네 별장에는 손드라와 버타인의 친구를 비롯해 그 밖의 여러 사람들이 모였다. 그는 댄스 플로어에서 만면에 웃음을 띠고 있는 손드라와 다시 만났다. 그녀는 사람들, 특히 그녀 부모의 시선을 의식해서 클라이드를 처음 보는 것처럼, 그가 여기에 와 있는 것조차 알지 못하는 척 행동하고 있었다.

"여기에 와 있었어요? 반가워요. 크랜스턴 씨네 별장에 있어요? 아, 잘됐네요. 바로 우리 별장 옆인걸요. 그럼 자주 만나겠네요. 내일 아침 일곱 시에 승마나 할까요? 버타인이랑 난 거의 매일 승마를 해요. 우린 내일 다른 일이 없다면 피크닉을 가서 카누를 타고 모터보트를 탈 거예요. 승마가 서투르다고 걱정할 필요는 없어요. 버타인에게 말해서 제리를 빌려 타도록 해 드릴게요…… 제리는 양처럼 아주 순한 말이거든요. 승마복에 대해서도 걱정하지 말아요. 그랜트가 많이 갖고 있으니까. 다음 두 번은 다른 사람들과 춤을 추지만 세 번째에는 나랑 함께 한번 춰요. 바깥 발코니에 아주 멋진 장소가 있거든요."

손드라는 손가락을 펼쳐 보이면서 '우리끼리는 서로 통하죠'라는 듯한 눈빛을 하고 물러갔다. 나중에 밖으로 나와 그늘진 곳에 이르러 아무도 보는 사람이 없자 그녀는 클라이드의 얼굴을 자기 얼굴에 끌어당겨 열렬한 키스를 퍼부었다. 그날 밤 모임이 끝나기 전에 두 사람은 별장에서 호숫가로 뻗은 작은 길을 산책하다가 달빛 아래서 포옹할 수도 있었다.

"클라이드가 와서 얼마나 기쁜지 몰라. 굉장히 보고 싶었거든." 그녀는 클라이드의 머리를 쓰다듬으면서 그에게 키스를 했다. 클라이드는 두 사람 사이에 드리워져 있는 검은 그림자를 의식하고 열렬하게 그녀를 껴안았다. "오, 내 사랑스러운 아기!" 그는 절규하듯 큰 소리로 말했다. "아름다운, 아름다운 나의 손드라! 내가 얼마나 당신을 사랑하고 있는지 모를 거야! 알리가 없어! 당신에게 모든 걸 털어놓을 수만 있다면 얼마나 좋을까! 그러고 싶어."

그러나 클라이드는 지금은, 아니 영원히 털어놓을 수 없을 터였다. 지금 두 사람 사이를 가로막는 검은 장벽 일부도 감히 말할 수 없었다. 그녀가 자라난 환경, 그녀의 애정관과 결혼관으로서는 그에 대한 그녀의 사랑이 아무리 열렬하다 해도 그가 안고 있는 문제를 그녀가 이해하고, 그를 위해 그토록 엄청난 희생을 치를 것이라고는 기대할 수 없었다. 그가 모든 것을 털어놓는다면 그녀는 즉각 두려운 눈빛을 하고 그의 곁에서 떠날 게 분명하지 않은가!

클라이드가 힘차게 그녀를 포옹하는 동안 손드라는 달빛을 받아 눈에서 흰 불꽃을 튕기고 있는 클라이드의 긴장하고 창백한 얼굴을 쳐다보며 큰 소리로 말했다. "정말 클라이드가 이토록 손드라를 사랑하는 거야? 아, 멋진 사내! 손드라도 그를 사랑하는데." 그녀는 그의 얼굴을 두 손으로 꼭 잡고 열 번 넘게 뜨거운 키스를 퍼부었다. "나도 클라이드를 단념하지 않을 거야, 절대로. 어디 두고 봐! 무슨 일이 있어도 상관없어. 물론 일이 그리 수월하진 않을지 모르지만 그래도 포기하지 않을 거야." 그러고 나서 그녀는 늘 하는 버릇대로 갑자기 현실로 돌아와서 외쳤다. "하지만 이젠 돌아가야 해. 키스는 이제 그만. 안 된다니까. 안 된다고 하잖아. 사람들이 우릴 찾고 있을 거야." 그녀는 자세를 바로잡더니 그의 팔을 잡아당기면서 서둘러 별장으로 돌아갔다. 마침 파머 서스턴이 그녀를 찾고 있었다.

이튿날 아침 손드라와의 약속대로 클라이드는 버타인과 손드라와 함께 일곱 시 전에 인스피레이션 포인트까지 말을 타고 달렸다. 버타인과 손드라는 진홍빛 상의에 흰 바지와 검은 장화의 승마복 차림으로 풀어헤친 머리를 바람에 날리면서 앞서서 말을 달리다가는 그가 있는 곳으로 되돌아오곤 했다. 빨리 오라고 손드라는 즐거운 듯 그에게 소리를 지르기도 하고, 버타인과 함께 양쪽에서 가지를 뻗은 나무들에 가려서 모습을 드러내지 않은 채 90미터 넘게 앞쪽에서 깔깔대며 말을 천천히 달릴 때도 있었다. 손드라가 그에게 노골적으로 관심을 보이고 있으므로 버타인도 집안에서 반대하지 않는 한, 두 사람은 결국 결혼하게 될 것이라 생각했기 때문에 그에게 미소를 지으며 매우 친절하게, 여름 동안 이곳에 와서 지내면 누구도 쓸데없는 말을 하지 않도록 자기가 두 사람의 보호자 노릇을 해 주겠다는 말까지 했다. 클라이드는 그저 가슴이 부풀어 오를 만큼 황홀하다가도 갑자기 우울할 때가 있었다. 자신도 모르게 신문 기사가 생각났지만 완전히 잊어버리려고 무척 애를 썼다.

그러다가 손드라가 검은 나무 사이에 있는 이끼 낀 돌에 둘러싸인 샘에 이르는 가파른 길을 내려가면서 클라이드를 불렀다. "이쪽 아래로 내려와 봐. 길은 제리가 아니까. 미끄러지지 않을 거야. 이리로 와서 한 모금 마셔 봐. 이 샘물을 마시면 곧 이곳으로 다시 돌아오게 된대. 사람들 말로는 그래."

클라이드가 그곳으로 내려가 말에서 내려 샘물을 마시려 할 때 손드라가 큰 소리로 외쳤다. "자기에게 뭔가 할 이야기가 있어. 어젯밤 자기가 여기 와 있다는 말을 들었을 때 엄마 표정이 어땠는지 알아? 물론 엄마는 내가 자기를 불러서 왔다는 걸 잘 몰라. 버타인도 자기를 좋아한다고 생각하고 있거든. 그렇게 생각하도록 내가 유도한 거란 말이야. 그런데도 나도 한몫을 했다고 의심하는 눈치고, 그래서 별로 좋아하지 않으셔. 하지만 엄마도 전에 하던 말만 되풀이할 뿐 그 이상 무슨 말을 할 수 있겠어. 지금도 버타인과 이야기했지만 끝까지 내 편을 들어주겠다는 거야. 하지만 우린 전보다 훨씬 조심해야 해. 만약 엄마가 의심하게 되면 무슨 일을 할지 모르니까. 자기한테서 나를 떼어 놓기 위해 당장 떠나자고 할지도 몰라. 그러니까 우리는 지금까지보다도 더 조심해야 하거든. 엄마는 자기 마음에 드는 남자 말고 다른 남자에게 내가 관심을 두는 걸 싫어해. 엄마는 스튜어트에게도 그러는걸. 하지만 다른 사람들이 있을 때 자기가 너무 노골적으로 나를 좋아하는 눈치를 보이지만 않는다면 엄마도 당장에 무슨 조치를 취하지는 않을 거야. 나중에 말이야, 가을에 우리가 라이커거스로 돌아갔을 땐 사정이 달라질 거야. 나도 성년이 되니까 그때 가서 내가 어떻게 할 수 있을지 봐야지. 나는 지금껏 어느 남자든 사랑한 적이 없지만 자기만은 사랑해. 자기를 단념할 순 없어. 절대로. 가족이 뭐래도 어쩔 수 없다니까!"

손드라가 발을 구르고 채찍으로 장화를 때리는 동안 말 두 마리는 멍한 눈으로 한가롭게 주위를 두리번거리고 있었다. 그녀가 두 번째로 분명하게 사랑을 고백하자 어안이 벙벙해진 데다 지금이야말로 같이 도망을 쳐서 결혼하자는, 그래서 늘 머리 위에서 그를 위협하고 있는 칼날을 피해 보자는 말을 꺼낼 기회라고 생각하면서 클라이드는 초조한 희망과 두려움을 띤 시선으로 손드라를 물끄러미 보았다. 이렇게 불쑥 그런 말을 꺼내면 그녀는 충격을 받고 기절할 뿐만 아니라, 생각이 달라질지도 모를 일이었다. 더구나 손드라가 그의 제의를 받아들인다 해도 그에게는 도망칠 돈도, 갈 만한 장소도 없었다. 그러나 그런 문제는 손드라가 해결할 수 있을 것도 같았다. 일단 그녀도 그의 제의에 동의한 이상 그를 도우려고 할 게 아니겠는가? 당연한 일이었다. 어쨌든 그는 결과는 운에 맡기고 일단 말을 꺼내 보아야겠다고 생각했다.

그래서 클라이드는 입을 열었다. "손드라, 나랑 지금 도망칠 수 없을까? 가을까지 기다리기엔 너무 길어. 당신을 너무 원하거든. 왜 그럴 수 없어? 가을이 돼도 우리 결혼을 어머니가 반대하실걸. 하지만 우리가 지금 도망친다면 어머니도 어쩔 수 없지 않아? 몇 달이 지난 뒤 당신이 어머니한테 편지하면 어머니도 그때는 반대하시지 않을 거야. 어때, 손드라?" 그의 목소리는 애원하는 듯했고, 그의 두 눈은 그녀가 거절하면 어쩌나 하는 두려움, 그 거절 뒤에 도사리고 있는 불안한 장래에 대한 두려움으로 가득 차 있었다.

클라이드가 떨리는 목소리로 마음을 전하자 감명을 받은 손드라는 잠시 말을 멈췄다. 그녀는 그의 말에 충격을 받았다기보다는 오히려 감동받았고, 또 자신이 클라이드의 마음속에 그런 무모한 정열을 불러일으킬 수 있었다는 게 스스로 대견스러워 우쭐했다. 그가 그토록 격렬하고 그녀가 일으킨 불꽃으로 활활 불타고 있었지만, 그녀는 자신이 그와 같은 감정을 느낄 수 없다는 것을 잘 알고 있었다. 그에게서나 또 다른 누구에게서나 일찍이 그런 뜨거운 불길을 느껴 본 적이 없었던 것이다. 지금 당장 그와 함께 캐나다나 뉴욕, 보스턴이나 어디든 도망갈 수만 있다면 얼마나 좋을까? 그녀가 그렇게 도망간다면 이곳에서나 다른 곳, 즉 라이커거스, 올버니, 유티카 같은 곳에서 얼마나 큰 소동이 벌어질 것인가! 그녀 집안에서는 물론이고 다른 집안에서도 입방아에 오를 게 아닌가! 길버트는 자기 의도와는 관계없이 그녀와 친척 관계가 될 것이고. 그녀의 부모가 그토록 늘 존경해 마지않는 그리피스 집안과도 인척 관계가 될 것이다.

한순간 손드라의 눈에는 클라이드가 제안한 대로 도망치고 싶은 욕망과 그렇게 하겠다는 결심의 빛이 감돌았다. 그녀의 격렬하고 진실한 사랑을 위해 한번 신바람 나게 모험을 해 볼까 하고 말이다. 일단 결혼을 해 버리고 나면 부모로서도 어쩔 수 없는 일이 아닌가? 그리고 클라이드는 그녀와 그녀의 가족들에게 손색이 없는 남자가 아닌가? 물론 그녀의 그룹에 속한 사람들은 자기네들만큼 돈이 없다는 이유만으로 클라이드를 좀 깔보는 경향이 없지는 않았다. 그렇지만 클라이드도 그녀와 결혼하고 나면 돈이 생길 게 아닌가? 또 길버트 그리피스가 자기 아버지의 회사에서 누리고 있는 것과 같은 지위를 그녀 아버지 회사에서 누리게 될 것이 아닌가?

그러나 잠시 뒤 손드라는 이곳에서 누리는 생활, 여름 시즌이 시작되는 바로 이때 그녀가 그런 식으로 집을 나간다면 부모가 받게 될 충격, 그녀 자신이 세운 계획이 빗나가게 되고, 화가 난 나머지 어머니가 그녀가 미성년이라는 이유를 들어 결혼을 취소시킬지도 모른다고 생각하자 망설이지 않을 수 없었다. 그러자 그녀의 마음속에 모험에 대한 즐거운 생각 대신 현실적이고 물질적으로 사물을 바라보는 그녀의 본래 기질이 고개를 쳐들었다. 몇 달을 기다린다고 뭐가 달라질 것인가? 그리고 지금 당장 도망친다면 두 사람은 영영 헤어지게 될지도 모르지만 좀 더 참고 기다린다면 그런 사태는 막을 수 있을지도 모른다.

그래서 결국 손드라는 단호하지만 상냥한 태도로 고개를 내저었다. 클라이드에게 그것은 이제 패배를 뜻하는 것이었다. 그것은 이 일과 관련하여 그가 겪어 보는 가장 고통스럽고 돌이킬 수 없는 패배였다. 그녀는 도망치지 않겠다는 게 아닌가! 그렇다면 이제 두 사람의 관계는 모든 것이 어쩌면 영원히 끝난 셈이었다. 그녀를 영원히 잃게 될지도 모른다. 오, 하나님! 손드라는 감동되었을 때조차도 잘 나타내지 않는 정다운 표정을 짓고 입을 열었다. "그렇게 하는 게 가장 좋은 방법이라면야 내가 왜 싫다고 하겠어? 하지만 아직은 너무 일러. 엄마도 지금 당장 무슨 조치를 취하지는 않을 거야. 그건 내가 잘 알아. 게다가 엄마는 올여름에 손님들을 많이 초대할 계획을 벌써 다 세워 놓았거든. 물론 모두 나 때문이지. 엄마는 나더러 얌전하게 행동하라고 하셔. 누구에게 그러라고 하는지 자기도 아마 알 거야. 우리가 조금도 방해받지 않고서 얼마든지 잘 대해 주는 거야 뭐 어려운가. 확실히 장담할 수 있어. 엄마가 놀랄 만한 일은 피해야 하는 한 말이지." 그녀는 말을 멈추고 안심시키려는 듯 미소를 지었다. "하지만 언제라도 마음이 내키면 이곳에 와. 우리 집 손님으로 오는 게 아니니까 엄마나 다른 사람들이나 이상하게 생각하지는 않을 거야. 버타인과는 이야기를 다 해 놨거든. 그러니까 여름 내내 이곳에서 실컷 서로 만날 수 있는 거 아니겠어? 그리고 가을에 라이커거스에 돌아가서도 엄마가 자기를 잘 대하려고 우리가 약혼한 사이라고 인정하지 못할 때, 그때 같이 달아날 거야. 정말 그렇게 할 거야, 내 사랑. 정말이야, 진짜라고."

내 사랑! 가을에는!

손드라는 말을 중단하고 두 사람 앞에 가로놓인 현실적인 문제들을 빈틈없이 파악했다는 눈빛으로 그의 두 손을 잡고 그의 얼굴을 쳐다보았다. 그러고 나서 충동적으로 왈칵 그의 목을 두 팔로 끌어안고 얼굴을 끌어당겨 키스했다.

"내 말 알아듣겠지? 그러니 그렇게 슬픈 얼굴은 하지 마, 내 사랑. 손드라가 얼마나 클라이드를 사랑하는데. 모든 일이 잘되도록 무슨 일이라도 할 거야. 암, 그렇고말고. 부모님들도 아마 그러실 거야. 어디 두고 봐. 손드라는 사랑하는 사람을 결코, 정말 절대로 놓치지 않을 거야."

클라이드는 그녀의 말에 맞설 한 마디 말도 하지 않았다는 사실과 자신이 지나치게 불안해하고 있는 것을, 또한 그녀가 이상하게 여기거나 의심하게 할지 모르는 말을 한 마디도 하지 않았음을 깨달으며 우울하고 절망적인 표정으로 그녀를 바라보았다. 로버타가 그를 놓아주지 않는 한 이 모든 것은 물거품이 되고 말 것이다. 아, 아름다운 손드라! 이 완벽한 세계! 그런데도 그는 그녀나 이 세계를 차지할 수 없을지도 모른다. 로버타의 요구가 뒤에 버티고 있지 않은가! 도망가지 않는 한 빠져나올 길은 없지 않은가! 하나님, 맙소사!

이때 클라이드한테서 드러난 불안하고 제정신이 아닌 듯한, 그토록 분명하고 강렬한 표정은 그의 삶에서 일찍이 본 적이 없었다. 이성과 착란 증세의 중간쯤 되는 그런 표정이 그의 눈에 감돌았다. 인상이 너무도 강렬하여 그 느낌이 손드라에게도 전달되었다. 그는 병들고 상심하고 믿기 어려울 만큼 깊은 절망감에 빠진 것처럼 보였다. 그의 얼굴에서 그런 표정을 본 손드라가 외쳤다. "왜 그래, 클라이드! 표정이 — 아, 뭐라고 말해야 할지 모르겠어 — 버림받은 표정이랄까. 나를 그토록 사랑하는 거야? 그래서 서너 달도 기다릴 수 없다는 거야? 하지만, 아, 자기는 기다릴 수 있어. 생각하는 것처럼 그렇게 어려운 일이 아니거든. 그동안에도 거의 대부분 시간을 나랑 보낼 텐데, 뭐. 함께 있지 않을 땐 내가 날마다 편지를 쓸 거야. 하루도 빼놓지 않고 말이지."

"하지만, 손드라! 손드라! 자기한테 말할 수만 있다면! 그렇게 하는 게 내게 얼마나 중요한지 자기도 안다면……."

여기서 클라이드는 말을 중단했다. 지금 당장 두 사람이 꼭 함께 떠나야 할 이유가 무엇인가 하고 묻는 듯한 표정이 손드라의 얼굴에 떠올랐기 때문이다. 곧바로 클라이드는 이 세계가 얼마나 그녀를 장악하고 있는지, 그녀가 이 세계에서 얼마나 없어서는 안 될 존재인지 깨닫고는 지금 이 자리에서 자기 생각을 너무 고집한다면, 그녀가 처음으로 그에게 애정을 쏟는 게 현명한 일인지 의심하게 만들 수도 있다는 생각이 들어 그만두었다. 만약 그가 계속 말한다면 그녀가 의심을 품어 마음이 변할 수도 있었다. 아니면 적어도 애정이 식어 가을의 꿈까지 허사가 될지도 모를 일이었다.

클라이드는 왜 그녀에게 결심을 촉구했는지에 대해서는 더 이상 설명하지 않고 대신 이렇게 말했다. "지금 자기가 너무 필요해서야. 그 어느 때보다도 말이지. 그저 그래서 그러는 것뿐이야. 일 분도 떨어져 살 수 없을 것 같거든. 아, 왜 난 이렇게 언제나 자기를 갈망하고 있는 걸까."

손드라는 그가 그녀를 그토록 갈망하고 있는 사실에 마음이 뿌듯하고 적어도 자신도 어느 정도 비슷한 반응을 보여야 할 것 같아 방금 한 말을 되풀이할 뿐이었다. 그들은 기다려야 했다. 가을에는 모든 일이 잘될 것이다. 클라이드는 계획이 좌절되는 바람에 정신이 멍하면서도 손드라와 함께 있는 이 즐거운 시간을 외면할 수 없어 기분을 되찾으려고 최선을 다했다. 어떤 방법을 생각해 내야 했다. 어떻게든 말이다. 어쩌면 보트를 이용하거나 다른 무슨 방법을 사용해서라도 말이다!

그러나 무슨 다른 방법이 있겠는가?

아니, 아니, 정말로 그 방법만은 생각할 수 없었다. 그는 살인자가 아니었고, 살인자가 될 수도 없었다. 그는 절대로, 절대로, 절대로 살인자가 아니었다. 정말로, 절대로 말이다.

그렇지만 이렇게 모든 것을 잃다니!

이렇게 눈앞에 파멸이 들이닥치다니!

이렇게 눈앞에 파멸이 들이닥치다니!

어떻게 그것을 피하고 끝내 손드라를 차지할 수 있을까?

어떻게, 어떻게, 과연 어떻게?

제44장

클라이드가 월요일 아침 일찍 라이커거스로 돌아와 보니 로버타한테서 다음과 같은 편지가 와 있었다.

보고 싶은 클라이드

"나쁜 일은 꼬리를 물고 일어난다"라는 말은 자주 들었지만, 오늘에서야 그것이 무슨 뜻인지 알게 됐어요. 내가 오늘 아침에 처음 만난 사람은 이웃에 사는 윌콕스 씨였는데, 앤스 부인이 빌츠에 사는 딘위디 부인에 관한 일 때문에 오늘 올 수 없다고 알리러 온 거였어요. 엊저녁 돌아갈 때는 모든 준비가 끝나 내가 바느질을 조금 거들면 일을 좀 빨리 끝낼 수 있었는데 말이에요. 그런데 이제 와서 내일까지는 여기에 올 수 없다는 거지 뭐예요. 다음에는 이모인 니컬스 부인이 몹시 아프다는 소식이 왔어요. 그래서 엄마는 여기서 동쪽으로 20킬로미터쯤 떨어진 베이커스 폰드의 이모 집으로 갔어요. 농장에서 아버지를 도와서 할 일이 많은데도 톰이 차를 운전하고 가야 했어요. 그런데 엄마가 일요일 전에 돌아올 수 있을는지는 알 수 없어요. 엄마는 그럴 필요가 없다고 했지만 나도 몸이 아프지 않고 할 일이 많지 않았다면 이모한테 가야 했을 거예요.

다음에는 에밀리와 톰이 내가 몸이 건강한 줄 알고 또 나를 즐겁게 해 주려고 오늘 밤에 여자 친구 넷과 남자 친구 넷을 집에 초대해서 에밀리와 엄마와 내가 아이스크림과 케이크를 만들어 내놓고 6월의 달구경 놀이 같은 걸 갖기로 했었어요. 그런데 지금 에밀리는 우리가 같이 쓰는 윌콕스 씨 댁 전화에 매달려 여기저기에 전화를 걸어 파티를 다음 주로 미룬다고 말하고 있어요. 그러니 자기로서도 얼마나 속상하겠어요.

나로 말하면 그래도 이를 악물고 모든 걸 참으려고 하고 있어요. 하지만 쉬운 일은 아니에요. 지금껏 당신과는 전화로 세 번 잠깐 이야기했을 뿐이죠. 게다가 또 7월 5일 이전에는 필요한 만큼 돈이 준비되지 않았다고 말했잖아요. 오늘에야 알게 된 일이지만 설상가상으로 엄마하고 아버지는 4일에 해밀턴의 찰리 삼촌 집에 가서 머물기로 했는데(4일부터 15일까지), 나도 라이커거스에 돌아가지 않는 한 데려가겠다는 거예요. 그동안 톰과 에밀리는 호머의 언니 집에 가 있기로 됐어요. 하지만 내가 어떻게 삼촌 집으로 갈 수 있겠어요? 몸이 아프고 마음이 편하지 않으니 그럴 수 없죠. 어젯밤에는 몹시 토해서 오늘은 종일 서 있을 기운도 없었어요. 오늘 밤에는 꼭 미칠 것만 같아요.

우린 어떻게 하면 좋을까요? 우리 가족들이 떠나는 7월 3일 이전에 나를 데리러 와 줄 순 없겠어요? 나는 엄마와 아버지를 따라갈 수는 없으니까 꼭 그전에 와야 해요. 여기서 80킬로미터나 되는 길인걸요. 엄마와 아버지가 떠나기 전에 당신이 틀림없이 나를 데리러 온다면 나도 삼촌 집에 따라가겠다고 할 수 있어요. 하지만 틀림없이, 틀림없이 당신이 오실 거라고 확신을 해야 그런 말도 할 수 있어요. 절대로요.

클라이드, 나는 여기에 온 후로 울면서 나날을 보내고 있어요. 당신만 여기에 와 있어도 이렇게 서글프지는 않았을 거예요. 용기를 내려고 애는 쓰지만 내가 집에 온 후로 당신은 한 번도 편지하지 않고 전화로 간단하게 얘기할 뿐이니 나를 데리러 오지 않을 거라는 생각이 때때로 드는 것은 어쩔 수 없는 일이에요. 그렇지만 각별히 오겠다고 약속까지 했고, 당신은 그렇게 비열한 사람이 아니라고 나 스스로에게 말해요. 정말 오는 거죠? 클라이드, 무엇 때문인지 요즘엔 근심과 걱정이 마음속에서 떠나는 날이 없어요. 지난여름과 이번 여름, 그리고 내가 꿈꾸던 일들이 자꾸만 생각나요. 예정보다 며칠 더 일찍 온다고 해서 무슨 큰 지장이 생기는 건 아니겠죠? 돈이 좀 모자란다 해도 어떻게 꾸려 나갈 수 있을 거예요. 물론 그렇고말고요. 나는 아주 절약해서 살 수 있어요. 그때까지는 옷을 다 만들려고 하고 있어요. 그렇지 않다면 이미 만든 옷을 적당히 입고 나머지는 나중에 끝낼 생각이에요. 당신이 나를 데리러 와 주기만 한다면 나도 용기를 내고 될수록 당신을 괴롭히지 않도록 애써 보겠어요. 그러니 꼭 와야 해요. 당신을 위해서도 다른 방법이 있었으면 좋겠지만 그 방법밖에는 없잖아요.

제발, 제발 부탁이에요, 클라이드. 약속한 날짜에 오겠다고 편지해 줘요. 이곳에 혼자 있자니 너무 걱정되고 외로워서 견디기 힘들어요. 만약 당신이 약속한 날짜에 오지 않으면 나는 곧장 당신한테로 돌아갈 거예요. 이렇게 말하면 당신이 좋아하지 않으리는 걸 잘 알아요. 하지만 클라이드, 여기에 눌러앉아 있을 수는 없잖아요. 엄마와 아버지를 따라갈 수도 없는 일이고요. 그러니 방법은 단 한 가지밖에 없지 않아요? 오늘 밤에는 한숨도 못 잘 것 같아요. 그러니까 당신이 나를 데리러 오지 않을까 봐 걱정하지 않아도 된다고 나를 안심시켜 줘요. 당신이 오늘, 아니 이번 주말에라도 올 수 있다면 나도 마음이 가벼워질 텐데. 그렇지만 아직 두 주나 더 남았지 뭐예요! 지금 식구들이 모두 잠들어 있고, 집 안이 쥐 죽은 듯 조용하니 이제 그만 써야겠어요.

하지만 제발 지금 곧바로 편지를 주든지 그러기 싫으면 내일 전화를 해 줘요. 당신한테서 소식이 없으면 한순간도 마음이 편하지 않아요.

당신의 가련한
로버타 드림

추신: 이제까지 어두운 내용만 전했지만 워낙 마음이 울적

하다 보니 밝은 내용의 편지를 쓸 수가 없어요. 지금 몹시 우울하거든요.

그러나 이 편지가 도착했을 때 클라이드는 라이커거스에 없었기 때문에 곧장 답장할 수가 없었다. 그 때문에 로버타는 미칠 것 같은 기분에 사로잡혀 클라이드가 그녀에게 한마디 말도 없이 벌써 멀리 떠났을 것이라 생각하면서도 토요일 오후 비명을 지르고 절규라도 하고 싶은 심정을 다음과 같은 편지에 담았다.

빌츠에서
6월 14일 토요일

보고 싶은 클라이드에게

나는 지금 라이커거스로 돌아가겠다고 당신에게 말하려고 이 편지를 쓰고 있어요. 더 이상 이곳에 머무를 수는 없어요. 엄마는 왜 내가 늘 울기만 하는지 걱정하고 있어요. 이젠 정말로 몸이 아파요. 25일이나 26일까지는 여기 있겠다고 약속했지만, 그동안 편지를 하겠다던 당신이 편지를 한 번도 보내지 않았잖아요. 내가 거의 미치다시피 되었을 때야 어쩌다가 한 번씩 전화를 걸었을 뿐이죠. 오늘 아침에 일어나면서 그만 울어 버렸어요. 오후에는 머리가 몹시 아파요.

당신이 오지 않을까 봐 몹시 걱정되고, 두려워요. 제발 와서 어디라도 좋으니 나를 데려가서 지금처럼 불안 속에서 살지 않도록 해 줘요. 엄마와 아버지가 모든 사실을 말하라고 하거나 그들 스스로 알아내지 않을까 몹시 걱정돼요.

오, 클라이드, 당신은 모를 거예요. 당신이 오겠다고 약속했으니까 꼭 올 거라는 생각이 들 때도 있어요. 하지만 다른 때는 다른 생각이 들어 어쩌면 오지 않을 거라는 확신이 들어요. 특히나 편지도 쓰지 않고 전화도 걸지 않으니 말이에요. 제발 편지로 꼭 온다고만 알려 줘도 나는 이곳에서 참고 견딜 수 있겠어요. 이 편지를 받는 대로 올 수 있는 정확한 날짜를 알려 줬으면 해요. 7월 1일 이전이어야 해요. 그 이후로는 이제 더 이곳에 있을 수 없으니까요. 클라이드, 이 세상에 나같이 불행한 여자는 없어요. 나를 그렇게 만든 사람은 당신이고요. 또 공연한 말을 했군요. 당신은 한때는 내게 잘해 줬고, 지금도 나를 데리러 오겠다고 하면서 잘해 주고 있어요. 당신이 지금 곧바로 와 준다면 무척 고맙게 생각할 거예요. 이 편지를 읽고 내가 무리한 요구를 한다고 생각되더라도 너무 신경 쓰지 말아요, 클라이드. 그저 내가 근심 걱정 때문에 제정신이 아니라서, 어떻게 해야 할지 몰라서 이러는 거라고만 생각해요. 제발 편지를 보내 줘요. 내가 얼마나 편지를 기다리고 있는지 당신은 아마 상상도 하지 못할 거예요.

로버타 드림

이 편지는 라이커거스로 돌아오겠다고 위협하는 내용과 함께 클라이드를 로버타와 비슷한 정신 상태로 몰아넣었다. 최종적인 요구를 뒤로 미루도록 로버타를 타이를 수 있는 그럴듯한 구실도 이제는 없었다. 그는 머리를 쥐어짰다. 스스로 올가미를 씌우는 것과 다름없는 긴 편지를 그녀에게 쓸 수는 없었다. 그녀와 결혼하지 않기로 했으니 그런 어리석은 짓을 할 수는 없었다. 게다가 손드라와 포옹하고 키스한 그 감촉이 아직도 생생한 지금의 기분으로서는 도저히 그럴 수가 없었다. 비록 편지를 쓰고 싶어도 쓸 수가 없었던 것이다.

그렇다고는 해도 절망적인 기분에 사로잡혀 있는 로버타를 달래기 위해서는 즉시 무슨 조치를 해야만 했다. 편지 두 통을 마지막까지 읽은 10분 뒤 클라이드는 로버타에게 전화를 걸었다. 답답하고 초조한 반 시간이 흐른 뒤에야 전화로 겨우 그녀의 목소리를 들을 수 있었다. 처음에는 그녀의 목소리가 가늘고 떨리는 것처럼 느껴졌지만 사실은 전화 연결이 좋지 않기 때문이었다. "여보세요, 클라이드, 여보세요. 아, 전화해 줘서 반가워요. 그동안 굉장히 초조했어요. 내가 보낸 편지 두 통 받았어요? 아침까지도 당신에게서 소식이 없으면 이곳을 떠나려던 참이었어요. 아무 소식도 없으니 견딜 수가 있어야죠. 어디 갔다 왔어요? 엄마와 아버지가 다른 곳으로 간다는 사연은 읽었겠죠? 정말이에요. 왜 편지도, 전화도 해 주지 않는 거예요? 3일까지는 와야 된다고 편지에 썼는데 어떻게 할 거예요? 그때까지는 꼭 오는 거죠? 아니면 다른 장소에서 만나는 편이 좋을까요? 지난 사나흘은 너무 초조하고 불안했지만 당신 목소리를 듣고 나니까 마음을 좀 가라앉힐 수 있을 것 같아요. 하지만 며칠에 한 번씩은 편지를 줬으면 해요. 왜 편지를 하지 않는 거예요, 클라이드? 내가 이곳으로 온 후에는 한 번도 편지를 해 주지 않았거든요. 지금 내가 어떤 처지에 있는지 아마 당신은 상상도 하지 못할 거예요. 지금은 마음을 차분하게 가질 수가 없어요."

로버타는 전화로 말하는 동안 몹시 초조하고 두려운 것 같았다. 사실 그녀가 지금 전화를 하고 있는 집이 비어 있으니 망정이지 클라이드가 생각하기에 그녀는 매우 경솔한 짓을 하고 있었다. 지금 혼자 있으며 말을 엿듣는 사람이 아무도 없다는 그녀의 설명을 듣고 나서도 그는 마음이 놓이지 않았다. 그는 그녀가 자기 이름을 입 밖에 내거나 그녀가 그에게 편지 이야기를 하는 게 싫었다.

클라이드는 분명하게 말하지는 않았지만 워낙 바빠서 그녀가 생각하는 것만큼 편지를 쓸 수 없다는 사실을 그녀에게 이해시키려고 했다. 될 수 있으면 28일경에는 가겠다고 하지 않았던가? 물론 갈 수만 있으면 가겠지만 지금 형편으로는 7월 7일이나 8일까지 그 계획을 미루게 될지도 모른다. 그의 계획에 필요한 50달러를 더 마련할 생각이니까 일주일 정도는 시간이 더 걸릴 것이다. 그러나 실은 오는 주말에 한 번 더 손드라를 만나러 가고 싶은 생각이 간절했기 때문에 계획을 일주일 더 뒤로 미루고 싶었던 것이다. 그런데 로버타가 고집을 부리는 게 아닌가!

부모를 따라 일주일 정도만 가 있으면 좋으련만. 그러고 나서 그곳으로 그가 그녀를 데리러 가든지, 아니면 그녀가 그에게 올 수도 있는 일이 아니겠는가? 그렇게 된다면 그도 필요한 시간을 벌 수 있을 터였다.

그 말을 듣자 로버타는 버럭 화를 내며 정 그렇다면 그곳에서 그가 오지도 않는데, 기다리느라고 시간을 낭비할 것 없이 아직도 그녀의 방이 비어 있다면 라이커거스의 길핀 씨네 집으로 돌아갈 것이라고 말했다. 그러자 클라이드는 어쨌든 3일에는 그녀를 데리러 가겠으며 그것이 여의치 않으면 적어도 미리 다른 곳에서 만날 장소를 정해 놓을 것이라고 말하는 편이 좋겠다고 얼른 판단했다. 그는 아직도 어떻게 해야 좋을지 마음을 정하지 못하고 있었다. 어쨌든 그는 생각할 시간, 좀 더 생각할 시간이 필요했다.

그래서 클라이드는 말투를 크게 바꿔 말했다. "이봐, 로버타, 제발 화내지 마. 자기는 마치 내가 이 일에 관해 전혀 신경을 쓰지 않는 것처럼 말하고 있어. 이 일이 끝날 때까지 내가 얼마나 희생을 치러야 하는지 모르고, 또 그 문제엔 별로 신경을 쓰지 않는 것 같아. 자기가 걱정하고 있는 건 잘 알고 있지만 나라고 마음이 편하겠어? 나도 최선을 다하고 있거든. 어쨌든 3일까지는 참고 기다려 줘. 제발이야. 편지를 쓰겠다고 약속할게. 편지를 못 쓰더라도 하루걸러 전화할게. 그러면 되지 않겠어? 그런데 아까처럼 내 이름을 입 밖에 내지는 말아 줬으면 좋겠어. 그러다가는 말썽이 생기고 말 테니까. 제발 그러지 마. 다음번에는 베이커라는 이름으로 전화를 걸 테니 나중에라도 적당히 둘러대도록 해. 그리고 혹 무슨 일이 생겨서 3일에 출발할 수 없게 된다면 자기가 이곳으로 오든지, 이 근처의 다른 곳으로 오든지 해서 준비가 되는 대로 가능한 한 빨리 떠날 수 있어."

지금 당장 다급하여 애원하듯 달래는 클라이드의 말투와 때때로 로버타의 마음을 사로잡았던 그 정다움과 서글픔의 여운이 남아 있는 어조에 로버타는 지금도 어처구니없이 그에게 고마움을 느꼈다. 그래서 그녀는 다소 흥분했지만 정겹게 말했다. "아, 아녜요, 클라이드. 그러고 싶은 건 아녜요. 정말이에요. 그저 답답하다 못해 어쩔 수 없어서 이러는 거예요. 이해하죠? 난 당신을 사랑하지 않을 수 없어요. 언제까지나 사랑할 거예요. 그러니 당신을 괴롭히는 일을 하고 싶지 않아요. 그러지 않아도 된다면 내가 왜 당신을 괴롭히겠어요?"

로버타의 음성에서 진정한 애정을 느끼고 그녀가 아직도 자기의 손아귀에 있다는 사실을 새삼 깨달은 클라이드는 그녀가 지금 자기에게 가혹하게 굴고 너무 들볶지 말라는 뜻에서도 다시 연인 행세를 할 생각이 들었다. 이제 와서 그녀를 좋아할 수는 없고, 또 그녀와 결혼한다는 것은 상상할 수도 없는 일이었지만, 다른 한쪽의 꿈을 고려한다면 적어도 그녀에게 상냥하게 대해 줄 수는 있지 않을까? 그런 척 시늉만 하면 되지 않겠는가! 그래서 이 전화 통화는 이런 타협에 따라 이루어진 화해로 끝이 났다.

바로 전날은—클라이드가 호숫가에서 보낸 날은—비교적 바쁘지 않은 하루였다. 그는 손드라, 스튜어트, 버타인, 니나 템플, 그리고 서스턴 씨네 별장에 와 있던 할리 배것이라는 젊은 이와 함께 자동차로 트웰프스 호수에서 북쪽으로 40킬로미터쯤 위치한 호반 휴양지 스리마일베이만으로 드라이브를 하러 갔다가 그곳에서 다시 소나무가 높은 담처럼 서 있는 곳을 지나 빅비턴 호수와 트라인 호수 북쪽으로 키 큰 소나무 그늘에 가려져 있는 좀 더 작은 호수들로 자동차를 달렸다. 드라이브를 하는 도중 클라이드는 황량하고 대체로 호젓한 그 일대의 모습에서 아주 특별한 인상을 받았다. 길 양쪽으로 몇 킬로미터씩이나 뻗어 있는 음울하고 조용한 높다란 나무들—그야말로 글자 그대로 엄청나게 큰 숲이었다—사이로 수레바퀴 자국이 나 있고 빗물에 씻긴 좁은 길이 꼬불꼬불 이어지고 있었다. 자동차가 겨우 다닐 수 있는 비포장도로 양쪽에는 물이 썩어 가는 을씨년스럽고 섬뜩한 느낌을 주는 수렁과 작은 호수들이 있었다. 그 도로에는 여기저기 덩굴이 뱀처럼 얽혀 있고 빗물이 빠지지 않은 웅덩이에 싸인 녹색의 질흙에는 곳에 따라 네 겹까지 쌓인 쓰러진 나무들이 복잡하게 처박혀 습기를 머금은 채 썩어 가면서 싸움이 지나간 전쟁터처럼 너저분하게 널려 있었다. 간혹 개구리들이 눈과 등을 보이며 이끼나 덩굴, 이끼 낀 나무 그루터기나 6월의 더위 속에서 썩어 가고 있는 통나무 위에서 태평스럽게 햇볕을 쬐고 있었다. 각다귀 떼가 공중으로 날아올라서 맴도는가 하면, 갑자기 나타난 자동차에 놀란 뱀 한 마리가 꼬리를 치며 독초와 수초가 무성한 진흙 속으로 자취를 감추었다.

그런데 그런 광경을 보면서 클라이드는 무슨 이유에서인지 패스 호수에서 일어난 사고에 대해 생각했다. 그 자신은 깨닫지 못했지만 그 순간 그의 잠재의식 속에서 이런 쓸쓸한 장소가 호젓하고 어쩌면 때에 따라서 쓸모가 있을지도 모른다고 생각하고 있었던 것이다. 어느 곳에서는 이 지역에 서식하는 위어-위어라는 물새 한 마리가 가까이에서 날아올라 어두운 숲속으로 사라지면서 을씨년스런 울음소리를 내고 있었다. 그 울음소리를 듣고 움찔해진 클라이드는 차 안에서 똑바로 앉았다. 그런 새 울음소리는 그가 이제껏 들어 본 것과는 사뭇 달랐다.

"저게 무슨 새야?" 그는 옆자리에 앉아 있는 할리 배것에게 물었다.

"뭐 말이야?"

"방금 저쪽으로 날아간 새 말이야."

"아무 새 소리도 못 들었는데."

"아, 정말 괴상한 소리였어. 소름이 다 끼치는걸."

인적이 끊기다시피 한 이 지역에서 클라이드가 무엇보다도 강렬하게 받은 인상은 일찍이 들어 보지도 못한 호젓한 호수가 매우 많다는 사실이었다. 포장되지 않은 길로 일행이 차를 달려 지나가고 있는 이 지역에는 무성한 소나무 숲속에 그런 호수가 점점이 산재해 있었다. 호수 근처를 차가 지나갈 때 어쩌다가 캠프나 간이 숙박소를 나타내는 표지가 하나씩 보일 정도였고,

그런 캠프나 간이 숙박소도 어두운 숲속으로 사라지는 엉성한 오솔길이나 수레바퀴 자국이 있는 모랫길을 통해서만 갈 수 있었다. 더 멀리 있는 호수 기슭에는 대체로 사람이 살지 않거나 산다고 해도 아주 드문드문 살고 있어서 소나무로 에워싸인 잔잔한 호수 건너편에 어쩌다 보이는 오두막집이나 간이 숙박소는 모든 사람의 관심 대상이었다.

도대체 왜 매사추세츠주의 그 호수가 자꾸만 머리에 떠오르는 걸까? 그 보트! 발견된 여자의 시체. 그러나 그녀와 함께 간 남자의 시체는 아직 발견되지 않았다! 이 얼마나 끔찍한 일인가!

클라이드는 로버타와 전화로 이야기를 나눈 후 그의 방에서 숲속으로 드라이브하러 간 일을 회상했다. 자동차는 몇 킬로미터 더 달리고 나서 마침내 어느 좁고 긴 호수 북쪽에 있는 빈터에 이르렀다. 남쪽으로는 호수가 곶인지 섬처럼 보이는 것에 나뉘어져 있었는데, 언뜻 보기에도 차가 멈춘 곳에서 보이는 것보다 더 길고 굽어진 데가 많은 것 같았다. 차가 멈춘 북쪽 끝에는 작은 간이 숙박소와 보트 하우스가 하나 있을 뿐 호수는 무척 호젓해서 일행이 도착한 시간에는 모터보트나 카누의 모습을 전혀 볼 수 없었다. 그날 본 호수가 모두 그랬지만 이 호수도 창처럼 생긴 높고 푸른 소나무들이 라이커거스의 하숙집 창밖에 서 있는 소나무처럼 두 팔을 벌린 채 물가까지 늘어서 있었다. 호수 건너편으로는 멀리 남쪽과 서쪽으로 가까운 애디론댁산맥*이 혹처럼 불룩하면서도 미끄러운 녹색 등성이를 드러내고 있었다. 산들바람으로 잔물결이 일어나면서 오후의 햇빛을 강렬하게 반사하고 있는 눈앞의 수면은 검은색에 가까운 진한 감청색을 띠고 있어 수심이 매우 깊다는 것을 알 수 있었다. 조그마한 여인숙의 낮은 베란다 위에서 서성대던 안내인에 따르면 수심이 무척 깊다는 것이었다. "보트 하우스에서 30미터쯤 떨어져 있는 곳의 깊이가 무려 20미터가 넘는 걸요."

이때 며칠 후 이곳으로 올 예정인 자기 아버지를 위해 호수에서 물고기가 잘 잡히는지 어떤지 알아보려고 할리 배것이 차 안에 있는 다른 사람들을 쳐다보지도 않는 것 같은 안내인에게 물었다. "이 호수는 길이가 얼마나 되죠?"

"아, 11킬로미터가 넘어요."

"물고기는 있나요?"

"낚싯줄을 한번 드리워 보시죠. 이 근처에서 이곳만큼 검정 농어가 잘 잡히는 데도 없어요. 섬 저쪽이나 그 남쪽으로 조금 돌아간 곳에 작은 만이 하나 있는데, 이쪽 호수 어느 곳보다도 물고기가 잘 잡힌다고 소문이 나 있죠. 낚시꾼 두어 사람이 언젠가 두 시간 동안 일흔다섯 마리를 낚아 올리는 걸 본 적이 있어요. 물고기 씨를 말리겠다면 모를까 그 정도라면 누구나 만족할 만하지 않습니까?"

키가 크고 몸이 마른 데다 쭈글쭈글하고 길쭉한 얼굴에 작은 눈이 예리하게 반짝이는 안내인은 일행을 유심히 쳐다보면서 촌스럽게 웃었다. "어디 오늘 운수를 시험해 볼 생각은 없나요?"

"아뇨. 아버지 때문에 그저 알아보려는 것뿐입니다. 다음 주쯤 이곳에 오시기로 되어 있거든요. 숙박 사정은 어떤지 잘 모르겠네요."

"물론 래킷보다야 못하죠. 하지만 래킷에서는 이곳에서 잡을 수 있는 고기는 구경도 할 수 없죠." 그는 모든 것을 안다는 듯 교활하고 심술궂은 미소를 지으며 일행을 훑어보았다.

클라이드는 여태껏 이런 지역을 본 적이 없었다. 자기가 생활해 온 도시는 물론이고, 크랜스턴네 별장과 그 밖의 장소에서 보는 사치스러운 생활이나 환경과도 너무나 대조적인 이 호젓한 세계의 이상야릇한 분위기에 마음이 끌렸다. 남쪽으로 불과 160킬로미터쯤 떨어진 곳에 위치한 라이커거스의 활기찬 생활과는 너무도 대조되는, 인적이 드물고 기이한 지역이었다.

"위쪽 이 지역은 그야말로 으스스한데요." 스튜어트 핀칠리가 한마디 했다. "체인 호수에서 얼마 떨어지지 않은 곳인데 분위기가 전혀 다르네요. 사람도 살고 있지 않은 것 같군요."

"글쎄요, 여름에 캠프 하러 오는 사람들이랑, 가을에 사슴 사냥하러 오는 사람들을 제외하면 9월 1일 이후에는 사람 구경을 거의 할 수 없죠." 안내인이 말했다. "이 근처에서 벌써 십칠 년째 안내하고 덫을 놓고 하면서 살고 있죠. 아래쪽 호수, 특히나 여름철의 체인 호수 근처에 사람들이 점점 더 몰리고 있을 뿐 그 밖에는 별로 달라진 게 없어요. 여기서는 큰길에서 벗어나려면 이곳 지리를 잘 알아야 합니다. 하긴 여기서 서쪽으로 8킬로미터쯤 가면 철도가 있기는 하죠. 건롯지라는 역이 있어요. 여름에는 그곳에서 버스로 사람들을 이곳으로 안내합니다. 그곳에서 남쪽으로 그래스 호수와 스리마일베이만까지 길 비슷한 것이 나 있죠. 이곳까지 오는 데는 그 길밖에 없으니까 당신들도 아마 그곳을 거쳐 왔을 겁니다. 언젠가 롱 호수로 통하는 길을 만든다고는 하지만 아직까지는 말뿐이죠, 뭐. 하지만 이 근처의 호수는 대부분 길이 나 있지 않아요. 차가 다닐 수 있는 길이 없다는 말씀입니다. 오솔길뿐이고 어떤 호수에는 이렇다 할 캠프도 없어요. 그러니 장비를 가져와야 해요. 하지만 난 지난여름 엘리스하고 건 호수로 갔었죠. 이곳에서 서쪽으로 5킬로미터 조금 안 되는 곳에 있는 호수인데, 그곳까지 배낭을 메고 걸어갈 수밖에 없었죠. 하지만 그곳에선 낚시질이 끝내줘요. 또 무스 사슴과 일반 사슴들이 물을 먹으러 물가까지 내려오기도 해요. 그 놈들을 호수 저쪽의 그루터기처럼 똑똑히 볼 수 있었죠."

다른 사람들도 마찬가지였지만 클라이드는 이렇게 호젓하고 매력적인 곳, 아니면 적어도 신비로운 곳으로 말하자면 이 지역에 견줄 만한 데가 없다는 생각이 들었다. 더욱이 이곳은 라이커거스에서 비교적 가까운 거리에 있었다. 도로로 가면 160킬로미터 정도였고, 나중에 알게 된 일이었지만 철도로는 110킬로미터 정도밖에 되지 않으니 말이다.

그러나 라이커거스에 돌아와 로버타와 전화 통화를 하고 자기의 방에 돌아와 보니 패스 호수에서 일어난 사고를 보도한 기사가 실린 그 신문이 책상 위에 있는 게 클라이드의 눈에 다시 떠었다. 그는 자신도 모르게 암시적이며 자극적인 내용이 실린 그 기사를 불안한 마음으로, 그러나 머뭇거리지 않고 끝까지 읽었다. 사고를 당한 남녀는 처음에는 수월하게 보트 하우스에 도착한 것 같았고, 의심을 살 여지가 없는 자연스러운 태도로 보트를 빌려 노를 저어 북쪽으로 사라졌다. 그러고 나서 뒤집힌 보트와 호수 기슭 가까이 떠 있는 노와 모자 두 개가 발견되었다. 그는 선 채 아직도 밝은 저녁 햇빛 속에서 기사를 읽었다. 창밖에는 그가 그 전날 떠올렸고, 지금은 빅비턴 호수의 그 모든 전나무와 소나무를 연상시키는 전나무 한 그루가 검은 가지를 쳐들고 있었다.

그렇지만 아, 하나님! 지금 그는 무슨 생각을 하고 있는 것일까? 그가, 클라이드 그리피스가! 새뮤얼 그리피스의 조카가! 도대체 무엇에 '씌었단' 말인가! 살인! 살인이 아니고 무엇이란 말인가! 이 끔찍한 기사가, 악마의 저주인지 농간인지 자꾸만 그에게 암시를 던지고 있는 게 아닌가! 끔찍한 범죄, 만약 잡히는 날이면 전기의자에 앉아 사형되는 무서운 범죄였다. 게다가 그는 사람을, 특히 로버타를 죽일 수는 없었다. 아, 그것은 절대로 있을 수 없지 않은가! 그동안의 애정을 생각해서라도 있을 수 없는 일이었다. 하지만 다른 쪽에 놓여 있는 세계! 손드라. 지금 어떻게든 무슨 조치를 하지 않는다면 그는 모든 것을 잃게 될 것이 뻔하지 않은가.

클라이드는 손이 떨리고 눈꺼풀이 씰룩씰룩거리고 머리끝이 쭈뼛해지면서 온몸에 차가운 전율이 흘렀다. 살인! 하기야 깊은 물에서 배가 뒤집힌다는 것은 패스 호수에서처럼 어디에서나 일어날 수 있는 우발 사건이었다. 그리고 로버타가 수영을 하지 못한다는 것을 그는 잘 알고 있었다. 그렇다고 해도 로버타는 비명을 지르며 보트에 매달리고 난 뒤, 그녀의 비명이 들리는 곳에 누군가가 있다면 그녀가 뒤에 자초지종을 말할지도 모르지 않는가! 그의 이마에 식은땀이 흐르면서 입술이 경련을 일으키고 갑자기 목이 탔다. 그런 일을 방지하려면 그는 그렇게—그렇게—아, 하지만 그는 그런 인간은 아니었다. 그런 짓은 할 수 없었다. 물에 빠져 바둥거리는 여자를, 로버타를 내려칠 순 없는 노릇이었다. 아, 절대로, 절대로—절대로 그런 짓은 할 수 없지 않은가! 불가능한 일이었다.

클라이드는 머릿속에 그런 끔찍한 생각을 누구에게 들킬지 몰라서 밀짚모자를 집어 들고 얼른 밖으로 나갔다. 이제부터는 그런 생각을 할 수도 없었고, 또 하고 싶지도 않았다. 그는 그런 인간이 아니었다. 그래도—그래도 말이다—이런 생각을 떨쳐 버릴 수 없었다. 해결 방법일지도 모른다. 그런 방법을 원한다면 말이다. 조금만 용기를 내어 대담해진다면, 이 도시에 계속 머물 수 있는 방법—이곳을 떠나지 않고—손드라와 결혼하고 로버타를 제거할 방법은 오직 그것밖에 없었다. 하지만 그것은 안 돼!

클라이드는 라이커거스를 뒤로하고 사람이 잘 드나들지 않는 교외의 빈민 지역을 지나 무턱대고 남동쪽으로 걸음을 옮겼다. 그래야만 혼자서 생각을 할 수 있고 아니, 그의 생각을 남에게 들키지 않을 것 같았기 때문이다.

어두워지기 시작하자 이곳저곳 오두막집에서 불이 켜지고 있었다. 들판에 몰려 서 있거나 길가에 외로이 서 있는 나무들의 윤곽이 점점 흐려졌다. 대기가 생기를 잃은 듯 움직이지 않는 더운 날씨였지만 클라이드는 땀을 흘리고 생각하며 빠른 걸음으로 걸었다. 마치 조용히 생각하고 싶어 하는 어떤 내면의 자아를 물리치려는 듯 빠른 걸음으로 걸었다.

그곳에 있는 저 음산하고 호젓한 호수!

그 남쪽의 섬!

그 누가 볼 수 있겠는가?

그 누가 들을 수 있는가?

건롯지 지역에는 일 년 중 여름철이면 버스가 다닌다고 했다. (아, 그는 안내인의 말을 기억하고 있었다. 빌어먹을!) 이런 생각을 하면서 그런 것을 기억하다니 참으로 끔찍하지 않은가! 하지만 이왕 이런 생각을 할 바에야 빈틈없이 생각하는 편이 좋을 터였다. 그러지 않을 바에야 아예 영원히 생각하지 말자. 그는 이렇게 자신에게 말했다. 아니면 지금은 생각하지 않는 게 좋지 않겠는가? 그렇지만, 손드라! 로버타! 만약 그가 붙잡히게 된다면 전기의자에 앉아 사형당할 게 아닌가! 하지만 지금 그의 상태는 비참하기 짝이 없었다. 이 난관을 어떻게 뚫고 나갈 것인가! 자칫 손드라를 잃게 될지도 모른다. 그렇지만 살인을……

클라이드는 땀에 젖은 뜨거운 얼굴을 닦으며 걸음을 멈추고 들판 저편에 옹기종기 무리 지어 서 있는 나무들을 바라보았다. 그 나무들을 보니 그곳의 나무들이 떠올랐다……. 한데 말이다……. 그는 이 길이 싫었다. 주위가 너무 어두워지고 있었다. 이제 그만 돌아가는 게 좋을 것 같았다. 그러나 스리마일베이만과 그래스 호수로 가는 남쪽 도로— 만약 그 길로 가기로 선택한다면— 그리고 나중에 그 길로 가기로 한다면 샤런과 크랜스턴네 별장이 있는 곳으로 나가게 될 길이다. 오, 맙소사! 빅비턴 호수의 나무들도 어둠이 내리고 나면 이렇게 윤곽이 흐려지고 음산하겠지. 물론 저녁 시간쯤이 될 것이다. 너무 밝은 아침이라면, 아마 어느 누구도 차마 그런 생각을 하지 않을 테지. 바보가 아닌 다음에야 누가 그런 짓을 하겠는가. 하지만 저녁에는, 지금처럼 황혼녘에는, 아니 그보다 좀 더 늦은 시간에는. 빌어먹을, 그런 생각에 귀를 기울이고 싶지는 않았다. 그러나 누군가가 그곳에서 그나 로버타를 볼 것 같지는 않았다. 볼 수 있을까, 그런 곳에서? 빅비턴 호수 같은 곳에 가는 데는 아무 문제도 없을 것 같았다. 가령 독립기념일인 4일, 아니면 사람이 적은 4일이나 5일 이후에 신혼여행을 가는 척하고 말이다. 숙박부에는 그의 이름이 아닌 다른 사람의 이름을 적어 두면 꼬리를 잡히지 않게 될 것이다. 나중에는 밤중이나 이튿날 아침에 샤런 호수의 크랜스턴네 별장으로 가서 10시경에 도착하는 새벽차로 북쪽으로 왔다고 말하면 될 것이다. 그러고 나면…….

제기랄! 왜 자꾸 이런 생각이 나는 걸까? 정말 그런 짓을 그가 꾸미고 있다는 말인가? 그럴 리가 없지 않은가! 말도 안 되는 일이지 않은가! 클라이드 그리피스는 진정으로 그런 일을 꾸밀 인간이 아니었다. 그건 있을 수 없는 일이었다. 그가 그런 짓을 할 리 없었다. 물론이고말고! 클라이드 그리피스가 그런 짓을 한다는 것은 상상조차 할 수 없는 너무 사악한 일이다. 그렇다고는 하지만…….

클라이드는 음흉한 범죄가 불쑥 떠올랐다는 것에 섬뜩한 비참함과 무력감에 사로잡혔다. 그래서 그는 적어도 사람들 틈에 낄 수 있는 라이커거스를 향해 발길을 돌리기로 했다.

제45장

상상력이 예민하거나 시대착오적인 생각이 병적인 단계에 이르면—정신이 공격을 받고 벅차고 복잡한 문제에 부딪히게 되면—이성이 그 옥좌에서 내려와 비틀거리고 위태로운 상태에 이르러 정신은 혼란에 빠지고 적어도 얼마 동안은 비이성과 무질서와 잘못된 엉뚱한 생각이 다른 모든 생각을 짓눌러 버리는 때가 있다. 이런 경우 극복할 수도 감내할 수도 없는 큰 어려움에 부딪힌 의지와 용기는 어떤 사람에게는 순식간에 사라져 버리고 그 뒤에 공포감과 일시적인 무분별만이 남을 뿐이다.

이즈음 클라이드의 마음은, 막강한 적군에 몰려 정신없이 후퇴하는 패전 군대에 빗댈 수 있었다. 다급하게 퇴각하는 상황에서 잠시 완전한 파멸을 모면할 길을 찾아보고 그런 공포 속에서도 피할 수 없는 위급한 운명을 막아 보려고 엉뚱하고 위험하기 짝이 없는 계략에 기대 보는 것이다. 클라이드의 눈에는 때로

광기 어린 긴장된 표정이 떠올랐다. 시시각각으로 그는 지금까지의 엉뚱한 행동과 생각을 아무리 정리해 보아도 어느 곳에서도 탈출구가 전혀 보이지 않았다. 그러다 보니 난폭하고 다급하고 실망스러운 추구에서 비롯한 심인적(心因的) 상태에서 「타임스-유니언」지의 기사에서 암시받은 해결책이 그의 머릿속에 불쑥불쑥 되살아나곤 했다. 그 암시는 끈질기게 그를 쫓아다녔다.

사실 지금 그것은 마치 클라이드가 상상도 못했던 좀 더 높거나 좀 더 낮은 어떤 세계에서, 삶이나 죽음과는 아무 관련이 없고 그와는 다른 생물들이 서식하는 그런 세계의 깊은 내면에서 그 자신의 본성에 숨어 있던 음흉하고 악마적인 소망이나 지혜의 실체가 갑자기 고개를 쳐드는 것 같았다. 마치 알라딘의 램프를 우연히 만졌을 때 요정이 튀어나오는 것이나 또는 어부의 그물에 걸린 신비스러운 호리병에서 연기처럼 나타나는 악귀와 같았다고나 할까. 그 본질은 역겨우면서도 강렬하게, 음흉하면서도 매혹적이고, 다정하면서도 잔인하게 (그가 완강하게 저항하는데도) 그를 파멸시키려고 위협하는 악과 혐오스럽고 괴롭고 무섭기는 해도 자유와 성공과 사랑을 안겨 주는 또 다른 악 사이에서 선택을 강요하고 있었다.

이때 클라이드의 두뇌 작용을 관장하는 중심 부분은 밀봉된 조용한 방에 빗댈 수 있었다. 그 방 안에 앉아 그는 자신도 모르게 누구의 방해도 받지 않고 홀로 신비스럽거나 사악하고 끔찍한 욕망 또는 어떤 어둡고 원초적이고 타락한 본성의 충고에 대해 생각했다. 그렇지만 그에게는 그것을 밀고 나가거나 자리를 박차고 달아날 힘도 없었고 행동으로 옮길 용기도 없었다.

클라이드의 가장 어둡고 가장 연약한 쪽의 요정이 지금 이런 말을 하고 있었다. "지금 이 시각까지 벗어날 수 없었던 로버타의 요구에서 벗어나고 싶으냐? 보라! 네게 한 가지 방법을 가르쳐 주겠노라. 그것은 호수, 패스 호수를 이용하는 방법이다. 네가 읽은 그 기사가 공연히 네 손에 들어간 줄 아느냐? 빅비턴 호수, 그 깊고 검푸른 물, 남쪽에 있는 섬, 스리마일베이만으로 가는 호젓한 길을 기억하느냐? 이보다 더 네 조건에 맞는 곳이 어디 있다더냐! 그런 호수에서 보트나 카누가 뒤집히면 로버타는 영원히 네 인생에서 사라질 거다. 로버타는 수영을 못하지 않느냐! 그 호수— 네가 본 바로 그 호수— 내가 네게 보여 준 그 호수는 네 목적을 위해 가장 이상적이지 않느냐? 그렇게도 외지고 인적이 드문데도 이곳에서 겨우 160킬로미터 정도밖에 안 될 만큼 가깝다. 너와 로버타가 그곳에 가기가 얼마나 쉬우냐? 물론 직접 가는 것이 아니라 돌아서 가야 하지만 네가 이미 그러기로 동의한 완전히 꾸며 낸 가공의 신혼여행을 가기에는 말이다. 이제 네가 해야 할 일은, 네 이름 그리고 로버타의 이름을 바꾸는 것뿐이다. 하긴 로버타의 이름은 그대로 쓰게 하고, 너만 가명을 써도 상관없다. 너는 네 이름과, 너와 그녀의 관계를 입밖에 내지 못하게 했고, 그녀는 지금까지 그것을 입 밖에 낸 적이 없다. 네가 로버타에게 보낸 편지들은 형식적인 것들뿐이다. 그러니 이미 약속한 대로 남의 눈에 띄지 않게 어디선가 로버타를 만나게 된다면 전에 폰다로 갔을 때처럼 빅비턴 호수나 그 근처까지 그녀하고 같이 가도 무방할지 모른다."

"하지만 빅비턴 호수에는 호텔이 없어요." 클라이드가 곧바로 지적했다. "찾는 사람도 별로 없는 초라한 오두막집이 한 채 있을 뿐이죠."

"그렇다면 더더욱 좋지. 사람이 적을수록 좋지 않은가?"

"하지만 우리가 그곳으로 함께 가는 것을 보는 사람이 있을지도 모르지 않나요. 그렇게 되면 내가 그녀와 함께 있었다는 사실이 밝혀질 거요."

"너희들은 폰다, 글로버스빌, 리틀폴스 같은 곳에서 다른 사람에게 들켰는가? 전에도 다른 전차에 따로 타거나 다른 좌석에 앉아서 여행하지 않았는가? 이번에도 그렇게 하면 될 것이 아닌가? 결혼도 비밀리에 하는 것으로 되어 있지 않은가? 그렇다면 왜 신혼여행도 비밀리에 할 수 없단 말인가?"

"그건 그렇군요. 정말로 그래요."

"그렇게 준비하고 일단 빅비턴이나 그와 비슷한 다른 호수에 도착하고 나면—그곳엔 호수가 워낙 많으니까—보트를 타고 나가기가 아주 쉽지 않겠는가? 누구에게도 뭔가 물어서는 안 된다. 네 이름이나 로버타의 본명으로 등록하지 마라. 보트는 한 시간이나 반나절, 또는 하루 동안 빌릴 수 있다. 넌 그 호젓한 호수 남쪽의 섬을 보았지. 아름다운 섬이 아니더냐? 한번 구경해 볼 만한 곳이지. 결혼식을 올리기 전에 한번 놀러 가 볼 만한 곳이 아니겠는가? 로버타는 기꺼이 그렇게 놀러 가기를 원할 것이 아니냐? 지금 고달프고 마음이 상해 있으니 말이다. 어려운 새살림을 시작하기 전에 쉬고 싶지 않겠느냐? 그렇게 하는 게 상식에 맞지 않느냐? 또 있음 직하지 않느냐? 그리고 너도 로버타도 영영 돌아오지 않도록 되어 있지 않느냐? 두 사람 모두 물에 빠져 죽을 테니 말이다. 보는 사람이 누가 있겠는가? 가는 길에 안내인 한두 사람, 보트를 세놓는 사람, 아니면 여인숙 주인이 한 번쯤 보겠지. 하지만 네가 누구인지, 로버타가 누군지 그 사람들이 어떻게 알겠느냐? 수심이 얼마인지는 안내인이 하는 말을 들었겠지."

"그렇지만 로버타를 죽이고 싶지는 않아요. 그런 식으로 그녀를 해치고 싶지는 않다고요. 나를 놓아주고 제 갈 길로 가 주기만 한다면 두 번 다시 만나지 않을 겁니다."

"하지만 로버타는 너를 놓아주지 않을 거고, 너와 같이 가지 않는 한 제 갈 길로 가지도 않을 거다. 만약 네가 자신의 갈 길을 간다면 손드라와 손드라가 속해 있는 세계, 이곳에서 누리는 모든 즐거운 삶을 포기하고 떠나야 한다. 또한 큰아버지의 신임, 그분의 친지들, 그 사람들의 승용차들, 댄스, 호수의 별장을 방문하는 일도 말이다. 그러고 나면 뭐가 남지? 초라한 직장! 쥐꼬리만 한 봉급! 캔자스시티의 사고 뒤에 겪은 그런 떠돌이 생활이 다시 시작되는 거다. 다른 곳에서는 지금과 같은 기회가 영원히 오지 않을 것이다. 그래도 그런 삶을 선택하겠느냐?"

"하지만 캔자스시티에서 그랬던 것처럼 이곳에서도 내 꿈을—내 장래를—물거품으로 만드는 어떤 사고가 일어날지도 모르잖아요?"

"물론 사고야 일어날 테지. 하지만 전과 똑같은 사고는 아닐 게다. 이번 경우에는 네가 계획을 실천하는 거다. 네 뜻대로 일을 추진할 수 있는 거란 말이다. 얼마나 쉬운 일인가! 해마다 여름이면 수많은 보트가 뒤집힌다. 그리고 보트에 탄 사람들이 수영을 할 줄 몰라 물에 빠져 죽는다. 로버타 올든과 빅비턴 호수로 놀러 갔던 사내가 수영할 수 있는지 없는지 어떻게 알겠는가? 그리고 죽는 방법 중에서 물에 빠져 죽는 길이 제일 쉽지. 아무 소리도 나지 않고, 아무 비명도 들리지 않고, 어쩌다가 우연히 노에 한번쯤 부딪치거나 뱃전에 머리라도 부딪칠 수도 있거든. 그러고 난 뒤에는 모든 게 잠잠해질 게 아닌가! 자유가 찾아올 게 아닌가? 시체는 영원히 발견되지 않을지 모른다. 비록 발견되어 신원이 밝혀진다 해도 미리 계획을 좀 세워 놓기만 한다면 모든 일이 쉽게 풀리지 않겠느냐? 가령 네가 트웰프스 호수에 가기 전에 다른 어느 호수에 들른 것처럼 꾸미면 말이다. 그래서 안 될 이유가 어디 있겠는가? 내 말에 허점이라도 있는가?"

"하지만 내가 보트를 뒤집는다고 해도 로버타가 익사하지 않는다면 어떻게 되죠? 배에 매달리고, 비명을 지르고, 구출되고, 나중에 모든 것을 다 털어놓는다면……. 아냐, 난 그렇게 할 수 없어요. 그럴 수는 없다고요. 로버타를 노로 때릴 수는 없어요. 그건 너무 끔찍하고…… 너무 악독한 짓이거든요."

"하지만 그런 상태에서는 살짝, 한 번만 살짝 때려도 로버타는 정신이 혼란해져 완전히 파멸에 이를 게다. 물론 슬픈 일이지. 하지만 그녀는 제 갈 길로 갈 기회가 있지 않았던가? 그녀는 제 갈 길로 가려고 하지 않거니와, 너에게도 네 갈 길로 가도록 하려 하지 않아. 그렇다면 그 일이 그렇게 불공평하단 말인가? 일이 끝나고 나면 손드라와 — 그 아름다운 손드라와 — 라이커거스에서 가정을 꾸미고 다시는 손에 넣지도 못할 부와 함께 다른 곳에서는 결코 죽었다가 깨도 꿈꾸지도 못할 사회적 지위를 누리게 된다는 걸 잊지 말아라. 너는 사랑과 행복을 누리고 이곳에서 누구에게도 손색이 없는, 심지어 네 사촌 길버트보다도 더 나은 삶을 누리게 될 거다."

그 목소리는 잠시 멈추더니 점차 그림자로, 침묵과 꿈으로 사라져 버렸다.

클라이드는 방금 들은 말을 생각해 보았지만 아직도 결심이 서지 않았다. 좀 더 무거운 불안감 또는 양심의 소리가 큰 방 안에서 들리는 충고의 목소리를 가로막고 있었다. 그러나 곧 손드라와 손드라가 의미하는 모든 것, 그러고 나서 로버타에게 생각이 미치자 그 어두운 존재가 갑자기 좀 더 설득력 있고 교활하게 다시 찾아왔다.

"아, 아직도 그 문제를 생각하고 있군. 하지만 해결책은 아직 찾지 못했고, 앞으로도 찾지 못하겠지. 내가 너를 도우려고 꼭 하나밖에 없는 유일한 방법을 가르쳐 줬다. 방법은 그 길쭉한 호수, 그 한 가지뿐이다. 보트를 타고 이리저리 다니다 보면 결국 호젓한 장소, 수심이 깊은 남쪽 물가 쪽에 사람의 눈이 미치지 못하는 곳을 쉽게 찾아낼 게 아니겠느냐? 그곳에서 숲속을 걸어 스리마일베이만과 그래스 호수에 나가는 건 누워 떡 먹기다. 그곳에서 크랜스턴네 별장까지는? 너도 알겠지만 그곳에서부터 배가 다니거든. 이거야 원, 참 겁도 많군. 그렇게 용기가 없어서야 네가 그 무엇보다 갈망하는 걸—아름다운 여성—부—사회적 지위—모든 물질적, 정신적인 욕망을 어떻게 손에 넣을 수 있겠느냐? 이 모든 것을 갖지 못하면 네게 주어진 것이라곤 가난과 평범한 일상과 힘들고 초라한 일자리뿐이다.

그러니 너는 두 가지 중에서 하나를 택해야 한다. 선택해라! 그러고 나서 행동에 옮겨라. 그렇게 해야만 한다! 그렇게 해야만 한다! 꼭 그렇게 해야만 한다!"

그 목소리는 말을 끝내고 사라지면서 그 큰 방의 먼 구석에서 메아리처럼 낭랑하게 울렸다.

처음에는 그저 두렵고 끔찍하게 여기면서 귀를 기울였던 클라이드도 나중에는 초연하고도 철학적인 냉담으로 그 소리에 귀를 기울이게 되었다. 자기 생각이나 행동에서 완전히 벗어나 마침내 자신의 해방을 위한 방법으로 심지어 가장 무모하고 가장 절망적인 그런 제안을 고려하게 되었다. 그는 차마 저버릴 수 없는 향락과 꿈 앞에서는 정신적으로나 육체적으로 무력하다 보니 그것도 가능한 방법일지 모른다고 생각하는 단계에 이르렀다. 왜 그렇게 하면 안 된단 말인가? 그 목소리가 제안하는 대로 어쩌면 가능하고 그럴싸한 방법이 아닌가? 한번 이 사악한 일을 실행에 옮기면 그의 욕망과 꿈이 모두 이루어지는 것이 아니겠는가? 그러나 그가 당면한 문제는 불안정하고 극히 변덕스러운 의지의 결함과 약점 때문에 생각만으로는— 그것도 열흘 동안에는— 해결될 수 없을 터였다.

클라이드는 그런 문제를 풀기 위해 스스로 행동할 능력도, 행동할 의사도 없었다. 언제나 그랬지만 그는 외부의 힘에 따라 행동하거나, 아니면 이 가장 끔찍하고 '무모한' 생각을 포기할 수밖에 없었다. 그러나 이 시기에 날아온 일련의 편지는— 로버타한테서 일곱 통, 손드라한테서 온 다섯 통의 편지는— 지금 그의 앞에 놓인 수수께끼 같은 문제가 얼마나 서로 대조되는지 더욱더 두드러지게 보여 주었다. 암울한 로버타의 편지와는 달리 손드라한테서 온 편지는 유쾌하고 화려했다. 애원하고 시비를 걸고 협박하는 로버타의 편지에 그는 답장을 보내기는커녕 전화도 걸지 않았다. 그녀의 편지에 답장을 하거나 전화를 건다면 로버타를 파멸로 유인하는 것, 즉 패스 호수의 비극적 사고가 암시하는 대로 곤란한 그의 상황을 극단적으로 해결하도록 유인하게 될 것이라고 판단했던 것이다.

한편 손드라에게 보낸 편지에서 클라이드는 가장 열정적인 표현으로 사랑을 고백했다. 사랑스러운 애인이니 꿈속의 연인이니 그럴 수만 있다면 4일 아침에는 트웰프스 호수에 갈 예정이며 그녀를 다시 만날 것을 생각하면 온몸에 전율을 느낀다고 써 보냈다. 그는 앞으로 어떻게 될지 확실히 알 수 없으므로—일 때문에 하루나 이틀 또는 사흘이나 늦어질지도 모르지만—그렇게 될 경우에는 늦어도 모든 게 확실해질 2일까지는 다시 편지로 알리겠다고 했다. 그런 내용을 적는 동안 그는 만약 손드라가 자신이 지금 무슨 생각을 하고 있는지 안다면 어떻게 될까, 하고 생각하고 있었다. 이 편지를 쓰면서도 그는 로버타의 귀찮은 마지막 편지에는 아직 답장하지 않고 있었기 때문에 로버타한테도 갈 계획이라거나 비록 그녀에게 간다고 해도 죽이려는 것은 아니라고 자기에게 변명하고 있었다. 그는 그런 끔찍한 범죄를 정직하게—좀 더 정확히 말해서 솔직하고 용기 있게—생각해 본 적이 한 번도 없었다. 이와는 반대로 오히려 이 모든 문제와 관련하여 최종적으로 해결할 필요가 있으면 있을수록 그런 계획은 더더욱 끔찍하고 어렵게 느껴져서 그로서는 도저히 실행할 수 있을 것 같지 않았다. 사실 그는 자신과 끊임없이 싸우는 동안 순간순간, 정신적으로 땀을 흘리고 도덕적·사회적 공포감에서 도망치고 있었다. 그러는 동안 그는 빅비턴으로 가서 지금처럼 끈질기게 조르고 협박하는 일을 그만두도록 그녀를 설득함으로써(이것은 또 한 번의 회피요, 자기기만이었지만) 앞으로 정말 어떤 행동을 취하는 게 좋을지 생각할 시간을 가져 봐야 한다고 생각할 때가 가끔 있었다.

호수로 가는 길.

호수로 가는 길.

그러나 일단 그곳에 가면 과연 그렇게 하는 게 좋을지, 아니면 그렇게 하지 않는 게 좋을지 어떻게 알 수 있으랴. 어쩌면 생각을 돌리도록 로버타를 설득할 수 있을지도 모른다. 누가 뭐래도 로버타가 매우 부당하게 행동하며 억지를 부리고 있는 것만은 부인할 수 없었다. 손드라에게 품고 있는 아주 중요한 꿈과 관련하여 클라이드가 보기에는, 로버타는 따지고 보면 결국 그의 누나 에스터와 그렇게 다를 것도 없는 처지를 침소봉대하고, 다시 말해서 공포심을 지나치게 과장하고 있었다. 에스터는 그 누구에게도 결혼을 강요한 일이 없었다. 자신의 부모와 비교하면 로버타의 부모는 처지가 훨씬 나은 편이었다. 물론 한쪽은 가난한 전도사들이고 다른 쪽은 가난한 농민들이지만 말이다. 에스터는 부모의 마음을 헤아리려고 하지 않았는데, 그가 로버타 부모의 심정을 걱정해야 할 까닭이 어디에 있는가?

로버타는 책임에 대해 말하지만 그렇다면 자기에게는 전혀 책임이 없다는 것인가? 클라이드가 유혹한 것은 사실이지만 그렇다고 그녀에게도 전혀 책임이 없다고 할 수 있을까? 그처럼 도덕성을 내세우면서 왜 그때는 거절하지 못했을까? 어쨌든 그녀는 거절하지 않았다. 그도 도울 수 있는 한, 그녀를 돕지 않았는가? 그에게도 돈이 없었다. 그리고 그는 난처한 처지에 놓여 있었다. 그에게 책임이 있다면 그녀에게도 마땅히 책임은 있었다. 그런데도 그녀는 지금 그를 몰아붙이려고 작정하고 결혼을 강요하고 있었다. 만약 그녀가 자기의 갈 길로 가겠다고 하면—그의 도움으로 그녀는 그렇게 할 수 있었다—두 사람의 문제를 말끔히 해결할 수 있을지도 모르는데 말이다.

그러나 로버타는 전혀 그렇게 하려고 하지 않았다. 또한 클라이드도 그녀와 결혼할 생각이 없었고, 그게 전부였다. 그가 결혼해 줄 것으로 생각한다면 그건 그녀의 큰 오산이었다. 절대로, 절대로, 절대로 그녀와 결혼하지 않을 것이다! 이런 느낌이 들 때면 그는 무슨 짓이라도 할 수 있을 것 같았다. 가령 쉽게 로버타를 물에 빠뜨릴 수 있을 것 같았고, 그렇게 된다고 해도 그것은 그녀의 자업자득일 터였다.

그러다가도 발각이 되는 날에는 세상 사람들이 어떻게 생각하고 어떤 처벌을 가할지, 또 그 자신은 어떤 마음의 괴로움을 치러야 할지 하는 걱정 때문에 다시 두려워지면서 클라이드는 이곳에 머물고 싶지만 자기가 그런 행동을 할 수 있는 사람이 아니니 결국은 도망가는 길밖에 없다고 생각했다.

월요일에 로버타의 편지가 오고 나서 다시 화요일과 수요일과 목요일이 지나갔다. 그러다가 로버타도 마찬가지지만 그도 무척 괴로운 시간을 보내고 난 목요일 밤에 다음과 같은 편지를 받았다.

6월 30일
수요일, 빌츠에서

보고 싶은 클라이드에게

금요일 정오까지 전화나 편지 연락이 없으면 나는 그날 밤 안으로 라이커거스로 돌아가서 당신이 나를 어떻게 취급했는지 온 세상에 다 알리겠어요. 이제는 한 시간도 더 고통스럽게 기다릴 수 없고, 또 기다릴 생각도 없어요. 나도 이렇게까지는 하고 싶지 않지만, 그동안 당신한테서는 아무 소식도 없었고, 토요일이면 사흘째인데도 아직 아무런 계획도 없잖아요. 내 인생은 이제 끝장이 났고, 당신의 인생도 어느 정도 그렇게 될 겁니다. 하지만 나는 그것을 다 내 탓이라고 생각하지는 않아요. 나도 당신을 위해 이 짐을 덜어 보려고 안간힘을 써 왔고, 또 이런 일로 우리 부모님과 친구들, 그리고 당신이 아끼는 사람들을 괴롭히는 건 나도 싫어요. 하지만 나는 이제 더는 한 시간도 참고 기다릴 수가 없습니다.

로버타 드림

이 편지를 손에 들고 클라이드는 이제 행동할 수밖에 없는 때가 드디어 왔다는 사실에 온몸이 마비될 정도였다. 로버타가 라이커거스로 온다고 하지 않는가! 그가 어떻게 해서든지 달래든가 말리든가 하지 않는다면 그녀는 내일 2일에는 라이커거스에 돌아올 것이다. 그러나 2일이나 3일, 어쨌든 독립기념일인 4일 이후가 아니라면 그녀와 함께 떠나기에 좋은 때가 아니었다. 휴일 인파가 몰려들어 아는 사람들을 맞닥뜨리게 될 것이기 때문이다. 좀 더 비밀이 필요했다. 그리고 준비할 시간이 좀 더 필요했다. 이제는 빨리 결정을 내리고 행동을 취해야 했다. 맙소사! 어서 서두르자. 전화를 걸어서 그동안 몸이 아팠다든지, 아니면 편지로는 말할 수 없는 필요한 돈 준비니 뭐니 그런 일 때문에 경황이 없었다고 말하면 어떨까? 그것 말고도 4일에는 그린우드 호수로 오라는 연락이 큰아버지한테서 왔다고 하면 어떨까? 큰아버지라고! 또 큰아버지라고! 이제는 더 이상 큰아버지를 구실로 삼을 수 없을 것 같았다. 너무 자주 그를 써먹었기 때문이다. 큰아버지를 한 번 더 만나든 만나지 않든 그에게나 그녀에게 뭐가 달라질 게 있단 말인가? 그가 그녀를 위하여 라이커거스를 영원히 떠나겠다고 그녀에게 말해 오지 않았던가? 그러니 1년쯤 뒤 다시 돌아올 수 있도록 이번에 떠나는 이유를 설명하기 위해 큰아버지를 만나러 간다고 하는 게 좋을 것 같았다. 그렇게 말하면 그녀가 믿을 듯했다. 어쨌든 무슨 말이라도 해서 4일 이후까지 집에서 기다리도록─적어도 그가 계획을 마무리 짓고 어떤 방식이든 행동할 수 있는 장소로 갈 때까지 집에 머물러 있도록─할 필요가 있었다. 이렇게든 아니면 저렇게든 어쨌거나 행동할 수 있도록 말이다.

클라이드는 지금 당장 그 이상으로 어떤 구체적인 방법을 생각할 겨를이 없이 남이 엿들을 염려가 적은 가까운 전화로 달려갔다. 다시 한 번 그녀를 전화로 불러내자 그는 여느 때처럼 장황한 변명을, 이번에는 그녀의 비위를 맞춰 가면서 늘어놓기 시작했다. 열이 나서 방에 드러누워 있었기 때문에 전화를 하러 나갈 수 없었다느니, 또 앞으로 필요하다면 다시 돌아올 수 있도록 큰아버지의 양해를 구하는 게 좋겠다고 생각했다느니 설명을 늘어놓았다. 그는 애정이 담기지는 않았지만 애원하는 말투로 자신이 놓여 있는 처지도 좀 생각해 달라고 사정함으로써 그가 그동안 소식을 전하지 않은 데는 그만한 이유가 있었기 때문이라고 그녀에게 믿게 할 수 있었을 뿐만 아니라 지금 생각하고 있는 계획을 말할 기회까지 얻을 수 있었다. 6일까지만 기다려 주면 그녀가 원하는 장소에서 — 호머, 폰다, 라이커거스, 리폴스에서 — 틀림없이 만나겠다고 했다. 다만 모든 일을 비밀리에 진행해야 하므로 정오에 유티카로 떠나는 기차에 탈 수 있도록 6일 아침에 폰다로 와 달라고 부탁했다. 그는 지금 전화로는 그들의 계획을 의논하고 결정할 수 없으니 유티카에서 하룻밤을 지내면서 결정하는 대로 행동하자고 했다. 그때 가서 좀 더 자세한 이야기를 할 수 있다는 것이다. 클라이드는 결혼식을 올리기 전이든 후든 그녀가 원하는 대로 함께 가까운 곳에 여행을 떠날 것을 — 어쨌든 즐겁게 시간을 보낼 것을 — 생각하고 있다고 말했다. (이 말을 할 때 그의 음성이 목쉰 소리로 변하고 무릎과 손이 좀 떨렸지만, 그녀는 그가 갑자기 동요를 일으킨 사실을 눈치채지 못했다.) 그는 이 이야기를 전화로 할 수 없으니 지금은 아무것도 묻지 말라고 덧붙였다. 대신 6일 정오에 틀림없이 폰다의 역 구내에 가 있겠다고 말했다. 그를 보거든 유티카로 가는 표를 사서 어느 찻간에든 오르면 그도 따로 표를 사서 그 앞이나 뒤에 있는 찻간에 오를 것이다. 만약 그녀가 역 구내에서 그를 보지 못할 때는 그가 마실 것을 사러 가는 체하면서 그녀가 있는 찻간을 지나갈 테니 안심해도 될 것이다. 하지만 그한테 말을 걸어서는 안 되었다. 일단 유티카에 도착해서 그녀의 가방을 맡기고 조용한 구석 길로 걸어가면 그가 그녀를 뒤쫓아 갈 것이다. 가방은 그가 찾아올 것이고, 그러고 나서 어딘가 작은 호텔을 찾아갈 것이다. 그다음 일은 그가 알아서 모두 처리할 것이다.

그러나 로버타는 반드시 클라이드가 시키는 대로 해야 했다. 그 정도는 그를 믿어야 하지 않을까? 그렇다면 그가 3일 — 그러니까 바로 이튿날 — 그리고 6일 아침에 전화해서 두 사람이 만나는 일에 차질이 생기지 않도록 모든 것을 다시 확인하도록 할 것이다. 뭐라고? 트렁크? 작은 것 말이야? 그거야 상관없을 것이다. 필요하다면 갖고 와도 상관없다. 하지만 그러면 지금 당장은 짐을 많이 갖고 오지 않을 것이다. 자리를 잡은 다음에 필요한 물건들을 부쳐 달라고 해도 되기 때문이다.

변두리 조그마한 약국의 외로운 주인이 약국 뒤쪽 약병 사이에 파묻혀 허무맹랑한 삼류 소설을 읽고 있는 동안 클라이드는 약국에서 전화를 걸고 있었다. 그때 클라이드의 두뇌 속의 조용한 방에 나타났던 거인 이프릿*이 지금 다시 옆에 나타나 그에게 말을 걸고 있는 것 같았다. 오한을 느끼고 전신이 마비되고 겁에 질려 있는 클라이드는 실제로는 말을 하고 있지는 않았다.

손드라와 함께 갔던 그 호수로 가라!

이곳 라이커거스 하우스에서나 기차역에서 그 일대 여행 안내서를 구하라.

여행이 끝나면 호수 남쪽 끄트머리로 가서 그곳에서 남쪽으로 걸어가라.

쉽게 뒤집힐 수 있는 보트, 그러니까 네가 이곳 크럼 호수와 그 북쪽에서 본 것 같은 바닥이 둥근 보트 한 대를 골라라.

다른 모자를 새로 사서 물 위에 남겨 둬라. 그 주인이 너라는 사실이 밝혀지지 않도록 말이다. 너를 찾을 수 없도록 안감을 떼어 버리는 것도 좋은 방법이다.

일이 잘못될 때 급히 이곳에 돌아와서 가지고 떠날 수 있도록 모든 짐은 트렁크에 넣어서 남겨 둬라.

누가 보아도 도망간 것이 아니라 트웰프스 호수에 놀러 갔다고 생각할 만한 물건들만 가지고 가라. 나중에 누군가가 너를 트웰프스 호수에서 찾더라도 네가 그곳 외의 다른 장소에는 가지 않은 것처럼 보이도록 말이다.

로버타에게는 결혼하겠지만 오직 여행에서 돌아와서만 그렇게 하겠다고 말하라.

필요할 때는 가볍게 한번 내리쳐서 기절시켜라. 그 이상은 안 된다. 그래야만 물에 빠지면서 정신을 잃고 그만큼 쉽게 익사할 것이다.

두려워하지 말라!

마음을 약하게 먹지 말라!

대낮 시간은 피하고 밤에만 숲속을 걸어라. 그래야 스리마일 베이만이나 샤런으로 돌아가 있을 때까지 남의 눈에 띄지 않을 것이고, 남쪽의 래킷이나 롱 호수나 라이커거스 북쪽에서 왔다는 말을 할 수 있을 것이다.

가명을 쓰고 필적은 될 수 있으면 바꾸도록 하라.

성공할 것이라는 자신감을 가져라.

속삭이듯 낮은 음성으로 말하라. 부드럽고 상냥하게, 심지어 다정스럽게 말을 해야 한다. 네 목적을 달성하도록 그녀를 사로잡으려면 꼭 그렇게 해야만 한다.

클라이드의 어두운 자아의 요정이 그렇게 말했다.

제46장

7월 6일 화요일 낮 12시, 로버타는 빌츠에서 유티카로 가는 기차에서 내려 폰다 기차역 플랫폼에서 클라이드를 기다렸다. 유티카행 기차가 도착하기까지는 아직 반 시간이나 남아 있었다. 15분 후 클라이드는 옆길에서 나타나 로버타가 있는 곳에서는 보이지 않지만 남쪽으로 역에 접근하여 역 건물의 서쪽 모퉁이를 돈 다음 나무 상자 더미 뒤쪽으로 가서 그녀를 지켜보았다. 그녀의 몸이 얼마나 야위고 얼굴이 창백한지! 여행한답시고 푸른 여행복을 입고 작은 갈색 모자를 쓰고 온 그녀의 모습은 손드라에 비하면 촌스럽기 그지없었다. 그녀의 삶이 그에게 주는 약속은 손드라의 삶과 비교하면 너무 초라하고 힘들어 보였다. 그런데도 그녀는 손드라를 단념하고 자기와 결혼해 달라고 강요하고 있었다. 클라이드는 로버타와의 결혼에서 결코 벗어날 수 없을 것이고 손드라와 그녀가 의미하는 모든 것이 한낱 추억으로 돌아갈 수밖에 없을 터였다. 이 두 여자의 태도는 너무도 대조되었다. 손드라는 그에게 아무것도 요구하지 않으면서 모든 것을 주려고 하는 반면, 로버타는 줄 것은 아무것도 없으면서도 그에게 온갖 요구를 하고 있었다.

클라이드는 음산하고 무서운 분노에 사로잡혀서 패스 호수에 갔던 그 미지의 사내에게 동정을 금할 수 없었고, 그가 성공하기를 은근히 바랐다. 어쩌면 그 사내도 이와 똑같은 처지에 있었는지도 모른다. 결국 어쩌면 그가 잘한 일인지도 모르고, 그래서 발각되지 않는 것인지도 모른다. 클라이드는 신경이 팽팽하게 긴장되었다. 그의 눈에는 음산하면서도 화가 난 듯 불안한 빛이 어려 있었다. 이번 경우에도 성공할 수 있지 않을까?

클라이드는 로버타의 부당하고 끈질긴 요구 때문에 지금 그녀와 함께 플랫폼 위에 서 있었다. 그러니 이제는 그녀에게 전화를 걸고 난 후의 나흘 동안, 그리고 그보다 앞서 열흘 동안 막연하게 생각해 왔던 계획을 어떻게 과감하게 실천에 옮기느냐하는 문제를 생각해야 했다. 이미 정해진 방향을 이제 와서 돌이킬 수는 없는 일이었다. 이제는 행동할 수밖에 없지 않은가! 두렵다고 해서 계획한 일을 단념해서는 안 되었다.

클라이드는 언뜻 보기에는 다정하게 '이봐, 내가 이렇게 오지 않았어?'라고 말하는 표정으로 로버타에게 자기 모습을 보이려고 플랫폼에 나섰다. 그러나 그 표정 뒤에 숨어 있는 그의 마음! 만약 그 표정 뒤에 가려진 어둡고 괴로운 그의 기분을 헤아릴 수만 있었더라면 그녀는 뒤를 돌아보지도 않고 도망쳐 버렸을 것이다. 하지만 막상 그가 나타난 것을 보자 그녀의 눈에서 어두운 빛이 사라지고 조금 아래로 처져 있던 양쪽 입가가 위로 치켜 올라갔다. 그녀는 그를 알아본 척하지 않았지만, 표정이 밝아지면서 곧장 그가 말했던 대로 매표창구로 다가가 유티카 행 차표 한 장을 끊었다.

　로버타는 클라이드가 마침내 왔구나, 하고 생각하고 있었다. 그는 그녀를 데리고 어딘가로 떠나갈 터였다. 그녀의 마음속에서 고마운 생각이 왈칵 솟구쳤다. 그들은 이제 적어도 일곱 달이나 여덟 달은 함께 살게 될 것이다. 그리고 요령 있고 참을성 있게 잘 처리해 나간다면 일이 잘 풀리지 말라는 법도 없을 것 같았다. 그녀는 앞으로 특히 조심해서 이 일 때문에 기분이 좋을 리가 없는 그의 마음을 건드리는 말이나 행동은 모두 삼가려고 했다. 그도 조금은 변한 듯했다. 어쩌면 그는 이제 좀 더 다정한 눈길로 그녀를 보고 있는 것 같았다. 마침내 피할 수 없는 운명을 온순하게 받아들이기로 한 이상, 그도 조금은 그녀를 동정하고 있을지도 몰랐다. 동시에 그녀는 그의 엷은 회색 양복과 새 밀짚모자, 윤이 나는 구두, 짙은 황갈색 가방, 그리고 (이것은 변덕스럽고 장난기 있고 이상야릇한 마음에서 그가 준비한 것이었다) 새로 구입한 카메라의 삼각대와 함께 옆구리에 가죽끈으로 묶은 테니스 라켓을 — 그것은 무엇보다도 이름의 머리글자인 C. G.를 가리기 위해서였다 — 보자 그의 외모와 성품과 관련하여 예전에 느꼈던 기분과 욕망이 되살아났다. 지금은 그녀에게 무관심하지만 그는 여전히 그녀의 클라이드였던 것이다.

로버타가 표를 사는 것을 보자 클라이드도 창구에 가서 표를 사고 그녀에게 또 한 번 이제는 모든 일이 잘되어 가고 있다고 말하는 듯한 시선을 던지고 나서 플랫폼 동쪽 끝으로 갔고, 그녀는 자기가 있던 앞쪽 끝자리로 되돌아갔다.

(낡은 갈색 겨울옷을 입고 모자를 쓰고 갈색 종이에 싼 새장을 들고 있는 저 노인은 왜 자꾸만 그를 바라보는 걸까? 무엇인지 눈치챈 것일까? 그를 아는 노인이 아닐까? 라이커거스에서 일한 적이 있거나 아니면 전에 그를 본 적이 있는 걸까?)

클라이드는 오늘 유티카에서 밀짚모자를 하나 더 사려고 했다. 잊지 말고 꼭 기억해야 했다. 유티카 상표가 붙어 있는 것으로 지금 쓰고 있는 이 모자와 바꿔 쓸 작정이었다. 낡고 헌 모자는 로버타가 보지 않을 때 다른 것들이 들어 있는 가방 속에 집어넣기로 했다. 그래서 유티카에 도착하고 나면 그녀를 기차역이나 도서관 같은 곳에서 잠깐 기다리게 해야 했다. 그러고 나서 처음에 계획한 대로 그녀를 어느 작은 호텔로 데려가서 칼 그레이엄 부부나 클리퍼드 골든이나 게링(공장에는 게링이라는 이름의 여직공이 있었다) 부부라고 숙박부에 이름을 기재하기로 했다. 그래야만 그들의 행적이 밝혀질 때 사람들이 그녀가 그런 이름의 남자하고 동행했다고 생각할 것이다.

(멀리서 들려오는 기차의 기적 소리, 기차가 다가오고 있음이 분명했다. 그의 시계는 12시 27분을 가리키고 있었다.)

클라이드는 유티카에서는 그녀에게 아주 친절하게 대할 것이냐, 쌀쌀하게 대할 것이냐에 대해 결정해야 했다. 물론 그는 전화로는 그럴 수밖에 없었기 때문에 아주 다정한 말투를 썼었다. 그녀가 화를 내거나 의심하거나 고집을 부리면 일이 곤란하게 될 테니 그런 태도를 유지하는 것이 가장 좋을 것 같았기 때문이다.

(저 기차는 왜 이곳에 도착하지 않는 것일까?)

그러나 그녀가 결국 그를 몰아세우는데도 그가 아주 다정하게 굴기란, 그녀가 자신의 요구를 모두 들어줄 것이라고 기대하는데 그녀에게 웃는 얼굴로 대하기란 무척 어려울 터였다. 제기랄! 하지만 만약 그렇게 하지 않는다면? 이 일과 관련한 그의 속셈을 눈치채고 그녀가 그렇게 하지 않겠다고 버틴다면, 그의 계획은 물거품으로 돌아가고 말 것이다.

(가끔 무릎과 손이 이토록 떨리지 않았으면 좋으련만.)

그러나 그럴 리는 전혀 없었다. 그 자신의 계획대로 밀고 나갈 수 있을지 어떨지도 아직 결심하지 않았는데, 그녀가 그런 일을 어떻게 눈치챌 수 있단 말인가? 그가 자신 있게 말할 수 있는 것은 그녀와 함께 도망치지 않을 것이라는 사실뿐이었다. 그것이 전부였다. 전날 결심한 대로 보트를 뒤집지는 않을지 몰라도 그렇다고 그녀하고 함께 떠날 수는 없는 노릇이었다.

마침 이때 기차가 들어왔다. 로버타가 그녀의 가방을 들어올리고 있었다. 지금과 같은 그녀의 상태에서는 가방이 너무 무거운 걸까? 아마 그럴지도 모른다. 정말 안됐군. 오늘은 날씨도 매우 더우니 말이다. 나중에 아무도 보는 사람이 없을 때 들어 줄 것이다. 그녀는 그가 차에 타는가를 확인하려고, 그를 쳐다보았다. 요즘 들어 그녀는 그를 부쩍 의심하고 있었다. 차 뒤쪽 구석진 곳에 좌석이 하나 있었다. 운이 좋은 셈이었다. 클라이드는 편안하게 자리를 잡고 차창 밖을 내다보았다. 폰다를 벗어나 몇 킬로미터 간 곳에 라이커거스를 관통하여 공장 옆을 따라 흐르는 모호크 강이 있었다. 지난해 이 무렵 그와 로버타가 함께 거닐었던 그 둑을 따라 강이 흐르고 있었다. 그러나 지금은 그 추억이 달갑지 않은 것이어서 그는 구입한 신문을 펼쳐 얼굴을 가리면서, 지금은 그의 관심의 초점이 되는 마음속 장면을 다시 한 번 떠올려 보았다. 로버타와 마지막으로 중요한 전화 통화를 한 후 빅비턴 주변의 호수 지역의 풍경이 이 세계의 다른 어느 곳의 지리보다도 더욱 그의 관심을 끌고 있었다.

금요일에 로버타와 전화 통화를 한 뒤 클라이드는 라이커거스 하우스에 들러 빅비턴과 롱 호수에서 더 들어간 곳에 있는 호텔, 간이 숙박소, 여인숙, 캠프 등을 소개한 세 종류의 안내서를 얻었다. (빅비턴에서 안내인이 말하던, 인적이 완전히 끊긴 그런 호수 중 하나로 갈 수만 있다면 좋을 터지만 그런 호수에는 보트가 없을지도 모르지 않은가!) 토요일에도 그는 정거장에 가서 안내문을 네 개 더 얻었다. (그 안내문들은 지금 그의 포켓 속에 들어 있었다.) 그 안내문들을 보니 북쪽의 빅비턴에 이르는 철도를 따라 수많은 작은 호수와 여인숙들이 있었다. 로버타가 승낙한다면 빅비턴과 글래스 호수에 가기 전에 그런 곳에서 하루 이틀쯤 — 아니면 적어도 하룻밤만이라도 — 지낼 수도 있을 것이다. 안내문에서 특히 그의 관심을 끈 정보는 기차역에서 가까우며 두 사람이 20달러면 일주일을 지낼 수 있는 아담한 간이 숙박소나 별장이 적어도 세 채나 있는 어느 아름다운 호수였다. 20달러로 두 사람이 일주일을 묵을 수 있다면 5달러만 내면 하룻밤을 묵고도 남을 것이다. 당연히 그럴 수 있을 것 같았다. 그는 지난 며칠 동안 생각했던 대로 그녀에게 낯선 지역으로 가기 전에 좀 휴식을 취할 필요가 있다고 말하려고 했다. 그는 유티카에 도착한 당일이나 그 이튿날 아침에 글래스 호수로 가서 그곳에서 하룻밤을 묵는다면, 안내문에 적혀 있는 대로 차비니 뭐니 통틀어 15달러 정도면 된다는 것도 그녀에게 말하려고 했다. 그리고 그녀에게는 이번 여행은 결혼식을 올리기 전에 행하는 허니문 성격의 여행 — 약간 즐거운 여행 — 이라는 생각을 하게 해야 했다. 그는 그전에 결혼식을 올리자고 그녀가 아무리 고집해도 굴복하지 않으려고 했다. 절대로 그럴 수 없다고 말이다.

(저기 저쪽 ― 언덕 아래쪽 ―으로 나무숲을 향해 새 다섯 마리가 날아가고 있었다.)

유티카에서 보트 놀이를 하려고 빅비턴으로 직접 갈 수는 없는 노릇이었다. 단 하루 만에 110킬러미터 넘게 가야 하니 말이다. 그런 말을 하면 로버타가 아니라 누구라도 이상하게 여길지 모른다. 어쩌면 그녀가 의심을 하게 될 것이다. 유티카에 가면 어차피 그녀를 남겨 두고 모자를 사러 가야 하니까 그곳에서 그다지 비싸지 않고 눈에 띄지 않는 호텔에서 첫날밤을 지내며 글래스 호수로 가자고 말을 꺼내는 게 좋을 것이다. 그리고 그곳에서 아침에 빅비턴을 향해 출발할 수가 있었다. 빅비턴이 더 아름다운 곳이라고 말할 수도 있고, 아니면 두 사람이 결혼식을 올릴 수 있는 스리마일베이만이라는 작은 마을로 가는데 재미 삼아 먼저 빅비턴에 들렀다 가자고 말해도 될 것 같았다. 그는 그녀에게 그 호수를 보여 주고 그곳에서 두 사람의 사진을 찍고 싶다고 말할 것이다. 그런 목적으로, 그리고 나중에는 손드라의 사진을 찍을 목적으로 카메라를 갖고 왔던 것이다.

그의 이 계획은 얼마나 음흉한가!

(저 푸른 산허리에 털이 검고 흰 암소 아홉 마리가 풀을 뜯고 있었다.)

그러나 수트케이스 옆에 카메라 삼각대와 테니스 라켓을 묶어 놓았으니 사람들이 그들을 먼 곳에서 온 관광객으로 보고 두 사람이 행방불명될 때는 근처에 온 사람들이 아니라고 생각을 할 것이 아닌가? 안내인은 그 호수의 수심이 패스 호수처럼 23미터 가까이 된다고 하지 않았던가? 그리고 로버타가 뱃전에 매달린다면 아, 그렇다면 어떻게 할까?

(저 자동차 세 대는 이 기차만큼이나 빨리 달리고 있군.)

글래스 호수에서 하룻밤을 묵고 내려오면서 (그래스 호수 북단의 스리마일베이만에 가면 전에 만난 적이 있는 목사가 살고 있으니까 그곳에서 결혼식을 올리자고 말할 수 있었다) 그녀에게 가방은 건롯지 역에 맡기도록 하고, 그 자신은 가방을 든 채 그들은 버스를 타고 빅비턴으로 갈 수가 있었다. 그는 보트를 세놓는 사람이나 운전기사에게 가방 속에 카메라가 들어 있다고 말하고, 경치가 가장 좋은 곳이 어디냐고 물어볼 수도 있었다. 아니면 점심이 들어 있다고 말해도 괜찮을 것이다. 그편이 더 좋은 생각이 아닐까? 점심을 싸서 가면 어쩌면 로버타도 속일 수 있을 것이다. 또 그렇게 해야 운전기사까지 속일 수가 있을 것 같았다. 호수에 놀러 가는 사람들은 가끔 가방 속에 카메라를 넣어 갖고 가기도 한다. 어쨌든 그로서는 이번에는 가방을 들고 갈 필요가 있었다. 남쪽 섬으로 갔다가 다시 숲속을 통과할 계획이니 말이다.

(아, 이 얼마나 추악하고 끔찍한 계획인가! 그는 정말 그 계획을 실행

에 옮길 수 있을까?)

그러나 빅비턴에서 들은 그 새의 괴상한 울음소리, 클라이드
는 그 새의 울음소리도 싫었지만 그를 기억할지 모르는 그곳의
안내인을 만나는 것도 싫었다. 그는 그 안내인과는 말을 한 적
도 없었다. 차에서 내리지도 않았고, 차창 너머로 그를 보았을
뿐이었다. 그가 기억할 수 있는 한 그 안내인은 그를 한 번도 쳐
다보지 않았다. 그와 이야기를 나눈 것은 차에서 내린 그랜트
크랜스턴과 할리 배것뿐이었다. 그러나 만약 그 안내인이 여전
히 그곳에 있고, 그를 기억한다면 어떻게 하나? 하지만 그를 눈
여겨보지도 않았던 안내인이 어떻게 그를 기억할 수 있겠는가?
안내인은 전혀 그를 기억하지 못할 것이고, 그곳에 없을지도 모
른다. 그런데 왜 그의 손과 얼굴에 축축할 정도로 식은땀이 흐
르고 무릎이 떨리는 것일까?

(이 기차는 강줄기를 따라 커브를 달리고 있는데 ― 지난여름에는 그
가 로버타와 함께 ― 하지만 아니……)

유티카에 도착하자마자 클라이드는 이렇게 하기로 생각하고
있었다. 그리고 그것을 마음속에 잘 간직하고 조금도 당황하지
말아야 했다. 절대로, 정말 절대로 당황해서는 안 되었다. 우선
로버타를 30미터쯤 앞서서 걷게 해서 그가 그녀와 일행이라는
사실을 아무도 눈치채지 못하게 해야 했다. 그러다가 사람이 없

는 곳에 이르면 그는 그녀에게 따라붙어 고분고분히 말을 듣게 하려고 옛정이 되살아난 것처럼 행동하면서 그녀에게 이 계획을 설명해야 했다. 그리고 나서 아, 그렇지, 그녀더러 기다리라고 하고 어쩌면 호수에 버리게 될지도 모를 밀짚모자를 사러 가야 했다. 물론 호수에는 노도 남겨 놓아야 했다. 그리고 로버타의 모자는— 그리고 글쎄— 그거야 글쎄— .

(이 기차는 구슬픈 기적 소리를 길게 내고 있군. 제기랄! 그는 벌써 초조해지고 있었다.)

그는 호텔에 가기 전에 기차역으로 돌아가서 새 모자를 가방 속에 넣어야 했지만 그보다는 마음에 드는 호텔을 찾을 때까지 그것을 손에 들고 다니다가 로버타에게 가기 전에 가방에 넣는 편이 더 좋을 것 같았다. 그리고 나면 그녀한테 돌아가서 그 호텔 앞에서 기다리게 하고, 그동안 그는 가방을 찾으면 되었다. 물론 사람이 없거나 아주 적으면 함께 안으로 들어가서 그녀를 여성 전용 로비에서 기다리게 하고, 다른 곳으로 가서 찰스 골든이라는 이름을 숙박부에 기재하면 되었다. 그리고 나서 그녀가 동의하고 기차가 있다면 그는 그것에 대해 알아보아야 했다. 아침에, 하긴 오늘 밤중이라도 상관이 없었지만, 적어도 트웰프스 호수와 샤런을 지날 때까지는 서로 다른 찻간에 앉아서 글래스 호수로 가야 했다.

(그곳에는 아름다운 크랜스턴네 별장과 손드라가 있지.)

그러고 나면 ― 그러고 나면 ― .

(저 붉은 페인트를 칠한 헛간과 그 헛간 가까이 있는 흰 칠을 한 작은 집, 그리고 저 풍차. 언젠가 일리노이주와 미주리주에서 본 집과 헛간들과 아주 비슷했다. 그리고 시카고에서도 보았던 것이다.)

한편 앞쪽 찻간에 탄 로버타는 클라이드의 태도가 그리 쌀쌀 맞지는 않은 것 같다고 생각하고 있었다. 원하는 대로 삶을 즐길지도 모르는데 그를 이런 식으로 라이커거스에서 떠나게 하는 것은 확실히 가혹한 일이었다. 그러나 그녀의 처지에서는 그렇게 할 수밖에 없었다. 그녀는 매우 상냥하게 행동하며 너무 나서지 말고 또 그에게 방해가 되지 말아야 했다. 그렇다고 그녀를 이 지경으로 만든 책임은 클라이드에게 있으니 너무 기가 죽어 움츠러져서도 안 될 일이었다. 그는 마땅히 해야 할 일을 하고 있는 셈이었다. 이제부터 그녀는 아기를 길러야 하고 그에 따르는 고통을 짊어져야 했다. 또 정말 클라이드가 그녀와 결혼한다면 나중에 가서는 부모한테 갑자기 사라져서 비밀리에 결혼한 경위를 설명해야 할 것이다. 어쨌든 곧 어쩌면 유티카에서나 그다음에 도착하는 곳에서 어서 빨리 결혼식을 올리자고 고집하고, 결혼 증명서 한 부를 발급받고 그녀 자신과 아기를 위해서 잘 간직해야 할 것이다. 그러고 난 뒤에는 그가 원한다면 이혼해도 좋다. 그래도 그녀는 여전히 그리피스 부인일 테니까. 클라이드와 그녀의 아이도 그리스피스의 성(姓)을 물려받을 것이다. 그것은 엄청난 일이었다.

(이 작은 강은 참 경치가 좋군. 로버타는 지난여름 클라이드를 처음 만나 그 기슭을 산책했던 모호크강이 생각났다. 아, 지난여름이여! 어쩌다 이렇게 됐을까!)

두 사람은 어딘가에 가서 방 한두 개를 얻고 자리를 잡을 것이다. 그곳이 어디일까, 하고 로버타는 생각했다. 어느 대도시, 혹은 어느 소도시일까? 라이커거스나 빌츠에서 멀리 떨어지면 떨어질수록 더 좋을 것이다. 물론 사정이 허락하면 곧 부모를 다시 만나야겠지만 말이다. 안전하게 할 수 있는 한 빨리. 하지만 두 사람이 함께 떠나 결혼하는 한, 그게 무슨 문제가 될까?

클라이드는 그녀의 이 푸른색 옷과 작은 갈색 모자를 보았을까? 늘 어울려 쏘다니는 부잣집 딸들보다 조금이라도 예쁘게 보인다고 생각했을까? 자못 요령 있게 굴어야 하고 조금이라도 그의 비위에 거슬리는 짓을 해서는 안 되었다. 하지만 그저 조금만이라도 — 아, 그 사람이 그녀를 조금이라도 — 사랑해 준다면 얼마나 행복하게 지낼 수 있을까?

마침내 유티카에 도착한 클라이드는 어느 조용한 거리에서 로버타에게 따라붙었다. 그의 표정에는 불안과 반발로 그늘져 있으면서도 순수한 친절과 선의가 뒤섞여 있었다. 그리고 그 표정은 마치 그가 지금 계획하고 있는 행위—그 일을 실행할 그의 용기—그리고 만약 그 일이 실패로 돌아갈 때 결과에 대한 두려움을 숨기기 위한 가면과 같았다.

제47장

이튿날 아침 두 사람은 밤사이에 의논한 대로 서로 다른 기차 칸에 올라 글래스 호수로 떠났지만 막상 도착해 보니 놀랍게도 클라이드가 예상했던 것보다 사람들이 훨씬 붐볐다. 그곳이 활기찬 것을 보고 그는 크게 당황하고 두려워했다. 그는 글래스 호수나 빅비턴 호수에는 사람이 거의 없을 것으로 예상했다. 그런데 두 사람이 막상 와 보니 그곳은 어떤 교회나 종교 단체의—펜실베이니아주의 와인브레너* 교회였다—하계 집회 장소로 기차역 쪽에서 호수 건너편으로 천막 교회 하나와 막사가 많이 있었다. 그러자 로버타는 즉시 탄성을 질렀다.

"아, 잘되지 않았나요! 저 교회 목사님한테 부탁해서 결혼식을 올리면 되겠네요."

그러자 지극히 반갑지 않은 이 뜻밖의 사태에 당황한 클라이드가 곧장 말했다. "글쎄, 그러지. 잠시 뒤 가서 알아보겠어." 그러나 그는 어떻게 하면 로버타를 속일 수 있을지 궁리하느라고 정신이 없었다. 숙소를 정한 뒤 그녀를 보트에 태우고 나가 늦게까지 돌아오지 않을까. 아니면 만약 사람의 눈에 띄지 않는, 유난히 외진 구석이 있다면……. 하지만 아냐, 그건 안 돼, 이곳에는 사람이 너무 많아. 호수는 그다지 넓지 않았고, 아마 깊지도 않을지 모른다. 호수의 물은 타르처럼 거무스레했고, 동쪽과 북쪽 물가의 높다란 검은 소나무들은 무장하고 망을 보는 거인들이 — 그에게는 거의 도깨비들처럼 보였다 — 들고 있는 창과 같았다. 이 모든 것 때문에 그의 기분은 너무나도 우울하고 미심쩍고 꿈을 꾸듯 걷잡을 수 없었다. 그런데도 호수 위에서는 적어도 열 명이 뱃놀이를 하고 있었다.

모는 것이 이상야릇하기만 하군.

이렇게 힘들 수가 있을까.

그러나 그의 귀에 속삭이는 소리가 들려왔다. 여기서 숲속을 지나 스리마일베이만으로 갈 수는 없다. 절대로 그럴 수는 없다. 남쪽으로 48킬로미터쯤 떨어져 있거든. 게다가 이 호수는 호젓하지가 못해. 아마 이 종교 단체 사람들이 줄곧 보고 있을지도 몰라. 아, 지금 그는 무슨 말인지 해야 했다. 반드시 말을 해야 했다. 그런데 무슨 말을, 도대체 무슨 말을 할 수 있을까? 그는 이런 질문을 하고 있었다. 그가 알아보았더니 여기서는 결혼 증명서*를 얻을 수 없다고 말할까? 아니면 목사가 지금 이곳에 없다고 할까? 그것도 아니라면 목사가 신분증을 요구하는데 갖고 오지 않았다고 할까? 아니면, 그게 아니라면 어쨌든 결혼식을 올릴 수 있는 빅비턴과 샤런으로 내일 남행 기차가 떠나는 시간까지 로버타를 진정시킬 수 있다면 무슨 말이든 괜찮을 듯했다.

로버타는 왜 이다지도 끈질길까? 클라이드가 이리저리 끌려 다니는 것은 이런 식으로 몰아가는 그녀의 터무니없는 고집 때문이 아니면 무엇이겠는가? 한 시간, 한 시간, 아니, 일 분, 일 분이 고문이었다. 언제까지나 정신적으로 고통을 당해야 할 것 같았다. 이 여자에게서 벗어날 수만 있다면! 오, 손드라, 손드라! 그 높은 위치에서 굽어보고 그를 좀 도와준다면 얼마나 좋을까. 그렇게만 되면 더 이상 거짓말을 하지 않아도 될 게 아닌가! 더이상 고통받지도 않을 게 아닌! 또 더 이상 비참해지지도 않을 게 아닌가!

그러나 거짓말은 또 다른 거짓말을 낳을 수밖에 없었다. 아무 의미 없이 오랜 시간 귀찮을 정도로 수련을 찾아다녀 보았지만 그의 불안한 감정 때문에 로버타도 클라이드도 따분할 뿐이었다. 그가 노를 젓는 동안 그녀는 이 사람은 왜 결혼 문제에 대해 이토록 무관심할까, 하고 생각하고 있었다. 그녀의 말대로 유티카에서 수속을 다 밟았더라면 지금의 이 보트 놀이도 신혼의 꿈으로 곱게 물들고 있을 게 아닌가? 그러나 클라이드의 성격은 우유부단하고 모호했고 기다림이 — 차라리 회피라고 해야 할 것이다—계속되었다. 정말 약속대로 그가 결혼식을 올리려고 하는지 어떤지 그녀는 그것조차 의심하지 않을 수 없었다. 어쨌든 내일이나, 아니면 늦어도 그 이튿날이면 밝혀질 것이다. 그러니 왜 지금 걱정한단 말인가?

이튿날 낮 12시 두 사람은 건롯지를 거쳐 빅비턴 호수로 갔다. 건롯지 역에 도착해 기차에서 내린 클라이드는 기다리고 있는 버스 쪽으로 로버타를 데리고 가면서 어차피 이 길로 다시 돌아올 테니 그녀의 가방을 맡겨 두자고 했다. 그러면서 점심은 호수에서 먹어야 되니까 카메라와 글래스 호수에서 준비한 도시락이 들어 있는 자기의 수트케이스는 갖고 가겠다고 말했다. 그러나 버스에 도착하자 운전기사가 전에 빅비턴에서 안내하던 바로 그 안내인인 것을 알고 클라이드는 실망했다. 운전기사가 그를 기억한다면 큰일이 아닌가! 그 사람은 적어도 핀칠리 집안의 호화로운 승용차를 기억하고 있을 것 같았다. 그때 앞좌석에는 버타인과 스튜어트, 뒷좌석에는 그와 손드라가 함께 앉아 있었고, 그랜트와 할리 배것이라는 친구는 차에서 내려 이 안내인과 이야기를 나누고 있지 않았던가?

지난 몇 주 동안 불안하고 겁이 날 때마다 그랬지만 이때도 클라이드의 얼굴과 손에 식은땀이 났다. 도대체 그는 무슨 생각을 하고 있는 것일까? 어떻게 계획을 꾸밀 것인가? 생각이 그렇게 졸렬하다면 이 일을 어떻게 끝까지 밀고 나갈 수 있다는 말인가? 라이커거스에서 유티카까지 오는 동안 모자를 쓰지 않은 것이라든지, 적어도 새 모자를 사기 전에 그것을 가방에서 꺼내 놓지 않은 것은 그의 실수인 것 같았다. 그렇다면 유티카로 오기 전에 그 밀짚모자를 산 게 무슨 소용이 있단 말인가?

그러나 안내인이 클라이드를 기억하지 못하고 있는 게 얼마나 천만다행인가! 오히려 안내인은 호기심에서 아주 낯선 사람을 대하듯 물었다. "빅비턴의 간이 숙소에 가나요? 처음 가는 길인가요?" 클라이드는 적잖이 안심되었지만 떨리는 목소리로 대답했다. "네, 그렇습니다." 그는 이어 초초하고 불안해하면서 물었다. "오늘 그곳엔 사람이 많을까요?" 묻고 보니 그가 생각해도 정신 나간 말을 해 버린 셈이었다. 물을 말도 많은데, 하필이면 왜 그렇게 물었을까? 아, 맙소사, 스스로 무덤을 파는 이런 실수를 왜 자꾸 되풀이하는 것일까?

사실상 클라이드는 너무 당황하는 바람에 안내인의 대답도 먼 곳에서 들려오는 것처럼 귓가에 거의 들리지 않았다. "그렇게 많지는 않아요. 한 일곱이나 여덟 명쯤 나왔을까. 7월 4일에는 무려 30여 명이 왔지만 지금은 대부분 돌아갔죠."

버스가 달리는 축축한 황토길 양쪽에 늘어서 있는 소나무들의 정적. 서늘함과 고요함. 한낮인데도 어두운 나무 그늘과 자줏빛과 잿빛을 띤 후미진 구석들. 밤이건 낮이건 그 속으로 들어가면 아무도 만나지는 않을 것만 같았다. 숲속 깊은 곳에서 어치새 한 마리가 금속성 소리로 울고, 저 멀리 나뭇가지 위에 앉아 있는 참새 한 마리의 아름다운 노랫소리가 은빛의 나무 그늘을 가득 메웠다. 시내와 작은 개울을 건너고 이곳저곳에서 울퉁불퉁한 나무다리 위를 지나는 육중한 버스 안에서 로버타는 햇빛에 반짝이는 맑은 물을 바라보고 탄성을 질렀다. "저기 멋지지 않아요? 저 물소리 들려요, 클라이드? 아, 공기가 어쩌면 이렇게 맑을까!"

하지만 그녀는 곧 죽을 몸이 아닌가!

하나님 맙소사!

그러나 만약 빅비턴의 간이 숙소와 보트 하우스에 ─ 그곳
에 ─ 사람이 많다면 어떻게 하나. 또 만약 호수 위에 여기저기
흩어져 저마다 낚시질을 하고 있다면. 사람들 눈에 띄지 않는
장소가 없다면. 왜 그런 생각을 하지 못했을까? 이 호수도 어쩌
면 글래스 호수가 그렇듯이 그가 생각했던 것처럼 호젓하지 않
을지도 몰랐다. 그렇다면 어떻게 할까?

그때는 도망칠 수밖에 없다. 도망 ─ 그래, 도망쳐서 모든 걸
해결해 버리는 거야. 이런 생각을 하니 너무 긴장되어 숨통이
꽉 막힐 것만 같았다. 도대체 어떻게 이런 허황하고 잔인한 계
획을 꾸며 그의 행운을 도모하겠다고 생각을 했을까. 사람을 죽
이고 달아날 생각을 ─ 아니, 사람을 죽이고 함께 익사한 것처럼
꾸민 뒤 살인자인데도 행복한 생활을 누려 보겠다는 생각을. 이
얼마나 무서운 계략이란 말인가! 그렇지만 달리 방법이 없지 않
은가? 어떤 방법이 있는가? 이 일 때문에 여기까지 오지 않았는
가? 그런데 이제 와서 뒷걸음치겠다는 것인가?

한편 옆자리의 로버타는 내일 아침에는 무슨 일이 있어도 그
와 결혼식을 올려야겠다고 생각하고 있었다. 그러면서 클라이
드가 말하던 ─ 그가 그동안 그녀에게나 그 자신의 삶에나 두
번 다시 오지 않을 중요하고 즐거운 경험이 될 것이라고 말하
던 ─ 그 호수의 아름다운 풍경을 즐기고 있었다.

바로 그때 안내인이 클라이드에게 다시 말을 건넸다. "하룻밤

묵으려는 건 아닌 모양이죠? 아가씨 가방을 그곳에 맡겨 놓은 걸 보니까." 그는 건롯지 쪽을 향해 고갯짓했다.

"네, 아닙니다. 오늘 밤 8시 10분 차로 돌아가려 합니다. 그 시간에 맞춰 사람들을 태워다 주나요?"

"아, 물론이죠."

"사람들 말로는 당신이 그런다고 해서요. 글래스 호수에서 들었죠."

그런데 글래스 호수 이야기는 왜 했을까? 이곳에 오기 전에 로버타와 그곳에 갔었다는 것을 말한 셈이 아닌가? 이 얼간이는 왜 또 '여자분의 가방' 운운한 걸까? 건롯지에 맡기더라는 말은 또 뭐야? 제기랄! 왜 남의 일에 참견하는 걸까? 무슨 근거로 로버타와 나를 부부로 보지 않는 걸까? 아니, 왜 그렇게 단정 짓는 것일까? 어쨌든 가방 두 개 중 하나만 갖고 온 이유를 묻는 건 또 뭔가? 수상한데! 뻔뻔스러운 놈! 자기가 무엇을 알거나 추측할 수 있다고 그러는 걸까? 하긴 우리가 결혼했든 하지 않았든 그게 무슨 상관인가? 로버타의 시체가 발견되지 않는다면 '결혼을 했든 안 했든' 그거야 아무 상관이 없지 않겠는가? 비록 그녀의 시체가 발견되고 그녀가 결혼하지 않은 사실이 판명된다면, 사람들은 그녀가 어떤 남자와 놀아났다고 생각할 게 아닌가? 그렇게 생각할 수밖에 없을 것이 아닌가! 그러니 그런 문제를 지금 걱정할 필요가 있겠는가?

그때 로버타가 안내인에게 물었다. "호수에는 우리가 가는 곳 말고도 다른 호텔이나 숙소가 있나요?"

"아가씨, 그곳에는 우리가 지금 가고 있는 여관 외는 아무것도 없어요. 아마 어제였던가, 여관에서 1킬로미터 반가량 떨어진 동쪽 물가에 젊은 남녀가 떼를 지어 캠핑하고 있었죠. 하지만 지금 그대로 있는지 어떤지는 모르겠어요. 오늘은 눈에 띄지 않네요."

젊은 남녀가 떼를 지어 있다니! 맙소사, 지금 이 시간에도 그들 모두가 물 위에 있을지도 모르지 않는가? 보트를 젓거나 보트를 타거나 아니면 다른 놀이를 하며. 이렇게 로버타를 데리고 와 있는데! 그 남녀 중에는 트웰프스 호수에서 온 사람도 있을지 모르지 않는가! 2주 전에 그와 손드라와 해리엇과 스튜어트와 버타인이 왔던 것처럼 크랜스턴, 해리엇, 핀칠리 가족과 그 밖의 사람들이 놀려고 와 있다면 나를 기억할 것이 아닌가? 어쨌든 이 호수 동쪽으로 길이 있는 게 틀림없었다. 그렇다면 사람들이 그렇게 많이 와 있다면 이번 여행은 헛수고가 될지도 모른다. 그처럼 어리석게 계획을 세우다니! 좀 더 여유를 가지고 좀 더 멀리 있는 호수를 택했어야 했는데 이런 무의미한 계획을 세우다니! 하기야 지난 며칠 동안 그는 제정신이 아니어서 생각을 제대로 할 수 없었다. 어쨌든 이제 와서는 가 볼 수밖에 없었다. 만약 사람들이 많으면 보트를 타고 정말 호젓한 곳을 찾든지, 아니면 글래스 호수로 돌아가야 하겠지. 그곳이 아니라면 도대체 어디로 가야 할까? 아, 사람들이 많으면 어떻게 해야만 할까?

바로 그때 전에 본 기억이 있는 네모난 잔디밭과 호수와 빅비턴의 검푸른 호숫물이 굽어보이는, 기둥으로 받쳐진 베란다가 딸린 그 작은 여관에 이르는 푸른 나무들이 복도처럼 길게 늘어선 길이 나타났다. 오른쪽에는 그가 전에 왔을 때 본, 나지막하고 붉은색 지붕을 한 보트 하우스가 물 위에 있었다. 그 광경을 바라보고 로버타가 소리를 질렀다. "어머, 정말 아름다운 곳이에요. 너무 멋져요." 클라이드는 멀리 남쪽에 검게 보이는 낮은 섬을 살피고, 호수에는 사람의 그림자가 전혀 없는 것을 확인하면서 초조한 얼굴로 맞장구를 쳤다. "정말 아름다운 곳이군." 그러나 그렇게 말하면서도 그는 숨이 막히는 듯한 느낌이 들었다.

이때 중키에 얼굴이 붉고 어깨가 딱 벌어진 여관 주인이 앞으로 다가오더니 뭔가 비밀이나 속삭이듯 물었다. "며칠 묵으실 겁니까?"

그러나 이 예기치 않았던 사태에 짜증이 난 클라이드는 안내인에게 1달러를 지불하고 나서 퉁명스럽게 대답했다. "아뇨, 아닙니다. 오후 동안만 머물다 갈 겁니다. 오늘 밤에 돌아가려고요."

"그렇다면 저녁 식사는 하겠군요? 기차는 8시 15분에야 떠나거든요."

"아, 그럼요. 그건 그렇죠. 네, 그러죠, 아무렴요. 그럴 겁니다……." 물론 로버타는 허니문을 즐기고 있으므로 결혼식을 올리기 전날 이렇게 여행하는 만큼 저녁 식사를 기대하고 있을 터였다. 이 얼굴이 붉은 뚱뚱한 얼간이는 지옥에나 떨어져라.

"자, 그럼, 가방을 이리 주시고 숙박부에 기재하시죠. 어차피 부인께서는 화장 좀 고치실 테니까요."

클라이드로서는 그에게서 가방을 잡아채고 싶었지만 여관 주인은 가방을 들고 앞장을 섰다. 이곳에서 숙박부에 이름을 기재하거나 가방을 맡길 것이라고는 예상도 하지 않았다. 그러고 싶은 생각도 없었다. 가방을 도로 찾아서 보트를 빌리고 싶었다. 그러나 그는 여관 주인의 말대로 '형식적으로' 숙박부에 클리퍼드 골든 부부라고 기재하고 난 뒤에야 가방을 찾을 수가 있었다.

클라이드는 앞으로 이번 일이 막바지에 접어들기 전에 또 무슨 일이 생길까, 누구를 만나게 될까 하는 생각 때문에 마음이 불안하고 흔들리고 있는데, 설상가상으로 로버타가 날씨가 덥고 또 어차피 저녁을 먹으러 돌아와야 하니까 코트와 모자를 두고 가겠다고 했다. 그는 그 모자에서 라이커거스의 브라운스타인 상점의 상표가 붙어 있는 것을 이미 보았기 때문에 그 상표를 그대로 둘 것인지 아니면 떼어 버릴 것인지 고민했다. 그는 만약 꼭 떼내야 한다면 나중에 가서 떼면 될 것이라고 생각했다. 상표가 붙어 있든 어쨌든 상관이 없다는 판단을 내렸다. 만약 그녀의 시체가 발견되면 어차피 신원이 드러날 것이고, 시체가 발견되지 않을 때는 그녀가 누구인지 알 사람은 없을 것 같았기 때문이다.

클라이드는 정신적으로 혼란스럽고 어수선해서 자기가 무슨 생각을 하고 있는지, 또 무슨 행동을 하고 있는지도 잘 깨닫지 못하고 가방을 집어 들고 보트 하우스의 플랫폼으로 앞장 서서 걸어갔다. 그러고 나서 보트 속에 가방을 내려놓고, 보트 하우스 관리인에게 사진을 찍고 싶은데 경치가 좋은 곳이 어디냐고 물었다. 그는 그런 무의미한 설명이 끝나자 로버타의 손을 잡고 먼저 보트에 태워 주고 나서 (그녀는 이제 순전히 관념적으로만 존재하는 호수에 뜬 비현실적인 보트에 타고 있는 윤곽이 어렴풋한 대상처럼 보였다) 자기도 뒤따라 보트에 올라 한가운데 앉은 뒤 노를 집어 들었다.

거울처럼 잔잔한 무지갯빛을 띤 호수의 표면은 두 사람의 눈에는 물이라기보다는 기름처럼 엄청난 부피와 무게로 아주 깊은 땅바닥 위에 얹혀 있는 용해된 유리처럼 보였다. 이곳저곳 싱그럽고 부드럽게 부는 산들바람은 마치 정신을 마비시키는 듯 호수의 표면에 잔물결조차 일으키지 않았다. 물가의 높다란 소나무들은 털처럼 부드럽고 두꺼웠다. 어느 쪽으로 고개를 돌려도 그곳에는 창 모양의 높은 소나무들이 서 있었다. 소나무들 너머로는 멀리 검은 애디론댁산맥의 울퉁불퉁 등성이가 보였다. 노 젓는 사람의 모습은 하나도 보이지 않았다. 집이나 오두막집도 보이지 않았다. 그는 안내인이 말한 캠프장이 있나 찾아보려 했다. 그러나 찾을 수 없었다. 그곳에 머무는 사람 목소리가—어느 목소리라도—그쪽에서 들리지 않나 하고 귀를 기울여 보았다. 그러나 그가 젓는 노 소리와 60미터, 90미터, 150미터, 300미터 넘게 뒤쪽에서 대화를 나누고 있는 보트 하우스 관리인과 안내인의 목소리 말고는 아무 소리도 들리지 않았다.

"조용하고 평화롭지 않나요?" 로버타가 입을 열었다. "정말 아늑한 곳이네요. 참으로 아름다워요. 아까 본 호수보다 훨씬 더 아름다워요. 이 나무들은 키가 굉장히 크죠? 그리고 저 산 좀 보세요, 여기까지 오는 길은 좀 험하기는 해도 아주 시원하고 조용했어요."

"자기는 조금 전에 저 여관에서 누구하고 이야기를 나눈 것 같은데."

"아뇨. 왜 그걸 물어요?"

"아, 혹시 난 당신이 우연히 누구를 만나지 않았나 생각했지. 오늘은 이곳에 별로 사람이 없는 것 같지 않아?"

"그러네요. 호수에는 한 사람도 보이지 않아요. 여관의 당구 장에 사내 둘이 있는 걸 봤어요. 화장실에 젊은 여자가 하나 있 었고요. 그게 다예요. 이 호수 물 차갑지 않나요?" 그녀는 보트 뱃전 밖으로 손을 내밀어 노질 때문에 생기는 검푸른 물결 속에 손을 담그고 있었다.

"물이 차갑지 않느냐고? 아직 손을 넣어 보지 않았어."

클라이드는 노질을 멈추고 물속에 한쪽 손을 집어넣었다가 다시 노질을 계속했다. 남쪽의 그 섬까지 곧장 가고 싶지는 않 았다. 그곳까지는 너무 멀고 시간도 너무 일렀다. 또 로버타가 이상하게 생각할 수도 있었다. 아무래도 시간을 조금 끄는 편 이, 좀 더 시간을 끌면서 주위를 살펴보는 편이 나을 것 같았다. 로버타는 점심을(그녀를 위해 마련한 도시락 말이다!) 먹고 싶 다고 할 것이다. 그런데 서쪽으로 1킬로미터 반쯤 더 가면 멋진 곳이 한 군데 있었다. 두 사람은—아니, 그녀 말이다—그곳으 로 가서 우선 점심을 먹을 수 있었다. 그는 오늘 아무것도 먹고 싶은 생각이 없었다. 그러고 나서 말이다. 그러고 나서…….

로버타는 클라이드가 바라보고 있는 바로 그 곳, 짐승 뿔처럼 남쪽으로 휘어 있으면서도 꽤 멀리 호수 안으로 들어가 있는 데다 키 큰 소나무들이 가지런히 서 있는 곳을 바라보고 있었다. 그러더니 그녀가 다시 입을 열었다.

"당신, 점심 먹을 만한 곳을 생각해 둔 데가 있어요? 난 지금 좀 배가 고파지고 있거든요. 당신은 (하필이면 이곳까지 와서 '당신'이라고 부를 게 뭐람?) 안 고파요?"

북쪽의 작은 여관과 보트 하우스는 순간순간 점점 더 작게 보이더니 이제는 그가 처음 보트 놀이를 하던 날 크럼 호수에서 본 그 보트 하우스와 오두막집처럼 보였다. 그때 그는 애디론댁산맥에 위치한 이런 꿈같은 호수에 와 보는 것이, 또 로버타 같은 아가씨를 만나는 것이 소원이었었다. 그때는 말이다. 그런데 머리 위 하늘에는 그 운명의 날 크럼 호수의 하늘에 떠 있었던 것과 똑같은 양털 구름이 뭉게뭉게 떠 있었다.

이 얼마나 소름 끼치는 일인가!

그는 두 사람이 오늘 이곳에서는 수련을 찾아다니며 시간을 소일해야 할지 —'시간을 죽이는' 것 말이다. (맙소사!) 시간을 죽이다니—말아야 할지 고민했다. 그 짓을 하려면 이런 생각은 아예 하지 말아야 했다. 어쨌든 지금은 이런 생각을 할 필요가 없지 않은가.

로버타가 좋아하는 곳에서 꿀 빛깔의 구부러진 작은 모래사장이 있는 아늑하고 조그마한 만 안으로 들어가니 그곳은 북쪽이나 동쪽에서는 완전히 가려져 있어 사람들 눈을 피할 수 있었다. 로버타는 클라이드가 조심스럽게 가방에서 꺼낸 도시락을 모래에 간 신문지 위에 폈고, 그동안 클라이드는 이곳저곳을 거닐면서 긴장된 목소리로 아름다운 경치, 소나무와 이 작은 만의 곡선에 대해 찬사를 늘어놓았다. 그러나 마음속으로 그는 저 멀리 떨어져 있는 섬과 그 아래 어딘가에 있을 만을 생각하고 또 생각하고 있었다. 바로 그곳에서 만약 ― 만약에 말이다 ― 그가 정작 열렬히 갖고 싶은 것을 버리고 도망치지 않을 바에야, 비록 용기가 자꾸만 줄어들더라도 이 무섭고 끔찍한 계획을 실행에 옮겨야만 했다. 지금껏 꼼꼼하게 계획해 온 이 기회를 물거품으로 돌아가도록 해서는 안 되었다.

그러나 이 계획이 정작 눈앞에 닥치자 너무 끔찍하고 위험한 일처럼 생각되었다. 무슨 실수를 할지도 모를 위험이 따르고 있었다. 그런 위험이 아니래도 보트를 제대로 뒤집어 버리지 못할 위험도 있었다. 그리고 차마 ― 차마 ― 아, 맙소사! 그리고 어쩌면 결국 그의 정체가 밝혀져 마침내 살인자로 지목될지도 모른다. 그리고 체포될지도 모르지 않는가! (그렇게 되어서도 안 되고, 그렇게 되고 싶지도 않았다. 천만에, 천만에, 도저히 그럴 순 없지!)

그런데도 로버타는 지금 클라이드와 함께 모래밭에 앉아 온 세상과 하나가 된 듯한 평화로운 기분에 사로잡혀 있었다. 그녀는 콧노래까지 부르다가 앞으로 두 사람이 함께 겪을 모험 ― 물질적·재정적 상태며 ― 이제부터 어디로 어떻게 갈까 하는 문제며, 모르긴 몰라도 클라이드가 반대할 것 같지 않으니 시러큐스가 제일 좋을 것 같다느니 일단 그곳에 도착하면 무슨 일을 해야 할 것이냐는 등 실질적이고 도움이 될 만한 말을 늘어놓기 시작했다. 그녀는 제부인 프레드 게이블한테서 시러큐스에도 칼라와 셔츠를 만드는 공장이 곧 문을 연다는 말을 들은 적이 있었다. 그러니 클라이드는 당분간이라도 그 공장에서 쉽게 일자리를 얻을 수 있지 않을까? 그녀도 어려운 고비만 넘기고 나면 나중에 같은 회사나 다른 회사에 취직할 수 있지 않을까? 그리고 돈이 별로 없으니까 당분간 어느 집의 작은 방 한 칸을 얻어 같이 지내면 될 것이다. 하긴 두 사람 사이가 옛날처럼 가깝지 않으니 그가 싫다면 나란히 붙은 작은 방 두 개를 얻어도 괜찮을 것이다. 그녀는 겉으로는 다정하고 친절하게 굴고 있지만, 그녀에 대한 그의 적대감이 수그러들지 않았다는 것을 느끼고 있었다.

아, 지금 그런 말을 해 봤자 뭐가 달라지겠는가? 클라이드는 이렇게 생각하고 있었다. 그가 로버타의 말에 찬성하든 반대하든 아무 상관이 없는 일이었다. 어차피 그도, 그녀도 그곳에 가지 않을 테니 아무런 상관이 없었다. 아, 맙소사! 하지만 그는 지금 그녀가 내일도 살아 있을 것처럼 말을 하고 있지 않은가. 그녀는 내일이면 이 세상에 없을 것이다.

클라이드는 자신의 무릎이 떨리지 않는다면 얼마나 좋을까, 하고 생각했다. 그의 손과 얼굴과 머리에 식은땀이 흘러 축축했다.

그다음에 그 섬을 향하여 이 작은 호수의 서쪽 물가를 따라 작은 보트로 가면서 클라이드는 초조하고 지친 듯 주위를 둘러

보면서 사람이 있는지 확인해 보았다. 그러나 육지나 호수 어느 곳에도 사람의 모습은 하나도 보이지 않았다. 단 한 사람도 말이다. 다행히도 쥐 죽은 듯 주위가 고요하고 사람의 그림자 하나 없었다. 만약 지금 실행할 용기만 있다면 — 아직은 없지만 — 이곳이나 이 근처가 적당한 장소 같았다. 로버타는 물에 손을 담그고 호반에 가면 수련이나 야생화가 있을 것 같느냐고 물었다. 수련이라니! 야생화라니! 그쪽으로 보트를 저으면서 클라이드는 키 큰 소나무들이 우거진 곳에는 그야말로 아무것도 — 도로, 오두막집, 천막, 오솔길 등 사람이 살고 있다는 흔적은 아무것도 — 없다는 사실을 확인했다. 이 화창한 날, 이 아름다운 호수 위에는 작은 보트 한 척도 없었다. 그렇다고 숲속이나 호수 물가 어딘가에 홀로 있는 사냥꾼이나 덫을 놓는 사람이나 안내인이나 낚시꾼이 없을까? 그런 사람이 혹시 있지 않을까? 만약 지금, 이 시각에 어디에서든 한 사람이라도 있다면 어떻게 될까? 그리고 그들을 지켜보고 있다면!

운명!

파멸!

죽음! 그러나 주위는 조용했고, 연기도 볼 수도 없었다. 다만 보이는 것이라고는 검푸르고 키가 크며 창 모양을 한 채 조용히 서 있는 소나무들과 여기저기 서 있는 죽은 나무뿐이었다. 죽은 나무들은 눈부신 오후의 햇살을 받으며 창백한 모습으로 수액이 흐르지 않는 야윈 가지들을 위협적인 모습으로 펼치고 있었다.

죽음!

숲속 깊은 곳을 빠르게 날아가는 어치새 한 마리가 날카로운 금속성 소리로 울고 있었다. 딱따구리 한 마리가 딱, 딱, 딱 나무를 쪼는 소리가 음산하게 들려왔고, 간혹 휘파람새가 붉은 선을 그으면서 하늘을 나는가 하면, 등이 노란 찌르레기가 노랑과 검은색의 선을 그으면서 날아갔다.

"아, 켄터키 옛집에 햇빛 비치어.'"

로버타는 깊고 푸른 물에 한 손을 담그고 즐겁게 노래를 부르고 있었다.

그러고 나서 조금 뒤 "일요일에 당신이 그곳에 온다면 나도 가겠어요" 하고 그 무렵 유행하던 댄스 곡 한 소절을 불렀다.

노를 젓고 생각하고 노래하고, 경치 좋은 곳에 보트를 멈추고 구경하고, 수련이 있을 것 같은 장소를 살펴보는 동안 어느덧 마침내 한 시간이 흘렀다. 벌써 로버타는 너무 늦게까지 머물지 말고 시간에 맞게 돌아가야 한다고 말하고 있었다. 마침내 보트가 섬 남쪽의 만에 이르렀다. 경치가 아름다우면서도 자못 구슬픈 모습으로 소나무와 물로 에워싸인 을씨년스러운 곳이었다. 이곳은 좁은 물줄기나 수로에 의해 큰 호수로 이어지는 작은 호수 같아 보였지만 그 자체로 면적이 80만 평방미터쯤 되는 제법 큰 둥근 호수였다. 이곳은 섬의 북쪽으로 육지를 갈라놓은 수로를 제외하면 동서남북이 모두 나무로 둘러싸여 있는 게 아닌가! 호수에는 여기저기에 부들과 수련이 있었고, 이 꽃들은 물가에도 조금 있었다. 이곳은 세상살이에 지친 사람이 풍진 세상의 아귀다툼을 피해 매우 슬기롭지만 우울한 마음으로 세상을 등지기에 안성맞춤인 호수 같았다.

두 사람이 이 작은 호수 안으로 들어서자 잔잔한 검푸른 물이 그 어느 곳보다 이상하게도 클라이드의 마음을 사로잡으면서 그의 기분을 달라지게 하는 것 같았다. 일단 그곳에 이르자 그는 그 안으로 끌려 들어가는 듯한 느낌이 들었고, 조용한 물가 근처를 한 바퀴 돌고 난 뒤에는 계획도 없고, 대책도 없으며 해결해야 할 현실적인 문제도 없는, 그야말로 아무것도 없는 무한한 공간에서 표류하고 또 표류하고 있었다. 아, 은밀하게 아름다운 이 장소! 부드럽고 아름다운 전나무들이 온통 둘러싸고 있는 이 검푸른 호수의 기이한 모습이 그를 조롱하고 있는 듯했다. 한없이 깊은 듯 보이는 호숫물은 어느 거대한 손길이 화가 났거나 장난삼아, 또는 엉뚱한 생각에서 검푸른 플러시천 같은 계곡 품 안에 던져 넣은 큼직한 검은 진주와 같았다.

그런데 이 모든 것이 그토록 강력하게 암시하고 있는 것이 무엇일까? 죽음! 죽음! 이곳 풍경은 그가 일찍이 보아 온 다른 어떤 것보다도 뚜렷하게 죽음을 암시하고 있었다. 그렇다, 죽음! 그러나 그것은 사람이 스스로 선택해서, 아니면 최면 작용 때문이나 말할 수 없는 고달픔에서 고마운 마음으로 기꺼이 빠져들지도 모를 그런 조용하고 잔잔하고 편안한 죽음이었다. 모든 것이 그토록 고요하고, 그토록 그늘지고, 그토록 평화로웠다. 이 모든 것을 바라보며 로버타도 탄성을 지르고 있었다. 클라이드는 처음으로 억센 것 같으면서도 다정하고 동정적인 손이 그의 두 어깨를 힘차게 붙잡아 주는 것을 느꼈다. 그 손이 주는 편안한 마음! 따스함! 힘! 그 손은 그의 마음을 편안하게 가라앉혀 주는 듯했다. 그는 그 손이 가져다주는 안정감과 격려가 마음에 들었다. 그 손이 치워지지 않는다면 얼마나 좋을까! 그 손이, 이 친구의 손이 언제까지나 어깨 위에 그대로 머물러 있다면 얼마나 좋을까! 이렇게 아늑하고 정다운 느낌을 그의 삶에서 언제 맛본 적이 있었던가? 그 어디에서도 맛볼 수 없었다. 웬일인지 그 손 때문에 그는 마음이 차분히 가라앉았고, 현실 세계의 모든 것에서 점점 멀어져 가고 있는 듯했다.

물론 눈앞에는 로버타가 있었지만 그녀도 이제는 그림자나 개념, 실체라기보다는 허상에 가까운 환영처럼 희미해졌다. 그녀에게는 무엇인가 현실을 나타내는 색깔과 형태가 있었지만 이미 실체를 상실한 존재였고, 클라이드는 다시 한 번 이상야릇한 고립감을 느꼈다. 친구의 억센 손은 이미 사라지고 없었기 때문이다. 그 손에 이끌려 온 듯한 느낌이 드는 이 침울하고 아름다운 지역에서 클라이드는 홀로 내동댕이쳐져 있었다. 또한 그는 이상한 한기를 느꼈다. 이상하게 아름다운 풍경의 마력이 그에게 일종의 오한을 불러일으켰다.

무엇 때문에 그가 이곳에 왔을까?

그리고 무엇을 해야 할까?

로버타를 죽이러 왔는가? 아, 그건 절대 아니야!

클라이드는 다시 고개를 떨구고 넋을 빼앗는 듯하면서도 깊이를 헤아릴 수 없는, 자석처럼 그를 빨아들일 듯 푸른빛을 띠고 있는 자줏빛의 수면을 응시했다. 그가 응시하는 동안 수면은 만화경처럼 거대한 수정 알로 변하는 것 같았다. 그런데 이 수정 속에서 지금 무엇인가 움직이고 있는 것일까? 어떤 인간의 모습이 아닌가! 그 모습은 점점 가까이 다가오면서 윤곽이 점점 더 뚜렷해지고 있었다. 그러는 과정에서 로버타가 물속에서 허둥거리면서 그를 향해 가느다란 흰 두 팔을 흔들어 대고 있는 게 아닌가! 맙소사! 이 얼마나 끔찍한 일인가! 로버타의 저 얼굴 표정! 지금 그가 도대체 무슨 생각을 하고 있는 것일까? 죽음이 아닌가! 살인이 아닌가!

그러다가 클라이드는 이곳 호수에 오면서부터 지금껏 그토록 의지가 되었던 용기가 점차 사려져 가는 것을 갑자기 의식했다. 그러자 그는 즉시 의식적으로 존재의 깊은 곳에서 그 사려져 가는 용기를 되찾으려고 안간힘을 썼지만 헛수고였다.

킷, 킷, 킷, 카-아-아-아!
킷, 킷, 킷, 카-아-아-아!
킷, 킷, 킷, 카-아-아-아!

(이 세상 것 같지 않은 그 새의 잊히지 않을 이상야릇한 울음소리. 그토록 차갑고, 그토록 몹시 귀에 거슬리는 그 울음소리! 그 울음소리는 환상의 세계로 도피하려는 그의 영혼을 일깨워 다시 한 번 현실적인 또는 비현실적인 당면 문제를 깨닫게 해 주었다.)

클라이드는 이 일을 직시해야 하지 않는가! 그는 반드시 그래야만 하지 않는가!

킷, 킷, 킷, 카-아-아-아!
킷, 킷, 킷, 카-아-아-아!

저 울음소리는 무슨 뜻일까, 경고일까, 항의일까, 비난일까? 이 비참한 계획을 처음 생각하게 된 것은 바로 저 새 울음소리 때문이었다. 저놈의 빌어먹을 새가 지금 저 죽은 나무 위에 앉아 있었다. 그러다가 또 다른 죽은 나무로 날아가고 있었다. 여전히 울면서 좀 더 뭍 쪽으로 날아갔다. 아, 하나님, 맙소사!

곧이어 클라이드는 자기도 모르게 다시 물가를 향해 노를 저었다. 가방을 갖고 왔으니 물 위와 육지에서 로버타의 사진을, 경우에 따라서는 자신의 사진을 찍자고 제안하지 않을 수 없었기 때문이다. 그리고 다시 보트에 오를 때는 가방을 안전하게 뭍에 놓아둘 생각이었다. 물가에 오르자 그는 경치 좋은 곳들을 찾는 척하면서 돌아와서 — 어차피 곧 돌아올 수밖에는 없을 테니까 — 되찾을 가방을 놓아둘 나무를 마음속에 새겨 두었다. 두 사람은 다시는 함께 물가에 돌아오지는 못할 것이다. 절대로! 절대로 말이다! 점점 몸이 피곤해진다느니, 이제 곧 되돌아가야 하지 않느냐느니 하는 로버타의 말도 아랑곳하지 않았다. 벌써 시간은 다섯 시가 지나고 있었다. 클라이드는 곧 되돌아가겠고, 그렇지만 먼저 보트를 타고 있는 그녀의 모습을, 이 멋진 나무들과 저 섬과 이 검푸른 호수를 배경으로 한두 장 더 카메라에 담고 돌아가자고 말하면서 그녀를 안심시켰다.

땀에 젖어 축축하고 떨리는 그의 손!
그녀를 똑바로 쳐다볼 수 없는 물기에 젖은 불안한 그의 검은 눈!

이어 두 사람은 다시 한 번 호반에서 150미터쯤 떨어진 호수로 나아갔다. 보트가 호수 중심으로 나아가는 동안 클라이드는 단단하고 무겁지만 작은 카메라를 공연히 만지작거리고 있었다. 그러다가 겁을 집어먹은 듯 주위를 두리번거렸다. 지금이야말로 ─ 지금 당장에 ─ 싫든 좋든 오랫동안 피해 왔지만 이제 더는 피할 수 없는 바로 그 순간인 것이다. 물가에는 어떤 사람의 목소리도 들리지 않았고, 누구의 모습도 보이지 않았다. 길도 오두막집도 연기도 없지 않은가! 그 자신인지 혹은 그 무엇인지가 계획했고, 이제 그의 운명을 결정할 바로 그 순간이 온 것이다! 행동할 순간, 위기의 순간! 이제는 재빨리 사납게 보트 한쪽으로 몸을 돌리고, 왼쪽이나 오른쪽 요판(腰版) 위에 뛰어올라 보트를 뒤집거나, 그 일이 실패하면 보트를 마구 흔들고, 만약 로버타가 악착같이 저항할 때는 손에 들고 있는 카메라나 오른쪽 노로 한번 때리기만 하면 일이 끝나는 것이다. 그가 그렇게 하려고 마음만 먹는다면 ─ 아니, 정신 줄을 놓으면 ─ 눈 깜짝할 사이에 간단하게 해치울 수 있는 일이었다. 그러고 나면 성공이 그리고 두말할 나위 없이 손드라와의 행복이 그를 기다리고 있을 것이다. 그가 일찍이 겪어 본 적이 없는 좀 더 멋지고 좀 더 감미로운 새로운 인생이 그를 기다리고 있을 터였다.

그런데 지금 그는 왜 이렇게 기다리고 있는 것일까?
도대체 왜 망설이고 있는 것일까?

클라이드의 의지가 절박하게 행동해야 할 이 운명적인 순간에 갑자기 용기가, 증오나 분노가 갑자기 마비되어 버렸다. 보트의 고물 쪽에 앉아 있던 로버타는 당황한 빛을 띠다가 갑자기 일그러지고 번갯불 같으면서도 무기력하고 불안정한 그의 얼굴을 물끄러미 바라보고 있었다. 그의 표정은 분노하고 포악한 악마적인 얼굴이 아니라 갑작스러운 표정이었다. 두려움(죽음이나 죽음을 불러일으키는 살인적인 잔인성에 대한 생리적인 혐오)과 행동하고 싶은—행동으로 옮기고 싶은—괴롭고 초조하지만 억압된 행동 욕구 사이에서 팽팽하게 맞서 갈피를 잡을 수 없는 당황하고 거의 공허에 가까운 얼굴이었다. 행동하려는 강력한 충동과 그래서는 안 된다는 충동이 서로 균형을 이룬 이 상태는 지금, 이 순간 이 장소에서는 잠시도 깨뜨릴 수 없었다.

한편 클라이드의 눈동자는 시간이 흐르면 흐를수록 점점 커지면서 붉은빛을 띠고 있었고, 그의 얼굴과 몸과 손은 긴장하여 움츠러들고 있었으며, 그의 자세는 조금도 흐트러지지 않고 있었다. 균형을 이루어 아무런 변화가 없는 그의 감정은 갈수록 점점 더 불길해졌지만, 그것은 살인을 범할 만한 잔인한 용기보다는 금방이라도 비몽사몽 상태에 이르거나 경련을 일으킬 것처럼 보였다.

그러자 로버타는 갑자기 이 모든 것을 느끼고 이곳 풍경과는 어울리지 않는 너무나 이상스럽고도 고통스러울 만큼 대조적인 섬뜩한 혼란이나 육체적·정신적 우유부단함 같은 어떤 것을 갑자기 직감하고 고함을 질렀다. "왜 그래요, 클라이드! 클라이드! 왜 그러는 거예요? 도대체 왜 그러는 거냐고요? 왜 그런 이상한 표정을, 너무 이상해요. 너무, 너무나요. 그런 표정 짓는 건 처음 봤어요. 도대체 왜 그래요?" 그러면서 로버타는 갑자기 일어나, 아니 몸을 앞쪽으로 기울이고 수평을 이룬 용골을 따라 기어서 그에게 다가가려 했다. 그가 보트 앞쪽으로 넘어져서 — 보트 한쪽 밖 물속으로 — 떨어질 것처럼 보였기 때문이다. 그러자 클라이드는 순간 자신의 실패, 자신의 비겁함, 자신의 무능력을 뼈저리게 깨닫는 동시에, 또 순간 자기 자신뿐만 아니라 로버타에 대해 — 그녀의 힘 — 또는 이런 식으로 그를 구속하는 인생의 힘에 대해 잠재되어 있던 증오심의 파도에 굴복했다. 그런데도 어떤 식으로든 행동하기 두려웠고 — 다만 무슨 일이 있어도 그녀와는 결코 결혼하지 않겠다고 — 비록 그녀가 이 세상에 그를 폭로하는 한이 있어도 그녀와 함께 이곳을 떠나 결코 결혼식을 올리지는 않겠다고, 그가 사랑하는 여자는 손드라고, 그는 절대로 손드라를 놓치지 않겠다고 말하고 싶었지만 그런 말조차도 차마 입 밖에 낼 수 없었다. 클라이드는 화가 나고 당황한 나머지 무서운 얼굴을 하고 있었다. 그러다가 로버타가 다가와서 그의 손을 잡으려 하고 또 카메라를 받아 내려놓으려 하는 순간, 그는 그저 그녀에게서 ― 그녀의 손의 감촉에서 ― 그녀의 애원하는 듯한, 위로하는 듯한 태도에서 그녀 존재 자체에서 영원히 달아나고 싶은 나머지 그녀를 향해 손을 휘둘렀다. 아, 하나님, 맙소사!

그런데도 클라이드는 카메라로 힘껏 로버타의 입과 코와 턱을 때렸고(무의식중에도 아직 카메라를 꼭 쥐고 있었다) 그 바람에 로버타는 왼쪽 요판 위로 쓰러졌고, 보트는 뱃전이 물에 닿을 정도로 기울어졌다. 그녀가 (콧등과 입술이 찢어진 데다 배가 기울어지는 바람에) 날카로운 비명을 질렀고, 그 소리에 놀란 클라이드는 일어나 그녀를 도와주거나 붙잡아 주고 본의 아니게 손찌검을 했다고 사과하려고 했지만, 그 때문에 보트가 완전히 뒤집혀 버리자 그 자신과 로버타는 눈 깜짝할 사이에 물속으로 빠져 버리고 말았다. 보트가 뒤집히면서 왼쪽 요판이 물속으로 가라앉고 있는 로버타의 머리를 때렸다. 이어 물속에서 처음 솟아오른 그녀는 이미 자세를 바로잡은 클라이드 쪽을 향해 극도로 겁에 질려 일그러진 얼굴을 돌렸다. 그녀는 정신이 아찔하고 공포에 휩싸인 데다가 고통과 두려움을 느끼고 있어서 뭐가 뭔지 도무지 알 수 없는 상태에 있었다. 그녀는 물에 빠져 죽는 것을 평생 두려워했으며, 클라이드는 우연히 그리고 거의 무의식중에 주먹을 휘둘렀다.

"사람 살려요! 사람 살려요!"

"아, 하나님! 지금 물에 빠져 죽고 있어요. 물에 빠져 죽고 있다고요. 살려 줘요! 오, 하나님!"

"클라이드! 클라이드!"

바로 그때 그 음성이 클라이드의 귓가에 들렸다.

"하지만 이것이 ─ 바로 이게 ─ 네가 위급한 상황에서 오래도
록 바라던 일이 아니냐? 보라! 너는 지금 겁을 집어먹고 비겁함
에 떨고 있지만 이 일은 ─ 이 일은 너 대신 남이 해 준 셈이 아니
냐? 우발 사건이야. 우연히 일어난 사건이란 말이다. 본의 아닌
타격으로 네가 바라면서도 용기가 없어 실행하지 못하던 일이
이루어지지 않았느냐? 이것은 우발적으로 이렇게 된 것이니 그
럴 필요가 없는데도 저 여자를 살려서 그토록 너를 괴롭히고 이
사고 때문에 겨우 풀려나게 된 그 패배와 실패의 끔찍한 생활로
되돌아가려고 하느냐? 너는 저 여자를 살릴 수 있을지도 모른
다. 그러나 살리지 않는 편이 좋지 않겠는가! 저 허둥거리고 있
는 모습을 봐라. 지금 제정신이 아닌 거다. 저 여자는 제힘으로
살아날 수 없을 뿐만 아니라 네가 가까이 가면 정신이 없다 보니
너까지도 물속으로 끌고 들어갈지도 모른다. 그러나 너는 살기
를 원하지 않는가! 저 여자가 살아난다면 앞으로 네 생활도 살
만한 값어치가 없어질 것이다. 잠깐만 기다리고 있어라. 일 분
만이라도 기다려라! 기다려라. 기다려라. 애처롭다는 생각은 버
려라. 그러고 나면 ─ 그러고 나면 말이다. 이제, 됐다! 보라. 일
이 모두 끝났다. 지금 그녀는 가라앉고 있다. 너는 이제 살아 있
는 저 여자는 두 번 다시는 보지 않을 거다. 영원히 말이다. 네가

바라던 대로 네 모자가 저기 물 위에 떠 있구나. 그리고 보트의
노걸이에는 여자의 베일이 걸려 있구나. 그냥 내버려 둬라. 그
것이 사고가 우연히 일어났다는 증거가 될 게 아니냐?"

그 목소리 말고는 이제 아무것도 없었다. 약간의 파문, 불가사
의한 이곳 풍경의 평화로움과 엄숙함이 있을 뿐이었다. 그러자
그 불길하고 사람을 얕잡아 보며 조롱하는 듯한 외로운 새의 울
음소리가 또다시 귓가에 들려왔다.

킷, 킷, 킷, 카-아-아-아!
킷, 킷, 킷, 카-아-아-아!
킷, 킷, 킷, 카-아-아-아!

죽은 나뭇가지 위에 앉아 있는 저 악마 같은 새의 울음소리,
위어-위어 하고 우는 소리 말이다.

그 뒤 로버타의 비명이 아직도 귀에 쟁쟁하고 겁에 질린 채 최
후로 호소하는 듯한 표정으로 흰자위가 드러난 그녀의 두 눈이
아직도 눈앞에 선한 상태에서 클라이드는 무겁고 우울하고 어
두운 마음으로 물가로 헤엄쳐 나갔다. 그러면서 그는 결국 자기
가 직접 로버타를 죽인 건 아니라고 생각하고 있었다. 아냐, 절
대 아냐, 내가 죽이진 않았어. 그러니 얼마나 다행스러운 일인
가. 나는 그녀를 죽이지 않았어. 하지만 (가까운 물가로 올라가
서 옷의 물기를 털며) 아니, 내가 그녀를 죽인 걸까? 아니면 그
녀를 죽이지 않은 걸까? 살릴 수 있었을지도 모르는 데 가만히

있었지 않았는가? 그리고 우연한 사고라고는 하지만 로버타를 물에 빠뜨린 건 그의 실수가 아닌가? 하지만…… 하지만…….

　하루가 저물어 황혼이 찾아오면서 주위는 점점 고요해졌다. 몸을 숨겨 주는 숲속 깊숙이 은밀한 곳에서 클라이드는 물에 젖지 않은 가방을 옆에 두고 물을 뚝뚝 떨어뜨리며 서서 옷이 마를 때까지 기다렸다. 그러는 동안 가방 옆구리에서 한 번도 사용하지 않은 카메라의 삼각대를 풀어 그것을 좀 더 깊은 숲속 눈에 띄지 않는 죽은 통나무를 찾아 그 밑에 숨겼다. 어느 누가 보지는 않았을까? 누가 보고 있지는 않았을까? 이제는 돌아갈 방향에 대해 생각해야 할 게 아닌가! 서쪽으로 갔다가 다시 남쪽으로 가야만 했다. 온 길로 돌아서서는 절대로 안 되었다! 그런데 계속 되풀이해 울어 대는 저 새, 그야말로 신경을 곤두세우는 끔찍한 새 소리가 들렸다. 여름밤 하늘에 별이 총총 떠 있는데도 어딘지 어두컴컴했다. 머리 위에는 물에 젖지 않은 밀짚모자를 쓰고 한 손에는 가방을 든 한 젊은이가 아무도 살지 않는 어두운 숲을 헤치고 기운차지만 피곤한 걸음걸이로 남쪽으로 ─ 남쪽을 향해 ─ 걸어가고 있었다.

제3부

제1장

캐터라키군(郡) 남쪽은 스리마일베이로 알려진 마을 최북단의 경계와 맞닿아 있었고 북쪽으로 캐나다 국경까지 80킬로미터쯤에 걸쳐 뻗어 있다. 그리고 동쪽의 세나셰트 호수와 인디언 호수로부터 서쪽의 로크강과 스카프강에 이르기까지 군의 폭은 4.8킬로미터에 이르렀다. 군의 대부분은 사람이 살지 않는 대삼림과 호수로 이루어져 있었지만 여기저기 쿤츠, 그래스 레이크, 노스윌러스, 브라운 레이크 등의 크고 작은 마을과 촌락이 산재해 있었다. 군청 소재지인 브리지버그에는 군 전체 인구 1만 5천 명 중 2천여 주민이 살고 있었다. 그리고 조그마한 도시의 중앙 광장에는 낡았지만 우아한 군 법원 건물이 서 있었다. 건물의 둥근 지붕에는 시계탑이 있었는데—그 꼭대기에 비둘기 몇 마리가 앉아 있었다—네 중심 도로를 바라보고 있다.

7월 9일 금요일, 이 건물의 북동쪽 구석에 있는 군 검시관 사무실에는 검시관인 프레드 하이트가 앉아 있었다. 그는 모르몬교의 장로를 떠오르게 할 잿빛이 도는 갈색 구레나룻을 기르고 있는 데다 어깨가 넓고 몸집이 큰 사람이었다. 얼굴도 크고 손발도 모두 컸다. 허리의 둘레도 몸집에 비례하여 컸다.

이 이야기가 시작하는 이날 오후 두 시 반경, 하이트는 아내가 주문을 부탁한 물건을 사려고 통신 판매 카탈로그를 따분한 기분으로 한 장, 한 장 들춰 보는 중이었다. 그리고 한참 먹어 대는 다섯 아이의 구두와 재킷과 여러 모자의 가격을 계산하면서 하이칼라, 폭이 넓은 벨트, 그리고 언뜻 눈에 띌 만큼 인상적으로 큼직한 단추가 달린, 자기 체구에 맞을 것 같은 외투를 들여다보고 있었다. 적어도 3년 전부터 아내 엘러가 모피 외투를 부러워하고 있다는 사실에 생각이 미치자, 카탈로그를 넘기다 멈추고 일 년에 3천 달러의 가계 예산으로는 도저히 그런 사치품은 어림도 없다고 쓸쓸히 생각했다.

이런 생각에 몰두하고 있는 바로 그때 전화벨 소리가 울리자 그는 하던 생각을 멈추었다.

"네, 하이트입니다. 빅비턴의 월러스 어펌인가? 아, 그렇지, 계속하게나, 월러스. 젊은 남녀가 익사했어. 아, 그래, 조금만 기다려 봐."

하이트는 '검시관 비서'라는 직함으로 군에서 월급을 받는 정치에 관심이 많은 청년 하나를 돌아다보며 "얼, 요점을 잘 적어주게" 하고는 다시 전화에 대고 말했다. "자, 그럼, 월러스, 모두 말해 봐. 하나도 빼놓지 말고…… 그렇지…… 여자 시체는 발견됐는데 남편 시체는 아직 발견되지 않았다고…… 그래……
보트가 호수 남쪽에서 전복됐고, 그래…… 안감이 없는 밀짚모
자…… 그렇지…… 여자 입 언저리와 눈가에 상처 자리가……
여자의 윗옷과 모자는 여관에 있고…… 그래…… 그 윗옷 호주
머니에 편지 한 통이…… 누구한테 보낸 편지인가? 미미코군
빌츠에 사는 타이터스 올든 부인…… 그렇지…… 사내 시체는
여전히 수색 중이라고? 그렇지…… 아직 사내 행적은 전혀 눈
에 띄지 않고…… 알았어. 이봐, 월러스…… 그럼 말이지. 이렇
게 하게, 월러스. 그 윗옷과 모자는 있던 곳에 그대로 놔둬. 가만
있자. 지금 시간이 두 시 반이니까 네 시까진 그쪽에 도착할 수
있어. 그 여관에서 나오는 버스를 타면 되겠지? 그럼, 내 그 버스
를 타고 곧 감세. 그리고 말이야. 월러스, 여자 시체를 끌어 올릴
때 현장에서 본 사람들의 이름을 전부 적어 놔둬. 뭐라고? 수심
이 적어도 5.5미터쯤 된다고? 그래…… 베일 하나가 노걸이에
걸려 있고…… 그렇지…… 갈색 베일이라는 거지. 그래…… 음,
확실히 그것뿐이지. 자, 그럼, 어떤 물건이든지 발견되면 그냥
그대로 내버려 두게, 월러스. 이제 내가 곧 올라갈 테니. 음, 월
러스, 고맙네. 자, 그럼 잘 있게."

　하이트는 천천히 수화기를 내려놓고, 앉아 있던 큼직한 갈색
의자에서 일어나 덥수룩한 구레나룻을 만지작거리면서 타이
피스트와 기록 서기가 하는 일들을 보고 있는 얼 뉴콤을 쳐다보
았다.

　"얼, 전부 써 놓았겠지?"

"네, 검시관님."

"그럼, 모자와 윗옷을 걸치고 날 따라오게. 3시 10분 기차를 타야 하니까. 소환장 몇 장은 기차 안에서도 능히 쓸 수 있을 테지. 열댓 장이나 한 스무 장쯤 갖고 가는 게 좋겠어. 안전하게 말이야. 현장에서 발견하는 증인들의 이름을 써 넣어야 하거든. 그리고 우리 집사람에게 전화를 걸어 오늘 밤 저녁 식사 전에는, 하행 열차 전에는 돌아올 수 없을 것 같다고 전해 주게. 어쩌면 내일까지도 돌아오지 못하게 될지 모르지. 이런 사건이란 게 어떻게 돌아갈지 통 알 수가 없거든. 그러니 안전하게 가는 게 언제나 상책이지."

하이트는 곰팡내 나는 낡은 방 한구석에 있는 탈의실로 들어가 차양이 큼직한 밀짚모자를 꺼내 썼다. 밀짚모자가 아래쪽으로 곡선을 그리며 수그러져 있어 실제로는 온순해 보이는 그의 툭 튀어나온 두 눈과 덥수룩한 구레나룻을 마치 식인 도깨비처럼 보이게 했다. 이렇게 몸치장을 마치자 그가 말했다. "난 잠깐 경찰서에 들렀다 갈 거야, 앨. 그러니 자넨 「리퍼블리컨」과 「데모크래틱」 신문에 전화를 걸어 이 사건을 알리고 그들이 무시당하고 있지 않다는 걸 보여 주도록 하는 게 좋을 거야. 자, 그럼 나중에 역에서 만나세." 그러고 나서 하이트 검시관은 육중한 몸을 흔들며 사무실 밖으로 걸어 나갔다.

열아홉 살쯤 되는 얼 뉴콤은 키가 크고 날씬한 몸매에 머리칼이 부스스한 청년으로 때로는 허둥대기도 하지만 아주 진지한 젊은이였다. 즉시 소환장 한 다발을 움켜쥐어 호주머니 속에 처박으면서 하이트 부인에게 전화를 걸었다. 그다음 보고를 받은 빅비턴 호수의 남녀 익사 사건을 두 신문사에 알린 뒤, 그의 머리에는 두 사이즈 정도는 큰 푸른 밴드가 달린 밀짚모자를 집어 들고 서둘러 복도 밖으로 나갔다. 그때 갑자기 활짝 열어젖힌 지방 검사의 사무실 문 앞에서 질러 손더스와 마주쳤다. 노처녀인 그 여자는 그런대로 이 지방에서는 꽤 유명하고 날렵한 지방 검사 오빌 W. 메이슨의 유일한 속기사로 지금 막 회계 검사관의 사무실로 가고 있던 참이었다. 보통 때는 꽤 침착하던 뉴콤이 오늘 따라 어떤 일에 몰두하여 서두르고 있는 모습을 보고 여자가 놀라서 큰 소리로 물었다. "아니, 얼, 왜 그렇게 서두르는 거야? 그렇게 바쁘게 어딜 가는 거야?"

"빅비턴에서 남녀 익사 사건이 일어났어요. 어쩌면 그보다 더 끔찍한 범죄일지도 몰라요. 하이트 씨가 출장 가는 바람에 나도 함께 3시 10분 기차로 출발해야 하거든요."

"누가 알려 왔는데? 익사한 사람 중 이 마을 사람도 있는 거야?"

"그건 아직 잘 모르지만, 그럴 것 같지는 않아요. 여자 호주머니에 미미코군 빌츠에 사는 타이터스 올든 부인인지 누군지 하는 사람에게 보낼 편지가 들어 있었다니까요. 돌아오면 자세히 알려 드리죠. 아니면 전화를 걸어 일러 주거나요."

"맙소사! 만약 그게 범죄 사건이라면 메이슨 검사님도 관심이 있겠지?"

"물론이죠. 내가 메이슨 검사님께 전화를 드리던지, 아니면 하이트 씨가 전화를 드릴 겁니다. 만약 버드 파커나 캐럴 배드넬을 만나거든 난 출장을 갔다고 전해 줘요. 또 우리 어머니한테도 전화를 걸어 그 사실을 알려 주고요. 지금 그럴 시간이 없을 것 같아서요."

"알았어. 그렇게 할게, 얼."

"고마워요."

그러고 나서 얼은 따분한 검시관의 일상생활에서 가장 최근에 일어난 사건에 자못 흥미를 느끼며 캐터라키군 법원 건물의 남쪽 계단을 쾌활한 걸음걸이로 뛰어 내려갔다. 한편 미스 손더스는 지방 검사가 앞으로 다가올 공화당의 군 대회와 관련한 용건으로 출타 중이어서 사무실에는 이야기할 상대가 없는지라 회계 검사관의 사무실로 갔다. 그러고는 그곳에 모여 있는 사람들에게 어쩌면 자못 중요한 듯한 호수에서 일어난 비극적 사건에 관해 전해 들은 대로 모두 털어놓았다.

제2장

하이트 검시관과 그의 조수가 얻은 정보는 특이하고도 수상했다. 무엇보다 먼저 보트와 물놀이에 열중하던 행복하고 매력적인 두 젊은 남녀가 실종되었기 때문에 아침 일찍 여관집 주인이 중심이 되어 수색을 벌였다. 그 결과 문코브에서 뒤집힌 보트와 함께 모자와 베일이 발견되었다. 관심 있는 여관 종업원들과 안내인들과 손님들이 물속으로 헤엄쳐 들어가기도 하고, 갈고리가 달린 기다란 장대로 휘젓기도 하여 시체 한두 구를 건져내려고 했다. 안내인인 심 슈프와 여관집 주인과 보트 하우스 관리인의 보고에 따르면, 목숨을 잃은 여자는 젊고 매혹적이었으며, 같이 온 사내도 꽤 돈이 있어 보이는 청년이었다고 했다. 그래서 이 호숫가 주변 숲에 사는 주민들과 여관의 종업원들은 민망할 정도로 몹시 호기심을 보였다. 더구나 바람 한 점 불지 않는 화창한 날씨에 어떻게 그런 이상야릇한 사건이 일어날 수 있는지 자못 이상하게 생각하고 있었다.

그러나 잠시 뒤 이보다 훨씬 더 큰 흥분으로 들끓게 한 것은, 정오에 시체를 찾아 돌아다니고 있던 수색대 한 사람이 — 존 폴이라는 숲속에 사는 사람이었다 — 마침내 로버타의 스커트 자락을 붙잡고 수면 위로 시체를 끌어 올린 일이었다. 그 여자의 얼굴에 — 입술과 코와 오른쪽 눈 아래위에 — 누가 봐도 타박상이 분명한 상처가 있었다. 이 사실은 즉시 수색을 돕고 있던 사람들의 의혹을 불러일으키는 것 같았다. 노를 젓고 있던 조 레이너와 함께 시체를 끌어올린 존 폴은 여자의 모습을 보자 즉시 소리를 질렀다. "아, 이렇게 불쌍할 수가! 전혀 무게가 나가지도 않은 것 같아. 물속에 가라앉아 있었다는 게 도무지 믿어지지 않는군." 그러고 나서 그는 팔을 뻗쳐 물이 뚝뚝 떨어지는 생기 없는 여자의 시체를 안고 보트 안으로 끌어 올렸다. 한편 그의 동료들이 수색하고 있는 다른 사람들에게 신호를 보내자 모두 재빨리 몰려왔다. 길고 숱이 많은 갈색 머리칼이 호수 물살로 그녀의 얼굴을 감추려는 듯 걸려 있는 것을 걷어 올리면서 그가 다시 덧붙였다. "맙소사, 조! 여기 좀 봐! 이 아가씨가 무엇으로 얻어맞은 것 같지 않아? 여기 좀 보란 말이야, 조!" 그러자 곧 보트를 타고 온 숲 주민들과 여관 손님들도 로버타의 얼굴에 갈색을 띠고 시퍼렇게 멍이 든 상처를 바라보았다.

곧바로 로버타의 시체를 북쪽에 있는 보트 하우스로 운반하고 또다시 실종된 사내의 시체 수색 작업을 시작하는 동안에도 의혹의 목소리는 계속되었다. "허, 암만 해도 이상해. 그 상처 자리 말이야. 그것도 그렇고 안 그런가? 어제처럼 그렇게 화창한 날에 보트가 뒤집힌 것도 이상하단 말씀이야." "그 사내가 물속에 가라앉아 있는지, 어떤지 이제 곧 알게 될 테지." 그 후 몇 시간이나 사내의 시체를 수색했지만 아무런 성과도 없자 마침내 모든 사람들은 결국 그 사내는 물속에 가라앉지 않았을지도 모른다는 결론에 이르렀다. 모든 사람에게 그야말로 가슴을 철렁하게 하는 끔찍한 생각이었다.

그래서 클라이드와 로버타를 건롯지에서 안내해 온 안내인이 빅비턴의 여관집 주인과 그래스 호수의 여관집 주인들과 의논한 끝에 다음과 같은 사실을 확인했다. 첫째, 익사한 여자는 건롯지에 그녀의 여행 가방을 놓고 왔는데 클리퍼드 골든은 그의 여행 가방을 가지고 갔다. 둘째, 그래스 호수의 숙박부의 서명과 빅비턴의 숙박부의 서명은 이상하게도 서로 달라서 한쪽은 칼 그레이엄, 다른 한쪽은 클리퍼드 골든으로 기재되어 있지만, 양쪽 여관의 주인이 신중하게 상의해 본 결과 그런 이름을 사용한 사람은 그 용모로 보건대 동일인으로 결정했다. 셋째, 그 예의 클리퍼드 골든 또는 칼 그레이엄이라는 인물은 빅비턴으로 데려다 준 안내인에게 그날 호수에 사람들이 많이 나와 있느냐고 물었다. 그런 사실로 미루어 보건대, 지금까지의 의혹은 또 다른 의혹을 낳아 마침내 살인 행위라고 확신하기에 이르렀다. 이 점에 대해서는 거의 의심할 여지가 없었다.

하이트 검시관은 현장에 도착하자마자 숲속의 주민들이 몹시 흥분하고 있는 데다 의혹을 품고 있다는 사실을 알게 되었다. 주민들은 클리퍼드 골든 또는 칼 그레이엄이라고 일컫는 인물의 시체가 호수 밑바닥에 가라앉아 있다고 믿지 않았다. 하이트 검시관도 보트 하우스의 간이침대 위에 조심스럽게 눕혀 놓은 신원 불명의 시체를 보고 그 여자가 젊고 매혹적이라는 것을 알게 되자, 그녀의 용모뿐만 아니라 주위 사람들이 의심을 품는 분위기에 이상하게 영향을 받았다. 더구나 여관 사무소로 돌아와 로버타의 윗옷 호주머니에서 발견된 편지를 받아들자 한층 더 불길한 의혹이 들었다. 그 편지에는 이렇게 적혀 있었다.

7월 8일
뉴욕주 그래스 호수

보고 싶은 어머니에게

우리는 이곳에 와서 결혼하려고 하고 있어요. 이 편지는 어머니만 읽어 주세요. 제발 부탁이니 이 편지를 아빠나 그 누구에게도 보여 주지 마세요. 이 일은 아직 아무에게도 알려서는 안 되기 때문이에요. 그 까닭은 지난해 크리스마스 때 벌써 제가 엄마에게 말씀드렸죠. 걱정하시거나 이런저런 질문을 하지 마시고, 저한테서 소식이 있었다는 사실과 목적지를 알고 있다는 것 말고는 아무한테도 말하지 마세요. 정말 누구한테도 말이에요. 저는 잘해 나갈 테니까 지레 걱정은 제발 말아주세요. 엄마, 이렇게 엄마를 꼭 껴안고 양쪽 뺨에 큼직한 키스를 보냅니다. 정말로 어떤 사정도 말하지 말고 제가 잘 지내고 있다고 아버지를 이해시켜 주세요. 그리고 에밀리, 톰, 기퍼드에게도요. 제 부탁 알겠죠? 엄마에게 마음속으로부터 정성을 다해 큼직한 키스를 보냅니다.

사랑하는 딸
로버타 올림

추신: 또다시 편지 쓸 때까지 어머니와 나만이 알고 있는 비밀로 꼭 해 주세요.

이 편지의 오른쪽 위와 봉투에는 "뉴욕주, 그래스 호수, 그래스 호수 여관 주인 잭 에번스"라고 인쇄되어 있었다. 이 편지는 분명히 두 사람이 칼 그레이엄 부부로 그래스 호수에서 하룻밤을 보낸 이튿날 아침에 쓴 게 틀림없었다.

아, 젊은 여자들이란 얼마나 자유분방하는가!

이 편지로 미루어 보건대 두 사람은 아직 결혼하지 않은 상태에서 분명히 이 여관에 부부로서 투숙했다. 검시관에게도 그가 몹시 귀여워하는 딸들이 있었기 때문에 편지를 읽으면서 가슴이 움찔했다. 바로 그때 문득 한 생각이 그의 뇌리를 스치고 지나갔다. 4년에 한 번씩 있는 군의 선거가 임박해 있었다. 그 자신을 포함한 군의 관리 모두가 11월의 투표로 앞으로 3년 동안의 임기에 들어갈 뿐 아니라, 임기 6년의 군 판사도 선출하게 되어 있었다. 이제부터 6주 후 8월에는 공화당과 민주당의 군 대회가 거행되어 저마다 후보자들을 정식으로 지명할 예정이었다. 그리고 지금까지의 정세로 봐서는 현재의 지방 검사는 군 판사의 후보로서밖에는 지명될 가망이 없었다. 이미 그는 지방 정치가처럼 웅변에 능할 뿐 아니라 군의 검찰 당국자로서 친구들에게 은혜를 베풀 수 있는 처지였기에 잇달아 두 임기에 걸쳐 지방 검사의 지위를 차지해 왔기 때문이다. 그러나 이번에 그가 운 좋게 군 판사의 후보자에 지명되어 만약 그 자리에 선출되지 않으면 그의 패배와 정치적 몰락은 불을 보듯 뻔했다. 그의 임기 중에는 이제까지 그다지 대단한 사건이 없어 제대로 능력을 발휘해 보일 기회가 없었기 때문에 그는 정당하게 주민들에게 더 이상의 지지를 바랄 수도 없었다. 그런데 지금 이 사건이야말로…….

검시관의 예리한 안목에 따르면, 지금 이 사건이야말로 한 인간에게 ― 현재의 지방 검사요, 지금까지 검시관의 친한 친구로서 잘 도와준 인물 말이다― 사람들의 관심과 인기를 끌어 그의 신용과 세력을 확장하고 그를 통해 그의 당이 후보자들에게도 도움을 주어 이번 선거에서 모든 후보가 선출될지도 모른다. 그렇게 되면 현재의 지방 검사는 자기 자신을 위해서 지명을 획득할 수 있을 뿐 아니라 임기 6년의 판사에 선출될지도 모른다. 정계에서는 이런 일보다 훨씬 기적적인 일도 일어났다.

검시관은 즉시 그 편지 내용에 관한 질문에는 아무런 대답도 하지 않기로 했다. 그 편지에는 만약 범인이 있다면 그 범인이 누구인지 쉽게 해결할 수 있는 열쇠가 들어 있었기 때문이다.

또한 이 사건에서 수완을 발휘할 인물이 누구든 간에 그는 현재의 정국에서 비상한 신뢰를 얻을 수 있을 것이기 때문이다. 동시에 검시관은 얼 뉴콤에게 로버타와 클라이드를 빅비턴으로 데려다준 안내인과 함께 그 젊은이들이 도착한 건롯지 역으로 돌아가 그곳에 맡겨 둔 가방을 무슨 일이 있어도 검시관 자신이나 지방 검사의 대리가 아닌 다른 누구에게도 건네줘서는 안 된다는 말을 전했다. 그리고 난 뒤 그가 마침 빌츠에 전화를 걸어 그곳에 버트나, 어쩌면 앨버타라는 이름의 딸이 있는 올든 집안이 있는지 확인해 보려고 하던 참에, 마침 하나님의 도움이라고나 할까, 이 지방에서 올가미와 총으로 사냥하는 두 사내와 소년 하나가 벌써 사건을 알고 있는 사람들의 안내를 받으며 소란스럽게 그에게로 인도됐다. 그런데 이 세 사람은 정보를, 그것도 아주 중요한 정보를 가지고 온 게 아닌가! 그들이 몇 번씩 중단하기도 하고 바로잡기도 하면서 이구동성으로 진술한 바에 따르면, 로버타가 익사한 날 오후 다섯 시경 그들은 이 호수와 그 근처에서 사냥도 하고 낚시질도 할 생각으로 빅비턴에서 남쪽으로 20킬로미터쯤 떨어진 스리마일베이를 출발했다. 그날 밤 아홉 시경 그들이 빅비턴의 남쪽 호숫가에 접근했을 때 ― 호수에서 아마 5킬로미터 가까이 왔을 때였던 것 같다 ― 낯선 젊은이 하나를 만났는데 그 젊은이는 빅비턴에 있는 여관에서 남쪽으로 스리마일베이의 마을을 향해 가고 있더라는 것이다. 그들의 증언에 따르면, 사내는 이 근처에서는 보기 드물게 맵시를 부려 옷을 잘 차려입고 있는 데다 밀짚모자를 쓰고 있었고 여행 가방을 들고 있었다. 그래서 그들은 이튿날 아침 기차를 타고 한 시간이면 스리마일베이에 갈 수 있는데 어째서 이 시각에 걸어서 가는 것일까, 하고 이상하게 생각했다는 것이다. 더구나 사내는 그들을 만나자 무척 당황하기도 했다. 그들의 진술에 따르면, 숲속에서 그들을 만난 순간 젊은이는 깜짝 놀라 뒤로 물러서며 — 겁에 질려 부들부들 떨며 — 도망치는 듯 보였다. 달빛이 밝았기 때문에 그들 중 하나가 들고 있는 등불 심지를 아주 많이 낮추고 있었던 게 분명했다. 더구나 그들은 어떠한 종류건 야생동물의 기색에 귀를 기울이는 사람답게 조용히 걷고 있었다. 설령 그렇다 해도 이 근처는 대체로 그들과 같은 정직한 주민들이 지나다니는 매우 안전한 지역이라는 것도 확실했다. 그러므로 낯선 젊은이가 잡목 속으로 몸을 감추려는 듯 뒤로 물러설 필요가 없었다. 그러는 사이에 등을 들고 있던 버드 브루닉이 등불을 밝게 하자 낯선 사내는 침착성을 회복한 듯 잠시 뒤 그들이 "안녕하세요?"라고 말을 건네자 "안녕하십니까? 스리마일베이까지는 얼마나 됩니까?"라고 물었다. 그래서 그들이 "아마 11킬로미터 조금 넘게 걸릴걸요"라고 대답했다. 그러고 나서 그 젊은이는 계속 걸어갔고, 그들도 사내와 만난 이야기를 하면서 걸어왔다는 것이다.

이렇게 그들이 기술한 젊은 사내의 모습이 건롯지에서 클라이드를 데려다준 안내인과 빅비턴과 그래스 호수의 여관집 주인들의 증언과 거의 완전히 일치하고 있어 그 젊은이가 수수께끼를 간직한 채 죽은 아가씨와 함께 보트를 타고 있던 장본인이라는 것이 확실한 듯했다.

얼 뉴콤은 상사의 허락을 얻어 스리마일베이의 여관 주인에게 전화를 걸어 혹시 수상한 젊은 사내가 그곳에 모습을 나타내거나 투숙하고 있는지 알려 달라고 조회해 보았다. 그러나 헛수고였다. 젊은 사내는 그 시각까지는 세 사람 말고 다른 사람에게는 눈에 띄지 않은 것 같았다. 마치 연기처럼 허공 속으로 사라져 버린 것 듯했다. 그러나 그날 저녁때가 되어서야 세 사람이 낯선 젊은이를 만난 이튿날 아침, 거의 동일인인 듯한 젊은이가 여행 가방을 들고 모자를 쓰고 — 밀짚모자는 아니었다 — 스리마일베이와 샤런을 왕래하는 소형 증기선 시그너스호를 타고 샤런에 가고 있었다는 사실이 밝혀졌다. 하지만 그 지점부터의 행적은 또다시 오리무중이었다. 적어도 그때까지는 샤런에서는 아무도 그런 인물이 도착한 것도 출발한 것도 기억하고 있는 사람이 없는 것 같았다. 기선의 선장조차도 그런 인물이 상륙하는 것을 특별히 눈여겨보지 않았다고 뒤에 증언했다. 그날은 열네 사람쯤 호수를 건넜으므로 선장은 어떤 승객도 똑똑히 기억할 수 없었다.

그러나 빅비턴에 모인 사람들에 관한 한, 그 인물이 어떤 사람이건 범인이야말로 틀림없이 지독한 악한이라는 데 — 독사 같은 사악한 악한 말이다! — 점차 그러나 분명하게 결론을 모았다. 즉시 모든 사람의 마음속에서는 그 범인을 추적해 체포해야 한다는 아주 절박한 요구가 일어나고 있었다. 악한이다! 살인자다! 그래서 순식간에 이 지역 일대에 입에서 입으로, 전화와 전보로 올버니의 「아거스」와 「타임스 유니언」과 라이커거스의 「스타」 같은 신문에 이 끔찍하고 비극적인 뉴스가 전달되었다. 그들은 이 사건에는 분명히 극악무도한 범죄가 숨겨져 있는지도 모른다는 암시도 잊지 않았다.

제3장

맡은 공무를 일단 끝낸 하이트 검시관은 호반 열차로 남쪽으로 이동하면서 앞으로 사건을 어떻게 처리해야 할지 곰곰이 생각했다. 이 비극적 사건에 관해 그다음으로 그가 취할 조치는 무엇일까? 떠나기 전 로버타의 모습을 보았을 때 검시관은 몹시 가슴이 아팠다. 죽은 여자는 너무 젊고 청순하고 예뻐 보였다. 입고 있던 푸른색 서지 드레스가 무겁게 몸에 달라붙어 있고, 아주 조그마한 두 손이 가슴 위에 포개어져 있는 데다 24시간 물속에 담긴 갈색의 머리칼은 아직 젖어 있었지만, 그녀의 모습에서는 살아 있을 때 얼마나 발랄하고 정열적이었는지 어느 정도 짐작할 수 있었다. 이 모든 모습은 범죄와는 아무런 관련 없는 달콤함을 보여 주는 듯했다.

그러나 누가 봐도 서글픈 일이었지만 이 사건에는 하이트의 이해관계에 직결되는 또 다른 문제가 있었다. 직접 빌츠로 가서 편지의 수취인인 올든 부인에게 딸이 죽었다는 끔찍한 소식을 전하고 딸과 같이 있었던 사내의 성격과 소재를 알아봐야 할까, 아니면 먼저 브리지버그의 메이슨 지방 검사의 사무실로 가서 사건의 전모를 알려 주고 아마 점잖은 집안일 것 같은 그 가정에 이 무서운 소식을 전하는 고통스러운 역할을 검사에게 맡겨야 할까? 정치적인 상황도 고려해야 했다. 그 자신이 직접 나서 개인적인 공을 세울 수도 있는 일이었지만 당의 전반적인 문제도 고려하지 않을 수 없었다. 강력한 인물을 전면에 내세워 이 가을에는 당의 후보를 강화해야 하는데, 그런 황금 같은 기회가 이렇게 저절로 굴러온 것이 아닌가. 후자의 길을 택하는 편이 현명할 것 같았다. 그렇게 한다면 그의 친구인 지방 검사에게 더할 나위 없이 좋은 기회를 주는 셈이었다. 그런 기분으로 브리지버그에 도착한 하이트는 육중한 걸음걸이로 지방 검사 오빌 W. 메이슨의 사무실에 들어갔다. 검시관의 태도로 보아 무슨 중대한 일이 생겼다고 직감한 지방 검사는 바짝 긴장하여 앉은 자리에서 일어났다.

　메이슨은 키가 작고 가슴과 등이 딱 벌어진 정력적인 인물이었지만 소년 시절 불행하게도 코뼈를 부러뜨려 인상 좋았던 얼굴이 아주 볼품없고 흉측하게 되어 버렸다. 하지만 사실 그는 결코 흉측한 인물이기는커녕 오히려 낭만적이고 정이 많은 사람이었다. 소년 시절을 가난 속에서 업신여김을 받으며 보낸 그는 어느 정도 사회적 지위를 누리게 되면서부터 자신보다 더 좋은 환경에서 자란 사람들을 지나치게 호강하는구나, 하는 듯한 시선으로 바라보았다. 가난한 농부의 과부 아들이었던 그는 어머니가 집안을 꾸려 가느라 무척 고생하는 것을 지켜보았고, 열두 살이 되면서는 어린아이의 즐거움은 거의 포기한 채 어머니를 도왔다. 그러다가 열네 살 때 스케이트를 타다가 넘어져 코를 다치는 바람에 얼굴이 영원히 볼품없이 되어 버렸다. 그 후 얼굴 때문에 제일 좋아하는 여자아이들을 항상 다른 남자아이들에게 빼앗기면서 그런 경쟁에서 자신이 불리하다는 것을 의식하게 되자 얼굴 상처에 몹시 민감하게 되었다. 그런 민감한 감정 때문에 결국 그는 프로이트 심리학자들이 '정신적 성(性) 상흔'이라고 부르는 것을 품게 되었다.

메이슨은 열일곱 살 때 「브리지버그 리퍼블리컨」지 발행인 겸 편집인의 눈에 띄어 결국은 브리지버그 주재 기자로 마침내 취직했다. 그 후 올버니에서 발행하는 「타임스-유니언」과 유티카에서 발행하는 「유티카 스타」 같은 신문의 캐터라키군 특파원이 되었으며, 열아홉 살이 되던 해는 브리지버그의 전임 판사 데이비스 리초퍼의 법률 사무실에서 법률을 공부하게 되었다. 다시 몇 년 후 변호사 시험에 합격한 메이슨은 몇몇 군 정치가들과 실업가들의 지원으로 주 의회에 진출하여 그곳에 6년 동안 머무르면서 지시대로 움직이는 겸허하면서도 약삭빠른 야심적인 태도 덕분에 고향 후원자들의 인심을 잃지 않으면서도 주 의회 사람들 사이에서 인기를 유지할 수 있었다. 그 후 고향 브리지버그로 돌아온 그는 어느 정도 웅변술에도 능하여 처음에는 4년 동안 지방 검사보의 자리를 지키다가 이어 회계 검사관에 선출되고, 마침내 임기 4년의 지방 검사직에 잇달아 두 번에 걸쳐 선출되었다. 이 지방에서 출세한 그는 꽤 재산 있는 지방 약국 업자의 딸과 결혼하여 두 아이를 두고 있었다.

메이슨은 이번 익사 사건과 관련하여 미스 손더스한테서 모든 내용을 이미 전해 들었고, 검시관처럼 이런 사건의 선전 효과를 이용해 흔들리고 있는 자신의 정치적 입지를 회복시키고 어쩌면 장래 문제도 해결할 수 있을지 모르겠다고 생각하고 있었다. 어쨌든 이 사건에 대한 그의 관심은 이만저만한 것이 아니었다. 그래서 하이트를 보자마자 그는 이 사건에 관한 관심을 노골적으로 드러냈다.

"어떻게 됐나, 하이트 대령?"

"지금 막 빅비턴에서 돌아오는 길이야, 오빌. 검사께서 한동안 바빠질 것 같은 사건으로 온 거라 할 수 있지."

가뜩이나 큰 하이트의 눈이 더 커지면서 그런 무덤덤한 서두보다 훨씬 더 큰 의미를 함축하고 있었다.

"그곳에서 일어난 익사 사건 말이야?" 지방 검사가 되물었다.

"그래, 오빌. 바로 그 사건 말이야." 검시관이 대답했다.

"그게 우발적 사고가 아니라고 생각할 만한 근거라도 있다는 말인가?"

"글쎄, 솔직히 말해서, 오빌, 살인 사건이라는 점에 의심의 여지가 없어." 하이트의 툭 튀어나온 눈에 어두운 빛이 감돌았다. "물론 속단해서는 안 되겠지만. 아직은 나도 그 젊은이의 시체가 그 호수 밑바닥에 없다고는 장담할 수 없으니까 자네에게만 비밀로 말하는 거야. 하지만 내가 보기에 이 사건은 매우 의심쩍은 구석이 있어, 오빌. 적어도 열댓 명의 사람이 보트를 타고 나가서 어제와 오늘 종일토록 호수 남쪽 밑바닥을 훑어 봤지. 젊은 친구들을 시켜 이곳저곳 수심을 재게 해 봤지만 깊이가 7.5미터 넘는 곳은 없어. 그런데도 아직 남자를 찾지 못했거든. 여자는 수색 작업을 시작한 지 겨우 몇 시간만인 어제 한 시경에 찾았는데 예쁘게 생긴 여자야, 오빌. 나이도 아주 어리고. 모르긴 몰라도 아마 열여덟이나 스무 살쯤 되어 보이더군. 여러 가지 의심스러운 정황으로 미루어 보아 남자 시체는 호수에 없을 것 같아. 사실, 이보다 더 끔찍한 범죄 사건은 본 적이 없거든.”

하이트는 그렇게 말하면서 낡아서 불룩해진 리넨 코트의 오른쪽 호주머니를 뒤져 로버타의 편지를 꺼내 지방 검사에게 건네주었다. 지방 검사가 편지를 읽는 동안 그는 의자를 끌어당겨 앉았다.

“그러고 보니 의심할 만하게 보이는군그래.” 편지를 다 읽고 난 지방 검사가 말했다. “아직 남자 시체는 찾지 못했다고 했지. 한데 이 사건에 대해 뭘 좀 알고 있는지 그 부인한테 연락은 해 봤나?”

“아직 연락을 안 했어, 오빌.” 하이트가 생각에 잠겨 천천히 대답했다. “그 이유를 말해 주지. 사실 엊저녁에 내가 어떤 일을 착수하기 전에 먼저 검사 양반과 의논해 보는 게 좋겠다고 생각했거든. 지금 이곳의 정치 상황이 어떤지를 잘 알고 있으니 말이야. 이 사건은 잘만 다루면 이번 가을 여론에 영향을 줄 수 있거든. 물론 범죄를 정치에 이용해선 안 되는 일이지만, 그렇다고 이 사건을 우리에게 유리한 방향으로 다뤄서는 안 될 것도 없지. 그래서 이렇게 찾아와 먼저 검사 양반과 의논해 보는 게 좋겠다는 생각을 한 거야. 물론 자네가 원한다면 그 부인한테는 내가 가지. 하지만 자네가 가서 그 남자가 누구며 어떤 인물인지 직접 알아보는 게 좋지 않을까 생각한 거야. 우리가 이 일을 잘만 해결한다면 이 사건은 정치적으로 큰 의미가 있을 수 있으니까. 이 사건을 해결할 사람은 바로 자네야, 오빌."

"고마우이, 프레드, 고마워." 메이슨은 편지로 책상을 툭툭 치면서 친구를 곁눈질로 보고 엄숙한 목소리로 말했다. "자네 의견을 말해 줘서 고마워. 또 이 사건을 어떻게 처리하는 게 가장 좋을지도 설명해 준 것 같고. 자네 말고 이 편지를 본 사람이 없다는 건 확실한 거야?"

"봉투만 봤을 뿐이야. 그곳 여관 주인 허버드 씨밖에는 본 사람이 없어. 아가씨의 호주머니에서 발견했는데, 내가 도착하기 전에 없어지거나 뜯어 보는 사람이 있을까 두려워 자기가 맡아 뒀다고 했어. 익사자가 생겼다는 소식을 들은 순간, 심상치 않은 일이 있었을지도 모른다는 느낌이 들더라는 거야. 그 사람 말로는 젊은이가 안절부절못했다고, 수상쩍게 행동했다고 했어."

"그것 아주 썩 잘됐군, 프레드. 그렇다면 당분간은 아무한테도 편지 얘기는 하지 않는 게 좋겠어. 물론 당장에 그 부인한테

가 보겠어. 그 밖에 더 뭐 알아낸 것 없어?" 메이슨 검사는 매우 활기를 띠면서 심문조로 말하고 원기 왕성해져서 어느새 친구인 검시관에 대해서도 약간 위압적인 태도를 보였다.

"알아낸 사실이야, 아주 많지." 검시관은 경험이 많은 사람이라는 태도로 엄숙하게 대답했다. "여자의 오른쪽 눈 아래와 왼쪽 관자놀이 위쪽, 그리고 입술과 콧등에 의심스러운 상처 자국이 나 있었어. 불쌍하게도 그 여자는 돌이나 막대기, 호수에 떠 있던 노 같은 그런 물건으로 얻어맞은 것처럼 보였어. 아가씨는 생김새나 몸 크기가 아직 어린애 같았어. 그리고 아주 예쁘게 생겼더군. 지금 곧 설명하겠지만, 품행은 별로 좋은 편이 아니더라고." 이 지점에서 검시관은 큼직한 손수건을 꺼내더니 그것으로 요란스럽게 코를 풀고 나서 점잖게 수염을 닦았다. "의사를 부를 시간이 없었어. 어차피 월요일에 이곳에서 검시하려고 했으니까. 오늘 가서 시체를 운반해 오도록 이미 지시해 놨네. 어쨌든 지금까지 밝혀진 사실 가운데서 가장 의심이 드는 건, 스리마일베이에 사는 두 남자와 한 소년의 증언이야. 세 사람은 목요일 밤 사냥하고 물고기를 잡으려고 빅비턴 쪽으로 걸어가고 있었다는 거야. 얼에게 그 사람들 이름을 적게 해서 월요일 검시 때 소환하기로 했지."

이어 검시관은 우연히 클라이드를 만났다는 세 사람의 증언 내용을 자세히 설명했다.

"저런, 저런!" 검시관의 말에 매우 흥미를 느낀 지방 검사가 내뱉었다.

"또 한 가지 있네, 오빌." 검시관이 말을 이었다. "얼에게 시켜 스리마일베이 여관 경영자와 우체국장과 주재 경찰관에게 전화를 걸게 했는데, 그 청년을 본 것 같은 사람은 스리마일베이에서 샤런으로 운행하는 작은 기선의 선장뿐이더군. 무니 선장이라고, 아마 자네도 알 거야. 그 선장도 소환하라고 얼에게 일러뒀지. 선장 말로는 금요일 아침 샤런으로 가는 첫 배가 떠나기 직전 여덟 시 반쯤 그 젊은이와 인상착의가 매우 비슷한 사람이 여행 가방을 들고 테 없는 모자를 쓴 모습으로─세 증인과 만났을 때는 밀짚모자를 쓰고 있었다더군─배에 올라 운임을 치르고 샤런에서 내렸다는 거야. 선장 말로는 잘생긴 청년이라더군. 상류 사회 젊은이처럼 옷을 잘 차려입고 매우 민첩한 데다 쾌나 도도하더래."

"그래, 잘 알겠어." 메이슨이 대꾸했다.

"또 얼에게는 샤런에 전화를 걸어서─아무라도 좋으니─그 청년이 그곳에서 내리는 것을 본 사람이 있는지 알아보게 했어. 내가 어젯밤 그곳을 떠날 때까지는 그 청년을 기억하는 사람이 나타나지 않았거든. 하지만 청년의 인상착의를 인근 일대의 휴양지 호텔과 역에 전보로 알려서 그가 근처에 나타날 때 대비케 하도록 얼에게 지시를 해 놨네. 자네가 그러길 원할 것 같아서 말이야. 하지만 건롯지 역에 여자가 맡긴 가방을 찾아야 하니까 영장을 발부해 줬으면 좋겠어. 그 속에 무슨 단서가 들어 있을지도 모르니까. 가방은 내가 직접 찾으러 가겠네. 그러고 나서 난 즉시 그래스 호수와 스리마일베이와 가능하면 샤런까지 가서, 또 무슨 단서가 될 만한 게 있는지 알아보겠어. 하지만 오빌, 이건 명백한 살인 사건이야. 그 여자를 그래스 호수 호텔로 데려갔다가 빅비턴에서는 다른 이름을 사용하고, 또 여자에게 가방을 두고 가게 하면서 자기 가방은 갖고 간 것만 봐도 알 수 있거든!" 하이트는 자못 근엄한 표정을 짓고 고개를 저었다. "그런 짓은 선량한 젊은이가 해선 안 되지, 오빌. 한데 이해할 수 없는 건, 어떻게 그 아가씨의 부모가 딸이 자기들도 모르는 남자와 함께 그런 곳에 가도록 그냥 내버려 뒀는지 하는 점이야."

"맞는 말이야." 메이슨은 검시관의 말에 약삭빠르게 맞장구를 쳤다. 마음속으로는 이 사건에서 여자의 행실이 그렇게 모범적이지 않았다는 것과 적어도 부분적이나마 확인된 사실에 꽤 호기심을 느끼고 있었다. 이거야말로 간음이 아닌가! 그리고 상대는 남쪽 어느 대도시의 상류 가정의 청년인 게 분명했다. 이 사건과 관련해 그 자신의 활동에 세상의 이목이 쏠릴 것은 불을 보듯 뻔한 일이 아닌가! 검사는 힘이 막 솟구쳐 자리에서 벌떡 일어났다. 잔인한 살인 사건에 대해 여론이 들끓고 있는 상황에서 비열한 범인을 잡을 수만 있다면! 8월의 군에 있을 당 대회와 후보자 지명. 그리고 가을 선거가 있지 않은가.

"아, 이거 참 놀랍군!" 그가 내뱉었다. 신앙심이 깊고 보수적인 하이트 앞이라 그는 이보다 더 심한 표현은 삼갔다. "우린 지금 분명히 중대한 사건을 좇고 있는 걸세, 프레드. 정말 그런 생각이 들어. 내가 보기엔 아주 음흉한, 지옥에 떨어질 만한 사건이야. 우선 전화로 그곳에 올든이라는 집안이 있는지, 있다면 어디 사는지부터 알아봐야겠어. 자동차로 곧장 가면 아무리 멀어도 아마 80킬로미터도 채 안 될걸. 물론 도로 사정은 나쁘지만." 그러고 나서 검사가 덧붙였다. "가엾은 부인. 그 부인을 만나는 게 두렵군. 고통스러운 일이거든."

이어 메이슨은 질러를 불러 빌츠 근처에 타이터스 올든이라는 사람이 살고 있는지 확인해 보도록 일렀다. 또 어떻게 그곳에 갈 수 있는지도 정확히 알아 두라고도 일렀다. 그러고 나서 그는 다시 입을 열었다. "우선 버턴부터 불러와야겠어." 버턴이란 그의 법률 조수 버튼 벌리로 마침 주말 휴가 중이었다. "그래서 내가 그 불쌍한 부인을 만나러 가서 없는 동안 자네에게 영장 발부 같은 일을 맡아야 할 테니까. 그리고 프레드, 자네는 얼을 시켜 그 가방을 찾아오게 해 주게나. 난 피해자의 아버지를 데리고 와서 시체의 신원을 확인하겠어. 어떻든 내가 돌아올 때까지 이 편지에 관해서나, 내가 그곳으로 갔다는 사실은 절대로 입 밖에 내면 안 되네." 메이슨 검사는 검시관의 손을 잡았다. 그는 자기에게 맡겨진 사명의 중대성을 의식해서 조금 의연한 자세를 취하며 말을 이었다. "프레드, 우선 자네에게 고맙다는 말을 해야겠네. 이 일은 잊지 않겠어. 그건 자네도 알고 있을 테지?" 그는 오랜 친구인 검시관의 눈을 똑바로 바라보았다. "이일이 우리가 생각하는 것보다 뜻밖의 좋은 결과를 가져올지도 모르네. 내 임기 중 이런 중대한 사건이 일어난 건 이번이 처음인 것 같군. 이번 가을에 일이 일어나기 전에 사건을 신속히, 그리고 만족스럽게 처리할 수만 있다면 우리 모두에게 득이 될지 몰라. 안 그런가?"

"물론이지, 오빌. 그렇고말고." 프레드 하이트가 맞장구를 쳤다. "아까도 말했듯이 이런 일에 정치를 결부시켜선 안 되겠지만, 이왕 사건이 이런 식으로 일어났으니……." 그는 생각에 잠기듯 말을 멈췄다.

"그러는 동안 말일세." 지방 검사는 다시 말을 이었다. "얼에게 보트와 노와 모자가 발견된 정확한 위치를 사진으로 찍고, 시체가 발견된 위치를 표시해 놓도록 지시하게. 그리고 증인은 될수록 많이 소환토록 하지. 지출 관계 전표들은 회계과로 돌려놓을 테니까. 내일이나 월요일에는 나도 합류하겠네."

그러고 나서 메이슨은 하이트의 오른손을 꼭 잡고 나서 다시 그의 어깨를 두드렸다. 하이트는 지금까지 자기가 취한 여러 조치가 매우 만족스럽고 그 결과 장래에 대한 희망이 생겨 괴상하게 생긴 밀짚모자를 집어 들고 헐렁한 얇은 윗옷 단추를 채우면서 자기 사무실로 돌아가 충실한 부하 직원인 얼에게 장거리 전화를 걸어 지시 내용을 전달하고 자기는 지금 사건 현장으로 돌아가겠다고 알렸다.

제4장

오빌 메이슨은 첫눈에도 자신처럼 산전수전을 겪은 것처럼 보이는 가족에 대해 쉽게 동정심을 느낄 수 있었다. 토요일 오후 네 시경 그가 공용 자동차로 브리지버그에서 그 허름한 낡은 농가에 도착해 보니 셔츠 바람에 작업복을 걸친 타이터스 올든이 얼굴과 몸에 인생의 패배자라는 사실을 늘 의식하는 사람의 분위기를 풍기면서 언덕 아래 돼지우리에서 올라오고 있었다. 메이슨은 브리지버그를 떠나기 전 미리 전화를 걸지 않은 걸 후회했다. 이런 사람이 딸이 죽었다는 소식을 들으면 너무도 엄청난 충격을 받을 것이기 때문이었다. 한편 타이터스는 아마 길을 물으러 온 사람일 것이라 생각하면서 공손한 태도로 그에게 다가갔다.

"타이터스 올든 씨입니까?"

"네, 그렇습니다만. 내 이름이 올든이요."

"올든 씨, 저는 메이슨이라고 합니다. 브리지버그에서 온 캐터라키군 지방 검사입니다."

"네, 그렇군요." 타이터스는 무슨 묘한 인연으로 그렇게 멀리 떨어진 군의 지방 검사가 여기까지 찾아와 자기 이름을 묻고 있을까, 하고 생각하고 있었다. 메이슨은 어떻게 말을 꺼내야 할지 몰라 타이터스를 바라보았다. 그가 알려야 할 끔찍한 소식은 누가 봐도 마음 약한 이런 사람이 감당해 낼 만한 것이 못 되었기 때문이다. 두 사람은 집 앞에 있는 커다란 검은 전나무 밑에 서 있었다. 먼 태곳적처럼 바람이 바늘잎 사이를 스치며 속삭이고 있었다.

"올든 씨!" 메이슨은 평소보다 근엄하고 부드러운 말투로 입을 열었다. "혹시 버트, 아니면 올버타라는 따님이 있으신지요? 제가 이름을 올바로 알고 있는지 잘 몰라서요."

"로버타요." 타이터스 올든은 무엇인가 불길한 예감을 느끼면서 이름을 고쳐 주었다.

메이슨은 알고 싶어 하는 모든 것을 이 농부가 두서 있게 말할 수 없게 될까 두려워 곧바로 질문을 던졌다. "한데 혹시 이 근처에 사는 클리퍼드 골든이라는 젊은이를 아시는지요?"

"그런 이름은 들어 본 적이 없습니다." 타이터스가 천천히 대답했다.

"아니면 칼 그레이엄은요?"

"아뇨, 그 이름도 처음 들어 봅니다."

"저도 그렇게 생각했습니다." 메이슨은 타이터스보다는 자기 자신에게 말하는 것처럼 큰 소리로 말했다. "그건 그렇고요." 그는 이번에는 날카롭게 명령조로 물었다. "따님은 지금 어디 있습니까?"

"그야 지금 라이커거스에 있습죠. 그곳에서 일하니까요. 그런데 왜 그건 묻는 거죠? 그 애가 해서는 안 되는 무슨 짓이라도 저질렀나요? 어떤 일로 검사님을 찾아갔었나요?" 그는 잿빛이 도는 푸른색 눈에 불안한 빛을 띠면서도 억지로 미소를 지어 보였다.

"잠깐만요, 올든 씨." 메이슨은 부드러우면서도 단호한 어조로 효율적으로 말을 이어 나갔다. "곧 모든 걸 다 설명하겠습니다. 우선 몇 가지 필요한 질문을 드려야겠습니다." 그는 진지하면서도 동정적인 눈길로 타이터스를 바라보았다. "따님을 마지막으로 본 게 언제입니까?"

"글쎄요, 라이커거스로 돌아간다고 지난 화요일 아침에 이곳을 떠났어요. 그리피스 칼라-셔츠 회사에 다니거든요. 그런데……."

"자, 잠깐만요." 지방 검사가 단호하게 말했다. "곧 모든 걸 다 설명해 드리겠습니다. 그래, 따님은 혹시 주말이라 집에 돌아와 있었겠지요. 그렇습니까?"

"한 달가량 휴가를 얻어 와 있었습죠." 타이터스는 또박또박 천천히 대답했다. "몸 상태가 별로 좋지 않아서 집에 내려와 좀 쉬었습니다. 하지만 떠날 때는 괜찮았어요. 검사님, 설마 그 애에게 무슨 일이 있다고 말하려는 건 아니겠죠?" 그는 알고 싶다는 초조한 몸짓으로 햇볕에 그을린 긴 손을 턱과 뺨으로 가져갔다. "무슨 그런 일이 있다는 생각이 들었다면……." 그는 성긴 잿빛 머리칼을 손가락으로 빗질했다.

"따님이 떠난 뒤로 무슨 소식이 있었는지요?" 메이슨은 그에게 결정적인 충격을 주기 전에 될수록 필요한 정보를 알아내기 위해 부드럽게 말을 이어 나갔다. "라이커거스가 아닌 다른 곳에 간다고는 하지 않았나요?"

"아닙니다, 검사님. 그런 말은 듣지 못했습니다. 설마 그 애가 다친 건 아니겠죠? 설마 무슨 짓을 해서 문제가 생긴 건 아니겠죠? 그럴 리가 없죠. 하지만 검사님이 그렇게 물어 대니! 또 묻는 말투를 보면……." 농부는 이제 몸을 조금 떨고 있었고, 핏기 없는 엷은 입술을 더듬고 있던 손은 무의미하게 입 언저리에서 눈에 띄게 움직이고 있었다. 그러나 메이슨은 대답 대신 로버타가 어머니에게 보내려고 쓴 편지를 호주머니에서 꺼내어 봉투의 필적만을 보여 주면서 물었다. "따님 필적이 맞습니까?"

"네, 맞아요, 검사님. 제 딸애 글씨입니다." 타이터스가 목소리를 조금 높여 대답했다. "한데, 검사님, 도대체 무슨 일입니까? 이 편지가 어떻게 검사님 손에 있습니까? 무슨 내용이 쓰여 있습니까?" 타이터스는 불안한 듯 두 손을 움켜쥐었다. 농부는 메이슨의 눈에서 어떤 비극적 사건을 분명히 예감하고 있었다. "이게, 이게 무슨 편지인가요? 이 편지에 딸애가 뭐라고 썼습니까? 딸아이한테 무슨 일이 일어났다면 어서 말해 주십시오!" 그는 마치 도움을 청하려 집 안으로 들어가 아내에게 자신이 느끼고 있는 두려움을 말하려고 하는 것처럼 안절부절못하며 주위를 둘러보았다. 한편 메이슨은 농부가 자기 때문에 몹시 고통받는 것을 보자 그의 두 팔을 꼭, 그러나 다정하게 붙잡고 말을 시작했다.

"올든 씨, 지금이야말로 우리가 살면서 맞게 되는 가장 불행한 시간 중 하나로 온갖 용기가 필요한 때입니다. 저도 산전수전 다 겪었기 때문에 아저씨가 고통을 받으리라는 걸 잘 알기에 말씀드리기 주저하는 겁니다."

"그 애가 다쳤군요. 어쩌면 죽었는지도 모르죠." 눈의 동공이 크게 부풀어 오르면서 타이터스가 날카로운 목소리로 부르짖었다.

그러자 오빌 메이슨은 고개를 끄덕였다.

"로버타! 우리 첫아이! 하나님! 오, 하나님!" 그는 마치 얻어맞은 것처럼 휘청거리더니 옆에 있는 나무에 기대서서 몸을 가누었다. "어떻게 된 겁니까? 어디에서요? 공장에서 기계에 의한 사고인가요? 오, 하나님 맙소사!" 그가 아내한테로 가려는 듯 돌아서자 코에 상처가 있는 건장한 지방 검사가 그를 붙들었다.

"잠깐만요, 올든 씨, 잠깐만요. 아직 부인한테 가셔선 안 됩니다. 물론 끔찍하고 괴로우시겠죠. 하지만 제가 설명해 드릴 말씀이 있습니다. 라이커거스에서 그렇게 된 게 아닙니다. 또 기계에 의한 사고도 아니고요. 그런 게 아니죠! 그게 아닙니다. 물에 빠져 죽은 겁니다. 빅비턴 호수에서 말입니다. 따님은 지난 목요일 그곳으로 놀러 갔던 겁니다. 아시겠어요? 제 말 듣고 계신 거예요? 목요일에 말입니다. 목요일에 빅비턴에서 보트를 타다 익사한 거예요. 보트가 뒤집힌 겁니다."

이쯤 되자 타이터스의 흥분한 몸짓과 말 때문에 당황한 지방 검사는 설사 로버타의 익사 사건을 우연한 사고로 가정한다고 해도 그 경위를 차근차근 설명할 도리가 없었다. 메이슨의 입에서 로버타가 죽었다는 말이 나온 순간부터 올든은 심한 정신 착란 상태에 빠져 있었다. 그는 처음에는 몇 마디 질문하더니 충격으로 호흡이 곤란해졌는지 짐승 같은 신음을 내기 시작했다. 그러면서 동시에 고통에 못 이기는 사람처럼 몸을 앞으로 구부렸다. 그러고 나더니 손뼉을 '탁' 치고는 두 손을 양쪽 관자놀이로 가져갔다.

"우리 로버타가 죽었다고! 우리 딸이! 아, 그럴 리가, 그럴 리가 없어요. 로버타! 오, 하나님! 물에 빠질 리가 없어요! 그럴 리가 없고말고! 그 애 어미는 한 시간 전에도 그 애 말을 하고 있었죠. 이 말을 들으면 아내는 금방 죽을 거요. 나도 못 살 것 같은데. 암, 어떻게 살겠어. 아, 불쌍한 우리 딸. 귀엽고 예쁜 우리 딸! 검사님, 내겐 이런 일을 감당할 힘이 없어요."

올든은 메이슨의 두 팔에 육중한 몸을 힘없이 기댔지만 메이슨은 있는 힘을 다해 그를 부축했다. 그러더니 잠시 뒤 올든은 고개를 돌려 완전히 미친 사람처럼 의심스러운 눈길로 정신없이 집의 앞문을 응시했다. "집사람에게는 누가 말합니까?" 그가 물었다. "누가 어떻게 집사람에게 말할 수 있나요?"

"하지만 올든 씨." 메이슨이 그를 위로했다. "아저씨를 위해서도, 또 부인을 위해서도 진정하시고 제가 이 문제를 진지하게 고려하도록 도와주시길 부탁드립니다. 따님에게 일어난 일이 아니라 해도 그렇게 하듯 말입니다. 이 사건에는 제가 지금까지 말씀드릴 수 있었던 것보다 훨씬 더 많은 사실이 얽혀 있습니다. 그러니 마음을 가라앉히셔야 해요. 그리고 제가 설명드리도록 해 주셔야 합니다. 이건 끔찍한 일이고, 이런 일을 당한 아저씨께 전적으로 동정을 금치 못합니다. 저도 아저씨 심정을 잘 아니까요. 하지만 아저씨가 알아 두셔야 할 끔찍하고 고통스러운 사실이 몇 가지 있어요. 그러니 제 말 잘 들어 보십시오. 잘 들으시라고요."

그러고 나서 메이슨은 여전히 타이터스의 팔을 잡은 채 로버타의 죽음에 관련된 여러 추가적인 사실과 의혹을 될수록 빠르고 힘 있게 설명하고 나서 마침내 편지를 읽어 보라고 내주면서 결론을 말했다. "이건 범죄예요! 살인 범죄란 말입니다, 올든씨! 브리지버그에선 이것을 살인 사건이라고 보고 있어요. 적어도 우린 그렇게 생각하고 있습니다. 올든 씨, 이 사건과 관련해 냉혹한 진실을 말한다면 명백한 살인입니다." 그는 말을 멈췄다. 한편 올든은 이 말에 ─ 범죄가 연루되어 있다는 말에 ─ 충격을 받고 무슨 말인지 전혀 이해가 가지 않는 사람처럼 멍하니 앞만 바라보고 있었다. 그가 멍하니 바라보는 동안 메이슨이 다시 말을 이었다. "아저씨의 심정은 충분히 이해합니다만, 군의 사법 책임자로서 전 아저씨나 아주머니 또는 그 밖의 다른 가족들이 클리퍼드 골든, 칼 그레이엄, 또는 누구든 따님을 호젓한 호수로 유인한 그 남자에 관해 아는 사실이 있는지 알아내려고 오늘 찾아온 겁니다. 올든 씨, 아저씨가 겪고 계신 말할 수 없는 괴로움은 이해합니다만, 우리가 이 사건을 해결할 수 있도록 도와주시는 게 아저씨의 바람이자 의무라고 생각합니다. 그 편지를 보면 적어도 부인께서는 그 사람에 대해 뭔가, 이름만이라도 아실 것 같습니다." 그는 의미심장하고 다급하게 편지를 톡톡 쳤다.

자신의 딸에게 폭력과 범죄가 자행되었을지도 모른다는 암시를 받은 순간, 타이터스는 타고난 동물적 본능과 함께 호기심, 분노, 범인을 붙잡아야겠다는 본능이 고개를 들면서 지방 검사의 말에 묵묵히 귀를 기울일 수 있을 정도로 마음의 평정을 되찾았다. 그의 딸은 단순히 익사한 것이 아니라 이 편지에 따르면 그녀가 결혼하려고 마음먹고 있던 어떤 젊은이에 의해 살해된 것이 아닌가! 그런데도 아비라는 사람은 그런 젊은 놈이 있다는 것조차 모르고 있었다니! 그의 아내는 알고 있는데 그가 모르고 있었다는 게 이상했다. 로버타 또한 그가 아는 걸 원치 않았다는 것도 말이다.

그러자 즉시 타이터스의 마음속에 여자를 유혹하고는 버린 어떤 도시 청년이 — 아마 돈이 있는 집안 아들이겠지만— 로버타가 라이커거스로 간 뒤 만났고 결혼을 빙자해서 그녀를 유혹한 청년이 떠올랐다. 그런데 이런 생각은 주로 신앙심과 인습적인 생각, 그리고 시골 사람들이 도시 생활과 그 알 수 없는 사악한 생활 태도를 불신하는 것에 바탕을 둔 것이었다. 그러자 곧

바로 그의 마음속에는 자기 딸에게 이런 가공할 범죄를 저지른 범인에 대한 무서운 복수심이 불길처럼 타올랐다. 악당! 겁탈자! 살인자!

이곳 시골 마을에서 타이터스 올든 부부는 로버타가 라이커거스에서 집안을 돕고 자립하려고 조용하고 진지하며 행복한 마음으로 힘들지만 정직한 생활을 하고 있는 것으로 믿고 있었다. 그런데 목요일 오후부터 금요일까지 로버타의 시체는 호수 밑바닥에 누워 있었던 것이다. 딸애의 끔찍한 사태도 전혀 모른 채 그들은 침대에서 편안히 잠을 자거나 일어나서 활보하고 다녔다. 지금 로버타의 시체는 생전에 그녀를 그토록 아끼던 그 누구도 옆에 있지 않은 채 어느 낯선 방이나 시체실에 누워 있었다. 그리고 이튿날이면 관리들이 사무적이고 무관심한 태도로 그 애를 브리지버그로 옮길 것이다.

"만약 하나님이 살아 계신다면 반드시 그런 악한 놈에게 벌을 내려 주실 거야!" 타이터스는 흥분하여 고함을 질렀다. "암, 벌을 주시고말고!" 여기서 그는 갑자기 성경 한 구절을 인용했다. "'의인이 버림받는 것과 그의 자손이 구걸하는 것을 보지 못하였다'" 동시에 그는 무엇인가 행동해야 한다는 충동에서 덧붙였다. "지금 즉시 집사람에게 말해야겠소. 암, 말을 해야 하고말고. 아니요, 아니요. 검사님은 여기서 기다려 줘요. 내가 먼저 혼자 가서 집사람에게 말을 해야겠소. 곧 돌아오겠소. 곧 돌아올 테니 여기서 기다리시오. 집사람이 알면 아마 까무러칠 겁니다. 그래도 집사람이 이 사실을 알아야죠. 어쩌면 집사람이 그놈이 누군지 알지도 모르니까 멀리 도망가기 전에 잡을 수 있을 겁니다. 아, 불쌍한 우리 딸! 불쌍한 로버타! 착하고 효성스럽던 우리 딸!"

타이터스는 눈과 얼굴에 반쯤은 제정신이 아닌 슬픈 빛을 띠고 두서없이 중얼중얼하면서 돌아서더니 앙상하게 야윈 몸으로 자동인형처럼 비틀비틀 걸으면서 이튿날이 일요일이라 아내가 여분의 음식을 만들고 있는 본채에 붙여 지은 별채 쪽으로 다가갔다. 그러나 일단 그곳의 문간에 이르자 그는 이제 더 걸음을 옮겨 놓을 용기가 나지 않았다. 그의 모습은 무자비하고 설명할 수 없으며 무관심한 삶의 폭력 앞에서 어찌할 바 모르는 인간의 애절함을 웅변적으로 말해 주고 있었다!

올든 부인은 고개를 돌려 남편이 괴로운 표정을 짓고 있는 것을 보자 힘없이 두 손을 아래로 떨어뜨렸다. 남편의 표정을 보는 순간 그녀의 눈에서도 순박하고 고달프지만 평화스럽던 표정이 금방 사라져 버렸다.

"여보! 어머! 왜 그러세요?"

그는 두 손을 위쪽으로 들어올리고 입을 반쯤 벌리더니 이상야릇한 빛을 띤 눈을 무의식중에 좁혔다 크게 떴다 하다가 마침내 이렇게 내뱉었다. "우리 로버타가!"

"그 애가 어떻게 됐냐는 거예요? 어떻게 됐냐고요? 여보, 도대체 그 애한테 무슨 일이 일어난 거예요?"

그러나 남편은 아무 말이 없었다. 입과 눈과 손에 계속 경련을 일으킬 뿐이었다. 그러고 나서……. "그 애가 물에 빠져 죽었소!" 타이터스는 문 안쪽에 있는 벤치에 그만 털썩 주저앉았다. 처음에는 무슨 말인지 잘 알아듣지 못하던 올든 부인은 남편의 말뜻을 충분히 알아차리자 한마디 말도 없이 의식을 잃고 바닥에 쓰러졌다. 타이터스는 아내를 보며 마치 '잘됐소. 차라리 그게 좋겠소. 잠시나마 이 끔찍한 사실을 잊을 수 있으니까'라고 말하듯 고개를 끄덕였다. 이어 그는 느린 동작으로 일어나 아내한테로 다가가 그녀 옆에 무릎을 꿇고 아내의 몸을 편안하게 눕혀 주었다. 그리고 나서 그는 느린 걸음으로 밖으로 걸어 나가 집 앞쪽으로 갔다. 그곳 부서진 층계 위에 오빌 메이슨이 앉아 서쪽으로 기울어진 오후의 해와 더불어 이 외롭고 무능한 농부가 아내에게 말하고 있을 불행한 일을 생각하고 있었다. 메이슨은 순간 차라리 이 사건이 일어나지 않았더라면 좋았을 것이라고—비록 자신에게는 아무리 도움이 되는 일이라고 해도 말이다—생각하고 있었다.

타이터스 올든의 모습을 보자 메이슨은 벌떡 일어나 해골같이 여윈 농부를 앞질러 별채 안으로 들어갔다. 딸만큼이나 몸매가 가냘픈 올든 부인이 의식을 잃고 축 처져 누워 있는 것을 보자 메이슨은 억센 두 팔로 그녀를 안아 올려 식당을 지나 거실로 가서 그곳에 있는 낡은 소파 위에 눕혀 놓았다. 그는 올든 부인의 맥을 짚어 보고 물을 뜨러 가면서 누군가 이 집의 아들이나 딸, 아니면 이웃 사람이 없을까 하고 찾아보았다. 그러나 아무도 발견하지 못하자 그는 물을 갖고 급히 돌아가서 부인의 얼굴과 손에 좀 끼얹었다.

"이 근처에 의사가 있습니까?" 메이슨이 아내 옆에 무릎을 꿇고 있는 타이터스에게 물었다.

"빌츠에 있소. 네, 있어요. 크레인 의사 선생이라고."

"전화 있나요? 아니면 이 근처에 전화 있는 집이라도요?"

"윌콕스 씨 집에 있어요." 그는 로버타가 최근까지만 해도 전화를 사용하던 윌콕스 씨 집 쪽을 가리켰다.

"부인을 지켜보십시오. 제가 갔다 오겠습니다."

메이슨은 곧바로 집에서 나가 크레인이든 누구든 의사를 부르러 갔다가 이내 윌콕스 씨와 윌콕스 씨의 딸과 함께 돌아왔다. 이어 기다리고 또 기다리자 이웃 사람들이 모여들기 시작했다. 마침내 크레인 의사가 도착하자 그는 의사에게 이날 이곳에 찾아온 수수께끼 같은 사건을 올든 부인과 상의해도 되겠느냐고 물어보았다. 메이슨 씨의 법관다운 근엄한 태도에서 강한 인상을 받은 크레인 의사는 그러는 게 가장 좋겠다고 말했다.

마침내 헤로인 주사를 맞고 옆에 있는 모든 사람들의 위로와 격려를 받으면서 올든 부인은 천천히 어떤 상황인지 설명을 들을 만큼 기력을 회복했다. 이어 부인은 로버타가 편지에서 말한 수수께끼의 인물이 누구냐는 질문을 받았다. 크리스마스 때 꼭 한번 딸이 자기에게 특별한 관심을 두고 있다고 말한 사실에 비춰 부인이 기억할 수 있는 사람은, 라이커거스의 부호인 새뮤얼 그리피스의 조카로 로버타가 일하는 부서의 책임자인 클라이드 그리피스였다.

그러나 그 사실만으로는 그런 유명 인사의 조카를 로버타의 살해범으로 단정할 수는 없다고 메이슨이나 올든 부부는 즉시 생각했다. 엄청난 재산! 그리고 사회적 지위! 어마어마한 혐의 제기에 직면하여 메이슨은 잠시 멈추고 다시 생각해 보지 않을 수 없었다. 그가 생각하기에 그런 남자와 로버타 같은 여자와는 신분 격차가 너무나 컸기 때문이다. 설령 그렇다 치더라도 그럴 수도 있다는 생각이 들었다. 그럴 가능성이 없다고 어떻게 단정할 수 있단 말인가? 그렇게 지위가 확실하고 또 검시관 프레드 하이트의 말대로 아주 잘생긴 청년이라면, 오히려 다른 젊은이들보다 더 로버타 같은 여자에게 남몰래 흑심을 품을 수 있지 않을까? 로버타는 그의 큰아버지 공장에서 일하지 않았던가? 그리고 그녀는 가난하지 않았던가? 게다가 프레드 하이트의 설명에 따르면, 로버타는 살인 현장에 같이 있었던 그 남자와 결혼식을 올리기도 전에 주저하지 않고 동거하고 있었다. 돈 많고 세련된 젊은이는 으레 그런 식으로 가난한 처녀를 농락하지 않는가? 어려서 부자들에게 설움을 받은 그에게는 이런 생각이 아주 그럴듯하게 여겨졌다. 비열한 부자 놈들! 피도 눈물도 없는 부자 놈들! 그런데 지금 여기에 있는 이 아가씨의 부모는 딸의 순결한 마음과 덕성을 아주 굳게 믿고 있었다.

메이슨은 올든 부인에게 질문을 계속했지만 그녀는 이 젊은이를 본 적도 없고, 다른 청년들에 관해서는 딸에게서 들은 적이 없다는 사실밖에는 알아내지 못했다. 부인이나 남편에게서 더 알아낼 수 있었던 것이 있다면, 로버타는 지난 한 달 동안 집에 와 지내는 동안 몸 상태가 좋지 않아 풀이 죽어 있거나 자리에 누워 있을 때가 많았다는 사실뿐이었다. 그 밖에 또 밝혀진 것은, 로버타가 편지를 여러 통 써서 집배원에게 맡기거나 아래쪽 십자로에 있는 우편함에 넣었다는 사실이었다. 올든 부부는 그 편지들을 누구 앞으로 부쳤는지 모르고 있었지만, 메이슨은 집배원이 알고 있을 거라는 생각이 금방 들었다. 또한 로버타는 집에 와 있는 동안 적어도 옷가지를 네 벌 만드느라 바빴다고 했다. 그리고 집에 와 있는 기간 후반에는 타이터스가 윌콕스 씨에게서 전해 들은 말이지만 베이커 씨라는 사람한테서 전화가 몇 번 걸려 왔다고도 했다. 그리고 그녀는 떠날 때 집에 가지고 왔던 짐, 즉 작은 트렁크와 가방만 들고 갔다는 것이다. 트렁크는 로버타가 직접 역에서 탁송했지만 라이커거스 말고는 어디로 보냈는지 타이터스는 알 수 없었다.

그러나 베이커라는 이름에 의미를 부여하고 있던 메이슨은 '클리퍼드 골든, 칼 그레이엄, 클라이드 그리피스'라는 이 세 이름의 머리글자가 모두 'C. G.'로 같으며 하나같이 발음하기 편한 이름이라는 사실에 생각이 미치자 갑자기 몸을 움찔했다. 만약 그 클라이드 그리피스라는 사람이 이 범죄와 아무 관련이 없다면 놀라운 우연의 일치가 아닌가! 그는 즉시 우편 집배원에게 찾아가 알아보고 싶어졌다.

타이터스 올든은 로버타의 시체와 그녀가 건롯지에 맡긴 가방의 내용물을 확인하기 위해서뿐만 아니라 집배원에게 거리낌 없이 말을 하게 한다는 점에서도 중요했기 때문에 메이슨은 그에게 내일은 꼭 돌려보낼 테니 옷을 입고 같이 가자고 부탁했다.

메이슨은 올든 부인에게 이 사건에 관해 아무에게도 말하지 말라고 주의를 준 뒤 집배원에게 물어보기 위해 우체국으로 갔다. 집배원은 전류라도 통한 시체처럼 지방 검사 옆에 서 있는 타이터스 앞에서 로버타가 지난번 집에 왔을 때 그에게 맡긴 편지는─자그마치 12통에서 15통이나 되었다─하나같이 모두 라이커거스의 우체국의 유치(留置) 우편으로 되어 있었는데, 수취인은─가만 있자, 누구였더라─옳지, 다름 아닌 클라이드 그리피스였다고 기억을 되살렸다. 지방 검사는 곧 배달원을 그 지방 공증인 사무소로 데려가서 진술서를 작성한 후 사무실에 전화를 걸어 로버타의 시체가 브리지버그에 와 있는 것을 확인하고는 그곳을 향해 최대한 속도를 내어 자동차를 몰았다. 일단 그곳에 도착하자 그는 타이터스, 버튼 벌리, 하이트, 얼 뉴콤과 함께 로버타의 시체 앞에 섰다. 타이터스가 반은 미친 상태에서 딸의 이목구비를 살펴보고 있는 동안 메이슨은 우선 피해자가 과연 로버타 올든인지, 그 뒤에는 그녀가 그래스 호수의 숙박부에서 알 수 있듯 그런 난잡한 남자관계를 가질 수 있는 여자로 간주해야 할지를 직접 결정할 수 있었다. 메이슨은 그녀가 그런 방탕한 여자는 아니라고 판단했다. 그러고 보니 이번 사건에는 살인은 물론이고 교활하고 간악한 유혹 행위가 연루되어 있었다. 아, 악한 같은 놈! 그런데도 아직 잡히지 않고 오리무중이 아닌가. 그가 부유층에 느끼는 사회적인 분노 앞에서는 사건에 관련된 정치적인 이해관계도 거의 빛을 잃었다.

그러나 그날 밤 열 시, 루츠 브라더스 장의사 영안실에서 이

사자(死者)와 특별히 만나면서 메이스에게서 편견을 벗어난 공정한 의견, 심지어 법적인 의견 같은 것도 거의 기대할 수 없게 되었다. 타이터스 올든은 딸의 시체 옆에서 무릎을 꿇고 열병에 걸린 듯한 분노의 눈으로 긴 갈색 머리칼이 드리워진 핏기가 없는 딸의 얼굴을 들여다보면서 그녀의 차가운 작은 손을 자기 입술에 갖다 대고 있었다. 영안실에서 이런 모습을 보고 있는 모든 사람의 눈에도 눈물이 흥건히 젖어 있었다.

이제 타이터스 올든은 이런 상황에 자못 낯설고 극적인 분위기를 불어넣었다. 장의사를 경영하는 루츠 형제가 이웃에서 자동차 수리 공장을 경영하는 세 친구와 브리지버그의 「리퍼블리컨」지의 대표인 에버릿 비커, 「데모크래트」지의 편집인 겸 발행인 샘 택선과 함께 장의사 차고로 통하는 옆문 창 너머로 경외심을 느끼며 머리들 사이로 안쪽을 기웃거리고 있자, 타이터스는 벌떡 일어나 미친 사람처럼 메이슨의 앞으로 다가가더니 외쳤다. "이런 짓을 한 나쁜 놈을 꼭 잡아 주십시오, 검사님. 착하고 순결한 딸애가 고통을 겪은 만큼 그놈도 고통을 겪게 해 주시오. 제 딸은 살해된 겁니다. 더 무슨 설명이 필요하겠습니까? 살인자가 아니고 누가 처녀를 그런 호수로 유인해서 보시다시피 저렇게 때릴 수가 있겠습니까?" 그는 죽은 딸을 향해 손짓했다. "나한테는 그런 비열한 놈의 유죄를 입증하는 데 도울 만한 돈이 없습니다. 하지만 힘써 보겠어요. 농장이라도 팔겠습니다."

타이터스는 목이 메어 말을 잇지 못하더니 다시 로버타 쪽으로 돌아설 때는 곧 쓰러질 듯했다. 이처럼 딸을 잃은 아버지의 상심과 복수심에 감동한 오빌 메이슨은 한 걸음 앞으로 나서면서 외쳤다. "이리로 오십시오, 올든 씨. 이 피해자가 당신의 따님이라는 걸 우리는 알았습니다. 이 자리에 계시는 모든 신사분을 증인으로 선언합니다. 만약 따님이 과연 살해되었다고 밝혀지는 날에는─지금으로서는 그렇게 보입니다만─올든 씨, 저는 이 군의 지방 검사로서 범인을 끝까지 추적해서 당국에 인도할 때까지 돈과 시간과 노력을 아끼지 않을 걸 엄숙하게 약속드립니다! 그리고 캐터라키군의 정의가 제가 믿는 정의와 같은 것이라면, 범인을 우리 군의 법정이 소환하는 배심원에게 맡기셔도 됩니다. 그러니 농장을 파실 필요는 없습니다."

메이슨 씨는 쉽게 흥분하지만 절실한 감정인 데다가 이 사건에 전율을 느끼고 있는 사람들 앞인지라 그의 목소리는 아주 힘이 넘쳐흐를뿐더러 한껏 웅변술을 발휘할 분위기였다.

군 검시관실의 일을 도맡고 있는 루츠 형제 중 에드가 감동한 나머지 큰 소리로 외쳤다. "그래야 마땅합니다, 검사님. 과연 우리가 좋아하는 지방 검사님이십니다." 그러자 에버릿 비커도 외쳤다. "소신대로 하십시오, 메이슨 검사님. 이 사건에 관한 한 우리도 범인을 잡는 데 협조하겠습니다." 메이슨의 극적인 몸짓과 인상적이고 영웅적이기까지 한 태도에 감동한 프레드 하이트와 그의 조수는 메이슨에게로 다가갔다. 하이트는 검사의 손을 잡았고, 얼은 큰 소리로 말했다. "메이슨 검사님, 성공하시길 빕니다. 우리도 최선을 다하겠습니다. 피해자가 건롯지에 맡긴 가방은 지방 검사님 사무실에 갖다 놓았습니다. 두 시간 전에 버튼에게 넘겨줬습니다.”

“참, 그렇지, 깜빡 잊을 뻔했군.” 메이슨은 이제는 침착하게 사무적으로 말했다. 조금 전 감정이 격해 한바탕 늘어놓은 연설은 이제 그의 마음속에서 열광적인 지지와 하나가 되었다. 이 시간까지 그는 자신이 맡은 사건에서 그렇게 열렬하게 지지를 받아 본 적이 한 번도 없었다.

제5장

메이슨 검사는 타이터스 올든과 이 사건 담당자들과 함께 사무실로 돌아가면서 이 가증스러운 범죄의 동기를 추측해 보았다― 바로 그 동기 말이다. 여자와 교제도 해 보지 못한 채 젊은 시절을 보냈기 때문에 검사는 범죄의 동기가 자꾸만 생각났다. 그는 엄격한 도덕적·종교적인 가정환경 속에서 자랐으면서도 로버타의 매력 있는 아름다운 모습을 생각하면 할수록 범인이―성인이든 젊은이든―로버타를 유혹했다가 나중에 싫증이 나자 끝내는 호수로 밀월여행을 떠나자고 속이고, 그런 방법으로 그녀를 처치한 것이라고 확신했다. 그렇게 확신하자 메이슨은 즉시 개인적으로 범인에 무척 큰 증오심을 느꼈다. 비열한 부자 놈들! 할 일 없이 나태한 부자 놈들! 벌레 같은 악독한 부자 놈들! 클라이드 그리피스란 이 젊은이는 부자 집안의 자손으로 그 대표자가 아닌가. 그놈을 붙잡을 수만 있다면 얼마나 좋을까.

동시에 사건의 특이한 정황으로 미루어 보건대 — 여자가 그런 식으로 남자와 동거했으니 — 어쩌면 임신 중이었을지 모른다는 생각이 갑자기 그의 머리를 스쳐 갔다. 이런 의심이 생기자 그는 이런 결과를 가져온 두 사람의 애정 관계에 성적인 호기심이 생겼다. 그와 동시에 그녀의 임신 여부를 확인해 보고 싶었다. 그는 즉시 이곳이 아니면 유티카나 올버니에서 부검을 맡길 수 있는 적당한 의사에 대해, 하이트에게 이 문제에 대한 의심을 알리는 것에 대해, 또 피해자의 임신 여부와 그 얼굴의 타박상의 중요성을 가려내도록 하는 것에 대해 생각하기 시작했다.

　당면 문제인 가방의 내용물에서 다행스럽게도 메이슨은 매우 중요한 증거물을 한 가지 더 얻어 낼 수 있었다. 가방에는 로버타가 손수 만든 드레스와 모자, 그리고 라이커거스의 브라운스타인 상점에서 산 것으로, 아직도 구입할 때 상자 속에 들어 있던 붉은 실크 대님 말고도 클라이드가 크리스마스에 그녀에게 선물로 준 화장품 세트가 들어 있었다. 상자에는 작은 흰 카드가 있었는데, 거기에는 "클라이드가 로버타에게 — 메리 크리스마스!"라는 클라이드의 글씨가 쓰여 있었다. 그러나 이름뿐 성은 적혀 있지 않았다. 그것도 클라이드가 그녀 곁을 떠나 다른 곳에 몹시 가고 싶어 하고 있을 때 쓴 것이라 급히 휘갈겨 쓴 글씨였다.

　메이슨은 즉시 이상한 생각이 들었다. 이 화장품 세트와 카드가 가방 속에 있다는 것을 범인이 몰랐다는 게 이상했다. 만약 그것을 알고도 카드를 그대로 두었다면 클라이드라는 청년이 과연 범인일 수 있을까? 살인을 계획하고 있는 사람이 자신의 필적이 남아 있는 이런 카드를 보지 못할 수 있을까? 그런 살인 음모자가 도대체 어디 있을까? 그는 곧이어 이렇게 생각했다. 이 카드를 재판 당일까지 숨겨 두었다가 범인이 피해자와 친밀하게 지냈다는 사실이나 화장품 세트를 선물한 적이 없다고 부인할 경우 갑자기 증거로서 제시하면 어떨까? 그는 카드를 집어 호주머니에 넣었다. 그러나 그보다 앞서 얼 뉴콤이 카드를 찬찬히 들여다보면서 말했다. "검사님, 확실치는 않지만 그 필적은 빅비턴 숙박부의 것과 비슷한데요." 메이슨은 얼른 대꾸했다. "곧 확인할 수 있겠지."

검사는 하이트에게 따라오라고 신호를 하고 옆방에서 두 사람만 있는 자리에서 말을 꺼냈다. "프레드, 자네가 생각한 대로였어. 범인은 피해자와 아는 사이였지." 그는 빌츠에서 전화로 올든 부인으로부터 범인에 관해 구체적인 정보를 얻었다고 알려왔던 사실을 두고 말하고 있는 것이었다. "하지만 내가 그게 누구인지 말해 주지 않으면 아마 자넨 전혀 눈치채지 못할걸." 그는 몸을 숙이고 하이트의 얼굴을 약삭빠르게 쳐다보았다.

"그럴 테지, 오빌. 누군지 전혀 짐작이 가지 않거든."

"한데 라이커거스의 그리피스 회사는 알고 있겠지?"

"셔츠 칼라 만드는 회사 말인가?"

"그렇지, 셔츠 칼라 만드는 회사야."

"설마 그 집 아들은 아닐 테지." 프레드 하이트는 몇 년 만에 처음으로 눈이 휘둥그레졌다. 그는 큼직한 손으로 턱수염 끝을 잡았다.

"아들은 아니야. 하지만 조카야!"

"조카! 새뮤얼 그리피스의 조카라고! 설마 그럴 리가!" 도덕심과 신앙심이 깊고 정치와 상업의 권위를 존중하는 나이 지긋한 검시관은 또다시 수염을 쓰다듬으며 놀란 표정을 지었다.

"적어도 지금으로서는 그렇게 생각할 수밖에 없는 것 같아, 프레드. 오늘 밤 그곳에 가 보겠어. 내일까지는 훨씬 더 많은 정보를 알아내고 싶어서. 하지만 올든의 딸 말인데 ─ 집안이 몹시 가난한 농사꾼 집이더군 ─ 라이커거스의 그리피스 회사에 다녔는데, 내가 알기로는 사장의 조카인 클라이드 그리피스가 그 딸이 일하던 부서의 책임자인 거야."

"쯧! 쯧! 쯧!" 검사관이 혀를 찼다.

"그 아가씨는 한 달 동안 집에 가 있었어. 몸이 아파서 말이야." 그는 이 '아파서'라는 말을 강조했다. "지난 화요일, 그 여행길에 오를 때까지 말이지. 집에 와 있는 동안에 피해자는 그 녀석에게 편지를 적어도 열 통은 보냈어. 아마 그 이상일 거야. 이건 그곳 우편집배원에게서 알아낸 사실이지. 여기 집배원의 진술서가 있어." 검사는 윗옷의 호주머니를 툭툭 쳤다. "편지의 수취인은 하나같이 라이커거스의 클라이드 그리피스로 되어 있었어. 집 주소까지 알아냈는걸. 피해자가 세 들어 살고 있던 집 주인 이름도 알아냈고. 빌츠에서 집주인에게 전화했거든. 혹시 올든 노인이 알고 있는 새로운 사실이 드러날지도 모르니까 오늘 밤 같이 데려가겠어."

"그게 좋겠어, 오빌. 하지만 그리피스 집안사람이라니!" 그는 다시 한 번 혀를 찼다.

"사실은 검시에 관해 의논하고 싶어." 메이슨이 얼른 날카롭게 말을 이었다. "내 생각으로는, 범인이 여자와 결혼하기 싫다는 이유만으로 여자를 죽이려고 한 것 같지 않거든. 나로서는 납득 가지 않는 일이야." 이어 그는 로버타가 임신 중이었다는 결론을 내리게 된 여러 이유를 설명했다. 하이트도 즉시 그의 말에 동감했다.

"그래서 말인데, 부검이 필요하다는 거야." 메이슨이 다시 말을 이었다. "또 그 상처가 왜 생겼는지 의사의 소견도 필요해. 모든 사실을 의심할 여지 없이 분명히 해야 하거든, 프레드. 그리고 시체를 여기서 옮기기 전에 피해자가 살해된 후 보트 밖으로 던져졌는지, 아니면 충격을 받은 후 보트 밖으로 던져졌거나 보트가 뒤집힌 건지 그것도 알아봐야겠어. 자네도 알다시피, 이점이 이 사건에서 매우 중요할 테니까. 이런 일들을 확실히 알기 전에는 무슨 조치를 할 수 없을 거야. 그런데 이 지방의 의사들은 어떨까? 이 일들을 깨끗이 처리하고 나중에 법정에 나가서도 물샐틈없이 이치에 맞게 증언할 만한 의사가 있을까?"

메이슨은 이 문제에 자신이 없었다. 그는 벌써 법정에서 유죄를 입증할 내용을 생각하고 있었다.

"글쎄, 그 문제는 확실하게 말할 수 없네, 오빌." 하이트가 천천히 대답했다. "그거야 나보다 검사인 자네 쪽이 더 잘 알 게 아닌가? 하긴 미첼 의사에게는 내일 들러서 시체를 좀 봐 달라고 부탁은 해 뒀네만. 베츠에게도 들러 달라고 말했고. 하지만 자네가 다른 의사를 부르고 싶다면—콜드워터의 베이보나 링컨이든 말이야—베이보가 어떨까?"

"내 생각으로는 유티카의 웹스터가 좋을 것 같은데." 메이슨이 말을 이었다. "비미스도 괜찮아. 아니면 두 사람을 다 불러도 좋고. 이런 사건에는 네 사람이나 다섯 사람의 의견을 들어 본다고 해도 결코 많다고 할 수 없으니까."

하이트는 이제 자기에게 맡겨진 책임이 막중하다는 것을 의식하고 한마디 덧붙였다. "그래, 자네 생각이 옳을 것 같군. 한두 사람보다야 네댓 사람을 부르는 편이 훨씬 낫지. 하지만 그렇게 여러 의사를 이곳에 불러오려면 검시를 하루 이틀 뒤로 미뤄야만 해."

"그건 그렇지! 암, 그렇고말고! 난 오늘 밤 라이커거스로 가서 이것저것 알아봐야 하니까 그 편이 오히려 좋겠어. 혹시 그 녀석을 잡을 수 있을지도 모르잖아. 잡으면 다행이지만 잡지 못한다 해도 새로운 사실이 밝혀질지도 모르는 일이거든. 이게 어디 보통 사건이야, 프레드? 나나 자네나 이렇게 어려운 사건에 손을 대 보는 건 처음이잖아. 그러니 지금부터는 아주 신중히 처리해야 하거든. 돈이 많은 놈이라면 고분고분하지 않을 거야. 게다가 그 녀석을 후원할 집안까지 있으니."

검사는 초조한 듯 머리를 한번 쓸어 올리고 나서 말을 이었다. "뭐, 그거야 상관없겠지. 다음에 할 일은 유티카에서 비미스와 웹스터를 부르는 일이야. 오늘 밤에 전보를 치든지 전화를 걸든지 해 주게. 올버니의 스프룰도 부르지. 하긴 이곳 의사들끼리 다투게 되면 곤란하니까 링컨과 베츠도 부르는 게 좋겠어. 베이보도 잊지 말고." 그는 가벼운 미소를 지어 보였다. "그럼 다녀오겠어. 의사들은 내일 말고 월요일이나 화요일에 오도록 조치하게나. 나도 그때까지는 돌아올 것 같으니, 돌아오면 합류할 테니. 될 수 있으면 의사들은 월요일에 오도록 하지. 가만 있자, 빠를수록 좋겠는걸. 그때까지는 새로운 사실들도 알게 될 거야."

검사는 서랍에서 여분으로 영장 몇 장을 꺼냈다. 이어 그는 바깥방으로 가서 올든에게 라이커거스로 함께 가야 한다고 말했다. 그러고 나서 그는 벌리에게 자기의 집에 전화를 걸게 하여 아내에게 급히 처리해야 하는 이번 일에 관해 설명한 다음 월요일까지는 돌아올 수 없을지도 모른다고 말해 달라고 부탁했다.

유티카까지는 세 시간이 걸렸고, 유티카에서 한 시간을 기다렸다가 기차를 갈아타고 다시 한 시간 이십 분이 지난 일곱 시경이 되어서야 두 사람은 라이커거스에 도착했다. 여행하는 동안 메이슨은 상심해 있는 타이터스 올든에게서 그 자신과 로버타의 초라한 과거사의 단편들 — 로버타의 관대함, 효성심, 순결성, 착한 마음씨, 전에 그녀가 일하던 곳과 일하던 환경, 그녀가 받는 보수, 로버타가 그 돈을 어떻게 썼는지에 관한 이야기를 끌어내느라고 무척 바빴다. 그것은 그가 충분히 이해할 수 있는 보잘것없는 이야기였다.

타이터스와 함께 라이커거스에 도착한 메이슨 검사는 될수록 서둘러 라이커거스 하우스로 가서 타이터스가 쉴 수 있도록 방을 하나 얻었다. 그러고 나서 그는 이곳 지방 검사 사무실을 찾아가 이곳에서 행동할 권한을 부여받고 또 그의 수사를 집행해 줄 수사관 한 사람을 부탁했다. 건장한 사복형사 한 사람의 지원을 받게 된 검사는 그곳에서 요행히 범인을 발견하기를 바라면서 형사와 함께 테일러 거리에 있는 클라이드의 하숙집으로 갔다. 그러나 그들 앞에 나타난 페이턴 부인은 클라이드가 그곳에 살고 있지만 지금은 집에 없다고 말했기 때문에 (화요일에 트웰프스 호수에 친구들을 만나러 간 것 같다고 했다) 메이슨은 첫째 자기는 캐터라키군 지방 검사라는 점, 둘째 클라이드가 함께 있었다고 믿을 만한 이유가 있는 어느 아가씨가 빅비턴 호수에서 익사한 사건 정황에 심상치 않은 점이 있어 그의 방을 수사할 수밖에 없다고 설명했다. 그 말을 듣자 페이턴 부인은 너무 놀라 얼굴에 경악과 공포와 의혹이 뒤섞인 표정을 지으며 뒤로 물러섰다.

"클라이드 그리피스 씨는 그럴 리 없어요! 아, 말도 안 돼요! 아니, 그분은 새뮤얼 그리피스 씨의 조카로 여기서는 잘 알려진 사람입니다. 그 댁에 가서 물어보시면 그에 관해 낱낱이 말해 줄 겁니다. 하지만 그런 일이…… 아, 그건 말도 안 돼요!" 그리고 그녀는 메이슨과 이미 경찰관 배지를 내보이고 있는 형사를 가짜가 아닐지도 모른다는 표정으로 바라보았다.

그러나 이런 일에 익숙한 형사는 이미 페이턴 부인 옆을 지나서 위층으로 올라가는 층계 밑에 버티고 있었다. 메이슨 검사는 미리 준비해 온 영장을 호주머니에서 꺼냈다.

"부인, 미안합니다만, 그 사람 방을 보여 주셔야겠습니다. 이건 수색 영장이고, 이 사람은 내 지시에 따르는 수사관입니다." 그러자 공권력과 싸워 보았자 아무 소용이 없다고 판단한 페이턴 부인은 떨리는 손으로 클라이드의 방을 가리켰지만, 여전히 몰상식하고 부당하며 모욕적인 처사라는 생각을 떨쳐 버리지 못하고 있었다.

클라이드의 방으로 간 두 사람은 구석구석을 뒤지기 시작했다. 즉시 별로 튼튼하지 않은 작은 트렁크 한 개가 자물쇠가 잠긴 채 한구석에 놓여 있는 것이 두 사람의 눈에 띄었다. 파운스 형사는 곧장 트렁크를 들어올려 얼마나 튼튼하고 무거운지 가늠해 보았다. 한편 메이슨은 방 안의 자질구레한 물건들— 서랍과 상자에 들어 있는 물건들, 모든 옷가지의 호주머니 물건까지 조사하기 시작했다. 양복장 서랍에서 그는 낡은 속옷과 셔츠 몇 벌, 트럼불 집안, 스타크 집안, 그리피스 집안, 해리엇 집안에서 온 낡은 초대장 몇 장과 함께 클라이드가 공장 사무실에서 갖고 온 메모지 한 장을 발견했다. 그 메모지에 그는 "2월 20일, 수요일. 스타크 집안 만찬회" 그리고 그 밑에는 "22일, 금요일. 트럼불 집안"이라고 적혀 있었다. 메이슨은 즉시 메모지의 필적과 호주머니 속에 넣어 가지고 온 카드의 필적과 비교해 보고 비슷하다고 확신하고 형사가 찬찬히 살펴보고 있는 트렁크 쪽으로 시선을 돌렸다.

"이건 어떻게 할 겁니까, 검사님? 가져가실 겁니까, 아니면 여기서 열어 보실 겁니까?"

"내 생각엔, 파운스." 메이슨이 엄숙하게 대답했다. "여기서 열어 보는 게 좋겠네. 나중에 사람을 보내서 가져가겠지만 그 안에 뭐가 있는지 지금 알아보고 싶군." 그러자 형사는 즉시 호주머니에서 묵직한 끌 하나를 꺼내고는 망치가 없는지 주위를 살펴보았다.

"그리 단단하지 않은데요." 그가 말했다. "검사님이 말씀만 하시면 발로 걷어차 열 수 있을 것 같습니다."

바로 그때 눈앞에서 벌어지고 있는 사태에 놀란 페이턴 부인은 그런 거친 방법을 피하고 싶은 나머지 큰 소리로 말했다. "원하시면 망치를 드릴 수 있습니다. 하지만 시간이 좀 걸려도 열쇠 수리공을 불러오면 안 되겠어요? 평생 이런 일은 처음이에요."

그러나 망치를 빌린 형사는 자물쇠를 비틀어 떼어냈다. 조그마한 트렁크 윗간에는 클라이드의 잡동사니 옷가지들 — 양말, 셔츠 칼라, 넥타이, 머플러, 바지 멜빵, 스웨터, 별로 좋지 않은 목이 긴 겨울 구두, 담배 물부리, 붉은색 나전(螺鈿) 재떨이, 스케이트 한 켤레가 들어 있었다. 그러나 트렁크 안에는 그런 물건 말고도 한쪽 구석에 로버타가 빌츠에서 보낸 마지막 편지 열다섯 통과 전해에 그에게 준 그녀 자신의 작은 사진 한 장과 함께 묶어 놓은 다발, 그리고 파인포인트로 떠나기 전 손드라가 보낸 쪽지와 초대장을 묶어 놓은 또 하나의 다발이 있었다. 클라이드는 손드라가 파인포인트로 출발한 후 보낸 편지들을 가지고—가슴속에 품고—떠났다. 그러나 이 두 다발보다도 클라이드에게 훨씬 더 혐의를 씌우고 있는 것은 세 번째 다발로 거기에는 클라이드가 어머니에게서 받은 편지 열한 통이 있었다. 그중 처음 두 통은 시카고 우체국 유치 우편으로 수취인 명의는 해리 테닛으로 되어 있었고— 이것은 언뜻 생각하기에도 자못 의심스러운 일이었다— 나머지 편지만이 시카고 유니언리그나 라이커거스의 클라이드 그리피스 앞으로 되어 있었다.

지방 검사는 트렁크의 내용물을 더 살피려고도 하지 않고 편지들을 읽기 시작했다. 로버타에게서 온 처음 세 통의 편지를 읽고 났을 때 그는 그녀가 빌츠로 간 이유를 분명히 알 수 있었다. 이어 그는 초라하기 짝이 없는 편지지에 쓴, 클라이드가 처음 어머니에게서 받은 세 통의 편지를 읽었다. 그 편지에서 그의 어머니는 그가 캔자스시티에서 보낸 어리석은 생활과 그곳에 있을 수 없게 된 사고를 암시하는 동시에 간절히 아들에게 장차 인생행로에서 가야 할 옳은 길이 무엇인가를 가르치고 있었다. 감정을 억누르며 살아왔고, 또 사회 경험이 한정된 메이슨은 편지를 읽으면서 클라이드가 처음부터 무책임하고 방종하고 비틀어진 성격의 인간이라는 인상을 받았다.

그러나 돈 많은 큰아버지가 그에게 어떻게 잘해 주는지는 잘 몰라도 클라이드가 가난하고 매우 종교적인 그리피스 가문 출신이라는 것은 그에게는 뜻밖이었다. 보통 이 사실만으로도 그의 마음이 조금은 클라이드를 두둔하려는 쪽으로 기울어졌을지도 모른다. 그러나 손드라의 편지, 로버타의 애처로운 편지

내용, 또 어머니가 암시한 캔자스시티에서의 범죄를 보면 그는 클라이드가 이번과 같은 범죄를 계획할 수 있을 뿐 아니라 잔인하게 실행할 수도 있는 인물이라고 확신하게 되었다. 캔자스시티에서의 범죄에 대해서는 그곳 지방 검사에게 전보를 쳐 상세한 자료를 요청해야 했다.

검사는 그런 생각을 하면서 대충, 그러나 정신을 바짝 차려 손드라에게서 온 초대장과 사랑의 편지들을 읽기 시작했다. 향수 냄새가 진하게 풍기는, 그 가문의 이름이 인쇄된 편지지에 쓴 손드라의 편지는 점점 더 다정한 말투를 사용하다가 마침내 끝에 이르러서는 모두 '사랑하는 클라이드' 또는 '나의 귀여운 검은 눈동자' 또는 '내 귀염둥이' 같은 서두로 시작되어 '손다' 또는 '당신만의 손드라'라는 말로 끝나고 있었다. 몇몇 편지 중에는 5월 10일, 5월 15일, 5월 26일, 즉 메이슨이 즉시 알아차린 일이었지만 로버타의 슬픈 편지가 도착하기 시작한 무렵의 것도 있었다.

이제 모든 것이 분명해졌다. 그 녀석은 한 아가씨를 배반하면서 그동안 뻔뻔스럽게도 사회적 신분이 훨씬 높은 다른 아가씨의 환심을 사려고 했다.

이 흥미로운 사태 발전에 매우 흥분하면서도 메이슨 검사는 지금 가만히 앉아서 생각하고 있을 때가 아니라고 깨달았다. 정말 그럴 때가 아니었다. 그는 트렁크를 즉시 호텔로 옮겨야 했다. 그러고 나서 가능하면 그 청년의 소재를 파악하고 검거에 필요한 절차를 밟아야 했다. 그는 수사관에게 경찰서로 전화를 걸어 트렁크를 라이커거스 하우스의 그의 방에 옮겨 놓도록 하라고 이르고, 서둘러 새뮤얼 그리피스의 저택으로 달려갔지만 도시에 남아 있는 가족은 한 사람도 없다는 것을 알게 되었다. 가족 모두가 그린우드 호수에 머물고 있다는 것이다. 그곳으로 전화를 건 검사는 그 집안 조카인 클라이드 그리피스는 그들이 알고 있는 한 샤런 근처의 트웰프스 호수의 핀칠리 집안 별장과 나란히 있는 크랜스턴 집안 별장에 가 있는 것 같다는 정보를 알아냈다. 핀칠리라는 이름과 샤런이라는 마을을 이미 마음속으로 클라이드와 결부시키고 있던 메이슨은 곧 그가 아직 그 지역에 있다면 자기가 본, 여러 장의 초대장과 편지를 보낸 그 아가씨—손드라 핀칠리라는 아가씨의 여름 별장에 가 있을 것이라고 판단했다. 또한 '시그너스'호의 선장은 스리마일베이에서 배를 탄 청년이 그곳에서 내리는 것을 보았다고 단언하지 않았던가? 유레카!* 이제는 범인을 체포한 것과 다름없지 않은가!

검사는 자신의 방침이 옳은 것인지 곰곰이 생각해 보면서 직접 샤런과 파인포인트에 가 보기로 했다. 그러나 그전에 그는 클라이드의 인상을 정확하게 파악하고 그가 살인 용의자로서 수배 중이라는 사실을, 하이트와 자신의 보좌관은 물론이고 라이커거스의 지방 검사와 경찰서장뿐 아니라 브리지버그 보안관 뉴턴 슬랙에게도 알리는 동시에 세 사람에게 샤런에서 합류할 테니 곧 그곳으로 떠나라고 지시했다.

검사는 동시에 마치 페이턴 부인에게 들으라는 듯이, 파인포인트에 있는 크랜스턴네 별장에 장거리 전화를 걸어 집사가 전화에 나오자 혹시 클라이드 그리피스 씨가 그곳에 가 있지 않느냐고 물었다. "네, 여기 와 계십니다만 지금은 안 계십니다. 아마 호수 위쪽의 캠프장에 가신 것으로 알고 있습니다. 전하실 말씀이라도 있는지요?" 메이슨이 계속 묻자 크랜스턴네 집사는 확실치는 않지만 여러 사람이 일행이 되어 50킬로미터쯤 떨어진 베어 호수로 간 것 같은데, 언제 돌아올지는 알 수 없다고 했다. 어떻든 하루 이틀 후에나 돌아올 것 같다는 것이었다. 그러나 클라이드라는 사람이 일행과 함께 있는 것만은 확실했다.

즉시 메이슨은 브리지버그의 보안관을 다시 불러 수색대를 샤런에서 나누어서 클라이드라는 청년을 잡아야 할지 모르니 보안관 대리를 네댓 명쯤 데리고 떠나라고 지시했다. 그는 또 그 청년을 잡으면 브리지버그 유치장에 처넣고, 정당한 법 절차에 따라 지금껏 그가 로버타 올든 살해범 혐의로 수사받는 것 같은 여러 부정할 수 없는 정황을 해명할 기회를 주라고도 일렀다.

제6장

　한편 로버타의 모습이 물 밑 속으로 사라지고, 자기는 물가로 헤엄쳐 나와 옷을 갈아입고 결국 샤런까지 가서 크랜스턴네 호수 별장에 도착한 이후의 클라이드 정신 상태는 완전히 정신 착란에 가까운 것이었다. 그것은 주로 로버타의 때 이른 죽음이 자기 탓인지 아닌지에 대한 혼란과 두려움에서 오는 정신 상태였다. 동시에 호숫가에서 깨달은 것이었지만, 북쪽에 있는 빅비턴의 여관으로 돌아가 사고를 보고하지 않고 슬금슬금 남쪽으로 가고 있는 그를 만약 누가 본 사람이 있다면, 누구든지 상황을 냉혹하게 판단해서 그를 살인죄로 몰 것만 같아 몹시 괴로웠다. 그가 생각하기에는 엄격히 말해서 그에게 죄가 있는 것은 아니지 않은가? 마지막 순간에 그의 마음이 달라졌으니 말이다.

　그러나 돌아가서 자초지종을 보고하지 않은 이상 이제 와서 그의 말을 믿을 사람이 어디에 있겠는가? 그렇다고 이제 와 돌아갈 수도 없는 노릇이지 않은가! 만약 그가 호수에 그 여직공과 같이 있었다는 것을, 그가 그녀와 부부인 것처럼 숙박부에 이름을 기재했다는 것을 손드라가 듣기라도 하는 날에는…… 아, 맙소사!

나중에는 큰아버지와 쌀쌀맞기 짝이 없는 사촌, 그리고 약삭빠르고 비웃기를 잘하는 라이커거스 주민들에게 변명해야 할 것이 아닌가! 아니 그럴 순 없어! 그건 말도 안 돼! 이왕 일이 이렇게 된 이상 가는 데까지 갈 수밖에 없었다. 돌아가 보았자 그를 기다리는 것은 죽음은 아닐지라도 파멸일 터였다. 이제는 재주껏 이 끔찍한 상황을 이용할 수밖에 ― 그토록 기묘하게, 그것도 조금 그의 무죄를 증명해 주는 방향으로 끝난 이 계획을 이용할 수밖에 없었다.

하지만 이 숲속! 그리고 점점 다가오고 있는 이 밤! 등골이 오싹한 고독감과 곳곳에 도사리고 있는 위험. 지금 누구를 만난다면 어떻게 해야 할까, 무슨 말을 해야 할까? 클라이드는 전혀 갈피를 잡을 수 없었다. 정신과 신경이 정상적인 상태가 아니었다. 나무 잔가지가 우지직우지직 소리만 내도 그는 토끼처럼 앞쪽으로 뛰어나갔다.

클라이드는 바로 이런 정신 상태에서 가방을 되찾고 젖은 옷을 짜서 말려 보려고 하다가 다른 옷으로 갈아입은 뒤 젖은 옷을 마른 잔가지와 솔잎 아래에 있는 가방 속에 챙겨 넣고, 카메라 삼각대를 썩어 가는 통나무 밑에 묻은 뒤, 날이 어두워지기를 기다렸다가 숲속으로 들어갔다. 그러는 동안에도 자신이 놓인 기이하고 위험한 처지에 자꾸만 생각이 미쳤다. 만약 그가 본의 아니게 로버타를 치고 함께 물속에 빠져 그녀가 날카롭고도 애처로운 비명을 질렀을 때 누군가가 물가에 서서 그 광경을 보고 있다가— 낮 동안에 이곳저곳에서 서성거리는 것을 본 그 험상궂은 사람 중 누군가가 말이다— 바로 이 순간에 그 사실을 지역 사람들에게 알리고 오늘 밤 십여 명이 그를 추격하러 나선다면! 인간 사냥 말이다! 그 사람들은 그를 끌고 갈 것이다. 그가 고의로 로버타를 때린 건 아니라고 말해도 누가 그 말을 믿겠는가! 어쩌면 공정한 재판을 받기도 전에 린치를 당하게 될지도 모른다. 그런 일은 얼마든지 있을 수 있는 일이었다. 전에도 있었으니까. 그의 목에 밧줄을 걸지도 모른다. 어쩌면 이 숲속에서 총에 맞아 쓰러질지도 모른다. 왜 일이 이렇게 되었는지, 얼마나 오랫동안 로버타에게 시달림과 괴로움을 받았는지 말할 기회도 얻지 못한 채 말이다. 또 그런 말을 해 보았자 그들은 이해할 수 없을 것이다.

그런 생각을 하면서 클라이드는 빽빽이 들어찬 가시 많은 억센 어린 전나무와 때로 우지직 소리를 내며 부러지는 삭정이들을 헤치고 점점 더 걸음을 재촉했다. 그러면서도 그는 줄곧 스리마일베이로 가는 도로는 오른쪽에 있고, 달은 왼쪽에서 떠올라야 방향이 맞다고 생각하고 있었다.

그런데, 맙소사, 저건 뭐람?

아, 저 끔찍한 소리는!

이 어둠 속에서 귀신이 훌쩍거리면서 비명을 지르고 있는 것 같지 않은가!

저기로구나!

저게 뭘까?

클라이드는 가방을 떨어뜨렸고, 식은땀을 줄줄 흘리면서 키가 큰 굵은 나무 뒤로 가서 웅크린 채 꼼짝도 하지 않고 있었다.

저 소리는!

하지만 그저 부엉이가 아닌가! 몇 주 전 크랜스턴네 별장에서도 그 소리를 들었다. 하지만 여기서 듣다니! 이 숲속에서도 듣다니! 이런 어둠 속에서! 그는 어서 빨리 이곳을 벗어나야 했다. 그 점에서는 추호의 의심도 없었다. 그따위 무서운 생각을 해서는 안 되었다. 그랬다가는 체력도 용기도 다 없어져 버리고 말 것이다.

하지만 로버타의 눈 표정! 마지막으로 애원하던 그 표정! 아, 맙소사! 왜 자꾸만 그 모습이 눈앞에 떠오르는 걸까! 그 구슬픈 끔찍한 비명! 그 비명을 듣지 않을 수 없을까? 여기서 벗어날 때까지만이라도.

로버타는 그가 때렸을 때 그것이 고의적인 행동이 아니라 단순히 분노와 항의의 표정이었다는 것을 이해했을까? 그녀는 지금 어디에 있든 — 호수 밑바닥에 있든 — 아니면 이 어두운 숲속 그 옆에 있든 그 사실을 알았을까? 망령들! 로버타의 망령인지도 모른다. 어쨌든 그는 이 숲속으로부터 이곳에서 벗어나야 하지 않는가! 그런데도 숲속이 안전하기는 하거든. 너무 성급하게 도로로 나서서는 안 되었다. 통행인들이 있을지도 모르지 않은가! 어쩌면 그를 추적하는 사람들이 있을 수도 있었다! 하지만 정말 죽은 후에도 사람들은 살 수 있는 것일까? 귀신이란 게 있는 걸까? 만약 있다면 귀신은 이 사실을 알까? 그렇다면 로버타도 알 테지. 하지만 그는 그보다 먼저 이 일을 계획했다. 그녀는 그 일을 안다면 어떻게 생각할까! 처음에는 그가 로버타를 죽이려고 마음먹은 게 사실이었다 해도, 지금 그녀는 오해 때문에 그를 힐난하면서 쫓아오고 있는 것일까? 그녀를 죽이려고 마음먹은 것은 사실이 아닌가! 그렇지 않은가! 물론 그것만으로도 엄청난 죄였다. 비록 그가 그녀를 죽인 것은 아니라 해도 뭔가가 그를 대신해 그렇게 한 것이 아닌가? 그건 부정할 수 없는 엄연한 사실이었다.

하지만 죽은 사람들의 혼령이 — 하나님이 — 죽은 뒤에 영혼이 그의 죄를 폭로하고 벌할 생각으로 사람들에게 그의 발자취를 알릴 생각으로 그를 쫓아오고 있다면! 쫓아오지 않는다고 누가 장담할 수 있겠는가? 그의 어머니도 그와 프랭크와 에스터와 줄리아에게 혼령을 믿는다고 말하지 않았던가?

그렇게 비틀거리고, 귀를 기울이고, 기다리고, 땀을 흘리고, 벌벌 떠는 세 시간이 지나서야 겨우 달이 떴다. 사람의 그림자가 보이지 않는 게 얼마나 천만다행이었는지! 하늘 위에 떠 있는 별들은 손드라가 있는 파인포인트에서 보는 것처럼 밝으면서도 부드러웠다. 손드라가, 죽은 로버타를 남겨 두고 모자를 호숫물 위에 띄워 둔 채 이렇게 도망치고 있는 그를 본다면! 만약 손드라가 로버타의 비명을 들었다면! 손드라 때문에, 손드라의 아름다운 모습과 그녀를 향한 뜨거운 사랑, 그리고 손드라가 그에게 의미하는 모든 것 때문에 이…… 이…… 이…… 끔찍한 짓을, 한때 사랑했던 여자를 죽이려고 했다는 사실을 손드라에게는 절대로, 절대로, 정말 절대로 말할 수 없다니 참으로 이상한 일이었다. 이제 이 생각은 평생 그의 뇌리에서 떠나지 않을 터였다. 이런 생각 말이다! 평생 잊을 수 없을 것이다. 절대로, 절대로, 절대로. 전에는 미처 이런 생각을 못 했었다. 그것만으로도 얼마나 끔찍한 일이란 말인가?

물이 들어가서 시계가 멎었기에 나중에 짐작한 일이었지만 열한 시경이나 되었을까, 그가 서쪽의 길 위에 이르러 2, 3킬로미터쯤 걸었을 때 갑자기 숲 그늘에서 세 사람이 귀신처럼 불쑥 나타났다. 처음에는 그가 로버타를 때리는 순간이나 그 직후에 목격한 사람들이 그를 잡으러 온 줄로 알았다. 그 순간 식은 땀이 흐르며 그가 느낀 공포란! 그중 한 소년은 좀 더 자세히 보려고 들고 있던 등불을 쳐들어 그의 얼굴을 비쳤다. 그 순간 클라이드는 호수에서 일어난 일들을 곰곰이 생각하면서 그가 범인임을 암시하는 어떤 단서를 꼭 남겨 놓고 온 것 같은 생각이 들어 겁에 질려 있던 터라 당황하는 모습을 분명히 보였을 것이다. 실제로 그는 그들이 자기를 잡으러 온 사람들인 줄 알고 펄쩍 뛰어서 뒤로 물러났다. 그러나 앞에 섰던 야위고 키가 큰 사나이는 그의 소심함이 우습다는 것 이상의 반응은 보이지 않고 큰 소리로 "안녕하슈, 낯선 양반?" 하고 인사를 건넸다. 한편 나이가 제일 어린 소년은 조금도 그를 의심하는 기색을 보이지 않고 앞으로 다가오더니 등불의 심지를 올렸다. 그제야 클라이드는 그들이 자신을 추적하는 수색대가 아니라 시골 사람들이거나 안내인들이라는 것을 알아차렸고, 그래서 침착하고 정중한 태도를 보인다면 그들이 자기를 살인자로 의심할 리 없다고 생각했다.

그러나 나중에 클라이드는 이렇게 혼자서 생각했다. '하지만 그 사람들은 이 시간에 호젓한 길을 가방을 들고 걷고 있었던 나를 기억할지 모르잖아?' 그래서 그는 빨리 서둘러서 걷되 다시는 사람 눈에 띄지 말아야겠다고 다짐했다.

몇 시간 뒤 달이 서쪽으로 기울어지면서 병든 것 같은 창백한 빛으로 숲속을 물들여 밤이 더 음산해지고 있을 무렵 그는 스리마일베이에 도착했다. 스리마일베이는 인디언 체인이라는 호수 북단에 자리 잡은 원주민 오두막집과 별장들이 모여 있는 작은 마을이었다. 그가 도로의 구부러진 곳에서 바라보니 마을에는 아직도 희미하게 반짝이는 불빛이 몇 군데 있었다. 가게들과 집들과 가로등의 불빛이었다. 그러나 창백한 달빛 속에서 모든 불빛은 희미하고 을씨년스럽게 느껴졌다. 한 가지 분명한 것은, 지금 시각에 그와 같은 옷차림으로 손에 가방을 들고 마을에 들어갈 수는 없다는 사실이었다. 만약 아직도 통행인이 있다면 그의 그런 모습은 호기심과 의심을 살 것이 뻔했다. 그리고 이 마을과 샤런 — 그는 샤런에서 파인포인트로 가야 했다 — 사이를 왕복하는 기선은 여덟 시 반이 되어야 떠났다. 그때까지는 어딘가에 숨어서 차림새부터 고쳐야 했다.

그래서 클라이드는 마을 언저리까지 뻗은 소나무 숲속으로 되돌아가 어느 작은 교회의 탑에 달린 작은 시계를 보면서 아침이 되어 숲에서 나올 시간이 오기를 기다렸다. 그동안 그는 스스로에게 물어보았다. '마을로 나가는 게 현명한 일일까?' 누군가가 나를 기다리고 있을 수도 있지 않을까? 그 세 사람이나 아니면 또 다른 목격자가 기다리고 있을지 모르지 않는가? 또는 다른 곳에서 연락을 받은 경찰관이 있을지도 모른다. 그러나 결국 그는 마을에 들어가는 것이 상책이라고 판단했다. 이 호수 서쪽의 숲속을 걷는다면 — 낮에는 남의 눈에 띌 테니까 — 낮보다는 밤에 걸어야 하는데, 그러려면 내일이나 샤런의 크랜스턴 네 별장에 도착할 수 있으므로 그보다는 한 시간 반이나 많아야 두 시간이면 갈 수 있는 뱃길을 택하는 편이 좋을 것 같았다. 걸어가면 내일이 되어서야 도착할 수 있을 것이다. 그건 현명하지도 못하고, 더 위험한 일이지 않은가? 게다가 손드라와 버타인에게 화요일에 간다고 약속했다. 그런데 벌써 금요일이라니! 그뿐 아니라 내일이면 범인 체포령이 떨어지고 여기저기에 그의 인상착의가 알려질 것이다. 한편 오늘 아침은 글쎄, 어떻게 로버타의 시체가 벌써 발견될 수 있단 말인가? 그래, 그래, 이 길로 가는 게 더 나을 거야. 이곳에서 누가 그를 알겠는가. 누가 벌써 그가 칼 그레이엄이나 클리퍼드 골든으로 알아볼 수 있겠어? 로버타와 관련한 일이 알려지기 전에 급히 이 길로 가는 게 상책이겠어. 암, 그렇고말고. 마침내 시계가 8시 10분을 가리키자 그는 두근거리는 가슴을 안고 숲에서 걸어 나왔다.

거리의 아래쪽에는 이 마을에서 샤런으로 다니는 기선이 있었다. 서성거리는 동안 그는 라켓 호수에서 오는 버스가 도착하는 것을 보았다. 그 순간 그는 선착장이나 배 위에서 아는 사람을 만나면 손드라와 버타인의 친구들이 많이 있는 라켓 호수에서 오는 길이라고 말하면 되겠다는 생각이 떠올랐다. 또 만약 손드라나 버타인의 친구들과 맞부딪치면 전날 그곳에 가 있었다고 말하면 될 일이었다. 누구를 만나러 갔다거나 어디에 투숙했다고 말한들 무슨 문제가 되겠는가? 필요에 따라 적당히 둘러대면 될 것이다.

그래서 클라이드는 마침내 기선이 있는 데로 걸어가 배에 올라탔다. 그는 샤런에서 내렸는데, 배에 탈 때처럼 내릴 때도 남의 주의를 끄는 행동은 하지 않았다고 생각했다. 배 안에는 그가 전혀 모르는 승객 열한 명이 타고 있었지만 푸른 드레스를 입고 흰 밀짚모자를 쓴, 그가 보기에는 이 근처의 시골 아가씨 말고는 아무도 그에게 관심을 보이는 것 같지 않았다. 시골 아가씨의 시선은 호의적이었지만 그는 사람의 눈길을 꺼려서 남들이 뱃머리 갑판 쪽으로 몰리는데도 고물 쪽으로 피했다. 샤런에 도착하자 승객의 대부분이 첫 하행 열차를 타기 위해 역으로 가는 것을 보고 그는 그들 뒤를 따라 성큼성큼 걷다가 발자취를 남기지 않기 위해 가까이 있는 식당으로 들어갔다. 그는 빅비턴에서 스리마일베이까지 먼 길을 걸은 데다 그전에는 오후 내내 보트를 탔고 점심은 로버타가 준비한 것을 먹는 시늉만 했어도 별로 배가 고프지 않았다. 그러고 나서 역에서 여행자 몇 사람이 오는 것이 보이자 ― 그중에는 그가 아는 사람은 하나도 없었다 ― 그는 마치 기차에서 내려 여관을 찾거나 배를 타러 오고 있는 것처럼 다시 그 사람들 틈에 끼었다.

올버니에서 방금 도착한 남행 열차 말고도 유티카에서 오는 열차가 이 시간에 도착하므로 사람들이 당연히 그가 그 차에서 내린 것으로 알 거라는 생각이 떠올랐다. 그래서 그는 먼저 역으로 가는 척하면서 도중에서 버타인과 손드라에게 전화를 걸어 도착했으며, 보트보다는 차를 보내 달라고 말하며 여관의 서쪽 베란다에서 기다리고 있겠다고 했다. 또 그는 가판대에서 아직은 그 사건에 관한 아무런 기사도 실려 있지 않다는 것을 알면서도 조간신문 한 부를 샀다. 그가 여관 베란다로 건너가기가 바쁘게 크랜스턴네 자동차가 다가오고 있었다.

낯익은 크랜스턴네 운전기사가 반기는 미소를 지으며 인사하자 그는 마음속은 불안으로 가득 차 있었지만 그런대로 상냥한 미소를 지어 보일 수 있었다. 지금쯤은 숲속에서 만난 그 세 사람이 틀림없이 빅비턴에 도착했으리라는 생각이 들었다. 그와 로버타가 없어진 것을 확실히 알았을 것이고, 또 어쩌면 뒤집힌 보트와 그의 모자와 그녀의 베일도 발견되었을지도 모른다! 그렇다면 그 세 사람은 벌써 그처럼 생긴 사람이 밤중에 가방을 들고 남쪽으로 가고 있는 걸 보았다고 보고했을까? 그렇다면 시체가 발견되었든 발견되지 않았든 사람들은 남녀가 함께 익사했다는 데 의문을 품을 것이 아닌가? 만약 로버타의 시체가 호수 위에 떠오르기라도 한다면? 그렇게 되면 어떻게 될까? 그가 세게 때려서 생긴 자국이 있을지도 모르지 않는가? 그렇다면 사람들은 살인 사건으로 의심할 것이고, 그의 시체가 물 위에 떠오르지 않은 데다 그 세 사람이 숲속에서 만난 사람에 관해 설명할 테니 클리퍼드 골든 또는 칼 그레이엄을 범인이라고 생각할 것이 아닌가?

하지만 클리퍼드 골든이나 칼 그레이엄은 분명히 클라이드 그리피스가 아니었다. 또한 그들은 클라이드 그리피스를 클리퍼드 골든 또는 칼 그레이엄과 동일 인물이라고 도저히 생각할 수 없을 것이다. 그는 그래스 호수에서 아침 식사를 마치고 나서 점심을 챙기라고 로버타를 돌려보낸 뒤 그녀의 가방과 핸드백을 뒤져 보는 등 신중에 신중을 기하지 않았던가? 정말로 그러지 않았던가? 그는 테레사 바우저가 빌츠의 그녀에게 보낸 편지 두 통을 발견하고 그것을 건롯지로 떠나기 전에 없애 버렸다. '화이틀리-라이커거스 상점'의 상표가 붙어 있는 상자에 들어 있는 화장품 세트로 말하자면 그는 그것을 그대로 두고 올 수밖에 없었다. 하지만 그 물건이야 누구라도 ── 클리퍼드 골든 부인이나 칼 그레이엄 부인이나 ── 화이틀리 상점에서 구입할 수 있으므로 그 문제로 그가 꼬리를 잡힐 가능성은 없지 않은가? 그것은 확실했다. 로버타의 옷으로 말하자면, 그녀의 신원이 밝혀진다 해도 부모와 그 밖의 사람들은 로버타가 골든인가 그레이엄인가 하는 신원을 알 수 없는 사내와 같이 여행을 떠난 것으로 생각하고 이제는 더 야단법석을 떨지 않고 쉬쉬해 버리려고 할 것이 아닌가? 어쨌든 모든 것이 최상으로 잘되기를 바랄 뿐이었다. 그는 마음을 단단히 먹고, 명랑한 태도를 보여서 아무도 그를 범임으로 생각할 사람이 없도록 하려고 했다. 따지고 보면 그가 죽인 것은 아니었으니 말이다.

클라이드는 고급 자동차에 타고 있었다. 손드라와 버타인이 그를 기다리고 있었다. 그는 올버니에서 오는 길이라고, 큰아버지 일 때문에 화요일부터 줄곧 올버니에 머물러 있었다고 말해야겠다고 생각했다. 그런데 손드라와 행복한 시간을 보내는 동안에도 무서운 생각이 그의 뇌리에서 여전히 떠나지 않을 것 같았다. 혹시 무심코 그의 발자취를 말해 줄 만한 단서라도 남겨 놓지는 않았을까! 만약 그랬다면! 발각될 것이 아닌가! 체포될 것이 아닌가! 황급히 공정치 못한 유죄 판결이 내려지고 심지어 처벌까지 받게 될지도 모르는 일이 아닌가! 로버타를 때린 것은 고의가 아니었다고 설명할 수 있지 않은 한 말이다. 손드라, 라이커거스─ 그가 바라던 화려한 생활의 꿈은 산산조각이 나고 말 것이다. 그렇지만 과연 그것에 관해서 설명할 수 있을까? 과연! 아, 하나님, 맙소사!

제7장

금요일 아침부터 다음 화요일 정오까지 그토록 그를 황홀케 했던 환경 속에 있으면서 클라이드는 가장 무서운 두려움과 공포를 맛보고 있었다. 크랜스턴네 별장 문간에서 기다리고 있던 손드라와 버타인이 그가 머물 방으로 안내해 주는 동안에도 그는 지금 누리는 이 행복을 언제 닥칠지 모르는 완전한 파멸의 위험과 비교해 보지 않을 수 없었다.

클라이드가 별장에 들어서자 손드라가 입을 삐죽 내밀면서 버타인에게 들리지 않도록 낮은 목소리로 말했다. "나쁜 사람! 여기에 있어야 할 일주일 동안 그곳에 있었다니. 손드라는 온갖 계획을 다 세우고 있었는데! 종아리 한 대 좀 맞아야겠는걸. 오늘은 어디에 있는지 알아내려고 전화를 하려고 했지 뭐야." 그러면서도 그녀의 두 눈에는 정신을 잃을 듯 좋아하는 마음이 한껏 담겨 있었다.

클라이드는 마음이 편할 수 없는데도 밝은 웃음을 지어 보일 수 있었다. 일단 손드라가 옆에 있으니 로버타의 죽음에 대한 공포, 그가 놓여 있는 위험한 상황마저 줄어드는 것 같았다. 이제 아무 일 없이 만사가 잘 풀린다면, 그를 추적할 발자취만 남기지 않았다면! 그렇다면 앞으로 탄탄대로가 펼쳐질 게 아닌가! 화려한 장래가 보장된 게 아닌가! 아름다운 손드라! 그녀의 애정! 그녀의 재산! 그러나 하인이 먼저 가방을 나르고 뒤따라 안내를 받아 방으로 들어간 그는 양복 때문에 곧 마음이 불안해졌다. 양복은 축축하게 젖어 있는 데다 구겨져 있었다. 양복장의 위쪽 서랍에 숨겨 두어야 할 것 같았다. 방에 혼자 남고 문을 걸어 닫자마자 그는 젖고 구겨진 양복을 가방에서 꺼냈다. 바짓가랑이에는 빅비턴 호숫가의 진흙이 묻어 있었다. 그러면서도 양복은 밤이 되어 더 좋은 방법으로 처리할 수 있을 때까지 가방 속에 그냥 넣어 두고 열쇠로 잠가 놓는 편이 좋을 것 같다고 생각했다. 그런데도 그는 세탁하기 위해 그날 몸에 걸쳤던 다른 자질구레한 옷가지들과 한데 묶어 놓았다. 그러는 동안 그는 자기가 겪어 온 인생의 수수께끼와 드라마, 슬픔, 동부에 온 뒤로 겪었던 모든 일과 가난했던 어린 시절을 넌더리를 내면서 생각했다. 따지고 보면 지금도 그는 가진 것이 아무것도 없었다. 지금 그가 묵고 있는 방의 크기와 화려함도 라이커거스의 그의 방과는 너무도 차이가 있었다. 바로 어제 다음의 오늘인데, 이곳에 와 있다는 것조차 그에게는 이상하게 느껴졌다. 창밖으로 보이는 맑은 호수의 푸른 물은 빅비턴 호수의 검은 물과는 사뭇 대조되었다. 널찍한 베란다와 줄무늬 차일이 있는 이 밝고 튼튼하고 넓은 별장 바로 아래로부터 호숫가까지 펼쳐진 잔디 위에서는 맵시 있는 운동복을 입은 스튜어트 핀칠리와 바이올렛 테일러가 프랭크 해리엇, 와이넷 팬트와 테니스를 즐기고 있는 한편, 버타인과 할리 배것은 줄무늬가 있는 큰 천막 그네의 그늘에서 뒹굴고 있었다.

클라이드는 목욕하고 옷을 갈아입은 다음 마음은 여전히 긴장되고 불안한 상태였지만 애써 명랑한 표정을 지었다. 그러고 나서 모터보트를 타고 달릴 때 일어났던 어떤 재미있는 일을 이야기하며 손드라, 버처드 테일러, 질 트럼불이 웃고 있는 곳으로 내려갔다. 그가 밖으로 나오자 질 트럼불이 그에게 고함을 질렀다. "잘 지냈어, 클라이드? 어디서 게으름을 부리고 있었던 거야? 이러다가 얼굴을 잊어버리겠는걸." 그는 손드라의 동정과 애정이 전에 없이 그립다는 간절한 눈길로 그녀를 바라보고는 베란다 난간에 기어오르면서 애써 태연하게 대답했다. "화요일부터 줄곧 올버니에서 볼일이 있었어. 그곳은 날씨가 무더워. 오늘 여기에 오니까 살 것 같아. 누구누구 와 있는 거야?" 그러자 질 트럼불이 대답했다. "거의 다들 와 있지. 어제 랜덜 씨 댁에서 밴더를 만났어. 스콧은 다음 화요일에 포인트에 온다고 버타인에게 편지로 알려 왔어. 올해에는 그린우드 쪽으로는 사람들이 별로 가지 않나 봐." 곧이어 그린우드가 옛날과 달라진 이유에 관해 오랫동안 토론이 벌어졌다. 그러던 중 손드라가 큰 소리로 외쳤다. "그러니까 생각이 나네! 오늘 벨라에게 전화를 해야겠네. 다음다음 주에 브리스틀에서 열리는 말[馬] 품평회에 꼭 온다고 했거든." 이어 한동안 말과 개를 화제로 삼았다. 클라이드는 그 화제에 끼어들고 싶어서 열심히 귀를 기울였지만 온통 자기 자신에 관한 일에만 정신이 쏠렸다. 그 세 사내. 로버타. 지금쯤은 아마 그녀의 시체가 발견되었을지도 모른다. 아무도 알 수 없는 일이었지만, 그는 혼잣말로 중얼거렸다. 왜 이렇게 두려운 것일까? 그런 수심에서 시체를 발견하는 게 가능할까? 그가 알기로는 수심이 15미터가 넘을 텐데 말이다. 또 누가 그를 클리퍼드 골든이나 칼 그레이엄과 동일 인물이라고 여길 수 있단 말인가? 그걸 어떻게 알 수 있겠어? 그 세 사람 말고는 그는 정말로 철저하게 발자취를 안 남기지 않았는가? 아, 그 세 사람! 그는 자기도 모르게 추운 듯이 몸을 부르르 떨었다.

그러고 나서 손드라는 클라이드가 의기소침해 있는 것을 알아차렸다. (그녀는 그가 처음 왔을 때 준비가 허술했던 것으로 보아 아마 돈이 없어서 그렇게 풀이 죽어 있는 것으로 판단하고, 이날 안으로 지갑에서 75달러를 꺼내 그에게 억지로 떠맡기고 이번에 체재하는 동안 잔돈푼 때문에 체면이 깎이는 일이 없도록 해 줘야겠다고 생각했다.) 잠시 후 그녀는 남의 눈에 띄지 않은 채 키스와 포옹을 할 수 있는 구석진 곳이 많은 짧은 골프 코스를 생각하고 껑충 뛰면서 이렇게 소리쳤다. "혼합 포섬*에 찬성하는 사람 없어? 자, 어때, 질, 클라이드, 버치! 클라이드랑 내가 한 조가 되면 너희들 두 사람은 이길 수 있어!"

"그거 좋지!" 하면서 버처드 테일러가 일어나면서 노란색과 푸른색 줄무늬가 있는 스웨터를 아래로 당겼다. "난 새벽 네 시나 돼서야 집에 돌아갔지만. 어때, 질? 점심 내기라면 기꺼이 하지, 서니."

클라이드는 며칠 동안 그 끔찍한 모험을 하느라고 수중에 겨우 25달러밖에는 남아 있지 않은 것을 생각하고 가슴이 철렁 내려앉았다. 이곳에서 네 사람이 점심을 먹는다면 적어도 8달러 내지는 10달러는 있어야 했다. 아니, 그 이상 들지도 모른다. 바로 그때 그의 기색을 엿본 손드라가 "그럼 시합을 하는 거야" 하고 외치더니 클라이드 옆으로 다가와 발끝으로 그를 툭툭 가볍게 건드리고는 말했다. "난 옷부터 갈아입어야겠어. 곧 내려올게. 클라이드, 그동안 앤드루를 찾아서 골프채를 갖다 놓으라고 일러 줄래? 버치, 네 보트를 타고 그곳에 가면 되겠지?" 클라이드는 그와 손드라가 질 때 점심값을 얼마나 낼까 걱정하면서 앤드루를 찾으러 가는데, 손드라가 따라붙으면서 그의 팔을 잡았다. "잠깐만 기다려 봐. 금방 갔다 올게." 그렇게 말하고 층계 위로 뛰어올라 자기 방에 간 그녀는 곧 그 작은 손에 미리 따로 남겨 뒀던 지폐를 움켜쥐고 다시 달려 내려왔다. "이거 빨리!" 그녀는 그렇게 속삭이면서 클라이드의 상의 한쪽 호주머니에 돈을 쑤셔 넣었다. "쉿! 아무 말도 하지 마! 어서 빨리 가 봐! 우리가 시합에 졌을 때 점심값이야. 또 다른 데 쓸 일도 있을 거고. 나중에 말할게. 아, 사랑해, 아기 같은 우리 애인!" 그녀는 잠시 갈색 눈에 흠뻑 애정을 담고 그를 쳐다보고 있다가 다시 층계를 뛰어 올라가더니 그곳에서 큰 소리로 외쳤다. "그렇게 멍청히 서 있지 마! 어서 골프채를 갖고 와! 골프채 말이야!" 그러고 나서 그녀는 집 안으로 사라졌다.

클라이드는 호주머니를 만져 보고 그녀가 돈을 많이, 이곳에 있는 동안 쓰기에 넉넉할 뿐 아니라 부득이 도망가게 되는 때도 쓸 만큼 넉넉히 준 것을 알 수 있었다. 그는 마음속으로 부르짖었다. '사랑하는 사람! 귀여운 아가씨!' 아름답고 인정 많은 손드라! 그녀는 이렇게까지 그를 사랑하고 있었다. 진정으로 그를 사랑하고 있었다. 하지만 만약 손드라가 그 사실을 알게 된다면! 아, 하나님, 맙소사! 그러나 모두 손드라 때문에 한 일인데 그녀는 그걸 알까? 모두 그녀를 위해서! 이어 앤드루를 찾은 그는 골프 가방을 메고 앤드루와 함께 돌아왔다.

손드라는 멋진 녹색의 메리야스 운동복 차림으로 춤추듯 다시 층계를 뛰어 내려왔다. 새 캡과 블라우스 차림을 한, 경마 기수 같아 보이는 질이 보트 운전석에 앉은 버처드를 향하여 웃고 있었다. 보트가 앞을 지날 때 손드라가 천막 그네에 앉아 있는 버타인과 할리 배것에게 큰 소리로 외쳤다. "이봐! 같이 안 갈 테야?"

"어디로 가는데?"

"커시노 골프 클럽에."

"아, 거긴 너무 멀어. 점심 먹고 나서 모래사장에서 만나."

이어 버처드는 호숫물 위에 보트를 돌고래처럼 뛰도록 획획 몰았고, 클라이드는 마치 꿈속에서처럼 절반은 기쁨과 희망 속에서, 나머지 절반은 불안과 두려움 속에서 멍하니 앞쪽을 바라보고 있었다. 체포와 죽음이 바짝 그의 뒤를 쫓고 있는 것만 같았다. 이것저것 다 계산해 보고 한 행동이기는 했지만 그날 아침 그렇게 불쑥 숲속에서 나온 것은 실수였다고 생각했다. 하지만 그렇게 하지 않았다면 낮에는 숲속에 숨어 있다가 밤에 나와서 호반 도로를 따라 샤런까지 걷는 방법밖에는 없었다. 그러려면 이틀이나 사흘이 걸렸을 것이다. 그리고 손드라는 늦어지는 것에 지치고 또 이상하다고 생각되어 라이커거스에 전화를 걸었을지도 모른다. 그렇게 되면 나중에 문젯거리가 될 만한 일이 일어났을지도 모르지 않는가?

그러나 지금 이 화창한 날에 그의 속마음이야 아무리 어둡고 삭막하다고 해도 다른 사람들은 모두 근심 걱정이 없는 밝은 표정을 짓고 있었다. 손드라는 그가 옆에 있어 기분이 좋아서 어쩔 줄 모르며, 벌떡 일어나 밝은 색깔의 스카프를 페넌트처럼 높이 쳐들고 바보처럼 즐겁게 외쳤다. "클레오파트라가 배를 타고* 만나러 가는…… 만나러 가는…… 그녀가 만나러 가는 게 누구더라?"

"찰리 채플린이지." 테일러가 대답하며 동시에 손드라의 균형을 깨뜨려 넘어뜨리려고 보트를 불규칙하고 거칠게 몰았다.

"아, 바보같이!" 손드라는 두 다리를 벌려 몸의 균형을 잡으며 대꾸했다. 그러면서 버처드에게도 한마디 덧붙였다. "그런다고 내가 넘어질 줄 알아, 버치?" 이어 그녀는 다시 수다를 떨었다. "클레오파트라가 배를 타시고, 아아―오, 수상 스키를 타신다." 보트가 놀란 말처럼 튀어 오르며 달리는 동안 그녀는 고개를 뒤로 젖히고 두 팔을 활짝 펼쳤다.

"나를 한번 넘어뜨려 보시지, 버치." 그녀가 고함을 질렀다.

버처드가 보트를 아슬아슬하게 좌우로 기울어지게 하자 자신의 안전이 몹시 걱정되는 질 트럼불이 큰 소리로 외쳤다. "아, 무슨 짓을 하는 거야? 우릴 모두 물에 빠뜨려 죽일 셈이야?" 이 말에 클라이드는 얻어맞은 사람처럼 움찔하며 얼굴이 새파랗게 질렸다.

클라이드는 속이 메스꺼워지며 몸에서 힘이 쭉 빠졌다. 이토록 고통을 받으리라고는 상상하지도 못했다. 그는 모든 것이 달라지리라고 생각했었다. 그런데도 지금 그는 남들이 무심코 던지는 말 한 마디, 한 마디에 얼굴이 새파랗게 질리고 있는 게 아닌가! 아, 이래 가지고서는 정말 어려운 상황에 부딪히게 되면—가령 경찰관이 불쑥 나타나서 어제 어디에 있었는지, 로버타의 죽음에 관해 아는 것이 없는지 묻기라도 한다면—우물쭈물하고 몸을 떨면서 말도 제대로 할 수도 없을 것이고 그래서 죄를 스스로 시인하게 될 것이 아닌가! 그러니 이 첫날만이라도 바짝 정신을 차려 자연스럽게 즐거운 듯—정말로 말이다—그렇게 행동해야 했다.

다행히 장난에 정신이 뺏긴 다른 사람들은 클라이드가 질의 말에 충격을 받은 것을 눈치채지 못한 듯했고, 그래서 그는 차츰 겉으로나마 침착성을 되찾았다. 그러고 나서 보트가 커시노에 접근하자 손드라는 한 번 더 남들 앞에서 묘기를 부리고 싶은 나머지 보트에서 펄쩍 뛰어 난간을 붙잡고 몸을 위로 일으켰다. 한편 보트는 뒤집히듯 구르다가 다시 반대쪽으로 균형을 잡았다. 자기를 향해 보내는 손드라의 행복한 미소를 보자 클라이드는 그녀에 대한 억제할 수 없는 욕망에 — 그녀의 사랑, 동정, 친절, 용기에 사로잡혔다. 그래서 그도 그녀의 미소에 답하려고 펄쩍 뛰어 질을 층계 위로 끌어올려 준 다음 재빨리 그녀를 따라 위쪽으로 올라갔다. 겉으로는 정확해 보이지만 속으로는 공허하기 그지없이 유쾌하고 열성적인 척하면서 말이다.

"야, 놀라운데! 운동선수 못지않군!"

잠시 후 골프장에서 클라이드는 경험도 별로 없고 마음도 어수선했지만 손드라의 지시를 받으며 제법 게임을 잘했다. 손드라는 키스도 하고 포옹도 할 수 있는 골프장의 그늘진 곳에서 그를 독차지할 수 있자 기뻐서 그에게 캠핑 여행 계획을 설명하기 시작했다. 손드라를 포함하여 프랭크 해리엇, 와이넷 팬트, 버처드 테일러, 손드라의 오빠 스튜어트, 그랜트 크랜스턴과 버타인, 할리 배것, 펄리 헤인스, 질 트럼불, 바이올렛 테일러와 일주일 전부터 계획하고 있던 캠핑 여행이었다. 내일 오후 출발해서 자동차로 우선 호수를 50킬로미터 가까이 거슬러 올라가다가 다시 동쪽으로 65킬로미터쯤 달려 베어라는 호수로 가서 카누에 텐트와 장비를 싣고 할리와 프랭크밖에는 아는 사람이 없는, 경치 좋은 호반으로 간다는 것이다. 매일 다른 장소에 텐트를 칠 계획이었다. 남자들은 다람쥐를 잡고 물고기를 낚아서 식량을 조달하기로 되어 있었다. 그리고 달밤에 배로만 갈 수 있는 어느 여관에도 간다는 것이었다. 각자의 집에서 하인 하나 또는 두세 사람과 보호자 한두 사람도 데려간다고 했다. 하지만 아, 숲속의 산책! 사랑을 나눌 기회, 호수 위에서의 카누 여행. 적어도 일주일 동안은 아무 방해를 받지 않고 사랑을 즐길 수 있는 게 아닌가!

지금까지 있었던 여러 일 때문에 클라이드는 망설이기도 했지만, 어찌 되었든 일행을 따라가는 게 가장 좋다고 생각했다. 손드라가 그토록 그를 사랑해 주다니 이 얼마나 멋진 일인가! 그리고 이곳에서는 달리 할 일도 마땅치 않았다. 또 그 일로부터―그 사건 말이다―사건의 현장에서 점점 더 멀어질 수도 있을 것이다. 또 가령 그와 비슷하게 생긴 인물을 찾는 사람이 있을 때는― 그렇다, 그 사람을 볼 수도 있고 입에 올릴 수도 있는 주변 가까이에 있지 않게 될 것이다. 다만 숲속에서 만난 그 세 사람이 문제였다.

동시에 클라이드는 즉시 누가 지금까지 용의 선상에 떠올라 있는 사람이 있는지 가능한 한 분명히 알기 전에는 절대로 이곳을 떠날 수 없다는 생각이 들었다. 일단 커시노에 도착하여 혼자 있게 되자 그는 신문 매점에 가서 알아보았지만, 올버니나 유티카에서 발간되는 석간신문은 일곱 시나 일곱 시 반이 되어야 도착한다는 것이었다. 그러니 그 시간까지는 기다려야 했다.

그래서 점심 식사 후 수영과 댄스를 하고 할리 배것, 버타인과 함께―손드라는 저녁 식사 때 해리엇네 별장에서 그와 다시 만나기로 하고 파인포인트로 돌아갔다―크랜스턴네 별장으로 돌아오는 길에도 그는 기회가 생기는 대로 한시바삐 신문을 입수할 생각만 하고 있었다. 그러나 크랜스턴네 별장에서 해리엇네 별장으로 가는 길에 만약 커시노에 들러 신문을 입수할 수 없다면 아침에 베어 호수로 떠나기 전에 어떻게든 커시노에 한 번더 와야 했다. 어떻게든 신문은 입수해야 했다. 익사한 남녀에관해 무슨 말이 있거나 무슨 조치가 취해지고 있는지 꼭 알아야만 했다.

그러나 해리엇네 별장으로 가는 도중에 클라이드는 신문을구할 수 없었다. 아직 신문이 도착하지 않았기 때문이다. 해리엇네 별장에 도착했지만 거기서도 신문을 구할 수 없었다. 반시간쯤 뒤 그가 베란다에서 수심에 잠긴 채 다른 사람들과 이야기를 하고 있는데, 손드라가 나타나서 말했다. "아, 여러분! 뉴스를 전하겠습니다. 방금 블랜치 로크랑 전화하다가 들었는데, 오늘 아침 아니면 어제 빅비턴에서 두 사람이 빠져 죽었대. 블랜치는 오늘 스리마일베이에 와 있거든. 그 애 말로는, 젊은 여자 시체는 찾았지만 남자는 아직 발견하지 못했대. 호수 남쪽어디에서 빠진 거래."

그 순간 클라이드는 벌떡 몸을 일으키더니 뻣뻣하게 굳어지면서 얼굴이 백지장처럼 창백해졌다. 그의 입술은 핏기없이 가늘게 되고, 두 눈에는 먼 빅비턴의 정경 — 높이 솟은 소나무들이며, 로버타를 삼키고 있는 검푸른 물 말고는 아무것도 보이지않았다. 그렇다면 로버타의 시체를 발견했구나. 그런데 그가 꾸민 대로 그의 시체도 호수 바닥에 있다고 믿을까? 어쨌든 무슨 이야기인지 들어 보자! 그는 현기증이 나도 정신을 차리고 들어 봐야 했다.

"참, 그거 안됐군." 버처드 테일러가 만돌린을 켜던 손을 멈추고 한마디 내뱉었다. "우리가 아는 사람들이야?"

"블랜치는 아직 그 이야기는 못 들었대."

"그 호수는 마음에 안 들더라니." 프랭크 해리엇이 끼어들었다. "너무 호젓하거든. 작년 여름 아버지와 나와 랜덜 씨가 함께 낚시하러 갔었는데 오래 머물지는 않았어. 너무 을씨년스런 곳이야."

"우리도 세 주 전에 갔었잖아. 기억 안 나, 손드라?" 할리 배것이 덧붙였다. "너도 마음에 별로 안 든다고 그랬지."

"그래, 기억나." 손드라가 대답했다. "엄청 쓸쓸한 곳이지. 사람들이 왜 그런 곳으로 가려고 하는지 상상이 안 돼."

"어쨌든 우리가 아는 사람이 아니었으면 좋겠어." 버처드가 생각에 잠겨 말했다. "그렇다면 한동안 이곳의 흥이 깨질 테니 말이야."

클라이드는 무의식중에 마른 입술을 혀로 적시고 침을 삼켜 이미 바짝 말라 버린 목구멍을 축였다.

"오늘 신문에는 아직 그 기사가 실려 있지 않겠지. 누구 신문 본 사람 없어?" 손드라의 첫 마디를 듣지 못한 와이넷 팬트가 물었다.

"신문은 없어." 버처드 테일러가 말했다. "게다가 아직은 신문에 안 났을걸. 방금 블랜치 로크한테서 전화로 들었다고 손드라가 그랬잖아? 블랜치가 그 근처에 와 있다고."

"아, 참 그렇지."

하지만 샤런에서 발행되는 지방 석간신문엔 ―「배너」라고 하던가? ― 혹시 무슨 기사가 실려 있지 않을까? 오늘 밤에 꼭 신문을 볼 수 있으면 얼마나 좋을까.

그러나 또 다른 생각이 머릿속을 스쳐 갔다! 하나님, 맙소사! 전에는 미처 생각하지 못한 일이었다. 내 발자국! 호숫가의 진흙에 발자국을 남기지 않았을까? 호수에서 허둥지둥 기어 나오느라 발자국이 남아 있는지 없는지 살펴볼 경황이 없었다. 어쩌면 발자국이 남아 있지 않을까? 그렇다면 그들이 발자국을 알아보고 그를 추격하려고 할 것이 아닌가? 숲속에서 만난 세 사람이 목격한 그 남자를 말이다. 클리퍼드 골든! 오늘 아침에 배를 타고 온 일. 자동차로 크랜스턴네 별장으로 온 일. 크랜스턴네 별장 방에 있는 물에 젖은 양복! 혹시 그가 없는 사이에 누가 방에 들어가 살피고 조사하고 질문하고 혹시 가방을 열어 보기라도 했다면? 경찰관이? 아, 하나님, 맙소사! 젖은 옷은 가방 속에 들어 있었다. 도대체 그것을 왜 가방 속에, 몸 가까이에 두고 있어야 한단 말인가? 이 일이 있기 전에 도대체 왜 진작 숨기지 않았던가? 돌에 옷을 둘러 호수에 던져 넣든지 말이다. 그랬더라면 돌 무게 때문에 호수 바닥에 가라앉아 있을 텐데. 제기랄! 이런 다급한 상황에서 그는 도대체 무엇을 생각하고 있는 걸까? 양복이 필요하게 되면 어쩌려고!

클라이드는 자리에서 일어나 있었다. 정신적으로나 신체적으로나 그야말로 꽁꽁 얼어붙어 있다시피 했다. 그 순간, 그의 눈에는 돌처럼 무표정한 빛이 감돌았다. 그는 빨리 이곳을 떠나야 했다. 당장 자기 방으로 돌아가서 양복을 처치해야 했다. 호수에 던지든지 별장 뒤쪽의 숲속에 숨기든지 해서 말이다. 하지만 그는 재빨리 그렇게 할 수가 없었다. 두 사람이 물에 빠져 죽었다는 이야기가 사람들의 가벼운 화제가 된 뒤에 허둥지둥 이곳을 떠날 수는 없는 일이었다. 그랬다가는 그의 행동이 어떻게 보이겠는가?

그러자 곧 이런 생각이 그의 머릿속에 떠올랐다. 그건 안 돼. 침착해야지. 조금이라도 당황한 기색을 보여서는 절대로 안 돼. 침착하게 보이자. 할 수만 있다면 시시껄렁한 말이라도 한마디 하자.

클라이드는 애써 용기를 내어 손드라 옆으로 다가가서 한마디 했다. "거참 안됐군, 그렇잖아?" 가까스로 태연한 체하면서 하는 말이었지만 그의 목소리는 떨릴 듯 말 듯했다. 무릎과 손도 마찬가지였다.

"그래, 정말로 그래." 손드라가 그에게만 고개를 돌리면서 대답했다. "그런 이야기를 들으면 늘 끔찍하지 않아? 그러지 않아도 엄마는 나랑 스튜어트가 이 호수, 저 호수로 놀러 다닌다고 무척 걱정하시거든."

"그래, 그건 나도 알지." 그의 음성은 둔탁하고 맥이 없었다. 말을 입 밖에 내는 것도 쉬운 일이 아니었다. 목이 메고 숨이 막히기 때문이었다. 그의 입술은 아까보다도 더 핏기가 없고 가늘게 다물어져 있었다. 그의 얼굴도 더 창백해졌다.

"왜 그래, 클라이드?" 손드라가 그의 얼굴을 좀 더 찬찬히 들여다보면서 갑자기 물었다. "얼굴이 백지장처럼 너무 창백해! 눈도 그렇고! 왜 그래? 오늘 밤 어디 몸이 아픈 거야? 아니면 여기 이 불빛 때문인가?"

손드라는 확인하기 위해 다른 사람들의 얼굴을 살피고 나서 다시 클라이드에게로 고개를 돌렸다. 방금 손드라가 지적한 것 같은 모습을 보여서는 절대로 안 된다는 생각에서 그는 바짝 정신을 차리고 대답했다. "아, 아냐. 불빛 때문인 것 같아. 그래, 정말이야, 불빛 때문이야. 어제 워…… 워…… 워낙 일이 많았거든. 그래서 그래. 오늘 밤엔 이곳에 오지 말걸 그랬어." 그러고 나서 그는 이상야릇하고 괴상한 웃음을 지어 보였다. 손드라는 몹시 안쓰러운 표정으로 그를 바라보면서 덧붙였다. "우리 그이는 그렇게 피곤해? 어제 일 때문에 우리 귀여운 클라이드가. 아침에 나한테 말했더라면 온종일 끌고 다니지 않았을 텐데. 프랭크한테 말해서 지금 크랜스턴네 별장으로 태워다 주라고 할까? 아니면 프랭크 방에 가서 누워도 되고. 그래도 상관없어. 어때, 내가 부탁해 볼까?"

손드라는 프랭크에게 말을 하려는 듯이 그쪽으로 돌아섰다. 그러자 클라이드는 마지막 암시에 기겁하면서도 이곳을 떠날 구실을 찾으며 정색하고 떨리는 목소리로 말했다. "아냐, 제발 그럴 필요는 없어. 난…… 난…… 나를 위해 그러지 않았으면 해. 곧 괜찮아질 거야. 잠시 후에 방에 올라가든지, 너도 간다면 좀 일찍 돌아가겠지만 지금은 괜찮아. 몸 상태가 좋지는 않지만 곧 나아질 거야."

손드라도 그의 긴장되고 좀 성급한 듯한 태도를 보자 더 이상 권하지는 않았다. "알았어, 내 사랑. 알았다고. 하지만 계속 상태가 좋지 않으면 프랭크에게 부탁해서 돌아가든지 방에 올라가서 쉬는 게 좋겠어. 신경 쓰지 않아도 돼. 잠시 뒤— 열 시 반쯤에는—나도 돌아갈 테니 그때 바래다줄게. 내가 집에 가기 전에 먼저 바래다줄게. 그 밖에 다른 누구래도 가고 싶은 사람이 있으면. 그렇게 할 거지?"

클라이드는 대답했다. "어쨌든 위층에 올라가서 술이라도 한 잔 하겠어." 그는 해리엇 별장의 드넓은 욕실 중 하나로 들어가 문을 잠그고 앉아서 생각에 생각을 거듭했다. 로버타의 시체가 발견된 사실, 그녀의 얼굴에 상처가 나 있을 가능성, 호반의 진흙과 모래 위에 그의 발자국이 남아 있을 가능성, 크랜스턴네 별장에 둔 양복, 숲속에서 만난 세 사람, 로버타의 가방과 모자와 물 위에 떠 있던 안감을 없앤 그의 모자 등을 생각했다. 도대체 어떻게 행동해야 하나! 어떻게 말을 해야 하나! 지금 아래층으로 내려가 손드라에게 돌아가자고 말할까, 아니면 이렇게 남아 고민하고 고통을 받아야 할까? 또 내일 신문에는 무슨 기사가 실릴까? 무슨 기사가? 어떤 내용을 담은 기사가? 만약 결국 그가 수배받고 있다고 암시하는 기사가, 아니면 그가 사건과 관계가 있다는 것을 암시하는 기사가 신문에 실린다면 그래도 이튿날 캠핑 여행에 따라나서는 게 현명할까! 아니면 여기서 곧바로 도망을 치는 게 더 현명한 일이 아닐까? 지금 그에게는 돈도 어느 정도 있었다. 뉴욕이나 보스턴이나 래터러가 있는 뉴올리언스'로 가면 되지 않을까? 아니지, 아, 그건 안 되지. 누구든 그를 아는 사람이 있는 곳으로 갈 수는 없었다.

오, 하나님 맙소사! 이 일과 관련하여 지금까지 바보처럼 계획을 세워 오다니! 얼마나 엉성하기 짝이 없는가! 처음부터 계획을 제대로 꾸미지도 않은 게 아닌가? 가령 로버타의 시체가 그 깊은 물속에서 발견되리라고 상상이나 했던가? 그런데 시체는 벌써 — 그것도 단 하루 만에 — 수면 위로 떠올라 그에게 불리한 증언을 하고 있는 게 아닌가? 또 숙박부에는 다른 사람 이름으로 기재했지만, 그 세 남자와 배 위에서 만난 그 시골 아가씨 때문에 그가 추적당할 수도 있지 않은가? 그는 생각에 생각을 거듭하고, 또 생각해야 했다! 그 양복 때문에 돌이킬 수 없는 일이 일어나기 전에 어서 빨리 이곳을 떠나야 하지 않을까.

시간이 흐를수록 더 맥이 빠지고 두려워지자 클라이드는 당장 아래층에 있는 손드라에게로 돌아가서 정말 몸이 아프니 그녀만 괜찮으면 돌아가고 싶다고 말하기로 작정했다. 결국 열 시 반이 되자 아직 시간은 일렀지만 손드라가 버처드에게 몸이 불편해서 집에 가겠으니 클라이드와 질과 함께 데려다 달라고 부탁했다. 그러면서 그녀는 내일은 베어 호수로 떠나는 시간에 맞춰서 다시 만나겠다고 했다.

클라이드는 일찍 돌아가는 것이 지금까지 그 절망적인 살인 계획을 실행하는 과정에서 수없이 저지른 잘못을 또 한 번 저지르는 셈이 아닐까 마음에 걸렸지만 어쨌든 보트에 올라탔고, 보트는 눈 깜짝할 사이에 크랜스턴네 별장에 도착했다. 그곳에 도착하자 그는 애써 태연한 태도로 버처드와 손드라와 헤어진 뒤 자기 방으로 달려갔다. 가방은 제자리에 있었다. 적어도 그가 없는 사이에 방에 누가 들어온 것 같은 흔적은 없었다. 그래도 그는 불안에 떨면서 양복을 꺼내 끈으로 묶고 남의 눈에 띄지 않게 집에서 빠져나갈 수 있는 조용한 순간을 기다리며 귀를 기울였다. 그러다가 마침내 산책하러 나가는 사람처럼 느린 걸음으로 밖으로 나갔다. 그러고 나서 호수 기슭에 이르자— 별장에서 0.3킬로미터쯤 떨어진 곳이었다 — 묵직한 돌을 찾아 양복으로 그것을 감쌌다. 이어 그는 그것을 힘껏 멀리 호수로 던졌다. 그러고 나서 그는 이튿날은 무슨 일이 벌어질까, 누가 찾아와 물으면 뭐라고 대답할까, 하고 곰곰이 생각하면서 올 때 못지않게 우울하고 초조해져 조용히 별장으로 돌아왔다.

제8장

로버타를 비롯하여 클라이드를 체포하러 온 사람들, 밤길을 걷던 일, 그런 것들과 관련한 괴로운 꿈 때문에 어수선하던 밤이 새고 마침내 새벽이 왔다. 잠자리에서 일어난 그는 신경이 팽팽하게 긴장되어 있었고 두 눈이 따가웠다. 한 시간쯤 뒤 아래층으로 내려가 보니 전날 자동차로 그를 이곳까지 태워다 준 운전기사 프레더릭이 차고에서 차를 끄집어 내고 있었다. 그래서 그는 프레더릭에게 올버니와 유티카에서 발행되는 조간신문들을 모조리 갖다 달라고 부탁했다. 아홉 시 반경 운전기사가 신문을 갖고 돌아오자 그는 신문들을 갖고 방으로 가서 문을 잠그고 신문 한 장을 펼쳤다. 그러자 다음과 같은 놀라운 기사 제목이 그의 눈에 띄었다.

의문의 처녀 죽음

어제 애디론댁 호수에서 시체 발견
동행한 남자는 행방불명

클라이드는 긴장되고 창백한 얼굴로 창가 근처 의자에 앉아서 기사를 읽기 시작했다.

7월 9일, 뉴욕주 브리지버그 — 수요일 아침, 뉴욕주 그래스 호수의 그래스호 여관에는 칼 그레이엄 부부라는 이름으로 투숙하고, 화요일 정오 빅비턴 호수의 빅비턴 여관에는 클리퍼드 골든 부부라는 이름으로 투숙한 한 청년의 아내로 추측되는 신원 미상의 한 젊은 여자의 시체가 어제 정오 조금 전 빅비턴 호수 남단 물속에서 발견되었다. 뒤집힌 보트와 남자의 밀짚모자가 문코브 근처의 물 위에 떠 있는 것이 발견되었기 때문에 갈고리와 밧줄을 이용한 수색 작업이 오전 내내 계속되었다……. 그러나 엊저녁 일곱 시까지 남자의 시체는 발견되지 않았다. 오후 두 시에 사고 현장으로 출두한 브리지버그의 하이트 검시관에 따르면, 남자의 시체가 발견될 가능성은 전혀 없다고 한다. 죽은 여자의 머리와 얼굴에 상처가 몇 개 있는 데다 수색 작업이 진행되고 있는 동안 현장에 도착한 세 남자가 전날 밤 호수 남쪽의 숲속에서 골든이나 그레이엄의 인상착의와 일치되는 청년을 만났다고 증언했으므로 살인이 자행되었고 범인은 도주를 기도하고 있다는 의견이 지배적이다.

젊은 여자는 갈색 가죽 여행용 가방과 모자 및 상의를 맡겨 놓았는데 가방은 빅비턴 동쪽 8킬로미터 떨어진 건룻지 철도역의 매표소에, 모자와 상의는 호반 여관의 휴대품 보관실에 맡겨 놓은 한편, 그레이엄 또는 골든은 자신의 여행용 가방을 갖고 보트에 탄 것으로 전해진다.

빅비턴의 여관 주인에 따르면, 이 남녀는 도착하자 올버니의 클리퍼드 골든 부부 이름으로 숙박부에 기재했다. 방에 잠시 머물렀던 그들은 바로 바깥에 있는 선착장으로 가서 작은 보트 한 척을 빌려 골든은 보트에 가방을 실은 뒤 젊은 여자와 함께 타고 호수 가운데로 나갔다. 그들은 돌아오지 않았고, 어제 아침 호수 남단의 문코브라는 작은 만에서 뒤집힌 보트가 발견되었고, 곧이어 그 젊은 여자의 시체도 이곳 물속에서 발견되었다. 그 일대의 호수 바닥에는 바위가 없는 데다 얼굴에는 상처가 뚜렷이 나 있었으므로 사람들은 곧 여자가 폭행을 당한 것으로 의심하게 되었다. 그뿐 아니라 세 남자의 증언과 근처에서 발견된 남자의 모자에 안감이나 모자의 출처를 밝힐 만한 그 밖의 표지가 하나도 없었다는 사실로 미루어 보아 하이트 검시관은 남자의 시체가 발견되지 않는 한, 살인이 자행된 것이라고 주장했다.

그래스 호수와 빅비턴의 여관 주인들, 투숙객들, 안내인들의 기술에 따르면, 골든 또는 그레이엄은 24세 또는 25세 미만으로 몸이 호리호리한 편이고 머리칼이 검으며 키는 172센티미터나 175센티미터쯤 된다. 도착 당시 그 사내는 엷은 회색 양복과 황갈색 구두와 밀짚모자 차림으로 갈색 여행용 가방을 들고 있었는데, 가방에는 우산과 지팡이로 추측되는 물건이 달려 있었다.

젊은 여자가 여관에 두고 간 모자와 윗옷은 각각 검은색과 엷은 황갈색이고 옷은 짙은 청색이었다.

골든 또는 그레이엄이 살아 있어 도주를 기도할 때는 그를 체포하도록 인근 일대의 철도역에는 범인이 수배되어 있다. 익사한 여자의 시체는 군청 소재지인 브리지버그로 이송해 검시할 예정이다.

클라이드는 몸이 꽁꽁 얼어붙은 자세로 가만히 앉아 생각에 잠겼다. 이런 비열한 살인 행위가 보도된 데다 이 근처에서 일어난 일이기도 하니 여러 사람이 — 어쩌면 너나 할 것 없이 — 모두 흥분해서 신문에 묘사된 인상착의를 한 사람을 찾아내려고 오가는 사람을 모조리 눈여겨보는 건 아닐까? 그렇다면 벌써 추격의 손길이 이토록 가까이 미치고 있으니 빅비턴이나 이곳 경찰에 출두해서 지금까지 일어난 일들, 처음 계획과 그 계획을 세우게 된 이유를 모조리 털어놓고 마지막 순간에 가서는 그녀를 죽이지 않았다고 생각이 달라져 계획대로 행동할 수 없었다고 설명하는 편이 낫지 않을까? 그러나 그것은 안 될 일이었다. 그랬다가는 그동안 로버타와 있었던 일들을 손드라와 큰아버지네 가족들에게 모두 알리는 셈이 될 것이다. 모든 것이 끝장난 건지 어떤지 확실히 알기도 전에 말이다. 게다가 그렇게 도망쳤으니 그의 말을 누가 믿어 줄까? 로버타의 얼굴에 상처가 있었다고 신문에서도 보도하고 있는데. 그가 그녀를 살해하지 않았다고 아무리 변명해 보았자 그가 그녀를 죽인 것처럼 보일 게 아닌가?

클라이드가 만난 사람들 가운데 이 신문 기사를 보고 그를 알아보는 사람이 없지도 않을 것이다. 비록 회색 양복과 밀짚모자는 벗어 버렸지만. 하나님, 맙소사! 살인죄를 입증하려고 그를, 아니 그와 비슷하게 생긴 클리퍼드 골든이나 칼 그레이엄을 찾고 있을 게 아닌가! 만약 내가 클리퍼드 골든과 생김새가 똑같고, 그 세 사람이 나타난다면! 그는 몸을 벌벌 떨기 시작했다. 설상가상으로 바로 이때 처음으로 그의 머리에 끔찍한 생각이 떠올랐다. 클리퍼드 골든 또는 칼 그레이엄이라는 이름의 머리글자가 그의 이름 머리글자와 같지 않은가! 그때까지만 해도 그는 그것이 자기에게 불리할 것으로 생각해 본 적이 없었지만 지금은 불리할 수 있다는 것을 알 수 있었다. 왜 진작 그 생각을 하지 못했을까? 왜? 도대체 왜? 오, 하나님, 맙소사!

바로 이때 손드라에게서 전화가 걸려왔다는 연락이 왔다. 클라이드는 전화를 받는데도 목소리가 떨리지 않도록 먼저 마음부터 가라앉혀야 했다. 몸이 아픈 우리 애인, 오늘 아침은 좀 어때? 좀 나아졌어? 어젯밤에는 그렇게 갑자기 병이 나 얼마나 놀랐는지 몰라. 이제는 정말 괜찮은 거야? 오늘 여행을 떠날 수 있겠어? 잘됐네. 아파서 가지 못한다고 할까 봐 밤새 얼마나 걱정했는데. 하지만 갈 수 있다니 참 다행이야. 귀여운 사람! 소중한 우리 아기!

우리 아기도 그녀를 그토록 사랑하나? 이번 여행은 당신에게 아주 좋을 거라고 확신해. 점심때까지는 준비 때문에 바쁘지만 잠시 뒤 한 시나 한 시 반에 커시노에 모두 모일 때 만나. 그러고 나서 아, 참! 호! 그곳에 가면 정말 즐거울 거야. 버타인이랑 그랜트랑, 그 밖에 또 누군가 있으면 함께 와. 선착장에서 스튜어트의 모터보트에 갈아타면 돼. 여행은 무척 재미있을 거야. 엄청 말이지. 하지만 지금은 전화를 끊어야겠어. 그럼, 안녕!

그러고는 그녀는 색깔이 화려한 새처럼 또 한 번 홀쩍 날아가 버렸다.

그러나 클라이드가 이곳을 떠남으로써 클리퍼드 골든이나 칼 그레이엄을 찾고 있을지도 모를 사람들과 마주치게 될 위험을 피하기까지는 세 시간은 더 기다려야 하지 않는가! 하긴 그때까지 호반 길로 해서 숲속으로 들어가거나 가방을 꾸려서 아래층에 내려가 앉아 큰길에서 별장으로 들어오는 작은길이나 보트 편으로 호수 위로 접근해 오는 사람이 있는지 어떤지 지켜보고 있으면 될 게 아닌가? 만약 수상쩍은 사람이 나타나면 도망칠 수 있지 않은가? 실제로 그는 쫓기는 짐승처럼 힐끗힐끗 뒤를 돌아보며 숲속으로 들어갔다. 숲에서 돌아온 그는 앉아 있는 동안에도 걷는 동안에도 경계를 게을리 하지 않았다. (저 사람은 누굴까? 저 보트는 뭘까? 어디로 가는 것일까? 혹시 이곳으로 오는 건 아닐까? 그 보트에는 누가 타고 있을까? 혹시 경찰관이 아니면 형사? 그렇다면 물론 도망가야지. 만약 그럴 시간이 있다면 말이다.)

그러나 마침내 오후 한 시가 되자 크랜스턴네 모터보트는 버타인, 할리, 와이넷, 그랜트, 그리고 그를 태우고 선착장으로 떠났다. 일단 선착장에 도착하자 일행은 각자가 데리고 가는 하인들과 함께 합류했다. 일행은 50킬로미터쯤 북쪽의 호수 동쪽 물가에 있는 리틀피시만에서 배것네 자동차와 해리엇네 차들을 만나 식량과 카누 등을 차에 옮겨 싣고 동쪽으로 65킬로미터쯤에 위치한 빅비턴 못지않게 호젓하고 경치 좋은 베어 호수로 달렸다.

지금 그 걱정거리만 없다면 얼마나 즐거운 여행일까. 눈으로 줄곧 사랑을 호소하는 손드라와 함께 있는 더할 나위 없는 이 기쁨. 그와 함께 있어 그토록 높게 타오르고 있는 손드라의 영혼의 불길. 하지만 로버타의 시체가 물 위에 떠오르지 않았는가! 클리퍼드 골든, 칼 그레이엄에 대한 수색. 곳곳에 수배되고 신문마다 실린 그와 동일하게 생긴 범인의 인상. 이 사람들도, 저마다 보트나 차에 탄 이 친구들도 아마 그 기사를 읽었을지 모른다. 그래도 그를 잘 알고 있는 데다 그가 맺고 있는 관계 — 손드라와의 관계, 그리피스 집안과의 관계 — 때문에 의심은커녕 신문에 보도된 인상에도 전혀 신경 쓰지 않고 있었다. 그렇지만 만약 이 사람들이 그를 의심한다면! 짐작이라도 한다면! 그 공포감! 도주! 폭로! 경찰! 그들 모두는 어쩌면 손드라만 제외하고는 누구보다도 먼저 그에게서 등을 돌릴 것이다. 어쩌면 그녀도 그럴지 모르지. 그래, 틀림없이 그럴 거야. 손드라의 두 눈에는 공포의 빛이 떠오를 것이다.

그날 저녁 해가 질 무렵 일행은 베어 호수 서쪽 물가의 손질이 잘된 잔디같이 탁 트인 풀밭 위에 인디언 마을처럼 모닥불 둘레에 색깔이 다른 다섯 개의 텐트를 치고 자리를 잡았다. 요리사와 하인들의 텐트는 멀리 떨어진 곳에 세웠다. 카누 대여섯 대가 풀이 많은 호숫가에 화려한 색깔의 물고기처럼 끌어 올려져 있었다. 이어 그들은 모닥불 주위에 둘러앉아 저녁 식사를 했다. 배것, 해리엇, 스튜어트, 그랜트 등은 다른 일행이 춤을 추도록 곡을 연주한 다음 큰 휘발유 램프 불빛 아래서 포커판을 벌였다. 나머지 사람들은 야한 캠프 송과 대학 시절의 노래를 합창했고, 클라이드는 그것을 모르면서도 따라 부르려고 애썼다. 웃음소리들이 터져 나왔다. 그리고 누가 제일 먼저 물고기를 잡는지, 다람쥐와 메추리를 쏘아 맞히는지 하는 문제를 놓고 그들은 내기 돈을 걸었다. 마지막으로 이튿날 아침에는 식사하고 나서 동쪽으로 적어도 1.5킬로미터가 넘는 곳으로 이동할 계획을 세웠다. 그곳에는 이상적인 모래사장이 있고, 메티스' 여관에서 적어도 8킬로미터쯤밖에는 떨어져 있지 않으며, 또 그곳에서는 마음껏 먹고 춤을 출 수 있다는 것이다.

일행 모두가 잠자리에 든 뒤 이 캠프의 정적과 아름다움! 하늘에 총총 떠 있는 별들! 미풍에 잔물결이 이는 신비롭고 어두운 호수의 물, 산들바람 속에서 서로 속삭이는 신비로운 검은 소나무들, 밤새들과 부엉이들의 울음소리 — 이 모든 소리가 클라이드의 귀에는 그의 마음을 어수선하게 하는 소리로 들릴 뿐이었다. 이 모든 것이 천국과 같지 않은가! 다만, 다만 말이다,

해골에게 쫓기는 것 같은 기분, 로버타의 일과 관련한 공포뿐 아니라 그를 살인범으로 단정하고 있는 법의 위협과 권위에 쫓기는 신세만 아니었다면 말이다. 다른 일행 모두가 잠자리에 들거나 또는 그늘진 곳으로 들어간 후 손드라는 별빛 아래에서 마지막 몇 마디와 키스를 나누기 위해 텐트에서 빠져나왔다. 그리고 그는 자기가 얼마나 행복한지 모르며, 그녀의 사랑과 신뢰를 한없이 고맙게 여긴다고 속삭였다. 한 번은 자기가 그녀가 생각하고 있는 것처럼 그렇게 좋은 사람이 아니더라도 미워하지 않고 조금은 사랑해 주겠느냐고 묻고 싶기도 했다. 그러나 그런 말을 하면 그녀가 그것을 전날 밤에 겁에 질렸던 그의 태도나 그의 속을 갉아먹고 있는 그 무서운 파멸적인 비밀과 연관시켜 생각하지 않을까, 하는 두려움 때문에 미처 입 밖에 내지 않았다.

이어 클라이드는 배것, 해리엇, 그랜트 세 사람과 함께 4인용 텐트 안에 누워서 몇 시간이나 밖에서 혹시 무슨 발소리가 들려오지 않는지 귀를 기울이고 있었다. 그 발소리는 곧 맙소사! 심지어 이곳에서조차 경찰! 체포! 폭로! 죽음! 이런 것을 의미할지 모른다. 한밤중에 무서운 꿈을 꾸다 두 번 잠을 깬 그는 잠결에 고함이라도 지르지나 않았는지 마치 그렇게 한 것처럼 걱정이 되었다.

그러나 둥근 해가 노랗게 호수 위로 솟으면서 아침의 영광이 또 한 번 찾아왔고 호수 맞은편 만에서는 야생 오리가 노닐고 있었다. 얼마 뒤 그랜트와 스튜어트와 할리는 반쯤 벗은 상태로 엽총을 들고 사냥 솜씨를 자랑하려고 먼 거리에서 쏘아 오리를 몇 마리 잡아 올 생각으로 카누를 타고 나갔지만 한 마리도 잡지 못해 다른 일행의 폭소만 자아냈다. 젊은 남녀들은 화려한 색깔의 수영복과 실크 비치가운을 걸치고 나와 물속에 뛰어들어 고함을 지르며 야단법석을 떨었다. 아홉 시에 아침 식사를 한 뒤 이어 화려한 색깔의 카누들이 떼를 지어 호수의 남쪽 물가를 따라 동쪽으로 이동했는데 밴조, 기타, 만돌린 소리와 함께 사람들의 노랫소리, 농담 소리, 웃음소리가 드높았다.

"우리 아가가 오늘 왜 이럴까? 어두운 표정을 짓고 있으니. 손드라도 있고 친구들도 이렇게 많은데 즐겁지가 않아?"

클라이드는 즐겁고 걱정이 없는 척해야 한다고 깨달았다.

이어 정오쯤이 되어 할리 배것과 그랜트와 해리엇은 그들이 염두에 두고 있는 목적지가 바로 코앞에 있다고 알렸다. 그곳은 램숀이라는 곳으로 가장 높은 곳에서는 호수 전체를 한눈에 볼 수 있었다. 그리고 그 아래쪽은 일행의 천막과 장비가 모두 들어설 만큼 넓게 트여 있었다. 이어 이 즐거운 따스한 일요일 오후의 시간을 여느 때처럼 보트 타기, 수영, 춤, 산책, 카드 게임, 음악으로 보냈다. 클라이드와 손드라도 ― 손드라는 만돌린을 들고 ― 다른 남녀 쌍들처럼 캠프에서 동쪽으로 멀리 떨어진 은밀한 바위가 있는 곳으로 걸어갔다. 그곳 소나무 그늘에서 두 사람은 드러누워 ― 손드라는 클라이드의 품 안에서 ― 앞으로 할 일들을 두고 이야기를 나누었다. 그녀는 이번에 클라이드가 다녀가고 나면 다시는 이런 식으로 클라이드와 친밀하게 지내서는 안 된다고 엄마가 말했다고 전했다. 클라이드가 너무 가난하고 그리피스 집안에서도 너무 초라한 친척이기 때문이라는 것이다. (물론 손드라는 그렇게 노골적으로 어머니의 말을 클라이드에게 전한 것은 아니었다.) 그러나 그녀는 얼른 이렇게 덧붙였다. "그건 말도 안 돼, 우리 아가! 하지만 걱정하지 마. 지금은 엄마 감정을 건드리지 않는 게 좋아서 그냥 웃으면서 엄마좋은 대로 하자고 그랬어. 그래도 클라이드처럼 인기 있는 사람과 여기저기서 마주치는 건 어쩔 수 없는 일이 아니겠느냐고 말해 줬지. 우리 애인은 너무 멋져 보이는걸. 모두 그렇게 생각해. 심지어 남자들까지도."

한편 같은 시간에 샤런의 실버 여관 베란다에서는 메이슨 지방 검사가 버튼 벌리 검사보, 하이트 검시관, 얼 뉴콤 및 배가 툭 튀어나오고 인상이 험악하지만 대인 관계에서는 붙임성이 있는 무서운 사람이라는 소문이 나 있는 슬랙 보안관과 제1보안관보인 크라우트, 제2보안관보인 시셀, 제3보안관보인 스웽크 등과 함께 범인을 즉시 검거할 수 있는 최선의 가장 확실한 방법을 논의하고 있었다.

"그자는 베어 호수로 갔어요. 수배되고 있다는 소식이 범인 귀에 들어가기 전에 뒤따라가 덮쳐야 하오."

그래서 그들은 ― 이 그룹 말이다 ― 곧 행동을 개시하여 벌리와 얼 뉴콤은 샤런 일대에서 클라이드가 금요일에 도착해서 크랜스턴네 별장으로 출발했을 때까지의 상황을 추가로 알아보고 그의 행적을 조금이라도 알 만한 사람들과 이야기를 해 보고 소환하는 일을 맡았다. 하이트 역시 비슷한 목적으로 '시그너스'호 선장과 세 증인을 만나 보기로 했고, 메이슨은 보안관과 보안관보 셋과 함께 세를 낸 쾌속정 편으로 캠핑 여행을 떠난 일행의 뒤를 밟아 우선 리틀 피시만으로 갔다가 추적의 방향이 정확하다는 사실이 판명될 때는 다시 베어 호수로 가기로 했다.

월요일 아침 램숀 곶에 가 있던 일행이 천막을 거두고 이미 동쪽으로 20킬로미터 넘게 떨어진 셸터 비치로 이동 중일 때, 메이슨은 슬랙과 보안관보 셋과 함께 전날 아침에 일행이 천막을 거둔 캠프장에 도착했다. 이곳에서 보안관과 메이슨은 서로 논의해서 대열을 분산시키기로 했다. 현지에서 호젓하게 사는 주민들의 카누를 징발해서 메이슨과 크라우트 제1보안관보는 호수 남안을, 슬랙과 시셀 제2보안관보는 호수의 북안을 따라 각각 전진했다. 한편 젊은 스웽크는 누군가를 체포해서 쇠고랑을 채우고 싶은 마음이 간절하면서도 고독한 젊은 사냥꾼이나 나무꾼이 된 기분으로 호수 한가운데에서 직접 동쪽으로 노를 저으면서 물가에 단서가 될 만한 연기나 불이나 텐트나 서성거리는 사람이 없는지 찾아보았다. 그는 자기 손으로 살인범을 체포하고 싶은 마음이 굴뚝같았다. 클라이드 그리피스, 법의 이름으로 너를 체포한다! 그러나 메이슨과 슬랙의 지시가 있었으므로 애석한 일이지만 무슨 조짐이 보이면 제일 전방에 나와 있는 상태이기 때문에 범인을 놀라게 하여 달아나지 않도록 카누를 오던 길로 돌려 범인의 귀에 잘 들리지 않을 만한 거리에 이르러 8연발 권총에서 한 방을 쏘면 누구든 제일 가까이 있는 사람이 한 방을 쏘아 즉시 그가 있는 쪽으로 가게 되어 있었다. 그러나 클라이드와 인상이 비슷한 의심스러운 인물이 보트나 도보로 도망가는 것을 보지 않는 한, 어떠한 일이 있어도 혼자서 범인을 검거하려고 해서는 안 되게 되어 있었다.

이와 같은 시간, 클라이드는 할리 배것, 버타인, 손드라와 함께 카누를 타고 다른 카누들과 함께 동쪽으로 노를 저으면서 뒤를 돌아보며 생각에 잠겨 있었다. 지금쯤 경찰관이나 누군가가 샤런에 도착해서 이곳으로 그를 쫓아오고 있지나 않을까? 그의 이름을 안다면 그가 있는 곳을 알아내기가 그렇게 어려울까?

그러나 그들은 그의 이름을 알지 못했다. 신문에 실린 기사들이 그것을 입증하지 않았던가? 마침내 손드라를 다시 만나 이렇게 멋진 여행을 즐기고 있는데, 뭘 자꾸만 그렇게 불안해하는가? 게다가 만약의 경우 사는 사람도 별로 없는 호반의 숲속으로 해서 동쪽으로 걸어 호수의 다른 쪽 끝에 있는 여관으로 가서 다시 돌아오지 않으면 그만이 아닌가? 토요일 오후 할리 배것과 그 밖의 사람들에게 지나가는 말처럼 호수 동쪽 끝에서 남쪽이나 동쪽으로 가는 길이 있는지 물어보지 않았던가? 그리고 그런 길이 있다고 말을 듣지 않았던가?

마침내 월요일 정오, 일행은 이번 여행을 계획한 사람들이 경치가 좋은 세 번째 장소로 꼽았던 셸터 비치에 도착했고, 그곳에서 클라이드는 여자들이 주위에서 노는 동안 다른 남자들과 함께 텐트를 쳤다.

그러나 같은 시간, 램슌 호반에서는 일행이 피웠던 모닥불 자리에 먹이를 찾는 짐승처럼 긴장해서 접근한 젊은 스웽크는 재를 살펴보고 재빨리 다시 추격을 계속했다. 한 시간 후 그곳에 도착한 메이슨과 크라우트는 범인이 자리를 옮긴 것이 분명했으므로 모닥불 자리를 한번 흘긋 보았을 뿐 그곳을 더 살펴보려고도 하지 않았다.

스웽크는 전보다도 훨씬 힘껏 노질해서 네 시경에는 셸터 비치에 도착했다. 그는 멀리 대여섯 명의 사람이 호수 물속에서 놀고 있는 것을 보자 곧 카누의 뱃머리를 돌려 필요한 신호를 보내기 위해 다른 사람들이 있는 쪽으로 돌아갔다. 3킬로미터 넘게 되돌아간 곳에서 그는 권총을 한 방 쏘았고, 메이슨과 슬랙 보안관은 저마다 이에 응답했다. 스웽크의 총성을 들은 두 일행 모두 이제 동쪽으로 급히 노를 저었다.

손드라와 함께 물속에 있던 클라이드는 총성을 듣자 즉시 이상하다는 생각이 들었다. 첫 번째의 총성이 여간 불길하지 않은가! 뒤이어 더 멀리서 울려온 두 방의 총성 — 그것은 첫 번째의 총성에 대한 응답 같지 않은가? 그러고 나서 흐르는 불길한 침묵! 그게 무슨 총성일까? 그러나 할리 배것은 옆에서 농담하고 있었다. "사냥철도 아닌데 사냥을 하는 놈들이 있군. 저건 위법이잖아?"

"어이, 거기 있는 친구들!" 그랜트 크랜스턴이 큰 소리로 외쳤다. "거기 있는 오리는 내 거야! 아무도 건드리지들 마!"

"솜씨가 오빠 정도밖에 안 된다면 어차피 건드리지도 못할 텐데, 뭐." 버타인이 한마디 했다.

클라이드는 억지로 미소를 지으려 하면서 총성이 난 쪽을 바라보며 쫓기는 짐승처럼 귀를 기울였다.

빨리 물 밖으로 나가서 옷을 입고 달아나라고 이르는 게 무엇인가? 빨리! 어서 빨리! 빨리 네 텐트로 돌아가! 어서 빨리 숲속으로 피신해! 마침내 그 소리에 이끌려 그는 남들이 보지 않는 사이에 텐트로 달려가 아직도 가진 평범한 청색 신사복을 입고 캡을 쓰고는 캠프 뒤쪽의 숲속으로 슬그머니 들어갔다. 일행에게 보이지 않고 들리지 않는 곳에서 생각하고 어떻게 할 것인지 결정해야 했기 때문이다. 그러나 총성이 무엇을 의미하는지 알지 못하는 데서 오는 불안 때문에 호수에서 보이지 않는 곳에 숨어 있어야 했다.

하지만 손드라! 토요일과 어제, 그리고 오늘 손드라가 해 준 말. 총성의 의미를 확실히 알아보지도 않고 이런 식으로 그녀 곁을 떠날 수 있을까? 정말로 그럴 수 있을까? 손드라의 키스! 장래를 기약하던 그녀의 말! 만약 그가 이대로 돌아가지 않는다면 손드라는 ― 그리고 다른 사람들은 ― 어떻게 생각할까? 이런 식으로 사라진다면 그 사실은 영락없이 샤런과 그 밖의 지방 신문에 보도되고, 그렇게 되면 그가 클리퍼드 골든 또는 칼 그레이엄과 동일인이라는 사실이 밝혀질 게 아닌? 안 그런가?

이어 클라이드는 이렇게도 생각해 보았다. 호수 위나 숲속을 지나가던 사냥꾼들이 어쩌다가 총을 쏜 것에 지나지 않을지도 모르는데, 뭘 그리 까닭 없이 겁을 집어먹고 있는가? 그러자 그는 숲에서 빠져나갈 것인지, 빠져나가지 않을 것인지 마음을 정할 수 없어 망설였다. 아, 주변에 기둥처럼 높이 솟아 있는 소나무들이 주는 위로—양탄자처럼 땅에 깔린 갈색 솔잎들의 부드러움과 침묵—그 밑으로 들어가 누우면 밤이 될 때까지 숨어 있을 수 있는 아늑한 덤불과 잡목 넝쿨. 그런데도 그는 계속 또 계속 걸었다. 그러나 그는 몸을 돌려 캠프로 돌아가서 누가 왔는지 알아보려고 했다. (산책하다가 길을 잃었다고 말하면 될 터였다.)

그러나 이즈음 캠프에서 서쪽으로 3킬로미터 넘게 떨어진 곳에서는 나무 그늘에서 메이슨과 슬랙, 그리고 다른 모든 사람이 모임을 하고 있었다. 모임이 끝난 뒤 클라이드가 서성거리다가 어느 정도 캠프 근처까지 와 있을 무렵 메이슨은 스웽크가 노 젓는 카누를 타고 캠프장이 있는 호반에 도착해서 그곳에 있는 사람들에게 클라이드 그리피스라는 사람이 있는지 물으며 만약 있다면 만나 보고 싶다고 했다. 그러자 가장 가까이 있던 할리 배것이 대답했다. "아, 그럼요. 이 근처에 있을 텐데요." 그리고 스튜어트 핀칠리가 큰 소리로 외쳤다. "어이, 그리피스!" 하지만 아무 대답이 없었다.

그러나 그 소리가 들리는 곳까지 와 있지 않던 클라이드는 아주 느린 걸음으로 조심스럽게 캠프로 돌아오고 있었다. 메이슨은 그가 아마 근처에 있으며 아무것도 모르고 있을 거라고 판단해서 좀 더 기다려 보기로 했다. 한편 그는 스웽크에게 숲속으로 들어가서 혹시 슬랙이나 다른 사람을 만나면 한 사람은 동쪽 물가를, 또 한 사람은 서쪽 물가를 따라가도록 이르고 스웽크 자신은 전처럼 보트로 호수 동쪽 끝의 여관으로 가서 이 지역에 용의자가 있다는 사실을 모두에게 연락하라고 지시를 내렸다.

한편 클라이드의 캠프 동쪽 1킬로미터 넘는 거리까지 와 있었고, 그의 귀에 여전히 무엇인가가 속삭이고 있었다. '어서 달려! 우물쭈물하지 말고 도망쳐!' 하지만 그는 머뭇거리며 손드라와 이 감미로운 삶에 대해 생각하고 있는 게 아닌가! 그렇게 도망쳐야 할까? 도망가는 편이 이곳에 그대로 있는 것보다 더 큰 잘못일지 모르겠다고 혼잣말을 했다. 만약 그 총성이 아무런 의미도 없는 것이라면 — 그에게는 아무 의미 없는, 한낱 사냥꾼들이 쏜 총소리였다면 — 그렇다면 아무것도 아닌 것 때문에 모든 것을 포기하는 셈이 되지 않겠는가? 그래도 그는 마침내 뒤돌아서면서 당장은, 어두워질 때까지는 돌아가지 말고 그 이상한 총성의 의미부터 알아보는 게 좋겠다고 생각했다.

그러나 클라이드는 마음의 갈피를 잡지 못해 다시 한 번 걸음을 멈췄다. 그때 초저녁 참새들과 숲에서 홍방울새들이 노래를 부르고 있었다. 그는 초조하게 주위를 살펴보았다.

그때 갑자기 겨우 15미터 전방의 키 큰 나무들 그늘에서 구레나룻을 기른 나무꾼 같은 모습을 한 사람이 나오더니 빠른 걸음으로 소리 없이 접근해 왔다. 몸이 야위고 키가 크고 눈매가 날카로운 그 사나이는 빛바랜 헐렁한 갈회색 양복을 앙상한 몸에 걸치고 있었다. 그는 다가오면서 불쑥 소리를 질렀다. 순간 클라이드는 온몸의 피가 얼어붙는 듯한 느낌이 들어 그 자리에서 꼼짝하지 못했다.

"잠깐 멈춰, 젊은이! 꼼짝 마. 이름이 혹시 클라이드 그리피스가 아닌가?" 낯선 사나이의 날카로운 눈빛과 사나이가 뽑아 든 권총을 본 클라이드는 그 사람의 단호하고 권위적인 태도에 그만 뼛속까지 얼어붙었다. 정말로 이렇게 검거되는 것일까? 법의 집행관들이 그를 잡으러 온 것인가? 아, 하나님, 맙소사! 이제는 도망갈 수도 없지 않은가! 왜 그냥 도망치지 않았단 말인가? 도대체 왜? 그러나 즉시 클라이드는 온몸에 힘이 빠지고 몸이 떨리기 시작했지만 죄를 스스로 시인하고 싶지가 않아서 하마터면 "아닙니다!" 하고 대답할 뻔했다. 그러나 그는 분별력을 되찾으며 "예, 제가 클라이드 그리피스입니다"라고 대답했다.

"바로 여기서 서쪽에 캠프를 친 사람들과 일행이지?"

"네, 그렇습니다만."

"좋아, 그리피스. 이 권총에 대해선 미안하이. 난 무슨 일이 있어도 당신을 검거하라는 명령을 받았을 뿐이니까. 내 이름은 크라우트, 니콜라스 크라우트요. 캐터라키군 보안관보이지. 당신의 체포 영장이 여기 있소. 그 이유는 당신이 알 테니까 순순히 동행해 주기를 바라네." 그렇게 말하면서 크라우트 씨는 무겁고 위험해 보이는 무기를 좀 더 힘을 주어 잡더니 단호하고 결의에 찬 눈빛으로 클라이드를 쳐다보았다.

"무슨…… 무슨…… 이유 때문인지 잘 모르겠습니다." 클라이드가 하얗게 질린 얼굴로 힘없이 말했다. "하지만 영장을 갖고 계시다니 물론 따라가겠습니다. 하지만 무슨…… 무슨 이유로…… 영문을 전혀 모르겠습니다." 이렇게 말하는 그의 목소리는 조금 떨렸다. "도대체 무슨 이유로 저를 체포하는 건가요?"

"이해하지 못하겠다고? 지난 수요일이나 목요일에 빅비턴이나 그래스 호수에 가지 않았나?"

"물론이죠, 가지 않았습니다." 클라이드는 거짓말을 했다.

"당신하고 같이 있었던 것으로 추정되는 아가씨가 그곳에서 물에 빠져 죽은 것에 대해서도 아무것도 모른다는 말인가? 뉴욕주 빌츠 출신의 로버타 올든이라고 하던데."

"아니, 그걸 제가 어떻게 압니까!" 클라이드는 불안하여 짧게 대답했다. 그러나 처음 보는 이 사나이의 입에서 로버타의 본명과 주소가 튀어나온 것은 그에게는 엄청난 충격이었다. 그렇다면 모두 알고 있구나! 단서를 잡은 거였다. 그의 본명과 로버타의 본명을! 아, 이를 어쩌나! "제가 살인을 저질렀다는 건가요?" 그는 이렇게 덧붙였지만 그의 목소리는 모깃소리처럼 연약했다. 차라리 속삭이는 것 같았다.

"그렇다면 그 여자가 지난 목요일에 물에 빠져 죽은 걸 모른다는 말이야? 그때 함께 있지 않았다는 거야?" 크라우트 씨는 믿을 수 없다는 듯 차가운 의혹의 눈으로 그를 쏘아보았다.

"물론이지요. 함께 있지 않았습니다." 클라이드가 대답했다. 지금 그의 머릿속에는 단 한 가지밖에는 없었다. 일단 모든 것을 부정하는 것 말이다. 그러고 난 뒤 어떻게 행동해야 할지, 무슨 말을 해야 할지 생각할 것이다.

"지난 목요일 밤 열한 시쯤 빅비턴에서 남쪽 스리마일베이까지 걸어가다 세 사람을 만난 적도 없단 말인가?"

"아뇨, 없어요. 물론, 만난 적이 없었습니다. 정말이지 그쪽으로는 가지도 않았습니다."

"알았소, 그리피스. 나도 더 이상 할 말이 없어. 로버타 올든의 살해 용의자로 클라이드 그리피스를 검거하는 게 내가 할 일이니까. 당신을 체포하겠소." 그는 무엇보다도 법과 권력을 과시한다는 의미에서 수갑을 꺼냈다. 그것을 보자 클라이드는 마치 구타당한 사람처럼 몸이 움츠러들면서 떨렸다.

"그걸 채우실 필요 없어요." 그가 사정했다. "채우지 않았으면 합니다. 한 번도 그런 걸 차 본 일이 없거든요. 수갑 없이 순순히 따라가겠습니다." 클라이드는 아쉽고 슬픈 듯이 조금 전에 그 속으로 자취를 감추었어야 할 나무 그늘을 둘러보았다. 자취를 감췄더라면 안전한 곳으로 피할 수 있었을 텐데.

"알겠소." 무섭게 생긴 사나이가 말했다. "순순히 따라온다면야." 그는 클라이드의 마비되다시피 한 한쪽 팔을 잡았다.

"또 한 가지 부탁드려도 될지 모르겠습니다." 캠프 쪽으로 걸어가면서 클라이드는 겁이 나는 듯 힘없이 물었다. 손드라와 그 밖의 사람들을 생각하니 눈앞이 캄캄하면서 가물가물해 보였다. 손드라! 손드라! 살인범으로 검거되어 돌아가다니! 손드라와 버타인 앞에! 아, 그건 안 돼! "저를 캠프로 데려가려는 건가요?"

"물론이지. 지금 그곳으로 데려가는 거야. 그렇게 하도록 명령을 받았으니까. 캐터라키군 지방 검사와 보안관이 거기서 기다리고 있거든."

"아, 그건 저도 압니다. 알고말고요." 클라이드는 완전히 평정을 잃고 발작하듯이 호소했다. "그렇지만 말입니다, 캠프에 있는 사람들은 모두 제 친구들이거든요. 그래서 말인데요, 시키는 대로 조용히 따라갈 테니 캠프를 돌아서 저를 아무 곳이라도 좋으니 다른 데로 데려가 주실 순 없을까요? 특별한 사정이 있어서 그럽니다. 전…… 저는, 오, 하나님, 맙소사! 지금 당장 저곳으로 나를 데려가지 말아 주십시오. 제발 부탁입니다, 크라우트 경찰관님."

지금 크라우트의 눈에 클라이드는 사내아이처럼 어리고 약해 보였다. 이목구비가 단정한 데다 눈빛이 순진하고 옷을 잘 입고 예의범절도 갖추고 있었다. 그가 상상하던 사납고 잔인한 살인자의 부류가 전혀 아니었다. 사실이지 클라이드는 그(크라우트)가 은근히 존경하는 상류층 사람에 걸맞아 보였다. 그리고 결국 그는 아주 강력한 연고(緣故) 관계가 있는 젊은이가 아니던가? 지금껏 크라우트가 들은 말로도 이 젊은이는 확실히 라이커거스의 으뜸가는 집안의 출신인 게 틀림없었다. 그래서 크라우트는 태도가 조금 누그러져서 말했다. "알았어, 젊은이. 자네를 너무 심하게 다루고 싶지는 않아. 어차피 나야 지방 검사도 보안관도 아니니까. 다만 범인을 검거하는 경찰관에 불과하니까. 저 아래쪽에 이 문제를 결정할 수 있는 사람들이 있어. 그러니 그 사람들이 있는 곳에 가거든 그들에게 부탁을 해 봐. 어쩌면 그 사람들도 당신을 굳이 캠프로 데려갈 필요가 없다고 생각할지도 모르니까. 하지만 자네 옷은? 캠프에 있을 게 아닌가?"

"아, 네, 그래요. 하지만 그건 상관없습니다." 클라이드는 초조하고 진지한 목소리로 대답했다. "옷은 언제라도 찾을 수 있으니까요. 할 수만 있다면, 지금은 그곳으로 돌아가고 싶지 않아서 그러는 겁니다."

"알았어. 자, 따라와." 크라우트 씨가 말했다.

그래서 두 사람은 말없이 함께 걸어갔다. 어둠이 깔리기 시작하면서 하늘 높이 솟아오른 나무들이 장엄한 통로를 만들어 내었고, 그들은 마치 성당 중앙 통로를 걷는 신도들처럼 걸어갔다. 클라이드는 초조하고 고달픈 빛을 띤 눈으로 아직도 나무 사이로 서쪽에 모습을 드러내고 있는 핏빛 태양을 바라보았다.

살인죄 혐의로 체포되다니! 죽은 로버타! 그런데 손드라도 죽은 것과 다름없지 않은가! 적어도 그에게는 말이다. 그리고 그리피스 집안사람들! 그리고 그의 큰아버지네 식구들! 그리고 그의 큰아버지! 그리고 그의 어머니! 그리고 저 캠프의 일행 모두!

아, 하나님, 맙소사! 도망치라고 그토록 속삭였는데도— 그게 무엇이든— 도대체 왜 도망치지 않았던가?

제9장

클라이드가 없는 사이, 메이슨 검사가 본 이곳의 주변 풍경은 그가 라이커거스와 샤런에서 받은 인상을 강화해 주는 것이어서 범인을 쉽게 유죄로 입증할 수 있을 것 같던 그의 기대에 찬물을 끼얹기에 충분했다. 주변의 정경은 이런 스캔들을 잠재우려는 욕구와 함께 그럴 수 있는 모든 수단을 암시하는 듯했기 때문이다. 부. 사치. 마땅히 보호해야 할 명성과 연고 관계. 조카가 이런 식으로 검거되었으니 그가 무슨 죄를 지었든 재산과 권력 있는 그리피스 집안이 최고의 변호사를 고용해서 가문의 이름을 지키려고 하지 않겠는가? 거기에는 추호의 의심도 없었다. 또한 그런 변호사라면 사건을 질질 끌게 할 수도 있을 것이니 그의 유죄를 입증하기도 전에 그 자신이 그토록 갈망하는 판사 후보자로 지명되어 선출될 기회도 얻지 못한 채 자동으로 검사 자리에서 물러나게 되는 사태도 충분히 상상할 수 있었다.

호수를 마주 보며 원형으로 배치된 아름다운 텐트들 앞에서 밝은 색의 스웨터와 플란넬 바지 차림의 할리 배것이 낚싯대와 릴을 손질하고 있었다. 몇몇 텐트의 열린 자락 사이로 수영한 뒤 화장하느라고 바쁜 손드라, 버타인, 와이넷 등의 모습이 보였다. 이곳 일행의 화려한 분위기에 눌려 자기가 온 이유를 공공연하게 밝히는 것이 정치적으로나 사회적으로 현명한 일일까, 하는 위구심이 들자 그는 당분간 침묵을 지키기로 했다. 그러면서 자신의 젊은 시절과 로버타 올든의 처지와 이곳 사람들의 처지가 얼마나 다른지 곰곰이 생각해 보았다. 그가 생각해 본 바로는, 그리피스 집안과 연고 있는 사람이라면 로버타 같은 처지의 아가씨를 그토록 비열하고도 잔인하게 짓밟고도 무사하기를 충분히 바랄 수 있는 일이었다. 그러나 그는 어떤 불리한 운명이 닥치더라도 될수록 사건을 서둘러 처리할 생각에서, 마침내 배것 옆으로 다가가 부드럽고 상냥한 태도를 보이면서 말을 건넸다.

"캠핑하기엔 아주 좋은 곳이죠?"

"네, 그런 것 같아요."

"샤런 근처의 별장과 호텔에서 온 일행인가요?"

"네, 그래요. 주로 남쪽과 서쪽 호반에서 왔죠."

"클라이드 말고는 그리피스 집안에서는 아무도 오지 않은 것 같은데요?"

"네, 그래요. 그 집 식구들은 아직도 그린우드에 있을 겁니다."

"클라이드 그리피스를 개인적으로 잘 아나요?"

"아, 그럼요. 여기 온 일행 중 하나죠."

"그 사람이 이번에는 이곳에 ― 저쪽 크랜스턴 집안 별장에 말입니다 ― 얼마나 오랫동안 머물고 있는지 잘 모르겠지요?"

"아마 금요일부터 머물고 있을 겁니다. 어쨌든 금요일 아침에 처음 봤으니까요. 하지만 곧 돌아올 테니 본인한테 직접 물어보시죠." 배것은 말을 끝냈다. 메이슨 검사가 호기심이 좀 지나친데다 또 자기나 클라이드와는 다른 세계의 사람이라는 느낌이 들었기 때문이다.

마침 그때 테니스 라켓을 옆구리에 낀 프랭크 해리엇이 그의 앞을 지나갔다.

"어디 가, 프랭크?"

"오늘 아침에 해리슨이 만들어 놓은 코트를 한번 시험해 보려고."

"누구랑 가는데?"

"바이올렛, 나딘, 스튜어트랑."

"코트 하나 더 있니?"

"물론이지, 두 개 있어. 버타인, 클라이드, 손드라와 같이 오지 그래?"

"글쎄. 우선 이것 손질부터 끝내고 나서."

그러자 메이슨은 클라이드와 손드라 두 사람을 생각했다. 클라이드 그리피스와 손드라 핀칠리 ― 지금 그의 호주머니에는 손드라가 클라이드에게 보낸 편지와 초대장들이 들어 있었다. 어쩌면 여기서 클라이드와 함께 그 아가씨도 만나 볼 수 있지 않을까? 어쩌면 나중에 그녀에게 클라이드에 관해 물어볼 수도 있지 않을까?

그러나 바로 그때 손드라와 버타인과 와이넷이 저마다 다른 텐트에서 나왔다. 버타인이 큰 소리로 물었다. "야, 할리, 나딘을 보지 못했어?"

"보지 못했지만, 방금 프랭크가 지나갔어. 나딘이랑 바이올렛이랑 스튜어트랑 테니스를 친다고 코트 쪽으로 올라갔어."

"그래? 그럼, 가자, 애, 손드라. 와이넷, 너도. 어떻게 생겼는지가 보자."

버타인은 손드라의 이름을 부르면서 몸을 돌려 그녀의 팔을 잡자 메이슨은 그가 원하던 정보를 얻을 기회를 잡았다. 로버타에게서 클라이드의 마음을 빼앗고, 그래서 자신도 모르게 그런 엄청난 비극을 몰고 온 아가씨를 잠시 관찰할 수 있었다. 그가 보기에도 손드라는 로버타로서는 비교도 되지 않을 만큼 아름답고 옷차림이 화려했다. 그리고 죽어서 브리지버그의 시체실에 누워 있는 로버타와는 달리, 손드라는 지금 팔팔하게 살아 있지 않은가.

메이슨이 물끄러미 쳐다보고 있는데 세 아가씨는 서로 팔짱을 끼고 갔다. 손드라는 할리를 돌아보고 큰 소리로 외쳤다. "클라이드를 보거들랑 그쪽으로 오라고 해 줄래?" 그러자 할리가 대답했다. "그림자처럼 너를 쫓아다니는데 굳이 녀석에게 그걸 일러 줄 필요가 있을까?"

이런 화려하고 드라마 같은 모습에 위압감을 느낀 메이슨은 홍분된 기색으로 열심히 주위를 둘러보았다. 이제야 왜 클라이드가 그 아가씨를 없애려고 했는지 그 진정한 동기를 분명히 알 수 있었다. 저기 있는 저 아름다운 아가씨와 함께 그가 동경하던 사치스러운 생활. 게다가 기회가 얼마든지 있는 그 나이의 청년이 그런 비열한 짓을 하다니! 정말로 믿기 어려운 일이 아닌가! 불쌍한 아가씨를 죽인 지 겨우 사흘밖에 안 되었는데, 이 아름다운 아가씨와 놀러 다니며, 로버타가 그와의 결혼을 바랐던 것처럼 이 아가씨와의 결혼을 바라고 있다니. 믿기 어려울 만큼 잔인한 삶이여!

클라이드가 나타나지 않자 메이슨이 신분을 밝히고 그의 소지품을 찾아 압수해야겠다고 생각하고 있는데, 에드 스웽크가 다시 나타나 메이슨에게 따라오라고 고갯짓을 했다. 그가 스웽크를 따라 나무 그늘에 들어서자 그곳에서는 니콜라스 크라우트가 이미 알려진 클라이드와 비슷한 나이에 옷을 잘 차려입은 호리호리한 청년과 함께 있었다. 메이슨은 그 청년의 창백한 얼굴을 보고 직감적으로 클라이드라는 것을 알아챘다. 그는 즉시 성난 사람처럼 청년 앞으로 다가서다가 발을 멈추고, 먼저 스웽크에게 누가 어디서 검거했는지 물었다. 그러고 나서 그는 법의 권위를 대변하는 사람답게 매서운 눈초리로 클라이드를 뚫어지게 바라보았다.

"자네가 클라이드 그리피스인가?"

"네, 그렇습니다."

"그래, 그리피스 씨. 내 이름은 오빌 메이슨이야. 나는 빅비턴과 그래스 호수가 위치한 군의 지방 검사야. 지금쯤이면 자네도 빅비턴과 그래스 호수에 대해 잘 알고 있을 테지?"

메이슨은 빈정거리는 이 말이 클라이드에게 어떤 효과가 있는지 보려고 잠시 말을 멈췄다. 그는 클라이드가 움찔하고 기가 죽을 것으로 예상했지만, 클라이드는 검은 눈에 엄청난 긴장의 빛을 띠고 물끄러미 바라보고 있을 뿐이었다. "그런 장소는 잘 모릅니다, 검사님."

그는 지금껏 숲속을 걸어오는 동안 앞으로 어떤 증거나 고발을 제시하더라도 자기 자신, 로버타의 관계, 빅비턴이나 그래스 호수를 방문한 사실은 입도 뻥긋 해서는 안 된다고 확신했다. 정말로 감히 말할 수는 없었다. 말을 한다는 것은 엄격히 말해서 그가 범했다고는 할 수 없는 죄를 저질렀다고 자백하는 것이나 다름없었다. 그리고 그가 그런 범죄를 머릿속으로 생각할 수 있는 사람이라는 것조차 어느 누구도 — 손드라, 큰아버지 가족, 또는 이곳에 와 있는 친구들이 믿게 해서는 — 절대로 믿게 해서는 안 될 일이었다. 그런데 손드라와 친구들은 모두 부르면 들릴 만한 곳에 있었고, 언제 이곳으로 와서 그가 체포된 이유를 알게 될지 몰랐다. 그는 아무것도 모른다고 잡아떼야겠다고 생각하면서도 이 사나이에 대한 말할 수 없는 공포감을 느끼며 서 있었다. 자기의 그런 태도가 이 사나이의 비위를 거스르고 화나게 할 것이라 생각하니 몹시 겁이 났다. 그리고 사나이의 찌그러진 코, 엄격하고 큼직한 두 눈도 두렵기는 마찬가지였다.

메이슨은 마치 금시초문의 절박한 위기에 놓인 짐승을 보듯 그를 보면서 아무것도 모른다는 그의 말에 짜증이 났지만 백지장처럼 창백한 그의 얼굴을 보고 곧 자백을 받아낼 수 있다는 생각에서 말을 이었다. "그리피스, 자네 죄목이 뭔지 물론 알고 있겠지."

"네, 검사님. 방금 이분한테서 들었습니다."

"그래, 죄를 인정하나?"

"아니, 아닙니다, 검사님. 물론 인정하지 않습니다." 클라이드가 대답했다. 핏기가 없는 그의 입술은 가지런한 이를 덮고 꼭 다물고 있었고, 두 눈에는 공포와 전율에 떨면서도 죄를 모면하려는 빛이 떠올랐다.

"어이, 무슨 헛소리를 하는 거야! 뻔뻔스럽게! 그럼 지난 수요일과 목요일에 빅비턴과 그래스 호수에 간 사실을 부인하는 건가?"

"네, 검사님."

"아니, 그렇다면," 메이슨은 화가 난 나머지 딱딱한 태도를 캐묻는 어조로 말했다. "자넨 로버타 올든도 모른다고 잡아떼려고 하겠군. 자네가 그래스 호수로 데려갔다가 목요일에 다시 빅비턴에 가서 함께 보트를 탔던 그 아가씨 말이야. 자네가 라이커거스에서 작년 한 해 동안 사귀고, 길핀 부인 집에서 방을 얻어 살면서 그리피스 회사의 자네 부서에서 일한 그 여자 말이야. 자네가 지난 크리스마스에 화장품 세트를 선물한 여자 말일세! 자네 이름이 클라이드 그리피스가 아니라고, 테일러 거리의 페이턴 부인 집에 살고 있지 않다고, 또 이게 그 집 자네 트렁크 속에 들어 있던 편지들과 카드가 아니라고 잡아떼겠군. 로버타 올든과 미스 핀칠리가 보낸 이 편지와 쪽지들 말이야." 메이슨은 이렇게 말하면서 편지와 초대장들을 꺼내 클라이드의 코앞에 흔들었다. 그는 이야기의 요점을 강조할 때마다 그 큰 얼굴과 뼈가 부러져 납작해진 코와 좀 튀어나온 턱을 클라이드의 얼굴 앞에 들이대면서 사납고 경멸하는 눈초리로 그를 쏘아보았다. 그때마다 클라이드는 눈에 띄게 움찔하며 고개를 뒤로 젖히면서 등골이 싸늘해지고 심장과 머릿속이 얼어붙는 듯한 느낌이 들었다. 이 편지들! 그에 관한 모든 정보가 적혀 있는 편지들이잖나! 텐트에 있는 가방 속에는 오는 가을에는 같이 도망가자는 사연을 담은 손드라의 최근 편지들이 들어 있었다. 왜 진작 없애지 않았던가! 이 사나이는 그 편지들을 찾아낼지 모른다. 아니, 반드시 찾아내려고 할 것이다. 그리고 어쩌면 손드라와 다른 일행에게도 물어볼지 모른다. 그는 정신적으로 위축되고 응축되었다. 마치 이 세계가 무력한 아틀라스의 어깨에 얹혀 있는 것처럼, 그토록 허술하게 꾸미고 실행한 계획의 결과가 그의 어깨를 무겁게 짓누르고 있었다.

클라이드는 아무것도 시인하지는 않는다고 해도 언제까지나 잠자코 있을 수만은 없었다. 그는 마침내 입을 열었다. "제 이름이 클라이드 그리피스인 건 맞지만 그 외의 것은 사실이 아닙니다. 나머지는 무슨 말인지 전혀 모르겠습니다."

"아, 왜 이러나, 그리피스! 나를 농락할 생각이라면 하지 말게. 그래 봤자 아무 소용없는 일이니까. 자네에게 유리한 건 하나도 없어. 게다가 난 그런 말을 들을 시간도 없거든. 여기 있는 사람들이 모두 증인으로서 자네가 하는 말을 듣고 있다는 걸 잊지 말게. 난 방금 라이커거스에서 페이턴 부인 집 자네 방에 갔다가 오는 길이야. 자네 트렁크와, 자네가 그 미스 올든한테서 받은 편지들을 갖고 있어. 자네와 그 아가씨가 서로 아는 사이였고, 자네가 그녀를 지난겨울에 접근해 유혹했고, 그러고 나서 올봄에 자네 때문에 임신하자 처음에는 여자를 달래어서 집으로 보냈다가 나중에는 결혼식을 올린다는 핑계를 대어 여자를 이번 여행에 끌어냈다는 확고부동한 증거 말이지. 그래, 자네는 약속대로 여자를 시집보내기는 했어, 무덤 속으로. 그게 바로 자네가 그녀를 시집보낸 방식이었지. 빅비턴의 호수 밑바닥에 수장시킨 짓! 그런데도 자네는 내 앞에 서서, 필요한 증거를 지금 내 몸에 소지하고 있다고 하는데도 그 여자를 모른다고 시치미 떼고 있어! 어허, 빌어먹을!"

이렇게 말하는 동안 메이슨의 목소리가 점점 높아지는 바람에 클라이드는 그 소리가 캠프에까지 들리지 않을까 두려웠다. 손드라가 듣고 달려올지도 모른다. 메이슨이 빠르게 폭로해 대는 사실들이 비수처럼 그의 가슴을 찌르자 클라이드는 목구멍이 탁 막히고 손이 펴졌다 쥐어졌다 하는 것을 무척 힘들여 참았지만, 그의 말이 끝나자 클라이드는 "네, 검사님" 하고 대답할 뿐이었다.

"어허, 빌어먹을!" 메이슨은 같은 말을 되풀이했다. "그러고 보니 자네는 여자를 죽이고, 그런 식으로 도망치고도 남을 인간이군. 그 여자를 그런 상태로 내버려 둔 채로 말이야! 그 아가씨한테서 받은 편지도 받지 않았다고 잡아떼다니! 그러다가는 자네가 지금 시퍼렇게 살아서 이 자리에 서 있는 사실도 부인하겠군. 여기 있는 이 카드들과 편지들 — 이것들에 대해선 어떻게 설명할 텐가? 미스 핀칠리한테서 받은 게 아니라고 말할 테지. 그럼 이 편지들은 어떤가? 이 편지들도 그 아가씨한테서 온 게 아니라고 할 텐가?"

메이슨은 편지와 초대장들을 클라이드의 눈앞에 흔들어 댔다. 손드라가 부르면 들리는 거리에 있으니 이런 사실이 이 자리에서 확인될 수 있다는 것을 알아차린 클라이드가 대답했다. "아뇨, 그 편지들을 그녀한테서 받았다는 건 부인하지 않습니다."

"좋아. 하지만 같은 방 안에 있던 자네 트렁크에서 나온 이 편지들은 미스 올든한테서 받은 게 아닌가?"

"그 점에 관해서는 아무 말도 하고 싶지 않습니다." 메이슨이 눈앞에 흔들어 대는 로버타의 편지들을 힐끗 보면서 그가 대답했다.

"쯧! 쯧! 쯧! 이럴 수가!" 메이슨은 몹시 화가 나서 혀를 찼다. "이렇게 어리석을 수가! 또 이렇게 뻔뻔스러울 수가 있나! 어이, 좋아, 이 일은 일단 덮어 두기로 하지. 때가 오면 쉽게 입증할 수 있으니까. 하지만 내게 증거가 있다는 걸 알면서 거기 서서 모른다고만 하다니, 알다가도 모를 일이야! 자네가 자네 가방은 들고 나오면서 여자에게는 건롯지에 맡기게 했던 여자의 가방에서 자네가 잊고 없애지 않았던 카드가 한 장 나왔어. 자네 필적의 카드거든. 칼 그레이엄, 클리퍼드 골든, 클라이드 그리피스, 자네가 '클라이드가 로버타에게, 메리 크리스마스!'라고 쓴 카드야. 그 카드 기억하나? 바로 여기 있네." 메이슨은 호주머니에서 화장품 세트에 꽂혀 있던 그 작은 카드를 꺼내 클라이드의 코밑에 들이밀었다. "자네는 그것도 잊었단 말인가? 자네가 직접 쓴 글씨인데도!" 클라이드가 잠자코 있자 그는 한마디 덧붙였다. "어 참, 자네는 대단히 멍청한 친구야! 일을 그렇게 서툴게 꾸미는 자가 어디 있나! 가명이랍시고 쓰면서 자기 본명의 머리글자를 그대로 사용하다니. 칼 그레이엄, 클리퍼드 골든!"

동시에 메이슨은 자백을 받아낸다는 것이 얼마나 중요한지 잘 알기 때문에 어떻게 하면 이 자리에서 자백을 받을 수 있을까 궁리하면서 즉시 전술을 바꾸어 갑자기 목소리를 낮추고 이마와 입 언저리의 험악한 주름을 폈다. 잔뜩 겁에 질린 클라이드의 표정을 보니 그는 지금 너무 두려워서 차마 입을 열지 못하고 있는 것 같았기 때문이다.

"내 말을 잘 들어, 그리피스." 메이슨은 전보다 훨씬 조용하고 간결하게 말했다. "이런 상황에서 거짓말하거나 분별없이 부인만 한다고 자네에게 유리할 건 하나도 없어. 오히려 자네에게 불리해질 뿐이지. 자네는 내가 지금까지 좀 가혹했다고 생각할지 모르지만, 그건 자네와는 전혀 다른 부류의 범인을 상상해서 그 뒤를 쫓느라고 무척 긴장했기 때문이야. 하지만 지금 이렇게 자네를 만나고 이 사건에 대해 자네가 어떻게 느끼는지 이번 일 때문에 얼마나 겁을 집어먹고 있는지 모두 알게 되었으니 말인데, 이 사건에 무슨 사정이, 정상을 참작할 만한 어떤 사정이 있을 것 같다는 생각이 갑자기 떠올랐어. 그러니 자네가 지금 그걸 모조리 말해 준다면 이 사건의 양상이 조금은 달라지지 않을까 생각되는군. 물론 나로서야 알 수 없지. 어떤 사정이 있었는지 판단은 자네가 가장 잘할 수 있을 테니까. 다만 난 뭔가 도움이 될 만한 생각을 자네에게 말해 주고 있을 뿐이야. 보게나, 여기 편지들이 있지 않은가. 더구나 내일 우리가 스리마일베이로 가면 요 전날 밤 빅비턴을 향해 남쪽으로 걷다가 자네가 만난 세 사람이 있네. 어디 그 사람들뿐인가. 그래스 호수의 여관 주인, 빅비턴의 여관 주인, 그리고 자네에게 보트를 빌려준 보트 하우스 관리인, 자네와 로버타 올든을 건롯지에서부터 태워 준 버스 운전기사도 있거든. 그 사람들은 모두 자네라는 것을 확인해 줄 걸세. 그 사람들이 자네를 모를 것이라 생각하나? 그 사람 중에서 한 사람이라도 자네를 모를 거라고, 자네가 그 여자와 함께 그곳에 왔는지 어떤지 말해 줄 수 없을 것 같은가? 재판이 열리면 배심원들이 그 사람들의 증언을 믿지 않을 것 같은가?"

클라이드는 동전을 넣으면 딸깍 소리를 내며 돌아가는 기계처럼 메이슨이 말하는 내용을 일일이 머리에 새기고 있었지만 아무 말도 하지 않았다. 그저 몸이 꽁꽁 얼어붙은 채 지방 검사를 응시할 뿐이었다.

"어디 그뿐인가." 메이슨은 매우 부드럽고 비위를 맞추는 듯한 목소리로 말을 이었다. "페이턴 부인도 있어. 부인은 자네 방의 트렁크와 옷장 위쪽 서랍에서 이 편지와 초대장들을 꺼낼 때 지켜보고 있었지. 그다음에는 자네와 미스 올든이 일하던 공장의 여직공들이 있네. 미스 올든이 죽은 사실을 알면 여직공들이 자네와 그녀의 일을 기억하지 못할 것 같은가? 아, 다 부질없는 짓이야! 조금만 생각해 보면 자네도 알 수 있는 일이야. 그런 말이 통한다고 생각하면 큰 오산이거든. 오히려 자네가 바보처럼 보일 뿐이지. 그건 자네도 알 수 있을 거야."

검사는 클라이드가 자백할 것을 기대하면서 다시 말을 중단했다. 그러나 클라이드는 로버타나 빅비턴에 관해 무엇이든 시인한다면 파멸을 자초한다는 생각에서 멍하니 메이슨을 바라보고 있을 뿐이었다. 그래서 메이슨은 다시 덧붙여 말했다.

"그럼, 그리피스, 한 가지만 더 말하지. 자네가 내 아들이나 동생이더라도 이보다 더 좋은 충고를 해 줄 순 없을 거야. 내가 단순히 자네에게서 진실을 듣고 싶어 이러는 게 아니라, 자네를 어떻게든 구해 보려는 거야. 자네 입장을 조금이라도 유리하게 만들고 싶다면 그런 식으로 모든 것을 부인만 해서는 조금도 도움이 안 돼. 다른 사람들이 볼 때 자네는 자네 자신을 곤란하고 불리하게 만들 뿐이야. 그 여자를 알았다, 그 여자하고 그곳으로 갔다, 그 여자한테서 이 편지들을 받았다고 말하고 일을 끝내지 않겠는가? 그 밖에 달리 빠져나가려 해도 이 일에서 빠져나갈 순 없을 거야. 제정신이 있는 사람이라면 — 자네 어머니가 여기 와 계신다고 해도 — 나와 똑같은 말을 할 거야. 자네가 부인하면 너무 우스워 보일 뿐이고, 그런 태도는 무죄보다는 오히려 유죄를 나타내는 걸세. 시기를 놓쳐서 정상 참작의 혜택을 받을 기회마저 잃기 전에 지금 당장 모든 사실을 시인하는 편이 좋지 않겠나? 그런 혜택을 받을 수 있다면 말이야. 만약 자네가 그렇게 한다면 어떤 식으로든지 자네를 도와줄 수 있어. 기꺼이 그렇게 하겠다고 지금 이 자리에서 약속하겠네. 나도 따지고 보면 누구를 끝까지 뒤쫓거나, 하지 않은 일을 했다고 누구에게 자백시키려고 이곳까지 온 건 아닐세. 다만 내가 알고 싶은 건 사건의 진상일세. 내가 모든 증거를 가지고 있어 입증할 수 있다고 말하는데도 그 여자를 알았다는 사실마저 부인하려고 한다면, 그렇다면야……." 여기까지 말하고 나서 지방 검사는 피곤하고 역겹다는 듯이 두 손을 높이 쳐들었다.

그러나 클라이드는 전처럼 창백한 얼굴로 여전히 잠자코 있었다. 메이슨이 밝힌 모든 사실과, 짐짓 호의적인 충고가 암시하는 모든 것에도 불구하고 클라이드는 로버타를 알았다는 사실 한 가지만 시인해도 파멸을 면할 수 없다고 확신했다. 그 자리에 있는 사람들의 눈에도 그런 자백은 치명적일 수밖에 없다는 표정이 감돌았다. 손드라와 이런 삶에 관한 그의 꿈이 모두 끝나 버렸다는 표정도. 그래서 그는 잠자코 침묵을 지켰다. 메이슨은 이제 더 화를 참지 못하고 큰 소리로 부르짖었다. "아, 그럼 좋아. 그래, 끝내 입을 열지 않겠다는 거지?" 클라이드는 파랗게 질린 얼굴로 힘없이 대답했다. "그 여자가 죽은 것과 저와는 아무 상관이 없습니다. 지금은 더 이상 할 말이 없습니다." 그는 말하면서도 차라리 이 말을 하지 않는 편이 나았을 것으로 생각하고 있었다. 그럼, 무슨 말을 하는 편이 나았을 것인가? 물론

로버타를 알고 있었다고, 그 호수로 같이 갔지만 그녀를 죽일
의도는 추호도 없었다고, 그 여자가 익사한 건 우연한 사고였을
뿐이었다고. 우발적인 사고였을 뿐 고의로 그녀를 때린 것은 아
니지 않은가? 그녀를 때렸다는 사실을 아예 입 밖에 내지 않는
편이 더 좋지 않을까? 그런 상황에서 그가 카메라로 그녀를 때
린 것은 우발적인 일이었다고 말해도 믿을 사람은 아무도 없을
것이기 때문이다. 신문에는 그가 카메라를 휴대했다는 사실이
전혀 언급되어 있지 않았기 때문에 카메라에 관해서는 아예 언
급하지 않는 편이 좋을 것 같았다.

클라이드가 아직도 그런 생각을 하고 있는데, 메이슨이 큰 소
리로 말했다. "그렇다면 그 여자를 알고 있다는 사실을 시인하
는 건가?"

"아닙니다, 검사님."

"그럼, 잘 알았네." 메이슨은 이렇게 덧붙이고 다른 사람들에
게 고개를 돌렸다. "저리로 데려가서 다른 사람들에게 이 친구
에 관해 물어보는 수밖엔 없군. 이 친구를 여러 친구와 대질시
키면 입을 열지도 모르니까. 그의 가방과 그 밖의 소지품이 아
직 텐트에 있겠지. 여러분, 이 친구들 저리로 데려가서 다른 사
람들에게 이 친구에 관해서 좀 물어봅시다."

검사가 쌀쌀맞은 태도로 휙 몸을 돌리자 클라이드는 앞으로
다가올 사태를 생각해서 두려운 나머지 질겁하며 큰 소리로 말
했다. "아, 제발 그건 안 됩니다. 설마 저를 그곳으로 데려가려는
건 아니겠죠? 아, 그러진 않으실 테죠! 아, 제발 그러지 말아 주

십시오, 제발요!"

이때 크라우트가 나서서 한마디 했다. "숲속에서 저한테 캠프에는 데려가지 말도록 검사님에게 말씀드려 달라고 부탁했었습니다." 그러자 메이슨이 "아하, 이제야 알 만하군" 하고 말했다. "창피해서 트웰프스 호수 휴양지의 신사 숙녀들 앞에는 나타나지 못하겠다는 말이군. 그런데도 당신이 데리고 있던 불쌍한 여직공을 알았다는 사실조차 시인하지 않으려고 해. 좋았어. 자, 그럼 아는 사실을 모조리 말하겠나, 아니면 저곳으로 가겠나." 그는 이 말이 어떤 효과를 나타내는가를 보려고 잠시 말을 멈췄다. "저기 있는 사람들을 다 불러 모아서 자초지종을 말하고, 그러고 난 뒤에도 자네가 모든 것을 부인하려 들지 어떨지 한번 보세." 그러나 클라이드가 아직도 망설이고 있는 것을 보자 검사는 한마디 덧붙였다. "이 사람을 데리고 갑시다, 여보게들." 그는 돌아서서 캠프 쪽으로 몇 발자국 옮겼고, 크라우트와 스웽크는 클라이드의 팔을 한 쪽씩 붙잡고 그를 그곳으로 데려가려고 했다. 마침내 클라이드가 큰 소리로 외쳤다.

"아, 안 됩니다, 절대로 안 됩니다! 메이슨 검사님. 그렇게까지 하지는 않겠지요? 아, 그곳엔 가고 싶지 않습니다. 제가 범인이라서 이러는 건 아닙니다. 제가 가지 않아도 제 물건을 가져올 수 있어요. 게다가 지금 저로서는 너무 큰 부담이 됩니다." 그의 창백한 얼굴과 양쪽 손에는 송골송골 땀이 맺혔고, 그는 심한 오한을 느꼈다.

"가고 싶지 않다고?" 클라이드의 말을 듣고 메이슨은 걸음을 멈추면서 말했다. "저 사람들이 알면 체면이 깎인다는 건가? 그렇다면 내가 묻는 말에 몇 가지 대답하게, 그것도 속 시원하게 재빨리. 그렇지 않으면 함께 저쪽으로 가는 거야. 이제는 더 한 순간도 지체할 수는 없어. 그래, 묻는 말에 대답할 건가, 안 할 건가?" 그는 또 한 번 클라이드 쪽으로 돌아섰다. 클라이드는 입술을 떨며 당황하고 망설이는 눈빛으로 불쑥 말문을 열었다.

"물론 그 여자를 알고 있었습니다. 그 편지를 보시면 알 수 있습니다. 하지만 그게 어떻다는 겁니까? 전 그 여자를 죽이지 않았습니다. 죽일 생각으로 그 여자와 함께 그곳으로 데려가지도 않았어요. 그럴 생각으로 데려가지 않았다고요. 정말이라고요! 그건 우발적인 사고였어요. 그곳으로 그 여자를 데리고 가고 싶지도 않았다고요. 그 여자는 저더러 함께 가자고 어디든 함께 도망가자고 했어요. 그 이유는, 그 이유는 편지를 보셨으니 아실 겁니다. 저를 놓아주고 혼자서 어디든 가도록 하려고 했을 뿐입니다. 그 여자와 결혼하기는 싫었거든요. 그게 전부입니다. 그래서 그 여자를 그곳으로 데리고 갔죠. 타일러 보려고 그랬던 거지, 죽이려고 그랬던 건 아닙니다. 보트를 뒤집은 것도 제가 아닙니다. 적어도 고의적으로 그러지는 않았어요. 제 모자가 바람에 날리는 바람에 우리는— 그 여자와 저는— 동시에 그것을 붙잡으려고 일어섰고, 그래서 보트가 뒤집힌 겁니다. 그게 전부예요. 그때 여자의 머리가 뱃전에 부딪혔어요. 저는 그것을 봤어요. 하지만 그 여자가 물속에서 너무 버둥거리는 바람에 가까이 다가갔다가는 저도 물속으로 끌려 들어갈까 봐 겁이 났습니다. 그러는 동안에 그 여자는 물속에 가라앉았고, 저는 물가로 헤엄쳐 나왔어요. 하나님께 맹세코, 지금 말한 게 전부입니다!"

말을 하는 동안에 클라이드의 얼굴과 손은 갑자기 붉은 빛을 띠었다. 그러나 그의 두 눈은 괴롭고 두려운 비참함의 연못과 같았다. 그는 이런 생각을 하고 있었다. 만약 그날 오후에는 바람이 불지 않았고, 그 사실을 이 사람들이 알아낼지도 모른다. 만약 그들이 통나무 밑에 숨겨 놓은 카메라의 삼각대를 찾아낸다면? 만약 그 물건을 찾아낸다면 그것으로 로버타를 때렸다고 생각할 게 아닌가? 그는 땀에 젖어 떨고 있었다.

그러나 메이슨은 벌써 다음 질문을 하고 있었다.

"자, 이 문제를 짚고 나가지. 그 여자를 죽이려고 그곳으로 데려간 게 아니라고 했지?"

"네, 그렇습니다, 검사님."

"그렇다면 왜 빅비턴과 그래스 호수에서 숙박부에 기재할 때 두 가지의 가명을 사용했나?"

"그 여자와 그곳에 간 것을 아무에게도 알리고 싶지 않았기 때문입니다."

"아, 알겠네. 그 여자의 몸 상태 때문에 스캔들이 퍼지는 걸 원치 않았다는 건가?"

"네, 맞습니다, 검사님. 아니, 그게 아닙니다, 검사님"

"하지만 자네는 그 여자가 나중에 발견되어 추문이 퍼져도 상관없다고 생각한 건가?"

"익사할 줄은 몰랐으니까요." 클라이드는 메이슨의 함정을 제때에 눈치채고 약삭빠르게 대답했다.

"하지만 자네는 자네 자신이 돌아오지 않는다는 건 미리 알고 있었어. 자네는 그걸 알고 있었지 않은가?"

"아, 몰랐습니다, 검사님. 돌아오지 못할 줄은 모르고 있었습니다. 돌아올 생각이었습니다."

'꽤 영리해. 머리가 잘 돌아가.' 메이슨은 속으로만 이렇게 생각하고 입 밖에 내지 않고 곧바로 다음 질문을 했다. "그래서 돌아올 때 될수록 쉽고 자연스럽게 하려고 자네 가방은 갖고 가면서 여자의 가방은 두고 갔군. 그런가? 그런 거야?"

"딴 곳으로 갈 생각으로 가방을 갖고 간 건 아닙니다. 우린 점심을 그 가방에 넣기로 했거든요."

"'우리'인가, '자네'인가?"

"우리 둘이 그랬습니다."

"그래, 조그마한 도시락을 가져가느라고 그렇게 큰 가방을 들고 갔다는 말인가? 신문지에 싸거나 여자의 가방에 넣을 수도 있지 않았는가?"

"그게, 여자의 가방은 꽉 차 있었고, 전 신문지에 싸서 들고 가는 건 싫었거든요."

"아, 알겠네. 체면이 걸린 민감한 문제라는 건가? 그러면서도 무거운 가방을 들고 밤길을 스리마일베이까지 20킬로미터 가까운 거리를 걷는 건 체면에 괜찮고, 또 그런 모습을 남에게 보여도 창피하지 않았다는 건가?"

"여자가 물에 빠졌고 그곳에 같이 갔다는 사실이 알려질까 봐 다른 곳으로 가야 했던 겁니다……."

그가 말을 중단하자 메이슨은 그를 바라보면서 묻고 싶은 숱한 것들을 생각하고 있었다. 너무나 많은 것들이 있었지만 클라이드가 해명할 수 없을 것이 뻔했다. 그러나 시간이 늦어지는데다 캠프에는 클라이드의 소지품들이 — 가방과 그가 그날 빅비턴에서 입고 있던 양복, 지금 입고 있는 양복이 아니라 회색 양복을 입고 있었다고 들었다 — 그대로 남아 있었다. 어둠이 깔리기 시작한 지금, 시간만 있다면 이런 식으로 심문을 계속해서 많은 것을 알아낼 수도 있었지만, 돌아갈 일도 생각해야 했고 또 도중에 심문을 계속할 시간은 충분히 있었다.

메이슨 검사는 마음이 내키지 않으면서도 이런 말로 심문을 일단락지었다. "아, 그럼 이렇게 하세, 그리피스. 자네를 이곳에서 잠깐 쉬게 해 주겠어. 자네 말이 사실인지는 모르지만 나로서는 알 수 없는 일이야. 자네 자신을 위해 그 말이 사실이기를 바라네. 어떻든 크라우트 씨를 따라가게. 길을 안내해 줄 테니까."

이어 검사는 스웽크와 크라우트 쪽으로 몸을 돌려 지시를 내렸다. "자, 이렇게들 합시다. 시간이 늦어지고 있으니까 오늘 밤 안으로 어디든지 가려면 서둘러야 하겠소. 크라우트, 당신은 이 젊은이를 데리고 다른 두 척의 보트가 있는 곳으로 가서 기다리시오. 가는 길에 보안관과 시셀에게 돌아갈 준비가 됐다고 소리쳐 알리시오. 나와 스웽크는 다른 보트를 타고 될수록 속히 그곳으로 가겠소."

그렇게 지시하고 나서 메이슨은 스웽크와 함께 점차 짙어 가는 어둠 속을 걸어 캠프 쪽으로 가고, 크라우트는 클라이드를 데리고 서쪽으로 가면서 보안관과 보안관보를 소리쳐 알리자 마침내 응답하는 소리가 들려왔다.

제10장

　메이슨은 캠프로 다시 돌아가 처음에는 프랭크 해리엇에게, 다음에는 할리 배것과 그랜트 크랜스턴에게 클라이드가 검거되었다는 사실, 빅비턴에서 로버타 올든을 살해하지는 않았어도 그곳에 그녀와 함께 간 사실을 자백했다는 것을 알렸다. 그러면서 자기가 스윙크와 함께 온 것은 클라이드의 소지품을 압수하기 위해서라고 말하자 캠프의 즐거운 분위기는 순식간에 산산조각이 나 버렸다. 캠프의 일행은 모두가 놀라움과 믿을 수 없다는 반응을 보이는 가운데 메이슨은 클라이드의 물건들이 어디에 있는지 물으면서 클라이드가 직접 이곳에 끌려와서 자기 소지품을 확인하지 않는 것은 그의 부탁에 따른 것이라고 설명하고 있었다.

　일행 중에서 가장 현실적인 프랭크 해리엇이 메이슨이 한 말이 사실이고 그 권위를 직감하고 그를 클라이드의 텐트로 데려갔고, 메이슨은 그곳에서 클라이드의 가방에서 내용물들과 옷가지를 살피기 시작했다. 한편 클라이드에 대한 손드라의 뜨거운 애정을 잘 알고 있는 그랜트 크랜스턴과 배것은 먼저 스튜어트와 버타인을 부르러 갔고, 이어 손드라를 불러서 남들이 없는 곳으로 데리고 가서 무슨 일이 일어났는지 알렸다. 두 사람이 무슨 말을 하는지 깨달은 순간 그녀는 얼굴이 하얗게 질리면서 의식을 잃고 그랜트의 품 안에 쓰러졌다. 텐트로 옮겨진 손드라는 의식을 되찾자 부르짖었다. "그따위 말을 누가 믿어! 그럴 리 없어! 아니, 도저히 있을 수 없는 일이야! 가엾은 클라이드! 아, 클라이드! 지금 어디 있어? 그 사람들이 클라이드를 어디로 데려갔어?" 그러나 손드라만큼은 마음의 동요를 느끼고 있지 않던 스튜어트와 그랜트는 그녀에게 조용히 하라고 타일렀다. 그 사람들 말이 사실인지도 모르지 않는가. 만약 그게 사실이라면! 다른 사람들도 소문을 들을지도 모르지 않는가? 하지만 그게 사실이 아니라면 그는 곧 자신의 무죄를 입증해서 풀려나올 것이 아니겠는가? 그러니 지금 그녀가 이런 식으로 행동할 필요는 없었다.

그러나 그때 혹시나 하는 생각이 손드라의 머리를 스치고 지나갔다 빅비턴에서 클라이드가 어떤 여자를 죽이고 — 이런 식으로 검거되어 연행되어 가는 중이고 — 클라이드에 대한 그녀의 애정을 공공연하게 적어도 이곳 일행이 모두 알고 있고, 그녀의 부모가 알게 되고, 어쩌면 세상 사람들이 다 알게 되면…… 어쩌면…….

그렇지만 클라이드는 결백할 것이다. 뭔가 착오가 있는 게 틀림없었다. 이어 해리엇 별장에서 전화로 여자가 물에 빠져 죽었다는 말을 처음 들었을 때의 일이 그녀의 머리에 떠올랐다. 그때 얼굴이 백지장처럼 창백해졌던 클라이드의 얼굴빛, 몸이 아픈 일, 거의 쓰러질 뻔했던 일. 아, 아냐! 그럴 리가 없어! 하지만 클라이드는 금요일에야 라이커거스에서 오지 않았던가? 그곳에서는 편지 한 통도 없었고. 그리고 나서 다시 클라이드의 무서운 죄목에 생각이 미치자 그녀는 갑자기 다시 실신해 핏기 없는 얼굴로 누워 있었다. 그녀 옆에서 그랜트와 다른 일행은 지금 당장이든가 아침 일찍 텐트를 거두고 샤런으로 돌아가는 게 좋겠다는 데 의견을 모았다.

얼마 뒤 의식을 회복한 손드라는 울면서 "이곳을 견딜 수 없으니" 곧 떠나야겠다면서 버타인을 비롯한 친구들에게 옆에 있어 달라고, 쓸데없이 소문만 날 테니 그녀가 실신한 사실과 울었다는 사실은 아무에게도 알리지 말아 달라고 부탁했다. 만약 이 일이 사실이라면 어떤 방법으로 그에게 보낸 그 많은 편지를 회수할 수 있을까! 아, 이를 어쩌나! 만약 그 편지들이 경찰이나 신문사 수중에 들어가서 공개된다면? 그러면서도 클라이드를 사랑하는 마음은 어쩔 수 없었다. 즐겁고 허황한 그녀의 젊은 날이 태어나 처음으로 인생의 가혹한 현실에 부딪혔다.

일행이 의논한 결과, 손드라는 곧 스튜어트, 버타인, 그랜트와 함께 호수 동쪽 끝에 있는 메티시 여관으로 떠나기로 했다. 배것의 말로는, 그곳에서 그들은 이튿날 새벽에 올버니를 향해 출발하고 에둘러서 샤런에 갈 생각이었다.

한편 캠프에서 클라이드의 소지품을 모두 입수한 메이슨 검사는 곧장 서쪽 리틀피시만과 스리마일베이로 출발하여 도중에 첫날밤을 어느 농가에서 묵었을 뿐 화요일 밤 늦게 스리마일베이에 도착했다. 그러나 가는 길에 계획대로 클라이드를 심문하는 일을 잊지 않았다. 특히 텐트에서 클라이드의 소지품을 검사해 보아도 그가 빅비턴에서 입고 있었던 회색 양복이 발견되지 않았기 때문이다.

　이 새로운 사태 앞에서 난처해진 클라이드는 회색 양복을 입은 적은 없다고 잡아떼고, 지금 입고 있는 양복이 그가 입고 있던 유일한 것이라고 주장했다.

　"그렇다면 지금 양복은 물에 흠뻑 젖었을 게 아닌가?"

　"네, 그랬었죠."

　"그렇다면 나중에 세탁해서 다림질을 했다는 말인가?"

　"네, 샤런에서요."

　"그곳 양복점에서 말인가?"

　"네, 검사님."

　"그게 어느 양복점이지?"

　아, 딱하게 클라이드는 기억하고 있지 않았다.

　"그렇다면 구겨지고 젖은 양복을 입고 빅비턴에서 샤런까지 갔다는 말인가?"

　"네, 검사님."

　"그리고 물론 그런 자네 모습을 본 사람은 아무도 없었고 말이지."

"제 기억으로는 그렇습니다. 없었어요."

"기억이 나지 않는다 이거지? 그거야 나중에 알아보기로 하지." 그는 클라이드가 살인을 계획하고 실행한 범인이라고 확신하고 있었다. 또 그는 결국에 가서는 클라이드에게 양복을 숨긴 장소나 세탁한 장소를 실토하도록 할 자신이 있었다.

다음에는 호수에서 발견된 밀짚모자의 문제가 남아 있었다. 그 모자는 어떻게 된 걸까? 클라이드는 바람에 모자가 날라갔다고 시인함으로써 호수에서 모자를 쓰고 있었던 사실을 실토한 셈이었지만, 그 모자가 반드시 호수에서 발견된 밀짚모자라고 단정할 근거는 없었다. 메이슨은 지금 증인들이 듣고 있는 자리에서 호수에서 발견된 모자의 주인이 누구인지 하는 문제와, 클라이드가 나중에 쓴 제2의 모자의 존재를 말했다.

"호수 위에서 바람에 날렸다고 자네가 말하는 그 밀짚모자 말이야, 자네는 그때 그것을 건지려고 하지 않았나?"

"아뇨, 검사님."

"당황한 나머지 미처 그럴 생각을 못 했겠군?"

"그렇습니다, 검사님."

"그렇지만 자네는 그곳에서 숲속을 걸을 때 다른 밀짚모자를 쓰고 있었지. 그 모자는 어디서 구한 건가?"

메이슨이 놓은 덫에 걸려든 셈이어서 당황한 클라이드는 순간 얼른 대답할 수 없었다. 그는 몹시 두려워하면서 지금 쓰고 있는 제2의 밀짚모자가 숲속을 걸을 때 쓰고 있던 것과 같은 모자라는 사실이 입증될 수 있을지를 두고 생각했다. 또 물 위에 떠 있던 그 모자가 유티카에서 구입한 것이라는 사실이 입증될 수 있을지도 생각했다. 그러고 나서 그는 결국 거짓말을 하기로 작정했다. "하지만 제게는 다른 밀짚모자는 없었는걸요." 메이슨은 그 말을 들은 척하지도 않고 손을 내밀어 클라이드가 쓰고 있는 모자를 벗기더니 안감의 상표를 살폈다. 라이커거스의 스타크 상회라는 글자가 찍혀 있었다.

"이 모자에는 안감이 있군. 라이커거스에서 샀는가?"

"네, 검사님."

"언제 샀지?"

"지난 6월에 샀습니다."

"그런데도 그날 밤 숲속을 걸을 때 쓰고 있던 모자인지 확실히 알 수 없다는 말이지?"

"네, 그렇습니다, 검사님."

"그렇다면 이 모자는 그때 어디에 있었지?"

클라이드는 올가미에 걸려 또 한 번 주춤하면서 생각했다. 아, 이를 어쩌나? 뭐라고 변명을 해야 할까? 호수에 떠 있던 모자가 내 것이라고 왜 시인을 했을까? 그러나 생각해 보면 그 모자가 자기 것이 아니라고 부인했건 하지 않았건 그가 호수에서 그것을 쓰고 있던 것을 그래스 호수와 빅비턴 사람들은 기억할 것이 뻔했다.

"그때 이 모자는 어디에 있었나?" 메이슨이 다그쳐 물었다.

클라이드는 마침내 입을 열었다. "전에 이곳에 한 번 왔을 때 쓰던 겁니다. 지난번에 돌아갈 때 잊고 가져가지 않았는데, 며칠 전에 보니까 있었습니다."

"아, 그런가? 참 편리하군그래." 메이슨은 이제 상대방이 교활한 작자이구나. 그래서 더욱 교묘하게 덫을 놓아야겠구나, 하고 생각했다. 동시에 그는 크랜스턴네 가족들뿐 아니라 베어 호수에 놀러 갔던 사람들을 모두 소환해서 이번에 왔을 때 클라이드가 밀짚모자를 쓰고 있지 않은 걸 기억하는 사람이 있는지, 또 그가 전번에 왔을 때 밀짚모자를 두고 갔는지 어떤지를 알아봐야겠다고 마음속으로 다짐했다. 물론 클라이드는 거짓말을 하고 있었고, 메이슨은 그 덜미를 잡으려고 했다.

그래서 그곳에서 브리지버그군 유치장까지 가는 동안 클라이드는 마음이 편할 때가 한순간도 없었다. 그가 아무리 대답하기를 거부해도 메이슨이 여전히 쉴 새 없이 이런 식의 질문을 그에게 퍼부었기 때문이다. 호숫가에서 점심이나 먹을 생각밖에 없었다면 경치가 좋은 곳들도 많은데, 왜 하필이면 힘들게 노를 저어 경치가 별로 신통치도 않은 호수 남단까지 갔는가? 그날 오후 내내 어디서 시간을 보냈는가? 설마 그곳에서 그날 오후의 시간을 보낸 것은 아니겠지? 그러고 나서 메이슨은 그의 가방에서 발견한 손드라의 편지에 관해 이야기했다. 그 아가씨는 언제부터 알았는가? 그녀가 그를 사랑하는 것만큼 그 역시 그녀를 사랑하는가? 가을에 결혼하자는 그 아가씨의 말 때문에 미스 올든을 죽이기로 한 게 아닌가?

그러나 클라이드는 이 마지막 질문에 대해서는 애써 완강히 부인했다. 그러면서도 메이슨이 심문하는 동안 대체로 아무 말없이 비참한 모습으로 시선으로 멍하니 앞만 바라보고 있을 뿐이었다.

이어 클라이드는 호수 서쪽 끝 어느 농가 다락방에서 바닥에 짚을 깐 자리 위에서 비참하기 짝이 없는 하룻밤을 지냈다. 시셀과 스웽크와 크라우트가 교대로 손에 총을 들고 그를 감시했고, 메이슨과 보안관과 그 밖의 사람들은 아래층에서 잠을 잤다. 어떻게 소식을 들었는지 아침에는 마을 사람들이 몰려와 물었다. "빅비턴에서 그 여자를 죽인 자가 여기에 와 있다는데 사실입니까?" 그 뒤 마을 사람들은 새벽에 일행이 메이슨이 마련한 포드 자동차로 농가를 떠나는 것을 보려고 기다렸다.

리틀피시만과 스리마일베이에서도 미리 전화로 연락해 두었기 때문인지 사람들이 모여들었다. 농부들이며, 가게 주인들이며, 여름 피서객들이며, 나무꾼들이며, 어린이들이 몰려왔다. 스리마일베이에서는 미리 전화 연락을 받은 벌리와 하이트, 뉴콤 등이 이미 몸이 바짝 마르고 성질이 까다롭고 소심한 게이브리얼 그레그라는 치안 판사, 클라이드를 확인하는 데 필요한 빅비턴의 증인들을 모두 불러다 놓고 있었다. 이제 메이슨은 이 치안 판사 앞에서 클라이드를 로버타 살해 혐의로 기소하고, 그를 브리지버그의 군 유치장에 주요 증인으로서 수감하는 데 필요한 법적 절차를 밟았다. 그러고 나서 그는 버튼과 보안관, 보안관보들과 함께 클라이드를 브리지버그로 압송해서 즉시 그곳 유치장에 가뒀다.

유치장에 들어서자 클라이드는 그곳 철제 침대 위에 몸을 던지고 절망적인 기분에서 머리를 두 손으로 감쌌다. 이때가 새벽 세 시였는데, 그가 유치장에 들어오기 전 밖에서는 적어도 5백 명쯤 되는 사람이 모여 떠들썩하게 그에게 야유를 퍼부으며 그를 위협했다. 그가 부잣집 딸과 결혼하고 싶어서 그를 너무 사랑한 죄밖에 없는 예쁜 젊은 여직공에게 잔인하게 폭력을 행사하여 살해했다는 소식이 이미 전해졌다. 그들은 그에게 욕설을 퍼부었다. "그 나쁜 개자식 놈이 저기 있다! 네놈은 목에 밧줄이 걸릴 테니 어디 두고 봐라!" 이것은 스웽크와 비슷하게 생긴 한 젊은 나무꾼이 군중 틈에서 몸을 내밀고 눈에 독기를 품고 외친 소리였다. 이보다 더 견디기 어려운 것은, 무명옷을 입은 소도시 빈민가에서 흔히 볼 수 있는 표독하게 생긴 젊은 여자가 몸을 앞쪽으로 내밀면서 이렇게 외쳤을 때였다. "저 비열한 놈 좀 봐. 살인자! 그런 짓을 하고도 무사할 줄 알았어?"

그때 클라이드는 슬랙 보안관 뒤에 바짝 숨다시피 하면서 생각했다. '아니, 저 사람들은 내가 진짜로 로버타를 죽인 것으로 생각하고 있어! 저러다가는 나한테 린치까지 가하려고 들겠는걸!' 그러나 몹시 지치고 혼란스러운 데다 수치스럽고 처참했기 때문에 그를 집어넣으려고 유치장의 바깥 철문이 열렸을 때 그는 이제 안전해졌다는 생각에 오히려 안도의 숨을 내쉬었다.

그러나 일단 유치장 안에 들어가자 클라이드는 이런저런 생각으로 밤새 괴로운 시간을 보냈다. 손드라! 큰아버지 가족! 버타인! 아침이 되면 라이커거스의 모든 사람이 소식을 듣게 될 것이다. 결국 어머니도, 모든 사람이 알게 될 테지. 지금 손드라는 어디에 있을까? 물론 메이슨이 그의 소지품을 가지러 캠프에 돌아갔을 때 손드라와 다른 사람들에게도 모든 것을 말했겠지. 지금쯤 그들은 그가 어떤 인물인지, 살인을 꾸민 범인이라는 걸 알고 있겠지! 어떻게 해서 일이 그렇게 됐는지 누군가가 알아준다면! 그렇게만 된다면 얼마나 좋을까! 손드라나 어머니나 누구라도 진실을 볼 수만 있다면!

어쩌면 더 늦기 전에 어떻게 그 일이 일어났는지 이 메이슨이라는 사람한테 모조리 말해 버리면 어떨까. 그러나 그러려면 이번 일을 꾸민 사실, 처음부터 품었던 생각, 카메라에 관한 사실, 호숫가로 헤엄쳐 나간 사실을 모두 털어놓을 수밖에 없을 것이다. 본의 아니게 로버타를 때린 사실 ― 그렇게 말한다고 누가 그걸 믿어 줄까? ― 카메라의 삼각대를 나중에 통나무 밑에 숨긴 사실까지도 말할 수밖에 없었다. 더구나 이런 사실들이 밝혀진다면 손드라와의 관계, 큰아버지 집과의 관계 ― 모든 사람과의 관계도 끝장날 수밖에 없지 않은가? 이렇든 저렇든 살인죄로 단죄받고 처형될 게 아닌가. 아, 맙소사, 살인죄라니! 살인죄로 재판을 받고, 재판 과정에서 이 끔찍한 범죄 사실이 입증될 것이다. 어차피 그는 전기의자에 앉혀져 처형될 몸이 아닌가? 살인죄로 사형당하게 될지도 모른다는 생각이 들자 그는 그 자리에서 꼼짝도 할 수 없었다. 사형! 아, 하나님! 로버타와 어머니에게서 온 편지들을 페이턴 부인 집에 두고 오지만 않았던들. 떠나오기 전에 트렁크를 다른 방에 갖다 놓기라도 했더라면. 왜 그런 생각을 하지 못했을까? 하긴 그때 트렁크를 다른 방에 갖다 놓았다면 의심을 샀을지도 모르지. 그런데 그가 어디 출신이고, 그의 이름이 뭐라는 건 어떻게 알았을까? 그러나 그는 곧 트렁크 속에 넣어 둔 편지 생각이 났다. 지금 생각해 보니 어머니에게서 온 편지 중에는 캔자스시티의 사건을 언급한 것도 있었고, 메이슨도 그 사건을 알게 될 것이다. 왜 그 편지들을 없애지 않았던가? 로버타의 편지와 어머니 편지 모두를! 왜 그렇게 하지 않았던가? 왜 편지들을 없애지 않았는지 그 이유를 알 수 없었다. 어쩌면 무엇이든지 정표가 될 만한 것이면 보관해 두고 싶은 무모한 욕망 때문이었을지도 모른다. 제2의 밀짚모자를 쓰지만 않았던들, 숲속에서 세 사나이를 만나지만 않았던들! 오, 하나님! 그런 것들 때문에 그의 발자취가 드러날지 모른다는 걸 알았어야 했다. 왜 베어 호수에서 여행용 가방과 손드라의 편지를 갖고 숲속으로 도망가지 않았을까? 그랬더라면 누가 알겠는가, 보스턴이나 뉴욕 같은 곳에서 숨어 지낼 수 있었을지도.

클라이드는 마음이 어수선하고 괴로워서 한숨도 잠을 이루지 못하고, 감방 안을 거닐거나 딱딱하고 낯선 침대에 걸터앉아 곰곰이 생각에 생각을 거듭했다. 새벽이 되자 헐렁하고 낡은 푸른색 제복을 입은, 바짝 마르고 나이 많은 교도관이 코를 훌쩍거리면서 쟁반에 커피 한 잔과 빵, 그리고 햄 한 조각과 달걀 한 개를 받쳐 들고 왔다. 클라이드는 아무것도 먹고 싶지 않지만, 교도관은 문에 뚫린 구멍으로 쟁반을 간신히 들이밀며 호기심을 보이면서도 별로 관심이 없는 태도로 클라이드를 바라보았다.

다음에는 크라우트, 시셀, 스웽크, 마지막에는 보안관까지 개별적으로 차례로 찾아와 들여다보면서 한마디씩 했다. "그리피스, 오늘 아침에는 좀 어떤가?" 또는 "뭐 부탁할 건 없는가?" 그들 눈에는 그의 죄가 안겨다 주는 놀라움, 혐오감, 불신, 또는 두려움이 담겨 있었다. 그런데도 그가 이곳에 갇혀 있다는 사실에 일종의 흥미와 아첨 섞인 긍지까지 느끼고 있었다. 그 역시 그리피스 집안사람이 아니던가? 남쪽 큰 도시의 명문 집안의 일원 말이다. 또 밖에 모인 흥분한 군중에게 그런 것처럼 그들에게도 마찬가지로 우쭐했다. 바로 그런 자를 자기들의 뛰어난 솜씨로 법의 그물로 잡아 짐승처럼 가둬 놓고 있다는 사실 말이다. 여러 신문과 사람들의 입에 오르내리면서 그들이 엄청나게 널리 알려질 것이다. 범인의 사진과 함께 주민들의 사진이 실리고, 그들의 이름이 범인의 이름과 늘 화제에 오르게 될 것이다.

　클라이드는 철창 너머로 그들을 바라보면서 이미 자기 운명이 그들의 손에 달려 있는지라 애써 상냥한 태도를 보이려고 애썼다.

제11장

　검시 결과는 클라이드에게 결정적으로 불리했다. 의사 다섯 명이 공동으로 작성한 보고서에는 "입과 코에 상처가 있고, 코 끝이 약간 압박을 받은 듯하며, 입술이 붓고 앞니 하나가 흔들리고 입술 안쪽의 점막에 찰과상이 있다"고 적혀 있었다. 그러나 그런 상처가 치명상이 될 수 없다는 데 의견이 모였다. 가장 치명적인 상처는 두부(頭部)에 생겼는데(이것은 클라이드가 처음 자백을 하면서 주장한 대로였다) 그것은 '어떤 예리한 도구'에 의한 타박상인 듯하고, 불행히도 이 경우에는 보트의 충격이 커서 "죽음을 초래했을지도 모르는 좌상(挫傷)과 내출혈의 징후"가 보인다는 것이었다.

　그러나 양쪽 폐는 물에 넣었더니 가라앉았는데, 이것은 클라이드의 주장대로 로버타가 물에 빠졌을 때 살아 있었다는 결정적인 증거였다. 그렇다면 그녀는 살아 있는 상태에서 물에 빠져 익사한 게 틀림없었다. 그 밖에는 폭행을 당하거나 저항한 흔적이 없었다. 하긴 그녀의 팔과 손은 뭔가를 잡으려고 애쓴 듯했다. 혹시 보트의 요판을 잡으려고 한 것일까? 그럴지도 모르지 않는가? 그러고 보면 클라이드의 말에도 조금은 진실이 있는 것일까? 이런 상황들은 조금은 그에게는 유리한 게 사실이었다. 그러나 이 모든 상황에 비추어 볼 때 클라이드는 그녀의 목숨을 빼앗고 나서 그녀를 호수에 던져 넣은 게 아닐지는 몰라도, 폭행을 가한 뒤 어쩌면 실신 상태에 있는 그녀를 호수에 던져 넣은 것이 틀림이 없다는 데 메이슨과 다른 사람들의 의견이 일치되었다.

그러나 무엇으로 그녀를 때린 것일까? 클라이드에게 그 점을 자백하게 할 수만 있다면!

그러자 메이슨에게 영감이 하나 떠올랐다. 법은 용의자에게 어떤 일이건 강제로 시키는 것을 금하고 있었지만, 클라이드를 사건 현장으로 데리고 가 그에게 범죄의 행적을 다시 더듬어 보게 할 생각이었다. 그렇게 한다고 해도 클라이드가 꼬리를 잡힐 만한 언행을 할 것이라는 보장은 없지만 그래도 일단 범행 장소에 나가게 되면 양복이나, 그가 로버타에게 폭행을 가할 때 사용한 도구의 소재를 가리킬 만한 행동을 할지도 몰랐다.

결국 유치장에 갇힌 지 사흘째 되는 날 클라이드는 크라우트, 하이트, 메이슨, 버튼 벌리, 얼 뉴콤, 보안관 슬랙과 함께 두 번째로 빅비턴에 가서 그 비극의 날 처음으로 갔던 장소들을 느린 걸음으로 다시 한 번 답사했다. 메이슨의 지시로 크라우트는 클라이드의 환심을 사서 가능하면 그에게 모든 것을 자백시키기 위한 '연기'를 맡았다. 지금까지 드러난 증거가 매우 명백한 것이므로 "자네가 아무리 하지 않았다고 부인해도 그 말을 믿을 배심원은 없을 것"이지만 "지금 모든 걸 메이슨 검사에게 털어놓는다면 검사는 판사와 주지사에게 말을 잘해서 누구보다도 자네에게 유리하게 일을 만들어 종신형이나 20년 징역 정도로 끝나게 해 줄 수도 있지만, 만약 자네가 끝내 지금과 같은 태도를 고집한다면 전기의자에 앉을 수밖에 없을 것"이라고 클라이드에게 타일렀다.

그러나 클라이드는 베어 호수에서 경험했던 그 공포감 때문에 여전히 입을 꼭 다물고 있었다. 적어도 고의로는 그렇게 하지 않았는데, 왜 그녀를 때렸다고 말해야 할까? 또 아직은 카메라를 생각하는 사람이 없는데, 무엇으로 때렸다고 말할 것인가?

호수에서 군 측량 기사가 로버타의 익사한 장소와 클라이드가 헤엄쳐 온 지점 사이의 거리를 정확히 측량하고 났을 때 얼 뉴콤이 갑자기 돌아와서 중대한 증거물을 발견했다고 메이슨에게 보고했다. 클라이드가 젖은 옷을 벗었던 지점에서 얼마 떨어지지 않은 곳에 있는 통나무 밑에서 그가 숨겨 놓은 카메라의 녹이 조금 슬고 눅눅한 삼각대가 나왔다는 것이다. 메이슨을 비롯한 모든 사람은 클라이드가 삼각대로 로버타의 머리를 때려 쓰러뜨린 뒤 보트에 옮기고 나중에 호수에 던져 넣었으리라는 심증을 굳히고 있었다. 그것을 들이대자 클라이드는 아까보다도 얼굴이 더 창백해지면서 카메라나 삼각대는 갖고 있지 않았다고 말했다. 메이슨은 그 자리에서 모든 증인들을 다시 불러 클라이드가 카메라나 삼각대를 갖고 있는 것을 보았다고 기억하는 사람이 있는지 알아보기로 마음먹었다.

이날이 저물기 전 메이슨은 클라이드와 로버타를 태운 버스를 운전했던 안내인과, 클라이드가 가방을 보트 안에 던지는 것을 본 보트 하우스 관리인, 그리고 클라이드와 로버타가 그래스 호수를 떠나던 날 아침 두 사람이 여관에서 나와 역으로 가는 것을 보았다는 어느 젊은 웨이트리스에게서, 클라이드의 가방에 삼각대 같은 '막대 같은 노란 묶음'이 매어져 있는 것을 본 기억이 난다는 말을 들었다.

그러자 버튼 벌리는 클라이드가 사실은 그 삼각대로 로버타를 때린 게 아니라 아마 좀 더 무거운 카메라로 때린 게 아닌지 생각했다. 카메라의 모서리로 맞았다면 두개골 부분의 상처가 해명되고 평평한 카메라의 면으로 맞았다면 그 얼굴의 상처가 해명될 수 있었기 때문이다. 벌리의 결론을 듣자 메이슨은 클라이드 몰래 이 지방 나무꾼 중 잠수부들을 동원하여 로버타가 발견된 지점에 잠수시켰다. 큰 보상이 있다는 말에 여섯 사람이 온종일 물속으로 잠수했는데, 결국 잭 보가트라는 사람이 보트가 뒤집힐 때 클라이드가 놓쳐 버린 카메라를 들고 물속에서 나왔다. 클라이드에게는 설상가상으로 검사 결과 카메라에는 필름이 한 통 들어 있음이 밝혀졌다. 어느 전문가에게 맡겨 필름을 현상해 보니 물에 젖어서 희미했지만, 그런대로 알아볼 수 있는, 호반에서 찍은 로버타의 사진이 몇 장 있었다. 통나무 위에 앉은 모습, 물가에 서서 보트 옆에서 포즈를 취한 모습, 나뭇가지를 잡을 듯 팔을 뻗치고 있는 모습을 찍은 것이었다. 카메라의 폭을 재어 보니 그것도 대략 로버타의 얼굴 상처 크기와 일치했다. 메이슨 일행은 클라이드가 그것을 흉기로 사용한 물증을 찾아냈다고 확신할 수 있었다.

그러나 카메라에는 핏자국이 전혀 없었다. 검사하려고 브리지버그로 옮겨 놓은 보트의 측면과 바닥에도 핏자국은 없었다. 보트 바닥에 깔린 깔개에도 피 묻은 자국은 보이지 않았다.

그런데 버튼 벌리는 이런 외진 지역에서 간혹 볼 수 있는, 매우 교활한 인물이었다. 그는 반박할 여지가 없는 증거가 필요한 경우에는 자신이나 누군가의 손가락에 상처를 내어 보트 바닥에 깔린 깔개나 뱃전이나 카메라 모서리에 묻혀 놓으면 그런 문제는 간단히 해결될 수 있다고 생각했다. 또 로버타의 머리에서 머리칼 두세 가닥을 뽑아 카메라 옆이나 그녀의 베일이 걸려 있던 노걸이에 매어 둬도 쉽게 문제를 해결할 수 있었다. 그래서 혼자서 한참 그런 생각을 하다가 실제로 루츠 장의사의 영안실에 가서 로버타의 머리칼 몇 올을 확보해 놓기로 작정했다. 그는 클라이드가 냉혹하게 그 여자를 살해했다고 확신하고 있었다. 결정적인 증거가 없다고 해서 끝내 입을 다물고 있는, 그렇게 허영에 들뜨고 악한 젊은이가 무사히 빠져나가도록 할 것인가? 그런 사태를 막기 위해서는 머리칼 몇 올을 노걸이에 감거나 카메라 뚜껑을 열고, 그 속에 집어넣고는 메이슨에게 전에 미처 보지 못한 거라고 알리면 될 일이었다.

결국 하이트와 메이슨이 직접 로버타의 얼굴과 머리의 상처 크기를 다시 재고 있던 바로 그날, 벌리는 슬그머니 카메라의 렌즈와 뚜껑 사이에 로버타의 머리칼 두 올을 끼어 넣었다. 잠시 후 뜻밖에 그것을 발견한 메이슨과 하이트는 왜 전에는 그것을 보지 못했을까, 하고 이상하게 여겼다. 그러면서도 곧 그것을 클라이드가 저지른 범행의 결정적인 증거로서 받아들였다. 그러자 정말로 메이슨은 즉석에서 이제 기소 준비가 완전히 마무리되었다고 선언했다. 이 범죄 사건의 발자취를 처음부터 끝까지 직접 추적해 온 그로서는 필요하다면 내일이라도 재판에 임할 용의가 되어 있었다.

그러나 증거가 이토록 완전무결하게 갖추어지자 메이슨은 오히려 당분간은 카메라에 관해서는 일절 말하지 않기로 했다. 가능하면 이 사실을 아는 다른 사람들의 입도 봉해 놓기로 작정했다. 클라이드가 끝내 카메라를 휴대한 적이 없다고 부인하거나 그의 변호를 맡은 변호사가 이런 증거가 있다는 것을 모르고 있다가 법정에서 청천벽력처럼 난데없이 한 면의 크기가 로버타의 얼굴 상처 크기와 일치하는 카메라와, 클라이드가 찍은 로버타의 사진들을 증거로 제시한다면 아무도 이제는 더 할 말이 없을 것이 아니겠는가! 이 얼마나 완벽한 증거란 말인가! 이 얼마나 유죄를 입증할 수 있는 결정적인 증거인가!

자기가 직접 수집한 증거는 자기가 제시하는 것이 가장 좋겠다고 판단한 메이슨 검사는 주지사에게 연락해서 이 지방 최고 법원의 특별 개정(開廷)과 언제든지 그의 소집에 응할 수 있는 지방 대배심원의 특별 소집을 요청하기로 했다. 이 요청이 받아들여지면 그는 대배심원을 구성할 수 있고, 대배심원에서 클라이드의 기소장을 답신(答申)할 때는 1개월에서 6주 이내에 이 사건을 재판에 회부할 수 있었다. 그러나 그는 11월의 선거에 대비한 군당 지명 대회가 임박해 있는 사실을 고려하여 일을 시의(時宜)에 맞게 밀고 나가야 한다는 생각을 아무에게도 말하지 않았다. 최고 법원의 특별 법정이 소집되지 않는 한 1월에 정기 법정이 열리기 전에는 이 사건은 재판에 회부될 수 없었고, 그때까지는 그의 임기가 만료되어 비록 지방 판사직에 당선된다고 해도 그가 직접 사건을 맡을 수는 없을 것이기 때문이다. 그리고 클라이드를 비난하는 여론이 빗발치고 있는 실정이어서 이 지방 사람들은 재판을 빨리 여는 것이 정당하다고 생각할 게 뻔했다. 그렇다면 재판을 미룰 까닭이 어디 있겠는가? 그런 범인이 죽치고 앉아서 빠져나갈 계획을 세우도록 그냥 내버려 둘 이유가 어디 있겠는가? 특히 그가 맡을 이 재판이 전국적으로 그의 법적, 정치적, 사회적 명성을 확실히 만회해 줄 것이었다.

제12장

그리하여 흥미진진하면서도 도덕적으로나 정신적으로 온갖 사악한 요소들로—사랑, 로맨스, 부, 가난, 죽음으로—이루어진 한 범죄가 세상을 떠들썩하게 하는 일급 화제가 되어 이 북부 삼림 지대에서 전국으로 퍼져 나갔다. 곧 클라이드가 라이커거스의 어디에서 어떻게 살았고, 그가 어떤 사람들과 관계를 맺었으며, 그가 어떻게 한 아가씨와의 관계를 숨기고 그동안 다른 아가씨와 도망갈 계획을 꾸몄는지, 이 같은 선정적인 기사들을 범죄의 전국적인 뉴스 가치에 민감한 편집자들이 타전(打電)하고 또 신문에 실었다. 좀 더 상세한 범죄 사실 내용을 묻는 전문(電文)이 뉴욕, 시카고, 보스턴, 필라델피아, 샌프란시스코를 비롯한 미국 동부와 서부 대도시에서 메이슨 검사나 AP 또는 UP 통신의 현지 주재원들에게 쇄도하였다. 이 그리피스라는 사람이 사랑한다는 미모의 부잣집 아가씨는 과연 누구인가? 그 아가씨가 사는 곳은 어디인가? 그 아가씨와 클라이드는 정확히 어떤 사이였는가? 그러나 핀칠리, 그리피스 두 가문의 엄청난 재력에 위압당한 메이슨 검사는 손드라의 이름을 밝히기를 꺼려 우선은 그 아가씨는 라이커거스의 어느 큰 제조업자의 딸이지만 이름은 밝힐 수 없다고 말했다. 그렇지만 클라이드가 리본으로 조심스럽게 묶어 놓은 편지들을 서슴지 않고 보여 주었다.

한편 로버타의 편지들은—좀 더 시적이고도 우울한 편지 사연들은—신문에 그 일부가 자세히 소개되었지만, 그녀의 명예를 보호해 줄 사람은 아무도 없었다. 로버타의 편지 내용이 공개되자 클라이드에 대한 증오심, 로버타에 대한 동정심이 요원의 불길처럼 번져 나갔다. 잔인하고 신의가 없고 살인까지 한 사내. 그 사내 말고는 아무도 의지할 사람이 없던 외롭고 가난한 시골 아가씨. 교수형조차 클라이드에게는 부족한 게 아닌가? 메이슨 검사는 베어 호수에 오가는 길에, 또 그 이후로도 로버타의 편지들을 열심히 읽었다. 그녀의 가정생활, 장래에 관한 불안, 외롭고 고달픈 심정에 관해서 기록한 매우 감동적인 구절에 마음이 몹시 뭉클하여 메이슨은 나중에 그런 자기의 심정을 다른 사람들—아내와 하이트와 지방 신문 기자들에게도 전할 수 있었다. 그래서 특히 지방 신문 기자들은 브리지버그에서 클라이드, 그의 침묵, 그의 침울함, 그의 냉혹성을 조금 왜곡되어 있지만 생생하게 묘사한 기사들을 송고했다.

그러던 중 유티카의 「스타」지의 남달리 낭만적인 어느 젊은 기자가 올든 씨 집을 방문하여 삶에 지치고 패배한 올든 부인의 모습을 비교적 정확하게 곧바로 세상에 소개하였다. 올든 부인은 항변하거나 불평할 기력도 없이 로버타의 효심, 그녀의 소박한 생활, 겸손한 태도, 도덕성, 신앙심, 이 지역의 감리교회 목사가 로버타처럼 똑똑하고 예쁘고 상냥한 처녀를 처음 본다고 말한 일, 집을 떠나기까지 몇 년 동안 로버타가 자기의 한쪽 팔이 되어 집안일을 도와준 일에 대해 진지하고 사실적으로 털어놓았다. 자기 딸애가 그 애로서는 상상도 할 수 없는 그런 부적절한 관계를 맺고 결국 목숨까지 잃게 된 것은, 라이커거스에서 곤궁하고 외롭게 지내던 끝에 그 나쁜 놈이 그녀 앞에 나타나 결혼하자는 감언이설로 속였기 때문이라고 말이다. 딸애는 언제나 착하고 순결하고 남한테 친절했다. "그런 애가 죽다니, 전혀 믿어지지 않아요."

로버타의 어머니는 그렇게 말한 것으로 신문에 인용 보도되었다.

"바로 일주일 전 월요일, 그 애는 좀 울적한 것 같았지만 그래도 무슨 이유에서인지 웃는 얼굴로— 그때 좀 이상하다고 생각했어요— 월요일 오후와 저녁때 농장 구석구석을 돌아보면서 꽃을 땄습니다. 그러더니 내게로 와서 나를 껴안더니 '엄마, 난 다시 어린애가 되고 싶어요. 그리고 옛날처럼 엄마가 저를 안고 흔들어 줬으면 좋겠어요' 하고 말하지 않겠어요. 그래서 내가 '애, 로버타야, 오늘 밤에는 뭐가 그리 슬프니?' 하고 물었어요. 그랬더니 '아무것도 아녜요. 저는 내일 아침에 돌아가지 않아요? 그래서 오늘 밤에는 왜 그런지 좀 어리석은 생각이 드네요' 하고 대답했어요. 그 여행을 생각하고 있었던 거랍니다. 모든 일이 계획대로 되지 않을 거라는 예감이 들었던 모양이죠. 파리 한 마리도 해칠 수 없는 그 애를 그놈이 때렸다고 생각하니!" 올든 부인은 여기서 자신도 모르게 소리를 죽여 울기 시작했고, 타이터스는 슬픈 얼굴로 그 뒤에 서 있었다.

그리피스 집안은 물론 이곳의 상류 사회 사람들은 모두가 완벽하게 침묵을 지키고 있었다. 새뮤얼 그리피스 자신은 처음에는 클라이드가 그런 짓을 했다고는 도저히 믿을 수 없었다. 뭐라고! 그 소심할 정도로 순하고 점잖은 애가 살인죄로 고발되었다고? 마침 라이커거스에서 멀리 떨어진 어퍼 새러낵*에 있던 그는 겨우 길버트한테서 연락을 받을 수 있었던 터라 어떤 조취를 취하기는커녕 제대로 생각할 수도 없었다. 아, 그럴 리가 있나! 무엇인가 착오가 있는 게 틀림없었다. 아마 클라이드를 다른 사람으로 착각했을 것이다.

그러나 길버트는 죽은 여자가 공장에서 클라이드 밑에서 일을 했고, 브리지버그의 지방 검사와 통화를 했더니 죽은 여자가 클라이드에게 보낸 편지들이 있으며, 클라이드 자신이 그것을 부인하지 않았다고 말한 점으로 미루어 보아 모든 게 사실이 분명하다고 설명했다.

"그래, 알았다." 새뮤얼이 대답했다. "경솔하게는 행동하지 마라. 그리고 무엇보다도 내가 돌아갈 때까지는 스밀리나 곳보이 외의 다른 사람에게는 절대로 아무 말도 하지 마라. 브룩하트는 지금 어디에 있느냐?" 브룩하트는 그리피스 회사의 고문 변호사 대러 브룩하트를 가리키는 말이었다.

"오늘 보스턴에 가 있습니다." 그의 아들이 대답했다. "월요일이나 화요일까지는 돌아오지 않겠다고 지난 금요일에 말하는 것 같던데요."

"내가 곧 돌아오란다고 전보를 쳐라. 그리고 스밀리에게 「스타」지와 「비컨」지 편집자들을 만나 내가 돌아갈 때까지는 어떤 기사도 미루라고 부탁해 보란다고 일러. 난 아침에 돌아가겠다. 그리고 스밀리에게 오늘 중으로 그곳(브리지버그)까지 차로 갈 수 있는지 알아보고. 알아야 할 일들은 모조리 직접 알아봐야겠다. 그가 만날 수 있으면 클라이드를 만나 보고, 또 그곳 지방 검사도 만나서 새 소식이 있는지 알아보도록 일러라. 신문도 모두 모아 놓고. 지금껏 무슨 기사가 신문에 실렸는지 직접 읽어 봐야겠어."

이와 비슷한 무렵, 포스 호반의 핀칠리 별장에서는 클라이드를 향한 소녀다운 꿈이 뜻하지 않게 끝나 버린 것을 생각하며 수심에 잠겨 있던 손드라가 48시간 만에 마침내 어머니보다도 더 정을 느끼는 아버지에게 모든 것을 고백하기로 했다. 그래서 그녀는 아버지가 보통 저녁 식사 후에 들어가서 책을 읽거나 사업 구상을 하는 서재로 갔다. 아버지가 부르면 들릴 만한 거리까지 다가가자 그녀는 흐느껴 울기 시작했다. 클라이드에 대한 사랑, 자신의 높은 사회적인 위치에 관한 온갖 허황된 생각, 곧 그녀 자신과 집안사람들이 휩쓸리게 될 추문 같은 그런 문제 때문에 어찌할 바를 몰랐기 때문이다. 아, 어머니가 그렇게 주의하라고 타일렀는데 이젠 뭐라고 할까? 그리고 아빠는? 길버트 그리피스와 그의 약혼녀는? 그리고 크랜스턴네도 그렇지, 나와 버타인 사이가 아니었던들 클라이드와 가까워지지도 않았을 텐데.

딸의 흐느낌 소리를 듣자 손드라의 아버지는 영문을 몰라 고개를 들었다. 그는 무엇인가 아주 좋지 않은 일이 생긴 것을 직감하고, 딸을 두 팔로 껴안으면서 낮은 목소리로 말했다. "그만, 그만! 우리 꼬마 아가씨한테 도대체 무슨 일이 일어났나? 누가 무슨 짓을 했지? 그리고 무엇 때문에?" 이어 그는 매우 놀라고 당황한 표정으로 딸한테서 지금까지 있었던 일들을—클라이드를 처음 만났던 일, 클라이드에 관한 관심, 그리피스 집안의 태도, 클라이드에게 보낸 편지들, 그녀의 사랑, 그리고 이 끔찍한 죄목으로 클라이드가 검거된 사실을 고백하는 말에 귀를 기울였다. 만약 그게 사실이라면! 그리고 그녀의 이름과 아버지의 이름까지 알려진다면! 그러는 동안에도 그녀는 아버지가 나중에야 어떤 괴로움을 겪든 우선은 자기를 동정하고 용서해 주리라는 것을 잘 알고 있었다.

가정의 평화와 질서, 재치와 분별력에 익숙해 있던 핀칠리 씨는 몹시 놀라서 비판적이지만 다정한 눈길로 딸을 바라보면서 큰 소리로 말했다. "이거야 원, 원 세상에 이런 일이 다 있나! 큰일 났구나! 정말 놀라워, 애야! 정말 경악할 일이란 말이야! 이건 좀 지나쳤구나! 살인죄로 기소되다니! 그리고 네가 네 손으로 쓴 편지들을 그 사람이 갖고 있거나, 아니면 지금쯤 그 지방 검사 손에 들어갔을 게 아니냐! 쯧! 쯧! 쯧! 손드라, 매우 어리석은 짓을 했구나! 네 엄마는 몇 달 전부터 걱정했지만 난 네 말만 믿고 있었지 뭐야. 그런데 이게 무슨 꼴이람! 미리 나한테 말하든지, 엄마 말을 들을 걸 그랬구나. 이렇게까지 되기 전에 왜 나랑 의논하지 않았느냐? 너하고 난 서로 말이 통하는 줄 알았는데. 나하고 너의 엄마는 항상 너의 행복을 위해 신경을 써 오지 않았느냐? 그건 너도 알거다. 더구나 난 네가 이보다는 더 분별력이 있는 앤 줄 알았지. 정말 그랬단다. 하지만 네가 살인 사건과 연루되다니! 아, 하나님 맙소사!"

핀칠리 씨는 잘생긴 금발의 남자로 재단이 잘된 옷을 입고 있었다. 그는 일어나서 짜증나는 듯 손가락을 튕기며 방 안을 거닐었고, 손드라는 계속해서 훌쩍거렸다. 그는 갑자기 걸음을 멈추더니 다시 한 번 딸을 돌아보고 말했다. "애야, 그만둬라! 울 필요 없다. 운다고 문제가 해결되겠니? 물론 너무 소문이 나지 않도록 무슨 조치를 할 수는 있을 거야. 잘 모르겠지만. 잘 모르겠지만 말이다. 이 일이 네 인격에 어떤 영향을 가져올지는 알 수가 없구나. 하지만 한 가지는 분명해. 어떻든 네가 그 사람에게 보낸 편지가 어떻게 됐는지 알아봐야겠어."

핀칠리 씨는 곧바로 손드라가 흐느끼고 있는 동안에 먼저 아내를 불러 이 사건의 성격을—그것은 죽는 날까지 그녀가 잊을 수 없는 사교상의 충격이었다—설명한 후 주(州) 상원 의원이자 공화당의 주 중앙위원회 의장이며 여러 해째 그의 고문 변호사로 있는 리게어 애터베리에게 전화를 걸어 딸이 처해 있는 난처한 상황을 설명했다. 그러면서 그는 어떻게 하는 것이 제일 나은 방법이냐고 물었다.

"글쎄요, 제 생각으로는." 애터베리가 말했다. "사장님, 너무 걱정하지 않으셔도 될 겁니다. 사회적으로 체면이 너무 깎이는 일이 없도록 무슨 조치를 취할 수 있을 것 같습니다. 가만있자, 캐터라키군의 지방 검사가 누구인가요? 먼저 그게 누군지 알아보고 전화로 이야기해 본 다음 다시 전화드리겠습니다. 너무 걱정하지 마십시오. 제가 무슨 조치를, 편지들이 신문에 나가지 않도록 약속드리겠습니다. 이건 장담드릴 수 없습니다만, 어쩌면 재판에도 제출되지 않도록 하겠습니다. 하지만 어떻든 따님 이름이 언급되는 일이 없도록 조치를 취하겠으니 그 점은 안심하십시오."

애터베리는 즉시 변호사 명단에서 메이슨의 이름을 찾아 전화를 걸어 만나기로 했다. 메이슨은 손드라의 편지가 이번 사건의 결정적인 증거가 된다고 생각하는 듯했지만, 그래도 애터베리의 목소리에 위압감을 느껴 아직은 손드라의 이름이나 편지를 공개할 의사가 없다고 했다. 다만 클라이드가 자백하지 않아 재판이 불가피할 때는 편지들을 비공개적으로 대배심원에게 검토하게 할 생각이라고 설명했다.

그러나 애터베리는 핀칠리 씨에게 다시 연락해 본 결과 편지가 물증으로 채택되거나 손드라의 이름이 언급되어서는 절대로 안 된다는 말을 들었다. 그러자 변호사는 이튿날, 메이슨에게 손드라의 이름을 공개하는 일을 다시 한 번 고려하게 할 수 있는 어떤 계획과 정치적인 정보를 가지고 브리지버그로 직접 찾아가겠다고 말했다.

한편 핀칠리 집안에서는 심사숙고한 결과 핀칠리 부인과 스튜어트, 손드라 세 사람이 누구에게도 일언반구의 설명이나 변명도 하지 않고 즉시 메인주의 해안 지방이나 마음에 드는 다른 지역으로 떠나기로 했다. 핀칠리 씨 자신은 라이커거스와 올버니로 돌아가겠다고 했다. 신문 기자들이 찾아오거나 친구들이 찾아와 이런저런 질문을 던지는 곳에 가족들이 있는 것은 현명치 못했기 때문이다. 핀칠리 집안은 즉시 내려갠셋*으로 자리를 옮기고, 그곳에서 6주일 동안 윌슨의 이름으로 행세하면서 숨어 지냈다. 크랜스턴네도 같은 이유로 즉시 사우전드 아일랜드* 중 마음에 드는 어느 피서지로 자리를 옮겼다. 그러나 배것 집안과 해리엇 집안은 사건에 깊이 관련되어 있지 않았기 때문에 트웰프스 호수에 그냥 눌러앉았다. 그러나 클라이드와 손드라가 화제가 된 것은 더 말할 나위가 없다. 끔찍한 범죄와 어떤 식으로든 모르는 사이에 간접적으로나마 이 범죄에 말려든 사람들은 사교계에서 매장될 가능성이 있었다.

한편 스밀리는 그리피스의 지시대로 브리지버그를 방문하여 두 시간 동안이나 메이슨과 이야기를 나눈 뒤 클라이드를 만나러 유치장으로 갔다. 그는 메이슨의 허락으로 유치장에서 단독으로 클라이드와 만날 수 있었다. 클라이드를 위해 변호사를 내세우려는 것이 아니라 변호할 여지가 있는 사건인지 어떤지를 먼저 알아보려는 것이 그리피스 집안의 의도라는 스밀리의 설명을 듣자, 메이슨은 클라이드에게 자백하도록 설득하는 것이 현명할 것이라고 그에게 말했다. 그의 범행에 관해서는 의심할 여지가 없는 데다 클라이드에게 아무런 이득도 없는데 군의 예산을 낭비하면서까지 재판을 해야겠느냐는 것이었다. 한편 클라이드가 자백만 하면 관대한 처벌이 내려질지도 모른다고 했다. 어떻든 상류 사회의 추문이 신문에 실리는 것은 막을 수 있었다.

　메이슨 검사의 그런 말을 듣고 나서 스밀리는 클라이드가 암울하고 절망적인 기분으로 앞으로 어떻게 할 것인지 생각하고 있는 감방으로 갔다. 클라이드는 스밀리가 왔다는 말을 듣자 매를 맞은 사람처럼 몸을 움츠렸다. 그리피스 집안, 새뮤얼 그리피스와 길버트! 스밀리는 큰아버지와 사촌이 직접 보낸 사람이 아닌가. 그 사람에게 무슨 말을 해야 할까? 메이슨의 이야기를 들어 본 스밀리가 그를 범인이라고 생각할 것은 뻔한 일이었다. 그러니 무슨 말을 할 수 있을까? 무슨 이야기를 할 수 있단 말인가? 진실, 아니면 무엇을? 그러나 미처 생각할 틈도 없이 스밀리가 안내되었다. 클라이드는 혀로 마른 입술을 적시고 겨우 한마디 인사를 입 밖에 낼 수 있었다. "안녕하십니까, 스밀리 변호사님?" 그러자 스밀리는 짐짓 반가운 체하면서 대꾸했다. "어떤가, 클라이드? 이런 곳에 갇혀 있는 자네를 보게 되어서 안됐네." 이어 그는 말문을 열었다. "신문과 이곳 지방 검사는 자네가 무슨 일을 저질렀다고 야단들인데, 틀림없이 뭔가 착각하는 모양일세. 그래서 진상을 알아보려고 이렇게 찾아온 걸세. 아침에 자네 큰아버지의 전화를 받고 무슨 이유로 자네가 갇히게 됐는지 알아보러 온 거지. 물론 큰아버지 가족들이 얼마나 놀라고 있는지 자네도 알 수 있겠지. 그래서 사실을 밝히고 가능하면 기소를 취하시켜 보려고 나를 이곳으로 보내신 걸세. 그러니 이번 사건의 전말을 모조리 나한테 말해 준다면 자네도 알다시피…… 말하자면…… ."

스밀리는 방금 지방 검사에게서 들은 말도 있고, 클라이드의 안절부절못하는 태도로 미루어 클라이드로서는 범죄에 관련해 별로 할 말도 없을 것이라 생각하면서 잠시 머뭇거렸다.

클라이드는 다시 한 번 입술을 적시더니 입을 열었다. "스밀리 변호님, 여러 상황이 제게 아주 불리한 것으로 생각됩니다. 미스 올든을 만났을 때 제가 이렇게 궁지에 빠지리라고는 상상도 하지 못했습니다. 하지만 저는 그 여자를 죽이지 않았습니다. 하나님께 맹세코 절대로 아닙니다. 그녀를 죽이고 싶지도 않았고, 호수에 데리고 가고 싶지도 않았는걸요. 이건 사실입니다. 지방 검사에게도 그대로 말했고요. 지방 검사는 그 여자가 제게 보낸 편지들을 가지고 있지만, 그 편지들을 읽어 봐도 그 여자가 저하고 같이 도망가기를 원했다는 사실밖에는 알 수 없습니다. 물론 저야 그 여자하고 도망갈 생각은 추호도 없었지만요…… ."

클라이드는 스밀리가 자기의 말을 믿어 주기를 바라면서 말을 중단했다. 스밀리는 클라이드의 말과 메이슨의 주장이 일치되는 것을 알아차리면서도 그의 마음을 달랠 속셈으로 한마디 했다.

"물론, 알고 있고말고. 지방 검사가 그걸 내게 보여 주더군."

"물론 그랬을 테죠." 클라이드가 힘없이 말을 이었다. "하지만 변호사님도 아시잖아요." 그는 혹시 보안관이나 크라우트가 엿듣고 있을지 모른다는 두려움에서 목소리를 낮추었다. "남자란 처음엔 그럴 생각이 없다가도 여자와 복잡하게 꼬일 수 있죠. 변호사님도 아시잖아요. 저도 사실 처음에는 로버타가 좋았고, 그건 사실입니다. 그 편지들에 나타난 것처럼 그녀와 친해지게 됐죠. 하지만 한 부서의 책임자는 부하 여직원과 사귀어서는 안 된다는 회사 규칙이 있어요. 모든 문제는 거기에서부터 발단된 것 같습니다. 우선 로버타와의 관계를 아무도 눈치채지 못하게 하려고 했거든요."

"아, 그렇게 된 거로군."

클라이드는 스밀리가 동정적으로 귀를 기울이고 있는 듯한 태도에 용기를 얻어 차츰 긴장을 풀며 조금씩 로버타와의 사이가 친밀해진 경우를 설명하면서 현재 자신의 견해를 옹호하기도 했다. 그러나 그는 늘 그의 마음을 몹시 괴롭히고 있는 카메라와 모자 두 개, 그리고 없애 버린 양복에 관해서는 한마디도 하지 않았다. 사실 그것을 어떻게 설명할 수 있단 말인가? 그러자 면회를 마무리 지어야 하고 메이슨에게 들은 말도 있기에 스밀리는 물었다. "하지만, 클라이드, 그 모자 두 개는 어떻게 된 건가? 이곳 지방 검사 말로는 자네가 모자 두 개를 갖고 있던 사실을 시인했다던데, 호수에서 발견된 것과, 자네가 호수에서 떠날 때 쓰고 있었던 것 말이야."

클라이드는 뭐라고 대답해야 한다는 것은 알면서도 무슨 말을 해야 할지 몰라 이렇게 말했다. "하지만, 스밀리 변호사님 그 사람들은 제가 그곳을 떠날 때 밀짚모자를 쓰고 있었다고 잘못 알고 있습니다. 제가 쓴 건 밀짚모자가 아니라 보통 모자였습니다."

"알겠네. 하지만 지방 검사 말로는 자네가 베어 호수에서는 밀짚모자를 쓰고 있었다고 하더군."

"네, 그건 사실입니다. 하지만 지방 검사에게도 말했지만 그건 제가 처음 크랜스턴네 별장에 갈 때 쓰고 갔던 겁니다. 그 사실은 지방 검사에게도 말했습니다. 그곳에 잊고 두고 온 거라고요."

"아, 알겠네. 그런데 무슨 양복 이야기도 하던데—회색 양복이라든가—자네가 그곳에서 입고 있는 것을 사람들이 봤지만, 지방 검사가 지금은 찾을 수 없다던데. 그런 양복을 입고 있었나?"

"아닙니다. 이곳으로 올 때 입고 있었던 푸른색 양복을 입고 있었어요. 그 옷은 벗겨 가져가고 대신 이 옷을 주었습니다만."

"하지만 검사 말로는 자네가 그 옷을 샤런에서 드라이 세탁하려고 맡겼다고 말하지만, 그 사실을 아는 사람 누구도 찾을 수 없다던데. 어떻게 된 건가? 자네가 그곳에서 양복을 드라이 클리닝시켰는가?"

"네, 변호사님."

"어느 세탁소에?"

"기억이 잘 나지 않습니다. 하지만 그곳에 다시 가면 그 사람을 찾을 수 있을 것 같습니다. 정거장 근처였으니까요." 그러나 그는 그렇게 말하면서 스밀리의 시선을 피했다.

그러자 스밀리는 앞서 메이슨이 그랬던 것처럼 그에게 보트에 실렸던 가방에 관해 묻고, 또 구두를 신고 양복을 입은 채 물가까지 헤엄쳐 나갈 수 있었다면 로버타에게로 헤엄쳐 가서 뒤집힌 보트에 매어 달리도록 도와줄 수는 없었느냐고 물었다. 클라이드는 로버타 때문에 물속으로 끌려 들어갈까 봐 겁이 났다는 변명을 또 한 번 되풀이했지만, 전에 보트가 떠내려갔다고 말했던 것과는 달리 이번에는 로버타에게 보트에 매달리라고 소리쳐 불렀다는 말을 처음으로 덧붙였다. 스밀리는 클라이드가 보트가 떠내려갔다고 말했다고 메이슨이 말한 것을 기억하고 있었다. 그는 또 클라이드가 모자가 바람에 날렸다고 주장하지만, 날씨가 매우 온화했던 그날은 바람 한 점 없었다는 것을, 증인들을 내세우거나 미국 정부의 보고서로 입증할 수 있다고 한 메이슨의 말도 기억하고 있었다. 그렇다면 클라이드는 거짓말을 하고 있는 게 분명했다. 그가 꾸며 대고 있는 말은 너무도 엉성했다. 그래도 스밀리는 그를 난처하게 하고 싶지 않아 "아, 그래?"라든가 "확실히 그렇군"이라든가, "일이 그렇게 된 거로군?" 하는 식의 말만 되풀이했다.

그러다가 스밀리는 마침내 로버타의 머리와 얼굴의 상처에 대해 물었다. 메이슨 검사는 보트에 부딪혔을 뿐인데도 한꺼번에 그렇게 두 군데의 상처가 날 수는 없다는 점에 주목하게 했다. 그러나 클라이드는 로버타가 보트에 부딪힌 것은 단 한 번뿐이며 상처는 그때 생긴 것일 텐데, 그렇지 않다면 어떻게 그런 상처들이 생긴 것인지 자기로서도 알 수 없다고 주장했다. 그러면서도 그는 그런 변명이 얼마나 허황된 것인지 스스로 깨닫기 시작했다. 스밀리의 난감해하는 태도를 보아도 그가 자기의 말을 믿지 않는다는 게 명백했다. 스밀리는 로버타를 구해 주지 않은 그의 행동을 비열하다고, 변명의 여지가 없다고 생각하고 있는 게 틀림없었다.

클라이드는 너무 지치고 이제는 더 거짓말을 할 기력도 없자 마침내 입을 다물어 버렸다. 스밀리로서도 이제 더는 캐물어 그를 당황하게 만들고 싶지 않아서 안절부절못하다가 마침내 입을 열었다. "클라이드, 자, 이제 그만 가 봐야겠네. 샤런까지는 길이 꽤 좋지 않거든. 하지만 자네 쪽 이야기를 들을 수 있어서 무척 좋았네. 자네가 한 이야기를 그대로 자네 큰아버지한테 전하겠네. 만약 내가 자네라면 가능한 이제 더 말하지 않겠네. 나한테서 연락을 받기 전에는 말이지. 난 자네를 위해 이 사건을 맡아 줄 변호사를 이곳에서 구하라는 지시를 받았지만, 이왕 시간도 늦은 데다 우리 수석 법률 고문인 브룩하트 씨가 내일 돌아오니까 내가 먼저 그분을 만나서 의논해 보는 게 좋을 것 같군. 그러니 내 충고를 받아들여, 브룩하트 씨나 내게서 연락이 있을 때까지는 아무 말도 하지 말게나. 브룩하트 씨가 직접 오든지 사람을 보내든지 할 걸세. 누가 오든 내 편지를 갖고 와선 자네에게 조언해 줄 걸세."

스밀리는 클라이드에게 이런 충고를 해 주고 그가 혼자 생각하도록 남겨 두고 그의 곁을 떠났다. 변호사는 클라이드가 유죄라는 사실을 조금도 의심하지 않으면서 그리피스 집안에서 수백만 달러의 막대한 돈을 쓸 각오를 하지 않는 한, 클라이드에게 닥쳐올 운명에서 그를 구할 길은 없을 것이라고 생각했다.

제13장

이튿날 아침 와이키지 애비뉴에 위치한 저택의 큰 응접실에서는 새뮤얼 그리피스가 길버트와 함께 스밀리 변호사로부터 클라이드와 메이슨을 만난 결과를 보고받고 있었다. 스밀리는 보고 들은 것을 낱낱이 보고했다. 스밀리의 보고를 들으면서 말할 수 없을 정도로 동요하고 격분한 길버트 그리피스는 스밀리가 보고하는 중간에 큰 소리로 이렇게 외쳤다.

"아, 악마 같은 놈! 짐승 같은 녀석! 아버지, 제가 뭐랬습니까? 데려오지 마시라고 말리지 않았습니까?"

동정심에서 우러나온 자신의 전날 실수를 길버트가 이런 식으로 지적하자, 새뮤얼 그리피스는 한동안 곰곰이 생각하더니 아들을 몹시 괴로운 표정으로 바라보며 말하는 듯했다. 지금 이 자리에서 나의 선의의 실수를 따질 것이냐, 아니면 당면한 위기를 해결할 대책을 세울 것이냐, 하고 말이다. 길버트는 이런 생각을 하고 있었다. 살인자! 허영에 들뜬 손드라 핀칠리, 주로 나 길버트에게 분풀이하려고 그 녀석을 감싸고 돌더니 꼴좋게 됐 구나! 어리석은 계집애! 그래도 싸다. 그녀도 그녀의 몫만큼 혼 쭐이 날 것이다. 하지만 그, 그의 아버지, 우리 가족 모두가 무척 엄청난 고통을 겪을 것이다. 모든 사람에게 — 길버트 자신, 그 의 약혼녀, 벨라, 마이라, 그의 부모에게 — 지울 수 없는 낙인이 찍히지 않을까? 어쩌면 라이커거스 상류 사회에서 그들의 위치 에도 먹칠하게 될 게 아닌가? 아, 이 무슨 비극이냐! 사형이라도 집행된다면! 이 집안의 친족이!

그러나 새뮤얼 그리피스는 클라이드가 라이커거스에 온 후에 일어났던 모든 일을 마음속으로 돌이켜 보고 있었다.

처음에는 그 지하실에서 일하도록 그 아이를 방치해 두고, 그 의 가족은 그를 거들떠보지도 않았다. 8개월 동안이나 자기 하 고 싶은 대로 하도록 내버려 두었다. 그것도 이런 끔찍한 일이 일어나게 된 원인의 일부가 아니었을까? 그러다가 수많은 여직 공의 책임자로 앉히지 않았던가! 그게 잘못이 아니었을까? 이 제 그는 모든 사정을 이해할 수 있었다. 물론 그렇다고 클라이 드가 한 짓을 용서한다는 것은 아니었다. 용서한다는 것은 도 저히 상상할 수도 없었다. 그런 비열한 심성! 그런 억제할 수 없 는 욕정! 분별력도 없이 짐승처럼 그 아가씨를 유혹해 놓고 다 음에는 손드라 때문에 — 상냥하고 귀여운 손드라 때문에 — 그 아가씨를 없애려고 했다니! 그리고 지금 유치장 안에 감금되어 있고, 스밀리의 보고에 따르면 이 끔찍한 일에 대해 해명한다는 것이 고작 여자를 죽일 의사가 전혀 없었다느니 — 죽일 궁리조차 한 일이 없었다느니 — 바람에 모자를 날렸다느니 하는 말뿐이라니! 그런 엉성한 변명이 어디에 있는가? 모자 두 개, 없어진 양복, 물에 빠진 여자를 구하지 않은 이유에 대해 적절히 해명하지도 못하고 말이다. 그리고 이유가 밝혀지지 않은 그 아가씨 얼굴에 난 상처. 그 모든 것이 그 아이의 범행을 입증하고도 남지 않는가?

"아, 맙소사!" 길버트가 외쳤다. "못난 놈, 겨우 그런 변명밖에는 하지 못하나!" 그러자 스밀리는 그 이상 클라이드에게서 이야기를 끌어낼 수 없었으며, 메이슨 검사는 클라이드의 범행을 냉철하게 확신하고 있다고 대답했다. "끔찍하군! 정말로 끔찍해!" 새뮤얼이 한마디 내뱉었다. "아직도 도저히 이해할 수가 없군. 정말로! 우리 가문에서 그런 짓을 할 수 있는 자가 나오다니 믿어지지 않아!" 그러고 나서 그는 자리에서 일어나더니 참으로 암담하고 두려운 마음으로 거실을 왔다 갔다 했다. 그의 가문! 길버트의 장래! 꿈 많고 야심에 찬 벨라! 그리고 손드라와 핀칠리!

새뮤얼 그리피스는 두 손을 움켜쥐었다. 그는 미간을 찌푸리며 입을 꽉 다물고는 스밀리를 바라보았다. 흠잡을 데 없이 말쑥한 스밀리는 그와 시선이 마주칠 때마다 암담한 듯 고개를 흔들면서 매우 긴장된 표정을 지었다.

거의 한 시간 반 이상 스밀리가 보고한 내용 외의 다른 어떤 해석의 가능성이 없을까, 하고 검토에 검토를 거듭한 후 새뮤얼 그리피스는 마침내 입을 열었다. "아무리 생각해 봐도 일이 심각하군. 하지만 지금까지 자네가 한 이야기에도 불구하고, 좀 더 자세한 내용을 알기 전에는 그 아이의 범행이라고 단정할 수가 없소. 아직 밝혀지지 않은 사실이 있을지도 모르니까— 그 애가 대부분의 일에 거의 말을 하지 않으려고 한다면서— 우리가 아직 모르는 무슨 가벼운 세부 사항이라도 말이오. 그런 것이 없다면 이건 아주 극악한 범죄라고밖에 할 수 없겠어. 브룩하트 씨는 보스턴에서 돌아왔는가?"

"네, 돌아왔습니다, 사장님." 길버트가 대답했다. "스밀리 씨한테 전화가 왔습니다."

"그럼, 나를 만나러 오늘 오후 두 시에 이곳으로 오라고 일러 줘. 지금은 너무 피곤해서 이제는 더 이 문제에 대해 말하고 싶지 않아. 스밀리, 나한테 말한 모든 내용을 브룩하트 씨에게도 전해 주시오. 그리고 두 시에 그 사람하고 함께 다시 한 번 오시오. 그 사람이 우리에게 도움이 될 만한 의견을 갖고 있을지도 모를 일이니까. 내가 하고 싶은 말은 단 하나, 그 애가 유죄가 아니기를 바란다는 것뿐이오. 그 애의 범행인지 아닌지 분명해질 때까진 온갖 적절한 수단을 취해야겠소. 만약 그 애의 범행이 아니라면 우리는 법이 허용하는 한계까지 그 애를 변호해야 하오. 하지만 그 이상은 안 돼. 이런 끔찍한 짓을 저지른 자는 누구든 절대로 구해 줄 수 없소. 암, 절대로 안 되고말고! 설령 그자가 내 조카라도 말이야! 난 그럴 수 없소! 난 그런 인간은 아니오! 만약 그 애의 짓이 아니라면 고통스럽든 고통스럽지 않든,

망신스럽든 망신스럽지 않든 내 능력껏 그 애를 돕겠소. 그렇게 믿을 만한 이유가 조금이라도 있다면 말이오. 하지만 그 애의 짓이라면? 절대로, 정말 절대로 도와주지 않을 거야! 만약 그 애가 한 짓이라면 그 애는 책임을 져야 하오. 그런 범죄 사실이 있는 자를 위해서는 일 달러도 아니, 일 센트도 쓰지 않겠소! 비록 내 조카라 할지라도."

그러고 나서 그리피스 씨는 돌아서서 뒤쪽 층계를 향하여 천천히 무거운 발걸음을 옮겼다. 한편 스밀리는 위압감을 느끼면서 눈을 크게 뜨고 그의 뒷모습을 지켜보았다. 그의 강력한 힘! 그의 결단력! 이런 치명적인 위기를 대처하는 공정한 태도! 길버트 역시 감명을 받고 앉은 채 아버지의 뒷모습을 지켜보았다. 그의 아버지는 진정으로 사나이다웠다. 매우 큰 타격을 받고 고통을 받고 있을 텐데도 그 자신과는 달리 옹졸하지도 않았고 복수심에 불타지도 않았다.

다음에는 체구가 크고 옷을 잘 차려입고 풍채가 좋은 회사의 고문 변호사 대러 브룩하트 씨의 차례였다. 신중하고 조심스러운 변호사로 한쪽 눈이 축 처진 눈꺼풀에 의해서 반쯤 가려지고 배가 툭 튀어나온 위인이었다. 그는 법의 판례의 입김이 조금만 작용해도 이리 움직이고 저리 움직이게 되는, 말하자면 공기가 희박한 허공에 육체적으로는 아닐지라도 정신적으로는 붕 떠 있는 인물이라는 인상을 풍겼다. 이제는 더 어떤 사실이 드러나지 않는 상황에서 클라이드의 범행은 (그가 보기에는) 명백한 것 같았다. 스밀리로부터 클라이드의 범행을 입증하는 듯한 모든 상황을 주의 깊게 듣고 난 그는, 지금까지 나타나지 않은 클라이드에게 유리한 어떤 사실이 없는 한, 부분적으로 만족할 만한 변호를 할 수조차 매우 어렵다고 판단을 내렸다. 모자 두 개, 가방, 또 그런 식으로 현장에서 도망친 사실, 그리고 편지들. 하지만 그는 어떻게든 편지들을 읽어 봐야겠다고 생각했다. 지금까지 판명된 사실로 미루어 보면, 여론이 클라이드를 규탄하고 죽은 여자의 가난한 처지와 미천한 신분에 동정할 것은 분명하니 브리지버그 같은 시골 군청 소재지에서 유리한 판결을 바란다는 것은 거의 불가능했다. 물론 클라이드 자신도 가난하다고는 하지만 그래도 부호의 조카인 데다 지금껏 라이커거스 상류 사회에서 행세하고 있었으니 시골에서 태어난 사람들이 그에게 반감을 품을 것은 불을 보듯 뻔한 노릇이었다. 그런 반감을 없애기 위해서는 재판 장소의 변경을 신청하는 것이 좋을 것 같았다.

한편 먼저 반대 심문에 능숙한 변호사를 클라이드에게 보내지 않고서는—변호를 맡을 사람으로 클라이드의 운명이 그의 거짓 없는 대답에 달려 있다고 타일러서 그에게서 모든 사실을 알아낼 수 있는 그런 사람을 먼저 보내지 않고서는— 희망을 품을 수 있는지 없는지 여부조차 말할 수 없을 터였다. 그의 법률 사무소에는 캐추먼 씨라는 매우 유능한 인물이 있었는데, 그 사람을 먼저 보내서 알아보고 그 결과에 따라 모든 것을 판단해 보는 것이 좋을 것 같았다. 그러나 그가 보기에는 이런 사건에는 자세히 검토해서 판단을 내려야 할 여러 가지 다른 문제도 있었다. 물론 그리피스 부자도 잘 알다시피, 유티카와 뉴욕과 올버니에는(그런데 생각해 보니, 올버니에는 인격적으로는 믿을 수 없었지만 변호사로서는 매우 유능한 캐너번 형제가 있었다) 난해하고 복잡한 형법에 조예가 깊은 형사 사건 전문 변호사들이 있었다. 착수금만 넉넉히 주면 그들은 사건의 양상이야 어떻든 틀림없이 변호를 맡겠다고 할 것이다. 그리고 그들은 이 명문 집안의 가장이 원한다면 재판 장소의 변경, 재정(裁定) 신청, 상고(上告) 등의 절차로 재판을 지연시켜 결국은 사형보다는 가벼운 판결을 내리게 할 수 있는 사람들이었다. 한편 물의를 빚을 것이 분명한 이 사건의 재판 과정에서는 그리피스 가문의 이름이 좋지 못한 의미에서 세상에 널리 알려질 터인데, 그래도 새뮤얼 그리피스 씨는 그것을 원할까? 또 이런 상황에서는 엄청난 재력을 믿고 법을 우롱하려고 한다는 엉뚱한 말을 하는 사람도 전혀 없지는 않을 것이다. 이런 경우 여론은 부자에 반감을 품는 법이다. 하기야 그리피스 집안 쪽에서 변호사를 내세우는 건 당연하다고 보는 여론도 있을 것이다. 물론 나중에 가서 그렇게 변호사를 내세울 필요가 있는지 하는 문제를 두고 비판하건 비판하지 않건 말이다.

결국 브룩하트 씨가 방금 언급한 두 사람과 같은 저명한 형사 전문의 변호사를 내세울 것인지, 아니면 능력이 좀 떨어지는 변호사를 내세울 것인지, 아니면 변호사를 아예 내세우지 않을 것인지에 대해서는 그리피스 씨 부자가 결정할 수밖에 없게 되었다. 물론 너무 세상에 알려지지 않게 유능하면서도 매우 보수적인 법정 변호사를—어쩌면 브리지버그에서 개업하고 있는 사람 중에서—내세워서 엉뚱하게 그리피스 가문을 비방하는 기사가 될수록 신문에 실리지 않도록 배려하게 하는 방법도 있었다.

세 시간 넘게 회의를 거듭한 끝에 결국 새뮤얼 자신이 결단하여 브룩하트 씨가 즉시 캐추먼 씨를 브리지버그로 보내 클라이드를 만나게 하고, 그 결과 캐추먼 씨가 유죄냐 무죄냐의 어떠한 판단을 내리든 우선은 클라이드를 가장 공정하게 변호할 수 있는 변호사를—어쨌든 지금 당장은—현지에서 고용하기로 했다. 그리고 고용된 변호사에게는 클라이드에게서 진상을 알아내는 것 이상의 일은 맡게 하지 않기로 했다. 일단 진상이 밝혀지면 공정한 의미에서 클라이드에게 유리한 사실들만을 입증하는 방향으로 변호를 집중시키기로 했다. 한마디로 어떤 교활한 책략이나 법적인 궤변, 농간으로 거짓 무죄를 입증하여 법의 공정성을 해치는 일은 절대로 해서는 안 된다는 결론을 내렸다.

제14장

캐추먼 씨도 클라이드에게서 메이슨 검사나 스밀리보다 더 많은 사실을 알아내지는 못했다. 캐추먼은 남이 두서없이 하는 말에서 그럴듯한 조리를 찾아내는 능력이 있었지만, 감정의 영역에서는 클라이드 같은 경우 필요한 만큼 성공을 거두지는 못했다. 너무 법조문에 얽매여서 차갑고 냉정하고, 한마디로 감정이 없었기 때문이다. 그래서 그는 7월의 어느 더운 날 오후, 장장 네 시간에 걸쳐 클라이드에게 질문을 한 끝에 범행을 계획한 인물치고 이렇게 나약하고 서투른 자는 처음 본다고 생각하면서 단념할 수밖에 없었다.

스밀리가 다녀간 뒤 메이슨 검사는 클라이드를 데리고 빅비턴 호수를 다시 방문하여 카메라와 삼각대를 찾아냈다. 또한 그는 클라이드의 거짓말에도 좀 더 귀를 기울였다. 메이슨이 캐추먼에게 설명한 바에 따르면, 클라이드는 카메라를 소유한 일이 없다고 잡아뗐지만 클라이드가 카메라를 소유했을 뿐만 아니라 라이커거스를 떠날 때 휴대한 사실을 입증하는 증거가 있다고 말했다. 그러나 캐추먼이 이 사실에 대해 따져 묻자 클라이드는 카메라를 휴대한 적이 없으며, 발견된 삼각대는 그의 카메라에 속한 것이 아니라는 말만 할 뿐이었다. 이 거짓말에 그만 너무 짜증이 난 캐추먼은 이제 더는 그와 입씨름을 하지 않기로 작정했다.

그러나 클라이드에 관한 개인적인 결론이야 어떻던 캐추먼은 브룩하트의 지시에 따라 그곳을 떠나기 전에 변호사를 한 사람 구하기로 작정했다. 그리피스 가문의 명예는 아니더라도 그 가문의 동정에 관한 문제가 달려 있는데, 서부의 그리피스 일가는 가난할 뿐더러 이 사건에 끌어들이지 않기로 했으니 반드시 변호사를 내세워야 한다는 게 브룩하트의 설명이었다. 그래서 캐추먼은 이 지방의 정치 정세는 모르는 채 아이러 켈로그의 사무실을 찾아갔다. 켈로그는 캐터라키군의 내셔널 은행의 지점장이자 (캐추먼은 모르는 사실이지만) 민주당 조직의 요직에 앉아 있는 인물이었다. 켈로그는 종교적·도덕적 견해 때문에 클라이드가 기소된 범죄에 대해 몹시 분개하고 있었다. 한편 클라이드의 사건으로 다가오는 예비 선거에서 공화당이 또 한 번 압승할 가능성이 있을 것 같았기 때문에 메이슨을 견제하는 세력의 등장이 필요하다고 생각하고 있었다. 클라이드의 범행으로 누가 봐도 상황이 공화당 쪽으로 유리하게 돌아가는 것 같았기 때문이다.

이 살인 사건이 드러난 이후 메이슨은 이 지역의 지방 검사로서 전례 없이 전국에 걸쳐 명성을 얻고 있었다. 버펄로, 로체스터, 시카고, 뉴욕, 보스턴 같은 먼 대도시에서 신문 기자, 특파원, 삽화가들이 찾아와 클라이드, 메이슨, 올든 씨 유가족 등과 인터뷰를 하고 스케치를 하고 사진을 찍고 있다는 것은 누구나가 다 알고 있거나 두 눈으로 목격하는 사실이었다. 한편 이 지방 사람들은 메이슨에게 아낌없는 찬사를 보내고 있었다. 심지어 이 지방의 민주당 지지자들까지도 공화당 사람들과 합류하여 메이슨은 훌륭하고 그 젊은 살인범을 마땅히 다루어야 할 방식으로 다루고 있으며, 이 젊은 민중의 보호자는 그리피스 집안이나 그가 체포하려고 하는 것처럼 보이는 그 부유한 아가씨 집안의 재력 앞에서도 조금도 굴복하지 않고 있다고 말했다. 그야말로 진정으로 검사다웠다. 한마디로 "바늘로 찔러도 피 한 방울 나올 것 같지 않은" 사람이라는 것이다.

사실 캐추먼이 방문하기 전에 검시(檢屍) 배심이 소집되어 메이슨도 참석한 자리에서, 죽은 아가씨는 브리지버그의 군 유치장에 수감 중인 클라이드 그리피스라는 자가 계획하고 실행한 음모에 의해 생명을 잃은 것으로, 곧 이 사건을 심리할 군 대배심원의 판결이 있을 때까지 클라이드 그리피스를 구류한다는 판결을 내렸다. 누구나 다 아는 일이었지만, 메이슨은 주지사에게 최고 법원의 특별 개정을 신청할 계획을 세우고 있었는데, 최고 법원이 특별 개정될 경우 군 대배심원이 즉시 소집되어 증거를 심리하여 클라이드를 기소하든지, 아니면 석방하기로 되어 있었다. 그런데 지금 캐추먼이 찾아와 클라이드의 변호를 맡을 만한 유능한 변호사가 없겠느냐고 물은 것이다. 즉석에서 켈로그가 생각한 사람은 바로 이 도시에서 벨크냅-제프슨 법률 사무소를 경영하고 있는 앨빈 벨크냅이었다. 앨빈 벨크냅은 두 번이나 주 상원 의원을 지냈고, 세 차례에 걸쳐 이 지방에서 연방 하원 의원으로 선출되었으며, 최근에 와서는 여러 민주당 간부들이 민주당 지방 관직을 차지할 수 있을 만한 어떤 쟁점을 찾아낼 수 있으면 더 높은 지위에 오를 수 있다고 지목하는 인물이었다. 사실 불과 3년 전 지방 검사직을 놓고 메이슨과 다투어 민주당 후보로서는 누구보다도 당선권에 접근했던 사람이 바로 이 벨크냅이었다. 사실 그는 올해에 메이슨이 노리고 있는 판사직의 물망에 오르고 있었을 정도로 정치적으로 원만한 인물이었다. 클라이드의 사건이 갑자기 뜻하지 않은 방향으로 전개되지 않았던들 일단 지명만 된다면 그가 당선되리라는 것이 일반적인 견해였다. 켈로그 씨는 매우 흥미로운 이 정치적 상황의 복잡한 내막을 일일이 캐추먼에게 설명하지는 않았지만, 메이슨과 맞설 만한 인물로는 벨크냅 씨가 아주 비범하고 거의 이상적이라고 말했다.

켈로그는 이런 식으로 간단히 벨크냅 씨를 소개하고 나서 캐추먼을 바로 길 건너 바워스 블록에 있는 벨크냅-제프슨 법률 사무소로 직접 안내해 주겠다고 제안했다.

그들이 법률 사무소의 문을 노크하자 마흔여덟 살쯤 되어 보이는, 중키의 매우 활기 넘치는 정력적인 사나이가 그들을 맞아들였다. 캐추먼은 그 사나이의 회청색 눈에서 도량이 넓은 탁월한 인물은 아닐지 몰라도 매우 예리하다는 인상을 받았다. 벨크냅은 남들한테서 존경받을 만한 품위를 지니고 있는 인물이었다. 그는 대학을 졸업한 데다 젊어서는 그의 용모와 집안의 재산과 사회적 신분 때문에(그의 아버지는 이 지방 출신의 연방 상원 의원에다 판사였다) 이른바 도시 교외 생활에 흠뻑 젖어 있었다. 그래서 아직도 메이슨을 몹시 괴롭히면서 그의 행동과 성격까지 특징짓는 어색한 시골티와 성적(性的) 억제 심리와 성적 동경심은 벨크냅에게는 이미 오래전에 여유 있는 태도와 사회적인 이해심으로 위장되어 있었다. 이런 태도와 이해심 때문에 그는 살면서 부딪히게 되는 웬만한 도덕적이고 사회적인 문제를 꽤 이해할 수 있었다.

실제로 벨크냅은 메이슨처럼 열을 올리지 않고 자연스럽게 클라이드의 경우와 같은 사건을 다룰 수 있는 인물이었다. 그 자신이 스무 살 때 두 여자 틈바구니에 끼인 적이 있었는데, 한쪽은 그냥 유희의 대상이었고, 또 한쪽은 그가 진정으로 사랑한 여자였다. 첫 번째 여자를 유혹한 그는 약혼하든지 달아나지 않으면 안 될 입장에 놓이자 달아나는 길을 택했다. 그러나 그는 먼저 아버지에게 이런 사정을 모두 고백했다. 그는 아버지의 권유로 휴가를 떠났고, 그가 없는 사이에 집안의 주치의가 문제의 뒤처리에 나섰다. 결국 위자료 1천 달러 외에 임신했던 여자를 유티카에 유숙시키는 데 드는 비용을 부담함으로써 아버지는 아들을 궁지에서 빼내 주어 돌아올 수 있게 하여 나중에 다른 쪽의 여자와 결혼할 수 있게 해 주었다.

그래서 벨크냅은 지금껏 판명된 클라이드의 좀 더 잔인하고 과격한 도피 시도에 결코 동정하는 것은 아니었지만(오랫동안 변호사 생활을 하면서도 그는 살인자의 심리를 한 번도 이해해 본 적이 없었다) 이름이 밝혀지지 않은 어느 부잣집 처녀의 사랑이 원인이라는 소문이 있었으므로 클라이드가 혹시 감정적으로 배신당하거나 이성을 잃은 것이 아닐까, 하고 생각했다. 클라이드는 가난하고 허영심이 많고 야심적인 청년이 아니었던가? 그가 들은 바로는 그랬다. 그렇다면 지금의 이 지방 정치 정세가 정치적인 만큼 그에게 유리하고 메이슨 검사의 꿈에는 찬물을 끼얹는 방향으로 변호를 구상할 수 있지 않을까. 또는 적어도 일련의 이의(異議) 신청 등으로 재판을 지연시키는 방법으로 메이슨 씨가 쉽게 판사직을 손에 넣는 것을 막을 수 있지 않을까. 벨크냅은 이런 생각을 하고 있었다. 여론이 점점 더 클라이드에게 불리한 방향으로 격화되고 있기는 하지만 오히려 그것을 구실 삼아 신속한 법 절차에 따라 재판 장소의 변경을 신청하든지, 아니면 재판의 연기를 신청해서 그동안 새 증거들을 수집하여 그것을 근거로 메이슨 검사의 임기가 끝날 때까지 재판의 개정을 지연시킬 수도 있을 것이다. 그는 최근까지 버몬트주에 살다가 얼마 전 동업자가 된 루벤 제프슨 씨와 함께 이런 가능성을 검토하고 있었다.

그런데 지금 캐추먼 씨가 켈로그 씨의 안내로 찾아온 것이다. 그는 곧 두 사람과 상의했는데, 켈로그 씨는 벨크냅 변호사가 이 사건의 변호를 맡는 것이 현명하다는 정치적인 의견을 피력했다. 자신의 정치적 이해관계가 얽혀 있었던 만큼 벨크냅은 젊은 동업자와 의논한 끝에 곧 사건을 맡기로 했다. 그는 지금의 여론이야 어떻든 긴 안목으로 보면 조금도 정치적으로 불리하지는 않을 것이라고 판단했다.

캐추먼에게서 착수금과 함께 클라이드에게 보일 소개장을 받은 후 벨크냅은 제프슨을 시켜 메이슨에게 전화로 벨크냅-제프슨 법률 사무소가 새뮤얼 그리피스의 조카를 위한 변호인으로서 지금까지 확인된 모든 범죄의 증거에 관한 상세한 보고 문서, 검시 기록 및 검시관의 검시 보고서를 제공해 달라고 요청하게 했다. 또 제프슨은 최고 법원의 특별 개정 신청이 이미 수리되었는지, 만약 수리되었다면 어느 판사가 사건을 담당하게 되었는지, 대배심원은 언제 어디서 소집되는지에 관서도 문의했다. 그는 또 벨크냅-제프슨 법률 사무소는 미스 올든의 시체를 매장하기 위해 고향 집으로 옮겨졌다는 말을 들었는데, 피고 측에서 소집할 의사들이 검사할 수 있도록 유해 발굴에 대한 지방 검사의 즉각적인 동의를 요청한다고도 말했다. 이에 대해 메이슨 검사는 처음에는 즉시 반대했지만 최고 법원 판사의 명령을 받고 나서 수락하는 것보다는 지금 동의하는 쪽이 나을 것 같아서 결국은 동의하고 말았다.

이런 세부적인 절차가 끝나자 벨크냅은 클라이드를 만나러 유치장에 가겠다고 말했다. 시간이 늦은 데다 저녁을 아직 먹지 않았고, 아예 거르게 될지도 모를 형편이었지만 그는 다루기가 매우 어려울 것이라고 캐추먼이 말하는 그 청년과 '흉금을 털어놓고' 말을 해 보고 싶었다. 메이슨과 맞서게 되어 기분이 좋은데다 자신의 정신 상태가 클라이드를 이해할 수 있다고 확신한 벨크냅은 법적인 면에서 매우 호기심을 느꼈다. 이 범죄의 로맨스와 드라마! 그가 비밀 정보망을 통해서 이미 전해 들은 손드라 핀칠리는 과연 어떤 아가씨일까? 혹시 피고 측 증인으로 불러올 수는 없을까? 그는 그녀의 이름은 입 밖에 내서는 안 된다는 것은 이미 알고 있었다. 정치적으로 아주 영향력 있는 인사의 요구 때문이었다. 어쨌든 그는 이 교활하고 야심적이고 허황한 젊은이를 빨리 만나고 싶어 안달이었다.

그러나 막상 유치장에 도착하자 벨크냅은 슬랙 보안관에게 캐추먼에게서 받은 편지를 보이고 나서 개인적인 부탁이라면서 먼저 몰래 클라이드를 관찰하고 싶으니 2층의 클라이드 감방에 가까운 장소로 데려가 달라고 부탁했다. 그는 조용히 2층으로 안내되었고, 클라이드의 감방을 마주 보는 복도의 바깥문을 보안관이 열어 주자 그곳으로 혼자 들어갔다. 이어 그는 클라이드의 감방에서 몇 미터 안 되는 거리로 걸어가 클라이드의 모습을 볼 수 있었다. 이때 클라이드는 철제 침대 위에 얼굴을 파묻고 엎드려서 두 팔로 머리를 감싸고 있었고, 손도 대지 않은 식사 쟁반이 문구멍에 그대로 놓여 있었으며, 그의 몸은 힘없이 쭉 늘어져 있었다. 캐추먼이 돌아간 뒤 자신의 허황하고 무의미한 거짓말을 믿어 줄 사람이 없다는 것을 새삼 깨닫게 된 클라이드는 전보다도 훨씬 더 풀이 죽어 있었다. 사실 그는 암담한 상태에서 어깨를 들먹이면서 울고 있었다. 그 모습을 바라 보고 자신의 젊은 날의 탈선을 떠올린 벨크냅은 클라이드가 몹 시 측은하게 여겨졌다. 무정하기 짝이 없는 살인자라면 그렇게 울 리가 없지 않은가.

벨크냅은 감방 문 앞으로 가서 잠시 서 있다가 입을 열었다. "자, 자, 클라이드? 이래서는 안 되지. 그렇게 포기해서는 안 돼. 자네 사건은 자네가 생각하는 만큼 그렇게 절망적이 아닐지도 모르네. 그러니 일어나 앉아서 자네를 도울 수 있다고 생각하는 변호사하고 이야기를 좀 나눠 보지 않겠나? 난 벨크냅이라는 사람이오. 앨빈 벨크냅. 바로 이곳 브리지버그에 살고 있지. 얼 마 전 이곳을 다녀간 친구가 보내서 왔다네. 캐추먼이라고 하던 가? 그 친구하고는 말이 별로 통하지 않았지? 하긴 나하고도 이 야기가 잘 통하지 않더군. 우리하고는 다른 부류인 것 같아. 어 쨌든 자네를 변호할 권한을 위임한다는 편지를 그 친구한테서 받아 왔네. 한번 보겠나?"

벨크냅은 부드러우면서도 권위적인 태도로 편지를 좁은 철창 사이로 들이밀었고, 클라이드는 미심쩍으면서도 호기심이 생 겨 철창 앞으로 다가왔다. 이 사나이의 목소리에서는 진심과 특 별한 동정과 이해심을 느낄 수 있었기 때문에 용기가 생긴 것이 다. 그래서 그는 주저하지 않고 편지를 받아 읽고 나서 미소를 지으며 그것을 돌려주었다.

"그래, 자네가 그럴 줄 알았지." 벨크냅은 자신의 태도가 효과 가 있자 만족하면서 아주 확신에 차서 말을 이었다. 그러면서 이 모든 것을 전적으로 자신의 매력과 호감 탓으로 돌렸다. "그래야지. 자네하고는 말이 통할 줄 알았어. 그걸 피부로 느낄 수 있거든. 자네 어머니 앞에서 말할 때처럼 편안한 마음으로 나한테 진실을 말할 수 있을 걸세. 자네가 내게 하는 말은 자네 자신이 원하지 않는 한 절대로 한 마디도 다른 사람의 귀에 들어가지 않을 테니 그 점은 안심하게. 클라이드, 자네가 원한다면 난 자네의 변호를 맡고, 자네는 내 의뢰인이 되는 거야. 내일이라도 좋고, 또 자네가 원하는 날 언제든 자리를 같이해서 자네는 내가 알아야 한다고 생각되는 일을 모두 내게 말해 주게. 나도 내가 알아야 한다고 생각하는 일이 뭔지 자네한테 말하겠네. 그리고 내가 자네를 도울 수 있을지 어떨지 그것도 자네에게 말하겠네. 또한 자네가 나를 돕는다는 것은 곧 자네 자신을 돕는 일이 된다는 것을 자네에게 입증해 보이겠네. 알겠나? 난 자네를 여기서 구해 내기 위해 최선을 다할 거야. 어떤가, 클라이드?"

벨크냅은 기운을 내라는 듯이 동정적이면서도 심지어 애정이 듬뿍 담긴 미소를 지었다. 그러자 클라이드는 이곳에 도착한 이후 처음으로 아무런 위험도 없이 모든 것을 털어놓아도 될 것 같은 사람을 만났다는 느낌이 들어 벌써 이 사람에게는 모든 것을 — 하나도 빼지 않고 말이다 — 털어놓는 게 가장 좋을지도 모르겠다고 생각했다. 그 이유는 몰라도 이 사람에게 호감이 갔다. 이 사람에게 모든 것을, 거의 모든 것을 말하면 이해해 주고, 어쩌면 동정조차도 해 줄지 모른다는 막연한 느낌이 즉시 들었기 때문이다. 벨크냅이 그의 적수인 메이슨 검사가 얼마나 클라이드에게 유죄 판결을 내리게 하려고 열성적인지 자세히 설명하고 난 뒤, 적절한 변호 전략만 세울 수 있다면, 메이슨의 임기가 끝날 때까지 재판을 미룰 수 있다는 말을 하자 클라이드는 하룻밤만 생각해 보고 내일이든 언제든 그가 다시 오면 모든 사실을 모조리 말하겠다고 약속했다.

이튿날 벨크냅은 등받이가 없는 의자에 앉아 초콜릿을 씹으면서 클라이드가 철제 침대에 걸터앉아서 늘어놓는 이야기에 귀를 기울였다. 클라이드는 라이커거스에 온 뒤의 생활, 왜 그리고 어떻게 라이커거스에 오게 되었는지, 캔자스시티에 어린 여자아이를 자동차에 치여 죽게 한 사건(그러나 그는 간직하고 있다가 잊어버린 관계 기사를 오려 낸 것들에 관해서는 언급하지 않았다), 로버타와의 만남, 그녀에게 품은 욕망, 그녀의 임신과 낙태시키려 했던 그 자신의 노력, 마침내 그녀가 두 사람의 관계를 세상에 알리겠다고 위협하는 바람에 몹시 당황하고 두려워했는데, 우연히 「타임스-유니언」 신문의 기사를 읽고 그것을 모방해 보려고 한 일 등 모든 것을 털어놓았다. 하지만 벨크냅 변호사가 이해해 주겠지만, 그가 직접 범행을 계획한 것은 아니었다. 또 끝에 가서 고의로 그 여자를 죽인 것도 아니었다. 그런 것은 절대로 아니었다. 벨크냅 변호사는 어떻게 달리 생각할지 몰라도 이것만은 믿어 줘야 했다. 절대로 고의로 그 여자를 때린 게 아니었다. 정말, 정말로 아니고말고! 그것은 어디까지나 우발적 사고였다. 카메라를 갖고 있었고, 메이슨이 찾아냈다는 삼각대는 그의 것이 틀림이 없다. 그 삼각대는 어느 통나무 밑에 숨겨 두었다. 우발적으로 카메라로 로버타를 때리고 나서 그것이 물속으로 가라앉는 것을 보았다. 카메라는 분명히 아직도 물속에 가라앉은 채로 있을 텐데, 카메라에는 그와 로버타의 모습이 찍힌 필름이 들어 있었다. 물이 들어가 그것이 지워지지 않았다면 말이다. 어쨌든 그 여자를 고의로 때린 건 아니었다. 아니다. 그는 절대로 그러지 않았다. 그 여자가 앞쪽으로 다가왔기에 때렸지만 전혀 고의적인 행동이 아니었다. 그때 배가 전복했다. 그러고 나서 그는 배가 전복되기 전 이제 더 나아갈 수 없는 상태까지 갔기 때문에 자기가 혼수상태에 빠지다시피 했던 일을 될수록 자세히 설명했다.

한편 벨크냅은 이 기이한 이야기를 듣느라고 지치고 혼란을 일으키고 있었다. 이런 음흉한 계획과 행동을 두고 이 시골 벽지의 배심원들 앞에서 그의 무죄를 주장한다는 것은 그 자체가 벌써 무모하기 짝이 없는 일이었다. 마침내 그는 몹시 지친 데다 믿을 수 없고 심적인 혼란을 일으켜 자리를 뜨면서 두 손을 클라이드의 어깨에 올려놓았다. "클라이드, 오늘은 이 정도로 해 두지. 자네 감정이 어떠했고, 어떻게 일이 그렇게 됐는지 이제 알겠네. 자네는 몹시 피곤해 보이는군. 자네가 사건의 진상을 솔직히 말해 줘서 고맙네. 자네로서도 쉬운 일은 아니었겠지. 하지만 오늘은 이 정도로 끝내세. 다른 날들도 있으니까. 내일이나 모레쯤 지금 이야기의 세부적인 상황에 관해 자네와 한번 더 이야기를 나누기 전에 나도 미리 처리해야 할 문제가 몇 가지 있거든. 우선은 잠이나 자고 푹 쉬게. 잠시 후에 할 일이 많아지니까 지금 쉬는 게 좋아. 하지만 지금은 아무 걱정할 필요가 없어. 알겠나? 우리가 ― 나와 내 동업자 말일세 ― 자네를 구해 줄 테니까. 내 동업자를 이곳으로 데리고 오겠네. 자네 마음에 들 만한 사람일세. 그러나 자네가 명심해야 할 일이 한두 가지 있네. 첫째, 누가 자네를 위협해도 당황하지 말 것. 나나 내 동업자가 하루 한 번씩은 이곳으로 올 테니까 하고 싶은 말이 있으면 우리에게 하고, 알고 싶은 일이 있거든 우리한테 물어야 하네. 그리고 내가 뭐라 하기 전에는 누구한테도 ― 메이슨 검사든 보안관이든 교도관이든 그 누구에게든 ― 아무 말도 해서는 안 되네. 누구한테도 말일세, 알겠는가? 그리고 이건 무엇보다도 중요한 일인데, 앞으로는 절대로 울어서는 안 되네. 죄가 있건 없건 절대로 피해야 할 것은 남 앞에서 우는 일이야. 세상 사람이나 교도관들은 이해를 못해. 오히려 우는 사람을 보면 약점이나 죄가 있어서 그런다고 생각하거든. 난 자네가 정말 죄가 있다고 생각하지 않으니까 남들에게 그런 인상을 주지 않도록 하게. 자네에게 죄가 없다는 것을 아네. 그렇다고 믿고 있네. 그러니 메이슨이나 다른 사람들 앞에서 의젓한 태도를 보이란 말일세.

사실 앞으로는 조금 소리를 내어 웃어 보도록 하게나. 어쨌든 미소를 짓고, 이곳 유치장 사람들과도 잡담이라도 하게. 법률 세계에는 이런 속담이 있거든. 죄가 없다고 자각하는 사람은 그 누구라도 차분해진다. 죄 없는 사람처럼 생각하고, 그런 표정을 짓게. 멍청히 앉아서 절친한 친구에게서 버림을 받은 것 같은 표정은 짓지 말게. 바로 여기에 자네 친구가 있지 않나. 내 동료인 제프슨 씨도 자네 친구일세. 내일이나 모레 여기로 데리고 올 테니 나한테 대하는 것과 꼭 같은 태도로 대하도록 하게. 제프슨 씨를 믿게. 법률 문제에 관한 한 어떤 면에서는 나보다도 더 유능한 사람이니까. 내일 책 두어 권하고 잡지와 신문들을 갖고 올 테니 책을 읽든지 그림을 보든지 하게. 그러면 잠시라도 시름을 잊을 수 있을 걸세."

클라이드는 희미하게나마 애써 미소를 짓고 고개를 끄덕였다.

"그리고 앞으로는 말이야. 자네에게 신앙심이 있는지 어떤지는 모르지만 신앙심이 있든 없든 일요일에 유치장에서 보는 예배에 정기적으로 참석하도록 하게. 자네에게 그러기를 부탁한다면 말일세. 여기는 교인들이 사는 지역이니까 될수록 좋은 인상을 남겨야 하거든. 사람들이 무슨 말을 하든 어떤 표정을 짓든 개의치 말고 내가 시키는 대로만 하게. 그리고 만약 메이슨이나 다른 친구가 계속 괴롭히려고 하면 내게 쪽지를 보내게.

그럼 난 이제 가 볼 테니 활짝 웃는 얼굴을 한 번 보여 주게. 다음에 내가 올 때도 웃는 얼굴을 보여 줘야 하네. 그리고 절대로 말을 해서는 안 되네. 알겠지?"

벨크냅은 클라이드의 두 어깨를 마구 흔들고 등을 한 번 탁 때린 뒤 감방을 나가면서 이런 생각을 하고 있었다. '나는 정말 이 친구의 말대로 이자가 무죄라고 믿고 있는 걸까? 그처럼 여자를 때리면서 고의로 그러고 있다는 것을 모를 수도 있는 것일까? 그러고 나서 함께 물에 빠질까 봐 겁이 나서 헤엄을 쳐서 그곳에서 빠져나왔다고? 곤란한데, 곤란해! 그런 말을 믿을 배심원이 어디 있겠는가? 그리고 가방과 모자 두 개와 없어진 양복은! 그런데도 고의로 때린 것은 아니라고 말하고 있으니. 하지만 그 계획은— 그 의도는— 어떻게 볼 것인가? 그것은 법률의 견지에서 보면 마찬가지로 곤란한데. 그는 진실을 말하고 있는 것일까, 아니면 이제 와서도 여전히 거짓말하고 있는 것일까? 어쩌면 남뿐 아니라 자기 자신마저도 속이려고 하는 게 아닐까? 그리고 카메라는 메이슨이 먼저 찾아내어 증거물로 제시하기 전에 확보해 놓아야지. 그리고 양복은. 그것을 찾아낸다면 처음부터 그것을 갖고 있었다고 주장해서 양복이 숨겨져 있었다는 인상을 씻어 버린다면, 그 옷을 라이커거스로 보내 세탁한다면. 하지만 아냐, 아니야. 가만있자. 그 문제는 좀 더 생각을 해 봐야겠는걸.'

벨크냅은 이런 식으로 계속 하나하나 따져 보다가 싫증이 나서 클라이드의 진술 내용을 아예 덮어 버리고 다른 이야기를 꾸며 내는 게 더 좋겠다고 판단했다. 그의 이야기를 바꾸고 윤색하여 덜 잔인하면서도 법적으로도 살인 행위와는 거리가 멀어 보이도록 말이다.

제15장

　루벤 제프슨 변호사는 벨크냅, 캐추먼, 메이슨, 스밀리—지금껏 클라이드를 만났거나 이 사건과 법률적인 이해관계가 있는 그 어떤 사람들과도 전혀 달랐다. 그는 젊고 키가 크고 몸이 마른 데다 억세고 햇볕에 그을었고 침착했지만, 마음이 차갑지는 않았으며 강철 같은 의지와 결단력의 소유자였다. 정신적이고 법률적인 자질로 무장되어 있어 약삭빠르고 자기중심적인 것이 마치 스라소니나 족제비와 같았다. 그의 갈색 얼굴에서는 담청색의 눈이 강철 같은 날카로운 빛을 띠고 있었다. 길쭉한 코는 힘과 호기심을 말해 주고 있었다. 또한 손과 몸에서도 힘을 발산하고 있었다. 그는 그들이(즉 벨크냅-제프슨 법률 사무소가) 클라이드의 변호를 맡을 가능성이 있다는 것을 알자 일초도 지체하지 않고 곧바로 검시관의 검시 기록과 의사들이 작성한 보고서, 로버타와 손드라의 편지들을 검토했다. 지금 벨크

냅한테서 클라이드가 실제로 로버타를 살해할 궁리를 했다고
시인했지만, 막상 결정적인 순간에 이르자 어떤 자신의 강직증
(剛直症) 현상이나 불만의 폭발 같은 현상이 일어나 본의 아니
게 그녀를 때렸을 뿐 실제로 그녀를 죽인 것은 아니라고 말하고
있다는 설명을 들었다. 이 말을 듣고 난 제프슨은 조금이라도
미소를 짓거나 아무런 말도 하지 않고 그냥 앞만 바라보고 있을
뿐이었다.

"하지만 그 젊은이가 여자하고 호수에 갔을 때는 그런 정신
상태는 아니었겠죠?"

"그렇지 않았겠지."

"나중에 호숫가로 헤엄쳐 나갔을 때도요?"

"역시 그렇지 않았을 테지."

"숲속을 걸을 때나, 옷을 갈아입고 모자를 꺼내어 썼을 때나,
아니면 삼각대를 숨겼을 때도 그렇지 않았겠군요?"

"그렇지."

"물론 아시겠지만, 법의 견지에서 사건을 추정할 경우, 그 친
구의 진술 내용을 그대로 받아들인다면 그 친구는 여자를 때린
거나 다름없이 유죄가 될 거고, 판사도 배심원들에게 그렇게 지
적하지 않을 수 없을 겁니다."

"그건, 그래. 그건 나도 알고 있어. 그 문제 모두 생각해 봤으
니까."

"그렇다면……"

"그래, 제프슨, 정말로 이 사건이 만만치 않다는 건 부인할

수 없어. 지금으로선 모든 패는 메이슨이 쥐고 있는 셈이지. 이 녀석을 구할 수 있다면 이 세상에 구하지 못할 범죄자는 없겠지. 하지만 강직 증세가 일어났다는 말은 아직은 하지 않는 게 좋을 것 같아. 적어도 우리가 정신 이상이나 착란이라도 주장한다면 몰라도—해리 소 사건 때처럼 말이지—지금 당장은 입 밖에 내지 않는 게 좋겠어." 그는 말을 중단하고 자신 없는 태도로 머리칼이 희끗희끗해져 가고 있는 관자놀이 부분을 긁적거렸다.

"물론 변호사님은 그 친구의 범행을 인정하시는 거겠죠?" 제프슨이 냉담하게 한마디 던졌다.

"한데 자네에게는 뜻밖이겠지만, 나는 그렇게 생각하지 않거든. 적어도 그자의 범행이라고 확신할 수가 없어. 솔직히 말해서 이렇게 갈피를 잡을 수 없는 사건은 처음이야. 그 젊은이는 사람들이 생각하는 것처럼 그렇게 잔인하거나 냉혹한 위인이 절대로 아니야. 자네도 직접 만나 보면 알겠지만, 어떤 면에서는 꽤 순박하고 호감이 가는 친구야. 내 말은 그의 태도가 그렇다는 거지. 이제 겨우 스물한 살이나 스물두 살밖에 안 되었고. 그리피스 집안의 친척이라지만 아주 가난해. 한낱 사무원에 지나지 않으니까. 그의 말로는, 부모도 가난하다고 하더구먼. 서부에서—아마 덴버라고 그랬지—무슨 전도 사업을 하고 있다는 거야. 그전에는 캔자스시티에서 그 사업을 했고. 집을 떠난 지 4년이 되었다더군. 사실 캔자스시티의 어느 호텔에서 벨보이로 일하고 있을 때 동료들과 무슨 철없는 사고를 저지르고, 그 때문에 그곳에서 도망칠 수밖에 없었다는 거야. 메이슨과 관련해 이 사건을 알아봐야겠어. 메이슨이 그 사건을 알고 있는지 어떤지. 다른 벨보이 동료들하고 어떤 부잣집 자동차를 주인 몰래 끌어내서 탔는데, 근무 시간에 늦지 않으려고 과속하다가 그만 여자 어린아이를 치어 죽였다나 봐. 어쨌든 사고의 내용을 알아내고, 그것에 대비해야겠어. 만약 메이슨이 알고 있다면 재판 때 우리의 의표를 찌르기 위해 그것을 폭로할 테니까."

"그럼, 그러지 못하도록 막아야죠." 제프슨이 푸른 눈을 반짝이면서 말했다. "제가 캔자스시티에 직접 가서 사정을 알아내는 한이 있더라도 말입니다."

그리고 벨크냅은 지금까지의 클라이드 인생에 대해 그가 아는 데까지 제프슨에게 모조리 말했다. 접시닦이, 웨이터, 소다수 판매원, 배달차 운전기사 등 라이커거스에 오기 전 그가 전전했던 모든 직업, 그가 늘 얼마나 여자에게 매료되었는지, 어떻게 먼저 로버타를 만나고 나중에 손드라를 만나게 되었는지 하나도 빼놓지 않고 모두 이야기했다. 끝으로 벨크냅은 클라이드가 어떻게 해서 한 여자 때문에 덫에 빠지고 다른 여자를 열렬하게 사랑하게 되었는지, 어떻게 먼저 만난 여자를 제거하지 않고서는 나중에 만난 여자를 차지할 수 없었는지 설명했다.

"그런 모든 사실이 있는데도 그 친구가 정말 여자를 살해했는지 의심을 품고 계신다고요?" 제프슨은 그의 이야기를 모두

들고 나서 물었다.

"글쎄, 그렇다니까. 아무래도 그 친구가 그랬다는 확신이 들지 않아. 물론 나중에 사귄 아가씨에게 여전히 빠져 있다는 건 알겠지만. 제 입에서나 내 입에서나 그 여자 이야기가 나올 때마다 태도가 달라지는 거야. 가령 한번은 그 여자하고 어떤 관계인지 물어봤지. 그랬더니 자기가 한 여자를 유혹하고 나서 살해했다는 이유로 검거되었는데도 내가 무슨 못할 말이라도 한 것처럼 나를 빤히 쳐다보는 거야. 마치 내가 자기나 그 여자를 모욕한 것처럼." 여기서 벨크냅은 쓴웃음을 짓는 한편, 제프슨은 그 길쭉하고 가는 두 다리를 호두나무 책상 위에 올려놓은 채 그냥 묵묵히 그를 바라볼 뿐이었다.

"설마 그럴 리가요." 제프슨이 마침내 한마디 했다.

"어디 그뿐인가, 그 친구가 또 이렇게 말하는 거야." 벨크냅이 말을 이었다. "'관계라뇨? 물론, 아무 관계도 아니죠. 그런 걸 허락할 여자가 아닙니다. 게다가⋯⋯.' 그러더니 말을 멈추는 거야. 그래서 '게다가라니 또 뭔가, 클라이드?' 하고 내가 물었지. '어, 누구라도 그 여자가 누군지 잊고 싶지 않겠죠' 하는 거야. 그래서 '아, 알겠네' 하고 대꾸했지. 그러고 나서 그가 무슨 말을 했는지 자네도 믿지 못할걸. 그 여자 이름과, 그 여자가 자기에게 보낸 편지의 내용이 신문에 실리지 않게 하고, 재판에서 언급되는 것을 막는 방법이 없겠는지 알고 싶다는 거야. 그 여자의 가족이 모르게 할 수 있다면, 그 여자나 그 여자의 가족이 상처를 그렇게 많이 받지 않게 될 거라는 거지."

"정말로요? 하지만 또 다른 여자는 어떻습니까?"

"내가 말하려는 점이 바로 그거야. 그 녀석은 한 여자를 살해할 궁리를 했고, 또 실제로 유혹한 뒤 살해했을지도 모르지. 하지만 또 한 여자에 대한 허황한 꿈 때문에 정신이 나가 자기가 무슨 짓을 하고 있었는지도 잘 모르고 있었던 것 같아. 아직도 이해 못 하겠어? 그 나이의 젊은이들로는 그럴 수 있는 일이잖아. 더욱이 여자나 돈과는 전혀 인연이 없는데 꿈만 부풀어 있는 젊은이들 말이야."

"그래서 머리가 조금 돌아 버렸다고 생각하시는 겁니까?" 제프슨이 물었다.

"글쎄, 그럴 수 있는 일이지. 정신이 혼란스럽고, 최면 상태에 빠지고, 머리가 돌아 있으면—자네도 알다시피—뉴욕 사람들이 말하는 '정신 착란'을 일으켰다면 말이지. 하지만 그 친구는 지금도 여전히 또 다른 여자 때문에 제정신이 아니더군. 유치장에서 우는 것도 주로 그 여자 때문인 것 같아. 내가 만나러 갔을 때 보니까 마치 가슴이 미어지기라도 할 듯 울고 있더라고."

벨크냅은 생각에 잠겨 오른쪽 귀를 긁었다. "그러나 그 친구가 다른 생각으로 그 때문에 머리가 돌았을 가능성, 결혼을 요구하는 올든이라는 아가씨와 결혼해 주겠다는 또 다른 아가씨의 틈바구니에 끼어서 머리가 돌아 버렸을 가능성은 한번 생각해 볼 가치가 있겠지. 난 그걸 알지. 나도 그런 곤경에 놓인 적이 있었으니까." 그는 여기서 잠깐 젊은 날의 탈선행위를 제프슨에게 들려주었다. "그런데 말이지," 그가 앞에 하던 말을 다시 계속했다. "물에 빠져 죽은 다른 남녀 한 쌍에 관한 기사가 6월 18일이나 19일 자 「타임스-유니언」지에 실려 있을 거라고 말하더군."

"알겠습니다. 신문을 구해 보죠." 제프슨이 말했다.

"자네는 말이야, 내일⋯⋯." 벨크냅이 말을 이었다. "⋯⋯나하고 함께 가서 그 친구의 인상을 알아보지. 난 옆에서 그 친구가 자네한테도 내게 했던 것처럼 똑같은 말을 하는지 지켜보겠어. 그리고 그 친구에 대한 자네 개인 의견을 들어 보고 싶군."

"그렇게 하죠." 제프슨이 간단히 대답했다.

이튿날 벨크냅과 제프슨은 유치장으로 클라이드를 만나러 갔다. 그와 인터뷰를 하고 그의 기이한 이야기를 곰곰이 생각해 보고 난 뒤에도 제프슨은 클라이드가 정말 그의 말처럼 로버타를 때리려고 하지 않았는지, 아니면 그러려고 했는지 판단을 내릴 수가 없었다. 그러려고 하지 않았다면 어떻게 그 여자를 물에 빠지게 내버려 두고 그곳에서 헤엄쳐 나올 수 있단 말인가? 배심원이 그런 이야기를 이해하지 못할 것은 불을 보듯 뻔한 일일 것이다.

그러나 「타임스-유니언」지의 기사에서 암시를 얻어 그 일을 실행하기로 작정했을 때 클라이드가 정신 장애를 일으켰을 가능성이 있다는 게 벨크냅의 주장이었다. 물론 그랬을 가능성이 없는 것은 아니었지만, 적어도 제프슨이 보기에는 지금의 클라이드는 정신이 멀쩡했다. 제프슨이 보기에는 클라이드는 벨크 냅이 생각하는 것보다는 훨씬 냉혹하고 교활했다. 물론 남에게 호감을 주는 부드럽고 붙임성이 있는 태도로 그 교활성을 가리고 있기는 하지만 말이다. 그러나 클라이드는 벨크냅 앞에서처럼 제프슨에게 모든 것을 기꺼이 털어놓으려고 하지 않았다. 그의 그런 태도 때문에 제프슨은 처음에는 클라이드에게 호감을 품을 수 없었다. 그러나 제프슨의 태도가 냉철하고 진지하여 곧 클라이드에게 감정적인 문제는 아니더라도 직업적인 관심에서 확신을 품게 해 주었다. 그래서 얼마 후 클라이드는 벨크냅보다도 이 젊은 변호사 쪽이 자기를 위해 더 많은 일을 해 줄 것으로 기대하기 시작했다.

"물론 자네는 미스 올든이 자네에게 보낸 편지들이 강력한 증거가 된다는 건 알고 있겠지?" 클라이드가 처음부터 다시 되풀이하는 걸 듣고 나서 제프슨은 물었다.

"네, 변호사님."

"모든 사정을 잘 모르는 사람이 보면 매우 서글프다고 생각할 편지들일세. 그 때문에 배심원들의 생각이 자네에게 불리하게 기울어질 것 같군. 특히 미스 핀칠리의 편지들과 함께 제시되면 더욱 그럴 거야."

"네, 그럴 것 같습니다." 클라이드가 대답했다. "하지만 로버타는 늘 그렇지는 않았습니다. 곤경에 처하고 제가 헤어지기를 원하면서부터 그런 편지를 보내 왔으니까요."

"그건 알고 있네. 알고 있어. 그 점을 좀 생각해 보고 나서 할 수 있다면 변론의 근거로 삼아야 할지도 모르네. 하지만 편지가 제출되는 것을 막을 방법이라도 있다면 얼마나 좋을까." 그는 이렇게 말하면서 벨크냅에게 고개를 돌렸다가 다시 클라이드를 쳐다보았다. "하지만 내가 묻고 싶은 건 이걸세. 그 여자와는 일 년쯤 사귀었지?"

"네."

"그 여자와 사귀는 동안 그 이전에, 그 여자가 혹시 다른 남자와 사귀었거나 깊은 관계에 빠진 일은 없었나? 자네가 아는 범위에서 말일세."

클라이드도 알 수 있는 일이었지만, 제프슨은 그가 빠져나갈 수 있는 구멍을 찾아내기 위해서라면 어떤 생각이든 계략이든 서슴지 않고 스스럼없이 입 밖에 낼 수 있는 사람이었다. 그러나 클라이드는 제프슨의 그런 말에 용기를 얻기는커녕 오히려 충격을 받았다. 그런 거짓말을 생각해 내려 한다는 것은 로버타와 그녀의 인격에 얼마나 심한 모독인가. 그런 거짓말을 암시할 수도 그렇게 하고 싶지도 않았다. 그래서 그는 대답했다.

"그런 일은 전혀 없었습니다, 변호사님. 제가 아닌 다른 남자하고 사귄다는 말은 들어 본 적이 없어요. 실제로도 그렇지 않았고요."

"잘 알았네! 그 문제는 이제 더 말할 것도 없겠군." 제프슨이 딱 잘라서 말했다. "그 여자의 편지를 보더라도 자네 말이 틀림없어. 그러나 우린 모든 사실을 알아야 하네. 만약 다른 남자가 있었다면, 이야기가 아주 달라지거든."

이쯤 해서 클라이드는 제프슨이 이런 계략을 하나의 아이디어로 자기한테 말하고 있는 것인지 어떤지 판단을 내릴 수 없었지만, 어쨌든 그런 아이디어는 생각하는 것조차 옳지 않다고 단정했다. 그러면서도 그는 이렇게 생각하고 있었다. 빈틈이 없어 보이는 이 사람이 자기를 위해 유력한 변론을 생각해 낼 수 있다면 얼마나 좋을까. 그는 너무나 빈틈없이 영리해 보였다.

"그렇다면 말일세." 제프슨은 여전히 클라이드가 보기에 감정이나 동정심을 전혀 느낄 수 없는 차가운 어조로 캐물었다. "또 한 가지 물을 게 있네. 그 여자와 사귀는 동안, 두 사람이 깊은 사이가 되기 전이나 그 후에 악의적이거나 빈정거리거나 무엇을 강요한다거나 협박하는 편지를 그 여자에게서 받은 적이 있나?"

"아뇨, 없습니다, 변호사님. 그런 일은 한 번도 없었습니다." 클라이드가 대답했다. "실제로 한 번도 없었죠. 없었습니다, 변호사님. 마지막으로 받은 몇 통, 아니 제일 마지막 편지만이 좀 이상했을 뿐입니다."

"자네는 그 여자에게 한 번도 편지를 보내지 않았는가?"

"네, 한 번도 그런 적이 없습니다, 변호사님."

"왜 그랬는가?"

"그게, 저하고 같은 공장에서 일했거든요. 그리고 마지막에 그녀가 집으로 돌아간 뒤에는 편지 쓰기가 겁이 났습니다."

"알겠네."

그러나 클라이드는 꽤 솔직하게 로버타가 때로는 마음씨가 고운 것과는 거리가 멀다고, 실제로 고분고분하지 않고 매우 고집스러울 적도 있었다고 지적했다. 로버타는 지금 그에게 결혼을 강요한다면 사회적인 의미에서나 또 다른 의미에서나 그가 파멸할 거라고, 그가 일해서 생활비를 대주겠다고 호소해도 막무가내였다고, 그녀의 그런 태도 때문에 모든 문제가 생긴 것이라고 말했다. 그녀와는 정반대로 미스 핀칠리는(여기에서 그가 존경심과 애정을 나타내는 것을 제프슨은 눈치챘다) 그를 위해서라면 무슨 일이든 기꺼이 하려고 했다고 덧붙였다.

"그렇다면 자네는 미스 핀칠리를 아주 많이 사랑했었나 보지?"

"네, 그렇습니다, 변호사님."

"그러니까 미스 핀칠리를 만난 뒤로는 로버타에게 애정을 느낄 수 없었겠군그래?"

"네, 전혀. 전혀 그럴 수 없었습니다."

"알겠네." 제프슨은 엄숙하게 고개를 끄덕이면서 이 사실을 배심원들에게 알린다는 것은 무의미할 뿐 아니라 위험하기까지 하다고 생각했다. 이어 그는 앞서 벨크냅이 암시한 대로 당시의 법적 관례에 따라 클라이드가 진퇴양난의 상황에서 정신 이상 또는 정신 착란을 일으켰다고 주장하는 게 제일 나은 방법일지도 모르겠다고 생각했다. 그러나 그는 그런 생각은 별문제로 하고 다시 말을 이었다.

"자네는 그 마지막 날 로버타와 함께 보트를 타고 호수에 나갔을 때 정신이 이상해졌다고 자기도 모르는 사이에 그 여자를 때렸다고 말했지?"

"네, 변호사님, 그건 사실입니다." 클라이드는 그때의 정신 상태를 다시 한 번 설명했다.

"알겠네, 알겠어. 그 말을 믿겠네." 제프슨은 클라이드의 말을 믿는 것처럼 말했지만 마음속으로는 이해하지 못하고 있었다. "하지만 여러 가지 다른 상황이 드러나고 있는데, 그 말을 믿을 배심원은 없을 걸세." 그가 말했다. "해명해야 할 게 많은데도, 지금 상태로서는 마땅히 해명할 방법이 없거든. 그 말은 통할 것 같지가 않아." 그는 이번에는 벨크냅을 돌아보고 그에게 말을 걸었다. "모자 두 개, 그 가방이 우리가 정신 이상이나 그와 유사한 무엇을 주장하지 않는 한, 이 모든 것에 확신할 수 없게 만들어요. 혹시 자네 집안에 정신 이상의 내력 같은 것이 있는가?" 그는 다시 한 번 클라이드 쪽으로 몸을 돌리고 물었다.

"아뇨, 그런 이야기는 들어 본 적이 없습니다, 변호사님."

"삼촌이나 사촌 또는 할아버지 중에 발작을 일으키거나 이상한 생각에 사로잡히거나 뭐 그런 사람이 없나?"

"그런 이야기는 듣지 못했습니다, 변호사님."

"그리고 저 아래쪽 라이커거스에 사는 자네 부자 친척들 말이야. 만약 내가 그런 문제를 입증하려 들면 그 사람들은 별로 좋아하지 않겠지?"

"아마 그럴 겁니다, 변호사님." 클라이드는 대답하면서 길버트에 대해 생각했다.

"그렇다면, 가만있자." 제프슨은 얼마 뒤에야 다시 말을 이었다. "일이 점점 꽤 어려워지는군. 하지만 이보다 안전한 다른 방법은 없을 것 같은데." 그는 여기서 다시 한 번 벨크냅에게 고개를 돌리더니 로버타의 편지는 그녀 자신이 쉽게 자살할 결심을 불러일으킬 수 있는 우울증의 경향을 반영하고 있으므로 자살 이론을 한번 생각해 볼 수도 있지 않겠느냐고 물었다. 그녀가 클라이드와 함께 호수에 나가 결혼을 호소하다가 클라이드가 거절하자 물속으로 뛰어들었다고 말할 수 없을까. 그리고 클라이드는 너무 놀라고 당황해서 미처 로버타를 구할 생각도 못 했다고 말이다.

"하지만 모자가 바람에 날려 그것을 붙잡으려 했을 때 보트가 뒤집혔다고 의뢰인이 한 말에 대해서는 어떻게 생각하는가?" 벨크냅은 마치 옆의 클라이드를 의식도 하지 않는 것처럼 제프슨에게 물었다.

"그건 그렇지만, 의뢰인이 그녀의 임신에 도의적인 책임을 져야 하고 그 임신 때문에 여자가 자살을 택했으므로, 여자가 자살한 사실을 밝히고 싶지 않아서 그랬다고 하면 안 될까요?"

이 말을 들은 클라이드는 움찔했지만 두 변호사는 그를 거들떠보지도 않았다. 그들은 마치 클라이드가 옆에 없는 것처럼, 또 옆에 있다 해도 자기의 의견을 말할 수 있는 입장이 아니라는 듯이 이야기를 주고받고 있었다. 그것을 보고 클라이드는 어안이 벙벙했지만 너무나 속수무책이었기 때문에 뭐라고 반대할 수도 없었다.

"하지만 숙박부에 가명(假名)을 쓴 게 사실이잖아! 모자 두 개에다 양복, 그리고 가방까지!" 벨크냅은 빈정대는 말투로 지적했다. 벨크냅은 그의 말투로 클라이드가 얼마나 심각한 곤경에 놓여 있는지 보여 주었다.

"어떤 주장을 내세우든 그런 사실들을 어떤 식으로든 먼저 해명할 수 있어야 합니다." 제프슨은 자신 없이 말했다. "정신 이상이라고 주장하지 않고서는 의뢰인이 살인을 계획한 사실을 시인할 수는 없지요. 어쨌든 적어도 제가 보기론 그렇습니다. 그러지 않고서는 우리가 무슨 변호를 하든지 입증할 증거가 있어야 합니다." 그는 지친 듯이 두 손을 번쩍 들어올리면서 마치 이렇게 말하려는 듯했다. '정말이지, 이 일을 어떻게 해야 할지 잘 모르겠어요.'

"하지만 드러난 사실들이 있고, 또 그가 결혼을 약속한다는 내용이 편지에 쓰여 있는데, 그가 결혼을 거절했다 한다면 그게 오히려 역효과가 생겨 여론이 전보다 더 불리해질걸. 아냐, 그 방법으로는 안 되겠어. 조금이라도 의뢰인에게 동정심을 불러일으킬 수 있는 무슨 방법을 생각해 내야 해."

벨크냅은 언제 그런 말을 주고받았느냐는 듯이 다시 한 번 클라이드 쪽으로 몸을 돌렸다. 그 눈빛은 마치 '자네는 정말 문젯거리야!' 하고 말하는 듯했다. 이어 제프슨이 다시 입을 열었다. "아, 참, 그렇지. 자네가 크랜스턴네 별장 근처 호수에 던졌다는 그 양복 말인데. 내게 그 장소를 될 수 있는 한 자세하게 말해 보게. 별장에서 얼마나 떨어진 곳이었나?" 그는 클라이드가 기억나는 대로 그때의 자세한 시간과 장소를 떠듬떠듬 설명할 때까지 기다리고 있었다.

"제가 갈 수만 있다면 쉽게 찾아낼 수 있습니다."

"그래, 그건 알지만, 메이슨이 동행하지 않는 한 자네를 혼자 보내지는 않을 거야." 제프슨이 대꾸했다. "어쩌면 그가 따라가도 안 될지도 모르지. 자네는 지금 유치장에 갇혀 있고, 주 정부의 동의 없이는 유치장에서 나갈 수 없거든. 하지만 우리는 그 양복을 입수해야 해." 이어 그는 벨크냅 쪽으로 고개를 돌려 목소리를 낮추어서 말했다. "우린 양복을 찾아서 세탁을 시킨 뒤, 이 친구가 숨겨 둔 게 아니라 세탁하려고 보냈던 것처럼 해야 합니다. 숨겨 둔 게 아니라고요."

"그래, 바로 그거야." 벨크냅이 맞장구쳤다. 한편 클라이드는 서서 호기심에 귀를 기울이며 자기를 위한 계략과 거짓이 노골적으로 꾸며지고 있다는 사실에 어안이 벙벙했다.

"그리고 호수에 빠진 카메라에 관한 이야기인데 그것도 찾아내도록 해야지. 어쩌면 메이슨도 카메라가 거기에 있다는 것을 알거나 짐작하고 있을지도 몰라. 어쨌든 메이슨을 앞질러 우리가 먼저 그걸 꼭 찾아내야 해. 지난번 자네가 갔을 때 장대가 꽂혀 있던 근처에서 보트가 뒤집혔다고 생각하나?"

"네, 변호사님."

"그럼, 그걸 찾도록 해 봐야 합니다." 제프슨은 벨크냅에게 고개를 돌리면서 말을 이었다. "그것이 재판 때 제시되면 곤란합니다. 검찰 측은 카메라가 나타나지 않으면 삼각대나 뭔가 다른 물건으로 여자를 때렸다고 할 겁니다. 그렇게 되면 우리는 그것으로 그들의 발목을 잡을 수도 있어요."

"암, 그렇고말고." 벨크냅이 대꾸했다.

"그리고 메이슨이 압수한 가방 말인데. 난 아직 보지 못했지만 내일은 볼 걸세. 자네가 물에서 나와서 젖은 옷을 그대로 그 속에 넣었나?"

"아닙니다, 변호사님. 먼저 물을 짰어요. 그러고 나서 될 수 있는 한 말렸습니다. 그런 뒤 도시락을 쌌던 신문지에 싸서 마른 솔잎을 가방 밑바닥에 좀 깐 후 그 위에 올려놓고 다시 마른 솔 잎으로 덮었습니다."

"그렇다면 양복을 꺼낸 후에도 가방 안에는 젖은 자국이 남아 있지 않았겠군?"

"네, 그랬을 겁니다, 변호사님."

"확실한가?"

"그렇게 말씀하시니 확실하다고는 말할 수 없습니다. 확실치 않습니다, 변호사님."

"그거야 내일 직접 보면 알겠지. 그리고 여자 얼굴의 상처에 관해서인데, 자네는 여기서나 어디서나 여자를 때렸다고 자백하진 않았겠지?"

"네, 자백하지 않았습니다."

"여자의 머리에 난 상처는 자네 말대로 보트에 부딪쳐서 생긴 건가?"

"네, 그렇습니다, 변호사님."

"그러나 다른 상처들은 카메라에 의해서 생긴 건가?"

"네, 변호사님. 아마 그럴 겁니다."

"그렇다면 제가 보기에 이렇게 하면 될 거 같습니다." 제프슨은 다시 벨크냅 쪽을 바라보며 말했다. "때가 오면 얼굴의 상처는 의뢰인이 만든 게 아니라고 주장할 수 있지 않을까요? 사람들이 시체 수색 잡업을 할 때 쇠고리와 장대에 긁혀서 생긴 거라고요. 어쨌든 한번 그렇게 주장해 볼 수는 있겠죠. 만약 쇠고리와 장대 때문에 상처가 생긴 것이 아니라면." 그는 조금 무뚝뚝하고 사무적으로 한마디 덧붙였다. "시체가 호수에서 역으로 운반되고, 다시 열차 편으로 이곳까지 옮겨지는 사이에 그렇게 된 거라고 주장할 수 있습니다."

"그래, 맞아. 메이슨은 상처가 그렇게 난 게 아니라고 증명하는 데 애를 먹을걸." 벨크냅이 맞장구를 쳤다.

"그리고 삼각대에 관해서 말하자면, 시체를 발굴해서 우리가 따로 상처의 크기를 재 보고, 또 보트 요판의 두께도 재어서 메이슨이 압수해 놓은 삼각대를 들먹거리기 어렵게 만들어야죠."

이 말을 할 때 제프슨 씨의 눈은 매우 작아졌고, 매우 맑았고, 매우 푸르렀다. 그의 얼굴과 몸은 어딘지 모르게 여윈 족제비와 같았다. 위압감을 느끼면서 두 사람의 대화에 귀를 기울이고 있었던 클라이드는 이 젊은 변호사야말로 자기를 도울 수 있는 사람이라는 생각이 들었다. 그는 매우 빈틈없고 현실적이고 직선적이며 차갑고 무관심했지만, 동력을 만들어 내는 어떤 통제할 수 없는 기계처럼 신뢰감을 불러일으켜 주었다.

드디어 두 사람이 돌아가려고 하자 클라이드는 아쉬웠다. 두

사람이 옆에서 그를 위해 계략을 꾸미고 있는 동안 그는 훨씬 안
전하고 든든하고 희망을 품을 수 있었고, 어쩌면 언젠가는 자유
의 몸이 될 것이라고 확신할 수 있었기 때문이다.

제16장

논의 끝에 그들은 라이커거스의 그리피스 집안이 동의한다고 가정할 경우 정신 이상이나 '정신 착란', 즉 클라이드가 손드라 핀칠리에서 비롯한 사랑과 화려한 꿈, 그리고 그의 온갖 꿈을 깨뜨리겠다는 로버타의 협박에서 일어난 일시적인 정신 장애라고 내세우는 게 가장 쉽고 또 안전한 입장이라는 결론을 얻게 되었다. 그러나 라이커거스에서 캐추먼과 대러 브룩하트와 협의하고, 그들이 새뮤얼 그리피스와 길버트와 상의를 거친 뒤 그런 쪽으로 몰고 가는 것으로는 좋지 않다는 결정을 내렸다. 정신 이상이나 '정신 착란'을 입증하려면 클라이드의 정신 상태가 건전하지 않아 지금껏 살아오면서 엉뚱했으며 실제로 어떻게 괴상한 짓을 했는지 보여 주는 구체적인 증거나 증언이 있어야 했다. 또 친척들이 (여기에는 라이커거스의 그리피스 집안 사람들도 해당될 수 있을 것이다) 법정에 출석해서 증언할 필요도 있었다. 노골적으로 거짓말을 하고 위증을 해야 할 뿐 아니라 그리피스 가문의 혈통과 지력에 관해서도 상세히 언급해야 하는 그런 변호 방법을 새뮤얼과 길버트는 단호히 반대했다. 결국 브룩하트는 벨크냅에게 그런 변호 방침을 포기해야 한다고 말할 수밖에 없었다.

일이 이렇게 되자 벨크냅과 제프슨은 처음부터 다시 구상해 보는 수밖에 없었다. 그러나 그들이 지금 당장 다른 방법을 생각해 낸다는 것은 거의 불가능에 가까웠다.

"한 가지 말씀드리고 싶은 게 있습니다!" 로버타와 손드라의 편지들을 다시 검토하고 있던 불굴의 사나이 제프슨이 벨크냅에게 말했다. "우리가 부딪치게 될 가장 큰 난관은 이 올든이라는 아가씨가 보낸 편지들입니다. 이 편지를 읽는 것을 듣고 울지 않을 배심원은 하나도 없을 겁니다. 그리고 나서 또 한 아가씨에게서 온 편지가 제시된다면 그건 우리에게는 치명타가 될 거예요. 제 생각으로는, 그가 말하지 않는 한 그 편지는 아예 언급하지 않는 게 좋겠습니다. 그 편지를 읽으면 배심원들은 클라이드가 로버타에게서 벗어나기 위해 그녀를 죽였다고 생각할 겁니다. 메이슨에게 이보다 더 좋은 증거는 없을 듯합니다." 벨크냅은 이 의견에 전적으로 동감했다.

어쨌든 두 변호사는 다른 방법을 즉시 생각해 낼 필요가 있었다. 그래서 여러 번 상의를 거듭한 끝에 결국 이 사건에 자기의 장래가 크게 달려 있다고 생각하는 제프슨은 클라이드의 의심을 살 만하고 이상해 보이는 행동을 적절하게 설명하려면 클라이드가 로버타를 죽이려고 한 일이 없다는 견해를 취하는 게 가장 안전한 변론 방침이라고 판단했다. 그 자신의 말로도 알 수 있듯이, 클라이드는 육체적인 의미는 아니더라도 적어도 도덕적인 의미에서 비겁해서 로버타가 그들의 관계를 폭로할 경우 라이커거스에서 쫓겨나고 손드라의 사랑도 잃게 될 게 두려웠고, 아직 로버타에게 손드라에 관해 말하지 않은 상태라 손드라에 대한 그의 뜨거운 사랑을 알게 되면 로버타도 마음이 달라져서 자기를 놓아줄지도 모른다고 생각했다고 말이다. 그래서 그는 나쁜 의도는 없이 모든 것을 로버타에게 털어놓고 그녀에게서 해방되기 위해서 꼭 그래스 호수나 빅비턴이 아니라도 어딘가 가까운 유원지에 같이 가자고 그녀를 설득했다고 주장하는 게 좋겠다는 판단이었다. 물론 그는 그녀가 시련을 겪는 동안 힘닿는 데까지 모든 비용을 대겠다고 약속하면서 말이다.

"아, 그것도 좋겠지." 벨크냅이 한마디 했다. "하지만 그 친구가 그 여자에게 결혼을 거부하는 게 되지 않을까? 어느 배심원이 그런 그에게 동정하거나 그가 로버타를 죽이려 하지 않았다고 믿겠어?"

"잠깐만요, 잠깐만요, 변호사님." 제프슨은 약간 퉁명스럽게 말했다. "지금까지의 이야기로는 그렇겠지요. 그건 틀림없어요. 하지만 제 말을 끝까지 들어 보십시오. 한 가지 생각이 있다고 말씀드렸잖아요."

"좋아, 어디 들어 봅시다." 벨크냅이 매우 흥미로운 듯이 말했다.

"그럼, 말씀드리죠. 제 계획은 이렇습니다. 모든 사실을 클라이드가 말한 대로, 그리고 메이슨이 파악한 대로 그대로 두는 겁니다. 다만 클라이드가 로버타를 때린 사실만은 예외로 하고요. 그러고 나서 그것들을 한 가지씩 해명하는 겁니다. 편지들, 상처, 가방, 모자 두 개, 그 밖의 모든 것 말이죠. 그것들은 하나도 부인하지 않는 겁니다."

제프슨은 여기서 잠깐 말을 멈추고, 주근깨가 있는 그 길쭉한 손으로 금발 머리칼을 쓸어 올리면서 클라이드가 수감되어 있는 유치장으로 이어지는 건너편 광장의 잔디를 바라보다가 다시 벨크냅에게로 시선을 돌렸다.

"하지만 어떻게 해명을 하지?" 벨크냅이 물었다.

"방법은 한 가지밖에 없어요." 제프슨은 선임자인 벨크냅을 무시하고 혼잣말을 하듯이 말했다. "이 방법이 통할 것 같습니다." 그는 고개를 돌려 다시 창밖을 바라보고, 밖에 있는 누군가에게 이야기하듯 입을 열었다. "클라이드는 두렵고, 무슨 조치를 하지 않으면 폭로되기 때문에 위쪽 호수로 간 겁니다. 그리고 자기가 거기에 간 사실을 라이커거스에서 누군가가 알게 될까 두려워서 숙박부에 가명으로 이름을 적은 거고요. 그리고 손드라에 관해서 로버타에게 모두 고백할 생각이었습니다. 그러나 말이죠……." 그는 일단 말을 중단하고 벨크냅을 똑바로 바라보았다. "이 점이 가장 중요한 핵심입니다. 만약 이 말이 먹히지 않는다면 우리는 두 손 들어야 합니다. 잘 들어 보십시오! 두려워하며 클라이드는 그 여자와 함께 그곳에 갔습니다. 그 여자와 결혼하거나 죽으려고 간 게 아니라 다만 타일러서 혼자 다른 곳으로 떠나게 하려고 간 겁니다. 하지만 일단 그곳에 이르러 보니 그 여자는 몸 상태가 몹시 나쁘고, 지쳐 있고, 측은해 보였어요. 그 여자는 아직도 그를 끔찍이 사랑하고 있었고, 그래서 그녀와 이틀 밤을 같이 지낸 겁니다."

"그래, 알겠어." 벨크냅은 호기심을 느끼며 그의 말을 가로막았지만, 그의 태도는 아까처럼 회의적은 아니었다. "그렇게 말하면 그 이틀 밤의 일이 해명될 수 있을지도 모르겠구먼."

"해명될 수 있을지도 모르는 게 아니라 해명돼야 하는 겁니다." 제프슨은 교활하고 침착하게 대답했다. 초롱초롱한 그의 눈은 냉철하고 열성적이고 실제적인 논리를 추구하고 있을 뿐 감정이나 심지어 동정심 같은 것과는 거리가 멀었다. "그래서 그런 상태의 그 여자와 그곳에서 같이 있는 동안 그 여자에게 다시 무척 가까워진 거죠." 그는 눈썹도 까딱하지 않고 이런 말을 하고 있었다. "그래서 그 친구는 심경의 변화를 일으킨 겁니다. 제 말씀 이해하시겠습니까? 그 여자에게 미안하다는 생각이 든 거죠. 자기가 한 짓이, 그녀를 배반한 행위가 부끄러워진 겁니다. 신앙심과 도덕심이 풍부한 이 지방 사람들의 마음에 호소력을 줄 만한 이야기가 아니겠습니까?"

"그럴지도 모르지." 벨크냅은 이때쯤 굉장히 흥미를 느끼고 조금은 희망을 품으면서 대답했다.

"그 친구는 그 여자를 부당하게 대했다는 걸 안 겁니다." 제프슨은 거미줄을 치는 거미처럼 자기 계획에 도취되어 말을 이어

나갔다. "또 다른 아가씨에 대한 애정에는 변함이 없지만, 자신이 한 짓이 미안하고 부끄러워 이 올든이라는 아가씨에게 속죄하겠다고 생각한 겁니다. 그것으로 유티카와 그래스 호수에서 이틀 밤을 지내는 동안 클라이드가 여자를 죽이려는 계획에서 부정적인 측면은 씻길 게 아닙니까?"

"그렇지만 그 친구는 다른 한 여자를 여전히 사랑하고 있지 않은가?" 벨크냅이 한마디 했다.

"네, 맞습니다. 어쨌든 그 여자가 여전히 좋았고, 별장에서 지내는 동안 넋을 빼앗겨 사람이 달라졌죠. 하지만 다른 아가씨에 대해 모든 것을 고백하고, 그래도 로버타가 원한다면 결혼하기로 한 겁니다."

"알겠어. 하지만 보트와 가방, 그리고 사건 뒤에 클라이드가 핀칠리라는 아가씨 별장으로 찾아간 것은 어떻게 설명하겠는가?"

"잠깐만요! 잠깐만 기다리십시오! 그걸 말씀드리죠." 제프슨은 푸른색 눈으로 강력한 전깃불처럼 허공을 꿰뚫어 보면서 말했다. "물론 클라이드는 로버타와 보트를 타고 호수로 나갔고, 보트에 가방을 실었고, 숙박부에 가명을 기재했고, 로버타가 물에 빠진 뒤 숲속을 가로질러 다른 여자를 찾아갔죠. 왜 그랬을까요? 하지만 왜? 왜 그랬을까요? 그 이유를 알고 싶으신 거죠? 말씀드리죠! 그 친구는 막판에 가서 로버타에게 미안하다는 생각이 들어 결혼하든지, 아니면 적어도 무엇인가 여자에게 보상해 주려고 했던 겁니다. 유티카에서 하룻밤, 그래스 호수에서 하룻밤을 지내고 나서 말이죠. 그전이 아닙니다, 절대로 그전에는 아닙니다. 하지만 일단 그 여자가 물에 빠져 죽자, 물론 그건 그의 주장대로 우연한 사고였죠, 또 다른 여자를 사랑하고 있었습니다. 비록 그 여자를 희생시키면서까지 로버타와 결혼하려고 했지만 말이죠. 제 말을 이해하시겠습니까?"

"알겠어."

"그리고 클라이드가 심경의 변화를 일으켰다고 말하고 그런 주장을 고집한다면 검사 측에서 그의 말이 사실이 아니라고 어떻게 증명할 수 있겠습니까?"

"알겠어. 하지만 그러려면 그 친구가 아주 수긍이 갈 수 있도록 이야기를 해야겠구먼." 벨크냅은 조금 마음이 무거운 듯이 말했다. "그럼 모자 두 개는 어떻게 해명할 건가? 해명하지 않고 넘어갈 수는 없을 텐데."

"네, 막 그 이야기를 하려던 참이었습니다. 쓰고 있던 모자가 좀 더러웠습니다. 그래서 새것을 하나 사기로 한 겁니다. 클라이드는 메이슨 검사에게 테 없는 모자를 쓰고 있었다고 말했죠. 그건 두려운 나머지 어떻게든 혐의를 벗으려고 거짓말을 했다고 버티는 겁니다. 물론 나중에 다른 아가씨한테 가기 전에, 그러니까 로버타가 아직 살아 있을 때 말입니다. 다른 쪽 여자와의 관계가 있죠. 그 관계를 그 친구가 어떻게 처리하려고 했느냐 하는 게 문제죠. 이건 그가 로버타에게 모든 것을 털어놓고 있는 상황을 말하는 겁니다." 그가 계속 말을 이었다. "다른 쪽 여자와의 관계를 어떤 식으로든 해결할 필요가 있었을 겁니다.

하지만 제가 보기엔 그건 그다지 어려운 문제가 아닙니다. 그가 심경의 변화를 일으켜 로버타에게 속죄하고 싶었으므로 다른 쪽 아가씨에게 편지를 보내거나, 아니면 직접 찾아가서 말하는 것으로 하는 겁니다. 자기가 로버타에게 한 짓을 그녀에게 고백하는 것으로 말이죠."

"그렇게 하면 되겠구먼."

"제가 보기에는 결국 다른 쪽 아가씨도 끌어들일 수밖에 없겠습니다. 그녀를 재판에 소환할 수밖에 없겠어요."

"소환해야 한다면 그렇게 해야지." 벨크냅은 대꾸했다.

"그래서 로버타가 아직도 결혼을 요구한다면 클라이드는 먼저 핀칠리라는 아가씨를 찾아가서 결혼할 수 없다. 자기는 떠나야 한다. 물론 만약 로버타가 그렇게 오래 자기를 떠나는 것에 반대하지 않는다면 말이죠. 이해하시겠어요?"

"알겠어."

"그녀가 기다려 준다면 클라이드는 스리마일베이든지 어디에서 그녀와 결혼식을 올릴 생각이었다고 하는 겁니다."

"그래."

"하지만 로버타가 아직 살아 있는 동안 그의 마음이 착잡하고 괴로웠다는 사실을 잊어서는 안 됩니다. 클라이드가 자기가 한 짓을 반성하기 시작한 것은 그래스 호수에서 두 번째 밤을 지내고 난 뒤부터였습니다. 무슨 일이 있었던 겁니다. 로버타가 편지에 썼던 것처럼 울면서 죽고 싶다고 말한 겁니다."

"그래서?"

"그래서 그 친구는 아무도 없는 조용한 장소에 가서 차분히 이야기해 보려고 한 거죠."

"그래서? 계속해 봐."

"그래서 그 친구는 빅비턴 호수를 생각한 거죠. 전에 한번 가 본 적이 있어서 그런 생각을 했다고 할 수도 있고, 바로 그들이 근처에 있었기 때문이라고 말할 수도 있을 겁니다. 빅비턴에서 는 20킬로미터쯤 가면 결혼식을 올리고 결정한다면 식을 올 릴 수 있는 스리마일베이가 있거든요."

"무슨 말인지 알겠어."

"만약에 말입니다, 만약에 그의 고백을 듣고 난 로버타가 결 혼을 원치 않는다면 보트로 여관에 다시 데려다주고, 거기서 그 친구나 그 여자가 그곳에 머물 수도 있고 그곳을 떠날 수도 있거 든요."

"그럼, 그럼, 물론이지."

"한편 너무 늦어지지 않도록, 아니면 여관에서 발이 묶일까 두려워서 ─ 숙박비가 꽤 비싼 데다 그 친구에게는 돈도 얼마 남 지 않았죠 ─ 그 친구는 가방 속에 도시락을 넣어 가지고 간 겁 니다. 카메라도 가지고 갔죠. 사진을 찍고 싶었으니까요. 만약 메이슨 검사가 카메라를 갖고 나타난다면 해명해야 하겠죠. 그 러나 메이슨이 해명하는 것보다는 우리 측에서 해명하는 편이 우리에게 유리할 겁니다."

"알겠어, 알겠어." 지금쯤 벨크냅은 제프슨의 논리에 굉장히 흥미를 느껴 미소를 짓고 두 손을 비벼 대기 시작하며 큰 소리로 말했다.

"그래서 두 사람은 호수 위로 나간 겁니다."

"그래서?"

"노를 저어 호수 위를 돌아다닌 거죠."

"그래서?"

"그러다가 마침내 호숫가에서 도시락을 먹고, 사진도 몇 장 찍은 뒤……."

"그래서?"

"그러고 나서 그 친구는 그 여자에게 고백하기로 한 겁니다. 마음의 준비가 되었거든요……."

"무슨 이야기인지 알겠어."

"그러나 고백하기 전에 물가로부터 조금 떨어진 수면에서 보트에 앉아 있는 로버타의 사진을 한두 장 더 찍으려고 한 겁니다."

"그래서?"

"그러고 나서 그 여자에게 모든 걸 고백하기로 한 겁니다. 아시겠습니까?"

"알겠어."

"그래서 두 사람은 다시 보트에 올라타고, 호수 위로 조금 나간 겁니다. 이건 클라이드가 말한 사실 그대로입니다."

"그다음에는?"

"그런데 물가에 돌아와서 꽃을 좀 따려고 했기 때문에 클라이드는 가방을 그곳에 두고 갔죠. 아시겠어요? 그것으로 가방 문제는 해명됩니다."

"그렇구면."

"그러나 보트 위에서 사진을 몇 장 더 찍기 전에 클라이드는 다른 여자를 사랑한다고 고백하기 시작합니다. 그래도 로버타가 결혼하기를 원한다면 그녀와 결혼식을 올리고 손드라에게는 편지로 사정을 설명하겠다고요. 또는 만약 다른 여자를 사랑하는 남자와 결혼하고 싶지 않다고 말한다면······."

"그래, 어서 계속해!" 안달이 난 벨크냅은 제프슨의 말을 가로막았다.

"그래서 말이죠." 제프슨은 말을 이었다. "클라이드는 그 부잣집 딸과 결혼한 뒤에 손에 넣게 될 돈으로 힘닿는 데까지 그녀의 생계를 돕겠다고 약속하는 겁니다."

"그래서?"

"그런데 로버타는 미스 핀칠리를 버리고 자기와 결혼하자고 요구하는 겁니다."

"그래서?"

"클라이드는 동의했을까요?"

"물론이지."

"그런데 로버타는 정말 고마운 나머지 그만 흥분해서 벌떡 일어나 클라이드에게 다가옵니다."

"그래서?"

"보트가 좀 흔들리자 그 친구는 벌떡 일어나 그 여자를 도와주려 합니다. 물속에 빠질까 봐 겁이 났기 때문이죠."

"무슨 이야기인지 알겠어."

"한데 클라이드가 손에 카메라가 쥐고 있는지, 그렇지 않은지는 형편에 따라 우리가 정하기 나름이겠죠."

"자네가 무슨 말을 하려는지 알겠어."

"어쨌든 카메라를 손에 들고 있었든 들고 있지 않았든 그의 말대로 그 친구나 그 여자가 발을 헛디딘 탓으로, 아니면 두 사람의 몸이 움직이는 바람에 보트가 뒤집힙니다. 그런데 형편에 따라 그 친구가 그 여자를 때리거나 때리지 않았거나 할 수 있겠죠. 하지만 물론 우연히 그렇게 한 겁니다."

"잘 알겠어. 기가 막힌 이야기로군!" 벨크냅이 큰 소리로 외쳤다. "훌륭해, 루벤! 아주 훌륭해! 기막힌 논리야!"

"그 친구도 그 여자도 보트에 가볍게 조금 부딪힌 겁니다. 아시겠죠?" 제프슨은 자신의 계략에 심취된 나머지 벨크냅의 반응은 아랑곳도 하지 않고 계속 말을 이어 나갔다. "그래서 클라이드도 정신이 약간 혼미해진 겁니다."

"알겠어."

"그리고 그 여자가 비명을 지르는 소리를 듣고 그 모습을 봤지만, 그 친구 자신도 정신을 잃은 상태였거든. 그러다가 정신이 좀 들어 무엇인가 행동을 취하려 했을 때는……."

"그 여자의 모습은 보이지 않았지." 벨크냅이 조용히 제프슨이 할 말을 대신 맺었다. "물에 빠져 죽은 거야. 자네 말이 무슨 말인지 알겠어."

"그러자 의심을 살 만한 여러 상황도 있는 데다 숙박부에 가명으로 기재한 사실도 있고 해서 ─ 또 로버타는 이미 죽었으니 어쩔 도리도 없고 ─ 로버타의 가족들이 그녀가 임신한 사실을 알고 싶어 하지 않을지도 모르니까…….”

“음, 알겠네.”

“도덕적으로 비겁한 성격이라 겁에 잔뜩 질려 그 친구는 그만 달아나 버린 겁니다. 이 점은 우리가 처음부터 강조해야 합니다. 큰아버지의 신망이나 자신의 사회적인 지위를 잃게 되는 게 몹시 겁이 났던 거죠. 그렇게 주장하면 이야기가 통하지 않을까요?”

“그런 이야기가 통하지 않는다면 이 세상에 통할 이야기가 어디 있겠어. 충분히 수긍 가는 해명이야. 축하하네, 루벤. 그보다 더 논리적인 해명은 아무도 생각해 낼 수 없을걸. 그런 주장이라면 무죄 판결을 받아 내거나 배심원의 의견을 분열시킬 수 없을지라도 20년 징역형 정도로도 사건을 마무리 지을 수 있을 것 같지 않은가?” 벨크냅은 매우 기분이 좋아 자리에서 일어나 키가 호리호리한 동료를 감탄하며 바라보다가 이렇게 덧붙였다. “훌륭해!” 한편 제프슨은 바람 한 점 없이 잔잔하고 조용한 호수 같은 푸른색 눈으로 그를 바라보고 있을 뿐이었다.

“하지만 이번 변호를 하려면 어떻게 된다는 건 아시겠죠?” 제프슨은 침착하고 조용하게 한마디 덧붙였다.

“그 친구를 증언대에 세워야 한다는 거겠지? 암, 물론이고말고. 그건 나도 충분히 알고 있어. 하지만 그 친구로서는 그게 유일한 기회지.”

"그런데 그 친구는 남에게 안정감이 없고 신뢰감을 불어넣을 만한 사람으로 보이지 않는 게 걱정입니다. 너무 불안해하고 너무 감정적이거든요."

"그건 나도 알고 있네." 벨크냅이 재빨리 대답했다. "너무 쉽게 흔들리는 친구지. 게다가 메이슨 검사는 그 친구에게 들소처럼 달려들 거야. 그러니까 우리가 이 점을 철저하게 코치해야 해. 철저히 훈련시키는 거지. 유일한 기회라는 점을 주지시켜야 하거든. 그 기회에 그의 목숨이 달려 있다고 말이지. 몇 달이라도 연습을 시켜야 해."

"만약 실수라도 하면 그 친구는 끝장이에요. 그 친구에게 용기를 줄 수 있도록 무엇인가 할 수만 있다면 좋겠어요. 그래서 마지막까지 연기를 잘해 낼 수 있도록 가르칠 수만 있다면요." 제프슨의 두 눈은 마치 클라이드가 증언대에 서서 메이슨을 마주 보는 법정의 장면을 바로 앞에서 바라보고 있는 듯했다. 이어 그는 로버타의 편지들을(메이슨이 제공해 준 사본 말이다) 집어 들어 바라보면서 결론을 맺었다. "만약 이것만 없다면, 여기 있는 이 편지들 말이죠." 그는 무게를 달아보듯 편지 사본들을 손으로 들었다 내렸다 했다. "제기랄!" 그는 마침내 어두운 표정으로 결론을 내뱉었다. "뭐 이런 사건이 있을까! 하지만 아직은 우리가 패한 건 아닙니다. 천만의 말씀입니다! 아직 싸움은 시작되지도 않았는걸요. 어쨌든 이 사건으로 우리도 꽤 유명해질 겁니다. 그런데 말이죠." 그가 덧붙여 말했다. "빅비턴 근처에 사는 사람이 있는데, 그 사람을 시켜 오늘 밤에 호수 밑바닥을 훑어서 카메라를 찾아보라고 하겠어요. 행운을 빌어 주십시오."

"그걸 말이라고 하나?" 벨크냅이 대꾸했다.

제17장

엄청난 살인 사건의 재판을 에워싼 각축과 흥분! 벨크냅과 제
프스은 브룩하트와 캐추먼과 협의한 뒤에 제프스의 계획이 '아
마 유일한 방법'이겠지만 될수록 그리피스 집안의 이름이 언급
되어서는 안 된다고 다짐을 받았다.

곧이어 벨크냅과 제프스은 클라이드가 사실상 많은 오해를
받고 또 심한 비방의 대상이 되고 있지만, 미스 올든에 대한 의
도나 행동이 메이슨 검사가 주장하는 것과는 정반대의 청년으
로 그를 신뢰한다는 내용을 담은 예비 성명을 발표했다. 또한
이 성명에서 두 변호사는 지방 검사가 최고 법원의 특별 개정을
공연히 서두르는 것은 순수한 법적 이유보다는 어떤 정치적 의
미가 있기 때문이라는 뜻을 내비쳤다. 그렇지 않고서야 하필이
면 군 선거가 임박해 있는 이 시점에서 무엇 때문에 그렇게 서두
르겠는가? 그리고 이번 사건의 재판 결과를 어떤 특정 개인이

나 집단의 정치적 야심을 위해 이용하려는 어떤 계획이 있는 것은 아닐까? 벨크냅과 제프슨 두 변호사는 그런 일이 없기를 바란다는 뜻을 밝혔다.

그러나 특정 개인이나 집단의 그러한 계획이나 편견이나 정치적 야망과는 관계없이 이 사건의 변호인단은 클라이드와 같은 무고한 청년이 여러 가지 상황의 함정에 빠져 — 이 점은 변호인단이 장차 입증할 것이지만 — 오로지 그 이유만으로 1월 선거에서의 공화당 승리의 희생양으로 전기의자에 앉아 처형되는 사태를 용납하지 않을 것이다. 게다가 변호인단은 지금껏 드러난 기이하고도 그릇된 정황 증거를 반박하는 변론 준비를 위해 상당한 기간이 필요할 것이다. 따라서 변호인단은 주지사에게 최고 법원의 특별 개정을 위한 지방 검사의 신청 내용에 항의하는 공식 문서를 올버니에 제출할 것이다. 이런 사건을 심리할 정기 재판은 1월에 개정되는 것이 상례고, 또한 변론 준비를 위해서는 그만한 시간이 필요할 것이므로 최고 법원의 특별 소집은 불필요한 것이다.

늦은 감이 없지 않은 강력한 성명에 여러 신문의 대변인들은 제법 경건한 태도로 귀를 기울였지만 메이슨 검사는 클라이드가 무고하다느니, 정치적 음모가 연루되어 있다느니, 하는 이 '엉뚱한' 주장을 일소에 부쳤다. "이 군에 거주하는 모든 주민을 대표하는 본인이 무엇 때문에 죄과가 명백히 드러나지 않는데도 어느 누구를 무슨 희생양으로 삼을 것이며, 또 어떤 한 가지 혐의라도 만들어 낼 것인가? 그 사람이 그 여자를 살해한 사실은 나타난 증거 자체가 입증하고 있지 않은가? 그 사람은 의심스러운 상황을 해명하는 말 한 마디, 행동 한 가지라도 한 일이 있었는가? 아니, 없었다! 그 사람은 입을 다물거나, 아니면 거짓을 일삼았다. 유능한 두 분 변호인께서 다른 증거를 제시해서 지금 본인이 말한 것과 같은 상황을 해명하지 않는 한, 본인은 예정대로 사건 처리 과정을 추진시킬 것이다. 본인은 이 젊은 범법자에게 유죄 판결이 내려지게 하는 데 필요한 증거를 모두 확보해 놓고 있다. 재판을 1월까지 연기한다면 변호인단에서 알고 있다시피 본인의 임기가 끝나 이미 다루고 있는 모든 사건 자료를 신임 지방 검사가 재검토하지 않을 수 없게 되므로 군 예산에 막대한 부담을 초래할 것이다. 본인이 확보한 증인들은 모두 이 지방 주민으로 군의 과중한 재정 부담 없이 브리지버그에 소환할 수 있다. 그러나 내년 1월이나 2월에는 증인들의 소재가 어떻게 될 것인가? 특히 변호인단 측에서는 증인들을 분산시키려고 온갖 수단을 동원할 것이 아닌가? 절대로 그럴 수 없다! 본인은 동의하지 않을 것이다. 그러나 만약 앞으로 10일 또는 2주일 이내에 변호인단 측에서 본인의 고발 내용의 일부라도 사실이 아니라고 입증할 수 있는 근거를 제시한다면 본인은 언제라도 변호인단과 함께 주심 판사 앞에 출두할 것이다. 변호인단이 가진 증거나, 입수하기를 바라는 증거를 제시하거나 그자의 무죄를 증명하는 일을 도울 수 있는 증인이 어디에든 있다고 말한다면 얼마나 다행한 일이겠는가. 그럴 경우 본인은 본인의 임기가 끝나는 시기 이후로 재판을 지연시키는 한이 있어도 변호인단에게 필요한 시간을 주라고 판사에게 기꺼이 요청할 것이다. 그러나 다행히 본인의 임기 중 재판이 개정된다면 본인은 어떤 공직 때문이 아니라 지방 검사로서의 직책 때문에 능력껏 재판에 임할 것이다. 본인이 정치에 뜻을 두고 있다고 하지만 그것은 벨크냅 씨의 경우도 마찬가지가 아닌가? 벨크냅 씨는 지난번 선거 때 본인의 경쟁 후보자였으며 다시 출마할 의사가 있다는 말을 본인은 듣고 있다."

그래서 메이슨 검사는 최고 법원을 임시 소집해서 클라이드의 기소 절차를 밟을 필요가 있음을 주지사에게 강조하기 위해 올버니로 갔다. 메이슨과 벨크냅 양측의 주장에 귀를 기울인 주지사는 최고 법정을 임시 소집한다고 해서 사건의 재판을 필요한 만큼 지연시키는 데 지장이 있는 것은 아니며, 변호인단 측이 재판에 필요한 만큼의 시간을 가지는 것을 임시 법정이 방해할 수 있는 요인이 될 수 있다는 자료를 제시하고 있는 것도 아니라는 근거로 메이슨의 주장을 받아들였다. 더구나 그런 주장을 검토하는 것은 주심 판사의 관할 사항이지 자신의 책임이 아니라는 것이었다. 결국 최고 법원이 임시 소집되고, 제11사법구의 프레더릭 오버월처 판사가 주심 판사로 임명되었다. 클라이드의 기소 여부를 결정할 임시 대배심원 소집 일자를 결정해 달라는 메이슨의 요청을 받자 이 주심 판사는 그 소집 일자를 8월 5일로 결정했다.

이렇게 대배심원이 소집되자 클라이드를 기소하는 것은 메이슨으로서는 조금도 문제가 되지 않았다.

일이 이쯤 되자 벨크냅과 제프슨이 할 수 있는 일이라고는 고작 민주당원이며 어느 전직 주지사의 후원으로 판사로 임명되었던 오버월처 앞에 출두해서 누가 생각해도 캐터라키군에서 뽑힐 배심원 12명이 메이슨의 공적·사적 성명 때문에 모두 클라이드에게 반감을 지니고 그의 범행을 믿고 있으므로 피고 측의 변론을 들어 보기도 전에 클라이드에게 유죄를 평결할 게 분명하다는 이유를 들어 재판 장소의 변경을 요청하는 것뿐이었다.

　"하지만 어디로 장소를 바꿔 달라는 겁니까?" 제법 공정한 오버월처 판사가 물었다. "동(同) 사건 자료가 공표되지 않은 곳이 없습니다."

　"하지만, 판사님, 지방 검사가 너무 열심히 과장해 온 범죄는……." 여기서 메이슨은 열을 띠고 한바탕 길게 항의를 했다.

　"그래도 저희는 일반 주민들이 필요 이상으로 선동되어 속고 있다고 주장합니다." 벨크냅이 말을 이었다. "피고를 공정하게 재판할 배심원 열두 명을 이 지방에서 동원한다는 건 무리입니다."

　"말도 안 되는 소리요!" 메이슨 검사가 화가 나서 큰 소리로 외쳤다. "그런 허튼소리가 어디 있습니까! 저보다도 신문 기자들이 오히려 더 많은 증거를 수집해서 발표했습니다. 만약 이 사건으로 편견이 비롯됐다면 그것은 세상 사람들에게 알려진 사실들 때문입니다. 하지만 제 생각으로는 이 지역이라고 해서 다른 지방보다 특별히 편견이 조장됐을 리 없습니다. 게다가 증인의 대부분이 이 지방 사람들인데, 이 사건이 멀리 떨어진 다른 군으로 쓸데없이 이양된다면 군의 재정 부담만 엄청나게 커질 겁니다."

성격이 근엄하고 도덕적이며 만사에 신중하고 보수적인 경향이 강한 오버월처 판사는 메이슨의 주장에 동의하는 쪽으로 기울어졌다. 그는 닷새 동안 사건을 막연히 생각해 본 끝에 변호인 측 신청을 각하하기로 했다. 만약 자신의 판단이 잘못된 것일 경우에는 변호인 측은 상소 법원에 상고하면 된다고 생각했다. 재판 연기 신청에 관해서는 재판 개정 일자를 이미 10월 15일로 결정해 놓고 있었기 때문에(그 정도면 변호인 측에서 변론을 준비할 시간이 충분하다는 것이 그의 판단이었다) 그는 나머지 여름 동안 때까지 휴정하고 블루마운틴 호수'에 위치한 그의 별장에 가서 지내기로 했다. 검찰 측이나 변호인단 측이나 어떤 해결할 수 없는 까다로운 문제가 생기면 그곳으로 연락하라는 것이었다.

그러나 벨크냅과 제프슨이 일단 사건의 변론을 맡자 메이슨 검사는 가능한 한 클라이드의 유죄 판결을 확실히 하기 위해 배로 노력을 해야겠다고 판단했다. 그는 벨크냅 못지않게 젊은 제프슨을 두려워하고 있었다. 그래서 메이슨은 버튼 벌리와 얼 뉴콤을 대동하고 라이커거스를 다시 방문해서 다음과 같은 사실들을 알아냈다. (1)클라이드가 카메라를 구입한 장소, (2)클라이드는 빅비턴으로 출발하기 사흘 전 페이턴 부인에게 카메라를 휴대하고 가려고 필름이 좀 필요하다고 말했다는 점, (3)클라이드를 잘 아는 오린 쇼트라는 양품점 주인이 불과 4개월 전 클라이드에게서 한 공장 직공의 아내가 임신했는데, 처리하는 방법이 없겠느냐는 의논을 받고(이것은 그를 찾아낸 버튼 벌리 혼자서만 알고 있으라고 한 말이었지만) 글로버스빌 교외에 사는 글렌이라는 의사를 추천했다는 점, (4)직접 글렌 의사를 찾아가서 클라이드와 로버타의 사진을 보였더니 로버타는 알아보았지만 클라이드는 몰랐고, 로버타가 찾아왔을 때의 정신 상태와 그녀가 그에게 한 이야기를 기술해 주었다는 점. 그 이야기 내용은 클라이드나 로버타의 범죄 성립이 되지 않기 때문에 메이슨은 일단 그것을 무시하기로 했다.

또한 (5)이런 열성적인 노력이 열매를 맺어 유티카에서 클라이드에게 모자를 판 가게 주인이 나타났다는 점이다. 버튼 벌리가 유티카에 있는 동안 기자들과 만나 인터뷰했고, 그와 클라이드의 사진이 나란히 신문에 실림으로써 우연히 그것을 본 가게 주인이 급히 메이슨에게 연락을 취하게 된 것이다. 결국 메이슨은 서류를 타자기로 작성하여 그 가게 주인이 선서한 증인 기록을 갖고 돌아올 수 있었다.

더구나 '시그너스'호에 탔다가 클라이드와 마주친 시골 아가씨까지도 메이슨에게 편지로 클라이드가 밀짚모자를 쓰고 있었고, 샤런에서 배에서 내린 사실을 기억한다고 알려 왔다. '시그너스'호 선장의 증언과 완전히 일치되는 이 증언에 접하자 메이슨은 하늘이 자기를 돕고 있다고 생각했다. 마지막으로 메이슨에게 가장 중요하게 여겨진 것은, 펜실베이니아주 베드퍼드'

에 살고 있는 한 부인한테서 연락이 왔다는 사실이다. 7월 3일부터 10일까지 남편과 함께 빅비턴의 남단부에 가까운 동쪽 물가에서 야영 생활을 했다는 그녀는 7월 8일 오후 여섯 시경 호수에서 보트를 타고 있을 때 기혼 여성 또는 처녀가 고통 속에서 지르는 비명을 들었다. 비탄에 잠긴 구슬픈 비명이었다. 그 소리는 너무 희미하여 부부가 낚시하고 있던 만의 남서쪽 섬 너머에서 들려오는 것 같았다고 했다.

　메이슨은 재판이 임박했을 때나 재판이 진행 중인 시기까지는 이 정보와 카메라, 필름, 캔자스시티에서의 클라이드의 범죄 사실에 관해서 절대로 발설하지 않음으로써 변호인 측에서 반박을 시도할 수 있는 시간 여유를 주지 않기로 방침을 세웠다.

　한편 벨크냅과 제프슨은 그래스 호수에 도착한 후 클라이드가 심경의 변화를 일으킨 사실을 내세워 범행을 전면적으로 부인하고, 또 모자 두 개와 가방에 관해 해명하는 일을 클라이드에게 연습시키는 것 말고는 별로 할 일이 없었다. 클라이드가 크랜스턴네 별장 근처의 패스 호수에 버린 양복은 낚시꾼을 가장한 한 사람이 무척 고생한 끝에 호수 밑바닥에서 건져 내어 세탁하고 다린 뒤 지금은 벨크냅-제프슨 법률 사무소의 옷장 안에 자물쇠를 채워 보관하고 있었다. 또한 빅비턴에서 사람을 잠수시켜 보아도 카메라가 나오지 않자 제프슨은 그것이 이미 메이슨의 수중에 들어간 것으로 판단하고 재판이 시작되면 될수록 빠른 기회에 그 이야기를 꺼내기로 했다. 그러나 클라이드가 고의적이건 아니건 카메라로 로버타를 때린 사실에 관해서는— 날짜가 지났는데도 빌츠에서 파낸 로버타 시체의 얼굴 상처가 대충 카메라의 모양과 크기가 일치된다는 점이 밝혀지기는 했지만— 우선 그것을 완강히 부인한다는 방침을 세웠다.

첫째, 두 사람은 클라이드를 증인으로서 도저히 믿을 수 없었다. 그가 로버타를 때린 것이 고의가 아니라고 배심원들을 설득할 만큼 충분히 솔직하고 직선적이고 진지한 태도로 사고 경위를 설명할 수 있을까? 아니면 그렇게 할 수 없을까? 얼굴의 상처야 어떻든 배심원들이 그의 말을 믿을지 어떨지는 바로 그 점에 달려 있었다. 만약 클라이드가 로버타를 때린 게 우발적인 사고였다는 것을 배심원들이 믿지 않는다면 판결은 유죄가 될 수밖에 없을 것이다.

그래서 두 변호사는 시기를 놓치지 않고 할 수 있는 데까지 과거 클라이드의 선량한 성격을 입증하는 증언이나 증거를 입수하면서 재판이 열리는 날을 기다릴 수밖에 없었다. 그러나 그들의 그런 노력은 클라이드가 라이커거스에서 겉으로는 모범 청년 행세를 하면서 뒤에서는 딴짓을 했고, 캔자스시티에서 처음 직장 생활을 하면서 문제를 일으킨 사실 때문에 어느 정도는 지장을 받았다.

그러나 변호인 측에서나 검찰 측에서나 이곳에 구류되어 있는 클라이드에 관해서 가장 어려운 문제 중 하나는 그의 가족이나 큰아버지 집에서 그를 옹호하겠다고 나선 사람이 지금껏 하나도 없다는 사실이었다. 클라이드의 부모가 어디 살고 있는지 밝힌 사람은 벨크냅과 제프슨뿐이었다. 클라이드의 입장을 조금이라도 유리하게 만들기 위해서는 그의 부모, 아니면 적어도 형제자매 중에서 누군가가 와서 그에게 유리한 발언을 하는 게 필요하지 않을까, 하고 두 변호사는 가끔 생각해 보곤 했다. 그렇지 않으면 클라이드는 버림받은 사람, 처음부터 그를 아는 사람들 모두에게서 외면을 당하고 있는 쓸모없는 건달이나 부랑아로 보일 것이기 때문이다.

이런 이유로 대러 브룩하트와 만난 자리에서 클라이드의 부모에 관해서 물은 두 변호사는 라이커거스의 그리피스 집안에서는 서부의 친척 집에서 누구든 불러오는 걸 완강히 반대한다는 것을 알았다. 서부의 친척들과는 사회적 신분의 격차가 너무 커서 그 점이 이곳에서 표면화되는 것을 라이커거스의 그리피스 집안에서는 달갑게 여기지 않을 거라는 이야기였다. 그리고 클라이드의 부모에게 통지가 가거나 황색 신문에서 그의 부모에 관해서 알게 되면 그들이 이용당할 위험이 있다는 것이다. 클라이드 자신만 반대하지 않는다면 그의 가족에 관해서는 언급하지 않는 것이 좋겠다는 게 새뮤얼 그리피스와 길버트 그리피스 두 사람의 의도라고 브룩하트는 벨크냅에게 설명했다. 그리피스 부자가 클라이드의 변호를 위해 얼마나 재정적으로 지원할 것인지 하는 문제도 적어도 어느 정도는 이 점에 달려 있다는 것이다.

클라이드 자신도 큰아버지네 가족들과 생각이 같았다. 그러나 클라이드와 충분히 이야기를 나누어 보았거나 이런 일이 생겨서 누구보다도 어머니한테 미안해하는 그의 말을 들어 본 사람이라면 그와 어머니 사이가 매우 가깝다는 데는 의심의 여지가 없었다. 진실을 말하자면 어머니에 대한 그의 태도는, 그가 놓여 있는 곤경을─사회적 실패라고는 할 수 없을지 몰라도 어떻든 도덕적으로 타락한 상태를─어머니가 어떻게 받아들일지 알기 때문에 두려움과 수치심이 뒤섞인 것이었다. 벨크냅과 제프슨이 꾸민, 그가 심경의 변화를 일으켰다는 이야기를 과연 어머니가 믿을까? 그 문제는 별개로 하더라도, 어머니가 이곳에 와서 철창 속에 갇혀 있는 아들의 수치스러운 모습을 본다면 날마다 어떻게 어머니 얼굴을 대하며 또 말을 걸 수 있을 것인가? 뭔가 묻는 듯한, 고통에 젖은 어머니의 맑은 눈! 그를 위해 각본을 꾸민 벨크냅과 제프슨까지도 아직 로버타를 때린 것은 고의가 아니었다는 말을 조금 의심하고 있는데, 어머니라고 해서 의심하지 않을까? 벨크냅과 제프슨은 그것을 전적으로 믿지 않고 있으며, 그런 사실을 어머니한테 말할지도 모른다. 신앙심이 깊고 하나님을 두려워하고 범죄를 증오하는 그의 어머니가 과연 벨크냅이나 제프슨보다 그를 더 믿을 것인가?

부모에 대해서는 어떻게 하는 게 좋을 것 같으냐는 질문을 재차 받았을 때 클라이드는 아직 어머니를 대할 수 없다고, 만나보았자 두 사람 모두에게 괴로움을 줄 뿐이라고 대답했다.

자신에 관한 소문이 아직은 덴버의 부모에게 전해지지 않은 것을 클라이드는 다행으로 여기고 있었다. 그의 부모는 신앙심과 도덕관이 특이했던 탓에 타락한 세속적인 신문을 가정이나 전도관에 들이는 일을 사절하고 있었다. 라이커거스의 그리피스 집안사람들도 그들에게 이 사실을 전혀 알리고 싶지 않았다.

그러나 어느 날 밤 벨크냅과 제프슨이 클라이드의 부모에 관해서 어떻게 할 것인지를 두고 아주 진지하게 의논하고 있을 무렵 클라이드가 라이커거스에 도착한 얼마 후 결혼해서 덴버의 남동쪽 지역에 살고 있던 에스터가 우연히 「로키마운틴 뉴스」지를 읽게 되었다. 브리지버그에서 대배심원이 클라이드를 기소한 직후의 일이었다.

여직공 살해한 청년 기소되다

뉴욕주 브리지버그, 8월 6일 ─ 스타우더백 주지사가 임명한 특별 대배심원은 지난 7월 8일 애디론댁산맥의 빅비턴 호수에서 뉴욕주 빌츠에 주소를 둔 미스 로버타 올든을 살해한 혐의로 최근 구속된, 뉴욕주 라이커거스에 거주하며 동명(同名)의 부유한 칼라 생산업자의 조카인 클라이드 그리피스의 사건을 심리하여 오늘 용의자를 제1급 살인죄로 기소했다.

기소된 후 그리피스는 거의 압도적인 증거에도 불구하고 문제의 범행은 사고였다고 주장했으며, 당시의 변호인인 앨빈 벨크냅과 루벤 제프슨을 동반하고 오버월처 최고 법원 판사의 심리를 받는 자리에서 무죄를 주장했다. 판사는 10월 15일로 결정된 재판까지 피고를 구속할 것을 명했다.

불과 스물두 살의 그리피스는 검거 당일까지 라이커거스 상류 사회의 존경받는 일원이었는데, 여직공인 애인을 실신시킨 뒤 익사시킨 혐의를 받고 있다. 그는 어느 부호의 딸 때문에 여직공을 짓밟은 뒤 버렸다고 했다. 본 사건의 변호인단은 지금껏 이 사건에 무관심한 태도를 보이는 라이커거스에 거주하는 피의자의 부유한 큰아버지의 의뢰를 받고 있다. 현지 주민들의 주장에 따르면 이들 외에는 피의자를 도우려고 나선 가족은 한 사람도 없다.

즉시 에스터는 어머니한테로 달려갔다. 기사 내용은 직설적이고 분명했지만 에스터는 범죄자가 클라이드라고는 믿고 싶지 않았다. 그러나 지명이나 인명으로—라이커거스의 부유한 그리피스 가문, 본인의 가족이 나타나지 않고 있다는 이야기로—미루어 보아 그것은 부인할 수 없는 사실이었다.

에스터는 전차에서 내리기가 무섭게 캔자스시티에 있던 것보다 별로 나을 것도 없는 '희망의 별'로 알려진 빌드웰 거리의 하숙집 겸 전도관으로 달려갔다. 이 집은 여행객들에게 하룻밤에 25센트를 받고 방을 제공해 주며 자립(自立)하게 되어 있었지만 고된 일에 비해 수입은 캔자스시티 시절보다 별로 나을 것이 없었다. 더구나 오래전부터 그들이 살던 따분한 세계가 지겨워진 프랭크와 줄리아는 어떻게든지 전도관 일은 부모에게 떠맡기고 이 세계에서 벗어나려고 애썼다. 열아홉 살이 된 줄리아는 어느 식당에서 카운터 일을 맡아 보고 있었고, 열일곱 살이 된 프랭크는 얼마 전에 과일 도매상에 일자리를 얻었다. 그래서 낮 동안 집에 있는 식구라고는 에스터의 사생아로 나이 어린 러셀 혼자뿐이었다. 할아버지와 할머니는 이제 세 살에서 네 살 사이

ㅣ 그를 캔자스시티에서 입양시킨 고아라고 사람들에게 둘러 댔다. 검은 머리칼의 러셀은 클라이드를 닮은 데가 있었다. 또 클라이드가 어린 시절 그랬던 것처럼 그 아이도 어린 나이에 벌 서 근본주의적인 교리를 주입받고 있었다. 이 일로 어린 시절 클라이드는 짜증을 느꼈었다.

차분하고 조용한 주부가 된 에스터가 들어섰을 때 그리피스 부인은 바쁘게 방을 쓸고 먼지를 털며 침대 정리를 하고 있었 다. 그러나 이런 시간에 불쑥 나타난 딸이 핏기가 없는 얼굴을 하고 빈방으로 가자고 눈짓을 하자, 오랜 세월을 두고 고생만 해 왔기 때문에 이런 일에 어느 정도 익숙해진 그리피스 부인은 일손을 멈추고 걱정스러운 눈빛을 하면서 이번에는 또 무슨 일 일까, 하고 생각했다. 또 무슨 불행이 들이닥친 것일까? 에스터 의 힘없는 잿빛 눈과 태도는 분명히 근심스러워 보였다. 에스터 는 손에 접어 들고 있던 신문을 펴고 매우 걱정스러운 표정으로 어머니를 보더니 문제의 기사를 가리켰다. 그리피스 부인의 시 선이 그 기사에 머물렀다. 아니, 이게 무슨 일일까?

여직공 애인 살해한 청년 기소되다

지난 7월 8일 애디론댁산맥의 빅비턴 호수에서
미스 로버타 올든을 살해한 혐의로

제1급 살인죄로 기소

거의 압도적인 증거에도 불구하고

무죄를 주장

8월 15일로 결정된 재판까지 피고를 구속

자진해서 나선 가족은 아직 없다

그리피스 부인의 눈과 마음은 이렇게 가장 중요한 대목만을 기계적으로 쫓아가고 있었다. 다시 부인은 이런 대목만을 재빨리 훑어보았다.

클라이드 그리피스, 뉴욕주 라이커거스의
부유한 칼라 생산업자의 조카

클라이드, 그녀 아들이 아닌가! 그 아들이 불과 얼마 전에 — 아냐, 한 달은 넘을 거야(소식이 없어서 남편 에이서와 함께 좀 걱정을 했었는데……) 7월 8일에! 오늘은 벌써 8월 11일이군! 그렇다면 맞지 않는가! 하지만 설마 그의 아들이! 그건 전혀 있을 수 없어! 클라이드가 자기 애인인 아가씨를 살해하다니! 그런 애는 아니지 않는가! 그 아이는 어머니에게 편지를 보냈다 장래가 유망한 부서의 책임자로서 잘 지내고 있다고 말했다. 그렇지만 여자에 관한 이야기는 한마디도 없었다. 그런데 지금은 어떤가! 하지만 캔자스시티에서 어린 여자아이를 치어 죽인 일이 있었지. 아, 자비로우신 하나님! 그이의 형님인 라이커거스의 그리피스는 이 일을 알고도 소식을 전해 주지 않았구나! 물론 창피하고 역겨워서 그랬겠지! 무관심해서 그렇지. 아냐, 변호사를 두 사람이나 내세웠는데, 뭐. 하지만 어떻게 이런 끔찍한 일이! 에이서! 다른 아이들! 신문에서 뭐라고 떠들어 댈까! 이 전도관은! 어쩌면 문을 닫고 다시 한 번 이사를 할지도 모른다. 하지만 그 애가 정말 유죄일까, 아니면 무죄일까? 판단이나 생각만 할 게 아니라 그 사실을 알아야겠어. 신문을 보면 그 애가 무죄라고 주장했다는데. 캔자스시티의 세속적이고 겉만 번지르르한 그 몹쓸 놈의 호텔! 나쁜 애들하고만 어울리더니만! 2년 동안 해리 테닛이라는 이름으로 여기저기 떠돌아다니면서 집에는 편지도 보낼 수 없었지. 그동안 무슨 일을 했을까? 무엇을 배웠을까?

그리피스 부인은 생각을 잠시 멈췄다. 너무 비참하고 두려운 나머지 그녀에게 계시가 되어 위안을 주는 하나님의 진실도, 또 그녀가 입버릇처럼 늘 말하던 자비와 구원조차도 이런 상태에서는 한순간도 힘이 되어 주지 못했다. 그녀의 아들이! 그녀의 클라이드가! 살인 혐의로 유치장에 갇혀 있다니! 전보를 쳐야지! 편지를 보내야지! 어쩌면 그곳으로 가야 할지도 모른다. 하지만 여비를 어떻게 마련할까? 일단 그곳에 간들 무엇을 어떻게 할 수 있을까? 어떻게 그 시련을 견딜 수 있는 용기를 ― 신앙을 ― 얻을 수 있을까? 어쨌든 남편 에이서나 프랭크나 줄리아에게는 알려서는 안 돼. 신앙으로 세상과 맞서고 있지만, 걱정 근심에 지칠 대로 지친 에이서. 시력이 약한 그의 눈. 점점 나빠지고 있는 그의 건강. 겨우 사회에 발을 들여놓은 프랭크와 줄리아까지 이런 짐을 져야 할까? 낙인이 찍혀야 할까?

오, 자비로우신 하나님! 언제까지 이렇게 고통만 짊어지고 살아가야 하나요?

그리피스 부인은 몸을 돌렸다. 신문을 쥐고 있는 거칠어진 그 큼직한 손이 가늘게 떨리고 있었다. 고생만 하면서 살아온 어머니가 너무도 가여워 에스터는 어머니 옆에 가만히 서 있을 뿐이었다. 어머니는 때로 매우 피곤해 보였는데, 이런 일로 몹시 고통을 겪게 되다니! 그래도 에스터는 어머니가 가족 중에서 누구보다도 강인하다는 것을 잘 알고 있었다. 당당하고 의연하고 도도했다. 세련되지 않고 무식하나마 진정한 영혼의 안내자였다.

"엄마, 클라이드가 그랬다고는 도저히 믿어지지 않아요." 에스터는 이렇게 말하는 게 고작이었다. "믿을 수 없는 일이 잖아요?"

그러나 그리피스 부인은 계속 신문의 불길한 표제를 응시하고 있다가 회청색의 눈으로 방 안을 둘러볼 뿐이었다. 그 넓적한 얼굴은 엄청난 긴장과 엄청난 고통으로 핏기가 가시고 오히려 위엄이 있어 보였다. 길을 잘못 들어 죄를 저지르고 또 운도 없는 그녀의 아들이 출세하려는 허황된 꿈만 꾸더니 범죄로, 그것도 살인죄로 전기의자에서 목숨을 잃을 위험에 놓이게 되다니! 그 애가 누군가를 ─ 신문 기사에 따르면 여직공이랬지 ─ 살해했다는 게 아닌가.

"쉬!" 그리피스 부인은 손가락 하나를 입술에 갖다 댔다. "너희 아버지에겐 아직 알려서는 안 된다. 먼저 전보를 치든지 편지를 하든지 해야겠다. 회답은 너한테로 보내 달라고 해야 할 것 같구나. 돈은 내가 주마. 하지만 우선 아무 데나 좀 앉아야겠다. 기운이 없구나. 여기 앉겠다. 성경책 좀 집어 주려무나."

작은 옷장 위에는 기드온 성경*이 한 권 놓여 있었다. 부인은 허술한 철제 침대에 걸터앉아 본능적으로 「시편」 3장, 4장을 펼쳤다.

"여호와여 나의 대적이 어찌 그리 많은지요?"*

"내 의의 하나님이여 내가 부를 때에 응답하소서."*

에스터가 비참한 마음으로 서 있는 동안 부인은 조용히, 침착한 태도로 6장, 8장, 10장, 13장, 23장, 91장을 계속 읽어 나갔다.

"엄마, 믿어지지 않아요. 너무나 끔찍한 일이에요!"

그러나 그리피스 부인은 계속 성경을 읽어 나갔다. 부인은 이 경황 속에서도, 아니 그 경황 때문에 인간의 악이 미칠 수 없는 어떤 조용한 곳으로 들어가 적어도 잠깐이나마 숨을 수 있었다. 그러다가 부인은 마침내 조용히 성경을 덮더니 일어나서 입을 열었다.

"전보에 뭐라고 써서 누구에게 보낼 건지 생각해 봐야겠구나. 그야 물론 클라이드에게 보내야지. 그게 어디든 그곳으로, 브리지버그라고 했던가." 그녀는 신문을 보면서 덧붙였다. 그러더니 성서의 한 구절을 외었다. "우리 구원의 하나님이시여 의지할 주께서 의를 따라 엄위하신 일로 우리에게 응답하시리이다." 어쩌면 그 두 변호사에게 보내는 게 좋을지 모르겠구나. 그 사람들 이름이 여기에 나와 있으니. 너희 아버지 형님한테 전보를 치는 건 겁이 나는구나. 너희 아버지한테 회답을 보내오기라도 하면 어떡하겠니?" (그러고 나더니 다시 성경을 보았다. "…… 그는 나의 피난처요 나의 요새요 내가 의뢰하는 하나님이라.") "하지만 판사나 이 변호사들에게 전교(轉交)로 보내면 클라이드에게 건네줄 게 아니겠니? 직접 보낼 수만 있다면 그렇게 하는 편이 좋겠지. ("그가 나를 …… 쉴 만한 물가로 인도하시는도다.") 그에 관해 신문에서 읽었지만 여전히 그를 믿고 사랑하니 진실을 내게 알리고, 앞으로 할 일에 대해서 알려 달라고만 적어 보내어라. 그가 돈이 필요하다면 어떻게든지 마련해 봐야겠지." ("내 영혼을 소생시키시고…….")

그러고 나서 그리피스 부인은 갑자기 찾아온 한순간의 평온이 사라졌는지 그 거친 큰 두 손을 모아 비틀기 시작했다. "아, 설마 그럴 리가! 원, 천만에! 결국 그 애는 내 아들인데. 우리는 모두 그 애를 사랑하고, 믿고 있어. 그걸 알려 줘야겠다. 하나님이 그 애에게 구원을 주실 거야. 지켜보며 기도하라. 믿음을 가져라. 그가 너를 그의 깃으로 덮으시리니 네가 그의 날개 아래에 피하리로다……."

그리피스 부인은 너무 제정신이 아니어서 자기가 무슨 말을 하고 있는지조차 모르고 있었다. 그래서 옆에서 에스터가 말했다. "그럼요, 엄마! 아, 물론이죠! 물론 그렇게 할게요! 클라이드가 잘 받아 볼 거예요." 그러나 에스터 역시 속으로는 이렇게 생각하고 있었다. '하나님! 하나님, 맙소사! 이보다 끔찍한 일이 세상에 어디 있겠어? 그 애가 살인죄로 기소되다니! 설마 사실은 아닐 테지. 믿을 수 없는 일인걸. 그이가 들으면 어쩌지!' 에스터는 지금 남편에 대해 생각하고 있었다. '러셀 일도 있는데. 캔자스시티에서도 클라이드가 말썽을 일으키다니. 불쌍한 우리 엄마. 너무 걱정거리가 많으셔.'

잠시 후 어머니와 딸은 옆방에서 청소를 거들고 있는 에이서를 피해 아래층의 전도실로 들어갔다. 그곳에는 조용한 가운데 하나님의 사랑과 지혜와 인간을 지탱시켜 주는 정의를 찬양하는 플래카드들이 많이 붙어 있었다.

제18장

그리피스 부인은 앞에서 묘사한 것과 같은 사연을 즉시 전문으로 벨크냅-제프슨 법률 사무소에 전교로 클라이드에게 발송했고, 두 변호사는 곧 클라이드에게 이렇게 답신을 하도록 조언했다. 그는 잘 지내고 있고 우수한 변호사가 딸려 있으며 재정 원조는 필요 없다고 말이다. 또한 변호인단의 지시가 있을 때까지는 그를 도울 수 있는 모든 조치는 이미 취해졌기 때문에 가족은 오지 않는 것이 좋겠다는 내용도 답전에 적었다. 동시에 두 변호사는 클라이드 어머니에게 편지를 써서 클라이드를 위해 최선을 다하고 있으니 당분간은 사태를 관망하는 게 좋겠다고 충고했다.

클라이드의 가족이 동부에 나타나지는 않게 되었지만 신문에서 클라이드가 소외된 인물이라는 점을 주장했기 때문에 클라이드의 직계 가족의 존재·소재·신앙·동정에 관한 기사가 신문에 실리는 것은 벨크냅으로서도 제프슨으로서도 그렇게 꺼릴 일이 아니었다. 이 점에서 클라이드의 어머니가 브리지버그에 보내온 전보를 이 사건에 유난히 관심이 있는 사람들이 읽어 보고 일반 주민과 신문 기자들에게 귀띔한 사실은 두 변호사에게는 다행스러운 일이었다. 그러자 덴버에서는 신문 기자들이 클라이드의 집에 찾아와 가족들과 인터뷰했다. 얼마 후 동부와 서부의 모든 신문에 현재 클라이드의 가족 실태, 이 가족이 운영하는 전도 사업의 성격, 가족의 편협하고 특이한 종교적 신앙과 행동, 심지어 클라이드가 어린 시절 부모에게 이끌려 길거리에 나가 찬송가를 부르고 기도를 한 일이 자주 있었다는 사실 등이 비교적 자세하게 소개되었다. 이런 사실이 알려지자 클라이드 자신은 물론이고 라이커거스와 트웰프스 호수 상류 사회에도 충격을 주었다.

그리피스 부인은 정직한 여성으로 신앙심이 깊고 전도 사업의 필요성을 전적으로 진지하게 받아들이기 때문에 신문 기자가 찾아올 때마다 스스럼없이 덴버와 그 밖의 도시에서 남편과 함께 벌여 온 사업을 자세히 설명했다. 부인은 클라이드와 그의 형제자매들이 남들처럼 넉넉하게 자라나지 못했다는 이야기도 빼놓지 않았다. 부인은 자기 아들이 현재 어떤 혐의를 받고 있든 본래 나쁜 애가 아니며, 그 애가 그런 범행을 저질렀다고는 도저히 믿을 수 없다고도 말했다. 어쩌다가 불행한 상황이 얽히고설키는 바람에 이렇게 되었지만, 그것은 아들이 재판 때 해명할 것이라고 했다. 어쨌든 그 아이가 무슨 어리석은 짓을 저질렸다고 해도 그 원인은 몇 해 전 캔자스시티에서 일어난 어떤 불행한 사고 때문에 그녀의 가족이 캔자스시티 전도관의 문을 닫고 이곳 덴버로 이사 오면서 그 아이를 혼자 떠돌아다니게 한 데서부터 생긴 것이다. 그 아이가 라이커거스에서 잘사는, 그녀 남편의 형님 되는 분에게 편지한 것도 그녀가 시켜서 한 일이었다. 그래서 결국 그 아이는 라이커거스로 가게 된 거였다. 유치장에 갇힌 클라이드는 신문에 실린 어머니의 일련의 대담을 읽으며 자랑스러우면서도 비참함을 느끼고 분개했으며 어머니에게 편지를 띄워 불평을 늘어놓았다. 그가 길거리에 나가기를 그토록 싫어하고 분개한 것을 알면서 왜 옛날 일이며 부모와 관련된 전도 사업에 관해 자꾸만 들먹이는 것인가? 어머니나 아버지처럼 세상을 바라보지 않는 사람들도 얼마든지 있다고 말이다. 특히 큰아버지와 사촌, 그리고 여기 와서 알게 된 부유한 사람들은 그의 부모와는 다르게 똑똑하게 처신하여 성공한 사람들이다. 그리고 클라이드는 마음속으로 손드라도 이제 신문에서 읽어서 알겠구나, 하고 생각했다. 그가 숨기려고 했던 모든 사실을 말이다.

그런데도 클라이드는 그처럼 성실하고 박력 있는 어머니에게 애정과 존경심을 느끼지 않을 수 없었다. 확고하고 충실한 어머니의 애정에 그는 감동했다. 그의 편지를 받고 쓴 답장에서 어머니는 그의 마음을 상하게 했거나, 다른 어떤 피해를 주었다면 미안하다고 사과했다. 하지만 진실은 항상 밝혀야 하지 않겠는가? 하나님의 길은 최상을 지향하고 있으며, 하나님에게 봉사

하는 일에서 나쁜 결과가 초래될 수는 없지 않겠는가? 그러니 그녀에게 거짓말을 하라고 해서는 안 된다. 그가 원한다면 그녀는 필요한 돈을 마련해서 그를 도우러 달려가겠다. 유치장 안에서 서로 손을 잡고 같이 앉아 함께 계획을 세울 것이다. 그러나 클라이드는 아직은 어머니가 올 시기가 아니라고 판단했다. 어머니가 그 맑고 푸른 눈으로 그를 똑바로 바라보면서 진실을 말하라고 다그칠 모습이 떠올랐기 때문이다. 그는 지금 그것을 감당할 힘이 없었다.

클라이드의 눈앞에는 온갖 의미를 지닌 재판 그 자체가 마치 성난 바다를 굽어보는 거대한 현무암 곶처럼 잔뜩 얼굴을 찌푸린 채 버티고 서 있었다. 메이슨의 무자비한 공격 앞에서 그는 오직 제프슨과 벨크냅이 꾸민 거짓 각본으로 견뎌 내는 방법밖에는 없었다. 그러나 마지막 순간에 용기가 없어서 차마 로버타를 때릴 수 없었던 거라고 스스로 타이름으로써 양심을 달래려고 애쓰고는 있어도 다른 이야기는 끝까지 밀고 나갈 자신이 없었다. 벨크냅과 제프슨 두 변호사도 그 사실을 눈치챘다. 그래서 제프슨은 클라이드 감방 앞에 자주 나타나 인사말처럼 "그래 오늘 공부는 잘되나?" 하고 던지곤 했다.

묘하게 색깔이 바래고 구겨지고 아무렇게나 재단된 제프슨의 양복! 암갈색 중절모자의 눈 위에까지 깊이 눌러쓴 그의 지치고 흐트러진 인상! 어딘지 엄청난 힘을 암시하는 뼈마디가 굵은 그의 길쭉한 두 손. 제프슨은 그 작은 날카로운 푸른 눈에 빈틈없고 단호한 교활성과 용기를 담아 그것을 클라이드에게 주입하려 했고, 또 실제로 주입하기도 했다.

"오늘도 목사들이 찾아오나요? 시골 처녀들이나 메이슨 검사의 부하 직원들은요?" 이 무렵에는 로버타의 비참한 죽음과, 부호의 미모의 딸이 로버타의 연적(戀敵)이었다는 사실이 큰 관심을 불러일으키고 있어 범죄와 섹스에 천박한 관심이 있는 별의별 유형의 시골 변호사, 시골 의사, 시골 상인, 시골 전도사나 목사들이 클라이드를 찾아왔다. 그들은 모두 시 관리 중에서 아는 사람이 있는 사람들로 엉뚱한 시간에 클라이드의 감방 앞에 나타나서는 호기심이나 비난이나 두려움을 띤 눈으로 클라이드를 보고 있다가 이런 질문을 던지곤 했다. "형제여, 당신은 기도하는가? 무릎을 꿇고 기도를 하는가?" 이럴 때면 클라이드는 어머니와 아버지를 생각했다. 하나님과 화해를 했는가? 정말로 로버타 올든을 살해했다는 사실을 부인했는가? 어느 세 시골 처녀는 이런 질문을 던지기도 했다. "당신이 사랑했다는 그 여자 이름을 말해 줄 수 있나요? 지금 그 여자는 어디에 있지요? 아무한테도 말하지 않을게요. 그 여자가 재판 때 나오나요?" 클라이드로서는 무시하거나 될수록 애매하게, 또는 회피하는 방식으로, 관심이 없다는 듯이 답변할 수밖에 없는 질문들이었다. 그는 그들에게 화를 내고 싶었지만 자기 자신을 위해서 상냥하고 낙관적으로 보이도록 하라고 늘 벨크냅과 제프슨한테서 주의를 받는 터였다. 신문 기자들도 삽화가들이나 카메라맨들을 데리고 찾아와 그와 인터뷰를 하고 그를 관찰했다. 그러나 그는 벨크냅과 제프슨의 충고에 따라 신문 기자들과는 대화를 거부하거나 꼭 하라고 지시받은 말만 했다.

"알맹이 없는 말이야 얼마든지 해도 상관없네." 제프슨이 그에게 친절하게 제안했다. "의연하게 태도를 보이게. 그리고 항상 웃음을 잃지 않는 것도 명심하게. 그 목록은 열심히 공부하고 있을 테지?" 제프슨은 그가 증인대에 설 때 틀림없이 받게 될 질문들을 나열하고, 그 밑에 그가 더 좋은 생각이 나지 않을 때할 답변들을 타자로 작성해 놓은 긴 목록을 그에게 주었다. 질문은 모두가 빅비턴을 방문한 일, 모자를 한 개 더 구입한 이유, 그에게 일어난 심경의 변화에 — 왜, 언제, 어디에서 — 관한 것들이었다. "이 목록을 자네의 기도서로 알고 있게." 그러고 나서그는 클라이드에게는 권하지 않고 혼자서만 담배를 피워 물기도 했다. 절제심이 있는 사람이라는 인상을 주기 위해 클라이드는 이곳에서 담배를 피우지 않기로 되어 있었기 때문이다.

이런 식으로 제프슨이 다녀가고 나면 클라이드는 한동안은그가 시키는 대로 고개를 들고 떳떳한 태도로 법정에 걸어 들어가 누구 앞에서도, 심지어 메이슨 검사 앞에서도 태도를 흐뜨리지 않고 심지어 증인대에 서서도 메이슨을 무서워한 사실이며, 메이슨이 수집한 그 많은 증거에 대한 공포심도 잊어버리고 이목록에 적힌 대답들로 그것들을 해명하고 로버타와 그녀의 최후의 비명과 손드라와 그녀의 화려한 세계를 잃은 아픔과 슬픔마저도 잊어버릴 수 있다고 믿었다.

그러나 다시 한 번 밤이 되거나 지루한 낮 시간이 계속되면서수염을 기른 깡마른 크라우트나 교활하고 태도가 모호한 시셀이 따로따로, 또는 함께 근처에서 서성거리거나 감방으로 찾아와 "어떤가?" 하고 한마디 건네거나, 시에서 일어난 어떤 일에 관해 이야기를 주고받거나, 체스나 체커 게임을 하기도 했다. 그럴 때면 클라이드는 갈수록 점점 더 마음이 암담해져서 결국 자기에게는 희망이 없다고 생각하기도 했다. 두 변호사와 어머니와 형제자매를 제외하면 그에게는 이 세상에 아무도 없이 고립무원(孤立無援)이 아닌가! 물론 손드라에게서는 전혀 소식이 없었다. 처음의 충격과 두려움에서 어느 정도 회복되자 손드라는 클라이드를 달리 생각했다. 그 사람이 로버타를 죽이고 스스로 지금과 같은 희생양이 된 것은 따지고 보면 자기를 사랑하기 때문이라고 말이다. 그러나 떠들썩한 편견과 여론을 생각하면 그녀는 클라이드에게 소식을 전하는 일은 엄두도 낼 수 없었다. 그 사람은 살인범이 아니던가? 더욱이 길거리 전도 사업을 한다는 서부의 초라한 그의 가족. 그 사람도 어려서 길거리에 나가 찬송가를 부르고 기도를 했다지! 그러나 그녀는 간혹 자기도 모르는 사이에 모든 것을 불살라 버리는 듯한 그의 무모하고 열렬한 사랑을 생각했다. (얼마나 그녀를 사랑했기에 감히 그런 무서운 짓까지 했을까?) 그래서 손드라는 때로는 이 사건이 불러일으킨 여론이 조금 잠잠해지면 아무도 눈치챌 수 없는 어떤 방법으로 클라이드와 연락을 취해서 그토록 자기를 사랑해 준 그를 잊은 것은 아니라고 알릴 수도 있지 않을까, 하고 생각했다. 그러나 그녀는 즉시 그런 생각을 머릿속에서 지워 버렸다. 안 돼, 정말로 안 돼. 그녀의 부모가, 아니 다른 사람들이, 전에 알고 지내던 사람들이 알게 되거나 짐작이라도 하게 된다면 큰일이었다. 그러니 지금은 안 돼, 적어도 지금은 안 돼. 어쩌면 나중에, 그 사람이 석방되거나 아니면, 아니면 기소된다면 그건 그녀도 알 수 없었다. 클라이드가 비록 자기를 놓치지 않기 위해 저지른 일일지라도 그녀는 그 끔찍한 범행이 몸서리를 칠 정도로 싫었다.

한편 클라이드는 유치장 안에서 왔다 갔다 하거나 굵은 창살이 달린 창 너머로 을씨년스러운 시내 광장을 내다보거나 신문을 몇 번씩이나 다시 읽거나, 변호인이 갖다 준 잡지나 단행본의 책장을 넘기거나, 체스나 체커를 두거나, (큰아버지의 요청에 따라) 벨크냅과 제프슨의 배려로 여느 다른 구류인들보다 나은 식사를 하고 있었다.

그러는 동안 손드라를 잃었다는 언뜻 보아도 돌이킬 수 없는 듯한 엄연한 사실 때문에 클라이드는 이 일을, 이런 승산 없는 싸움을 과연 계속할 수 있을까, 하는 생각을 머릿속에서 떨쳐버릴 수 없었다.

때로는 유치장 안이 쥐 죽은 듯 고요한 한밤중이나 동트기 직전 클라이드는 꿈속에서 가장 두려워하는 음산한 광경을 보면 그나마 남아 있던 용기가 순식간에 사라져 버렸다. 놀라서 벌떡 일어나면 그의 가슴이 마구 뛰고 눈에는 핏발이 서고 얼굴과 손은 식은땀으로 흠뻑 젖어 있었다. 그 의자, 주 교도소 안 어딘가에 있다는 그 의자! 그는 전기의자에 관해 어떻게 사람들이 거기에 앉아서 죽어 가는지 책에서 읽은 적이 있었다. 이어 그는 감방 안을 왔다 갔다 하면서 만약 제프슨이 자신 있게 말하는 것과 같은 결과가 나타나지 않는다면 어떻게 될까, 하고 생각했다. 만약 유죄 판결이 내려지고, 재심이 기각된다면 — 만약 그렇게 된다면 — 혹 이런 유치장에서 탈출할 수 있을까? 유치장은 낡은 벽돌 벽으로 되어 있었다. 두께가 얼마나 될까? 남동생 프랭크나 여동생 줄리아가, 아니면 래터러나 헤글런드 중에서 누군가와 연락을 취해서 망치나 돌 같은 것을 갖고 오게 할 수만 있다면, 이 창살을 자를 수 있는 톱만 입수할 수 있다면! 그러고 나서는 그때 그랬어야 했던 것처럼 도망을, 정신없이 도망가야 하지 않을까! 하지만 어떻게? 어디로?

제19장

10월 15일 — 짙은 회색 구름이 깔리고 정월처럼 매서운 바람이 떨어진 잎들을 쓸어 모았다가는 공중에 나는 새처럼 여기저기에 흩어 놓고 있었다. 마음속에 전기의자를 희미한 배경으로 삼아 갈등과 비극의 감정을 간직한 채 수백 명의 농부, 나무꾼들, 상인들, 농부의 아낙네들과 그 남편들, 딸들과 아들들, 심지어 어른 품에 안긴 젖먹이들까지 포드 자동차와 비크 자동차로 몰려들어 브리지버그는 휴일이나 축제 분위기였다. 사람들은 재판이 개정되기 훨씬 전부터 광장에서 서성거리다가 개정 시간이 가까워지자 클라이드를 보고 싶어 유치장 앞이나 유치장에 제일 가까운 법원 건물 문 앞에 모였다. 방청객이건 클라이드건 시간이 되면 모두 이 문을 통해서 법정에 들어가게 되어 있었다. 또 이 문 앞에 있어야 방청객은 법정을 볼 수 있었다. 비둘기 떼가 고색창연한 법원 건물 2층과 지붕의 처마 장식과 낙수

홈통 위를 우울하게 걷고 있었다.

　메이슨 검사와 그의 부하 직원들은— 버튼 벌리, 얼 뉴콤, 질라 손더스, 그리고 매니골트라는 브리지버그의 젊은 법대 졸업생 말이다 — 증거 서류들을 순서대로 정리하며 지금은 전국에 걸쳐 유명해진 이 지방 검사의 대기실에 벌써 모여들고 있는 증인들과 배심원 예정자들에게 필요한 지시를 내리고 있었다. 건물 밖에서는 "땅콩이요!" "팝콘이요!" "핫도그요!" "클라이드 그리피스의 실화요! 로버타 올든의 편지가 모두 실려 있어요. 단돈 25센트요!" 하고 외치는 소리가 들려왔다. 이것은 메이슨의 사무실에 보관되어 있던 로버타의 편지들 사본을 버튼 벌리의 친구가 훔쳐서 돈벌이에 악착스러운 빙햄턴*의 어느 출판업자에게 팔았었는데, 그 출판업자가 곧 '끔찍한 흉계'의 개요와 로버타와 클라이드의 사진을 함께 실어 팸플릿으로 발행한 것이었다.

　한편 유치장 대기실에서는 앨빈 벨크냅과 루벤 제프슨이 클라이드와 자리를 같이하고 있었다. 클라이드는 트웰프스 호수 물속에 영원히 가라앉은 채로 놓아두려고 했던 그 양복을 말쑥하게 입고 있었다. 이렇게 양복에다 새 넥타이, 셔츠와 구두로 한껏 맵시를 내고 있는 것은 라이커거스 상류 사회 시절의 그의 모습을 보여 주려는 것이었다. 제프슨은 야위고 키 큰 체구에 여느 때처럼 허술한 복장을 하고 있었지만, 그의 모습과 동작 하나하나에서 클라이드에게 강렬한 인상을 주었던 강철 같은 의지를 풍기고 있었다. 올버니의 멋쟁이처럼 보이는 벨크냅은—모든 진술과 반대 심문은 그가 맡게 되어 있었다—지금 이렇게 말하고 있었다. "클라이드, 누가 언제 무슨 말을 하건, 또는 무슨 행동을 하건 두려워하거나 불안한 듯한 기색은 절대로 보여서는 안 돼. 우린 재판이 끝날 때까지 자네와 함께 있겠네. 자네는 우리 두 사람 사이에 앉아 있게 될 거야. 자네는 웃는 얼굴로 무관심한 체하든지 관심이 있는 체하든지 그건 그때그때의 기분에 따라서 아무렇게나 해도 좋지만, 절대로 겁먹은 듯한 기색을 보여서는 안 돼. 물론 그렇다고 너무 대담하거나 명랑한 태도를 보이면 재판을 우습게 안다는 인상을 줄 테니 그것도 안 되지만. 알겠지. 항상 밝고 점잖고 호감을 살 만한 태도를 지녀야 한다는 것 말이야. 두려워해서는 안 돼. 그랬다가는 우리도 자네도 큰 피해를 보게 되거든. 자네에게는 죄가 없으니까 무서워할 이유가 없지. 물론 안됐다는 마음은 들겠지만. 이제는 모든 걸 알게 될 거야."

"네, 알고 있습니다, 변호사님." 클라이드가 대답했다. "말씀대로 하겠습니다. 더구나 전 절대로 고의로 로버타를 때리지 않았습니다. 그건 진실입니다. 그러니 제가 두려워할 까닭이 없지 않습니까?" 여기서 클라이드는 정신적 지주로 삼고 있는 제프슨을 바라보았다. 사실 방금 그가 한 말은 지난 두 달 동안 제프슨이 그에게 연습시킨 것이었다. 그 표정을 보자 제프슨은 클라이드 옆으로 바싹 다가앉아 용기를 북돋워 주는 날카로운 푸른 눈으로 그를 응시하면서 입을 열었다.

"자네에게는 죄가 없어! 무죄란 말이지, 클라이드. 알겠나?

이젠 그걸 충분히 이해할 테지. 자네는 항상 그것을 믿고 기억해야 해. 그건 사실이니까. 자네는 로버타를 때릴 의도가 없었어. 알겠지? 자네는 분명히 그렇게 맹세했어. 자네는 나와 이 벨크냅 씨 앞에서 분명히 그렇게 맹세했고, 우리는 자네의 그 말을 믿고 있어. 이번 일의 상황이 매우 복잡해서 자네 말을 보통 배심원에게 이해시키거나 믿게 할 수는 없겠지만 조금도 상관없어. 그건 대수롭지 않은 일이거든. 내가 전에도 말했지. 뭐가 진실인지는 자네가 잘 알고 있고, 우리도 알고 있다고. 그러나 정당한 판결을 내리기 위해서는 우리는 실제의 사실을 대신할 만한 다른 이야기를 만들어 내야 했어. 말하자면 실제 사실에 대한 마네킹이나 대용물 같은 것이랄까. 자네가 고의로 로버타를 때린 건 아니라는 게 실제 사실이지만, 그 사실을 윤색하지 않고 그대로 말했다가는 배심원들이 믿지 않을 거거든. 무슨 말인지 알아듣겠나?"

"네, 알겠습니다, 변호사님." 언제나 제프슨에게 압도되어 있던 클라이드가 대답했다.

"여러 번 자네한테 말했지만 그 때문에 우리는 자네가 심경의 변화를 일으켰다는 이야기를 만들어 낸 거야. 시간상으로는 사실과 좀 다르지만, 보트 위에서 자네의 심경에 변화가 일어난 건 사실이거든. 우리 변론의 요점은 바로 여기에 있지. 하지만 특이한 상황이므로 배심원들은 그걸 믿지 않을 테니까 우리는 심경의 변화가 일어난 시점을 조금 앞당기는 것뿐이야. 알겠나? 보트에 오르기 전에 심경의 변화가 일어났다고 하는 거야.

그것이 사실이 아니라는 걸 우리는 알지만, 자네가 고의로 로버타를 때렸다는 이야기도 사실과는 다르거든. 사실이 아닌 일 때문에 자네를 전기의자에 앉히려고 하는데, 어떻게 그걸 우리가 보고만 있겠어. 적어도 내 동의가 있기 전에는 안 될 말이지." 그는 잠시 다시 한 번 클라이드의 눈을 들여다보고 나서 말을 이었다. "클라이드, 이렇게 한번 생각해 보지. 이건 감자나 양복을 사는 데 값을 치를 돈이 있는데도 누군가 터무니없는 생각을 하는 사람이 자네 돈이 가짜 돈이라고 우기는 바람에 할 수 없이 콩이나 옥수수로 감자나 양복값을 치르는 것이나 다름없어. 그러니까 옥수수나 콩으로 값을 치를 수밖에 없는 거야. 그래서 우린 돈 대신 콩을 내주는 걸세. 그러니 자네에게 죄가 없다는 게 변호의 사유이거든. 자네에게는 죄가 없어. 처음에 무슨 생각을 했든 자네는 마지막 순간에는 로버타를 때릴 의사가 없었다고 분명히 우리에게 말했어. 내게는 그거면 충분해. 자네에게는 죄가 없어."

여기서 제프슨 변호사는 클라이드에게 전달하겠다고 마음 먹고 있는 단호하고 확신에 찬 태도로, 양복 깃을 잡고 약간 긴장하고 불안해하는 클라이드의 갈색 눈을 들여다보더니 한마디 덧붙였다. "그리고 마음이 약해지거나 불안하다는 느낌이 들면, 또는 증인대에 서서 메이슨 검사에게 제압당하고 있다는 느낌이 들 때면—이 점을 꼭 명심하게—마음속으로 이렇게 말하는 거야. '내게는 죄가 없다! 내게는 죄가 없다! 내게 정말 죄가 있지 않은 한, 이 사람들은 유죄 판결을 내릴 수 없어!' 그래도 마음이 흔들릴 때는 나를 바라보게. 나는 자네가 볼 수 있는 자리에 있을 거야. 마음이 흔들릴 때는 나를— 지금 내가 자네 눈 속을 들여다보고 있는 것처럼 — 내 눈을 바라보게. 그러면 자네는 내가 자네더러 힘을 내라, 지금 내가 시키고 있는 대로 하라, 하는 내 마음을 알게 될 걸세. 아무리 거짓말처럼 여겨지더라도, 자네 머릿속에 어떤 생각이 떠오르든, 우리가 자네더러 자신 있게 말하라고 일러준 내용을 확신을 가지고 말해야 해. 자네에게 진실을 말할 기회가 주어질 수 없다는 이유만으로 자네가 하지도 않은 짓 때문에 유죄 판결을 받을 순 없잖아. 그건 내가 용납하지 않아. 내가 하고 싶은 말은 이게 전부야."

그러고 나서 제프슨은 다정하게 클라이드의 등을 가볍게 두드렸다. 클라이드는 이상하게 용기가 생겨 적어도 한동안은 그가 시키는 대로 할 수 있으며 또 하겠다는 생각이 들었다.

곧이어 제프슨은 회중시계를 꺼내면서 먼저 벨크냅을 바라보더니 창 너머로 모여 있는 군중을 내다보았다. 군중의 한 무리는 법원 층계에 모여 있었고, 신문 기자, 카메라맨, 삽화가들을 포함한 다른 한 무리는 유치장 도로 앞에 몰려와 클라이드나 이 사건의 다른 관계자들의 스냅 사진을 찍으려고 열심히 기다리고 있었다. 제프슨이 조용히 말을 이었다.

"시간이 거의 다 된 것 같군. 캐터라키군 주민 모두가 방청하러 온 것처럼 보이는군. 방청객이 꽤 많겠는걸." 그는 다시 한 번 클라이드를 쳐다보며 한마디 덧붙였다. "사람들이 많다고 마음이 흔들려선 안 돼, 클라이드. 읍내에 구경거리가 생겨 몰려온 시골 사람들에 지나지 않으니까."

이어 벨크냅과 제프슨은 대기실에서 나갔다. 그러자 크라우트와 시셀이 들어와서 클라이드의 신병(身柄)을 인수했고, 두 변호사는 수군거리는 군중을 지나 누렇게 변한 잔디 너머 법원 건물로 건너갔다.

곧이어 5분도 채 안 되어 슬랙과 시셀이 앞서고 크라우트와 스웽크가 뒤따르고 무슨 소요 사태라도 일어날 때에 대비해서 양쪽으로 두 사람씩 보안관 보조가 호위하는 가운데 클라이드 자신이 애써 쾌활하고 태연한 모습을 하고 유치장을 나섰다. 낯설고 거친 많은 얼굴─두꺼운 너구리 가죽 웃옷을 입고 너구리 가죽 모자를 쓴 텁수룩하게 구레나룻을 기른 사나이들, 이 지방 농민들에게 흔히 볼 수 있는 빛바랜 초라한 낡은 옷을 입고 아내와 아이들과 함께 온 사나이들 모두가 호기심 어린 묘한 시선으로 그를 응시하고 있었다. 클라이드는 금방이라도 총소리가 울리거나 칼을 든 사람이 달려들 것 같아 적잖이 불안했다. 권총 손잡이에 손을 얹고 있는 보안관 보조들의 모습도 그를 더욱 불안하게 했다. 그러나 군중들 사이에서 이런 고함이 들려올 뿐이었다. "저기 온다! 저기 온다!" "저기 왔다!" "저 작자가 그런 짓을 했다고 믿을 수 있겠어?"

이어 카메라 셔터를 찰칵 누르는 소리와 함께 양쪽에서 어깨로 점점 바짝 조이는 두 감시자 틈에서 클라이드는 정신적으로 위축되었다.

그리고 나서 낡은 법원 건물 출입문으로 통하는 다섯 개의 갈색 돌계단이 나타났다. 계단 끝에 올라선 곳에는 천장이 높은 갈색의 큰 장방형 방으로 통하는 실내 계단이 나 있었다. 큰 방의 좌우 벽과 동쪽을 향한 뒤쪽 벽에 나 있는 길쭉하고 위가 둥그런 창문의 엷은 유리를 통해 햇빛이 방 안 가득 비쳐 들어왔다. 서쪽 끝에는 높은 단이 있었고, 그 위에 요란한 조각 장식이 있는 암갈색 벤치가 하나 놓여 있었다. 그 뒤로 초상화가 한 폭 걸려 있었다. 북쪽과 남쪽 양쪽에는 뒤로 좀 처져서 벤치가 여러 줄 놓여 있었다. 뒤로 갈수록 높은 위치에 배열된 벤치에는 사람들이 빽빽이 들어앉아 있었으며, 그 뒤의 공간에도 사람들이 빈틈없이 들어서 있었다. 클라이드가 들어서자 사람들은 일제히 몸을 앞쪽으로 기울이며 목을 쑥 내빼어 긴장된 눈으로 그를 바라보았다. 그러면서 그들은 웅성거리기 시작했다. 문을 지나 저편의 공간으로 들어서자 그의 귀에 사람들이 스-스-스-스-스— 프-프-프-프— 수군거리는 소리가 들려왔다. 그 공간에는 테이블 한 개를 앞에 두고 벨크냅과 제프슨이 앉아 있었다. 두 사람 사이에는 그가 앉을 빈 의자 하나가 놓여 있었다. 클라이드는 사람들의 시선과 표정을 의식할 수는 있었지만 그들 쪽으로 별로 눈길을 보내고 싶지는 않았다.

그러나 클라이드의 바로 앞에는 같은 네모난 공간 속에 서쪽의 높은 단에 더 가까이 갖다 놓은 테이블을 차지하고 있는 메이슨 검사와 낯익은 사람들의 모습이 보였다. 얼 뉴콤과 버튼 벌리가 있었지만 또 한 사람은 그가 처음 보는 얼굴이었다. 그가 접근하자 그들 네 사람은 일제히 고개를 돌려 그를 쳐다보았다.

이 안쪽 그룹 주위에는 남녀 신문 기자들과 삽화가들이 바깥쪽으로 둥글게 원을 만들며 에워싸고 있었다.

얼마 뒤 클라이드는 벨크냅의 충고를 떠올리며 자세를 펴고 애써 여유 있는 태도를 보이면서 — 물론 긴장되고 창백한 얼굴과 흐린 눈빛 때문에 그 효과는 어느 정도 줄었지만 — 그를 관찰하거나 스케치를 하며 "사람이 꽤 많이 왔는데" 하고 속삭이는 기자들과 삽화가들 쪽을 바라보았다. 바로 그때 어디선가 나무로 탁탁탁 두드리는 소리가 요란하게 들렸다. 이어 누군가가 외쳤다. "정숙해 주십시오! 판사님이 출정하십니다! 전원 기립해 주십시오!" 그러자 웅성거리던 장내가 갑자기 조용해졌다. 이어 혈색 좋고 얼굴이 매끈매끈하고 세련되어 보이는, 체구가 큰 인물이 큼직한 검은 가운 차림으로 단상 남쪽의 문으로 나타나 성큼성큼 책상 바로 뒤에 놓인 큰 의자로 걸어갔다. 실제로는 누구의 얼굴도 보는 것 같지 않았지만 앞에 있는 모든 사람을 빤히 바라보고 나서 그는 의자에 앉았다. 그러자 법정 안에 모인 사람들도 모두 자리에 앉았다.

이어 왼쪽으로 판사석보다 낮은 곳에 놓인 더 작은 책상에 앉아 있는, 판사보다 몸집이 작고 나이가 많은 사람이 일어서서 큰 소리로 외쳤다. "정숙해 주십시오! 정숙해 주십시오! 뉴욕주 캐터라키군 최고 법정 개정에 즈음하여 관계자 제위는 경청해 주시기 바랍니다. 지금부터 본 법정의 개정을 선언합니다!"

잠시 뒤 그 사람이 다시 자리에서 일어나서 외쳤다. "클라이드 그리피스에 대한 혐의 사실 심리에 들어갑니다." 그러자 메이슨 검사가 앉아 있다가 테이블 앞에서 일어나 "검찰 측은 준비가 됐습니다"고 선언했다. 곧이어 벨크냅도 일어서서 정중하고 상냥한 태도로 말했다. "피고 측도 준비가 됐습니다."

이어 서기는 앞에 놓인 네모진 상자에 손을 집어넣어 쪽지 한 장을 꺼내더니 "시미언 딘스모어!" 하고 이름을 불렀다. 그러자 갈색 양복을 입은 손이 집게발 같고 족제비 얼굴을 한, 등이 굽은 조그마한 사나이가 곧바로 황급히 배심원석으로 가서 앉았다. 메이슨은 곧장 그 사나이 앞으로 가서 활기 있게 코가 짓눌린 얼굴에 매우 공격적인 표정을 짓고, 법정 구석구석까지 울리는 낭랑한 음성으로 그의 나이, 직업, 독신인가 기혼인가, 자녀의 수, 사형에 찬성하는지 반대하는지 등을 묻기 시작했다. 클라이드가 보아도 금방 알 수 있는 일이었지만, 사형에 관한 마지막 질문은 그 사나이의 불만이나 억압된 어떤 감정을 자극하는 듯했다. 사나이 입에서 기다렸다는 듯이 "사람에 따라서는 사형이 절대로 필요하다고 생각합니다" 하는 말이 튀어나왔기 때문이다. 그 대답을 듣자 메이슨은 가벼운 미소를 지었고, 제프슨은 고개를 돌려 벨크냅을 쳐다보았다. 벨크냅은 나지막한 소리로 빈정거렸다. "저러고도 공정한 재판 운운하다니!" 그러나 메이슨은 너무 확신에 차 있는지는 몰라도 매우 정직한 이 농부가 소신을 조금 지나치게 강조하고 있다고 느껴져 이렇게 말했다. "법정의 동의가 있을 경우 검찰 측은 이 배심원 후보를 돌려보낼까 합니다." 판사가 눈짓으로 의견을 묻자 벨크냅은 고개를 끄덕여 동의했고, 그래서 이 후보는 배심원에서 제외되었다.

서기가 곧 상자에서 두 번째 쪽지를 꺼내 읽었다. "더들리 시얼라인!" 그러자 옷을 단정하게 입고 태도가 어딘지 모르게 깔끔하고 조심스러운 서른여덟에서 마흔 살쯤 되어 보이는 몸이 마르고 키가 큰 사나이가 배심원석에 가서 앉았다. 메이슨은 조금 전의 사나이에게 했던 질문을 되풀이했다.

한편 클라이드는 벨크냅과 제프슨한테서 사전에 주의를 받았는데도 벌써부터 몸이 굳어지고 등골이 서늘해지면서 피가 마르는 것 같았다. 방청객들의 노골적인 적개심을 피부로도 느낄 수 있었기 때문이다. 방청석을 가득 메운 사람들 가운데 틀림없이 로버타의 부모가, 어쩌면 그녀의 형제자매까지도 그를 바라보면서, 지난 몇 주 동안 신문이 보도한 것처럼 그가 죗값을 치르게 되기를 진심으로 바라고 있다고 생각하니 그는 다시 한 번 가슴이 섬뜩했다.

그리고 클라이드의 범행을 확신하고 한 번도 그에게 연락을 취하지 않은 라이커거스와 트웰프스 호수의 사람들도 모두 이곳에 오지 않았을까? 가령 질이나 거트루드나 트레이시 트럼불? 아니면 와이넷 팬트나 그녀의 오빠라도? 와이넷은 그가 검거된 날 베어 호수에 있었다. 클라이드는 지난 한 해 동안 그가 만났고 지금 그의 모습을─가난하고 초라하고 버림받은 채 이런 범죄 때문에 재판을 받는 그의 모습을─지켜보고 있을 모든 상류 사회 인사들을 생각했다. 그는 모두에게 이곳의 친척도, 서부의 친척도 부자라고 큰소리치지 않았던가. 이제 와서는 모두들 그의 처지를 이해하거나 관심을 두지도 않고 그를 능히 그런 범행을 꾸밀 수 있는 끔찍한 인간이라고 생각하겠지. 그의 기분과 두려움, 로버타 때문에 겪었던 어려움, 손드라를 사랑하는 그의 마음과 손드라가 그에게 어떤 의미인지 등을 알아보려고도 하지 않고 말이다. 그들은 아무것도 이해하지 못할 것이다. 그의 범죄와 관련해 해명하고 싶어도 해명하도록 허용하지 않을 것이다.

그래도 클라이드는 벨크냅과 제프슨의 충고대로 몸을 펴고 앉아 미소를 지어야 했다. 적어도 남에게 호감을 줄 수 있는 표정을 짓고, 누구의 시선도 피하지 말고 대담하게 똑바로 앞을 바라보아야 했다. 그래서 그는 고개를 돌렸는데, 그 순간 몸이 딱딱하게 굳어져 버렸다. 왼쪽 벽 쪽의 벤치에 로버타와 똑같이 생긴 성인 여성인지 소녀가 앉아 있었기 때문이다. 어쩌면 저렇게 똑같이 생길 수 있을까! 로버타가 자주 말하던 여동생인 에밀리가 아닌가! 아, 이 얼마나 엄청난 충격인가! 심장의 고동이 멎는 것 같았다. 로버타라고 해도 곧이들을 수밖에 없는 생김새가 아닌가! 그리고 아가씨는 유령 같으면서도 진짜 사납고 원망스러운 시선으로 그를 쏘아보고 있는 게 아닌가! 그 옆자리에는 그녀를 닮은 또 다른 여자가 앉아 있고 그녀 옆에는 로버타의 늙은 아버지가 — 그날 길을 묻기 위해 농가에 들렀을 때 마주친, 주름살이 많은 그 노인이 — 사납게 그를 쏘아보고 있었다. 어둡고 지친 듯한 표정은 분명히 "살인자! 살인자!" 하고 외치고 있는 것 같았다. 그 옆에 앉아 있는 베일을 쓴, 눈이 쑥 들어간 쉰살가량의 병약해 보이는 조그마한 여인은 그와 시선이 부딪치자 증오가 아닌, 심한 고통을 느낀 듯 눈을 내리깔고 고개를 돌렸다. 로버타의 어머니가 틀림없었다. 아, 어쩌다가 이 지경이 되었을까! 상상도 할 수 없는, 이 얼마나 비참한 꼴인가! 그는 가슴이 울렁거리고 손이 떨렸다.

클라이드는 마음을 진정시키려고 시선을 아래쪽으로 돌려 테이블 위에 놓인 벨크냅과 제프슨의 손을 바라보았다. 두 변호사는 메이슨과 배심원석에 앉은 사람을 — 이때는 어리석어 보이는 뚱뚱한 사나이 차례였다 — 지켜보면서 제각기 종이 패드 위에 놓인 연필을 만지작거리고 있었다. 제프슨의 손과 벨크냅의 손은 생긴 모습이 완전히 달랐다. 벨크냅의 손은 짧고 부드럽고 희지만, 제프슨의 손은 길고 검고 뼈마디가 굵었다. 법정에서 벨크냅은 호감이 가는 상냥한 태도를 보였고, "그 배심원은 내려오시는 게 좋을 것 같습니다" 하는 그의 음성은 메이슨 검사의 "제외합니다!" 하는 총성 같은 외침과 대조적이었으며, "앨빈, 저 사람은 안 되겠어요. 우리한테 도움이 될 사람이 아닙니다" 하는 속삭이는데도 힘차게 들리는 제프슨의 음성과도 대조적이었다. 그러다가 제프슨이 갑자기 클라이드에게 말했다. "몸을 꼿꼿이 펴고 앉아! 똑바로 앉아! 주위를 둘러봐! 그렇게 축 처져서는 안 돼. 사람들의 눈을 바라봐. 이왕에 웃을 바에야 자연스럽게 웃어. 사람들 눈을 똑바로 보아야 해. 자네를 해치려고 온 사람들이 아니야. 구경 나온 농부들일 뿐이야."

그러나 클라이드는 즉시 몇몇 기자들과 삽화가들이 자기를 관찰하다가 스케치를 하거나 기사를 쓰고 있는 것을 보고 자기도 모르게 얼굴이 붉어지면서 몸에 힘이 쭉 빠졌다. 종이 위에 갈겨쓰는 그들의 펜 소리 못지않게 그들의 열띤 시선과 열띤 목소리를 느낄 수 있었기 때문이다. 하나같이 신문에 실으려고 그러고 있었다. 점점 핏기를 잃어가는 그의 얼굴과 떨리는 손. 그들은 그런 것도 모두 쓸 것이다. 그러면 덴버의 어머니와 라이커거스의 모든 사람이 보고 읽을 테지. 그가 어떤 표정으로 로버타의 가족을 바라보았는지, 로버타의 가족은 그를 어떻게 바라보았는지, 그러다가 그가 다시 고개를 돌린 것까지도 말이다. 그래도—그래도 말이다—마음을 바로잡아야 한다. 다시 한 번 똑바로 앉아서 주위를 바라봐야 한다. 그렇지 않으면 제프슨을 크게 실망하게 할 테니 말이다. 그래서 그는 다시 한 번 두려움을 누르고 고개를 살짝 돌려 주위를 둘러보았다.

그러다가 클라이드가 두려워했던 대로 벽 옆으로 높은 창가에 트레이시 트럼불의 모습이 눈에 띄었다. 그녀는 지금 그에 대한 동정심 때문이 아니라, 법률적인 관심이나 호기심에서 그날 방청석에 와 있었다. 다행히 이때 트레이시는 뚱뚱한 사내에게 무슨 말을 묻고 있는 메이슨을 바라보고 있었다. 트레이시 옆에는 시력이 나쁜 에디 셀스가 도수 높은 근시 안경을 쓰고 클라이드 쪽을 바라보고 있었지만 아는 척하지 않는 것으로 보아 클라이드를 알아보지 못하는 것 같았다. 아, 이 모든 게 클라이드에게는 얼마나 고통스러운가!

그들과는 다른 방향으로 다섯 줄 떨어진 자리에 메이슨이 찾아낸 길핀 부부가 있었다. 저 사람들이 이제 와 무엇을 증언한다는 것일까? 그가 로버타의 방으로 찾아간 이야기를 하려는 걸까? 클라이드와 로버타는 그것을 얼마나 비밀로 했던가? 물론 이것은 불길한 징조일 것이다. 게다가 모든 사람 중에 조지 뉴턴 부부까지 와 있는 게 아닌가! 왜 저 사람들까지 증인으로 불렀을까? 그와 사귀기 전의 로버타의 생활에 관해 물어보려는 것일까? 여러 번 보기는 했지만 직접 만난 일은 크럼 호수에서 꼭 한 번 있었을 뿐인 그레이스 마도 와 있었다. 로버타가 싫어한 여자였는데. 그 여자는 무슨 할 말이 있을까? 물론 그가 로버타를 어떻게 만났는지는 말할 수 있겠지만 그 밖에는 할 말이 없을 텐데. 그리고 또─아니, 설마, 그럴 리가─하지만, 하지만 맞았다. 확실했다. 그에게 글렌 의사를 소개해 준 오린 쇼트도 와 있지 않은가! 맙소사! 그렇다면 그 사람은 그때 일을 털어놓겠구나. 그 점에서는 의심할 여지가 없었다. 사람들은 얼마나 기억을 잘 해내는가. 그가 생각하는 것 이상으로 그들은 기억력이 좋은 것 같았다.

눈이 마주칠까 두려운 로버타의 가족들 저편 앞에서 세 번째 창문 쪽에는 옛날의 퀘이커 교도가 산적으로 변한 것처럼 구레나룻을 기른 몸집이 아주 큰 사람이 앉아 있었다. 그의 이름은 하이트였다. 스리마일베이에서 만났고, 또 빅비턴에 억지로 끌려갔던 날에도 만난 사람이었다. 아, 그렇지, 그는 검시관이었다. 그의 옆에 앉아 있는 사람은 그날 숙박부에 이름을 적으라던 여관 주인이었다. 또 그의 옆 사람은 그에게 보트를 빌려준 보트 하우스의 관리인이었다. 그리고 그 옆 사람은 건롯지에서 그와 로버타를 태워 준 키가 크고 깡마른 안내인 — 햇볕에 그을려 강인해 보이는 촌스러운 그 사람은 짐승 눈처럼 쑥 들어간 작은 두 눈으로 클라이드를 뚫어지듯 바라보는 것 같았다. 그 사람은 건롯지에서 빅비턴으로 가는 동안에 있었던 일을 모조리 증언할 게 아닌가? 저 시골 사람은 그날 그가 초조해하고 어리석게도 불안해하던 일을 그 자신만큼이나 똑똑히 기억하고 있을까? 그렇다면 심경의 변화를 일으켰다는 그의 주장이 어떻게 받아들여질까? 이 점에 관해 제프슨과 처음부터 다시 이야기해 보는 게 좋지 않을까?

하지만 메이슨이라는 이 사람! 정말 무자비한 사람이군! 정력적인 사람이야! 그에게 불리한 증언을 시키기 위해 이 많은 사람을 동원하느라고 얼마나 동분서주했을까! 클라이드의 시선이 어쩌다가 그곳으로 닿았을 때, 메이슨은 벌써 열 번은 그랬듯이(그런데도 배심원석은 여전히 비어 있는 것처럼 보였다) "검찰 측은 이 배심원을 받아들입니다!" 하고 말하고 있었다. 메이슨이 그럴 때마다 제프슨은 다만 고개를 조금 돌리며 벨크냅을 보지는 않으면서 이렇게 대답할 뿐이었다. "우리에게 도움이 될 사람이 아닙니다, 벨크냅 변호사님. 벌써 태도가 돌처럼 굳어져 있는걸요." 그러면 벨크냅은 정중하고 온화한 태도로 이의 신청을 했고, 그의 이의는 대부분 받아들여졌다.

그러다가 마침내 — 아, 얼마나 다행인가! — 법정 서기가 맑고 가늘고 앙칼진 노인의 음성으로 오후 두 시까지 휴정(休廷)을 선언했다. 제프슨은 미소 짓는 얼굴로 클라이드에게 고개를 돌렸다. "자, 이제 일 회전은 끝났네, 클라이드 별것 아니지? 또 그다지 어려울 것도 없지? 가서 식사나 잘하게. 오늘 오후도 그야말로 지루하고 따분하기는 마찬가지일 거야."

그사이 크라우트와 시셀이 다른 보안관 보조들과 함께 다가와 클라이드를 에워쌌다. 이어 군중이 서로 밀치며 가까이 다가와 크게 소리를 질렀다. "저기 있다! 저기 온다! 저기, 저기!" 하는 소리가 크게 들려왔다. 몸집이 크고 뒤룩뒤룩 살이 찐 여자가 사람들을 밀치고 앞으로 나와 그의 얼굴을 들여다보면서 큰 소리로 말했다. "어떻게 생겼는지 낯짝 좀 봐야겠소! 젊은이, 그 낯짝 좀 봅시다. 나도 딸 둘을 둔 어미요." 그러나 그가 방청석에 앉아 있는 것을 본 라이커거스나 트웰프스 호수 사람들 중에서 그에게 접근해 오는 사람은 아무도 없었다. 물론 손드라의 모습이 보일 리가 없었다. 벨크냅과 제프슨은 손드라가 나타나지 않을 것이라고 여러 차례 확신시켜 주었다. 가능하다면 그녀의 이름을 언급하지도 말아야 했다. 핀칠리 집안은 물론이고 그리피스 집안도 반대했던 것이다.

제20장

메이슨과 벨크냅이 배심원 정족수를 채우는 데만 꼬박 닷새가 걸렸다. 그러나 마침내 클라이드의 혐의 사실들을 심리할 12명의 배심원이 선서하고 배심원석에 앉았다. 배심원석에는 생김새가 괴상한 반백이거나 햇볕에 그을린 주름투성이의 시골 농부들과 가게 주인들 틈에 포드 자동차 판매 대리인, 톰 딕슨 호수의 여관 주인, 브리지버그의 햄버거 포목점 점원, 그래스 호수 바로 북쪽 퍼데이에 사는 보험 외판원도 앉아 있었다. 한 사람을 제외하고는 모두 결혼한 사람들이었다. 또 한 사람을 제하고는 도덕성이야 어떻든 모두 종교를 믿는 사람이었다. 그리고 그들은 모두 배심원석에 앉기 전에 이미 클라이드의 유죄를 확신하고 있었지만 공정하고 편견이 없는 인물임을 자처하고 있었다. 또 이 흥미진진한 사건의 배심원을 맡게 된 것에 몹시 흥미를 느끼면서 재판 과정에서 제시되는 증거들을 공정하게 심리할 수 있다고 자신했다.

그들은 일제히 기립해서 배심원 선서를 했다.

즉시 메이슨 검사가 일어나 진술을 시작했다. "배심원 여러분."

벨크냅과 제프슨은 물론 클라이드도 메이슨의 개정 진술이 어떤 인상을 줄까, 하고 생각하면서 배심원들을 물끄러미 지켜보았다. 이런 상황에서 메이슨만큼 박력 있고 자극적인 검찰관을 찾아내기란 힘들 터였다. 이번 재판은 그에게 더할 나위 없이 좋은 기회였다. 온 미국 국민의 눈이 그에게 집중되어 있게 아닌가? 그는 그렇게 믿고 있었다. 누군가가 갑자기 "라이트! 카메라!" 하고 외치기라도 한 듯한 법정 분위기였다.

"배심원 여러분 중에는 지난 일주일 동안 검찰과 변호인단 쌍방이 지금 배심원석에 앉아 계신 열두 분의 배심원을 선별하는 과정에서 매우 신중히 처리하는 걸 보시고 때로 지루한 느낌, 어리둥절한 느낌을 얻으신 분이 많았을 것으로 압니다." 메이슨 검사가 말문을 열었다. "이 놀라운 사건의 증거를 법이 허용하는 한도에서 공정성과 이해심을 모두 동원해서 심리할 수 있는 열두 명의 배심원을 선별한다는 것은 결코 가벼운 일이 아닙니다. 여러분, 검사인 본인이 그 과정에서 매우 신중히 처리한 것은 오직 한 가지 동기 — 검찰이 법을 공정하게 적용하기를 원한다는 그 한 가지 동기에서였습니다. 어떤 종류의 악의나 선입관 같은 것은 전혀 없습니다. 지난 7월 9일까지만 해도 본인은 본 사건의 피고나 피해자의 존재를 몰랐고, 피고가 혐의를 받는 범죄 사실이 발생한 사실조차 모르고 있었습니다. 그러나 배심원 여러분, 처음 이 소식을 들었을 때 피고 같은 나이에 피고처럼 교육을 받고 피고같이 훌륭한 연고 관계가 있는 사람이 그러한 범행 혐의를 받을 수 있다는 것을 도저히 믿을 수 없었습니다. 그러나 본인이 처음에 느꼈던 회의는 차츰 사라지고 본인은 마침내 문자 그대로 본인에게 쏟아지는 많은 양의 증거 앞에서는 본 소송을 제기하지 않을 수 없다는 결론을 내리게 되었습니다.

하지만 사정이야 어떻든 본 사건과 관련한 여러 사실을 말씀 드리겠습니다. 이 사건에는 두 여성이 관련되어 있습니다. 한 사람은 사망했고, 또 다른 사람은……." 그는 여기서 클라이드가 앉아 있는 쪽으로 고개를 돌려 벨크냅과 제프슨 쪽을 손가락으로 가리켰다. "……검찰과 변호인단 측의 합의로 이름을 밝히지 않기로 했습니다. 제3자에게 불필요한 피해를 준들 아무런 이익이 없기 때문입니다. 본인은 사실 검찰 측의 모든 발언, 모든 증거는 그 모두가 주법(州法)과 피고의 혐의 사실에 근거해서 엄정하게 정의를 구현하게 한다는 유일한 목적을 위해 제시한다는 것을 말씀드리는 바입니다. 배심원 여러분, '엄정한 정의', 본인이 추구하는 것이 바로 그 엄정한 정의입니다. 그러나 여러분이 만약 양심껏 증거에 입각한 진정한 판단을 내리지 않을 경우 뉴욕주민, 캐터라키 군민은 심각한 불만을 품게 될 것입니다. 여러분에게 이 사건의 공정한 심리와 최종적인 판단을 기대하고 있는 것은 바로 그 군민들이기 때문입니다."

여기서 메이슨은 잠시 말을 멈추더니 연극을 하듯 클라이드

쪽으로 돌아서서 간간이 오른쪽 집게손가락으로 가리키면서 말을 이어 나갔다. "뉴욕주의 주민은 피고 클라이드 그리피스를 제1급 살인죄로 책임을 묻습니다." 그는 마치 천둥소리 같은 효과를 기대하는 듯 "책임을 묻습니다"라는 말에서 잠깐 멈췄다. "뉴욕주민은 피고가 살해 의도를 품고 잔인한 술책으로 미미코군 빌츠 마을 외곽에서 수년 동안 거주해 온 한 농부의 딸 로버타 올든을 살해하고, 뒤이어 그 시체를 세상과 법의 눈에서 영원히 은닉하려고 했다는 책임을 묻습니다. 뉴욕주의 주민은 그 책임을 묻는 것입니다." 여기서 클라이드는 제프슨이 자기의 귀에 대고 속삭이는 말대로 될수록 편안하게 몸을 뒤로 기대며 애써 태연한 척하면서 자기를 똑바로 바라보고 있는 메이슨의 얼굴을 응시했다. "피고 클라이드 그리피스가 범행을 저지르기 전 몇 주 동안 범행을 계획했으며 이어 살해할 의도를 품고 무자비하게 범행을 단행했다고 책임을 묻는 바입니다.

　여기서 메이슨 검사가 다시 한 번 말을 멈추고 자세를 고치는 동안, 방청객들은 마치 굶주리고 갈증을 느끼는 사람들처럼 그가 언급하는 한 마디, 한 마디를 경청하려고 몸을 앞쪽으로 기울였다. 그러자 메이슨 검사는 한쪽 팔을 번쩍 쳐들고 연극을 하듯 곱슬머리를 뒤로 쓰다듬으며 다시 말을 이었다.

　"배심원 여러분, 빅비턴의 호수 밑바닥에서 잔인하게 목숨을 빼앗긴 피해자가 어떤 여성이었는지 본인이 설명하는 데는 긴 시간이 필요 없을 것이며, 배심원 여러분도 재판의 진행 과정에서 자연히 알게 될 것입니다. 스무 해 생애를 통해……" 로버타가 클라이드보다 두 살이 많은 스물세 살이었다는 것은 메이슨도 잘 알고 있었다. "……피해자를 아는 사람으로 피해자의 인격을 비판하는 말을 입에 올려 본 사람은 일찍이 한 사람도 없었습니다. 본인은 이 재판 과정에서도 피해자의 인격에 의문을 던질 만한 증거를 제시할 수 없다고 확신하는 바입니다. 1년 전이 조금 넘는 시점에—7월 19일이었습니다—피해자는 일을 해서 집안 살림을 돕기 위해 라이커거스시로 갔습니다." 여기서 로버타의 부모와 형제자매들이 흐느껴 우는 소리가 법정 구석구석까지 들렸다.

"배심원 여러분." 메이슨은 말을 이었다. 이 시점부터 그는 로버타가 처음 집을 떠나 그레이스 마한테 갔을 때부터 클라이드를 만나 그 때문에 그레이스 마와 후견인인 뉴턴 부부와 사이가 벌어지고, 그의 제안에 따라 낯선 사람들이 사는 집에 가서 혼자 살게 되고, 그러면서 그런 수상쩍은 행동을 부모에게 숨기다가 마침내 그의 감언이설에 속았을 때까지의 그녀 생활을 생생하게 묘사했다. 피해자가 빌츠에서 피고에게 보낸 여러 통의 편지에 두 사람 사이의 이런 진행 과정이 구체적으로 쓰여 있다는 것이다. 이어 메이슨 검사는 마찬가지로 꼼꼼하게 클라이드 쪽으로 이야기를 돌렸다. 라이커거스 사교계와, 들뜨기는 했어도 천진하고 친절한 마음에서 결혼의 가능성을 암시한 어느 아름다운 부잣집 딸 미스 X에 대한 동경, 미스 X는 자기도 모르게 그의 마음에 불을 질러 로버타에 대한 그의 마음이 갑자기 변하고, 결국은—이 점은 뒤에 가서 입증하겠지만—로버타의 죽음을 초래한 결과를 낳았다는 것이다.

"그렇다면 본인이 이렇게 모든 사실로써 책임을 묻는 피고는 과연 어떤 인물이겠습니까?" 메이슨은 여기서 연극을 하듯 갑자기 언성을 높였다. "저기 저 자리에 앉아 있는 저 인물 말입니다. 저 인물은 보잘것없는 부모 사이에서 태어난 아들로 — 빈민가의 자식으로 — 부끄럽지 않은 떳떳한 인생의 가치와 의무가 어떤 것인지 올바르게 파악할 기회조차 얻어 보지 못했을까요? 정말로 그럴까요? 천만의 말씀입니다. 피고의 아버지는 라이커거스에서도 가장 크고 가장 건설적인 기업체 중 하나를 — 그리피스 셔츠 칼라 회사를 — 경영하고 있는 사업가와 동일한 혈통의 인물입니다. 물론 피고는 가난합니다. 물론이지요. 그 점은 의심할 여지가 없습니다. 하지만 가난했다는 점에서는 로버타 올든도 크게 다르지 않습니다. 그런데도 그녀의 인격은 가난의 영향을 받은 것 같지는 않습니다. 피고의 부모는 캔자스시티와 덴버에서, 그 이전에는 시카고와 미시간주 그랜드래피즈에서 정규 목사는 아니지만 전도 사업을 한 사람들로 본인이 조사해 본 바로는 참된 신앙과 올바른 신조에 따라 생활하는 사람들입니다. 그러나 그 사람들의 장남으로 부모의 영향을 가장 많이 받아야 했을 피고는 일찍부터 부모의 세계를 외면하고 좀 더 화려한 생활의 길로 나섰습니다. 피고는 캔자스시티의 유명한 그린데이비슨 호텔의 벨보이가 됐습니다."

그리고 나서 메이슨은 클라이드가 처음부터 떠돌이 생활을 했다고 설명했다. 어떤 변덕스러운 성격 때문인지 여기저기 떠

돌아다니기를 좋아했다는 것이다. 그러다가 라이커거스에서 큰아버지가 경영하는 유명한 공장의 책임자로 중요한 부서를 맡게 되었다. 그러다가 차츰 큰아버지와 사촌들이 잘 알려진 서클에 소개되었다. 그리고 봉급을 넉넉히 받아 도시에서 괜찮은 지역의 어느 가정에서 방을 얻어 살 수 있었지만, 그가 살해한 여성은 뒷거리의 초라한 방에서 생활했다는 것이다.

"그런데도 우리는 피고의 나이가 어리다는 말을 얼마나 많이 들어 왔습니까?" 메이슨은 계속 말을 이었다. 그는 여기서 경멸스러운 미소를 지었다. "피고의 변호인단과 신문 기자들은 피고를 여러 번 '소년'이라고 지칭했습니다. 피고는 소년이 아닙니다. 수염을 기른 어른입니다. 피고는 배심원석에 앉아 계신 여러분 중 누구보다도 사회적으로 혜택을 누리고 교육을 많이 받은 인물입니다. 피고는 여행도 했습니다. 호텔과 클럽에서, 자기 집처럼 드나들던 라이커거스 사교계에서 피고는 점잖은 인사들, 심지어 유능하고 저명한 인사들과도 접촉해 왔습니다. 아, 솔직히 말해서 두 달 전 검거될 당시 피고는 피서를 즐기던 이 지방의 최고 명사들과 어울리고 있었습니다. 이 점을 기억하십시오! 피고는 성숙한 지능의 소유자입니다. 미숙한 것이 아닙니다. 정신적으로 충분히 성숙해 있고 완벽하게 균형이 잡혀 있습니다.

배심원 여러분, 검찰 측이 곧 입증할 것입니다만, (메이슨 검사는 계속 말을 이어 나갔다) 살해당한 여성이 피고가 책임자로 있는 부서에 취직한 것은 피고가 라이커거스에 온 지 넉 달밖에 되지 않았을 때의 일이었습니다. 그 후 불과 두 달도 되지 않아 피해자는 피고의 권유로 라이커거스에 와서 택했던, 신앙심 깊은 존경받을 집에서 나와 전혀 모르는 집으로 거처를 옮겼습니다. 피고는 벌써 피해자에게 흑심을 품고 있었으므로 남의 눈을 피할 수 있는 이점이 있다고 스스로 판단했기 때문입니다.

검찰 측이 재판 과정에서 설명해 드리겠습니다만, 그리피스 회사에는 어떤 규칙이 있고, 그것이 많은 사실을 해명해 줍니다. 그것은 회사의 간부나 부서의 책임자가 밑에서 일하는 여직원이나 공장의 여직원과는 직장 안에서든 밖에서든 절대로 관계를 해서는 안 된다는 사규입니다. 그것은 권위 있는 회사의 풍기와 명예에 도움이 되지 않기 때문입니다. 그래서 회사에서는 그것을 허용하지 않은 것입니다. 그렇다면 피고는 그 규칙에 따라 행동했을까요? 바로 최근에 있었던 큰아버지의 관대한 배려를 생각해서 행동을 조심했을까요? 천만의 말씀입니다! 비밀! 비밀! 오로지 그것으로만 일관했습니다. 처음부터 그랬습니다! 유혹! 유혹! 결혼의 성스러운 울타리 밖에서 남의 눈을 피해 계획적으로 부도덕하게 불법적이고도 반사회적인, 비난받아 마땅할 방법으로 피해자의 육체를 유린했던 겁니다!

배심원 여러분, 처음부터 그것이 피고인의 목적이었습니다! 그러나 그런 관계가 피고와 로버타 올든 사이에 있었다는 것을 아는 사람이 라이커거스나 어디에나 있었겠습니까? 한 사람도 없었습니다! 단 한 사람도요! 본인이 조사해서 알아본 바로는, 로버타 올든이 사망하기 전 그런 관계를 눈치챈 사람은 단 하나도 없었습니다. 단 한 사람도! 이 사실을 생각해 보십시오!

배심원 여러분(여기서 그의 음성은 경건해지기까지 했다), 로버타 올든은 영혼을 다 바쳐 진심으로 피고를 사랑했습니다. 그 여자는 강할 때나 약할 때나 수치심, 심지어 천벌에 대한 두려움마저 초월하는 인간의 두뇌와 마음, 그런 두뇌와 마음의 최고의 신비라고 할 그런 사랑으로 피고를 사랑했습니다. 로버타는 진실하고 인간적이고 단정하고 착한 여자—정열적으로 사랑을 할 줄 아는 여자였습니다. 올든은 너그럽고 남을 신뢰하고 자기를 희생시킬 줄 아는 영혼만이 할 수 있는 사랑을 피고에게 쏟았습니다. 그렇게 사랑함으로써 그녀는 궁극적으로 여자로서 사랑하는 남자에게 바칠 수 있는 모든 것을 바쳤던 것입니다.

배심원 여러분, 이런 일은 우리가 사는 이 세상에서 수천 번 헤아릴 수 없을 만큼 일어났고, 앞으로도 헤아릴 수 없을 만큼 많이 일어날 것입니다. 새삼스러운 일이 아니고, 새삼스러울 수도 없는 일인 것입니다.

그러나 지난 일월인가 이월에, 지금은 무덤 속에 잠들어 있는 이 여성이 피고 클라이드 그리피스에게 찾아와 임신한 사실을 알리지 않을 수 없었습니다. 그때, 그리고 그 후 피해자가 피고에게 함께 다른 지방으로 가서 결혼식을 올리자고 애원한 사실을 검찰 측은 앞으로 입증할 것입니다.

하지만 피고는 피해자의 애원을 들어주었을까요? 들어주고 싶었을까요? 아, 천만의 말씀입니다! 그때 이미 클라이드 그리피스의 꿈과 애정에는 변화가 일어나고 있었습니다. 그동안 그는 라이커거스에서는 그리피스라는 이름을 가진 사람이면 상류층 사교계에 드나들 수 있고— 캔자스시티나 시카고에서는 존재조차 없던 인물이 말입니다— 이곳 라이커거스에서는 명사로 행세할 수 있고, 그래서 교육을 받은 상류 사회의 젊은 여성들, 로버타 올든과는 신분이 전혀 다른 젊은 여성들과 교제를 할 수 있다는 사실을 알았던 것입니다. 어디 그뿐이겠습니까? 클라이드 그리피스는 미모와 재산과 높은 사회적 신분을 갖춘 한 젊은 여성을 만났는데, 그 여성과 비교할 때 그가 얻어 준 초라하고 비밀스러운 방의 농촌 출신 여직공은 그야말로 보잘것없었습니다. 배신은 해도 괜찮지만 결혼할 수는 없는 여자였던 것입니다. 물론 그는 그 여자와는 결혼할 의사가 없었습니다. (여기서 메이슨 검사는 잠시 말을 중단했다가 다시 계속했다.)

그러나 본인은 피고가 그토록 도취된 사교계에서의 활동을 조금이라도 줄이거나 중단했다는 흔적을 그 어디서도 찾아볼 수 없었습니다. 오히려 그와는 반대로 지난 일월부터 7월 5일까지, 그 뒤로도 그렇습니다. 피해자가 마침내 부득이 피고에게 어딘가 데려가서 결혼해 주지 않으면 모든 사람들에게 관계를 폭로할 수밖에 없다고 말한 뒤에도, 또 피해자가 차가운 시체가 되어 빅비턴 호수 밑바닥에 가라앉은 뒤에도— 댄스파티, 야유회, 자동차 드라이브, 만찬회, 트웰프스 호수와 베어 호수에서 유람을 계속했습니다. 피해자의 절박한 도덕적이고 사회적인 필요를 고려하여 자신의 행동을 어떤 식으로든 고쳐야 한다는 생각을 조금도 하지 않고 말입니다."

여기서 메이슨은 잠시 말을 중단하고 벨크냅과 제프슨 쪽을 바라보았다. 두 변호사는 별로 동요하는 기색 없이 먼저 메이슨 쪽을 보고 다음에는 서로의 얼굴을 쳐다보았다. 한편 메이슨의 힘차고 격앙된 말에 겁을 집어먹은 클라이드는 검사의 말이 얼마나 과장되고 부당한지 깨닫고 크게 걱정하고 있었다.

그러나 클라이드가 그런 생각을 하고 있는데도 메이슨은 계속 말을 이어 나갔다. "하지만 배심원 여러분, 본인이 앞서도 지적했듯이, 이 무렵 로버타 올든은 그리피스에게 결혼을 끈질기게 요구하기에 이르렀습니다. 피고는 그러겠다고 약속했습니다. 그러나 모든 증거는 그에게 그럴 의사가 전혀 없었음을 보여 주고 있습니다. 오히려 피해자의 몸 상태가 변하면서 그 애원을 이제 더 감당할 수 없고, 그녀가 라이커거스에 계속 눌러 앉아 있을 경우 자신의 처지가 위험해질까 봐 피고는 피해자에게 어느 먼 도시로 데려가 떳떳하게 해산할 수 있게 해 줄 테니 그동안 필요한 옷가지나 준비하고 있으라면서 피해자를 고향 집으로 보냈습니다. 배심원 여러분에게 보여 드리겠습니다만, 피해자의 편지에 따르면 피고는 그녀가 빌츠의 집으로 떠난 뒤 3주 후에 데리러 오기로 되어 있었습니다. 그러나 피고가 약속대로 그녀를 데리러 갔겠습니까? 천만에요, 가지 않았습니다.

그러다가 결국 다른 방법이 없자 피고는 피해자를 자기에게 오게 했습니다. 피해자가 사망하기 꼭 이틀 전인 지난 7월 6일의 일이었습니다. 그 이전은 아니었습니다. 그러나 잠깐만 기다려 보십시오! 6월 5일부터 7월 6일까지 피고는 피해자를 미미코군 빌츠 변두리에 있는 작은 외딴 농가에서 수심에 잠긴 나날을 보내게 했습니다. 피해자는 그동안 이웃 사람들이 와서 지켜보고 거들어 주는 가운데서 옷가지 몇 벌을 만들었습니다. 그때도 그것이 감히 혼숫감이라고는 말하지 못했습니다. 그러면서도 피고가 약속을 지키지 않을까 봐 걱정하고 두려워하고 있었습니다. 그동안에도 피해자는 날마다, 때로는 하루에 두 번씩이나 피고에게 편지를 보내 두렵다고 말하면서 답장을 보내거나 다른 방법으로 와서, 데려가 주겠다는 약속을 해 달라고 부탁했습니다.

피고는 그렇게라도 해 주었을까요? 천만에요! 편지도 보내지 않았습니다! 단 한 번도요! 아, 보내지 않았습니다, 배심원 여러분. 절대로 보내지 않았습니다! 오히려 몇 차례 전화만 했을 뿐입니다. 증거를 남기거나 오해를 받지 않기 위해서였지요. 그것도 드물게, 짤막하게 한 전화였으므로 피해자는 이 무렵 피고의 무관심과 무정함을 원망하고 있었습니다. 너무 절망한 상태였기 때문에 피해자는 5주가 지났을 때 다급한 마음에서 편지를 띄웠습니다. (여기서 메이슨은 뒤쪽 테이블 위에 놓인 여러 통의 편지 중에서 한 통을 집어 들어 읽었다.) '금요일 정오까지 전화나 편지 연락이 없으면 라이커거스로 돌아가서 당신이 나한테 어떻게 했는지 모든 사람에게 알리겠어요.' 배심원 여러분, 이 가엾은 젊은 여성은 마지막에 이르러 부득이 이런 편지를 쓸 수밖에 없었습니다.

그러나 클라이드 그리피스는 자신이 피해자를 어떻게 다뤘느냐는 사실이 세상에 알려지기를 원했을까요? 물론 원하지 않았지요! 바로 그때부터 진상이 세상에 폭로되는 것을 막고, 로버타 올든의 입을 영영 봉해 버릴 계획을 머릿속에서 세우기 시작했습니다. 배심원 여러분, 검찰 측은 피고가 실제로 그렇게 피해자의 입을 봉했음을 입증할 것입니다."

이즈음 해서 메이슨 검사는 이 목적을 위하여 일부러 만든 애디론댁산맥의 지도를 내놓았다. 지도에는 로버타가 사망하기 전후, 베어 호수에서 검거될 때까지의 클라이드의 행적이 붉은 잉크로 표시되어 있었다. 지도를 꺼내면서 메이슨은 잠시 클라이드가 본명을 숨기고, 숙박부에 가명을 기재하고, 모자 두 개를 휴대한 치밀한 계획을 배심원들에게 설명했다. 또한 검사는 폰다에서 유티카까지 가는 열차와 다시 유티카에서 그래스 호수에 가는 열차 안에서 클라이드가 로버타와 같은 찻간에 타지 않았다고 설명했다. 이어 그는 진술을 계속했다.

"배심원 여러분, 이 점을 잊어서는 안 됩니다. 피고는 앞서 로버타에게 이 여행이 신혼여행이라는 것을 넌지시 암시했습니다. 그런데도 곧 결혼할 신부와 함께 있다는 것을 아니, 심지어 빅비턴에 도착한 뒤에도 아무에게도 알리고 싶지 않았던 것입니다. 결혼식을 올리려는 것이 아니라, 싫증이 난 여자의 목숨을 빼앗을 호젓한 장소를 물색하고 있었기 때문이지요. 그렇다고 피고가 범행 24시간 전과, 48시간 전에 피해자를 품에 안고 이행할 의사도 없는 약속을 되풀이할 수 없었을까요? 정말로 그럴 수 없었을까요? 배심원 여러분에게는 곧 결혼식을 올리기 때문에 두 사람이 함께 같은 방을 쓴 두 숙박업소의 숙박부를 열람시켜드리겠습니다. 24시간 전이 아니라, 48시간 전에 그런 일이 있을 수 있는 유일한 이유는 피고가 그래스 호수를 호젓한 곳으로 착각한 데 있습니다. 그래스 호수가 어느 종교 단체의 하계 캠프 장소로, 사람들로 붐비고 있는 것을 보자 피고는 그곳을 떠나 훨씬 호젓한 빅비턴으로 가기로 마음먹었습니다. 배심원 여러분, 많은 오해를 받고 있고 결백하다는 청년이 그녀를 물에 빠뜨려 죽일 수 있는 호젓한 호수를 찾아서 지치고 상심한 이 젊은 여성을 이리저리 끌고 다니는 끔찍한 정경을 상상해 보십시오. 그것도 앞으로 네 달 뒤면 어린아이를 낳을 여자를 말입니다!

마침내 호젓한 호수에 도착하자 피고는 클리퍼드 골든 부부라고 숙박부에 이름을 또다시 허위로 기재한 여관에서 피해자를 보트에 태워 죽음의 길로 데리고 떠났습니다. 불쌍한 여성은 그가 약속한 결혼식, 자신의 처지를 확실하고도 성스럽게 만들어 줄 결혼식을 올리기에 앞서 잠시 바람을 쐬러 나가는 것으로 믿고 따라나섰던 것입니다. 그녀의 입장을 확실하고도 신성하게 만들어 줄 결혼식 말이죠! 그런데 그 방법이 호수 밑바닥에서 확실하고도 신성하게 만들어 줄 결혼식을 올리는 겁니까? 다른 방법은 없는 겁니까? 그 밖에 다른 길은 없는 것입니까? 그리고 그녀가 아무도 모르게 호수 밑바닥의 무덤에 누워 있을 때, 피고는 늑대가 자기가 죽인 먹이로부터 떠나듯 멀쩡히 살아서 간교하게도 자유와 결혼과 사회적·물질적, 그리고 애정의 축복과 행복과 안락이 기다리는 곳으로 발길을 옮겼던 것입니다.

그러나 배심원 여러분, 우리가 아무리 잔꾀를 부려도 우리의 최종적 운명을 결정짓는 것은 자연이나 신이나 하늘의 섭리입니다. 계획하는 것은 인간이지만 그 계획의 성공 여부를 결정하는 것은 신입니다! 하나님입니다!'

피고는 아직도 피해자가 빅비턴의 여관에서 나온 후에도 결혼식을 올릴 생각을 하고 있었다는 것을 어떻게 본인이 알고 있는지 의아해하고 있을 겁니다. 그리고 피고는 분명히 본인이 그것을 알 리가 없다고 생각하고 아직도 위안을 얻고 있을 겁니다. 그러나 이 세상의 모든 우연한 일을 예지하고, 미리 손을 쓰는, 심오하고 빈틈이 없는 하늘의 뜻을 우리 인간은 헤아릴 수 없습니다. 피고는 저렇게 앉아서 변호인단이 자기를 구해 줄 수 있을 것으로 생각하며 안심하고 있습니다만……." 이 말을 듣자 클라이드는 머리끝이 쭈뼛하면서 꼿꼿이 앉았으며, 가늘게 떨리는 손을 테이블 밑에 숨겼다. "……여자가 그래스 호수 여관 방에서 어머니에게 편지를 쓴 사실을 모르기 때문입니다. 피해자가 미처 부칠 틈이 없었던 그 편지는 날씨가 덥고, 또 물론 돌아올 것으로 생각했기 때문에 벗어 놓고 간 윗옷 호주머니에 들어 있었습니다. 그 편지는 바로 이 테이블 위에 있습니다."

이 말에 클라이드의 이가 부딪쳐 소리를 냈다. 오한이 난 듯 몸을 떨기도 했다. 로버타가 웃옷을 여관에 벗어 놓은 것은 사실이지 않은가! 그리고 벨크냅과 제프슨도 자세를 고쳐 앉으며 이게 어찌된 일일까, 하고 의아해하고 있었다. 이 한 통의 편지로 그들이 세운 변론 계획이 모두 물거품이 되는 게 아닐까? 그들로서는 더 기다려 보는 수밖에 달리 방법이 없었다.

"이 편지에서 말입니다." 메이슨이 다시 말을 이었다. "피해자는 왜 그곳에 와 있는지 이유를 밝히고 있습니다. 바로 결혼식을 올리려고 와 있다는 것이었습니다. (이 시점에서 클라이드는 물론 제프슨과 벨크냅도 크게 안도의 숨을 내쉬었다. 이 사실은 그들이 준비한 변론 내용에 부합되는 것이었기 때문이다.) 그것도 하루 이틀 안으로 결혼식을 올린다는 것이었습니다. (메이슨은 여전히 자기의 이런 폭로로 클라이드의 간담이 서늘해지리라고 생각하며 말을 계속했다.) 그러나 그리피스인지 올버니나 시러큐스 아니면 다른 어느 도시에서 사는 그레이엄인지 하는 인물의 생각은 달랐습니다. 그는 자기가 돌아오지 않으리라는 것을 미리 알고 있었습니다. 그래서 그의 소지품을 모조리 보트에 실었습니다. 그러고는 오정 때부터 저녁때까지 오후 내내 그 호젓한 호수 위에서, 물가에서는 잘 보이지 않을 만한 곳을 찾았습니다. 이 사실은 나중에 입증해 드리겠습니다. 저녁때가 되자 피고는 그런 장소를 찾아냈습니다. 그리고 일이 끝난 후 머리에는 새 밀짚모자를 쓰고, 손에는 물에 젖지 않은 깨끗한 가방을 들고, 남쪽을 향해 숲속을 걸으면서 이제는 안전하다고 생각했습니다. 클리퍼드 골든도 칼 그레이엄도 로버타 올든과 함께 빅비턴 호수 밑바닥에 가라앉아 있는 셈이었으니까요. 그러나 클라이드 그리피스는 살아서 자유의 몸이 되어 트웰프스 호수로, 그가 그토록 사랑하는 상류 사회를 향해 걸어가고 있었던 것입니다.

배심원 여러분, 클라이드 그리피스는 로버타 올든을 살해한 후 그 호수에 던져 넣었습니다. 그는 로버타 올든의 머리와 얼굴을 때렸고, 그것을 본 사람이 아무도 없다고 믿었습니다. 그러나 그녀의 단말마의 비명이 빅비턴의 호수 수면 위로 울려 퍼졌을 때 그곳에는 목격자가 한 사람 있었습니다. 검찰의 논고가 끝나기 전에 여러분은 그 증인에게서 목격담을 들으시게 될 겁니다."

목격자가 있었던 것은 아니었지만 메이슨은 반대 측을 교란시킬 수 있는 이 기회를 놓치고 싶지 않았다.

과연 이 말의 효과는 메이슨이 기대한 그대로였고, 오히려 기대한 것 이상이었다. 이때까지, 그리고 특히 로버타의 편지라는 날벼락이 떨어진 뒤로는 애써 결백을 나타내려고 태연한 척하고 있던 클라이드는 한순간 몸이 굳어졌다가 곧이어 풀이 죽었다. 목격자가 있다고! 증언하러 왔다고! 아, 하나님, 맙소사! 그렇다면 누군지는 몰라도 그 호젓한 호반에 숨어서 그가 의도하지는 않았지만 로버타를 때리는 걸 보고, 로버타의 비명을 듣고, 또 그가 로버타를 구출하려고 하지 않는 것을 목격한 게 아닌가! 그가 물가로 헤엄쳐 몰래 도망치는 것도 보았을 것이다. 어쩌면 숲속에서 옷을 갈아입는 것도 보았겠구나. 아, 하나님, 맙소사! 클라이드는 의자 옆구리를 움켜쥐었다. 머리가 심한 충격을 받기라고 한 것처럼 갑자기 뒤로 젖혀졌다. 그렇다면 그것은 사형을 의미하기 때문이었다. 사형을 면할 길은 없어졌다. 하나님, 맙소사! 이제는 모든 희망이 사라졌구나! 그는 고개를 떨어뜨렸고, 금방이라도 의식을 잃을 것 같은 표정을 지었다.

벨크냅 변호사로 말하자면, 그는 메이슨의 말에 메모를 하고 있던 손에서 연필을 떨어뜨리더니 당황한 얼굴로 멍하니 앞쪽을 바라보았다. 그런 엄청난 사실을 반박할 만한 증거가 없었기 때문이다. 그러나 그는 그런 놀란 표정을 보여서는 안 된다고 생각하고 얼른 안정을 되찾았다. 결국 클라이드는 그에게 거짓말을 한 것이었을까? 고의로, 그것도 보이지 않던 이 목격자 앞에서 로버타를 죽인 것일까? 만약 그게 사실이라면 가망도 없고 인기도 없는 이 재판에서는 손을 뗄 필요가 있지 않을까?

제프슨으로 말하자면, 그도 한동안은 어안이 벙벙했다. 쉽게 흔들리지 않는 그의 머릿속에 여러 가지 생각이 스쳐 갔다. 정말 목격자가 있었을까? 클라이드가 거짓말을 한 것일까? 그렇다면 주사위는 던져진 셈이었다. 로버타를 때린 사실은 클라이드 자신이 시인하고 있는데, 그 현장을 목격자가 보았다면? 그렇다면 심경의 변화를 일으켰다는 변명도 소용이 없었다. 누가 목격자의 증언을 듣고서 그런 말을 믿을 것인가?

그러나 제프슨은 투쟁적이고 결단성 있는 성격의 소유자여서 메이슨이 말한 그런 충격적인 사실 앞에서도 완전히 손을 들려고 하지 않았다. 그는 고개를 돌려 당황해하고 괴로워하는 벨크냅과 클라이드를 바라보더니 말했다. "저는 그 말을 믿지 않습니다. 거짓말을 하고 있거나, 아니면 엄포를 놓고 있는 겁니다.

어쨌든 두고 보지요. 우리 차례가 되려면 아직 멀었으니까요. 저 많은 증인을 보십시오. 경우에 따라서는 증인 한 사람에 반대 심문하는 데 일주일을 끌 수도 있습니다. 검사 임기가 끝날 때까지 끌고 갈 수도 있어요. 할 일도 많고, 시간도 얼마든지 있습니다. 그러는 동안 이 목격자라는 사람에 관해서 알아보기로 하지요. 더욱이 자살 사건이 있었거나, 그렇지 않으면 사건이 실제로 일어날 수도 있었어요. 클라이드에게 실제로 일어난 일을 말하게 할 수 있어요. 정신적 강직 현상이 일어났다고요. 범행을 저지를 용기가 없었다고 말하게 하면 됩니다. 150미터 넘게 떨어진 거리에서 자세한 내막을 알아볼 수 있는 사람은 없을 듯합니다." 그러고 나서 그는 험상궂은 미소를 지었다. 이어 그는 클라이드에게 들으라고 한 것은 아니었지만 이렇게 덧붙였다. "최악의 경우라도 20년 형 정도로 재판을 마무리 지을 수는 있지 않겠습니까?"

제21장

그러고 나서 증인들 차례가 되어 자그마치 127명이 한 사람씩 증인대에 섰다. 그들 증인 중, 특히 의사들과 안내인 세 사람, 로버타의 단말마 비명을 들은 여자의 증언에 대해 제프슨과 벨크냅은 번번이 이론을 제기했다. 클라이드를 위해 만든 대담한 변론이 설득력이 있느냐 없느냐는 그들이 지적할 수 있는 증언의 약점과 오류에 달려 있었기 때문이다. 그러다 보니 재판은 십일월로 넘어가고 메이슨 검사가 그토록 바랐던 판사직에 압도적 지지를 얻어 당선된 뒤까지도 계속되었다. 이 재판의 열기와 법정에서 벌어지고 있는 대결 때문에 갈수록 관심이 전국적으로 고조되어 갔다. 법정에 나온 신문 기자들이 보기에 클라이드의 유죄는 명백했다. 그래도 제프슨의 반복되는 지시에 따라 클라이드는 침착하고 심지어 대담하게 공격의 화살을 퍼붓는 증인 한 사람, 한 사람과 맞섰다.

"이름이 무엇입니까?"

"타이터스 올든입니다."

"로버타 올든의 아버지입니까?"

"네, 그렇습니다, 검사님."

"자, 올든 씨, 따님인 로버타가 어떤 상황에서 라이커거스로 가게 되었는지 배심원 여러분에게 말씀해 주십시오."

"이의 있습니다. 쟁점과 관련이 없고 불필요하고 무의미한 질문입니다." 벨크냅 변호사가 가로막았다.

"관련을 지어 보이겠습니다." 메이슨이 판사를 쳐다보면서 말했다. 판사는 만약 '관련이 없을' 경우 재판 기록에서 삭제하기로 동의한다는 조건으로 타이터스가 답변해도 좋다고 허가했다.

"일자리를 얻으러 갔습니다." 타이터스가 대답했다.

"그러면 왜 일자리를 얻으러 갔습니까?"

벨크냅은 다시 이의를 제기했고, 다시금 법 절차를 거쳐 노인은 답변해도 된다는 지시를 받았다.

"글쎄요, 빌츠 근처에 있는 우리 농장은 소출이 그다지 많지 않아서 아이들이 가계를 도와야 했고, 바비는 장녀라⋯⋯."

"삭제를 제안합니다!

"삭제하시오."

"'바비'란 증인이 따님 로버타에게 붙여 준 애칭입니까?"

"이의 있습니다! 이의 있습니다!" 등등.

"네, 검사님. 바비는 집에서 가끔 부르는 이름이었습니다. 그냥 바비라고 불렀죠."

클라이드는 시골 농장의 침울한 가장의 힐난하는 듯한 매서운 눈초리를 견뎌 내면서 열심히 귀를 기울이며 처음 듣는 옛 애인의 애칭에 대해 생각하고 있었다. 그가 부른 애칭은 '버트'였지만 로버타는 집에서의 자기 애칭이 바비였다는 것을 한 번도 그에게 말한 적이 없었다.

이의와 진술과 판정이 오가는 가운데 올든은 메이슨의 심문에 유도되어 로버타가 그레이스 마한테서 편지를 받고 라이커거스로 가기로 하고 뉴턴 부부 집에 방을 얻어 살게 되었다고 증언했다. 그는 로버타가 그리피스 회사에 취직하고 난 뒤 잠시쯤 동안 옷가지들을 장만하려고 집에 돌아온 지난 6월 5일까지는 가족들을 만나 볼 시간이 별로 없었다고 말했다.

"결혼할 계획을 말한 적은 없었습니까?"

"네, 없었습니다."

하지만 그때 로버타는 긴 편지를 여러 통 썼다. 누구에게 보내는 편지인지는 알 수 없었지만 말이다. 그녀는 침울하고 건강이 좋지 않았다. 그녀가 울고 있는 것을 두 번이나 보았지만 남이 알게 되는 것을 꺼려하는 눈치였기 때문에 아무 말도 하지 않았다. 라이커거스에서 전화가 몇 번 걸려온 일이 있는데, 전화가 마지막으로 온 것은 분명히 그 애가 집을 떠나기 전날인 7월 4일이나 5일이었다.

"집을 떠날 때 무엇을 갖고 있었습니까?"

"제 가방과 조그마한 트렁크를 갖고 갔습니다."

"그때 갖고 간 가방을 보면 알아보시겠습니까?"

"네, 검사님."

"이 가방입니까?" 지방 검사보 한 사람이 가방을 들고 앞으로 나가 작은 탁자 위에 올려놓았다.

올든은 가방을 보자 손등으로 눈물을 닦으면서 대답했다. "네, 맞습니다, 검사님."

재판의 모든 과정에서 메이슨이 의도했듯이 자못 극적인 효과를 얻기 위해 지방 검사보가 작은 트렁크를 갖고 나왔고, 그것을 보자 타이터스 올든과 그의 아내, 딸들과 아들들은 일제히 울음을 터뜨렸다. 타이터스가 로버타의 것이라고 확인한 뒤 가방과 트렁크를 차례로 열었다. 이어 로버타가 만든 옷가지들, 속옷 몇 벌, 구두, 모자, 클라이드가 준 화장품 세트, 부모와 형제자매들의 사진, 낡은 가정 요리책, 할머니에게서 물려받고 로버타가 새 살림용으로 아껴 두었던 스푼과 포크와 나이프 몇 개, 소금과 후춧가루 등의 양념 세트도 하나씩 들어올리면서 모두가 로버타의 것임을 확인했다.

이 과정에서 벨크냅은 이의를 제기했고, 메이슨은 '사건과 관련을 짓겠다'는 약속을 지킬 수 없었으므로 이 증거물은 판사의 지시로 기록에서 '삭제'되었다. 그러나 이즈음, 이 물건들이 지닌 애처로운 의미는 이미 배심원들의 가슴에 깊이 새겨져 있었다. 메이슨의 책략을 벨크냅이 비판하자 메이슨은 화를 내면서 버럭 소리를 질렀다. "이 사건은 누가 기소하는 겁니까?" 그러자 벨크냅이 응수했다. "공화당의 군 판사 입후보가 하는 거겠지요!" 그러자 한바탕 폭소가 터져 나왔고 메이슨은 꽤 큰 소리로 외쳤다. "재판장님, 이의를 제기합니다! 이것은 본 재판과는 아무런 상관 없는 정치 문제를 이 재판에 끌어들이려는 비윤리적이고 불법적인 시도입니다. 이것은 배심원들에게 본인이 군판사직에 출마한 공화당 입후보자라서 이 사건을 공정히 소추할 수 없다고 주장하려는 교활하고 악의에 찬 시도입니다. 그러므로 본인은 사과를 요구합니다. 사과를 받기 전에는 더 진행할 수 없습니다."

오버월처 판사는 법정의 예절이 심각하게 유린되었다고 판단하고 벨크냅과 메이슨을 앞에 불러 그 말뜻이 무엇이었는지 차분하고 정중한 해명에 귀를 기울인 다음, 마침내 앞으로 정치 문제를 언급하는 쪽에는 법정 모욕죄를 적용할 것이라는 명령을 내렸다.

벨크냅과 제프슨은 그런 식으로라도 메이슨이 입후보한 자신의 견해를 유리하게 만드는 데 이 사건을 이용하고 있다는 자신들의 견해를 재판장과 배심원들에게 효과적으로 전달할 수 있었다는 점에 만족하고 있었다.

그러나 한 증인이 끝나면 다른 증인으로 이어지면서 증언이 끝도 없지 않은가!

이번에는 그레이스 마가 증인대에 올라 입심 좋게 자기가 어디서 어떻게 로버타를 처음 만났는지, 순결하고 신앙심이 돈독했던 로버타가 크럼 호수에서 클라이드를 처음 만난 뒤로 얼마나 많이 변했는지 늘어놓았다. 로버타가 숨기는 일이 점점 많아지고 사람을 피하게 되더니 별의별 핑계를 대고 전에 하지 않던 이상한 짓들을 — 가령 밤늦게까지 집에 들어오지 않고, 토요일과 일요일에는 가지도 않은 곳에 있었다고 하는 등 — 벌이더니 마침내는 자기 자신, 즉 그레이스 마의 잔소리가 듣기 싫어 어디로 간다는 말도 하지 않고 갑자기 방을 옮기더라고 했다. 그리고 지난해 구월인가 시월의 어느 날 밤 로버타의 뒤를 밟아 그녀가 사는 방으로 따라가 보았더니 길핀 씨 집에서 멀지 않은 곳에 로버타와 클라이드가 함께 있는 것을 보았다고 했다. 그들은 나무 밑에 서 있었는데, 클라이드는 한 팔로 로버타를 껴안고 있더라는 것이었다.

이어 제프슨의 권고로 벨크냅이 그녀를 매우 교활한 방법으로 심문해서 로버타가 라이커거스로 오기 전에 과연 미스 마가 언급하는 것처럼 그렇게 신앙심이 돈독하고 얌전한 여자였는지 아닌지 알아내려고 해 보았다. 그러나 샐쭉해진 미스 마는 크럼 호수에서 클라이드를 만난 그날까지 로버타는 자기가 아는 한 순결과 진실의 화신 같은 여자였다는 주장을 굽히지 않았다.

다음에는 뉴턴 부부가 거의 같은 내용으로 증언했다.

그러고 나서는 길핀 부부와 딸들이 제각기 보거나 들은 바를 증언했다. 길핀 부인은 로버타가 작은 트렁크와 가방을 들고 — 타이터스가 확인한 바로 그 가방과 트렁크였다 — 자기 집으로 이사 온 날짜를 대충 말했다. 로버타가 너무 혼자서만 지내는 것이 안쓰러워 마침내는 사람을 좀 만나 보라고 권했더니 그때마다 싫다고 말했다는 것이다. 그러나 12월 말에 이르자 착하고 얌전한 아가씨라 차마 뭐라고 말은 못 했지만 간혹 열한 시가 지나서 로버타가 누군지는 몰라도 방에 사람을 불러들이고 있는 것을 두 딸과 함께 알아챘다고 부인은 증언했다. 여기서도 벨크냅은 반대 심문으로 로버타가 지금껏 증인들이 말한 것만큼은 얌전하고 순결한 여자가 아니었다는 답변이나 인상을 끌어내려고 했지만 역시 실패했다. 길핀 부인은 남편과 마찬가지로 분명히 로버타에게 호감을 느끼고 있었기 때문이다. 하지만 메이슨과 나중에는 벨크냅의 압력을 받자 하는 수 없이 밤늦게 클라이드가 찾아오곤 했다고 증언했다.

그러고 나서 길핀 부부의 큰딸 스텔라가 로버타가 이사 온 후 얼마 안 된 10월 하순이나 11월 초순에 지나가다가 우연히 로버타가 어떤 남자와 — 지금 보니 클라이드였지만 — 집에서 30미터쯤 떨어진 곳에 서 있는 것을 보았는데, 분명히 다투고 있는 것 같아서 걸음을 멈추고 엿들었다고 증언했다. 그녀는 두 사람 사이에 오가는 말을 모두 분명히 알아들을 수 없었지만, 메이슨 검사의 유도 심문으로 그때 로버타가 클라이드를 자기의 방에 들어오게 할 수 없다고, "그건 옳지 않은 일이에요" 하고 말하고 있었던 것으로 기억할 수 있었다. 그러다가 마침내 클라이드는 뒤돌아섰고, 로버타는 돌아와 달라고 애원하는 것처럼 두 팔을 뻗고 서 있더라는 것이다.

그동안 클라이드는 놀라서 멍하니 앞쪽을 바라보고 있었다. 로버타와 교제하는 동안 누구의 눈에도 띈 적이 없다고 생각하고 있었기 때문이다. 스텔라의 증언은 분명히 메이슨이 모두(冒頭) 진술할 때 한 모든 말을, 즉 그가 그 짓이 무엇을 의미하는지를 충분히 알면서 계획적으로 로버타가 분명히 싫어하는 일을 하도록 설득한 사실을 뒷받침해 주고 있었다. 이런 증언이 배심원은 물론 재판장과 이 외딴 지방의 보수적인 주민들의 견해를 클라이드에게 불리한 쪽으로 기울이게 할 것은 불을 보듯 뻔한 일이었다. 벨크냅도 이 점을 생각해서 클라이드를 알아보았다는 스텔라의 증언을 교란해 보려고 했다. 그러나 오히려 앞에서 말한 사건이 있은 지 얼마 뒤인 11월 중순이나 12월 초의 어느 날 클라이드가 상자 하나를 옆구리에 끼고 와서 로버타의 방문을 노크하고 들어가는 것을 보았는데, 그 사람이 달이 밝던 그날 밤 로버타와 다투고 있던 바로 그 젊은 남자라는 것을 확인할 수 있었다는 진술을 끌어내는 데 그치고 말았다.

다음에는 위검과 리짓이 차례로 증인대에 나와 클라이드와 로버타가 각기 공장에서 일하기 시작한 날짜, 부서 책임자와 여직공의 교제를 금지하는 회사 규칙에 대해 진술했다. 그들이 아는 한 클라이드와 로버타는 서로 상대를 쳐다보거나, 누구에게도 시선을 보내는 일도 없는 등 두 사람의 행동이 겉으로 보기에는 나무랄 데가 없었다고 증언했다(이것은 리짓의 증언이었다).

그들 뒤에도 다른 증인들이 계속 등장하여 증언했다. 페이턴 부인은 자기가 아는 클라이드의 방 분위기와, 클라이드의 사교 활동에 관해서 증언했다. 올든 부인은 로버타가 지난해 크리스마스에 회사의 상사가 — 회사 사장의 조카인 클라이드 그리피스 말이다 — 자기에게 관심을 보이지만 그 사실은 당분간 비밀로 해야 한다고 고백했다고 증언했다. 프랭크 해리엇, 할리 배것, 트레이시 트럼불, 에디 셀스는 지난해 12월에 클라이드가 이곳저곳에 초대되었으며 라이커거스에서 여러 사교적인 모임에 참석했다고 증언했다. 스케넥터디에서 약국을 경영하는 존 램버트는 1월 어느 날 청년 한 사람이 — 그는 그 청년이 피고임을 확인했다 — 태아를 유산시키는 데 필요한 약을 사러 왔었다고 증언했다. 오린 쇼트는 클라이드가 1월 말쯤 그리피스 회사에서 일하는 어느 직원의 부탁으로 알아보는 것이라고 하면서 너무 가난해서 아이를 낳을 수 없는 젊은 기혼녀를 유산시킬 만한 의사를 모르느냐고 자기에게 문의해 왔다는 증언을 했다. 클라이드에 따르면 그 여성의 남편이 이런 정보를 알아봐 달라고 부탁했다는 것이다. 그다음에는 신문에 실린 사진으로 로버타를 알아본 글렌 의사가 그녀가 찾아온 사실을 증언하고, 의사로서 그녀를 돕고 싶지 않았다고 덧붙였다.

그러고 나서 올든 가족의 이웃 농부인 C. B. 윌콕스 씨가 6월 29일인가 30일에 로버타가 베이커라고 이름을 댄 사나이가 라이커거스에서 걸어온 장거리 전화를 받고 있을 때 부엌 뒤쪽의 세탁실에 있다가 로버타가 이렇게 말하는 소리를 들었다고 증언했다. "하지만, 클라이드, 그렇게 오래 기다릴 수는 없어요. 그건 당신도 알지 않아요. 그럴 순 없어요." 그때 로버타의 목소리는 흥분하고 근심하는 듯 들렸다. 윌콕스 씨는 클라이드라는 이름을 분명히 들은 것 같다고 말했다.

월콕스 씨의 딸로 키가 작고 뚱뚱하고 혀 짧은 소리를 하는 에설 월콕스는 그전에도 세 번에 걸쳐 로버타에게 장거리 전화가 걸려 와서 로버타를 부르러 간 일이 있다고 증언했다. 그때마다 그 전화는 베이커라는 사나이가 라이커거스에서 걸어온 것이었다고 그녀는 말했다. 그리고 한번은 로버타가 상대방을 클라이드라고 부르는 것을 들은 일이 있다는 것이었다. 에설은 또 무슨 뜻인지는 몰랐지만, 로버타가 "절대로 이제 더 기다릴 수는 없어요" 하고 말하는 것을 들었다고도 증언했다.

다음에는 시골 우편물 배달원인 로저 빈이 6월 7일이나 8일에서 7월 4일에서 5일 사이에 자그마치 열다섯 통의 편지를 로버타에게서 직접 받거나 올든 농장 앞길에 있는 우체통에서 수거했는데, 그 편지는 대부분이 라이커거스 우체국 유치로 클라이드 그리피스 앞으로 되어 있었다고 증언했다.

다음에는 라이커거스 우체국 유치 우편계의 에이모스 쇼월터가 6월 7일이나 8일에서 7월 4일이나 5일 사이에 이름을 알고 있는 클라이드가 와서 찾아간 편지가 자그마치 열대여섯 통이나 되는 것으로 기억한다고 증언했다.

쇼월터의 뒤를 이어 라이커거스에서 주유소를 운영하는 R. T. 비겐이 7월 6일 아침 여덟 시경 시의 가장 서쪽 끝에 있고 북쪽으로 더 가면 라이커거스와 폰다를 연결하는 전철의 간이역에 이르는 필딩 거리에 갔다가 회색 양복에 밀짚모자를 쓰고 옆구리에 노란 카메라 삼각대와 또 무엇인가를 ― 우산이었는지도 모르지만—매단 갈색 가방을 든 클라이드를 목격했다고 증언했다. 클라이드가 어느 방향에 사는지 알기 때문에 집에서 멀지 않은 센트럴 애비뉴에 나오면 폰다-라이커거스 전차를 탈 수 있는데, 왜 걸어가고 있을까, 하고 이상하게 여겼다는 것이다. 그러자 벨크냅은 반대 심문에서 이 증인에게 50미터 넘는 곳에서 그것이 카메라의 삼각대라는 것을 어떻게 알아볼 수 있느냐고 따졌다. 비겐은 그것이 삼각대가 틀림없었으며, 밝은 노란색 나무로 끝이 놋쇠로 되어 있었고 다리가 세 개 달려 있었다고 증언했다.

그다음에는 폰다 역의 역장 존 W. 트로우셔가 증언대에 나와 지난 7월 6일 아침(그는 이러저러한 일들이 있었기 때문에 날짜와 시간을 분명히 기억한다고 설명했다) 유티카행 차표를 로버타 올든에게 팔았다고 증언했다. 그는 지난겨울에 여러 번 본 일이 있었기 때문에 미스 올든을 기억한다고 말했다. 로버타는 몸이 불편한지 몹시 피곤해 보였는데, 지금 그에게 제시된, 법정에 놓여 있는 이 갈색 가방과 비슷한 가방을 들고 있었다는 것이다. 트로우셔는 법정에 놓여 있는 가방을 들고 있던 피고도 기억했다. 그는 피고가 로버타에게 말을 걸거나 아는 체하는 것을 보지 못했다고 증언했다.

그다음은 폰다에서 유티카까지 타고 간 그 열차의 차장 퀸시 B. 데일의 차례였다. 그는 클라이드가 뒤쪽 찻간에 타고 있던 것을 기억한다고 말했다. 그는 또 나중에 신문에 난 사진을 보고 로버타도 기억하고 있었다. 로버타는 그를 보자 정답게 미소를 지어 보였고, 그가 가방이 무거워 보이니 유티카에 도착하면 승무원을 시켜서 내려다 주겠다고 하자 고맙다는 인사를 했다는 것이다. 그는 로버타가 유티카에서 하차해서 역으로 들어가는 것은 보았지만 클라이드의 모습은 눈에 띄지 않았다고 말했다.

이어 로버타의 트렁크가 유티카 역 수하물실에 며칠 동안 예치된 사실이 확인되었다. 그러고 난 뒤 '클리퍼드 골든 부부'라고 적힌 유티카의 렌프루 하우스의 7월 6일 자 숙박부의 페이지가 같은 여관 지배인 제리 K. 커노션에 의해 확인되었다. 즉석에서 필적 전문가들이 이 숙박부의 페이지를 그래스 호수와 빅비턴 여관의 숙박부 기재 사항과 대조해 보고 동일인의 필적이라고 확인했다. 이 필적들은 또 로버타의 여행용 가방에서 나온 카드의 필적과도 비교하여 모두 증거 자료로 인정되어 배심원 한 사람 한 사람이 차례로 자세히 검토하고 이어 벨크냅과 제프슨도 들여다보았다. 그런데 벨크냅과 제프슨으로서는 숙박부에 적힌 이름들은 본 적이 있지만 카드는 처음 보는 것이었다. 그래서 벨크냅은 또 한 번 지방 검사가 부당하고 불법적이고 비열하게 증거를 은폐하는 행위에 이의를 제기했다. 이 문제를 둘러싸고 격렬한 논쟁과 함께 열흘째 재판은 끝이 났다.

제22장

그러고 나서 열하루째 날에는 유티카의 렌프루 하우스의 종
업원 프랭크 W. 셰퍼가 클라이드와 로버타가 그곳에 도착한 일
과 그때의 행동, 클라이드가 시러큐스의 클리퍼드 골든 부부라
고 숙박부에 이름을 적은 사실을 증언했다. 이어 유티카의 스타
양품점 점원 월리스 밴더호프가 밀짚모자를 살 때의 클라이드
의 태도와 모습에 관해 증언했다. 그다음에는 유티카와 그래스
호수 사이를 왕래하는 열차의 차장이 증언했다. 그의 뒤를 이어
그래스 호수의 여관 주인이 증언대에 섰다. 다음에는 블랜치 페
팅길이라는 웨이트리스가 그곳에서는 결혼 증명서를 얻을 수
없다고, 그러니 다음 날 다른 곳으로 갈 때까지 기다리는 것이
좋겠다고 클라이드가 로버타에게 말하는 것을 엿들었다는 증
언을 했다. 이 증언은 클라이드가 로버타에게 모든 것을 고백한
것으로 되어 있는 날짜보다 하루 전에 있었던 일을 말한 것이었

으므로 클라이드에게는 매우 불리한 내용이었지만 제프슨과 벨크냅은 나중에 저희끼리 의논해서 그런 고백에는 예비 단계가 있을 만도 하지 않았겠느냐는 데 동의했다. 웨이트리스 다음에는 두 사람이 건롯지까지 타고 간 열차의 차장이 증인대에 섰다. 뒤이어 버스의 운전기사 겸 안내인이 나와서 클라이드가 빅비턴에 사람이 많이 있느냐는 이상한 질문을 했으며, 또 돌아올 것이라고 하면서 로버타에게는 가방을 두고 가도록 하고, 자기 가방은 들고 갔다고 증언했다.

이어 빅비턴의 여관 주인, 보트 하우스 관리인, 클라이드가 숲속에서 만난 세 사람이 나와 증언을 했다. 세 사람은 그들을 만났을 때 클라이드가 겁에 질려 있던 모습을 묘사해 그에게는 매우 불리한 증언이었다. 이어 보트와 로버타의 시체가 발견되었을 때의 상황과 현장에 출두한 하이트가 로버타의 상의 호주머니에서 편지를 발견했다는 사실이 밝혀졌다. 이 단계에서 증언을 한 증인의 수는 20여 명이나 되었다. 다음에는 기선의 선장, 시골 처녀, 크랜스턴네 운전기사가 나와 클라이드가 크랜스턴네 별장에 도착한 경위를 밝혔고, 마침내 그가 베어 호수에 도착하기까지의 행적이 증인들에 의해 낱낱이 밝혀졌고, 그의 추적과 검거 당시의 상황이 — 어떻게 검거되었으며 무슨 말을 했는지 — 밝혀졌다. 이 부분의 증언은 클라이드가 거짓말을 일삼고 질문을 회피하고 겁을 먹고 있는 모습을 묘사하고 있어 그에게는 매우 불리했다.

그러나 클라이드에게 가장 치명적인 증언은 두말할 나위 없이 카메라와 삼각대에 관한 것으로— 이 물건들이 발견된 상황 말이다— 메이슨 검사는 이것으로 유죄 판결을 끌어낼 수 있다는 희망을 걸고 있었다. 그는 먼저 삼각대나 카메라를 소유한 적이 없다는 클라이드의 허위 진술에 초점을 맞출 계획이었다. 그러기 위해서 그는 먼저 얼 뉴콤을 출두시켰고, 얼 뉴콤은 증인대에서 메이슨과 하이트를 비롯한 사건 담당관들과 클라이드를 사건 현장으로 데려간 날 빌 스워츠라는 현지 주민과(이 현지 주민도 나중에 증인대에 불려 나왔다) 함께 쓰러진 통나무들 밑과 덤불 속을 살피다가 어느 통나무 밑에 문제의 삼각대가 숨겨 있는 것을 발견했다고 말했다. 그는 또 (메이슨의 유도 심문으로 그렇게 증언했는데, 벨크냅과 제프슨이 제기한 이의는 기각되었다) 클라이드가 카메라나 삼각대를 소지했느냐는 질문을 받자 그런 일이 없다고 잡아뗐다고 증언했다. 이 증언에 대해 벨크냅과 제프슨은 큰 소리로 불만을 표시했다.

곧이어 클라이드에게 삼각대를 보이며 이런 것을 갖고 있었느냐고 묻자 클라이드가 "그런 것은 가진 적이 없다고 격렬하게 몇 번씩이나 부인했다"라는 내용의 문서에 하이트, 벌리, 슬랙, 크라우트, 스웽크, 시셀, 빌, 스워츠, 루퍼스 포스터, 군의 측량 기사, 뉴콤 등이 서명한 것을 제출했다. 결국 오버월처 판사의 명령으로 그 내용은 기록에서 삭제되었다. 그러나 이 문서가 지닌 의미를 배심원들에게 이해시키기 위해 메이슨은 즉시 이렇게 덧붙여 말했다. "잘 알겠습니다, 재판장님. 하지만 그 문서에서 지적된 모든 것을 확인할 다른 증인들도 있습니다." 그러고 나서 그는 곧바로 "조지프 프레이저! 조지프 프레이저!" 하고 외쳐 체육용품과 카메라 등을 취급하는 상인 한 사람을 증인대에 세웠다. 그 증인은 자기가 얼굴도 알고 이름도 아는 피고 클라이드 그리피스가 5월 15일과 6월 1일 사이 어느 날 이러저러한 크기의 카메라와 삼각대를 사러 와서 할부로 값을 치르는 조건으로 세로 9센티미터, 가로 14센티미터 생크 카메라 한 대를 구입했다고 말했다. 자신의 장부와 카메라와 삼각대의 제품 번호를 자세히 대조한 뒤 프레이저 씨는 그에게 제시된 카메라와 삼각대를 자기가 클라이드에게 판 것과 동일한 물건이라고 확인했다.

클라이드는 소스라치면서 허리를 펴고 꼿꼿이 앉았다. 그렇다면 수사진이 결국 카메라와 삼각대를 찾아낸 것이 아닌가. 카메라를 가진 적이 없다고 그렇게 잡아뗐는데. 배심원들과 재판장과 방청객들은 그의 거짓말을 어떻게 생각할까? 별 의미도 없는 카메라를 두고 거짓말을 한 사실이 드러났는데도 심경의 변화가 일어났다는 주장을 누가 믿어 줄까? 차라리 처음부터 사실대로 말할 걸 그랬다.

클라이드가 그런 생각을 하는 동안 메이슨 검사는 나무꾼이자 잠수부인 청년 시미언 도지를 불렀다. 도지는 토요일인 7월 16일에, 앞서 로버타의 시체를 물에서 건진 존 폴과 함께 지방 검사의 요청으로 로버타의 시체가 발견된 바로 그 장소에 여러 차례 잠수한 끝에 마침내 카메라 하나를 건질 수 있었다고 증언했다. 도지는 이어 그 카메라를 확인했다.

곧이어 지금껏 언급되지 않았지만 카메라가 발견되었을 당시 그 속에 들어 있었던 것을 그 뒤에 현상해서 지금 증거로 인정된 필름에 관한 여러 사람의 증언이 있었다. 필름에는 다른 누구보다도 로버타처럼 보이는 여자를 찍은 사진 네 장과 분명히 클라이드의 모습을 찍은 사진 두 장이 있었다. 벨크냅은 반박할 수도, 필름을 증거 자료에서 제외시킬 수도 없었다.

이어 클라이드가 6월 18일 처음으로 샤런의 크랜스턴네 별장을 방문했을 때 그곳에 손님으로 머물러 있던 플로이드 서스턴이 증인대에 불려 나와 그때 클라이드가 그 자리에서 그에게 제시된 것 같은 크기와 모양의 카메라로 사진을 몇 장 찍었다는 증언을 했다. 그러나 그는 법정에 제시된 카메라가 그때의 카메라와 동일한 것이라고 단언할 수 없었고, 그래서 그의 증언은 기록에서 삭제되었다.

뒤이어 그래스 호수 여관에서 여종업원으로 일하는 에드너 패터슨이 7월 7일 밤 클라이드와 로버타가 묵고 있는 방에 들어갔을 때 클라이드가 지금 자기 앞에 제시된 것과 크기나 색깔이 동일하다고 기억되는 카메라를 손에 들고 있는 것을 보았다고 증언했다. 그녀는 그때 한 개의 삼각대도 있는 것을 보았다고 말했다. 한편 클라이드는 명상하고 최면술에 걸린 듯한 이상한 상태에서, 이 여자가 그때 방에 들어왔던 것을 생각하고 있었다. 벌써 오래전의 일인데도 서로 연관도 없이 예상치 않던 여러 곳에서 증인들이 나와 이렇게 여러 사실을 단단한 사슬로 연결하고 있다고 생각하니 그는 그저 어안이 벙벙할 뿐이었다.

여관 여종업원에 이어, 벨크냅과 제프슨이 이의를 제기했는데도 며칠에 걸쳐 로버타의 시체를 처음 브리지버그로 옮겼을 때 메이슨 검사가 소집한 의사 다섯 명이 차례로 피해자의 얼굴과 머리에 난 상처가 그때의 로버타의 몸 상태로 보아 의식을 잃게 만들기에 충분한 것이었다고 증언했다. 그들은 물에 띄우는 시험을 한 결과, 죽은 여성의 허파 상태로 보아 피해자는 반드시 의식이 있었다고 단언할 수는 없지만, 아직 살아 있는 상태에서 물에 빠진 것이라고 주장했다. 그러나 의사들은 그런 상처들을 생기게 한 도구의 성격에 관해서는 둔기라는 것 말고는 짐작할 수 없다고 말했다. 벨크냅이나 제프슨이 아무리 다그쳐도 의사들은 의식을 잃게 하지 않을 만한 타격으로도 그런 상처가 날 수 있다고 말하려고 하지 않았다. 가장 큰 상처는 두개골의 정상부에 있었는데 내출혈을 일으킬 만큼 깊은 것이었다. 그 부위 사진들은 모두 증거로 제출되었다.

방청객과 배심원들이 심리적으로 크게 마음의 동요를 일으키고 있는 이 순간, 메이슨은 하이트와 의사들과 러스 장의사에서 시체를 관리하고 있을 때 찍은 로버타의 얼굴 사진 몇 장을 제출했다. 이어 로버타의 얼굴 오른쪽에 난 상처들의 크기가 문제의 카메라 앞뒷면의 크기와 일치된다는 사실이 입증되었다. 곧이어 버튼 벌리가 증인대에 나와 로버타의 머리칼과 같은—메이슨은 이 점을 입증하려고 애썼다—머리칼 두 올이 카메라의 렌즈와 뚜껑 사이에 끼어 있는 것을 발견했다고 진술했다. 몇 시간에 걸쳐 이런 증거 자료들이 제시되자 화가 머리끝까지 치밀면서도 마음이 불안해진 벨크냅은 빈정거리는 말로 반격을 가하려고 마침내는 자기의 밝은 색 머리칼을 한 올 뽑고 나서 배심원들과 벌리에게 머리칼 한 올을 보고 사람의 머리칼 색깔을 판별할 수 있겠느냐, 그렇게 판별할 수 없다면 이 머리칼이 로버타의 것인지, 아닌지 어떻게 장담할 수 있겠느냐고 따지고 들었다.

이어 메이슨에게 불려나온 럿거 도너휴 부인이라는 여성은 매우 차분하게 지난 7월 8일 저녁 다섯 시 반과 여섯 시 사이에 문코브 위쪽에 텐트를 친 뒤 남편과 함께 보트로 낚시질을 하러 나갔는데 물가에서 800미터쯤 떨어지고, 문코브를 에워싼 숲 또는 뭍의 북쪽 가장자리에서 400미터쯤 떨어진 지점에 있을 때 여자의 비명을 들었다고 증언했다.

"오후 다섯 시 반과 여섯 시 사이라고 했습니까?"

"네, 그렇습니다, 검사님."

"다시 한 번, 날짜가 언제였다고 했죠?"

"7월 8일입니다."

"그때 정확하게 어디에 있었습니까?"

"우리는……."

"'우리'가 아닙니다. 부인이 있던 곳이 어디였습니까?"

"이름은 뒤에 알았지만 사우스베이라는 곳을 보트를 타고 남편과 함께 지나고 있었습니다."

"좋습니다. 그다음에 일어난 일을 말하십시오."

"그 만 한복판에 이르렀을 때 비명이 들렸습니다."

"어떤 비명이었습니까?"

"찢어지는 듯한 소리였습니다. 마치 고통에 놓여 있는 비명, 위험에 처한 사람이 지르는 그런 비명이었어요. 날카롭고 머릿속에서 잊히지 않는 그런 비명이었습니다."

여기서 변호인의 '삭제'해 달라는 이의 신청이 있었고, 재판장은 마지막 부분의 표현을 삭제할 것을 명령했다.

"그 비명이 어디서 들려왔습니까?"

"멀리서 들려왔어요. 숲속이나 숲 너머에서 들려온 소리였습니다."

"그때 그 숲 아래쪽에 또 다른 만이나 후미가 있다는 걸 알았나요?"

"아뇨, 몰랐습니다, 검사님."

"그럼 그때 혹 다른 생각을, 부인이 있던 곳의 아래쪽 숲속에서 그 소리가 들려왔을지도 모른다는 생각은 안 했습니까?"

이에 이의가 제기되었고 그 이의는 채택되었다.

"그런데 남자의 비명이었나요, 여자의 비명이었나요? 어떤 비명이었습니까?"

"여자의 비명이었습니다. '오, 오!' 또는 '하나님!' 하는 소리처럼 들렸어요. 물론 거리는 멀었지만 아주 날카롭고도 똑똑하게 들렸어요. 사람이 고통을 받을 때 배로 크게 지르는 그런 비명이었거든요."

"어떤 종류의 비명인지 잘못 알아들을 수 없다고 확신하는 건가요? 남자 비명인지 여자 비명인지 말입니다."

"네, 확신합니다. 검사님. 여자의 비명이었어요. 남자나 소년의 비명이라기엔 너무나 가냘프고 높았으니까요. 여자 비명이 아닐 리 없었어요."

"알겠습니다. 그런데 도너휴 부인, 로버타 올든의 시체가 발견된 곳을 보여 주는 지도 위의 이 점이 보이십니까?"

"네, 보입니다, 검사님."

"부인의 보트가 있던 위치를 대략 보여 주는 이 나무들 위의 다른 점도 보입니까?"

"네, 검사님."

"비명은 문코브 안 이 점이 있는 곳에서 들려온 것 같습니까?"

이의가 제기되었고 받아들여졌다.

"비명은 반복되었습니까?"

"아네요, 검사님. 저는 기다렸어요. 남편에게도 들어 보라고 말하고 우리는 함께 기다려 봤지만 더는 들리지 않았습니다."

이어 벨크냅은 그 비명이 겁에 질리기는 했으되 고통을 받거나 신체적인 피해를 당하지는 않은 사람의 입에서 나온 것인지도 모른다는 점을 입증하기 위해 처음부터 다시 반대 심문을 했지만 도너휴 부인도, 나중에 증인대에 나온 그녀의 남편도 이미 증언한 내용을 한마디도 취소하려고 하지 않았다. 이 부부는 그 여자의 애처로운 비명은 평생 잊을 수 없을 것이라고 말했다. 자꾸만 비명이 귓가에 맴돌아서 캠프에 돌아가서도 그 이야기를 했다는 것이다. 그들은 날이 이미 어두워졌기 때문에 비명이 들려온 곳으로 가 보고 싶지 않았고, 어떤 여자가 숲속에서 살해된 것 같은 느낌이 들어 그곳에 오래 머물고 싶지 않았기 때문에 이튿날 아침 일찍 다른 호수로 자리를 옮겼다고 했다.

댐스 호수의 캠프장에서 일하는 애디론댁산맥의 안내인 토머스 배럿은 도너휴 부인이 말한 그 시간에 빅비턴 여관으로 가려고 호반을 걷고 있다가 도너휴 부인이 말한 호수의 그 지점에 남녀가 있는 것을 보았을 뿐만 아니라, 그 뒤쪽으로 이 만의 남쪽 물가에 그들의 텐트가 있는 것도 보았다고 증언했다. 그는 또 문코브 밖에서는 그 어귀에서가 아니고서는 이 만 안에 있는 보트를 볼 수 없다고도 말했다. 그는 곧 어귀는 좁고 호수 위에서는 보이지 않는다고 했다. 다른 증인들도 이 말이 사실이라고 입증했다.

천장이 높고 좁은 법정에 비쳐드는 오후의 햇빛이 사라지기 시작하는, 한껏 심리적 효과가 고조된 이 순간, 메이슨 검사는 미리 조심스럽게 꾸민 각본에 따라 매우 담담하면서도, 처음 그것들을 검토했을 때 느낀 동정심과 감동을 그대로 표현하여 로버타의 편지를 한 통씩 차례차례 모두 낭독했다. 처음 이 편지들을 읽었을 때 그는 눈물을 흘렸다는 것이다.

메이슨은 로버타가 라이커거스를 떠난 지 사흘 뒤인 6월 8일자의 편지에서부터 시작해서 14번째, 15번째, 16번째, 17번째의 편지까지 차례로 읽어 내려갔다. 이들 편지에서 로버타는 단편적인 사실이나 중요한 언급을 통해 처음에는 세 주 뒤에 데리러 오겠다고 하던 클라이드가 그 날짜를 한 달 뒤로 미루고 다시 7월 8일이나 9일로 연기하자, 참다못해 위협하여 클라이드가 폰다에서 그녀를 만날 결심을 갑자기 하게 되었을 때까지의 두 사람의 관계를 밝히고 있었다. 메이슨이 자못 감동적으로 이 애절한 사연들을 읽는 동안, 방청석과 배심원석에서는 눈물을 짓고 손수건을 꺼내고 기침하는 소리가 들리는 것으로 보아 그 편지 사연이 얼마나 진지한지 잘 알 수 있었다.

당신은 나더러 너무 걱정하거나, 내 감정을 너무 생각하지 말고 즐겁게 시간을 보내라고 했죠. 라이커거스에서 친구들에게 둘러싸이고 이곳저곳에 초대되는 당신으로서는 그런 말을 하기란 쉬울 겁니다. 언제나 옆에서 엿듣는 사람이 있는 데다 당신이 이런저런 말은 하지 말아야 한다고 늘 나한테 주의하라고 경고하고 있는데 윌콕스 댁에서 전화로 말한다는 건 여간 어려운 일이 아닙니다. 더구나 할 말이 많은데도 그 댁에서는 말을 할 수가 없어요. 그런데 당신은 걱정하지 말라는 말밖에는 안 해요. 그러면서도 당신은 27일에 오겠다는 확실한 말은 하지 않고 무슨 일 때문인지 — 전화가 멀어서 잘 알아들을 수 없었지만 — 더 늦어질지도 모른다는 말만 했어요. 클라이드, 그럴 수는 없어요. 3일에는 부모님이 큰아버지가 사시는 해밀턴으로 떠나셔요. 톰과 에밀리도 같은 날 언니한테로 가요. 그러나 나는 그곳으로 갈 수도 없고, 가고 싶지도 않아요. 그렇다고 집에 혼자 있을 수도 없어요. 그러니 약속한 대로 꼭 와야 해요. 클라이드, 이런 몸의 상태로서는 나는 이제 더 기다릴 수가 없어요. 그러니까 빨리 와서 나를 데리고 가야 해요. 아, 제발, 제발 이렇게 사정합니다. 찾아올 날짜를 뒤로 미뤄서 더 이상 나를 괴롭히지 말아 줘요.

그다음에는 이렇게 적혀 있었다.

클라이드, 나는 당신을 믿을 수 있다고 생각했기에 집에 온 거예요. 내가 그곳을 떠나기 전에 내가 집에 와 있으면 늦어도 3주 뒤에는 데리러 오겠다고 했어요. 준비하는 데, 우리가 함께 있을 때의 생활비를 마련하는 데, 다른 곳에서 일자리를 얻는 데 그 정도 시일만 있으면 넉넉하다고 말했잖아요. 그런데 어제, 7월 3일이면 내가 집에 온 지 한 달이 거의 되어 가는데도, 그리고 내가 부모님이 해밀턴으로 가서 열흘 동안 머무른다는 말을 했는데도 당신은 처음에는 그때까지 올 수 있을지 어떨지 자신이 없다고 말했어요. 물론 나중에는 오겠다고 했지만, 그것도 나를 달래려고 하는 말 같았어요. 그래서 그 뒤로 나는 몹시 마음이 괴로웠습니다.

클라이드, 나는 정말로 몸이 아주 편찮아요. 거의 항상 현기증이 나요. 만약 당신이 오지 않으면 어떡하나 하는 걱정에 꼭 미칠 것만 같아요.

클라이드, 당신이 전처럼 나를 사랑하지 않고, 이런 일이 없었기를 바라고 있다는 건 나도 알아요. 하지만 난들 어떻게 할 수 있어요? 당신이 당신 책임뿐만 아니라 내게도 책임이 있다고 말하리란 것도 알고 있었어요. 세상 사람들도 이 사실을 알면 그렇게 생각할지 모르죠. 하지만 내가 하고 싶지 않은 일을, 내가 후회하게 될 일을 억지로 시키지 말아 달라고 내가 얼마나 애원했나요. 당신을 너무 사랑했기에 당신의 요구를 끝내 물리칠 수는 없었지만요.

클라이드, 그저 내가 죽을 수만 있으면 얼마나 좋을까요. 그러면 모든 문제가 해결될 테죠. 요즈음에는 죽게 해 주십사 하고 얼마나 계속 기도를 올리는지 모르겠어요. 네, 정말로 그랬다고요. 지금 살아가는 게 당신을 처음 만나 당신의 사랑을 받았을 때처럼 그렇게 의미가 없어요. 아, 그때는 얼마나 행복했던가요! 사정이 지금과 같지 않았더라면 좋을까요. 또 내가 당신에게 방해가 되지 않는다면 얼마나 좋겠어요. 그렇다면 나를 위해서도, 당신을 위해서도 더없이 좋을 거예요. 하지만 클라이드, 내게는 돈 한 푼 없고 우리 아기의 명예를 지켜 줄 방법은 이 길밖에는 없어요. 엄마와 아버지, 그리고 다른 가족들에게 심한 고통과 망신만 끼치지 않을 수 있다면 다른 길을 택해서 모든 일을 끝장내고 싶어요. 정말이에요.

또 다른 편지에는 이런 내용이 적혀 있었다.

오, 클라이드, 클라이드, 지금의 삶은 작년의 삶과는 너무 달라요. 한번 생각해 봐요. 작년에 우리는 크럼 호수를 비롯하여 폰다와 글로버스빌과 리틀폴스 근처의 여러 호수에 놀러 갔었어요. 그런데 지금은, 지금은. 방금 전 남자 친구와 여자 친구들이 톰과 에밀리를 데리러 와서 함께 딸기를 따러 갔어요. 그 애들이 가는 것을 보고 나는 같이 갈 수 없다고, 두 번 다시는 그런 시절이 돌아오지 않는다고 생각하고 얼마나 울었는지 몰라요.

그리고 마지막 편지에는 이렇게 적혀 있었다.

오늘 이곳저곳 찾아다니면서 작별 인사를 했어요. 농장 구석구석 정이 들지 않은 곳이 없어요. 당신도 알다시피 내가 태어나 지금까지 자란 곳이거든요. 먼저 푸른 이끼가 많이 낀 샘가의 오두막 옆을 지나면서 작별 인사를 했어요. 언제 다시 보게 될지도 모르니까요. 어쩌면 영원히 보지 못하겠지요. 다음에는 여러 해 전 에밀리와 톰과 기퍼드와 내가 놀이 집을 만들었던 오래된 능금나무가 있는 곳으로 갔어요. 그다음에 간 곳은 우리가 가끔 가서 놀던 과수원 안의 '믿음'이라는 깜찍하게 생긴 조그마한 집이었어요.

아, 클라이드, 당신은 이런 작별 인사를 하는 내 마음을 모를 거예요. 이번에 떠나면 다시는 집에 돌아올 것 같지 않은 느낌이 들어요. 그리고 불쌍한 엄마, 사랑하는 엄마를 속인 일 때문에 자꾸만 미안한 마음이 들어요. 엄마는 화를 낼 줄도 모르는 분으로 항상 나를 보살펴 주시곤 했거든요. 엄마한테 모든 걸 고백하고 싶은 생각이 들 때도 있지만 그럴 수가 없어요. 내 일이 아니더라도 엄마는 걱정이 많아요. 고생만 해 온 엄마의 마음을 이제는 더 아프게 할 수 없어요. 내가 집을 떠났다가 언젠가 결혼한 몸으로, 아니면 죽어서 돌아온다 해도—아무 쪽이든 이제는 상관이 없어요—엄마는 모르실 거예요. 그렇게라도 엄마 마음을 아프게 하고 싶지 않습니다. 그게 내게는 목숨보다도 중요한 일이니까요. 그러니 클라이드, 당신이 전화로 내게 약속한 대로 당신을 만날 때까지 잘 지내요. 여러모로 걱정만 안겨 준 것을 용서해 주세요.

슬픔에 잠긴
당신의 로버타로부터

　메이슨 검사는 편지를 읽으면서 이따금 울었다. 편지를 다 읽고 나자 그는 지쳐 있었지만 물샐틈없는 완벽한 사례를 제시했다는 자신감에 넘쳐 돌아서면서 큰 소리로 외쳤다. "이것으로 검찰 논고를 모두 마칩니다." 이때 남편과 에밀리와 함께 앉아 있던 올든 부인은 재판이 오래 진행되는 동안 긴장한 데다 딸의 편지에서 받은 충격이 겹쳐 울부짖듯 외마디 비명을 지르고는 기절해서 앞으로 쓰러졌다. 그 자신이 지칠 대로 지쳐 있던 클라이드는 그 소리를 듣고 올든 부인이 쓰러지는 것을 보자 벌떡 일어서려고 했지만 제프슨이 곧 손으로 그의 동작을 제지했다. 한편 법정 직원들과 그 밖의 사람들이 올든 부인과 그 옆에 있던 타이터스를 부축해서 법정 밖으로 데리고 나갔다. 이 사태를 지켜보는 방청객들은 마치 클라이드가 그 자리에서 또 다른 범행이라도 저지른 것처럼 그에게 분노를 느꼈다.

잠시 뒤 흥분이 가라앉고 법정의 시곗바늘이 다섯 시를 가리키면서 꽤 어두워지고 사람들이 모두 지쳐 있었으므로 오버월처 재판장은 휴정을 선언했다.

그러자 신문 기자들, 특별 기사와 삽화 담당자들이 모두 자리에서 일어나 이튿날이면 피고 측의 변론이 시작되는데, 피고 측은 누구를 어디에서 증인으로 소환할까, 이렇게 불리한 증거가 산적한데 증인대에 서서 자기변명을 할 기회가 클라이드에게 주어질까, 아니면 변호인단이 정신적·도덕적인 결함을 내세우는 그럴듯한 주장을 해서 종신형을 ─ 그보다 가벼운 형은 어림도 없을 것이다 ─ 받는 것 정도로 만족할까, 하는 따위에 관해 나지막한 목소리로 저희들끼리 주고받았다.

클라이드는 야유와 비난 속에서 법정을 나서면서 이튿날 오랫동안 계획해 온 대로 증인대에 나갈 용기가 과연 자기에게 있을지 생각하고 있었다. 그는 이튿날 밤 모두 자리에서 일어날 때 아무도 보는 사람이 없다면 (유치장에서 법정으로 오가는 동안 그의 손목에는 수갑이 채워지지 않았다) 방청객들이 부산하게 움직이고 보안관 대리들이 그를 데리러 오고 있을 때 혹시, 혹시 말이다, 층계로 달리거나, 태연하게 조용하면서도 재빠른 걸음으로 아무렇지 않은 듯 계단으로 내려가 밖으로 ─ 그 계단이 어디로 나 있던 ─ 작은 옆문을 통해 유치장에서 본, 그 바깥 층계로 나갈 수 있지 않을까 생각하고 있었다. 어딘가 숲이 있는 곳까지 갈 수만 있다면 그대로 며칠 동안 쉬지도 먹지도 않고 걸어서, 아니 달려서 어디든 좋으니 도망칠 수만 있다면 좋으련만. 물론 그것은 한번 희망을 걸어 볼 만한 기회였다. 총에 맞거나 개를 데리고 있는 사람들에게 쫓길지도 모르지만, 그래도 한번 희망을 걸어 볼 만한 기회가 아니던가?

지금 이대로의 상황에서라면 그가 살아날 기회는 눈곱만큼도 없었다. 지금까지의 재판 과정을 지켜보고, 그의 무죄를 믿을 사람은 아무도 없을 것이기 때문이다. 그러나 그는 그런 식으로는 죽고 싶지 않았다. 아니, 절대로, 그런 식으로는!

비참하고 암담하고 지루한 밤이 또 한 번 찾아왔다. 그러고 나서 비참하고 을씨년스런 겨울 아침이 또다시 찾아왔다.

제23장

이튿날 아침 여덟 시에 이르러 눈에 번쩍 띌 만한 큼직한 표제가 달린 대도시의 신문들이 거리의 가판대에 놓여 모든 사람에게 다음과 같은 사실들을 분명히 알렸다.

검찰, 방대한 분량의 증거 제시
그리피스 사건 논고를 끝내다

범행 경위와 동기가 밝혀짐

피해자의 얼굴과 머리의 치명상은
카메라 한쪽 옆과 일치

편지의 극적 낭독이 끝나자

피해자의 어머니 실신

메이슨 검사의 건축학적인 사례 제시와 극적인 논고는 한때나마 벨크냅과 제프슨, 클라이드에게 순간 완패했다는 확신을 주고 또한 배심원들에게 클라이드가 뼛속까지 악인이 아니라고 믿게 할 방법은 도저히 없다는 생각이 들기에 충분했다.

모든 사람은 메이슨의 탁월한 논고에 찬사를 보냈다. 한편 클라이드는 전날의 재판 상황을 어머니가 신문에서 읽을 것을 생각하고 잔뜩 풀이 죽어 있었다. 그는 제프슨에게 부탁해서 어머니에게 신문에 실린 내용을 그대로 믿지 말라는 전보를 보내야 했다. 프랭크, 줄리아, 에스터에게도 그래야 했다. 손드라도 오늘 신문을 읽을 것이다. 하지만 그 많은 날과 암담한 밤들이 지나도 그녀로부터는 한마디 소식도 없지 않은가! 신문들은 간혹미스 X에 대해 언급했지만 미스 X가 과연 어떤 여자인지 정확하게 밝힌 신문은 하나도 없었다. 돈 있는 집안의 위력이 작용하고 있었다. 그리고 바로 이날 클라이드의 변론이 시작하기로되어 있었고, 그는 의미 있는 유일한 증인으로 증인대에 서야했다. 그러나 어떻게 할 것인가, 하고 그는 자문했다. 그 많은 방청객. 그들의 노여움. 지금으로서는 그들의 불신과 증오가 긴장되고 불안했다. 증인대에 서 벨크냅의 차례가 끝나면 메이슨과맞서야 했다. 벨크냅과 제프슨으로서는 괜찮을지도 모른다. 두사람으로부터는 그처럼 그렇게 고문 같은 괴로움을 당할 염려는 없기 때문이다.

이런 상황에도 불구하고 클라이드는 감방에서 제프슨, 벨크냅과 한 시간 동안 얼굴을 맞대고 난 뒤 다시 뭐라고 형언하기 어려운 배심원들, 긴장감과 함께 관심을 보이는 방청객들의 날카로운 눈초리를 받으며 법정에 돌아와 있었다. 벨크냅이 일어나 근엄하게 배심원 한 사람, 한 사람의 얼굴을 살핀 뒤 변론을 시작했다.

"배심원 여러분, 3주일 남짓 전에 여러분은 지방 검사가 자기가 제시하는 증거를 검토하면 여러분은 피고가 기소된 범죄를 유죄로 인정할 거라고 말하는 것을 들었습니다. 그 후 지루하고 따분한 재판이 있었습니다. 열대여섯 살 되는 한 소년의 철없고 경험이 없는, 그러나 어느 모로 보나 고의가 없고 무죄인 행동을 마치 철면피한 범죄자의 행위처럼 여러분 앞에서 낱낱이 들추어 냈습니다. 그것은 두말할 나위 없이 피고에 대해 편견을 심어 주려는 의도였습니다. 그러나 피고는 캔자스시티에서 일으킨, 오해를 많이 산 단 한 번의 사고—본인은 변호사로일하면서도 불행하게도 그토록 악의에 찬 오해를 불러일으킨사고는 처음 들어 봤습니다—그 사고를 제외하면 피고 연령층의 소년으로서는 누구 못지않게 깨끗하고 부지런하고 죄 없는 순수한 생활을 영위해 왔습니다. 여러분은 지방 검사가 피고를 어른—수염을 기른 어른—이라고 부르고, 범죄에 젖은, 가장 역겨운 지옥의 음흉한 산물이라고 부르는 것을 들었습니다. 그러나 피고는 이제 겨우 스물한 살밖에 되지 않습니다. 지금 피고는 저기 앉아 있습니다. 만약 본인이 이 자리에서 언어의 마술로 이 떠들썩하고 잘못 판단하고, 또 정치적 이해관계에 좌우되고 있다고(이런 진술을 하지 말라는 주의를 받지만 않았던들) 말씀드려도 좋을, 검찰 측이 피고에게 뒤집어 씌운 잔인한 생각과 감정의 인상을 여러분 마음에서 지워 버릴 수 있다면, 여러분은 여러분이 배심원석에서 일어나 저 창밖으로 날아갈 수 없듯이 피고에 대해 지금 품고 있는 생각을 품을 수는 없을 것입니다.

배심원 여러분, 본인은 여러분과 지방 검사는 물론 방청객들까지도 서로 연관되고 때로는 소나기처럼 퍼붓는 악의에 찬 증언을 들으면서 본인이나 본인의 동료나 피고가 어떻게 당황하지 않고 침착할 수 있을지 의아하게 생각했으리라고 믿어 의심치 않습니다." 여기서 벨크냅은 아직도 자기 차례를 기다리고 있는 제프슨 쪽으로 장중하게 손을 흔들어 보였다. "그렇습니다. 여러분이 보셨던 것처럼 우리는 어떠한 법률상의 대결도 정당한 결말로 이끌어 갈 수 있다는 신념이 있기에 편안한 자세를 취할 뿐만 아니라 그런 자세를 즐길 수 있었던 것입니다. 물론 여러분은 '정의로운 투쟁을 하는 자는 세 배로 무장되어 있다'라고 한 에이번의 시인'이 한 말을 기억하실 겁니다.

그러나 유감스럽게도 검찰 측은 잘 모르고 있습니다만, 피해자의 극적이고도 가장 불행한 죽음을 초래한, 아무도 예측할 수 없었던 매우 특이한 상황을 우리는 알고 있습니다. 여러분은 우리의 변론이 끝나기 전에 그 사실을 알게 될 것입니다. 그러나 먼저 우리가 밝히고자 하는 이 가슴 아픈 비극의 상황은 별문제로 차치하고라도, 어떤 잔인하고 무도한 범죄의 책임을 피고에게 물을 수 있다는 확신이 여러분에게 없다는 것을 본인은 이 재판이 개정되었을 때부터 믿어 왔습니다. 여러분은 도저히 그렇게 확신할 수 없을 것입니다! 뭐니 뭐니 해도 사랑은 사랑이고, 남녀를 막론하고 정열과 물불을 가리지 않는 사랑의 감정은 보통 범죄자의 감정과는 구별해야 합니다. 우리는 모두가 한때는 소년이었다는 점을 기억하셔야 합니다.＊ 여성들도 소녀 시절이 있었고, 그래서 잘 알고 있지요. 훗날의 현실적인 생활과는 너무나도 동떨어진 청춘의 열병과 아픔이 어떤 것인지를 말입니다. '비판을 받지 아니하려려거든 비판하지 말라. 너희가 비판하는 그 비판으로 너희가 비판을 받을 것이요 너희가 헤아리는 그 헤아림으로 너희가 헤아림을 받을 것이니라.＊＊

우리는 수수께끼의 여성 미스 X의 존재와 그녀의 매력, 그 사랑의 마력, 그리고 이 자리에서 소개할 수는 없었습니다만 그 여성의 편지가 피고에게 끼친 영향 등을 인정합니다. 우리는 피고가 미스 X라는 여성을 사랑한 사실을 시인합니다. 우리 측 증인들을 소환하는 동시에 지금까지 있었던 증언 일부를 분석함으로써, 지금은 애통하지만 우연한 사고로 목숨을 잃은 가련한 피해자를 곧고 좁은 도덕의 정도(正道)＊에서 벗어나게 했다는 피고의 교활하고 호색적인 술책도 어쩌면 그렇게 교활하거나 호색적인 것은 아니었다는 점을 입증해 드리겠습니다. 자신이 선택한 아가씨가 삶을 오직 가장 엄격하고 가장 편협한 도덕규범의 기준으로만 판단하는 사람들에게 에워싸여 있는 것을 보는 젊은이라면 취할 수 있는 그런 행동이었을 뿐입니다. 그리고 배심원 여러분, 지방 검사의 주장대로 로버타 올든은 클라이드 그리피스를 사랑했습니다. 결국 비극으로 끝났습니다만, 두 사람이 사귀게 된 처음부터 사망한 여성은 피고를 매우 사랑했고, 피고도 그때는 그녀를 사랑한다고 생각하고 있었습니다. 진정으로 뜨겁게 서로 사랑하는 사람들은 남들이 뭐라고 하든 별로 개의치 않습니다. 그들은 서로 사랑하고 있기 때문입니다. 그 이상 뭐가 또 필요하겠습니까!

그러나 배심원 여러분, 그 문제에 대해서는 길게 이야기하지 않고 오히려 이 점을 설명드리려고 합니다. 클라이드 그리피스는 왜 폰다나 유티카나 그래스 호수나 빅비턴으로 갔을까요? 피고가 그런 곳으로 간 사실이나 로버타 올든에 가한 행동을 부인할 이유나 어떤 식으로든지 희석할 생각이 있어서 그렇다고 생각하십니까? 또 로버타 올든의 갑작스러운, 그리고 언뜻 생각하기에 이해가 잘 가지 않는 죽음 뒤에 피고는 도대체 왜 현장에서 도망쳤을까요? 여러분이 한순간이라도 우리가 그런 사실을 부인할 것으로 생각한다면, 본인은 27년의 변호사 생활을 통해 여러분들이야말로 가장 감쪽같이 속아서 잘못된 판단을 내리는 배심원들이라고 말씀드려야 할 것 같습니다.

배심원 여러분, 본인은 클라이드 그리피스는 무죄라고 주장해 왔고, 그것은 사실입니다. 여러분은 우리 자신도 실제로는 그의 유죄를 믿고 있을지 모른다고 생각할지 모릅니다. 그러나 여러분은 잘못 생각하고 있는 겁니다. 인생이란 참으로 묘한 것이어서 어떤 인간은 자기가 하지 않았는데도 그때의 모든 상황에서 그가 마치 그 일을 한 것처럼 보이기 때문에 그 일의 책임을 지게 되는 경우가 때때로 있습니다. 상황 증거만으로 법이 잘못 적용된 아주 애석하고 끔찍한 경우는 얼마든지 있습니다. 확실히 그렇습니다! 아, 그러므로 여러분은 지역적, 종교적, 도덕적인 행동 규범이나 편견에 근거하여, 그런 선입견에 따른 변명할 여지가 없는 증거 때문에 그런 그릇된 판단을 하여 편견을 가져서는 절대로 안 됩니다. 그래서 그런 편견 때문에 최선의 고귀한 의도를 지니면서도 본의 아니게 현실적으로나 법적으로나 존재하지 않는 어떤 범죄 행위, 또는 피고가 생각해 본 적도 없는 범행 의도를 믿는 일이 있어서는 절대로 안 되겠습니다. 아, 확신이 있어야 합니다! 도저히 움직일 수 없는 아주 분명한 확신이 있어야 합니다!"

여기서 벨크냅 변호사는 잠깐 변론을 멈추고 우울한 생각에 깊이 잠기는 듯했고, 클라이드는 이 교묘하고 도전적인 진술에서 약간의 용기를 얻었다. 벨크냅은 다시 변론을 시작했고, 클라이드는 그의 말에 귀를 기울였다. 용기를 북돋아 주는 이 모든 말을 한마디도 놓칠 수 없었기 때문이다.

"배심원 여러분, 빅비턴의 물속에서 로버타 올든의 시체가 인양되었을 때 의사 한 사람이 검시했습니다. 그 의사는 그때 그 여성이 익사한 것이라고 판단을 내렸습니다. 의사는 이곳에 나와서 증언을 할 것이며, 피고는 마땅히 그 증언을 들을 기회를 가질 수 있어야 합니다.

여러분은 로버타 올든과 클라이드 그리피스가 약혼한 사이였으며 로버타 올든은 지난 7월 6일 빌츠의 집을 떠나 그와 함께 신혼여행 길에 올랐다고 한 지방 검사의 주장을 들었습니다. 그런데 여러분, 어떤 일련의 상황을 약간 왜곡시키기란 매우 용이한 일입니다. 지방 검사는 7월 6일 두 사람이 여행을 떠나게 된 경위를 설명하면서 두 사람이 약혼한 사이라는 점을 강조했습니다. 그러나 클라이드 그리피스가 로버타 올든과 정식으로 약혼했다는 증거는 전혀 없으며, 로버타 올든의 편지 일부 구절을 제외하면 클라이드 그리피스가 로버타 올든에게 결혼을 약속했다는 증거도 없습니다. 로버타 올든의 편지 일부 내용을 보더라도 클라이드 그리피스가 결혼에 동의한 것은 로버타 올든의 몸 상태에―물론 거기에 대해서는 클라이드 그리피스에게 책임이 있습니다만, 또 그것도 따지고 보면 스물한 살의 청년과 스물세 살의 처녀가 합의에 따른 행동의 결과였습니다―기인하는 도덕적이고 물질적인 걱정 때문이었다는 것을 분명히 알 수 있습니다. 본인은 배심원 여러분께 묻고 싶습니다. 그것을 정식 약혼이라고 할 수 있겠습니까? 여러분이 흔히 생각하시는 약혼이 그런 것입니까? 본인은 애처롭게 사망한 젊은 아가씨를 비웃거나 모욕하거나 비판하려는 것이 절대로 아닙니다. 다만 본인은 사실과 법을 존중하는 태도에서 피고가 그 사망한 처녀와 정식으로 약혼한 사이가 아니었다는 사실을 말씀드리고 있을 뿐입니다. 피고는 사망한 처녀에게 결혼을 약속한 일이 없습니다. 절대로요! 결혼을 약속했다는 아무런 증거가 없습니다.

이 점은 피고의 입장을 고려해 주셔야 합니다. 다만 처녀의 상태이기 때문에, 그것이 피고의 책임이라는 것을 우리는 인정합니다. 그는 만약, 만약에…….” 이 구절을 강조하려고 그는 여기서 잠깐 말을 중단했다. “……그녀가 기꺼이 그를 놓아주려 하지 않으면 결혼하겠다고 동의하려고 했던 것입니다. 이 자리에서 낭독된 처녀의 편지로도 알 수 있듯이 아가씨는 피고를 놓아줄 의사가 없었기 때문에 라이커거스에서 폭로하겠다고 처녀가 위협하여 얻어 낸 그 약속은 지방 검사에게는 약혼으로 변했습니다. 그것도 악인이나 도둑이나 살인자가 아니고는 파기할 수 없는 성스러운 약혼으로 둔갑한 것입니다! 그러나 배심원 여러분, 법적이고 종교적인 의미에서 훨씬 공개적이고 성스러운 약혼도 많이 파기됐습니다. 수천 명의 남자와 수천 명의 여자가 심경의 변화를 일으키거나, 맹세와 믿음이 우롱당해 상처를 가슴속에 지니고 있거나, 스스로 기꺼이 죽음의 길을 택했습니다. 지방 검사의 주장대로 그것은 조금도 새삼스러울 것 없는 아주 오래전부터 있어 온 일입니다. 전혀 새로운 일이 아닌 겁니다!

배심원 여러분이 지금 심리하고 판결을 내릴 이 사건도 바로 그 마지막 경우에 속하는 사건입니다. 그런 심경의 변화로 말미암아 희생된 한 아가씨 말입니다. 그러나 그것은 도덕적으로나 사회적인 의미에서는 큰 범죄가 될 수 있을지언정 법적으로는 범죄가 될 수 없는 사건입니다. 그리고 이 사건의 피고가 지금 여러분 앞에 앉게 된 것은 이 아가씨와 관련하여 기이하고 거의 믿기 어려울 만큼 완벽하면서도 전적으로 오판을 내릴 수 있는 일련의 상황 때문입니다. 본인은 맹세코 말씀드립니다. 저는 이런 상황을 분명히 잘 알고 있습니다. 그 일련의 상황은 이 재판이 끝나기 전에 여러분에게 충분히 이해할 수 있도록 설명해 드리겠습니다.

그러나 마지막 진술과 관련하여 말씀드리기 전에 먼저 해명드릴 것이 있습니다.

배심원 여러분, 지금 목숨이 달려 있는 이 자리에 피고로 나와 있는 인물은 도덕적으로나 정신적으로나 비겁한 사람입니다. 그 이상도 그 이하도 아닙니다. 그러나 피도 눈물도 없는 그런 범죄자는 절대로 아닙니다. 다급한 상황에 놓인 많은 범인들처럼 피고도 정신적이며 도덕적인 공포 콤플렉스의 희생자입니다. 아, 그 콤플렉스의 원인을 충분히 해명할 수 있는 사람은 아직은 없습니다. 우리는 누구나 근거 없는 두려움 한 가지는 마음속에 지니고 있습니다. 피고가 지금과 같은 위험한 처지에 놓이게 된 것은 지금 말씀드린 바로 그 두 가지 특징 때문입니다. 배심원 여러분, 그것은 바로 두려움—피고가 자기 밑에서 일하게 된 예쁜 시골 처녀에 대한 관심을 맨 처음 숨기게 된 것은 큰아버지가 소유주로 있는 회사 규칙에 대한 두려움, 그리고 상사들에게 한 약속에 대한 두려움 때문이었습니다. 결국 비겁한 마음 때문에 자기 밑에서 일하러 온 예쁜 처녀를 마음에 두고 있다는 사실을 먼저 숨겼습니다. 그리고 난 뒤에는 그 처녀와 같이 여행한 사실을 숨겼습니다.

그러나 그런 행위가 법률상의 범죄가 될 수는 없습니다. 여러분은 마음속으로야 어떻게 생각하든 그런 행위로 사람을 심판할 수는 없습니다. 배심원 여러분, 피고가 한때는 아름답게 여겼던 관계를 나중에는 견딜 수 없게 된 뒤에 여자에게 결혼은 말할 것도 없고 교제조차 계속할 수 없다고 솔직하게 말할 수 없었던 것은 정신적·도덕적인 비겁함 때문이었습니다. 여러분은 두려움의 희생양인 한 인간을 사형대에 보낼 수 있겠습니까? 어떤 여자와의 교제를 계속할 수도 없고 계속하고 싶지도 않은 남자—이것은 여자와 남자의 입장을 바꿔도 마찬가지겠습니다만—그 사람은 어떻게 해야 하는 걸까요? 같이 사는 것 자체가 고통일 수밖에 없을 경우 말입니다. 그 여자와 결혼을 해야 합니까? 무슨 목적으로 결혼해야 하는 겁니까? 서로 미워하고 경멸하고 괴롭히면서 평생을 같이 살라는 겁니까? 배심원 여러분께서는 그렇게 하는 게 규범이니까, 방식이니까, 아니면 법이니까 그렇게 해야 한다고 정말로 생각하는 겁니까? 그러나 변호인 측이 생각할 때 피고는 모든 상황으로 미루어 볼 때 참으로 분별이 있고 공정하다고 할 수 있는 길을 택했습니다. 어떤 제안, 결혼은 하지 않는다는 전제 조건으로—아, 딱하게도 그것도 소용없는 일이었습니다만—어떤 제안 한 가지를 했습니다. 생활은 따로 하되 벌어서 생활비를 대 주겠다는 제안이었습니다. 바로 어제 이 법정에서 낭독한 그녀의 편지에도 그 종류의 사실이 암시돼 있었습니다. 하지만 아, 너무나 많은 경우 그러지 말고 그냥 두었으면 더 좋았을 일에 그 아가씨는 안타깝게도 고집을 부렸습니다. 그러다가 마침내 말다툼으로 일관된 유티카, 그래스 호수, 빅비턴으로 여행을 떠났습니다. 도대체 그게 무슨 소용이 있었겠습니까? 그래도 피고는 그녀를 살해할 의도는 없었습니다. 추호도 없었습니다. 그 이유를 설명해 드리겠습니다.

배심원 여러분, 클라이드 그리피스가 여러 가명을 사용하여—숙박부에 '칼 그레이엄 부부'니 '클리퍼드 골든 부부'니 하는 이름을 기재하면서—지금 말씀드린 여러 곳을 로버타 올든과 여행한 것은 무슨 범죄를 저지르려는 계획 때문이 아니라 정신적·도덕적 비겁함 때문이었다는 점을 본인은 다시 한번 강조해야겠습니다. 로버타 올든과의 부적절한 관계에 빠진 엄청난 사회적인 과오와 죄악에 대한 정신적·도덕적 공포감, 앞으로 무슨 일이 닥칠까 하는 두려움이나 비겁한 마음 때문이었습니다.

빅비턴에서 로버타 올든이 우연히 호수의 물속에 가라앉은 뒤 피고가 빅비턴 여관으로 돌아가서 사람들에게 그녀의 죽음을 알리지 않은 것도 정신적·도덕적 비겁함 때문이었습니다. 정신적·도덕적 비겁함, 그 이상도 이하도 아니었습니다. 피고는 라이커거스의 부유한 친척과, 그가 호수에 로버타 올든과 함께 온 것이 회사의 규칙을 위배한 행위라는 점, 그리고 로버타의 부모가 느낄 고통과 수치와 노여움을 생각했던 것입니다. 게다가 그의 꿈이라는 성좌에서 가장 찬란하게 빛나는 별인 미스 X의 존재가 있었습니다.

피고인의 변호인 측인 우리는 이런 모든 사실을 틀림없이 생각하고 있었으리라는 점을 기꺼이 인정하고 시인합니다. 검찰 측은 피고가 그 미스 X라는 여성에게 너무 매력을 느낀 나머지—그것은 미스 X의 경우도 마찬가지였습니다만—모든 것을 자기에게 바친 첫사랑의 여성을 서슴지 않고 버리려 했다고 주장했습니다. 우리는 검찰의 이 주장을 인정합니다. 피고는 로버타 올든이 그를 누구보다도 소중하게 여긴 것과 마찬가지로, 피고는 미모와 재산을 갖춘 이 새로운 여성을 원했던 것입니다. 그런데 만약 로버타 올든이 피고에 대해 잘못 판단을 내렸다면—그녀는 분명히 그랬습니다—피고도 궁극적인 의미에서 그에게 깊은 애정을 품고 있지는 않았을지도 모르는 한 여성에게 얼을 빼앗긴 게 판단의 착오였지 않겠습니까? 어쨌든 피고가 그때 가장 두려워했던 것은, 만약 미스 X가 그녀로서는 들어본 적도 없는 어떤 여자와 그가 그곳에 와 있는 사실을 알게 되면 그녀와의 관계가 끝장날 것이라고 변호인단인 우리에게 고백했습니다.

본인은 배심원 여러분이 피고의 그런 행동에 변명의 여지가 없다고 생각하신다는 것을 잘 알고 있습니다. 사람의 마음속에는 두 가지 부정한 감정의 갈등이 있습니다. 이런 내적 갈등을 법과 교회는 죄악으로 보고 범죄로 봅니다. 그러나 법이 있건 법이 없건, 종교가 있건 종교가 없건 인간의 마음속에는 그런 갈등이 존재하며, 또 그런 갈등이 수많은 경우 희생자들의 행동에 동기가 됩니다. 우리는 클라이드 그리피스의 행동 동기가 된 것도 그런 갈등이었다는 것을 시인합니다.

그러나 피고가 로버타 올든을 살해했을까요?

아닙니다!

다시 말씀드립니다만, 결코 아닙니다!

피고는 별로 마음이 내키지 않았든, 아니든 여러 가명을 사용하여 로버타 올든을 그곳으로 끌고 갈 술책을 꾸몄을까요? 그리고 현장에 이르러서는 자기를 놓아주지 않으려 했기 때문에 그녀를 익사시켰을까요? 말도 안 되는 주장입니다! 있을 수 없는 일입니다! 어처구니없는 말입니다! 피고의 계획은 전혀 달랐습니다.

그러나 배심원 여러분." 여기서 벨크냅은 마치 새로운 생각이나 그동안 잊고 있었던 생각이 떠오르거나 한 듯 잠깐 말을 멈췄다. "어쩌면 만약 로버타 올든의 죽음을 목격한, 적어도 증인 한 사람의 말을 들어 보시면 여러분이 본인의 말을 이해하시고, 또 궁극적인 판결을 내리시는 데 도움이 될 줄로 압니다. 이 증인은 로버타의 목소리를 듣는 대신 실제로 현장에서 로버타 올든이 목숨을 잃은 경위를 지켜본 인물입니다."

벨크냅 변호사는 여기서 말을 중단하고 마치 "루벤, 드디어 자네 차례가 됐소"라고 말하듯이 제프슨을 돌아보았다. 그러자 루벤은 여유를 보이면서도 동작 하나하나에 강한 의지를 나타내면서 클라이드를 향하여 속삭였다. "자, 이젠 자네 차례야. 클라이드, 지금부터는 자네에게 모든 게 달렸어. 내가 함께할 테니 안심하게. 알겠지? 질문은 내가 직접 하겠네. 그만큼 연습을 했으니까 답변을 하는 데 별문제가 없겠지?" 제프슨은 용기를 북돋아 주려는 듯이 클라이드에게 환한 웃음을 지어 보였다. 벨크냅의 강력한 변론과 제프슨의 믿음직한 새로운 전술에 용기를 얻은 클라이드는 불과 네 시간 전과는 전혀 다른 기분으로 힘차게 일어서면서 나지막하게 속삭였다. "직접 심문을 해 주신다니 기쁩니다. 잘해 낼 수 있을 것 같아요."

한편 검찰이 아닌 변호인 측에서 현장 목격자를 증인대에 세운다는 말에 방청객은 자리에서 목을 빼며 웅성거리기 시작했다. 이 재판의 변칙적인 성격에 매우 화가 나 있던 오버월처 판사는 의사봉으로 책상을 두드렸고, 법정 서기는 큰 소리로 외쳤다. "정숙해 주십시오! 정숙히! 자리에 앉지 않으면 방청객 전원 퇴장시키겠습니다! 보안관 보조들은 방청객 전원을 착석하게 해 주십시오." 이어 긴장이 감도는 조용해진 장내에 벨크냅의 목소리가 울렸다. "클라이드 그리피스, 증인대로 나와 주십시오." 루벤 제프슨을 따라 앞으로 나오는 클라이드를 보고 놀란 방청객들은 판사와 정리들의 퉁명스런 명령에도 불구하고 긴장하며 웅성거리기 시작했다. 벨크냅 자신도 클라이드의 증언을 자기가 유도할 예정이었기 때문에 제프슨이 나오는 것을 보고 좀 어리둥절하고 있었다. 그러나 클라이드가 선서하고 증인석에 앉는 동안 제프슨은 그에게 다가와서 나지막한 목소리로 한마디 했다. "저한테 맡기시죠, 변호사님. 그게 최상일 것 같습니다. 피고가 좀 너무 긴장되고 동요하여 마음에 들지는 않지만 끝까지 유도할 수 있을 것 같습니다."

그러자 방청객들은 변호인이 교대할 것을 눈치채고 수군거렸다. 클라이드는 불안한 듯 큰 눈으로 이쪽저쪽을 바라보면서 이런 생각을 하고 있었다. '결국 이렇게 증인석에 나왔구나. 모든 사람이 나를 지켜보고 있군. 별로 걱정이 안 된다는 듯이 침착해야지. 따지고 보면 내가 죽인 건 아니니까. 정말 내가 죽인 건 아냐.' 그런데도 클라이드의 얼굴에는 핏기가 없었고, 눈꺼풀은 충혈되어 부풀어 있었으며, 두 손은 어쩔 수 없이 가늘게 떨리고 있었다. 제프슨은 그 길고 탄력이 있는 몸을 바람에 흔들리는 자작나무처럼 가누면서 클라이드 쪽을 향해 몸을 돌리고 푸른 눈으로 클라이드의 갈색 눈을 들여다보면서 말문을 열었다.

"자, 피고 클라이드, 우리가 가장 먼저 명심해야 할 것은 배심원 여러분과 법정의 다른 모든 분에게 우리의 질문과 답변 내용이 잘 들리게 하는 일입니다. 그러고 나서 마음의 준비가 됐으면 기억나는 대로 피고가 살아온 과정 — 어디에서 태어났고, 어디에서 살다 왔으며, 아버지와 어머니의 직업은 무엇인지, 마지막으로 피고가 일하기 시작하면서 지금까지 무슨 일을, 왜 그일을 했는지 모조리 말해 보기 바라네. 내가 중간에서 간혹 질문하는 일도 있겠지만, 피고 일은 누구보다도 피고가 잘 알 테니 될수록 피고 말을 중단시키지는 않겠네." 그런데도 제프슨은 클라이드에게 용기를 주고 그가 증인대에 서 있으며 그와 열심히 귀를 기울이고 있는 불신감과 증오심을 지닌 군중 사이에 자신이 벽이나 성채 역할을 한다는 사실을 깨달을 수 있도록 이따금씩 한쪽 발을 증인대 위에 올려놓거나, 아니면 몸을 앞쪽으로 굽혀 클라이드가 앉은 의자의 팔걸이에 한 손을 얹을 만큼 증인대에 가까이 다가섰다. 그러면서 그는 "그렇지요…… 그렇지요"니 "그러고 나서는요?" "그다음에는 어떻게 됐지요?" 하고 말하거나 물었다. 용기를 불어넣어 주는 변호사의 목소리를 들을 때마다 클라이드는 다시 기운을 차려 몸도 목소리도 떨지 않고 불행했던 어린 시절을 짧게 이야기할 수 있었다.

"저는 미시간주 그랜드래피즈에서 태어났습니다. 그 무렵 저의 부모는 그곳에서 전도관을 운영하면서 가두 전도 집회를 열곤 하셨습니다……."

제24장

클라이드의 증언은 가족이 일리노인주 퀸시*에서(부모가 구세군 관계의 일을 맡았던 곳) 캔자스시티로 옮겨 부모가 기대하는 학교 생활을 겸한 전도 활동에 여전히 분개하면서 무엇인가 할 일을 찾아 헤매고 다니던 열두 살에서 열여섯 살 시절까지 이르렀다.

"초등학교 때 학과목을 따라갈 수 있었나?"

"아닙니다, 변호사님. 너무 이사가 잦아서요."

"열두 살 때 몇 학년이었나?"

"중학교 1학년이 돼야 했었는데, 겨우 초등학교 6학년이었습니다. 그래서 학교가 싫어졌습니다."

"부모님의 전도 사업은 어떠했는가?"

"글쎄요, 그건 괜찮았습니다. 밤마다 길거리에 나가는 건 싫었습니다만."

이런 식으로 클라이드는 5센트와 10센트짜리 싸구려 물건을 파는 점포, 소다수 매점, 신문 배달원을 거쳐 마침내 캔자스시티에서 가장 큰 호텔인 그린데이비슨에서 벨보이로 일하기까지 과정을 증언했다.

"그런데, 클라이드……." 제프슨 변호사는 반대 심문 때 메이슨이 어린아이의 목숨을 앗은 캔자스시티에서의 자동차 사고에 관해 깊이 파고들어 그 자신이 이제부터 할 이야기의 효과를 감소시키고 증인으로서의 클라이드의 신빙성에 의혹을 품지나 않을까 두려워 먼저 선수를 치기로 했다. 유도 심문을 잘하기만 하면 그 사고를 해명하고 인상을 부드럽게 할 수 있는데 메이슨에게 맡겨 버리면 그 사건이 매우 음흉한 양상을 띠게 될 것이었기 때문이다. 그래서 그는 말을 이었다.

"그곳에서는 얼마 동안이나 근무했나?"

"일 년 남짓 근무했습니다."

"왜 그 직장을 떠났는가?"

"그게, 사고가 일어났기 때문이었습니다."

"무슨 종류의 사고였나?"

여기서 클라이드는 미리 지시를 받고 연습한 대로 소녀가 목숨을 잃고 그가 도망치기까지의 사고 발생 경위를 자세히 설명했다. 이 문제는 사실 메이슨 검사가 제기하려고 했던 일이었다. 그러나 그는 지금 클라이드의 말에 귀를 기울이면서 고개를 흔들고 빈정거리듯 중얼거릴 뿐이었다. '하긴 그렇게 모든 걸 미리 말하는 게 좋을지도 모르지.' 그리고 제프슨은 자기가 지금 얼마나 중요한 일을 하고 있는지. 이 증언으로 메이슨이 가진 비장의 무기 하나를, 그의 표현을 빌리자면 얼마나 그럴듯하게 '무력화시키고' 있는지 생각하면서 질문을 계속했다.

"클라이드, 그때가 몇 살이었다고 그랬지?"

"열일곱 살에서 열여덟 살 사이였습니다."

제프슨은 이 문제에 관해 생각할 수 있는 모든 질문을 하고 나서 다시 입을 열었다. "그렇다면 자동차를 훔친 장본인은 자네가 아니었으니까 돌아가서 해명하면 부모님 책임 아래 사면될 수 있을지도 모른다는 걸 알지 못했는가?"

"이의 있습니다!" 메이슨이 고함을 질렀다. "피고가 캔자스시티로 돌아가면 부모 책임 아래 사면될 수 있었다는 증거는 없습니다."

"이의를 받아들입니다!" 판사가 높은 자리에서 우렁차게 울리는 목소리로 말했다. "변호인은 좀 더 엄밀하게 증언의 취지에 국한하시오."

"이의 있습니다." 이번에는 벨크냅이 앉은 자리에서 말했다.

"네, 그건 몰랐습니다." 어쨌든 클라이드는 질문에 대답했다.

"자네는 도망친 뒤 이름을 테닛으로 바꿨다고 내게 말했는데, 그래서 이름을 바꾼 건가?"

"네, 변호사님."

"그런데 테닛이라는 이름을 쓰게 된 이유는?"

"그건 퀸시에 살 때 함께 놀던 친구의 이름이었습니다."

"그 친구는 착한 소년이었나?"

"이의 있습니다!" 앉은 자리에서 메이슨이 외쳤다. "무의미하고 쓸데없고 부적당한 질문입니다."

"아, 검사님이 배심원들에게 믿게 하고 싶은 것과는 달리, 피고도 선량한 소년과 사귀었을지 모릅니다. 그런 점에서는 매우 적절한 질문이라고 생각합니다." 제프슨이 빈정거리듯이 말했다.

"이의를 받아들입니다!" 오버월처 판사가 큰 소리로 말했다.

"그러나 그때 친구가 싫어할 거라든지, 아니면 도망을 다니는 사람이 본인 몰래 이름을 빌려 쓰는 건 그 친구에게 못할 짓을 하는 것이라는 생각이 들지 않았나?"

"네, 그렇지는 않았습니다, 변호사님. 테닛이라는 이름은 흔하다고 생각했으니까요."

이럴 때 사람들의 얼굴에 너그러운 미소가 한 번쯤 떠오를 법도 했지만 클라이드에 대한 반감이 워낙 큰 터라 이 법정에서는 그런 경망스러움은 상상도 할 수 없었다.

"그런데 자, 클라이드." 제프슨은 조금도 누그러지지 않은 방청객들의 기분을 눈치채고 말을 이어 나갔다. "자네는 어머니를 좋아했는가? 아니면 그렇지 않았는가?"

이의를 두고 검찰 측과 변호인 측의 공방이 있은 뒤 결국 이 질문은 허용되었다.

"네, 물론 좋아했습니다, 변호사님." 클라이드가 대답했다. 그러나 눈에 띄게 조금 머뭇거린 뒤에 그렇게 대답했다. 목이 조이고 숨을 들이쉬고 내쉬면서 가슴이 부풀었다 가라앉았기 때문이다.

"어머니를 많이 사랑했나?"

"네, 변호사님 많이 사랑했습니다." 그는 이제 누구의 얼굴도 똑바로 바라볼 수가 없었다.

"어머니는 어머니 나름대로 항상 자네를 위해 애쓰셨겠지?"

"물론이죠, 변호사님."

"그래서 말인데, 클라이드, 그런 끔찍한 사고가 있었다고는 하지만, 어떻게 도망가서 그토록 오랫동안, 남들이 생각하는 것처럼 죄를 지은 것이 아니라고, 다시 일하면서 착한 사람이 되려고 노력하고 있으니 안심하라고 어머니께 단 한 마디 소식도 전할 수 없었나?"

"하지만 저는 어머니에게 편지를 보냈습니다. 다만 편지에 제 이름으로 서명만 하지 않았을 뿐입니다."

"알겠네. 편지 말고 또 보낸 것 없나?"

"네, 있습니다, 변호사님. 돈을 좀 보냈습니다. 한 번은 10달러를 보낸 적이 있습니다."

"그래도 집으로 돌아갈 생각은 하지 않았겠지?"

"네, 변호사님. 돌아가면 체포될 것 같아서요."

"다시 말해서……." 제프슨은 다음 말을 강조하느라고 또박또박 발음했다. "자네는 내 동료 벨크냅 변호사가 말한 것처럼 도덕적으로나 정신적으로 비겁자였군."

"배심원들의 동정을 얻기 위해 피고의 증언을 이런 식으로 해석하는 변호인의 발언에 이의가 있습니다!" 메이슨이 제프슨의 말을 가로막았다.

"피고의 증언은 해석할 필요가 전혀 없습니다. 누가 들어도 분명하고 정직한 증언입니다." 제프슨이 얼른 한마디 던졌다.

"이의를 받아들입니다!" 판사가 외쳤다. "계속하시오. 진행하시오."

"내 판단으로 자네는 도덕적·정신적 비겁자였기에 그랬던 거군, 클라이드. 그렇다고 자네로서도 어쩔 수 없는 일에 대해 자네를 비난하려는 것은 아닐세. 따지고 보면 자네가 원해서 그런 인간이 된 것은 아니니까."

그러나 제프슨의 이 발언은 지나친 것이어서 판사는 그에게 앞으로 질문할 때는 좀 더 신중히 처리하도록 경고했다.

"그래서 캔자스시티로 돌아가 옛 직장으로 복귀할 수 있었는데도, 자네는 앨턴, 페오리아, 블루밍턴, 밀워키, 시카고 등지를 떠돌아다니면서 뒷골목의 작은 셋방에 숨어 살면서 접시 닦기, 소다수 판매원, 운전기사 등으로 일하면서 이름도 테닛으로 바꾸고 지냈다는 말이지?" 제프슨이 계속 말을 이었다.

"이의 있습니다! 이의 있습니다!" 메이슨이 큰 소리로 외쳤다. "피고가 그곳으로 돌아가서 옛 직장으로 복귀할 수도 있었다는 증거는 없습니다."

"이의를 받아들입니다!" 오버월처가 이의를 받아들였다. 이때 제프슨의 호주머니에는 클라이드가 그린데이비슨에서 일하고 있을 무렵 그곳 벨보이 책임자로 있었던 프랜시스 X. 스콰이어스의 편지 한 통이 들어 있었다. 이 편지에서 스콰이어스는 문제의 훔친 자동차에 의한 사고 말고는 클라이드의 인격에 흠이 될 만한 사실은 전혀 알지 못하며 언제나 클라이드를 부지런하고 정직하고 눈치 빠르고 예의를 지킬 줄 아는 청년으로 알고 있었다고 설명했다. 또 문제의 사고가 일어났을 당시 그 자신은 클라이드가 동료들의 권유로 따라나선 것으로 알고 있었고, 클라이드가 돌아와서 적절히 해명만 하면 다시 일을 시켰을 것이라고 설명하고 있었다. 그러나 이 편지는 재판과는 직접 관계가 없었다.

그 뒤 클라이드의 이야기는 계속되어 캔자스시티에서 발생한 사건을 피해 도망친 뒤 2년 동안 이곳저곳을 떠돌아다니다가 마침내 시카고에서 운전기사 일자리를 얻었다가 나중에 유니언리그의 벨보이로 일하게 되기까지의 경위, 운전기사로 있을 때 어머니에게 편지를 보냈고, 나중에 어머니의 제안에 따라 큰아버지에게 편지를 띄우려고 하고 있을 무렵 우연히 유니언리그에서 큰아버지를 만나 라이커거스로 오라는 권유를 받게 된 사실을 설명했다. 이어 그가 어떤 경로로 라이커거스에서 일하게 되고, 승진하고, 사촌과 공장 감독으로부터 여러 가지 회사 규칙의 설명을 듣고, 그 후 어떻게 로버타를 만나고 다시 그 뒤 미스 X를 만나게 되었는지 실제로 있었던 순서대로 자세하게 설명했다. 그 중간에 그가 왜 어떻게 로버타 올든의 마음을 사로잡으려고 했으며, 일단 그녀의 애정을 얻게 되어 만족스럽게 여겼는지, 하지만 미스 X가 나타나자 그 매력에 사로잡히면서 로버타에 대한 생각이 완전히 달라져 그녀를 여전히 좋아했으면서도 전처럼 그녀와 결혼할 생각을 두 번 다시는 할 수 없게 된 경위를 낱낱이 밝혔다.

그러나 제프슨은 배심원의 주의를 클라이드의 변덕스런 기질에서—이것이 벌써 문제가 된다면 변론에 큰 어려움이 있었다—딴 데로 돌리기 위해 얼른 질문을 던졌다.

"클라이드! 자네는 처음에는 진심으로 로버타 올든을 사랑했는가?"

"네, 그렇습니다, 변호사님."

"그렇다면 로버타 올든이 매우 착하고 청순하고 신앙심 깊은 아가씨라는 걸 처음부터 알았든지, 아니면 그녀의 행동으로 짐작은 했겠군?"

"네, 그렇습니다, 변호사님. 저는 그렇게 느끼고 있었습니다." 클라이드는 미리 지시를 받은 대로 대답했다.

"그렇다면 어떻게, 왜, 어디서, 그리고 언제 우리가 모두 개탄해 마지않은 그런 관계로 발전된 여러 변화가 일어났는지, 구체적으로 이야기하지 않아도 되니 대략적으로 자네 자신과 배심원 여러분이 이해할 수 있도록 설명할 수 있겠나?" 여기서 그는 대담하고 슬기롭고 차가운 시선으로 방청석을 훑어보고 나서 다시 배심원석을 바라보았다. "처음에 그토록 좋아하던 여성과 쉽사리 어떻게 그런 부적절한 관계를 맺을 수 있었는가? 남녀를 막론하고 모든 사람이 그런 관계를 죄악시하며 부부가 아닌 남녀의 그런 관계를 용서하지 않는, 법률상의 범죄로 보고 있다는 것을 모르고 있었나?"

대담하고 반어적인 이 말에 방청석은 처음에는 쥐 죽은 듯이 조용해졌다가 이어 약간 웅성거리기 시작했다. 그러자 메이슨 검사와 오버월처 판사는 걱정스러운 표정으로 미간을 찌푸렸다. 아니, 이 뻔뻔스럽고 냉소적인 젊은 놈이 있나! 어떻게 진지하게 심문하는 척하면서 빈정거리는 말투로 사회의 기반을 — 종교적이고 윤리적인 기반을 — 적어도 암묵적으로 집적거린단 말인가! 그러나 클라이드가 답변하는 동안 그는 사자같이 의연한 자세로 버티고 서 있었다.

"네, 변호사님. 그건 알고 있었습니다. 확실히 말입니다. 하지만 저는 처음에도 그 어느 때도 로버타를 유혹하려고 하지는 않았습니다. 그 여자를 사랑하고 있었으니까요."

"사랑했다고?"

"네, 그렇습니다, 변호사님."

"많이 사랑했나?"

"많이 사랑했습니다."

"그 아가씨도 자네를 그만큼 사랑했나?"

"네, 그렇습니다, 변호사님."

"처음부터 말이지?"

"네, 처음부터 말입니다."

"그 아가씨가 자네에게 그렇게 말했는가?"

"네, 변호사님."

"그 아가씨가 뉴턴 씨 집을 떠났을 때 말인데 — 자네도 그 일에 관한 여러 사람의 증언을 들었지만 — 자네가 어떤 술책이나 동의로 그 집에서 나오도록 그녀를 유인하거나, 유인하려고 한 적이 있나?"

"없습니다, 변호사님. 그런 일은 없습니다. 그 아가씨는 자발적으로 그 집을 나오고 싶어 했습니다. 저더러 이사할 집을 구하는 데 도와달라고 했습니다."

"이사할 집을 구하는 데 도와달라고 했다고?"

"네, 변호사님."

"그건 왜?"

"그 여자는 라이커거스 사정을 잘 모르고, 저라면 좋은 방을 구해 줄 수 있을지 모른다고 생각한 겁니다. 별로 비싸지 않은 방으로 말이죠."

"그래서 로버타가 이사를 한 길핀 씨 집은 자네가 소개한 건가?"

"아닙니다, 변호사님. 저는 로버타에게 방을 소개한 일은 없습니다. 로버타가 혼자서 구한 겁니다." 이것은 그가 암기한 대로의 답변이었다.

"왜 자네는 그녀를 도와주지 않았는가?"

"낮 시간은 물론이고 밤 시간의 대부분도 바쁜 날이 많았기 때문입니다. 게다가 어떤 방을 원하는지는 그 여자 자신이 더 잘 알 것이라 생각했습니다. 집주인의 사람됨 같은 것 말입니다."

"그 아가씨가 이사 가기 전에 길핀 씨 집을 직접 가 본 일이 있나?"

"없습니다, 변호사님."

"그 아가씨가 그 집으로 이사하기 전 그곳이 어떤 방인지 — 출입구 위치라든지, 사생활이라든지 기타 문제에 대해 그 아가씨와 상의한 적이 있는가?"

"없습니다, 변호사님. 그런 이야기를 해 본 적은 없어요."

"가령 밤이나 낮에 자네가 남의 눈에 띄지 않게 드나들 수 있는 방을 구하라고 강요한 적은 없는가?"

"전혀 그런 적 없습니다. 더구나 그 집은 남의 눈에 띄지 않게 드나들 수 있는 곳은 아니었습니다."

"왜 그런가?"

"로버타의 방문은 모든 사람이 드나들고, 집에 있는 사람이면 누구나 볼 수 있는 현관에 붙어 있었으니까요." 이것은 그가 암기한 또 다른 답변이었다.

"하지만 자네는 남의 눈에 띄지 않게 그곳에 드나들지 않는가?"

"그건 그렇지만, 변호사님, 우리는 처음부터 어디서나 함께 있는 걸 될수록 남에게 보이지 않는 게 좋겠다고 생각했습니다."

"회사의 규칙 때문이었는가?"

"네, 그렇습니다, 변호사님. 회사의 규칙 때문이었습니다."

그러고 나서 심문은 미스 X가 클라이드의 삶에 등장함으로써 그와 로버타의 사이가 여러모로 곤란하게 된 사실에 이르렀다.

"클라이드, 이젠 미스 X라는 여성의 이야기를 좀 해야겠네. 배심원 여러분께서도 잘 아시는 바와 같이 변호인 측과 검찰 측과의 합의에 따라 이 문제에 대해서는 간략하게 언급하는 것으로 그쳐야 하겠습니다. 사건과는 전혀 관계가 없는 어떤 인물의 본명을 밝혀 봤자 본 사건 심리에는 도움이 되지 않기 때문입니다. 고인이 된 훌륭한 여성은 물론이고 살아 있는, 죄 없는 여성을 위해서도 이 문제는 될수록 가볍게 다루겠습니다만, 그래도 일부 관련 사항은 언급하지 않을 수 없습니다. 미스 올든이 살아 있다 해도 아마 그러기를 바랐을 것이라고 본인은 확신합니다. 어쨌든 X에 관한 이야기인데……." 제프슨은 클라이드를 향해 돌아섰다. "자네가 그 여성을 만난 것은 작년 11월이나 12월이었다는 점에서는 검찰 측과 변호인 측의 의견이 일치되고 있네. 그런데 그게 맞는가?"

"네, 맞습니다, 변호사님." 클라이드는 서글픈 목소리로 대답했다.

"그래서 곧 그 여성을 깊이 사랑하게 된 건가?"

"네, 그렇습니다, 변호사님. 맞습니다."

"그 여성은 부자였는가?"

"네, 그렇습니다, 변호사님."

"예쁘게 생겼는가?"

"모두 그렇게 생각한 것으로 알고 있네." 제프슨 변호사는 클라이드의 답변을 기다리지 않고 법정 안을 둘러보며 말했다. 그러나 철저하게 훈련을 받은 클라이드가 "네, 변호사님" 하고 대답했다.

"두 사람은─ 자네하고 미스 올든 말일세─ 미스 X를 처음 만났을 무렵 자네는 이미 지난번에 언급한 그런 부적절한 관계를 맺고 있었는가?"

"네, 변호사님."

"그렇다면, 이 모든 사실로 미루어 볼 때─ 아냐, 그 전에 잠깐 자네에게 먼저 물어야 할 말이 있군─ 가만있자, 미스 X를 처음 만났을 때 자네는 아직 로버타 올든을 사랑하고 있었는가? 아니면 그렇지 않았는가?"

"사랑하고 있었습니다. 네, 변호사님."

"적어도 그때까지는 그 아가씨가 싫증나지 않았단 말이지? 아니면 싫증이 나 있었는가?"

"아닙니다, 변호사님. 싫증나지 않았습니다."

"그 아가씨의 사랑, 그녀와 같이 지내는 시간이 전과 다름없이 소중하고 즐거웠단 말인가?"

"네, 그렇습니다, 변호사님."

이렇게 말하면서 클라이드는 과거를 회상하고 있었다. 그러고 보니 방금 한 말이 진실인 것 같았다. 손드라를 만나기 직전만 해도 그가 로버타와 행복의 절정에 있었던 것은 사실이었다.

"미스 올든과 장래를 기약한 일이라도 있나? 미스 X를 만나기 전에 말이네. 간혹 앞날을 생각해 본 적이 있지 않았겠나?"

"글쎄요, 반드시 그렇지는 않습니다." 이 말을 하면서 그는 매우 초조한 듯이 입술을 혀로 적셨다. "아시다피시 어떤 뚜렷한 계획이 있었던 것은 아닙니다. 로버타에게 옳지 않은 어떤 일도 할 생각이 전혀 없었습니다. 물론 그건 그 여자도 마찬가지였고요. 우리는 그냥 처음부터 어울린 겁니다. 너무 외롭다 보니 그렇게 된 것 같습니다. 로버타에게도 아직 남자 친구가 없었고, 제게도 여자 친구가 없었으니까요. 게다가 회사 규칙 때문에 같이 나다닐 수도 없었고요. 그래서 한자리에 함께 있게 되면 그 문제에 대해 깊이 생각하지도 않고 일이 그냥 그렇게 된 것 같습니다. 우리 두 사람이 다 그랬습니다."

"아직 아무 일도 없었고, 또 앞으로도 무슨 일이 있을 것 같지는 않아서 그냥 그때그때 시간을 보냈다는 건가?"

"아니, 그런 건 아닙니다, 변호사님. 네, 그렇습니다, 변호사님." 클라이드는 미리 연습을 많이 한, 아주 중요한 이 답변들을 실수 없이 하려고 열중하고 있었다.

"그래도 자네들 중에 어느 한 사람이라도 뭔가 생각했을 테지. 자네는 스물한 살이었고, 미스 올든은 스물세 살이었으니까."

"네, 변호사님. 그랬던 것 같습니다. 저는 간혹 어떤 생각을 해 봤습니다."

"어떤 생각을 해 봤는가? 기억이 나나?"

"글쎄요, 네, 기억납니다, 변호사님. 모든 일이 순조로워서 제 수입이 좀 더 많아지고, 로버타가 직장을 옮기면 우리가 공개적으로 같이 다닐 수 있을 것이라는 생각, 그리고 나중에도 서로의 마음이 변하지 않으면 결혼해도 되지 않을까, 하는 생각을 이따금 했습니다."

"그녀와 결혼할 생각을 실제로 했다는 말인가?"

"네, 그렇습니다, 변호사님. 지금 말씀드린 것과 같은 생각을 했습니다."

"미스 X가 나타나기 전에 그랬다는 말이지?"

"네. 그렇습니다, 변호사님. 그전에는 그랬습니다."

"썩 잘들 하는군요!" 메이슨이 빈정거리듯이 나지막한 목소리로 레드먼드 주 상원 의원에게 말했다. 그러자 레드먼드가 "대단한 연극이에요" 하고 무대 위에서처럼 속삭였다.

"하지만 자네는 그런 생각을 미스 올든에게 그대로 말한 적이 있는가?"

"글쎄요, 아니, 없습니다, 변호사님. 그런 기억이 나지 않습니다. 그렇게 말한 적은 없는 것 같습니다."

"말로 그렇게 했거나, 그렇게 하지 않았겠지. 도대체 어느 쪽인가?"

"두 쪽 모두 아닌 것 같습니다. 그녀를 사랑한다고, 그러니 나를 떠나지 말아 줬으면 한다고, 결코 그렇게 떠나지 않았으면 좋겠다고 말하곤 했습니다."

"하지만 결혼하고 싶다고는 말하지 않았단 말인가?"

"네, 변호사님. 그 여자하고는 결혼하고 싶지 않았습니다."

"그래? 알았네! 그랬더니 미스 올든은, 그 여자는 뭐라고 하던가?"

"저를 절대로 떠나지 않을 거라고 했습니다." 클라이드는 맥없이, 두려운 듯이 대답하면서 로버타의 마지막 비명과 자기를 쳐다보던 그 눈초리를 생각하고 있었다. 그는 호주머니에서 손수건을 꺼내어 땀이 난 차가운 얼굴과 손을 닦기 시작했다.

"대단한 연극이야!" 메이슨은 낮은 목소리로 비꼬듯이 중얼거렸다. "아주 약삭빠른 친구로군. 무척 약삭빨라!" 레드먼드가 가볍게 말했다.

"그런데 어디 말해 보게." 제프슨이 부드럽지만 냉혹하게 말을 이어 나갔다. "미스 올든에게 그런 감정을 품고 있으면서 미스 X를 만나자 어떻게 그처럼 갑작스럽게 마음이 변할 수 있었는가? 자네의 마음이 오늘 다르고 내일 다른, 그렇게 변덕스러운 사람인가?"

"글쎄요, 저는 그때까지는 그걸 모르고 있었습니다. 네, 모르고 있었고말고요, 변호사님."

"미스 올든을 만나기 전에 그렇게 강렬한 사랑을 해 본 적이 있나?"

"없습니다, 변호사님."

"그런데 미스 X를 만나기 전까지는 미스 올든과의 관계를 강렬한 사랑이라고— 진정한 연애라고— 생각했다는 말인가?"

"네, 그렇습니다, 변호사님."

"그런데 미스 X를 만난 뒤에, 그 뒤에 어떻게 됐나?"

"글쎄요, 그 뒤부터는 마음이 전과는 같지 않았습니다."

"그러니까 미스 X를 한두 번 만난 뒤 미스 올든에 대한 애정이 완전히 식어 버렸다는 말인가?"

"글쎄요, 그건 아닙니다, 변호사님. 그렇지는 않았습니다." 클라이드는 진지하게 재빨리 대답했다. "어느 정도는 여전히 그녀를 좋아했습니다. 아니, 많이 좋아했습니다. 그러나 저도 모르는 사이에 완전히 마음을 빼앗기고 있었습니다, 그 여자…… 그 여자한테 말이죠……."

"그래, 이 미스 X에게 그렇게 됐다는 말이지. 그 여성에게 완전히 넋을 잃고 사랑에 빠졌다는 말이지. 그랬다는 말인가?"

"네, 변호사님."

"그래서 어떻게 됐나?"

"글쎄요…… 그렇게 되니까…… 전처럼 미스 올든을 그렇게 좋아할 수 없었습니다." 이렇게 말하는 동안 클라이드의 이마와 볼에 땀이 조금 솟았다.

"알겠네! 알겠어!" 제프슨은 배심원과 방청객을 의식하고 연설조로 소리를 높여서 말했다. "아라비안나이트에 나오는 이야기처럼, 주술을 부리는 자와 주술에 걸린 자의 관계로군."

"무슨 말씀이신지 잘 모르겠습니다." 클라이드가 말했다.

"마법에 걸렸다는 이야기일세, 여보게…… 미모, 사랑, 부라든지, 우리가 때로 간절하게 바라면서도 소유할 수 없는 그런 것들의 마력에 사로잡혔다는 말이야. 내 말은 그런 뜻이야. 이 세상의 사랑은 대부분 결국 그런 셈이거든."

"네, 변호사님." 클라이드는 제프슨 쪽에서 말재주를 부리고 있는 것에 지나지 않는다고 결론지으며 천진난만하게 대답했다.

"그런데 내가 알고 싶은 것은 — 그만큼 미스 올든을 사랑했다고 하면서 — 결혼으로 승인받아야 할 관계까지 맺으면서 미스 X 때문에 미스 올든을 버리려고 했다니, 미스 올든에게 어떻게 그토록 의무감을 느끼지 않을 수 있는가? 어떻게 그럴 수가 있었는가? 본인은 그걸 알고 싶단 말일세. 그건 배심원들도 마찬가지일 걸세. 고맙다는 마음은 없었나? 도덕적 의무감도 없었나? 피고는 그런 감정이 전혀 없었다고 말할 셈인가? 우리가 알고 싶은 건 바로 그 점일세."

이것은 그야말로 반대 심문이었다. 변호인이 자기 측 증인을 공격하고 있었다. 그러나 제프슨에게는 그런 질문을 할 권한이 있었고, 메이슨 검사는 잠자코 듣고만 있었다.

"그것은 말입니다……." 여기서 클라이드는 미리 이 문제에 관한 답변을 연습해 본 적이 없는 사람처럼 망설이면서 말을 더듬었다. 그는 이 까다로운 질문에 대한 대답을 찾느라고 애쓰는 것 같았고, 또 실제로 그렇게 애를 썼다. 그는 답변을 암기했지만, 막상 법정에서 이 질문을 받은 데다 라이커거스에서 몹시 혼란을 일으키고 당황했던 이 문제에 직면하게 되자 지시를 받은 답변 내용이 생각나지 않아서 몸을 뒤틀다가 돌아서서 마침내 입을 열었다.

"사실은 그 문제에 대해서는 별로 생각해 보지 않았습니다. 미스 X를 만난 뒤부터는 그럴 수가 없었습니다. 생각을 해 보려고 몇 번 시도했지만 그렇게 할 수 없었어요. 미스 X 생각만 나고 미스 올든은 싫어진 겁니다. 그것이 옳지 못하다는 건 알고 있었고 — 정말입니다 — 미스 올든에게 미안하다는 생각이 들었지만 저로서는 어쩔 수가 없었습니다. 머릿속에는 온통 미스 X 생각만 꽉 차서 아무리 애를 써도 전처럼 미스 올든을 생각할 수가 없었습니다."

"이 문제로 양심의 가책을 느끼지 않았다는 말인가?"

"아뇨, 느꼈습니다, 변호사님. 양심의 가책을 느꼈어요." 클라이드가 대답했다. "제가 옳지 못하다는 걸 잘 알고 있었고, 그래서 미스 올든과 저에 대해 걱정을 많이 했지만 그래도 달리 어떻게 할 수 없었던 것 같습니다." 그는 제프슨이 적어준 말을 — 처음 읽었을 때 꽤 진실에 가깝다고 그가 느꼈던 말을 — 그대로 외고 있었다. 실제로 그도 어느 정도 양심의 가책을 느꼈었다.

"그래서?"

"그러자 미스 올든은 제가 전처럼 자기를 자주 만나러 오지 않는다고 불만을 털어놓기 시작했습니다."

"다시 말해서 자네가 미스 올든을 멀리하기 시작했다는 건가?"

"네, 조금은요, 변호사님. 그렇지만 전적으로 그런 것은 아닙니다. 그건 절대 아니에요, 변호사님."

"한데 미스 X라는 여성에게 넋을 빼앗기고 있다는 걸 알았을 때 자네는 어떻게 했나? 미스 올든에게 가서 다른 여자를 사랑하게 됐다고 말했나?"

"그러지 않았습니다, 변호사님, 그때는 그렇게 하지 않았습니다."

"왜 그때는 그렇게 하지 않았나? 두 여성에게 동시에 사랑한다는 말을 하는 게 떳떳한 짓이라고 생각하나?"

"그렇게 생각하지는 않습니다, 변호사님. 그렇지만 그때는 사정이 그렇지 않았습니다. 그때 저는 미스 X와 겨우 사귀기 시작한 때라 아무 말도 할 수 없었습니다. 그녀도 제게 그런 기회를 주지 않았습니다. 하지만 저는 그때 벌써 미스 올든을 이제는 더 사랑할 수 없다는 걸 알고 있었습니다."

"하지만 미스 올든이 자네에게 무슨 요구를 했는가? 그것만으로도 다른 여성을 쫓아다닐 수 없다는 생각이 들지 않던가?"

"네, 그런 생각이 들었습니다, 변호사님."

"그래서 어떻게 했는가?"

"저는 그 여성을 잊을 수가 없었습니다."

"미스 X 말인가?"

"네, 변호사님."

"그래서 그 여성의 마음을 사로잡을 때까지 쫓아다녔다는 말인가?"

"아닙니다, 변호사님. 그런 건 아니었습니다."

"그럼 어떻게 했나?"

"그냥 여기저기서 만나는 동안 그 여성에게 빠지게 된 겁니다."

"알았네. 그래도 자네는 미스 올든한테 가서 그녀를 더 이상 사랑할 수 없다고 말하지 않았다는 거지?"

"네, 변호사님, 그때는 그렇게 하지 못했습니다."

"왜 못했는가?"

"미스 올든이 마음 아파할 것 같아서요. 그녀의 마음을 아프게 하고 싶지 않았습니다."

"아, 알겠네. 그때는 미스 올든에게 그렇게 말할 만한 도덕적이고 정신적인 용기가 없었다는 말인가?"

"저는 도덕적 또는 정신적 용기가 어떤 것인지 잘 모릅니다." 클라이드가 대답했다. 그는 제프슨이 자기를 그런 식으로 묘사하고 있는 데 조금 기분이 상하고 짜증이 났다. "어쨌든 미스 올든이 측은하다고 생각했습니다. 그녀는 자주 울곤 했는데, 차마 말을 할 수가 없었습니다."

"알겠네. 자네가 원한다면 일단 그 이야기는 그 정도로 해 두지. 그러나 다른 일에 관해서 한 가지 묻겠네. 두 사람 사이의 관계 말인데, 그녀에 대한 자네의 애정이 식은 걸 안 뒤 어떻게 됐나? 계속됐는가?"

"글쎄요, 아닙니다, 변호사님. 별로 오래 계속되지는 않았습니다." 클라이드는 안절부절못하며 부끄러운 듯이 대답했다. 그는 법정 안의 모든 사람, 자기의 어머니, 손드라 그리고 신문을 읽고 모든 것을 알게 될 미국 전역의 수많은 사람을 생각하고 있었다. 몇 주일 전 이런 질문을 적은 내용을 처음 받았을 때 그는 왜 이런 질문을 해야 하는지 제프슨에게 물은 적이 있었다. 그랬더니 제프슨은 이렇게 대답했다. "교육적 효과를 노리는 걸세. 법정에 나가서 우리가 그 사람들에게 인생의 실제 현실을 신속하고 강력하게 깨우쳐 줄수록 그만큼 자네의 문제를 좀 더 제대로 쉽게 고려할 수 있거든. 하지만 지금은 그런 문제로 머리를 썩일 필요가 없네. 때가 오면 여기에 적힌 질문에 대답만 하고 나머지 일은 우리에게 맡기게. 우리는 우리가 하는 일을 잘 알고 있으니까." 그래서 클라이드는 이렇게 답변했다.

"미스 X를 만난 뒤로는 전처럼 미스 올든을 사랑할 수가 없었고, 될수록 찾아가지 않으려고 했습니다. 어쨌든 그 후 얼마 안 되어 미스 올든 몸에 이상이 생기고 나서…… 그게……."

"알겠네. 그게 언제쯤의 일이었나? 대략."

"작년 1월 하순쯤이었습니다."

"그러고 나서는? 그렇게 된 이상 미스 올든과 결혼할 의무가 있다고 생각했는가, 생각하지 않았는가?"

"글쎄요, 생각하지 않았습니다. 그때 사정으로는 그런 생각을 하지 않았습니다. 그 문제를 해결해 줄 수 있을 것 같아서요."

"왜 그런 생각을 하지 않았나? '그때 사정으로는'이라고 했는데, 그게 무슨 말인가?"

"제가 말씀드린 대로입니다. 애정이 식은 데다 결혼하겠다고 약속한 일도 없었고, 미스 올든도 그건 알고 있었으니까 제가 도와서 문제가 해결된 뒤에 전처럼 사랑하지 않는다고 말해도 괜찮을 것으로 생각했어요."

"하지만 자네는 그녀 문제를 해결할 수 없었다는 건가?"

"네, 해결할 수 없었습니다, 변호사님. 하지만 노력은 해 봤습니다."

"여기 나와서 증언을 한 그 약국 주인한테 찾아갔었나?"

"네, 그렇습니다, 변호사님."

"다른 사람한테도 찾아가 봤는가?"

"네, 변호사님. 한 일곱 사람을 만나고 나서야 겨우 뭔가 입수할 수 있었습니다."

"하지만 입수한 그게 별로 도움이 되지 않았던 건가?"

"네, 아무 소용이 없었습니다, 변호사님."

"여기에 나온 그 젊은 양품점 주인은 자네가 찾아왔다고 증언했는데, 정말 그 사람을 찾아갔었나?"

"네, 변호사님."

"그래 어느 특정 의사의 이름을 말해 주던가?"

"글쎄요…… 네…… 하지만 그 의사의 이름은 밝히고 싶지 않습니다."

"알았네. 밝힐 필요는 없네. 하지만 미스 올든을 어떤 의사한테로 보낸 적은 있나?"

"네, 변호사님."

"미스 올든은 혼자 갔는가, 아니면 자네와 함께 갔는가?"

"같이 갔습니다. 하지만 병원 문 앞까지만 같이 갔습니다."

"왜 문 앞까지만 같이 갔는가?"

"글쎄요, 의논을 해 봤는데, 미스 올든은 제 생각처럼 그렇게 하는 게 좋겠다고 판단했습니다. 그때는 제게 돈이 별로 없었거든요. 우리가 같이 가는 것보다 그녀 혼자서 가면 의사도 수술비를 싸게 해 줄지 모른다고 생각했던 겁니다."

'내가 하려고 하는 열변을 거의 다 훔쳐 가고 있지 않다면 손에 장을 지지겠어.' 그때 메이슨이 혼자 생각했다. '내가 준비한 질문을 거의 다 앞질러 하고 있군.' 그는 불안해져서 똑바로 일어나 앉았다. 벌리나 레드먼드, 얼 뉴콤도 하나같이 이제는 제프슨의 의도가 무엇인지 분명히 알 수 있었다.

"알겠네. 혹시 자네 큰아버지나 미스 X가 그 소문을 들을까 두려워서 그랬던 것은 아닌가?"

"아, 네, 그렇습니다. 저는…… 아니, 우리 두 사람은 같이 그런 생각을 하고 이야기를 해 봤습니다. 그녀는 그곳에서의 제 처지를 알고 있었으니까요."

"그렇지만 미스 X에 관해선 이야기하지 않았단 말인가?"

"네, 미스 X에 관해서는 이야기하지 않았어요."

"왜 그랬는가?"

"그때는 차마 입이 떨어지지 않았습니다. 너무 낙심할 테니까요. 문제가 다 해결될 때까지 기다리고 싶었습니다."

"문제가 해결되면 그녀에게 말하고 헤어지려고 했다, 그 말인가?"

"네, 그렇습니다. 그때 가서도 여전히 그녀가 좋아지지 않는다면 그렇게 하려고 했습니다. 정말입니다, 변호사님."

"그러나 문제가 해결되기 전에는 그렇게 하려고 하지 않았단 말인가?"

"네, 변호사님. 그녀 문제가 해결되기 전에는 그렇게 하려고 하지 않았습니다. 하지만 그때 저는 문제를 해결할 수 있을 걸로 알고 있었거든요."

"알겠네. 그러나 미스 올든의 몸 상태 때문에 그녀에 대한 자네 태도가 달라지지는 않았나? 미스 X를 단념하고 미스 올든과 결혼해서 모든 일을 깨끗이 정리하고 싶지는 않았는가?"

"글쎄요, 네, 변호사님. 그때는 미처…… 그때는 미처 그런 생각을 하지 못했습니다."

"'그때'라니? 언제를 두고 하는 말인가?"

"말씀드린 대로 나중에 그런 생각을 했습니다. 하지만 그때는 못 했습니다. 그런 생각을 한 건 나중에 함께 애디론댁산맥으로 여행을 떠난 뒤였어요."

"왜 그때는 그런 생각을 하지 못했을까?"

"그 이유를 말씀드렸습니다. 미스 X에게 푹 빠져 있어서 그 여자 말고는 딴생각을 할 수가 없었거든요."

"그때도 마음을 달리 먹을 수 없었다는 건가?"

"네, 변호사님. 미안하다는 생각은 들었지만 그렇게 할 수는 없었습니다."

"알겠네. 그러나 그 문제에 대해선 너무 신경 쓰지 말게. 그 이야기는 나중에 다시 하기로 하지. 지금은 미스 올든에 비해 왜 미스 X 쪽에 그토록 마음이 쏠렸는지 배심원 여러분 앞에서 한번 설명해 보기 바라네. 그녀의 태도라든가, 용모라든가, 마음이라든가 신분이라든가, 무엇 때문에 그토록 끌렸는가?"

이것은 벨크냅과 제프슨 두 변호사가 여러 이유에서—심리적·법적·개인적 이유에서—클라이드에게 여러 방식으로 물었다가 여러 다른 결과를 얻었던 질문이었다. 처음에는 클라이드가 자기가 무슨 말을 하든지 그대로 법정에서 다루어지고, 손드라의 이름과 함께 신문에 실릴까 두려워서 손드라에 관한 일은 입에 올릴 수도 없었고, 아예 입에 올리려고도 하지 않았다. 그러나 뒤에 신문에서 그녀의 본명에 관해서는 전혀 언급이 없으므로 그녀의 신분이 밝혀지지 않게 되었다는 게 분명해지자, 그는 좀 더 자유롭게 그녀에 관해서 말할 수 있었다. 그러나 막상 증인대에 서고 보니 그는 다시 머뭇거리면서 말을 삼가게 되었다.

"글쎄, 그게 말로 설명하기가 어렵습니다. 그 여성은 제가 생각하기에 매우 아름다웠습니다. 로버타보다 훨씬 더요. 제가 만난 어떤 사람과도 달랐어요. 누구보다도 개성이 강했고 그녀가 하는 행동, 그녀가 하는 말에 누구나 깊은 관심을 보였습니다. 제가 만난 누구보다도 아는 것이 많은 것 같았고요. 그리고 옷을 아주 멋지게 차려입고, 굉장한 부자였고, 사교계의 스타였고, 그녀의 이름과 사진이 늘 신문에 실렸습니다. 그 여성을 만나지 않을 때는 날마다 신문에서 그녀에 관한 기사를 읽었는데, 그렇게 하면 그 여성을 직접 만나고 있는 것 같은 느낌이 들었죠. 그 여성은 배짱도 있었고 미스 올든처럼 소박하거나 남을 덮어놓고 믿지도 않았어요. 처음에는 그 여성이 제게 관심이 많다는 사실이 믿기지 않았습니다. 그래서 저는 다른 여성이나 다른 일에 관해선 전혀 생각할 수 없게 되었죠. 더 이상 로버타를 원하지 않았습니다. 미스 X가 늘 눈앞에 있는데 그럴 수가 없었던 겁니다."

"그렇다면 자넨 결국 사랑의 노예가 됐거나 최면술에 걸린 것과 같아 보이는군." 제프슨 변호사는 클라이드의 진술이 끝나자 곁눈질로 배심원들의 표정을 살피면서 넌지시 말했다. "자네 과거를 이보다 더 잘 묘사할 순 없을 걸세." 그러나 그가 보기에도 방청객들과 배심원들의 표정은 여전히 냉랭했다.

곧이어 진술은 이 유도 심문의 귀결점이 되는 클라이드의 살인 계획이라는 아슬아슬한 격랑으로 넘어갔다.

"자, 클라이드, 그 이후로 무슨 일이 있었는지 말해 보게. 기억나는 대로 자세하게 이야기해 보게. 이야기를 감추거나 자네 인상을 좋게 하려거나 나쁘게 하려고 하지 말고. 미스 올든은 이미 사망했고, 이 자리에 계신 배심원 열두 분의 판결에 따라 자네도 죽게 될지 모르네." 이 말에 클라이드는 물론 법정 안 전체에 냉기가 스치는 것 같았다. "그러나 자네 영혼의 평화를 위해서는 진실을 말하는 것이 최선의 길일세." 여기서 제프슨은 메이슨 검사를 생각했다. 이 말에 반박할 수 있으면 어디 한번 해 보라지.

"네, 변호사님." 클라이드가 간단하게 대답했다.

"그래, 미스 올든의 몸에 이상이 생기고 자네가 그 문제를 해결해 줄 수 없게 된 뒤에는 어떻게 됐나? 자네는 무엇을 했는가? 또 어떻게 행동했는가……? 잠깐, 그 무렵 자네 봉급은 얼마나 됐나?"

"주급 25달러였습니다." 클라이드는 사실대로 말했다.

"다른 수입은 없었는가?"

"잘 알아듣지 못했습니다."

"그 당시 다른 수입원은 없었느냐고 물었네."

"없었습니다, 변호사님."

"방세는 얼마를 내고 있었나?"

"일주일에 7달러였습니다."

"식비는?"

"아, 5달러에서 6달러였습니다."

"다른 비용은?"

"네, 있었습니다, 변호사님. 옷값과 세탁비가 들었습니다."

"사교 비용도 자네 몫은 자네가 부담해야 했는가?"

"유도 심문에 이의 있습니다!" 메이슨이 큰 소리로 외쳤다.

"이의를 받아들입니다." 오버월처 판사가 이의를 허락했다.

"그 밖에 생각나는 다른 비용은 없었나?"

"글쎄요, 전차와 기차표 살 돈이 필요했습니다. 더구나 교제 비도 제 몫은 제가 부담했고요."

"그랬을 테지!" 몹시 화가 난 메이슨이 외쳤다. "이제 이 앵무 새 같은 피고에게 유도 심문 좀 그만하시죠."

"지방 검사께서는 남의 일에 참견하지 마시고 자기 일이나 하시지요!" 제프슨은 콧방귀를 뀌듯 말했다. 자신은 물론이고 클라이드를 위해서도 그랬다. 그는 클라이드의 마음속에서 메이슨에 대한 두려움을 없애 버리고 싶었다. "지금 본인은 피고를 심문하고 있습니다. 앵무새에 관해서 말하자면, 지난 몇 주일 동안 초등학교 학생들처럼 철저히 훈련을 받은 앵무새가 여러 마리 이곳에 나왔더군요."

"이건 악의에 찬 모략이오!" 메이슨이 큰 소리로 외쳤다. "이의를 제기합니다. 그리고 사과를 요구합니다."

"재판장님, 사과를 받아야 할 사람은 본 변호인과 피고입니다. 잠시 휴정을 선언해 주시면 지방 검사께서는 곧 사과할 줄로 믿습니다." 그러고 나서 제프슨은 메이슨 앞으로 다가서서 한마디 덧붙였다. "본인은 법정의 도움 없이도 사과를 받아낼 수 있습니다." 그러자 메이슨은 제프슨이 공격해 올 것이라 생각하고 싸움 자세를 취했다. 보좌관들, 보안관 대리들, 속기사들, 신문 기자들, 정리(廷吏)가 몰려들어 두 사람을 제지했고, 오버월처 판사는 의사봉으로 거칠게 책상을 내리쳤다.

"여러분! 여러분! 두 분은 지금 법정을 모욕하고 있소! 법정에 사과하고, 서로 사과하시오. 만약 그러지 않을 경우 무효 심리를 선언하고, 두 분 모두 10일간의 구류와 500달러의 벌금형에 처하겠소." 이렇게 말하며 판사는 윗몸을 앞으로 굽히면서 두 사람을 노려보았다. 그러자 제프슨은 즉시 매우 상냥하고 아첨하는 듯한 태도로 대답했다. "재판장님, 여러 상황에서 본인은 재판장님과 지방 검사와 배심원 여러분에게 사과합니다. 피고에 대한 지방 검사의 공격이 너무 부당하고 도발적이라고 여겨져서 그랬던 겁니다. 다른 의도는 없었습니다."

"그런 말은 필요 없소." 오버월처는 계속 말했다.

"재판장님, 여러 상황에서 본인은 피고 측 변호인에게 사과합니다. 본인이 좀 경솔했던 것 같습니다. 또한 피고에게도 사과합니다." 메이슨 검사는 단호하고 노기 띤 오버월처 판사를 응시하다가 이어 클라이드에게 시선을 옮기면서 빈정거리듯이 말했다. 그러자 클라이드는 즉시 움찔하면서 고개를 돌렸다.

"자, 계속하시오." 오버월처가 시무룩한 표정으로 투덜거렸다.

"자, 클라이드……" 제프슨은 마치 방금 성냥에 불을 붙이고 성냥개비를 버리듯이 태연하게 다시 입을 열었다. "자네는 주급 25달러를 받았지만 지출이 많았다고 했는데, 그때까지 비상시를 대비해 조금이라도 저축할 수 있었는가?"

"못했습니다, 변호사님…… 별로…… 아니, 전혀 하지 못했습니다."

"그렇다면 만약 미스 올든이 찾아간 의사가 수술을 해 주겠다면서 돈을— 가령 백 달러 정도를— 요구했다면 자네는 그 돈을 부담할 수가 있었는가?"

"없었습니다, 변호사님. 당장은 그럴 수 없었다는 말입니다."

"자네가 아는 한, 미스 올든에게 돈이 있었나?"

"제가 아는 한 없었습니다. 전혀요, 변호사님."

"그렇다면 자네는 어떻게 그 여자를 도우려고 했는가?"

"글쎄요, 미스 올든이나 제가 만나는 의사가 할부로 치료비를 지불하게 해 준다면 저축해서 분할로 갚을 수 있을 것으로 생각했습니다."

"알겠네. 그렇게라도 그 돈을 기꺼이 부담할 용의가 있었다는 말이지?"

"네, 변호사님. 그렇습니다."

"미스 올든에게도 그렇게 말했는가?"

"네, 변호사님. 그 여자도 알고 있었습니다."

"그래 수술을 해 주겠다는 의사를 찾을 수 없게 된 뒤에는 어떻게 됐나? 그다음 자네는 어떻게 했나?"

"그러자 그 여자가 결혼하자고 했습니다."

"당장에 결혼하자고 하던가?"

"네, 변호사님. 당장에요."

"그래서 뭐라고 했나?"

"당장은 그럴 수가 없다고 했습니다. 결혼할 돈도 없었고요. 게다가 만약 결혼하고 아기가 태어날 때까지만이라도 다른 곳에 가지 않고 그곳에 눌러앉아 있다면 모든 사람이 알게 될 것이었고, 그렇게 되면 저는 그곳에 더 이상 있을 수도 없었을 겁니다. 그건 그 여자도 마찬가지였고요."

"왜 그런가?"

"제 친척이 살고 있었기 때문입니다. 그렇게 된다면 저도 그 여자도 아마 그곳에서 쫓겨났을 겁니다."

"알겠네. 친척들이 자네나 그 아가씨를 직장에 그대로 놔둘 수 없다고 생각했을 거라는 말이로군. 그런가?"

"제 생각으로는 그렇게 될 것 같았습니다." 클라이드가 대답했다.

"그다음에는?"

"그 여자와 다른 곳으로 가서 결혼하고 싶었다 해도 제게는 그럴만한 돈이 없었습니다. 그건 미스 올든도 마찬가지였고요. 제가 그 직장을 그만두고 다른 곳으로 가서 일자리를 얻기 전에는 그 여자를 부를 수 없는 형편이었습니다. 더군다나 어느 곳에 가서 어느 직장에 취직해야 할지, 지금 받던 정도의 봉급을 받을 수 있을지도 알 수 없었고요."

"호텔 일은? 그 일로 되돌아갈 수도 없었나?"

"글쎄요, 어쩌면 그럴 수도 있었을지 모릅니다. 무슨 소개장이라도 있었다면 말이죠. 하지만 저는 그런 일은 다시 하고 싶지 않았습니다."

"왜 그런가?"

"그건, 그 일을 별로 좋아하지 않았기 때문입니다. 그런 생활이 이제는 싫어졌으니까요."

"하지만 아무 일도 하지 않고 가만히 앉아 있을 생각은 아니었겠지? 그런 태도는 아니었겠지?"

"아, 물론 아닙니다, 변호사님. 그럴 생각은 없었습니다. 저는 곧바로 그 여자에게 한동안만—아기를 낳을 때까지만이라도—어디론가 가 있고, 저더러 라이커거스에 남아 있게 해 주면 그녀 문제가 해결될 때까지 생활비를 줄여서 아낀 돈을 보내 주겠다고 했습니다."

"하지만 그녀와 결혼하지는 않고서 말이지?"

"네, 변호사님. 그때는 그렇게 할 수 있다는 생각이 들지 않았습니다."

"그랬더니 그 아가씨가 뭐라고 하던가?"

"그렇게 하고 싶지 않다는 겁니다. 제가 자기와 결혼하지 않는 한, 그렇게 할 수도 없고, 그렇게 할 생각도 없다고 했습니다."

"알겠네. 당장에 결혼하자고 하던가?"

"네…… 어쨌든 곧바로 결혼하자고 그랬습니다. 잠시 동안은 기다릴 수 있지만 결혼하기 전에는 다른 곳으로 가지 않겠다고 했습니다."

"이제는 그 아가씨를 사랑하지 않는다는 말을 했는가?"

"그런 말을 비치기는 했습니다. 네, 그렇게 했습니다, 변호사님."

"'비치기는 했다'니 그게 무슨 말인가?"

"글쎄요, 결혼하고 싶지 않다는 것 말입니다. 게다가 이제는 제가 자기를 사랑하지 않는다는 걸 그 여자도 알고 있었습니다. 그녀 자신도 그렇게 말했으니까요."

"그때 자네에게도 그렇게 말하던가?"

"네, 변호사님. 여러 번 그런 말을 했습니다."

"아, 그래. 정말 그렇군. 이 자리에서 낭독된 그 아가씨의 편지에도 그렇게 쓰여 있었거든. 그런데 그 아가씨가 싫다고 단호하게 거절하자 자네는 어떻게 했나?"

"글쎄요, 어떻게 해야 할지 잘 몰랐습니다. 하지만 타일러서 당분간 집에 가 있게 하고, 그동안 어떻게든 돈을 저축해서…… 어쩌면…… 어쨌든 그 여자가 일단 집으로 가서 제가 결혼할 생각이 전혀 없다는 것을 깨닫게 되면……." 여기서 클라이드는 말을 멈추고, 입술을 손으로 만지작거렸다. 이렇게 거짓말을 하는 게 쉽지 않았기 때문이다.

"그래, 말을 계속하게. 그리고 아무리 수치스러워도 진실은 거짓말보다 값진 거라는 점을 명심하게."

"그 여자가 전보다 더 두려워하고 굳어 있는 마음이 좀 누그러지면 혹시……."

"자네도 두렵지 않았는가?"

"네, 변호사님. 두려웠습니다."

"이야기를 계속하게."

"그렇게 되면…… 그게…… 어쩌면 제가 그때까지 저축할 수 있었…… 던 돈을 몽땅 주겠다고 하면…… 누구한테서 돈을 좀 빌릴 수 있을 것으로 생각했거든요. 결혼을 고집하지 않고 혼자 어디론가 갈 것으로…… 어디엔가 가서 살면서 제 도움을 받겠다고 하지 않을까 생각했거든요."

"알겠네. 그런데 그녀는 찬성하지 않던가?"

"네…… 제가 결혼해 주지 않는 것에 찬성하지 않았습니다……. 그래도 한 달 동안 집에 가 있으라는 말에는 동의했습니다. 끝내 저를 놓아주겠다고 말하게 할 순 없었습니다."

"하지만 그때나 그전이나 후에 자네가 그곳으로 가서 결혼하겠다고 말했는가?"

"아닙니다, 변호사님. 전혀 그런 말을 한 적이 없었습니다."

"그럼 무슨 말을 했나?"

"다만 말하기를, 돈이 준비되는 대로……." 너무 초조하고 부끄러운 나머지 여기서 클라이드는 잠시 말을 더듬었다. "……한 달쯤 안으로 데리러 갈 테니 그때 함께 어디론가 떠나자고 했습니다. 마침내, 마침내 그녀 문제가 해결될 때까지 말이죠."

"그렇지만 그녀와 결혼하겠다고 말하지는 않았다는 거지?"

"네, 변호사님. 그런 말은 하지 않았습니다."

"하지만 그 아가씨는 물론 자네가 그런 말을 해 주기를 바랐을 테지?"

"네, 변호사님."

"그때 그 아가씨가 자네와 결혼하도록 강요할 수도 있다는 생각이 들지 않았는가? 내 말은 자네 의지에 반해서 말이야."

"네, 그건 몰랐습니다, 변호사님. 피할 수만 있다면 되도록 결혼은 하지 않으려고 했습니다. 제 계획은, 될수록 오래 기다리면서 그동안 돈을 저축했다가 때가 오면 결혼을 거절하고 저축한 돈을 몽땅 주고 그 뒤에도 능력껏 도와주려고 했습니다."

"하지만 자네도 알다시피……." 제프슨은 매우 상냥하고 외교적으로 말을 이어 나갔다. "미스 올든이 자네에게 보낸 이 여러 통의 편지에는 말이네." 여기서 제프슨은 손을 내밀어 지방 검사의 테이블에서 로버타의 편지 묶음을 집어 들어 엄숙하게 그 무게를 손으로 달아 보았다. "두 사람의 여행 계획이 언급되어 있네. 적어도 그녀 생각으로는 자네가 여행 계획을 세우고 있다고 생각한 것 같네. 자, 그게 어떤 계획이었는지 구체적으로 말할 수 있겠나? 내 기억이 정확하다면 이 편지에는 '우리 계획'이라고 언급되어 있었거든."

"그건 저도 알고 있습니다." 클라이드가 대답했다. 이 질문에 관해서는 벨크냅과 제프슨과 함께 두 달 동안 이야기를 나눴다. "하지만 제가 아는 유일한 계획은……." 여기서 그는 사람들에게 가장 솔직하고 믿음직스럽게 보이려고 최선을 다했다. "……제가 몇 번씩이나 그 여자에게 제의한 계획이었습니다."

"그래, 어떤 제의를 했다는 건가?"

"다른 곳으로 가서 방을 얻고 살면 제가 생활비를 보내 주고, 또 가끔 한 번씩 찾아가 만나겠다는 제의였습니다."

"아니야, 그게 아니었어. 그 말은 틀렸어." 제프슨이 교활하게 그의 말을 되받았다. "그 아가씨가 생각하고 있던 계획은 그게 아니었고, 그럴 리가 없었어. 이 중 한 편지에서 그 아가씨는 다른 곳으로 가서 아이가 태어날 때까지 오랫동안 그곳에 머무는 게 자네에게는 어려운 일인 줄은 알지만 어쩔 수 없다고 말했지."

"네, 그건 압니다." 클라이드는 얼른 미리 연습한 대로 대답했다. "하지만 그건 그 여자의 계획이었지 제 계획은 아니었습니다. 저한테도 항상 자기는 그러고 싶다고, 그러니 저도 그렇게 해야 한다고 입버릇처럼 말했습니다. 그녀는 전화로도 몇 번 그 말을 했습니다. 저도 '알았어, 알았어' 하고 대답했을지 모르지만, 나중에 좀 더 이야기해 보자는 뜻이었지 그녀의 생각에 전적으로 동의한 건 아니었습니다."

"알겠네. 자네는 그렇게 생각했다는 거지. 그러니까 두 사람은 서로 다른 뜻으로 말한 셈이로군."

"어쨌든 저는 그 여자의 계획에 동의한 적이 없습니다. 절대로 없어요. 제가 한 일은 다만, 돈이 충분히 마련되면 찾아가서 좀 더 이야기해 보고 딴 곳으로 가게 할 때까지—제가 제안했던 것처럼 말이죠—그때까지만 아무것도 하지 말고 가만히 기다리고 있어 달라고 했을 뿐입니다."

"하지만 그 아가씨가 자네 생각에 따르지 않겠다면 어떻게 할 생각이었나?"

"글쎄요, 미스 X의 일을 고백하고, 저를 놓아달라고 사정해 보려고 했습니다."

"그래도 안 되겠다고 한다면?"

"그러면 도망이라도 치려고 했지만, 그 문제는 별로 생각하고 싶지 않았습니다."

"클라이드, 자네도 물론 알겠지만 이 자리에는 그 무렵 자네의 마음속에는 자유롭게 되어 미스 X와 결혼하기 위해 자네 자신과 미스 올든의 신원을 숨기고 그녀를 애디론댁 산중의 어느 호젓한 호수로 유인해서 잔인하게 살해할 계획이 싹트고 있었다고 생각하는 분들이 계시네. 그게 사실인가? 여기 계신 배심원 여러분께 말씀드리게. 그게 사실인가, 사실이 아닌가? 과연 어느 쪽인가?"

"사실이 아닙니다! 절대 아닙니다! 로버타나 그 누구도 살해할 계획을 품어 본 적이 없습니다." 클라이드는 지시를 받은 대로 의자의 팔걸이를 움켜쥐고 될수록 강한 어조로 꽤 극적으로 항변했다. 동시에 그는 의자에서 몸을 일으키고 신빙성 있고 엄숙한 표정을 지으려고 했지만, 그런 계획이 그의 마음속에 싹트고 있었다는 사실을 그 자신이 너무도 잘 알고 있었다. 그래서 그 순간 그의 몸에서 힘이 쑥 빠졌다. 그것도 너무 고통스럽고 끔찍하게 힘이 빠져 버렸다. 이 많은 사람의 눈길. 재판장과 배심원들과 메이슨과 모든 남녀 기자들의 시선. 클라이드의 이마에는 다시 한 번 식은땀이 흘렀다. 그는 초조하게 혀로 입술을 적시고, 마른 목구멍에 간신히 침을 삼켰다.

그리고 나서 이어 제프슨은 로버타가 집에 간 뒤 클라이드에게 보낸 편지에서 시작하여 데리러 오지 않으면 라이커거스로 돌아가 클라이드와의 관계를 폭로하겠다고 한 편지를 끝으로 일련의 편지를 일일이 검토해 가면서 검찰 측이 '주장하는' 살인 계획과 범행의 여러 단계를 언급하고, 그렇게 함으로써 지금까지 증인들이 남긴 증언을 최소화하고 마침내는 불식시키려고 최선을 다했다.

로버타에게 편지를 보내지 않은 클라이드의 의심스러운 행동. 그거야 친척들, 직장 그리고 그 밖의 여러 가지 관련된 일에 문제가 생길까 두려워한 탓일 것이다. 클라이드가 폰다에서 로버타와 만나기로 한 의심스러운 행동도 마찬가지였다. 그 무렵 클라이드에게는 로버타와 특별히 어느 곳으로 여행을 가겠다는 계획이 없었다. 다만 어디에라도 좋으니까 로버타를 만나 가능하다면 그를 좀 놓아달라고 설득하려고 막연히 생각했을 뿐이었다. 그러나 7월이 오고 아직도 이렇다 할 뚜렷한 계획이 없었으므로 어디든 돈이 많이 들지 않은 휴양지에 같이 가는 게 어떨까 하는 생각이 먼저 떠올랐다. 유티카에서 북쪽에 있는 어느 호수로 가는 게 어떻겠느냐고 처음 제안한 건 로버타였다. 그가 지도와 안내서를 구한 건 기차역이 아니라 호텔이었다. 이것은 어떤 의미에서는 매우 치명적인 주장이었다. 메이슨 검사는 라이커거스 하우스의 도장이 찍힌 안내 책자를 입수해 가지고 있었는데, 안내 책자에 도장이 찍혀 있는 사실을 클라이드는 미처 모르고 있었다. 클라이드가 증언하는 동안 메이슨은 이 점을 생각하고 있었다. 뒷길로 해서 라이커거스를 떠난 건 물론 로버타와 함께 떠나는 사실을 숨기기 위해서였지만, 저 자신을 위해서나 로버타를 위해서 좋지 않은 소문이 날까 걱정이 되어서 그랬던 것이다. 두 사람이 기차의 다른 객실에 타고, 클리퍼드 골든 부부라고 숙박부에 이름을 기재하는 등 처음부터 신분을 숨기려고 한 것도 같은 이유에서였다. 모자 두 개에 관해서 말하자면, 하나가 더러워졌고 마음에 드는 것이 눈에 띄었기에 하나를 더 샀을 뿐이다. 그래서 사고 때 하나를 잃었으니까 당연히 다른 모자를 쓴 것이다. 카메라를 소유하고 있었고, 6월 18일 처음 크랜스턴네 별장에 갈 때 갖고 갔던 건 사실이었다. 처음에 카메라를 소유한 일이 없다고 부인한 것은 우연한 사고였던 로버타의 죽음에 공연히 말려들어 해명하기 어렵게 될까 두려웠기 때문이다. 숲속에서 검거되자마자 로버타를 살해했다는 혐의를 받았는데, 그 불행한 여행에 자기가 한 행동이 의심을 받게 될 것이 두려웠고, 또 그를 변호해 줄 변호사나 누군가가 없었기 때문에 아무 말도 하지 않는 게 좋겠다는 생각에서 우선은 모든 것을 부인했던 것이다. 물론 변호사들을 만나자 그들에게 사건의 진상을 모두 이야기했지만 말이다.

행방불명이던 양복은 물에 젖고 흙이 묻어 있었기에 숲속에서 뭉쳐 두었다가 크랜스턴네 별장에 이르자 나중에 돌아와 회수해서 드라이클리닝을 할 생각으로 그곳 근처의 바위 뒤에 숨겨 두었다. 그러나 벨크냅 변호사와 제프슨 변호사에게 소개를 받자 그는 즉시 그 사실을 털어놓았고, 그래서 두 변호사가 그 옷을 회수해서 그를 위해 세탁했다.

　"자, 클라이드, 자네 계획과 처음 두 사람이 그 호수로 간 사실에 관해서인데 이제 그 이야기를 해 보게."

　그러자 클라이드는 제프슨이 벨크냅에게 대략 설명한 대로, 어떤 경로로 로버타와 함께 유티카로 갔다가 다시 그래스 호수로 갔는지 이야기했다. 그때까지도 아직 어떤 계획이 있었던 것은 아니었다. 최악의 사태가 오면 로버타에게 미스 X를 몹시 사랑한다고 고백하고, 무슨 일이든 할 수 있는 일은 모두 해 줄 테니 자유롭게 풀어 달라고 애원하려고 할 생각이었다. 그래도 만약 그녀가 거절한다면 최악의 경우 모든 것을 포기하고 라이커거스에서 도망치려고 했다.

　"하지만 처음에는 폰다에서, 나중에 유티카에서 보니 로버타는 너무 지쳐 있고 또 서글퍼 보여서……." 여기서 클라이드는 조심스럽게 지시를 받은 답변 내용에 성실성을 보태느라고 무척 애썼다. "……또 너무 절망적으로 보여서 정말 안됐다는 생각이 다시 들었습니다."

　"그래서 어떻게 했는가?"

　"그게, 그녀가 저를 놓아주지 않을 경우 그냥 돌아서서 떠나

버릴 자신이 없어졌습니다."

"그래서 어떻게 하기로 했나?"

"그때는 아무런 결정도 내리지 못했습니다. 그녀의 말을 들어보고 제가 설사 함께 떠나더라도 일이 그렇게 순탄치 않을 거라는 점을 타일러 보려고 했습니다. 저한테는 50달러밖에는 없었거든요."

"그래서?"

"그랬더니 로버타는 울기 시작했습니다. 저는 그곳에서는 더이상 그 이야기를 할 수 없다고 판단했습니다. 그녀는 너무 지쳐 있는 데다 신경이 곤두서 있었습니다. 그래서 저는 하루 이틀쯤 어디라도 가서 지내면 기운을 좀 차릴 수 있지 않을까 해서 가고 싶은 곳이 없느냐고 물어보았습니다." 클라이드는 말을 계속했지만 여기서는 새빨간 거짓말을 하는 탓에 몸을 비비 꼬며 마른침을 삼키고 있었다. 그런 자신 없고 보기 흉한 태도는 그가 힘에 부치는 일을—거짓말이나 교묘한 재주를—하려고 할 때마다 나타났다. "그랬더니 그 여자는 좋다고 하면서 애디론댁산맥의 어느 호수로 가고 싶다고 했습니다. 어느 호수라도 좋다고 말입니다. 우리 형편으로 갈 만한 곳이면 말이죠. 그래서 저는 그녀가 상심하고 있는 점을 생각해서 그만한 돈은 있다고……."

"그렇다면 사실은 미스 올든 때문에 그곳으로 간 거로군?"

"네, 변호사님. 그 여자 때문에 간 겁니다."

"알았네. 계속하게."

"그랬더니 그 여자가 아래층이나 어디엔가 가서 안내 책자를 구해 보면 그다지 비싸지 않은 곳을 찾을 수도 있지 않겠느냐고 했습니다."

"그래서 그렇게 했나?"

"네, 변호사님."

"그러고 나서?"

"안내 책자를 보고 결국 그래스 호수에 가기로 했습니다."

"누가 결정을 했나? 두 사람이 결정한 건가? 아니면 그 아가씨가 결정한 건가?"

"우리는 따로따로 안내 책자를 들여다봤는데, 그녀가 보던 책자에서 두 사람이 21달러로 일주일, 또는 5달러로 하루 묵을 수 있는 그곳 여관의 광고를 봤습니다. 저는 하루 정도 묵는 데는 그 정도면 더없이 좋다고 생각했습니다."

"자네는 그곳에서 하루만 묵으려고 했나?"

"아닙니다, 변호사님. 로버타가 더 묵고 싶어 한다면 더 머물 생각이었습니다. 처음에는 하루나 이틀, 사흘쯤 묵으면 되지 않을까 생각했습니다. 정확히 며칠이라고는 말할 수 없었습니다. 어쨌든 그 여자와 이야기를 나누면서 제 입장을 이해시킬 수 있는 시간이면 충분했으니까요."

"알겠네. 그다음엔……?"

"그래서 우리는 이튿날 아침 그래스 호수로 갔습니다."

"그때 각각 다른 기차 객실에 타고?"

"네, 맞습니다, 변호사님. 각자 다른 칸에 탔습니다."

"그곳에 도착하고 나서는?"

"숙박부에 이름을 적었습니다."

"뭐라고?"

"클리퍼드 그레이엄 부부라고 적었습니다."

"여전히 누군가가 알까 두려웠던 모양이지?"

"네, 그렇습니다, 변호사님."

"어떤 식으로든 필적도 속이려고 해 봤나?"

"네, 변호사님. 조금은요."

그런데 왜 항상 자네 이름의 머리글자 'C. G.'를 사용했나?"

"그게, 제 가방에 적힌 머리글자와 본명은 아니라도 숙박부에 기재한 이름의 머리글자가 같아야겠다고 생각했기 때문입니다."

"알겠네. 어떤 의미에서는 영리하고, 어떤 의미에서는 미련하군. 어중간하게 영리한 게 가장 나쁜 거거든." 이 말을 듣고 메이슨 검사는 이의를 제기하려는 듯이 의자에서 반쯤 몸을 일으켰다가 생각을 고쳐먹고 천천히 다시 의자에 앉았다. 제프슨 변호사는 다시 한 번 곁눈질로 오른쪽에 앉아 있는 배심원들의 눈치를 살폈다. "그래서 드디어 예정했던 대로 그 아가씨에게 두 사람의 관계를 청산하고 싶다는 말을 했는가? 아니면 하지 않았는가?"

"그곳에 도착하면 곧바로 어쨌든 이튿날 아침쯤 이야기하고 싶었습니다. 그런데 그곳에 도착해서 방을 잡기 무섭게 로버타는 저한테 당장 결혼해 주기만 하면 오랫동안 부부로 지낼 생각은 없다고 몸이 아프고 걱정스럽고 마음이 괴롭다고 그녀가 바라는 건 오직 떳떳하게 아기를 낳는 일뿐이니 일단 아기를 낳으면 저를 놓아 주고 자기는 자기 갈 길을 가겠다는 말을 되풀이했습니다."

"그래서?"

"그래서 우리는 호수로 나갔습니다."

"어느 호수 말인가, 클라이드?"

"아, 그래스 호수입니다. 그 호수에 도착한 뒤 우리는 보트를 저어 나갔습니다."

"도착한 직후였나? 오후에 말인가?"

"네, 변호사님. 로버타가 보트 놀이를 하고 싶어했습니다. 호수 위에서 보트를 타고 있을 때……." 그는 여기서 잠깐 말을 중단했다.

"로버타가 다시 울기 시작했습니다. 너무 곤경에 빠져 있는 것 같았고, 몸이 아픈 데다 근심까지 하고 있는 모습을 보고 저는 결국은 그녀의 생각이 옳고, 제 생각이 틀렸다고…… 아기도 생겼는데 결혼하지 않겠다는 건 옳지 못한 일이니 결혼하는 게 좋겠다고 생각했습니다."

"알겠네. 심경의 변화를 일으킨 거로군. 그래, 그 자리에서 로버타에게 그 말을 했는가?"

"아닙니다, 변호사님."

"왜 하지 않았나? 그 여자를 그만큼 괴롭히고도 부족하던가?"

"그런 게 아닙니다, 변호사님. 하지만 로버타에게 막상 그 말을 하려니까 그곳에 가기 전에 생각했던 모든 일이 생각났습니다."

"가령 어떤 생각 말인가?"

"그게, 미스 X의 일, 라이커거스에서의 제 생활, 그리고 그런 식으로 우리 두 사람이 떠날 때 닥쳐올 일들을 생각한 겁니다."

"그렇겠지."

"그래서…… 그런데…… 그때 그곳에서는 그 말을 할 수가 없었습니다. 어쨌든 그날은 말이죠."

"그렇다면 언제 그 말을 했는가?"

"그 자리에서는 울음을 그치라고, 24시간만 더 생각할 여유를 주면 모든 일이 잘 풀리게 될지 모른다고, 어떤 해결책이 생길지도 모른다고 했습니다."

"그래서?"

"그랬더니 로버타는 잠시 뒤에 그래스 호수는 좋아하지 않는다고 했습니다. 다른 곳으로 가고 싶다고 했습니다."

"미스 올든이 그러던가?"

"네. 그래서 우리는 다시 지도를 꺼내 봤고, 저는 그곳 호텔에서 어떤 친구에게 그 근처의 호수들을 잘 아느냐고 물어봤습니다. 그랬더니 그 친구는 그 일대의 호수 중에서는 빅비턴이 가장 아름답다고 했습니다. 그곳은 저도 언젠가 한 번 가 본 곳이어서 로버타에게 그 친구의 말을 전했더니, 그곳으로 가자고 했습니다."

"그래서 그곳으로 간 건가?"

"네, 변호사님."

"다른 이유는 없었나?"

"네, 없었습니다, 변호사님. 그 외에는 없었어요. 그곳은 뒤쪽 또는 남쪽이어서 어차피 우리가 가는 방향에 있었기 때문이었습니다."

"알겠네. 그날이 7월 8일, 목요일이었나?"

"네, 변호사님."

"그런데, 클라이드, 자네도 알다시피 이 법정에서는 자네가 미리 계획한 대로 죽이려고 — 살해할 목적으로 — 미스 올든을 그 호수로 데리고 갔고, 사람들의 눈에 띄지 않는 호젓한 장소를 찾아 먼저 카메라나 보트의 노나 몽둥이나 돌 같은 것으로 그녀를 때리고 난 뒤 익사시키려고 했다는 것으로 기소돼 있네. 자, 이 점에 관해 무슨 할 말이 없나? 그게 사실인가, 아닌가?"

"사실이 아닙니다, 변호사님! 전혀 사실이 아닙니다!" 클라이드는 힘차고 분명하게 대답했다. "첫째, 그곳은 제가 가고 싶어서 간 곳이 아닙니다. 로버타가 그래스 호수가 싫다고 해서 간 곳입니다." 그러자 그때까지 의자에서 움츠리고 있던 클라이드는 상체를 펴고 방청객과 배심원을 바라보면서 말을 이었다. 그는 이렇게 덧붙였다. "저는 어떻게 해서라도 그녀의 기분을 좀 풀어주고 싶었을 뿐입니다."

"그 목요일에도 그 전날만큼 미스 올든이 측은하게 생각되던가?"

"네, 변호사님. 더욱 그랬던 것 같습니다."

"그때는 앞으로 어떻게 하겠다는 결심이 분명히 서 있었나?"

"네, 변호사님."

"그렇다면 그 계획이 무엇이었는가?"

"될수록 공정하게 행동해야겠다고 결심했습니다. 저는 밤새도록 생각한 끝에 만약 제가 로버타에게 올바르지 않은 짓을 하면 그녀는 물론 저도 마음이 편할 수 없을 거라고 깨달았습니다. 제가 결혼해 주지 않으면 죽어 버리겠다는 말을 서너 번인가 한 적이 있었거든요. 그래서 그날 아침 저는 그날 중으로 문제를 수습하겠다고 결심했습니다."

"그래스 호수에 있을 때 그랬다는 거로군. 목요일 아침에도 아직 그 호텔에 있었는가?"

"네, 변호사님."

"그래, 바로 미스 올든에게 뭐라고 말하려고 했는가?"

"지금까지 그녀에게 너무 심하게 굴었다, 그래서 미안하다. 더구나 그녀의 요구는 부당한 게 아니니, 지금부터 하는 말을 잘 듣고 나서도 나를 원한다면 그녀와 함께 다른 곳으로 가서 결혼식을 올리겠다고 말하려고 했습니다. 하지만 먼저 그토록 마음이 변한 이유를 솔직히 말하고 또 아직도 어쩔 수 없이 다른 여자를 사랑하고 있다고 결혼하든 하지 않든 그 사랑은 변하지 않을지 모른다고 말하려고 했습니다……."

"미스 올든과의 결혼 말인가?"

"네, 그렇습니다, 변호사님. 그 다른 여자를 도저히 잊을 수 없기 때문에 여자를 계속 사랑하게 될 거라고 말하려고 했습니다. 그래도 그녀에게 상관없다면 그전처럼 사랑하지는 않아도 결혼하겠다고 말하려고 했습니다. 그게 전부입니다."

"하지만 미스 X는 어떻게 하고 말인가?"

"물론 미스 X 생각도 했습니다만, 그 아가씨는 신분이 좋으니까 좀 더 쉽게 견디리라는 생각이 들더군요. 게다가 로버타가 저를 놓아주면 서로 친구로 지내면서 제 능력껏 도와줄 수도 있을 거라고 은근한 기대도 했습니다."

"결혼식을 올릴 장소는 결정했는가?"

"아뇨, 하지 않았습니다, 변호사님. 하지만 빅비턴과 그래스 호수 아래쪽에는 많은 소도시가 있다는 걸 알고 있었습니다."

"하지만 자네는 미스 X에게는 한마디 말도 없이 결혼식을 올리려고 했었나?"

"아, 아닙니다, 변호사님. 꼭 그렇지는 않습니다. 로버타가 저를 놓아주지는 않아도 제가 며칠간 그녀 옆을 떠나는 걸 승낙한다면 미스 X가 사는 곳으로 가서 사정을 말하고 돌아오려고 생각했습니다. 하지만 로버타가 그것도 싫어한다면 미스 X에게는 편지로 사정을 알리고 로버타와 결혼하려고 했습니다."

"알겠네. 하지만 클라이드, 이 자리에서 제시된 증거 중에는 미스 올든의 웃옷 호주머니에서 나온 편지가 있네. 그녀가 그래스 호수 여관 편지지에 쓰고 어머니에게 보내려고 한 것인데, 거기에는 곧 결혼식을 올리게 되었다는 사연이 적혀 있네. 그렇다면 자네는 그날 아침 그래스 호수에서 분명히 결혼하겠다고 미리 미스 올든에게 말했는가?"

"아닙니다, 변호사님. 꼭 그렇지는 않았습니다. 하지만 그날 아침 일어나면서 오늘은 우리 두 사람이 모두 결심할 날이라고, 로버타도 저와의 결혼을 정말 원하는지 어떤지 스스로 결정할 수 있을 거라고 말했습니다."

"아, 알겠네. 그랬었군." 제프슨이 마치 마음이 많이 놓인다는 듯이 미소를 지었다. 바짝 긴장해서 귀를 기울이고 있던 메이슨, 뉴콤, 벌리, 레드먼드 상원 의원이 거의 동시에 낮은 목소리로 속삭였다. "허튼소리 하고 있군!"

"자, 이제 여행 그 자체로 이야기를 돌려 보세. 자네도 지금까지 여러 사람의 증언을 들어 봤으니까 그들이 자네의 행동 하나하나에 음흉한 동기와 계획이 숨어 있는 것으로 생각하고 있다는 건 알고 있을 걸세. 이번에는 그 사실들에 관해 자네 입으로 말해 보게. 증인들의 증언에 따르면, 자네는 가방 두 개를—자네 가방과 미스 올든의 가방 말일세—그곳까지 갖고 갔다가 건롯지에 도착하자 미스 올든의 가방은 그곳에 맡겨 두고 자네 것만 가지고 보트를 타고 호수로 나갔네. 왜 그랬는가? 배심원 여러분에게 잘 들리도록 설명해 보게."

"그게, 그 이유는……." 여기서 클라이드는 다시 목구멍이 말라붙는 바람에 말을 잇기가 힘들었다. "빅비턴에서 점심을 사먹을 수 있을지 어떨지 몰라서 그래스 호수에서 먹을 것을 좀 장만해 가기로 한 겁니다. 로버타의 가방 속에는 물건이 가득 들어 있었고, 제 가방은 여유가 있었습니다. 게다가 제 가방 곁에는 삼각대를 묶어 놓았거든요. 그래서 로버타의 가방은 두고 제것만 갖고 가기로 한 겁니다."

"자네가 결정한 건가?"

"로버타에게 어떻게 생각하느냐고 물어봤더니 그게 가장 좋겠다고 했습니다."

"어디서 미스 올든에게 그렇게 물어봤나?"

"열차에서 내릴 때 물어봤습니다."

"그렇다면 호수에 갔다가 건롯지로 돌아온다는 걸 그때 알고 있었나?"

"네, 그렇습니다, 변호사님. 어차피 그곳으로 돌아가야 했습니다. 다른 길이 없거든요. 그래스 호수에서 그 정보를 듣고 알고 있었습니다."

"빅비턴 호수로 가는 버스 안 이야기인데 — 자네를 그곳에 데려다준 그 버스 운전기사의 증언을 기억하는지 모르겠지만 — 자네가 '매우 초조해' 보였다고, 또 운전기사에게 그날 그곳에 사람들이 많이 있는지 물었다고 하던데?"

"네, 기억납니다, 변호사님. 하지만 저는 전혀 초조해하지는 않았습니다. 사람들이 많이 있는지 어떤지 물었을지도 모르지만 그게 잘못된 것 같지는 않습니다. 그런 말이야 누구라도 물어볼 수 있는 게 아닙니까?"

"나도 그렇게 생각하네." 제프슨이 앵무새처럼 되풀이해서 말했다. "빅비턴 여관의 숙박부에 이름을 적고, 미스 올든과 같이 보트를 타고 호수 위로 나간 뒤에는 어떻게 됐나? 자네나 미스 올든이 특별히 무슨 생각에 골몰해 있었다거나 초조했다거나 호수 위로 보트 놀이를 하러 나가는 보통 사람들과 다른 점은 없었나? 유난히 행복했다든가, 유난히 침울했다든가, 뭐 그런일이 없었는가?"

"제가 유난히 침울했던 것 같지는 않습니다. 네, 그렇지 않았습니다, 변호사님. 물론 저는 로버타에게 할 말을 생각하고 있었고, 로버타가 저를 놓아줄 경우나 그러지 않을 경우 제 장래에 대해 생각하고 있었습니다. 꼭 유쾌한 기분은 아니었지만 로버타의 태도가 어느 쪽으로 기울어지든 좋다고 생각했어요. 로버타와 결혼하기로 이미 마음을 결정했었으니까요."

"미스 올든은 어떻던가? 기분이 꽤 좋던가?"

"글쎄요. 네, 그랬습니다, 변호사님. 무슨 이유에서인지 기분이 훨씬 좋아진 것 같았어요."

"그래, 무슨 말을 했나?"

"아, 처음에는 그 호수에 관해서 말했죠. 호수가 매우 아름답다느니, 점심때가 되면 어디에서 도시락을 먹을지에 대해 말했습니다. 다음에는 서쪽 물가를 따라 노를 저으면서 수련을 찾았습니다. 로버타의 모습이 너무 행복해 보여서 저는 그때 아무런 말도 꺼내기가 싫었습니다. 그래서 노를 저어 다니는 사이 두 시경이 되었기에 점심을 먹으려고 보트를 멈췄습니다."

"정확히 그게 어느 지점이었나? 일어나 저 막대기로 자네들이 어디로 가서 얼마나 오랫동안 무엇을 하고 있었는지 저 지도 위에서 찾아보게."

그래서 클라이드는 막대기를 쥐고 이 비극과 관련된 호수 일대의 큰 지도 앞에 서서 물가를 따라서 오랜 시간 노를 저은 일, 점심을 먹고 나서 노를 저어 가 보았던 나무숲 근처에 배를 띄우고 즐겼던 아름다운 수련 꽃밭, 마침내 오후 다섯 시쯤 문코브에 이르러 그 아름다움에 넋을 잃고 마냥 앉아서 구경했을 때까지 들렀던 곳을 구체적으로 설명했다. 그 뒤 그는 사진을 몇 장

찍기 위해 근처 숲속으로 로버타와 함께 들어갔지만 그동안에도 로버타에게 미스 X의 일을 고백하고 최종적인 결단을 촉구할 마음의 준비를 하고 있었다고 했다. 이어 잠시 가방을 호숫가에 놓아두고 보트를 타고 호수 한가운데로 나가 보트 위에서 사진을 찍고 호수의 고요함과 아름다움에 젖으면서 배를 띄우고 있는 동안 그는 마음속에 품고 있는 생각을 로버타에게 할 만큼 용기가 생겼다고 말했다. 그래서 고백하자, 처음에는 로버타가 매우 놀라면서 침울해지며 울기 시작하더니 차라리 죽어 버리는 게 나을지 모르겠다고 말했다고 했다. 그러나 그가 진심으로 후회하며 모든 잘못을 보상해 줄 생각을 하고 있다는 걸 알자 로버타는 갑자기 태도가 달라지면서 더 명랑해지기 시작했고, 그러다가 갑자기 애정과 감사의 감정이 한꺼번에 폭발한 때문이었는지—그 이유는 정확히 알 수 없지만—벌떡 일어서더니 그에게로 다가오려고 했다. 로버타는 두 팔을 펼치고 마치 그의 발목이나 무릎에 몸을 내던질 것처럼 다가왔다. 바로 그때 로버타가 발이나 옷에 걸려 비틀거리며 넘어졌다. 그러자 그는 손에 카메라를 든 채(이것은 제프슨이 마지막 순간에 법적인 예방 조치로 결정한 것이었다) 본능적으로 일어나 로버타가 넘어지지 않게 붙잡아 주려고 했다. 여기서 정확히 말할 수는 없지만, 어쩌면 그때 로버타의 얼굴이나 손이 카메라에 얻어맞은 것 같다. 어쨌든 그도 로버타도 생각이나 행동을 할 겨를도 없이 어떻게 된 일인지 두 사람이 함께 물속에 빠져 있었고, 로버타가 정신을 차리지 못하고 있는 것으로 보아 보트가 뒤집힐 때 부딪친 것 같았다.

"저는 로버타에게 보트에 매달리라고─보트는 떠내려가고 있었습니다─그것을 붙잡으라고 소리를 쳤지만, 제 말을 듣지 못했거나, 아니면 무슨 말인지 이해하지 못하는 것 같았습니다. 로버타가 마구 허우적거리는 바람에 처음에는 접근하기가 두려웠습니다. 제가 열 번쯤 손발을 놀려서 헤엄쳐 접근할 틈도 없이 로버타의 얼굴이 한번 물속으로 들어갔다가 물 위로 나오더니 다시 가라앉아 버렸습니다. 그때 보트는 이미 9미터에서 12미터쯤 멀리 떠내려가서 로버타를 보트에 건져 올릴 수도 없었습니다. 그래서 저는 죽지 않으려면 물가로 헤엄쳐 나가야겠다고 결심했습니다."

클라이드의 진술에 따르면, 일단 물가에 이르자 그의 현재 입장이 묘하고 의심을 살 만하다는 생각이 갑자기 머리에 스쳐 갔다는 것이었다. 처음부터 모든 일이 의심을 불러일으킬 만한 것이라는 사실을 갑자기 깨달은 것이다. 숙박부에 가명을 기록한 일. 그의 가방만 있고, 로버타의 가방은 없다는 사실. 게다가 지금 그가 돌아간다면 모든 일을 설명해야 하고, 따라서 그 일이 세상에 알려져서 모든 것─그의 인생과 관련한 모든 것─미스 X, 직장, 사회적인 지위 등 모든 것을 잃게 될 수밖에 없었을 것이다. 그렇지만 아무 말도 하지 않는다면(여기서 처음으로 이런 생각이 머릿속에 떠올랐다고 그는 증언했다) 사람들은 그 역시 익사한 것으로 생각할지도 모를 일이었다. 더구나 이런 사실 말고도 이제는 무슨 짓을 해도 로버타를 되살릴 수는 없었기 때문에 사실을 밝혀 보았자 그에게는 말썽을, 로버타에게는 치욕만을 초래할 뿐이라는 생각이 들어 그는 아무 말을 하지 않기로 결심한 것이다. 그래서 그는 모든 흔적을 지워 버리려고 옷을 벗어 물기를 짜고 짐 속에 넣을 수 있도록 재주껏 신문지에 쌌다. 그러고 나서 그는 가방과 함께 물가에 놓아두었던 삼각대를 숨기기로 하고 또 실제로 숨겼다. 첫 번째 밀짚모자, 즉 안감이 없는 밀짚모자는(안감이 왜 없었는지 그는 모르겠다고 지금 단언했다) 보트가 뒤집힐 때 잃어버렸으므로 그는 또 하나 갖고 있던 밀짚모자를 썼다. 물론 야구 모자도 하나 가지고 있어 그것을 쓸 수도 있었지만(그는 여행할 때면 자주 잃어버리거나 모자에 무슨 일이 생기기 때문에 여분으로 하나를 더 가지고 다녔다). 이어서 그는 남쪽으로 가야 철길이 나올 것 같아서 그쪽을 향해 숲속을 걷기 시작했다. 그때는 숲속에 자동차 도로가 나 있는 것을 몰랐다. 곧장 크랜스턴네 별장으로 간 것은 어차피 그곳으로 갈 수밖에 없었기 때문이라고 그는 간단히 말했다. 그곳으로 가야 친구들이 있고, 또 어딘가에 가서 날벼락처럼 그에게 들이닥친 이 끔찍한 일을 생각해 보고 싶었기 때문이다.

이토록 많은 내용을 증언하고 나니 제프슨도 클라이드도 이제는 더 할 말이 생각나지 않았다. 그래서 제프슨은 한동안 묵묵히 서 있다가 클라이드 쪽으로 몸을 돌리더니 아주 또렷하게, 그러면서도 차분한 목소리로 말했다.

"자, 클라이드, 자네는 여기 계신 배심원과 재판장님과 방청객 여러분, 그리고 특히 하나님 앞에서 진실을, 모든 진실을, 오직 진실만을 말하겠다고 엄숙히 서약했네.' 그게 무엇을 뜻하는

지 아는가?"

"네, 압니다, 변호사님."

"보트 안에서 로버타 올든을 때리지 않았다고 하나님 앞에서 분명히 맹세할 수 있겠는가?"

"네, 맹세할 수 있습니다. 절대로 때리지 않았습니다."

"그 여자를 물속에 빠뜨리지도 않았는가?"

"네, 맹세합니다. 그러지 않았습니다."

"고의적이거나 의도와는 관계없이 보트를 전복시키려거나, 다른 방법으로 그 여자를 죽음에 이르게 하려고 시도했는가?"

"맹세코 그렇게 하지 않았습니다!" 클라이드는 감정에 북받쳐 강조하여 큰 소리로 외쳤다.

"그것은 사고였다고…… 자네가 미리 계획하지 않은 단순한 사고였다고 분명히 맹세할 수 있겠는가?"

"네, 맹세합니다." 클라이드는 거짓말했다. 하지만 그 사고는 미리 계획한 것이 아니었기 때문에 그는 목숨을 구하려 하면서도 어느 정도 진실을 말하고 있는 셈이었다. 그 일은 그가 계획했던 것과는 달랐으므로 그는 떳떳하게 그렇게 맹세할 수 있었다.

그러자 제프슨은 그 억센 큰 손으로 얼굴을 쓰다듬고 온화하고 태연한 표정으로 입술을 꼭 다물고 재판장과 배심원들을 훑어보더니 입을 열었다. "검찰은 반대 심문을 하셔도 좋습니다."

제25장

직접 신문이 진행되는 동안 메이슨 검사의 기분은 토끼의 뒤를 바짝 따르는 사냥개, 여우를 물어 죽이려고 마지막으로 한번 도약하려는 여우 사냥개와도 같았다. 클라이드의 증언을 깨부수고 그것이 거짓으로 시작되어 거짓으로 끝났다는 것을 — 적어도 일부는 거짓이었다 — 입증하려는 절실한 욕망이 그에게 파도처럼 거세게 밀려오고 있었다. 제프슨의 심문이 끝나기가 무섭게 메이슨은 자리에서 벌떡 일어나 클라이드 앞으로 다가섰다. 자기를 파멸시키려는 욕망에 불타고 있는 검사를 보자 클라이드는 금방이라도 신체적으로 공격당할 것 같은 느낌이 들었다.

"그리피스, 보트 안에서 미스 올든이 자네 쪽으로 다가오고 있었을 때 자네는 손에 카메라를 들고 있었나?"

"네, 맞습니다, 검사님."

"미스 올든이 발을 헛디뎌 넘어졌을 때 우발적으로 카메라로 그녀를 때리게 되었단 말인가?"

"네, 그렇습니다, 검사님."

"빅비턴 호반의 숲속에서 카메라를 가진 적이 없었다고 내게 진실하고 정직하게 말한 사실을 기억하지 못하는 모양이지?"

"아니요, 검사님. 기억합니다."

"그럼 그때 한 말은 물론 거짓말이었겠지?"

"네, 그렇습니다, 검사님."

"지금처럼 그때도 당당하게 거짓말을 했다는 말인가?"

"여기서 한 말은 거짓말이 아닙니다. 왜 그때 그렇게 말했는지 그 이유를 이 자리에서 설명드렸습니다."

"왜 그때 그렇게 말했는지 이 자리에서 설명했다고! 그 이유를 설명했단 말이지! 그때 한 말은 거짓말이었으니까, 여기서 하는 말은 사람들이 믿어 줄 거라는 말인가?"

벨크냅 변호사가 이의를 제기하려고 일어섰지만 제프슨이 그를 제지했다.

"그래도 여기서 한 말은 사실입니다."

"하늘 아래 그 어떤 힘도 물론 이 자리에서는 거짓말을 하게 할 수 없다는 건가? 전기의자에서 자네 자신을 구하려는 간절한 욕망조차도."

클라이드는 얼굴이 창백해지면서 가늘게 몸을 떨었다. 그는 충혈되고 피곤한 눈을 깜박였다. "저도 거짓말을 할 때가 있지만 선서를 한 이상에는 거짓말을 할 수 있다고는 생각하지 않습니다."

"그렇게 못할 것 같다고! 아, 알겠네. 언제, 어디서나 어떤 상황에서나 거짓말을 하게나. 하지만 살인죄로 재판을 받을 때를 제외하고는 말일세."

"아닙니다, 검사님. 그런 건 아닙니다. 그러나 방금 말씀드린 그대로입니다."

"심경의 변화를 일으켰다는 것을 성경에 손을 얹고 맹세하겠다는 건가?"

"네, 검사님."

"미스 올든이 몹시 슬퍼하는 것을 보자 자네는 심경의 변화를 일으켰다는 진술을?"

"네, 검사님. 그렇게 된 겁니다."

"그건 그렇고. 자, 그리피스, 미스 올든은 시골 집에 돌아가서 자네를 기다리는 동안 그 많은 편지를 자네에게 보내지 않았던가?"

"네, 맞습니다, 검사님."

"편지는 이틀에 한 번 정도 받았지?"

"네, 검사님."

"그러니 그 아가씨가 시골에서 외롭고 불행하게 지내고 있다는 것도 알았겠군?"

"네, 검사님. 하지만 제가 설명드린 것처럼……."

"아, 자네가 설명했다고! 자네 변호인들이 자네에게 설명했다는 말일 테지! 저기 저 유치장 안에서 날마다 증언할 때가 오면 어떤 질문에는 어떻게 대답하라고 변호인들한테서 지시를 받지 않았는가?"

"받지 않았습니다, 검사님! 그런 적 없습니다." 마침 이때 제프슨과 눈이 마주치자 클라이드는 도전적으로 대답했다.

"그렇다면 베어 호수에서 그 여자가 어떻게 죽었느냐고 내가 물었을 때 그때 내게 말했다면 이런 고생을 치르며 의심을 받고 조사를 받지 않아도 되었을 텐데, 왜 그렇게 하지 않았나? 다섯 달 동안이나 두 변호사의 지도를 받아가며 할 말을 생각하게 된 지금보다 그때 말했더라면 세상 사람들이 더 자네 말을 믿었을 것으로 생각하지 않나?"

"하지만 저는 변호사님들과 상의한 적이 없습니다." 클라이드는 온갖 정신력을 기울여서 그를 지원해 주고 있는 제프슨에게서 눈을 떼지 않고 이렇게 계속 주장했다. "왜 그때 말하지 않았는지는 아까 설명드렸습니다."

"아까 설명했다고! 아까 설명했다고!" 메이슨 검사는 클라이드가 궁지에 몰리자 이 거짓 해명을 방패로 삼는다는 것을 알기 때문에 화가 치밀어 올라 호통을 쳤다. 이 쥐새끼 같은 녀석! 그는 화를 참느라고 몸을 떨면서 심문을 계속했다.

"그곳으로 가기 전 미스 올든에게 편지를 받으면서 그 편지 사연이 애처롭다고 생각하지는 않았나?"

"글쎄요, 네, 그런 것 같습니다, 검사님. 그렇지만……." 클라이드는 조심성 없이 머뭇거렸다. "……그 편지의 일부 내용이 애처롭다고 생각했습니다."

"아, 그랬군. 오직 일부 내용만 애처롭게 여겼다는 말이로군. 편지 모든 사연을 애처롭게 생각했다고 방금 말한 것으로 아는데."

"글쎄요, 그렇게 생각합니다."

"전에도 그렇게 생각했겠군."

"네, 검사님. 전에도 그렇게 생각했습니다." 그러나 클라이드의 시선은 초조하게 제프슨 쪽으로 쏠리고 있었다. 제프슨은 마치 불빛을 비춰 주듯 그를 응시하고 있었다.

"미스 올든이 보낸 이 편지가 생각나나?" 여기서 메이슨은 편지 한 통을 집어 들어 펼쳐서 읽기 시작했다. "클라이드, 당신이 오지 않으면 나는 분명히 죽을 거예요. 나는 몹시 외로워요. 미칠 것 같아요. 어디론가 가 버리고 다시 돌아오지 않거나, 당신을 이제는 더 괴롭히지 않을 수만 있다면 얼마나 좋을까요. 하지만 편지를 하고 싶지 않다면 이틀에 한 번씩이라도 전화를 해 줬으면 좋겠어요. 지금은 내게 용기를 주는 당신의 말 한마디가 매우 필요할 때예요." 메이슨의 목소리는 부드러웠다. 편지 사연은 슬펐다. 그가 편지를 읽는 동안 그 자신뿐 아니라, 천장이 높고 좁은 법정 안에 있는 모든 사람의 마음속에 측은하다는 생각이 마치 음향과 색채처럼 스쳐 지나가는 것 같았다. "지금은 편지 사연이 애처롭다고 생각하나?"

"네, 그렇습니다, 검사님."

"편지를 받았을 때도 그렇게 생각했나?"

"네. 그렇게 생각했습니다, 검사님."

"이것이 진심에서 우러난 사연이라는 것도 알고 있었나?" 메이슨이 으르렁거리듯 물었다.

"네, 알고 있었습니다, 검사님."

"그렇다면 빅비턴의 호수 한복판에서 자네 마음을 그토록 흔들어 놓았다는 애처로운 감정을 조금이라도 라이커거스에서 느꼈다면, 자네가 사는 페이턴 부인 집에서 전화로 만나러 간다는 말 한마디로 외로운 그녀를 안심시킬 수도 있었을 게 아닌가? 그때 그녀에 대한 동정심이, 협박 조의 편지를 받고 난 뒤보다는 크지 않았기 때문이었는가? 아니면 마음속에 어떤 음모를 품고 있었기에 그녀에게 너무 자주 전화해서 사람들의 주의를 끄는 게 두려웠기 때문인가? 어떻게 빅비턴에서는 갑자기 그렇게 동정심이 많이 생기고, 라이커거스에서는 전혀 동정심이 생기지 않았을까? 동정심이 뭐 마치 수도꼭지처럼 틀었다 잠갔다 할 수 있는 건가?"

"동정심을 전혀 느끼지 않았다고 말한 적은 없습니다." 방금 제프슨이 눈짓을 하는 것을 본 클라이드는 도전적으로 대꾸했다.

"자네는 미스 올든이 다급한 나머지 협박할 때까지 그녀를 그냥 내버려 뒀어."

"그 여자를 소홀히 대한 점은 저도 시인해 왔습니다."

"하아! 좋아! 좋았어! 그렇게 시인했으니 자네 자신의 증언을 포함해서 숱한 사람의 증언이 있는데도 무죄가 되어 풀려나기를 기대한다는 건가?"

벨크냅은 이제 더 잠자코 있을 수 없었다. 그는 이의를 제기했다. 화가 나서 격렬하게 재판장에게 말했다. "재판장님, 이건 악

랄합니다. 질문할 때마다 연설하도록 지방 검사를 그냥 내버려 둘 수 있습니까?"

"이의 신청이 없었기에 가만히 있었던 거요." 재판장이 대꾸했다. "지방 검사는 질문을 신중히 하시오."

메이슨은 이 힐책을 가볍게 받아들이고 다시 클라이드 쪽으로 돌아섰다. "자네는 빅비턴의 호수 한복판에 떠 있는 보트 위에서 전에 자네가 소유한 적이 없던 카메라를 손에 들고 있었다고 진술했지?"

"네, 맞습니다, 검사님."

"미스 올든은 보트 뒤쪽에 앉아 있었나?"

"네, 그렇습니다, 검사님."

"버튼, 보트를 들여오게." 이때 메이슨 검사는 버튼 벌리에게 큰 소리로 말했다. 그러자 지방 검사실 소속 보안관 대리 네 사람이 재판장석 뒤쪽의 서쪽 출입구로 나가더니 곧 로버타와 클라이드가 탔던 것과 똑같은 보트를 들고 돌아와 배심원석 앞에 내려놓았다. 클라이드는 간담이 서늘해져서 그 광경을 지켜보았다. 동일한 보트가 아닌가! 방청객들이 긴장된 눈으로 보트를 보면서 호기심과 관심으로 웅성거리기 시작하자 클라이드는 눈을 깜박이며 몸을 떨었다. 그러자 메이슨은 카메라를 집어들고 위아래로 흔들어 대면서 큰 소리로 말했다. "자, 그리피스! 자네가 소유한 적이 없던 카메라가 여기 있네. 여기 내려와서 보트에 올라 이 카메라를 들고 그때 자네가 앉았던 위치, 미스 올든이 앉았던 위치를 배심원 여러분에게 보여 드리게. 그리고 자네가 어디서 어떻게 미스 올든을 때리고 그녀가 어디서 어떻게 넘어졌는지 가능한 한 정확하게 보여 주게."

"이의 있습니다!" 벨크냅이 큰 소리로 외쳤다.

지루한 법률 논쟁이 계속되었고, 마침내 재판장은 적어도 얼마 동안 이런 식의 심문 방식을 일단 계속하도록 허용했다. 논쟁이 결론 나자 클라이드는 답변했다. "하지만 저는 고의로 미스 올든을 그걸로 때리지 않았습니다." 이 말을 듣자 메이슨은 대답했다. "자네가 그렇게 증언하는 걸 우리는 들었어." 그러자 이어 클라이드는 증인대에서 내려와 이리저리 지시를 받으며 보트 위에 올라타 가운데 자리에 앉는 동안 세 사람이 꼭 붙잡고 있었다.

"그리고 뉴콤, 이리 와서 미스 올든이 앉아 있었다는 자리에 앉아서 미스 올든이 취했다고 이 친구가 말하는 자세를 취해 보게."

"네, 알았습니다, 검사님." 뉴콤은 앞으로 나오더니 보트 위에 올라앉았다. 그동안 클라이드는 제프슨의 시선을 끌려고 했지만 제프슨에게서 비스듬히 등을 돌린 자세를 취하고 있어 그것은 헛수고였다.

"자, 그리피스!" 메이슨은 말을 이었다. "여기에 앉아 있는 뉴콤 씨에게 미스 올든이 어떻게 일어나서 자네 쪽으로 다가왔는지 설명하게. 자, 재연해 보란 말이야."

그러자 클라이드는 몸에서 힘이 쭉 빠지고 어색하고 증오를 받고 있다는 것을 느끼며 초조하고 부자연스럽게 자리에서 일어났다. 모든 것이 그저 으스스하고 기이하게 느껴져 몸을 어떻세 가눠야 할지 모를 정도였다. 로버타가 일어나서 걷는 둥 기는 둥 하다가 비틀거리면서 넘어지던 모습을 뉴콤에게 설명하려고 했다. 이어 그는 손에 카메라를 들고 팔을 무의식중에 앞쪽으로 내밀어 로버타의 어딘가를 — 그건 혹시 턱이나 볼이었을지도 모르지만 — 물론 의도와는 관계없이 때린 상황을 생각나는 대로 설명해 보려고 했다. 그러나 이때 클라이드가 기억이 분명치 않다고 말한 이상 이런 증언이 의미가 있는지 없는지를 두고 벨크냅과 메이슨 사이에 오랫동안 논쟁이 벌어졌다. 그러나 결국 오버월쳐 판사는 자세가 '가볍거나' 또는 '불안정하게' 있는 누군가를 넘어뜨리려면 살짝 떠밀거나 때려도 되는지 아니면 심하게 떠밀거나 때려야 하는지 상대적으로 보여 줄 수 있다는 근거에서 증언을 계속해도 좋다고 허용했다.

"하지만 뉴콤 씨 같은 체구의 남성을 대상으로 이런 연극을 연출하여 미스 올든 같은 체구와 체중의 처녀에게 일어나는 반응을 어떻게 알 수 있겠습니까?" 벨크냅이 주장했다.

"그렇다면 미스 올든과 체구와 체중이 같은 여성을 이 자리에 앉히겠습니다." 메이슨은 즉시 질라 손더스를 불러 뉴콤과 교대시켰다. 그래도 벨크냅은 계속해서 이의를 제기했다.

"그런다고 그게 무슨 소용이 있겠습니까? 조건이 동일하지 않습니다. 이 보트는 물 위에 떠 있지 않아요. 우연적인 타격에 대한 저항이나 육체적 반응은 사람마다 다른 겁니다."

"그렇다면 이렇게 현장을 재현시키는 것에 반대한다는 겁니까?" 메이슨은 벨크냅 쪽으로 돌아서면서 빈정거렸다.

"아, 좋을 대로 하십시오. 무의미한 짓이라는 건 누구나 다 알고 있으니까요." 벨크냅은 의미심장하게 대답했다.

그래서 클라이드는 메이슨의 지시대로 우발적으로 로버타를 밀었던 것으로 생각되는 정도로 '세게' 질라를 밀었다. 그러자 질라는 약간 뒤로 넘어질 듯하면서 양쪽 뱃전을 붙잡고 몸을 가눌 수 있었다. 그러자 자기의 발언으로 이 현장 재현의 효과가 감소했을 거라는 벨크냅의 생각과는 달리, 배심원들은 클라이드가 죄의식과 죽음에 대한 공포심 때문에 자기가 한 포악한 행동을 그럴듯하게 꾸미고 있다는 인상을 받았다. 사건 당시 로버타가 받은 타격과 로버타의 머리에 생긴 타박상에 관해서는 이미 의사들이 증언하지 않았던가? 버튼 벌리가 카메라 내부에서 머리칼을 발견했다고 증언하지 않는가? 그리고 어떤 부인이 들은 비명은 어떠한가?

그러나 이 특정한 사건과 관련한 이날의 재판은 휴정에 들어갔다.

이튿날 아침 재판장의 의사봉이 울리기가 무섭게 메이슨은 여전히 활력에 넘치는 사나운 모습으로 클라이드 앞에 다시 나섰다. 유치장에서 비참한 하룻밤을 보내고 벨크냅과 제프슨한테서 많은 격려를 받은 클라이드는 차분하고 의젓하고 떳떳한 태도를 취해야겠다고 결심했지만 모든 사람들이 그에게 나쁜 감정을 품고 있다고, 그의 유죄를 믿고 있다고 확신하고 있었기 때문에 증인대로 나갈 때 마음이 무거웠다. 메이슨은 전날처럼 사납고 표독하게 질문을 시작했다.

"그리피스, 여전히 심경의 변화가 일어났다고 주장할 셈인가?"

"네, 그렇습니다, 검사님."

"겉보기로는 익사한 사람이 소생했다는 이야기를 들어 본 적이 있는가?"

"무슨 말씀인지 잘 모르겠습니다."

"물에 빠져 죽은 것 같은 사람들, 다시 말해서 물속에 가라앉아 다시 떠오르지 않는 사람도 물에서 건져 내어 응급조치 — 팔을 움직이게 해 주고 통나무나 통 위로 굴리는 방법으로 되살아나는 예가 간혹 있다는 이야기는 자네도 물론 들어 봤을 테지. 그런 이야기를 들어 본 적이 있는가?"

"네, 들어 본 적이 있는 것 같습니다, 검사님. 물에 빠져서 죽었다고 생각되는 사람이 되살아났다는 이야기는 들은 적이 있지만, 어떻게 되살아났는지는 들은 적이 없습니다."

"들은 적이 없다고?"

"네, 검사님."

"얼마 동안 물속에 있어야 살아날 수 있다는 이야기도 듣지 못했나?"

"네, 듣지 못했습니다, 검사님."

"가령 15분이나 물에 빠져 있던 사람도 되살아날 수 있다는 말을 들어 본 적이 없다는 말인가?"

"네, 검사님."

"그러니까 자네는 물가로 헤엄쳐 나간 뒤에 사람들을 불러서 미스 올든을 구해 볼 생각을 미처 하지 않았다는 말이지?"

"네, 그런 생각을 미처 하지 못했습니다, 검사님. 그때는 이미 그녀가 죽었을 거로 생각했으니까요."

"알겠네. 그러나 그 아가씨는 물에 빠지기는 했지만 아직 살아 있었을 때라면, 그렇다면? 자네는 수영을 꽤 잘하지?"

"네. 꽤 잘하는 편입니다, 검사님."

"옷을 입고 구두를 신은 채 150미터 넘는 거리를 헤엄쳐서 지기 목숨을 구할 수 있을 만큼은 잘하겠지. 안 그런가?"

"네, 그때는 그 거리쯤 헤엄쳤습니다. 네, 맞습니다, 검사님."

"그래, 자네는 그랬었지. 전복한 보트까지 10미터 조금 넘는 거리를 헤엄칠 수 없던 친구로서는 굉장히 먼 거리를 헤엄쳤군." 메이슨은 이렇게 결론을 내렸다.

여기서 제프슨은 메이슨의 이 말을 재판 기록에서 삭제시키도록 하자는 벨크냅의 의견을 저지했다.

이제 메이슨은 클라이드에게 보트 놀이와 수영의 경험에 대해 꼬치꼬치 캐물었고, 클라이드는 몇 번 카누와 같은 위험한 배를 타고 호수 위로 나갔는데, 사고가 일어난 적은 단 한 번도 없었다는 말을 하지 않을 수 없었다.

"크럼 호수에서 로버타와 처음으로 같이 탄 배는 카누였나?"

"네, 검사님."

"그러나 그때는 사고가 일어나지 않았는가?"

"네, 검사님."

"그때는 그 여자를 지극히 좋아했군?"

"네, 검사님."

"그러나 로버타가 빅비턴에서 바닥이 둥그런 이 튼튼한 보트를 탔다가 익사했을 때는 그녀를 사랑하지 않았나?"

"그때의 감정은 이미 말씀드렸습니다."

"크럼 호수에서는 자네가 로버타를 사랑했고, 빅비턴에서는 그렇지 않았다는 사실 사이에는 물론 아무 관계도……."

"그때의 제 감정은 이미 말씀드렸습니다."

"어쨌든 로버타를 없애 버리고 싶었던 건 사실이 아닌가? 로버타가 죽은 순간, 다른 아가씨한테로 달려가려고. 그 사실까지 부인하지는 않겠지?"

"왜 그랬는지는 이미 설명드렸습니다." 클라이드가 되풀이해 말했다.

"설명했다고! 이미 설명했다고! 마음가짐이 올바르고 점잖고 정신이 멀쩡한 사람이 그런 설명을 믿을 것 같은가?" 메이슨은 화가 나서 어쩔 줄 몰라 했고, 클라이드는 그 문제에 관해서는 이제 더 아무 말을 하지 않았다. 재판장은 제프슨이 이의를 제기할 것을 예상하고 "이의를 받아들입니다" 하고 큰 소리로 외쳤다. 그러나 메이슨은 재판장의 그 말을 들은 체도 하지 않고 심문을 계속했다. "그리피스, 혹시 자네가 보트를 좀 잘못 다루어서 뒤집힌 건 아닌가?" 그는 클라이드에게 바싹 다가가 그를 노려보았다.

"아닙니다, 검사님. 저는 보트를 잘못 다룬 적은 없었습니다. 그건 저로서도 어쩔 수 없었던 우발사고였습니다." 클라이드는 얼굴이 창백하고 지쳐 있었지만 태도는 차분했다.

"사고였다. 가령 캔자스시티에서 일어났던 것과 같은 그런 사고였겠군. 그리피스, 자네는 그런 사고에 꽤 익숙한 것 같군?" 메이슨은 빈정거리며 천천히 물었다.

"이의를 제기합니다." 벨크냅이 벌떡 일어나면서 큰 소리로 외쳤다.

"이의를 받아들입니다." 오버월처 판사가 날카로운 목소리로 외쳤다. "이 법정에서는 다른 사고를 문제 삼아서는 안 됩니다. 검찰 측은 좀 더 본 사건과 관계있는 사실만 심문하시오."

"그리피스." 메이슨은 캔자스시티의 사건을 들춰내어 제프슨에게 빚을 갚았다고 생각하자 기분이 좋아 말을 계속 이어 나갔다. "자네가 우발적으로 주먹을 휘둘러 보트가 뒤집히면서 자네와 미스 올든이 물속으로 빠졌을 때 말인데, 두 사람 사이의 거리는 어느 정도였나?"

"글쎄요, 그때는 미처 생각지 못했습니다."

"어쨌든 꽤 가까웠겠지? 아마 30센티미터나 60센티미터쯤 됐을 게 아닌가? 보트 안에 자네가 서 있던 방향으로 미루어 보면 말이지."

"글쎄요, 그때는 잘 몰랐습니다. 어쩌면 그 정도였을 겁니다, 검사님."

"그럴 생각만 있었다면 그녀를 붙잡고 놓지 않을 만큼 가까웠겠군? 미스 올든이 넘어지려고 했을 때 자네가 벌떡 일어선 것도 잡아 주려고 했기 때문이었겠지?"

"네, 그러려고 일어섰습니다, 검사님." 클라이드는 침울하게 대답했다. "그렇지만 붙잡을 수 있을 만큼 가깝지는 않았습니다. 저는 곧 물속에 잠겼고, 다시 떠올랐을 때 보니 로버타는 좀 떨어진 곳에 있었습니다."

"정확히 말해서 얼마나 떨어져 있었나? 여기서 배심원석 이쪽 끝까지, 아니면 저쪽 끝까지의 거리였나, 아니면 그 절반 정도의 거리였나?"

"글쎄요, 잘 눈여겨보지 않았습니다. 아마 여기서부터 저쪽 끝까지 정도의 거리였을 겁니다." 그는 그 거리를 최소한 2.5미터쯤으로 늘려서 거짓말을 했다.

"설마 그럴 리가 있나!" 메이슨은 놀라는 척하면서 큰 소리로 외쳤다. "여기서 보트가 뒤집히고 두 사람이 서로 엉키다시피 물에 빠졌는데, 물 위로 떠올라 보니 거의 6미터나 서로 떨어져 있었다니. 혹시 자네 기억력이 좀 흐려지고 있는 건 아닐까?"

"어쨌든 제가 물 위로 떠올라 보니 그런 느낌이었습니다."

"보트가 뒤집히고 두 사람이 물 위로 떠올랐을 때의 보트와, 두 사람의 위치를 설명해 보게. 보트가 여기에 있었다면 자네는 저 방청석만큼 떨어진 거리에 있었나?"

"그게, 처음 물 위로 떠올랐을 때는 잘 몰랐습니다." 클라이드는 초조하고 의심쩍게 눈앞의 허공을 바라보면서 대답했다. 메이슨이 어떤 함정을 파놓고 있는 게 거의 확실했기 때문이다. "대략 여기서 검사님 테이블 너머의 난간까지 정도의 거리였을 겁니다."

"그렇다면 9미터에서 11미터 가까운 거리겠군." 메이슨은 은근히 기대를 품으면서 교활하게 말했다.

"네, 검사님. 아마 그 정도였을 겁니다. 확실치는 않습니다만."

"자네가 거기쯤에 있고, 보트가 여기 있었다면 그때 미스 올든은 어디에 있었나?"

클라이드는 이제 메이슨이 어떤 기하학적 또는 수학적인 계략으로 그의 유죄를 입증하려 하고 있다고 직감했다. 그는 곧 경계하며 제프슨 쪽을 바라보았다. 그렇지만 로버타와의 거리가 많이 떨어져 있었다고 말할 수도 없는 노릇이었다. 클라이드는 로버타가 수영을 할 줄 모른다고 이미 말한 적이 있었다. 자기보다 로버타가 더 보트에 가까운 위치에 있지 않았을까? 확실히 그랬을 것 같았다. 그는 어리석게도—무턱대고 함부로—그 절반 정도의 거리에, 모르긴 몰라도 그 이상은 넘지 않게 로버타가 있었다고 말하는 편이 가장 좋을 것 같은 생각이 들었다. 그래서 그렇게 말을 했다. 그러자 즉시 메이슨은 심문을 계속했다.

"그렇다면 미스 올든은 자네나 보트가 있는 곳에서 5미터 넘게는 떨어져 있지 않았겠군."

"네, 그렇지는 않았을 겁니다, 검사님."

"그렇다면 그 짧은 거리를 헤엄쳐서 겨우 5미터쯤 떨어져 있는 보트에 닿을 때까지 미스 올든을 떠받쳐 줄 수 없었다는 말인가?"

"전에도 말했지만 물 위로 나왔을 때 저는 정신이 좀 멍한 상태였고, 미스 올든은 두 팔을 마구 휘저으면서 비명을 지르고 있었습니다."

"하지만 자네 말대로라면 — 보트는 불과 10미터 넘지 않는 곳에 있었네 — 그 거리는 짧은 시간에 꽤 멀리도 떠내려간 셈이지만. 나중에 물가까지 150미터 넘게 헤엄칠 수 있었던 자네가 그 보트까지 헤엄쳐 가서 보트를 밀어 주어 미스 올든을 살릴 수 없었다는 말인가? 그 여자는 물속에 가라앉지 않으려고 몸부림을 치고 있었을 테지?"

"네, 검사님. 하지만 저는 처음에는 당황했습니다." 클라이드는 모든 배심원과 방청객의 시선을 의식하면서 침울하게 말했다. "그래서…… 그래서……." 모든 사람의 의심과 불신이 큰 압력으로 작용했기 때문에 그는 완전히 자신감을 잃고 말을 더듬고 있었다. "어떻게 해야 할지 얼른 생각이 나지 않았던 것 같습니다. 게다가 그 여자에게 너무 가까이 가면……."

"무슨 말인지 알겠네. 정신적·도덕적 비겁자로군." 메이슨 검사가 빈정거리듯 내뱉었다. "느린 편이 자네에게 유리할 때는 느리게 생각하고, 빠른 편이 유리할 때는 빠르게 생각한다. 그 말이지?"

"아닙니다, 검사님."

"그게 아니라면 이 질문에 답해 보게, 그리피스. 자네가 얼마 뒤 물속에서 나온 뒤 마음의 평정을 되찾고 삼각대를 땅에 묻고 나서 숲속을 걷기 시작한 건 무슨 까닭인가? 한편 그 여자를 구출하려 할 때는 안절부절못하고 땅을 밟는 순간 침착해져서 여러 가지 일을 계산할 수 있었단 말인가? 어디 한번 대답해 보게."

"글쎄요…… 그건…… 전에도 말했듯이 그때는 달리 어찌할 수가 없었기 때문입니다."

"그래, 그 사실은 잘 알고 있네. 하지만 호수에서 그처럼 소동이 벌어진 뒤 그런 순간에 잠시 멈추고 삼각대를 땅에 묻을 정도로 그렇게 신중할 수 있다니 매우 침착하다고 생각되지 않나? 그런 일까지 생각할 수 있었던 사람이 그 조금 전에는 어떻게 보트에 대해서는 생각이 미치지 못했을까?"

"그건…… 하지만……."

"자네는 심경의 변화가 일어났다고 하지만 실은 미스 올든이 살아나기를 원하지 않았던 거야! 안 그런가?" 메이슨은 큰 소리로 호통쳤다. "그게 바로 음흉하고 비극적인 진실이 아니란 말인가? 자네가 원하던 대로 그 여자는 물에 빠져 있었고, 자네는 그대로 익사하게 내버려 둔 거야! 안 그런가?"

메이슨 검사는 호통치면서 부들부들 몸을 떨고 있었고, 클라이드는 실제 보트를 눈앞에 두고 물속으로 가라앉을 때 로버타의 시선과 애처로운 비명이 끔찍하게 되살아오는 바람에 앉은 자리에서 위축되어 움츠리고 있었다. 메이슨의 말은 당시의 상황을 실제와 매우 가깝게 재현시키고 있어 클라이드는 겁에 질려 있었다. 클라이드는 제프슨과 벨크냅에게까지도 로버타가 물에 빠졌을 때 구하고 싶지 않았다는 사실을 한 번도 시인하지 않았다. 그는 끝내 진실을 숨긴 채, 로버타를 구하고 싶었지만 워낙 갑자기 일어난 일인 데다 몹시 어리둥절하고 그녀의 비명과 몸부림에 겁이 나서 그녀가 물속으로 사라져 버릴 때까지 전혀 손을 쓸 수 없었다고 주장했을 뿐이다.

"저는…… 저는 로버타를 구하고 싶었습니다." 그는 얼굴이 잿빛으로 변해서 중얼거렸다. "하지만…… 하지만…… 말씀드린 것처럼 어리둥절한 데다…… 그리고…… 그리고…… 그리고……."

"자네는 지금 거짓말을 하고 있다는 걸 모르는가!" 메이슨은 몸을 더욱 앞으로 기울이고 살찐 두 팔을 번쩍 쳐들고 일그러진 얼굴을 마치 홈통 장식의 어떤 복수의 여신이나 분노의 괴물*처럼 찡그리며 큰 소리로 외쳤다. "자네는 자기가 살겠다고 헤엄을 쳐서 간 그 150미터 중 15미터만 헤엄쳐서 접근했던들 구할 수 있었을 그 불행하고 불쌍한 처녀를 냉혹하고 교활한 마음 때문에 고의적으로 죽게 내버려 뒀다는 걸!" 이즈음 메이슨은 이제 클라이드의 태도와 표정을 보고 그가 실제로 로버타를 살해했다고 확신하고 있었고, 될 수 있으면 그 사실을 자백시켜 보겠다는 결심했다. 벨크냅이 즉시 일어나 피고에 대해 배심원들이 부당하게 편견을 갖도록 심문을 유도하고 있다고 항의하고 피고 측은 재판의 무효를 요구할 권리가 있으며 또 요구한다고 말했지만 ─ 이 항의를 오버월처 판사는 결국은 기각했다 ─ 그 전에 이미 클라이드는 모기 소리 같은 목소리로 대답을 하고 있었다. "아닙니다! 아니에요! 그렇지 않았습니다. 구할 수만 있다면 그녀를 구하고 싶었습니다." 그러나 어느 배심원이 보아도 그의 태도는 진실을 말하는 사람의 태도는 아니었고, 벨크냅의 말대로 정신적·도덕적인 비겁자, 더구나 로버타를 살해한 비겁자의 태도였다. 배심원들은 저마다 나중에 물가까지 헤엄쳐 나갈 만큼 힘이 있는 젊은이가 로버타를 구하거나 적어도 보트까지 헤엄쳐 가서 로버타가 그것을 붙잡도록 도울 수 없었을 리가 없다고 생각했다.

"미스 올든은 체중이 45킬로그램 정도밖에 되지 않았지?" 메이슨은 열을 올리며 심문을 계속했다.

"네, 아마 그랬을 겁니다."

"그리고 자네는…… 그 당시 체중이 얼마였나?"

"63킬로그램 정도였습니다." 클라이드가 대답했다.

"63킬로그램이나 되는 남자가……." 메이슨은 배심원석 쪽으로 고개를 돌리며 경멸스럽게 말했다. "……매달리면 함께 죽을까 두려워서 익사 직전에 있는 허약하고 병든 45킬로그램밖에 안 되는 작은 여자에게 접근할 수 없었다고! 서너 사람이 매달려도 끄떡없는 튼튼한 보트가 4.5미터에서 6미터의 거리에 있었는데도 말이지! 도대체 어떻게 된 일인가!"

이 점을 강조하고 배심원들에게 충분히 납득시키려고 메이슨 검사는 일단 말을 멈추고 호주머니에서 큼직한 흰 손수건을 꺼내 그동안의 정신적·육체적인 노력 때문에 땀이 난 목과 얼굴과 손목을 닦고 나서 버튼 벌리를 불렀다. "버튼, 이 보트를 치워도 되겠네. 어쨌든 한동안은 필요가 없을 테니까." 그러자 보안관 보조 넷이 나와 즉시 보트를 들고 나갔다.

그리고 나서 안정을 되찾은 메이슨은 다시 클라이드 쪽으로 몸을 돌리고 말하기 시작했다. "그리피스, 자네는 로버타 올든의 머리칼 색깔과 감촉을 잘 알고 있었겠지? 그만큼 가까운 사이였으니까. 그렇지 않은가?"

"네, 머리칼 색깔은 알고 있었던 것 같습니다." 클라이드는 움칠하며 대답했다. 로버트의 머리칼을 생각하니 그는 등골이 오싹했고, 그의 그런 반응은 눈에 띌 정도로 겉으로 드러났다.

"감촉도 알고 있었지?" 메이슨은 끈질기게 물었다. "미스 X가 나타나기 전의 그 다정했던 시절에는, 그때는 그녀의 머리칼을 많이 만져 봤을 테니 말이야."

"만져 봤는지 어떤지 잘 모르겠습니다." 클라이드는 제프슨과 눈이 마주치자 이렇게 대답했다.

"대충 말해서. 굵었는지 가늘었는지, 부드러웠는지 거칠었는지는 알고 있을 게 아닌가?"

"네, 부드러웠습니다."

"자, 그 머리털 한 올이 있네." 다른 목적이 있어서라기보다는 클라이드를 좀 더 괴롭히고 정신적으로 그를 허물어뜨리기 위해 메이슨이 덧붙였다. 메이슨은 테이블로 걸어가 그 위에 놓여 있던 봉투에서 엷은 갈색의 긴 머리털 한 올을 꺼냈다. "어때, 미스 올든의 머리털 같지 않은가?" 그러면서 그는 머리털을 클라이드 앞으로 내밀었고, 클라이드는 기겁하고 무슨 불결한 물건이나 위험한 물건을 피하듯 뒤로 물러났다. 그러나 얼른 침착성을 되찾으려고 애썼다. 배심원들의 눈은 그의 그러한 반응을 하나도 놓치지 않고 있었다. "아, 겁내지 말게." 메이슨이 빈정거리며 물고 늘어졌다. "죽은 애인의 머리털일 뿐인데."

이 말에 충격을 받고 또한 배심원들의 호기심 어린 시선을 의식한 클라이드는 손으로 그것을 받아들었다. "색깔도 감촉도 미스 올든의 머리털 같지?" 메이슨이 물었다.

"글쎄요, 그런 것 같습니다." 클라이드는 떨리는 목소리로 대답했다.

"자, 그렇다면 말이야." 메이슨은 재빨리 테이블로 가서 벌리가 로버타의 머리칼 두 올을 뚜껑과 셔터 사이에 끼워 놓은 카메라를 갖고 와서 클라이드에게 내밀었다. "이 카메라를 손에 쥐어 보게. 자네가 자네 것이 아니라고 맹세했던 자네 카메라야. 그리고 여기 있는 머리칼 두 올을 보게. 보이나?" 메이슨 검사는 마치 그걸로 클라이드를 때리기나 하려는 듯 카메라를 클라이드의 얼굴 앞으로 내밀었다. "그 머리칼은 자네가 때리는 것처럼 미스 올든의 얼굴에 내밀었을 때 — 아마도 바로 그때 — 끼었을 걸세. 배심원 여러분께 이 머리칼이 미스 올든의 것인지 아닌지 말할 수 있겠나?"

"그건 알 수 없습니다." 클라이드는 들릴 듯 말 듯 연약한 목소리로 대답했다.

"지금 뭐라고 했나? 큰 목소리로 말하게. 그렇게 도덕적·정신적인 비겁자가 될 필요는 없네. 미스 올든의 머리칼인가, 아닌가?"

"그건 알 수 없습니다." 클라이드는 되풀이했다. 그러나 그는 차마 머리칼을 바라보지는 않았다.

"머리칼을 보게. 그것을 보고 이 올과 비교해 보란 말이야. 우리는 이 머리칼이 미스 올든의 것이라는 사실을 알고 있어. 자네는 카메라에 낀 이 머리칼도 미스 올든의 것이라는 걸 알고 있지? 그렇게 겁낼 건 없어. 살아 있을 때의 미스 올든의 머리칼은 자주 만져 보았을 텐데. 미스 올든은 사망했어. 죽은 사람의 머리칼이 설마 자네를 물어뜯을까. 이 두 올의 머리칼이 이쪽 머리털 올과 똑같지 않은가? 이건 미스 올든의 것이 분명하거든. 똑같은 색깔에다 똑같은 감촉에 동일한 것이지. 어때? 자, 보라고! 그리고 대답을 좀 해 봐! 양쪽이 똑같은 머리칼인가, 아닌가?"

그러나 클라이드는 이렇게 압박을 받자 벨크냅한테서 주의를 받았음에도 불구하고 머리칼을 보고 또 만져 보지 않을 수 없었다. 그러면서도 조심스럽게 대답했다. "잘 모르겠습니다. 색깔도 감촉도 좀 비슷하기는 하지만 잘 모르겠습니다."

"아, 잘 모르겠다고? 그 카메라로 사정없이 힘껏 때렸을 때 카메라에 걸려서 떨어지지 않은 머리칼인데도 잘 모르겠단 말이지."

"하지만 저는 힘껏 때린 일이 없습니다." 클라이드는 이번에는 제프슨을 바라보면서 고집스럽게 말했다. "그리고 잘 모르겠습니다." 클라이드는 이 사나이에게 겁을 먹을 필요가 없다고 속으로 중얼거리고 있었다. 그러나 그는 몸이 매우 지치고 속이 메스꺼웠다. 그러자 메이슨은 클라이드에게 심리적 타격만이라도 준 사실에 만족하면서 카메라와 머리털을 테이블에 도로 갖다 놓으면서 다시 입을 열었다. "자, 머리칼 두 올이 호수에서 발견된 카메라 속에 끼어 있었다는 것은 충분히 증명됐네. 그리고 자네도 자네 입으로 손에 들고 있다가 물속에 빠졌다고 했지."

메이슨은 몸을 돌려 클라이드를 괴롭힐 무엇인가 다른 것, 새로운 자료가 또 없을지 생각하다가 다시 입을 열었다.

"그리피스, 자네가 숲속을 가로질러 남쪽을 향해 걸었을 때 일인데, 스리마일베이에는 몇 시에 도착했나?"

"새벽 네 시경이었을 겁니다. 동이 트기 직전이었으니까요."

"그때부터 배가 그곳을 떠날 때까지 뭘 했나?"

"아, 그냥 걸어 다녔습니다."

"스리마일베이에서 말인가?"

"아닙니다, 검사님. 거기서 좀 벗어난 곳에서 걸어 다녔습니다."

"남의 눈에 띄지 않으려고 거리 사람들이 일어날 때까지 숲속에 있었던 게로군. 그런 거지?"

"해 뜰 때까지 기다렸습니다. 게다가 피곤하기도 하여 앉아서 잠시 쉬었습니다."

"푹 자면서 멋진 꿈을 꾸었는가?"

"피곤해서 좀 자기는 했습니다. 네, 맞습니다."

"배의 출발 시각과 스리마일베이에 대해 어떻게 그처럼 자세히 알고 있었나? 미리 다 알아봤던 게 아닌가?"

"그곳 사람들은 누구나 샤런에서 스리마일베이로 오는 배에 관한 걸 잘 알고 있습니다."

"아, 그런가? 또 무슨 다른 이유는 없었나?"

"우리는 결혼식을 올릴 곳을 물색하다가 그곳을 생각해 냈습니다." 클라이드가 약삭빠르게 대답했다. "하지만 그곳까지 가는 기차가 없더군요. 열차는 오직 샤런까지만 갔습니다."

"그러나 그곳이 빅비턴의 남쪽이었다는 것을 알았겠군?"

"그게, 물론이죠. 아마 알았던 것 같습니다." 클라이드가 대답했다.

"그리고 건룻지 서쪽의 도로가 빅비턴 남쪽 끝을 돌아서 남쪽의 스리마일베이로 나간다는 것도 알았겠군?"

"그게, 빅비턴에 가서야 도로나 오솔길 비슷한 것이 있다는 걸 알았습니다. 하지만 제대로 된 도로라고는 생각하지 않았습니다."

"알겠네. 그렇다면 숲속에서 세 사람을 만났을 때 어떻게 스리마일베이까지 거리가 얼마나 되느냐고 물을 수 있었나?"

"그런 걸 묻지 않았습니다." 클라이드는 제프슨이 가르쳐 준 대로 대답했다. "스리마일베이로 가는 길이 있는지, 스리마일베이까지는 얼마나 먼지 물었을 뿐입니다. 길이 있는지 없는지조차 저는 몰랐으니까요."

"그 사람들의 증언 내용은 다르던데."

"어쨌든 그 사람들이야 어떻게 증언을 했든 저는 그렇게 물었을 뿐입니다."

"그렇다면 이곳에 나온 많은 증인 중에 진실을 말하는 건 오직 자네뿐이고, 나머지는 모두 거짓말만 했다는 거로군. 그렇지 않은가? 스리마일베이에 도착해서 아침을 먹었나? 자네는 배가 고팠을 테지?"

"아뇨, 배가 고프지 않았습니다." 클라이드가 짤막하게 대답했다.

"하지만 될수록 빨리 그곳을 떠나고 싶었을 테지? 그 세 사람이 빅비턴에 도착해서 미스 올든의 소식을 들으면 자네를 만난 사실에 관해서 말할까 두려웠을 테니까. 안 그런가?"

"아뇨, 그렇지 않았습니다. 하지만 그곳에 오래 있고 싶지는 않았습니다. 그 이유는 전에 말했습니다."

"알겠네. 하지만 샤런에 도착하자 좀 안심이 되는 데다 거리도 좀 멀어졌으니 마음도 좀 놓여서 곧바로 식사했을 테지? 그곳에서는 제법 음식 맛도 났겠군그래?"

"아, 그건 잘 모르겠습니다. 커피 한잔하고 샌드위치 한 개를 먹었으니까요."

"그리고 이미 이 자리에서 입증된 바지만 파이도 한 조각 먹었지." 메이슨 검사가 덧붙여 말했다. "그러고 나서 자네가 나중에 만나는 사람마다 붙잡고 한 말이지만, 정말로 올버니에서 도착한 것처럼 행세하느라고 역에서 나오는 사람들 틈에 끼어들었지. 안 그런가?"

"네, 그렇습니다."

"조금 전에 좋은 방향으로 심경의 변화를 일으킨, 정말로 죄없는 사람치고는 행동이 굉장히 조심스러웠군. 어둠 속에 숨어서 기다리기도 하고, 올버니에서 방금 도착한 사람처럼 행세하기도 하고 말이야."

"그 점에 대해선 모두 설명드렸습니다." 클라이드가 고집스럽게 대답했다.

메이슨 검사가 다음으로 노린 것은 클라이드가 자기에게 모든 것을 바친 로버타를 세 호텔 숙박부에 각기 다른 세 남자의 내연의 처로서 세 가지로 이름을 올린 사실을 들추어내어 그에게 수치심을 느끼게 하려는 일이었다.

"왜 방은 따로 쓰지 않았나?"

"그게, 로버타가 그러기를 원치 않았습니다. 저하고 같이 있고 싶어 했습니다. 게다가 제게는 돈도 얼마 없었고요."

"그렇다고 해도 숙박할 때는 그토록 미스 올든의 체면을 무시하고 나서 그녀가 사망하자 나쁜 소문이 날까 두려워서 자네 말대로, 그녀의 이름과 체면을 지켜 주기 위해 도망가서 그녀가 죽은 사실을 혼자서만 알고 있으려고 했다니, 이상한 일이 아닌가?"

"재판장님!" 벨크냅이 끼어들어 한마디 했다. "이건 심문이 아닙니다. 연설입니다."

"질문을 철회합니다." 메이슨이 반격하고 나서 심문을 계속했다. "그리피스, 자네는 정신적으로나 도덕적으로 비겁한 사람이라는 걸 시인하는가?"

"아닙니다, 검사님. 시인하지 않습니다."

"시인하지 않는다고?"

"네, 검사님."

"그렇다면 선서를 한 뒤 거짓말을 한다면 자네도 정신적·도덕적인 비겁자가 아닌 다른 어떤 사람과 전혀 다를 바 없네. 따라서 위증하고 증인석에서 거짓말을 하는 사람이 받아야 할 온갖 멸시와 처벌을 받아 마땅하겠군. 어디 내 말이 맞지 않는가?"

"네, 검사님. 그렇게 생각합니다."

"자네가 만약 정신적·도덕적 비겁자가 아니라면, 미스 올든을 호수에 그냥 남겨둔 걸 어떻게 정당하다고 할 수 있단 말인가? 또 어떻게 자네 말대로 본의 아니게 그녀를 때리고 난 뒤에, 딸을 잃은 부모가 곧 슬퍼하게 되리라는 것을 알면서도 누구에게도 한마디 말도 하지 않고 그냥 그곳을 떠나 삼각대와 양복을 숨긴 뒤 보통 살인자처럼 몰래 도망갈 수 있었단 말인가? 자네도 그게 살인을 계획하고 단행한 뒤 도주하려는 자의 행동이라고 보지 않겠나? 만약 자네가 다른 사람에 대해 그런 일을 들었다면 말일세. 아니면 자네는 그게 자기의 성공에 방해가 될지도 모르니까 자기가 유혹한 여자의 우발적 죽음에 대한 책임을 면하기 위해 도망치려는 정신적·도덕적인 비겁자의 교활하고 간악한 술책으로 보는가? 과연 어느 쪽인가?"

"그래도 저는 미스 올든을 죽이지 않았습니다." 클라이드가 우겼다.

"묻는 말에만 대답해!" 메이슨이 호통쳤다.

"재판장님께 그런 질문에는 대답할 필요가 없다고 증인에게 지시하시도록 요청합니다." 제프슨이 일어나서 처음에는 클라이드를, 나중에는 오버월처 판사를 쳐다보면서 말했다. "이것은 순전히 토론적인 성격의 발언으로 본 사건의 사실과는 아무런 관련이 없습니다."

"그렇게 지시하겠소." 오버월처가 대답했다. "증인은 그 질문에 대답하지 않아도 됩니다." 그러자 클라이드는 이 뜻하지 않은 지원에 크게 용기를 얻고 앞을 빤히 바라볼 뿐이었다.

"자, 그럼 계속하게." 메이슨은 다시 입을 열었다. 그는 기회만 생기면 공세의 힘과 중요성을 감소시키려는 벨크냅과 제프슨에게 더욱더 화가 나 있었고, 그래서 그만큼 더욱 지지 않으려고 결심했다. "그곳으로 가기 전에 될 수만 있으면 미스 올든과 결혼하지 않으려고 했다는 말인가?"

"네, 검사님."

"미스 올든은 결혼하기를 원했지만 자네는 결심이 서지 않았다는 말이지?"

"네, 그렇습니다."

"한데 미스 올든이 가방 속에 넣었던 요리책과 소금 그릇, 후추 그릇, 그리고 스푼과 나이프 같은 것들을 기억하고 있는가?"

"네, 검사님. 기억하고 있습니다."

"그런 물건들을 가방에 넣고 빌츠를 떠날 때 미스 올든은 무슨 생각을 하고 있었던 것 같은가? 결혼식을 올리지 않은 채 어디엔가 방을 얻고 살면서 일주일에 한 번이나 한 달에 한 번 자네가 찾아오기를 기다릴 생각을 하고 있었던 게 아닐까?"

벨크냅이 미처 이의를 제기하기 전에 클라이드가 적절하게 대답했다.

"미스 올든이 무슨 생각을 했는지는 모릅니다."

"자네가 데리러 오지 않으면 라이커거스로 오겠다는 편지를 받고 자네가 빌츠에 전화를 걸었을 때 말인데, 혹시 그때 그녀와 결혼하겠다는 말을 한 건 아닌가?"

"아닙니다, 검사님. 그런 말은 하지 않았습니다."

"협박당하여 마지못해 그렇게 할 정도로 정신적·도덕적인 비겁자는 아니었다는 말인가?"

"제가 정신적·도덕적인 비겁자라고 말한 적은 없습니다."

"어쨌든 자네가 유혹한 여자의 협박에 넘어갈 그런 사람은 아니라는 말이지?"

"저는 그때 꼭 미스 올든과 결혼해야겠다고는 생각하지 않았습니다."

"신붓감으로 미스 X보다 못하다고 생각한 건가?"

"이젠 사랑하지도 않는데, 결혼해야 할 까닭이 없다고 생각했습니다."

"미스 올든의 체면, 그리고 자네 양심에 관한 문제인데도 그렇게 생각했다는 말이지?"

"글쎄요, 그때는 같이 지내면 행복할 수 있을 것 같다는 생각이 들지 않았습니다."

"그 거창한 심경의 변화가 생기기 전에는 그랬다는 말이겠지?"

"네, 유티카로 가기 전에는 그랬습니다."

"아직 미스 X 생각으로 머릿속이 꽉 차 있을 때였지?"

"저는 미스 X를 사랑하고 있었습니다. 네, 그렇습니다."

"자네가 끝내 답장을 보내지 않은 미스 올든의 편지 중 한 통을 보면······."여기서 메이슨은 로버타가 클라이드에게 제일 처음에 보낸 일곱 통의 편지 중 한 통을 집어 들어 읽기 시작했다. "······이런 구절이 있네. '그렇게 생각지 않으려고 하는데도 자꾸 불안하기만 해요. 이제 우리는 계획도 세웠고, 당신은 나를 데리러 온다고 했는데도 말이에요.' 그 여자가 이 구절을 쓸 때 그게 무슨 뜻이었을까? '이제 우리는 계획도 세웠고'라는 구절 말일세."

"잘 모르겠습니다. 아마 제가 그녀에게 와서 잠시 어디론가 데리고 간다는 걸 말한 게 아니라면 말이죠."

"물론 결혼 계획은 아니었겠군?"

"저는 그렇게 말한 적이 없습니다."

"하지만 이 편지의 다음 구절에 이런 말이 나오네. '나는 이곳으로 오는 길에 집으로 곧장 오지 않고 언니와 형부를 만나러 호머에게 들렀어요. 언제 다시 볼 수 있을지도 모르고, 또 떳떳한 입장이 될 수 없다면 다시는 만나지 않으려고 했었으니까요.' 이 '떳떳한 입장'이라는 말이 무슨 뜻인가? 결혼하지 않은 몸으로 어딘가에 숨어서 아이를 낳고 자네가 조금씩 보내 주는 돈으로 살다가 처녀인 척하면서 돌아오려고, 아니면 결혼했는데 남편이 죽었다고 말하려고 한 건지? 어느 쪽이었다고 생각하나? 적어도 얼마 동안이라도 자네와 결혼하고 태어날 아이에게 아버지의 성(姓)을 지어 주려 했다고는 생각하지 않나? 미스 올든이 말한 그 '계획'이 그 이하였다고는 생각할 수 없지 않겠는가?"

"미스 올든은 그렇게 생각했을지도 모릅니다." 클라이드는 얼버무리며 대답했다. "하지만 저는 결혼하겠다는 말은 단 한 번도 한 적이 없습니다."

"좋아, 어쨌든 그 문제는 잠시 보류하기로 하지." 메이슨은 끈질기게 물고 늘어졌다. "이번에는 이걸 읽어 볼까." 그는 여기서 열 번째 편지의 한 구절을 읽기 시작했다. "'예정보다 며칠 더 빨리 온다고 차이가 있는 건 아니겠죠? 비록 생활비를 좀 더 아끼면서 살아가야 한다면, 우리는 그럴 수 있을 거예요. 함께 지내는 시간이 고작해야 여섯 달이나 여덟 달쯤밖에 되지 않을 테니까요. 그때 가서 당신이 원한다면 놓아드리겠다고 나는 약속했어요. 나는 아끼고 절약할 줄 알거든요. 클라이드, 당신을 위해서도 그러지 않을 수 있었으면 좋겠지만 지금으로서는 달리 방법이 없어요.' 이 모든 말이 무슨 뜻이라고 생각하는가? '아끼고 절약한다'느니, 또 여덟 달이 지나야 자네를 놓아줄 수 있다느니. 어디엔가 방 하나를 얻어 살면서 일주일에 한 번씩 찾아오는 자네를 만난다는 말인가? 아니면 그녀와 어디론가 가서 결혼하기로 정말로 약속한 게 아니란 말인가? 이 편지를 보면 그녀는 그렇게 생각하는 것 같은데."

"로버타가 저를 강제로 그렇게 시킬 생각이 아니었다면 저는 잘 모릅니다." 클라이드가 대답했다. 한편 그 말을 듣고 시골의 주민들과 농부들, 그리고 배심원들은 노골적으로 콧방귀를 뀌면서 냉소를 지었다. 클라이드는 자신이 무심코 내뱉은 '저를 강제로'라는 말에 몹시 화가 났다. "저는 그런 약속을 한 적이 없습니다."

"강제로 자네에게 시키려는 게 아니었다면 말이지. 그리피스, 자넨 그 일을 그런 식으로 느끼고 있었단 말인가?"

"네, 검사님."

"다른 경우처럼 그 말도 사실이라고 맹세할 수 있는가?"

"저는 그 사실에 대해 이미 맹세했습니다."

벨크냅과 제프슨뿐 아니라 메이슨, 그리고 클라이드 자신까지도 법정에 있는 사람들의 대다수가 처음부터 클라이드에게 품고 있던 공공연한 분노와 경멸감을 느낄 수 있었다. 그런데 그 분노와 경멸감이 이제 거센 파도처럼 밀려오고 있었다. 그 파도는 법정을 온통 휩쓸었다. 메이슨에게는 많은 사람의 증언 중에서 클라이드를 당황케 하고 괴롭힐 자료를 마음대로 골라 낼 시간이 얼마든지 있었다. 그가 참조하기 쉽게 얼 뉴콤이 부채꼴로 테이블 위에 정리해 놓은 메모들을 들여다보면서 그는 다시 입을 열었다.

"그리피스, 자네는 어제 자네의 변호인인 제프슨 씨의 유도 심문으로 증언하면서……." 이 말에 제프슨은 빈정거리는 태도로 고개를 숙였다. "……7월에 폰다와 유티카에서 로버타 올든을 다시 만난 뒤에 바로 죽음의 여행길에 오르면서 경험했다는 그 심경의 변화에 관해 말했지."

벨크냅이 미처 이의를 제기할 겨를도 없이 클라이드는 "네, 검사님" 하고 대답했지만 그래도 벨크냅은 '죽음의 여행길'이라는 표현을 그냥 '여행길'로 수정시킬 수는 있었다.

"로버타 올든과 여행길에 오르기 전에는 그녀에게 별로 애정을 느끼지 않았다, 그 말인가?"

"네, 전처럼 애정을 느끼지 못했습니다. 네, 그렇습니다, 검사님."

"그렇다면 그녀가 싫어지기 시작하기 전, 얼마나 오랫동안―정확히 언제부터 언제까지―그녀를 진정으로 좋아했나?"

"미스 올든을 처음 만났을 때부터 미스 X를 만났을 때까지였습니다."

"그렇다면 미스 X를 만난 후에는 그렇지 않았다는 말인가?"

"아, 그 후에도 아주 싫어진 건 아닙니다. 그 후에도 그녀를 좋아했습니다. 꽤 말이죠. 하지만 전과 같지는 않았습니다. 무엇보다도 그녀가 측은하게 여겨졌습니다."

"자, 가만있자. 그건 작년 12월 1일경부터 지난 4월이나 5월 사이의 일이었겠군. 안 그런가?"

"아마 그 무렵이었을 겁니다. 네, 맞습니다, 검사님."

"그렇다면 그동안 12월 1일부터 4월이나 5월 1일까지는 친밀한 관계를 맺었겠군?"

"네, 검사님."

"별로 애정도 없었는데도 말이지."

"아니…… 네, 검사님." 클라이드는 약간 망설이면서 대답할 때 시골 사람들은 심문의 내용이 성범죄의 성격을 띠자 움찔하면서 긴장했다.

"그런데도 미스 올든이 조그마한 셋방에 혼자 있는데도 불구하고 자네 말대로 그야말로 충실하게 자네 생각만 하며 말이네,

자네는 밤마다 댄스며, 파티며, 만찬회며, 자동차 드라이브를 하며 돌아다녔군."

"아, 아닙니다. 밤마다 그런 건 아닙니다."

"아, 그래? 이 점에 관해서는 자네도 트레이시 트럼불, 질 트럼불, 프레더릭 셀스, 프랭크 해리엇, 버처드 테일러 등의 증언을 듣지 않았나?"

"네, 들었습니다, 검사님."

"그렇다면 그 사람들이 모두 거짓말을 한 건가, 아니면 진실을 말한 건가?"

"그게, 그 사람들은 기억이 나는 대로 사실을 말한 듯합니다."

"그렇다면 그 사람들이 기억을 잘할 수 없다는 말이다. 이건가?"

"저는 언제나 참석하지는 않았습니다. 아마 일주일에 두세 번 참석했을 겁니다. 어쩌면 네 번 나간 적도 있었지만요. 그 이상은 아닙니다."

"그 나머지 시간은 미스 올든과 보냈다는 건가?"

"네, 검사님."

"그래서 미스 올든이 이런 편지를 쓴 건가?" 여기서 메이슨은 로버타의 편지 묶음에서 또 한 통을 집어 들어 그것을 개봉하여 클라이드의 얼굴 앞으로 들이밀면서 읽었다. "'당신이 내 곁을 떠난 그 끔찍한 크리스마스 이후로 나는 거의 밤마다 혼자 지내고 있었어요.' 그 여자가 지금 거짓말을 하는 것인가, 아닌가?" 메이슨은 격한 어조로 물었다. 클라이드는 여기서 로버타가 거짓말을 했다고 비난하는 것이 얼마나 위험한 일인지 직감하고는 부끄러운 표정을 지으며 연약한 목소리로 대답했다. "그 말은 거짓말이 아닙니다. 그래도 저는 어떤 밤은 그녀와 함께 지냈습니다."

"12월 1일 이후 미스 올든이 밤마다 자기 방에서 혼자 지내는 것을 보다 못해 같이 어울리자고 했지만 싫다고 하더라는 길핀 씨 내외의 증언은 자네도 들었을 거야. 그들이 증언하는 걸 들은 거지?"

"네, 들었습니다, 검사님."

"그런데도 같이 지냈던 적도 있었다고 우길 셈인가?"

"네, 검사님."

"그러면서도 동시에 미스 X를 사랑하고 그녀와 같이 있으려고 했다는 말인가?"

"네, 검사님."

"그녀가 자네하고 결혼해 주길 바라면서?"

"네, 그녀가 그래 줬으면 싶었습니다. 네, 맞습니다, 검사님."

"결혼할 생각이 없었는데도 틈만 나면 미스 올든과의 관계를 계속했다는 말이지?"

"그게…… 네, 그렇습니다, 검사님." 클라이드는 또다시 망설이며 대답했다. 이렇게 폭로되고 있는 자신의 비열한 성격 때문에 그는 몹시 고통스러웠지만, 자기 자신이 그렇게까지 나쁜 인간, 그렇게까지 나빠지려고 의도한 인간은 아니라고 생각했다. 다른 사람들도 그런 짓은 하고 있지 않은가. 라이커거스 사교계의 젊은이들은 말이다. 적어도 그들은 그런 짓을 하는 것처럼 말하고 있었다.

"한데 자네의 유식한 변호인께서는 자네를 정신적·도덕적인 비겁자라고 했는데, 자네에게는 좀 과분한 말이라고 생각되지 않나?" 메이슨이 빈정대는 말투로 물었다. 이때 좁고 긴 법정 뒤쪽에서 깊은 침묵이 흐르는 듯하더니 곧이어 정적을 뚫고—벨크냅은 즉시 큰 소리로 항의했지만—어느 분노한 나무꾼의 복수심에 불타는 근엄한 목소리가 장내에 울려 퍼졌다. "도대체 왜 저 빌어먹을 사생아 녀석을 당장 죽이지 않는 거요!" 그러자 오버월처 판사는 즉시 의사봉을 두드리고 그 나무꾼을 체포하고 자리에 앉아 있지 않은 사람들을 퇴장시키라고 명령했다. 그리고 그 명령을 곧 실행에 옮겼다. 고함을 지른 나무꾼은 체포되어 이튿날 아침에 법정에 출두하라는 명령을 받았다. 정적이 되돌아오자 메이슨은 심문을 다시 계속했다.

"그리피스, 자네는 라이커거스를 떠나면서 어떤 다른 방법이 있는 한 로버타 올든과 결혼할 의사가 없었다고 말했네."

"네, 검사님. 그때는 그럴 생각이 없었습니다."

"그래서 돌아올 게 거의 확실하다고 생각했겠군?"

"네, 검사님. 그럴 생각이었습니다."

"그렇다면 왜 자네 방의 짐을 전부 트렁크에 챙겨 넣고 자물쇠를 잠가 놓았는가?"

"그건…… 그건…… 말입니다." 클라이드는 망설이며 대답했다. 메이슨이 너무 갑자기 공격한 데다 지금까지 심문과는 전혀 다른 것이어서 얼른 정신을 차릴 시간이 없었기 때문이다. "그게, 검사님도 아시다시피, 단정적으로 확실치 않아서 그랬던 겁니다. 싫든 좋든 로버타와 함께 가야 할지도 모르는 일이었기 때문이었습니다."

"알겠네. 그렇다면 그곳에 가서 자네가 뜻밖에 결심했다면……." 여기서 메이슨은 너의 그런 말을 믿을 사람이 있을 것 같으냐, 하는 듯이 능글맞게 웃었다. "……돌아와서 점잖게 짐을 챙기고 떠날 시간이 없을 것 같았다는 말인가?"

"그게, 그건 아닙니다, 검사님. 그래서 그랬던 것도 아닙니다."

"그럼 무슨 이유로 그랬는가?"

"그건, 아시다시피." 클라이드는 이런 질문에 대한 답변은 준비하지 않았고, 또 이해할 만한 대답의 요점을 재빨리 포착할 만큼 머리가 잘 돌아가지도 않아 머뭇거리며 말했다. 이 망설임은 모든 사람들의 ― 그중에서도 특히 벨크냅과 제프슨의 ― 눈에 띄었다. 클라이드는 한동안 망설인 끝에야 입을 열었다. "그건, 검사님도 아시다시피, 만약 잠깐만이라도 어딘가에 가야 한다면 그럴 때 서둘러서 짐을 챙길 필요가 있을지도 모른다고 생각했던 겁니다."

"알겠네. 혹시 경찰이 클리퍼드 골든이나 칼 그레이엄의 정체를 파악했을 경우 급히 떠날 필요가 있을지 모른다고 생각했던 건 아닌가?"

"아닙니다, 검사님. 그건 아닙니다."

"또 자네는 페이턴 부인에게 방을 비울 것이라고 말하지 않왔던가?"

"아닙니다, 검사님."

"지난 증언 때 미스 올든을 어딘가에 데리고 가서 잠정적인 결혼할 돈도 없다고 말했네. 여섯 달 정도를 버틸 만큼의 돈도 없다고 말이지."

"네, 그랬습니다, 검사님."

"라이커거스를 떠나 여행길에 오를 때 돈을 얼마나 갖고 있었나?"

"50달러 정도였습니다."

"50달러 정도였다고? 정확히 얼마나 갖고 있었는지 모르나?"

"50달러를 가지고 있었습니다. 네, 맞습니다, 검사님."

"유티카와 그래스 호수에 머물고, 나중에 샤런으로 가는 동안 얼마를 썼나?"

"여행에서 한 20달러 정도 쓴 것 같습니다."

"정확하게는 모르는가?"

"정확히는 모릅니다. 네, 잘 모르겠습니다, 검사님. 한 20달러쯤 썼을 것 같습니다."

"자, 어디 한번 정확하게 알아볼까." 메이슨이 계속 말했다. 그러자 여기서 클라이드는 또다시 함정에 빠졌다고 생각하고 불안해졌다. 손드라한테서 받은 돈도 있었고, 그 일부를 사용했기 때문이다. "폰다에서 유티카까지 가는 데 차비가 얼마였나?"

"1달러 25센트였습니다."

"유티카에서 로버타와 함께 투숙한 호텔의 숙박비는?"

"4달러였습니다."

"물론 그날 밤에 저녁 식사를, 이튿날 아침에는 아침 식사를 했을 텐데. 얼마나 들었나?"

"두 끼에 3달러 정도였습니다."

"유티카에서 쓴 돈은 그것뿐이었나?" 메이슨은 간혹 숫자와 글이 적혀 있는 메모지를 곁눈질로 보고 있었지만 클라이드는 그 사실을 눈치채지 못하고 있었다.

"네, 검사님."

"그곳에서 자네가 샀다는 사실이 입증된 그 밀짚모자 값은 어떻게 하나?"

"아, 네, 검사님. 그걸 깜박 잊고 있었습니다." 클라이드가 불안한 표정으로 대답했다. "그건 2달러였습니다. 네, 검사님." 그는 좀 더 조심해야겠다고 다짐했다.

"그래스 호수까지의 차비는 물론 5달러였겠지? 맞는가?"

"네, 맞습니다, 검사님."

"그래스 호수에서는 보트를 빌렸지? 얼마를 지불했나?"

"한 시간에 35센트였습니다."

"보트를 얼마 동안이나 빌렸나?"

"세 시간 빌렸습니다."

"그렇다면 1달러 5센트를 지불했겠군."

"네, 검사님."

"그리고 그날 밤 호텔에서는 얼마를 지불했나? 5달러였지?"

"네, 맞습니다, 검사님."

"호수에 갖고 간 도시락도 그곳에서 구입하지 않았나?"

"네, 그곳에서 구입했습니다, 검사님. 60센트 정도였다고 생각합니다."

"빅비턴까지 가는 데는 얼마나 들었나?"

"건롯지까지의 기차비가 1달러였고, 두 사람이 빅비턴까지 버스로 가는 데 1달러 들었습니다."

"꽤나 잘 기억하고 있군. 물론 그럴 수밖에 없었겠지. 돈이 넉넉하지 않았으니 아껴서 쓸 수밖에 없었을 테지. 그 뒤 스리마일베이에서 샤런까지의 뱃삯은 얼마였는가?"

"75센트였습니다."

"그동안 쓴 돈을 정확하게 계산해 본 적이 있나?"

"없습니다, 검사님."

"어디 한번 계산해 보겠는가?"

"글쎄요, 그건 검사님이 아시지 않습니까?"

"물론 알고 있지. 전부 24달러 65센트였네. 자네는 20달러를 썼다고 말했어. 4달러 65센트의 차이가 나는 셈이군. 그 차이를 어떻게 설명할 건가?"

"그게, 제 계산이 좀 틀렸던 것 같습니다." 클라이드는 정확한 수치에 짜증이 나서 대답했다.

그러나 메이슨은 교활하면서도 부드럽게 심문을 계속했다. "아, 참, 그리피스, 깜박 잊었는데 빅비턴에서는 얼마를 내고 보트를 빌렸나?" 그는 클라이드가 뭐라고 대답하나 열심히 귀를 기울였다. 이 함정을 준비하느라고 오랜 시간 애를 썼다.

"오! 아…… 아…… 그건." 클라이드는 말을 더듬었다. 빅비턴에서는 자기나 로버타나 돌아오지 않을 것이라고 생각하고 보트 삯을 물어보지도 않았던 일이 지금 그의 기억에 되살아났다. 메이슨은 지금 이 자리에서 처음으로 그 사실을 들추어내고 있었다. 클라이드가 함정에 걸려든 사실을 알아챈 메이슨은 얼른 "그건?" 하고 다그쳐 물었다. 클라이드는 짐작해서 대답을 할 수밖에 없었다. "글쎄, 시간당 35센트였지요. 그래스 호수와 같았거든요. 보트 관리인이 그렇게 말했습니다."

그러나 클라이드는 너무 성급하게 대답했다. 그는 메이슨이 보트 세가 얼마냐고 묻지 않았다고 증언할 보트 하우스 관리인을 대기시켜 놓고 있다는 사실을 모르고 있었다. 메이슨은 심문을 계속했다.

"아, 그래? 관리인이 그러던가?"

"네, 검사님."

"자네는 관리인에게 보트 세가 얼마냐고 묻지도 않았다는 걸 전혀 기억하지 못하나? 보트 세는 시간당 35센트가 아니라 50센트였네. 하지만 자네로서는 빨리 호수 위에 나가기에 급급했고, 어차피 돌아와서 뱃삯을 내려고 하지 않았으니까 물론 알리가 없지. 그래서 뱃삯이 얼마냐고 물어보지도 않은 거야. 알겠나? 이제 기억이 나는가?" 여기서 메이슨은 보트 하우스 관리인에게서 받아 온 계산서를 꺼내 클라이드의 얼굴 앞으로 내밀고 흔들었다. "시간당 50센트야" 하고 그는 같은 말을 되풀이했다. "그래스 호수보다 더 비쌌지. 그런데 내가 알고 싶은 것은,

방금 자네 말로도 입증됐듯이 다른 금액들은 일일이 다 기억하고 있는데도 이 금액만은 모르고 있다는 사실이야. 미스 올든과 같이 보트를 타고 나가 점심때부터 밤까지 보트를 타는 동안의 요금에 대해서 생각하지 않았다는 말인가?" 이 갑작스럽고 신랄한 공격 앞에서 클라이드는 갈피를 잡을 수 없었다. 그는 이 사실에 대해 가르쳐 주지 않은 제프슨을 바라보기가 민망스러워 몸을 뒤틀며 침을 삼키고 초조한 태도로 고개를 떨어뜨렸다.

"자, 어떤가?" 메이슨이 호통을 쳤다. "무슨 해명할 말이라도 있나? 다른 지출 항목에 관해서는 일일이 기억하면서도 그 항목만 모르다니, 자네가 생각해도 이상하지 않은가?" 배심원들은 하나같이 다시금 긴장해서 몸을 앞쪽으로 기울이고 있었다. 그들의 관심과 호기심과 의심을 의식하자 클라이드는 대답했다.

"글쎄요, 그걸 어떻게 잊게 되었는지 잘 모르겠습니다."

"아, 물론 모를 테지." 메이슨은 콧방귀를 뀌었다. "호젓한 호수에서 여자를 죽일 계획을 세우고 있는 사람은 생각할 일도 많을 테니 몇 가지쯤 잊는다고 해도 이상할 건 없네. 하지만 스리마일베이에 도착하자마자 배의 사무장에게 샤런까지의 운임을 묻는 건 잊지 않았지?"

"물었는지 어쨌는지 기억이 잘 나지 않습니다."

"사무장은 기억하고 있더군. 그래서 이 자리에서 증언한 거야. 자네는 그래스 호수에서는 숙박료가 얼마냐고 물었어. 그곳에서 보트 삯이 얼마냐고도 물었고. 심지어 빅비턴까지의 버스 운임도 물었지. 그런데도 빅비턴에서는 보트 삯이 얼마냐고 물을 생각도 못했으니 딱한 일이 아닌가? 만약 그랬더라면 지금 그렇게 초조해하지 않아도 되겠지?" 여기서 메이슨은 마치 '아시겠죠!' 하고 말하듯이 배심원들을 바라보았다.

"미처 생각하지 않은 것 같습니다." 클라이드가 되풀이해 대답했다.

"매우 그럴듯한 해명이군." 메이슨은 빈정거리며 말을 이어 나갔다. 이어 그는 될수록 재빨리 다른 말을 꺼냈다. "7월 9일에 커시노에서 점심값으로 13달러 20센트를 지불한 것을 기억하나, 기억하지 못하나? 로버타 올든이 죽은 다음 날 말이네." 메이슨은 클라이드에게 생각할 겨를이나 숨 쉴 겨를도 주지 않고 극적으로 끈질기고 재빠르게 질문을 던졌다.

이 말을 듣자 클라이드는 메이슨이 그날 그곳에서 그들이 점심을 먹은 사실까지 알고 있으리라고는 미처 생각하지 못했기 때문에 소스라치게 놀라 벌떡 일어설 뻔했다. 메이슨은 질문을 계속했다. "그리고 자네가 체포됐을 때 자네 수중에 80달러 넘는 돈이 있었다는 사실도 기억하나?"

"네, 이제 생각이 납니다." 클라이드가 대답했다.

그는 80달러에 관해서는 까맣게 잊고 있었다. 그래도 그는 무슨 말을 해야 할지 몰랐기 때문에 잠자코 있었다.

"어떻게 된 건가?" 메이슨은 끈질기면서도 매정하게 계속 질문을 해 댔다. "라이커거스를 떠날 때 50달러가 있었고, 체포될 때 80달러 이상이 있었다면 그동안에 24달러 65센트 말고도 점심값으로 13달러를 썼으니 그 돈은 도대체 어디서 났는가?"

"그건 지금 말씀드릴 수 없습니다." 클라이드가 궁지에 몰렸다는 느낌이 들어 기분이 상해서 부루퉁해서 대답했다. 그 돈은 손드라가 준 것이었기 때문에 그 말만은 누가 뭐래도 입 밖에 낼 수 없었다.

"왜 대답을 안 하는가?" 메이슨이 호통을 쳤다. "지금 자네가 있는 곳이 어디라고 생각하나? 우리가 왜 여기에 나와 있는 줄 아나? 대답을 하고 싶으면 하고, 하기 싫으면 안 해도 되는 줄 아는가? 이 재판에 자네 목숨이 걸려 있어. 그 점을 잊지 말게! 나한테 거짓말을 얼마나 했을지는 몰라도 법을 속일 수는 없는 거야. 자네 앞에는 자네 대답을 기다리는 열두 분의 배심원이 계셔. 그러니 어서 말을 해 봐. 그 돈은 어디에서 났나?"

"친구에게서 빌렸습니다."

"그럼 그 친구의 이름을 대게. 어떤 친구인가?"

"그건 말하고 싶지 않습니다."

"아, 말하고 싶지 않다고! 자네는 라이커거스를 떠날 때 얼마 갖고 있었다고 한 돈의 액수에 대해 거짓말하고 있는 거네. 그건 확실해. 그것도 선서한 뒤에 말이지. 그걸 잊어서는 안 돼! 자네가 그토록 존중하는 신성한 선서를 했단 말이야. 안 그런가?"

"그렇지 않습니다." 클라이드는 메이슨의 공격에 정신이 번쩍 들어서 마침내 입을 열었다. "그 돈은 트웰프스 호수에 도착한 후에 빌린 겁니다."

"누구한테서?"

"글쎄, 그건 말할 수 없습니다."

"그렇다면 자네가 한 진술은 아무 의미가 없네." 메이슨이 되받았다.

클라이드는 반발할 기미를 보이기 시작했다. 그는 목소리가 잦아들어 가고 있었고, 메이슨이 큰 소리로 말하고 배심원들이 볼 수 있도록 그들 쪽으로 얼굴을 돌리라고 지시할 때마다 그 지시에 따랐지만, 그러는 동안에도 그가 지니고 있는 비밀을 하나하나 캐어 내려고 하는 이 사나이에게 점점 더 반감을 느끼고 있었다. 그는 이미 손드라에 관해서 언급했지만 아직도 매우 아끼는 그녀에게 욕될 만한 사실은 조금도 밝히고 싶지 않았다. 그래서 그는 조금 반항적인 태도로 배심원들을 쏘아봤는데, 그때 메이슨이 사진 몇 장을 집어 들었다.

"이 사진들을 기억하나?" 메이슨 검사는 물으면서 물에 젖어 생긴 얼룩 자국이 있는 희미한 로버타의 사진 몇 장과, 클라이드가 처음 크랜스턴네 별장에 갔을 때 찍은 그 자신과 다른 사람들의 사진 — 그중에는 손드라의 얼굴이 찍혀져 있는 것은 없었다— 몇 장, 그리고 나중에 베어 호수에서 찍은, 손가락에 벤조를 잡고 있는 그가 나온 한 장의 사진을 포함하여 사진 네 장을 보여 주었다. "어디서 찍은 사진들인지 생각나나?" 메이슨은 로버타의 사진부터 보여 주면서 물었다.

"네, 생각납니다."

"어딘가?"

"우리가 빅비턴에 갔던 날 호수의 남쪽 물가에서 찍은 겁니다." 클라이드는 필름이 카메라에 들어 있는 것을 알았고 벨크냅과 제프슨에게도 그 사실을 말했지만, 설마 그 필름이 현상될 수 있었다고 생각하니 적잖이 놀랐다.

"그리피스!" 메이슨이 말을 이었다. "자네 변호인들이 처음에는 내가 가지고 있는 걸 모르고 자네가 갖고 있지 않았다고 서약한 그 카메라를 물속에서 건져 보겠다고 무척 애썼다는 사실을 자네에게 말해 주던가?"

"그런 말을 들은 적은 없습니다." 클라이드가 대답했다.

"그건 유감이로군. 내가 그런 수고는 덜어 줄 수도 있었는데. 어쨌든 이 사진들은 그 카메라 속에 있었던 거고, 자네가 심경의 변화를 일으킨 직후에 찍은 것들이네. 기억나는가?"

"언제 찍었는지 기억이 납니다." 클라이드가 시무룩하게 대답했다.

"어쨌든 이 사진들은 자네들 두 사람이 마지막으로 그 보트를 타고 나가기 전에 찍은 것들이지. 자네가 드디어 하고 싶었던 말을 마침내 로버타에게 하기 전에 ― 그 여자가 호수에서 살해되기 전에 말이야 ― 자네의 증언대로라면 그녀가 몹시 슬퍼하고 있을 때 찍은 사진들이거든."

"아닙니다. 그녀가 슬퍼한 건 그 전날이었습니다." 클라이드가 반발했다.

"아, 그래? 어쨌든 이 사진들을 보면 자네가 말한 것처럼 그렇게 침울한 얼굴은 아닌데."

"그거야…… 하지만…… 그때는 그 전날처럼 침울하지는 않앗으니까요." 클라이드가 얼른 둘러댔다. 그것은 사실이었고, 그는 그것을 기억하고 있었다.

"알겠네. 그러나 이 다른 사진들을 보게. 바로 이 세 장 말이야. 어디서 찍은 사진들인가?"

"트웰프스 호수의 크랜스턴네 별장에서였을 겁니다."

"맞네. 7월 18일이나 19일이었지?"

"아마 19일이었을 겁니다."

"로버타가 19일에 자네에게 보낸 편지가 생각나는가?"

"생각이 잘 안 납니다, 검사님."

"특별히 생각나는 편지는 없는가?"

"없습니다, 검사님."

"하지만 하나같이 슬픈 사연이었다고 자네가 말했지."

"네, 검사님. 하나같이 슬픈 사연이었습니다."

"이 편지는 자네가 사진들을 찍을 무렵에 쓴 것이네." 그는 배심원석을 향해 돌아섰다.

"배심원 여러분께서 이 사진들을 먼저 살펴보시고 나서 같은 날 미스 올든이 피고에게 보낸 편지의 한 구절을 읽어 드릴 테니 경청해 주시기 바랍니다. 미스 올든이 측은하면서도 그녀에게 편지를 보내거나 전화를 걸지 않은 사실은 이미 피고 자신이 시인하고 있습니다." 메이슨은 다시 배심원석 쪽으로 고개를 돌리며 말했다. 그는 편지를 개봉하고 로버타의 애달픈 사연을 담은 긴 구절을 읽었다. "여기 다른 사진이 네 장 있네, 그리피스." 그는 베어 호수에서 찍은 사진 네 장을 클라이드에게 건네주었다. "매우 쾌활하다는 생각이 들지 않는가? 회의와 걱정, 근심과 사악한 짓의 아주 끔찍한 시기를 치른 후 심경의 변화가 생긴 그 직후의 남자 사진 같지가 않군. 또한 심하게 학대했지만, 도덕적으로 올바르게 다루려 했던 여성이 갑자기 익사하는 것을 목격한 직후의 남자 사진 같지도 않군. 이 사진들을 보면 자네는 이 세상에 아무 걱정 근심도 없는 태평한 사람처럼 보이지 않는가?"

"그거야 단체 사진이니까요. 저 혼자 빠질 수는 없었습니다."

"하지만 물속에서 찍은 이 사진은 어떤가? 로버타 올든이 빅비턴 호수 밑바닥에 가라앉아 있고, 또 특히 칭찬받을 만한 심경의 변화를 일으킨 이삼일 후였는데도 물에 들어가는 게 조금도 마음에 걸리지 않았다는 말인가?"

"로버타와 그곳에 간 사실을 아무에게도 눈치채게 하고 싶지 않았습니다."

"그건 우리가 이미 모두 알고 있는 사실이야. 하지만 이 밴조를 들고 있는 이 사진은 어떤가? 이 사진을 보게!" 메이슨은 사진을 내밀었다. "무척 유쾌해 보이지 않는가?" 그가 으르렁거리듯 말했다. 그러자 불안하고 겁을 먹은 클라이드가 대답했다.

"그렇지만 즐거운 기분은 아니었거든요!"

"이렇게 밴조를 연주하면서도 말인가? 로버타 올든이 죽은 바로 이튿날 친구들과 골프를 치고 테니스를 치면서도 즐겁지 않았다는 말인가? 13달러나 되는 점심을 사 먹으면서도 즐겁지 않았다는 말인가? 미스 X와 다시 만나고 있었고, 또 자네 증언대로 머물러 있고 싶은 곳에 있었는데도 즐겁지 않았다는 말인가?"

으르렁거리며 호통을 치는 메이슨의 태도는 벌을 주고야 말겠다는 듯이 불길하고 매우 신랄하게 냉소적이었다.

"어쨌든, 그때는 즐겁지 않았습니다. 그랬습니다, 검사님."

"'그때는 즐겁지 않았다.' 그게 무슨 뜻인가? 자네는 원하는 곳에 가 있었던 게 아닌가?"

"그게, 어떤 의미에서는 그랬습니다. 확실해요." 클라이드는 이렇게 대답하면서 손드라가 이 문답을 신문에서 읽으면 — 물론 읽을 테지만 — 어떻게 생각할지 궁금했다. 재판 진행 과정은 날마다 자세히 신문에 보도되고 있었다. 그는 손드라와 함께 있었던 사실, 함께 있고 싶었던 사실을 부인할 수는 없었다. 그러면서도 그가 즐겁지 않았던 것도 사실이었다. 파렴치하고 잔인한 생각 속에 푹 빠져 비참하고 불행했기 때문이다. 그러나 신문을 읽는 손드라가 이해하고, 이 자리의 배심원들이 이해할 수 있도록 어떻게든 해명해야 했다. 그래서 그는 마른침을 꿀꺽 삼키고 말라붙은 혀로 입술을 핥으면서 한마디 덧붙였다. "그래도 미스 올든이 가엾어서 그때는 마음이 즐거울 수가 없었습니다. 저는 그저 그녀와 그곳에 간 사실을 아무도 눈치채지 않게 하려고 애쓰고 있었습니다. 그러려면 그런 태도를 보이는 게 가장 좋을 것 같았습니다. 제가 한 일도 아닌데, 그 때문에 체포되기는 싫었거든요."

"그 진술이 거짓말이라는 걸 모르나! 지금 또 거짓말을 하고 있다는 걸 모르고 있는 거야!" 메이슨은 마치 온 세상을 향해 외치듯이 버럭 소리를 질렀다. 거센 불길처럼 타오르는 그의 불신감과 경멸감의 분노는 배심원들과 방청객들에게 클라이드가 가장 뻔뻔스러운 거짓말쟁이라고 확신을 심어 주기에 충분했다. "피고는 베어 호수에 요리사로 따라갔던 루퍼스 마틴의 증언을 들었지?"

"네, 검사님."

"그 증인은 자네가 미스 X와 함께 베어 호수가 내려다보이는 어떤 장소에 서서 미스 X를 품에 안고 키스하고 있는 걸 보았다고 증언했네. 그게 사실인가?"

"네, 맞습니다, 검사님."

"그건 자네가 로버타 올든을 호수 밑바닥에 남겨 두고 빅비턴을 떠난 지 꼭 사흘 뒤였어. 그때도 자네는 체포될까 두려워하고 있었나?"

"네, 검사님."

"심지어 미스 X를 품에 안고 키스할 때조차도 말이지?"

"네, 검사님." 클라이드는 절망적인 기분으로 서글프게 대답했다.

"저런, 어찌 그럴 수가!" 메이슨은 호통쳤다. "자네가 한 말을 자네 귀로 들었으니까 망정이지, 배심원들 앞에서 그 따위 헛소리를 하는 자가 있다는 걸 누가 믿겠는가? 정말 자네가 거기에 그러고 앉아서 배심원 여러분에게 두 번째 아가씨는 수십 미터 호수 물속에 가라앉아 있는데 감쪽같이 속인 한 아가씨를 팔에 안고 애정을 나누고 있으면서 그런 행동 때문에 비참했다고 말하는가?"

"하지만 그게 사실이었습니다." 클라이드가 대답했다.

"대단하군! 기가 막혀서." 메이슨이 고함을 질렀다.

그리고 나서 메이슨 검사는 지겹다는 듯이 한숨을 지으면서 다시 한 번 큰 흰 손수건을 꺼내 법정 안을 둘러보면서 얼굴을 닦았다. 그는 이것은 예삿일이 아니라는 듯한 태도를 보이다가 더욱 힘 있게 말을 계속했다.

"그리피스, 자네는 어제 증인대에서 라이커거스를 떠날 때는 빅비턴으로 갈 계획이 없었다고 증언했네."

"네, 그렇습니다, 검사님."

"그러나 두 사람이 유티카의 렌프루 하우스의 방에 들어가자 미스 올든의 지친 모습을 보고 자네는 두 사람의 주머니 사정이 허락하는 범위에서 뭔가 여행 — 작은 여행 말일세 — 같은 것을 하는 게 좋겠다고 말을 꺼냈지. 안 그런가?"

"네, 맞습니다. 그렇게 했습니다." 클라이드가 대답했다.

"하지만 그때까지는 애디론댁산맥에 대해서는 생각조차 해 보지 않았지?"

"네, 검사님. 특별히 어느 호수에 대해서 생각하진 않았습니다. 어딘가 피서지로 가는 게 좋겠다고 생각했습니다. 그 근처의 피서지는 대개가 호수입니다. 하지만 특별히 제가 아는 어느 호수로 가려고 생각한 건 아닙니다."

"알겠네. 자네가 그 말을 꺼내자 안내 책자나 지도 같은 걸 구하는 게 좋겠다고 말한 건 미스 올든이었지?"

"네, 검사님."

"그래서 자네는 아래층으로 내려가 그걸 얻었다는 건가?"

"네, 검사님."

"유티카의 렌프루 하우스에서 말인가?"

"네, 검사님."

"혹시 다른 곳에서 구하지는 않았나?"

"아닙니다, 검사님."

"그래서 나중에 자네는 지도에서 그래스 호수와 빅비턴을 찾아내고, 그곳으로 가기로 했지. 그런 건가?"

"네, 우리 두 사람이 그렇게 하기로 한 겁니다." 클라이드는 매우 불안한 태도로 거짓말을 했다. 그는 안내 책자를 얻은 것이 렌프루 하우스였다고 말한 것이 후회되었다. 여기에 또다시 함정이 있을지도 모르기 때문이다.

"자네와 미스 올든 두 사람이 결정했다고?"

"네, 검사님."

"그런데 돈이 가장 적게 들기 때문에 자네가 그래스 호수를 선택했지. 그런 건가?"

"네, 검사님. 그랬습니다."

"알겠네. 이 물건들을 기억하나?" 메이슨은 손을 뻗어 테이블에서 체포되었을 당시 클라이드의 가방 속의 내용물 일부라고 확인된 안내 책자 몇 권을 집어 클라이드의 손에 쥐여 주었다. "잘 보게. 베어 호수에서 자네 가방 속에 있던 것들인가?"

"네, 그런 것 같습니다."

"자네가 렌프루 하우스의 진열대에서 집어서 위층의 미스 올든한테로 가져갔던 것들인가?"

메이슨이 안내 책자를 조심스럽게 따지고 드는 데 적잖이 겁에 질린 클라이드는 그것들을 펴고 페이지를 넘겼다. 지금에 와서도 라이커거스 하우스의 도장으로 '뉴욕주 라이커거스, 라이커거스 하우스 증정'이라는 글자가 나머지 안내 책자들처럼 붉은 글씨로 찍혀 있었지만 그는 처음에는 그 차이를 알아채지 못했다. 그는 안내 책자들을 몇 번씩이나 뒤적여 보다가 여기에는 함정이 없다는 판단을 내리고 대답했다. "네, 바로 그 책자들 같습니다."

"그래, 알겠네." 메이슨은 음흉하게 말을 이었다. "그런데 이중 어느 책자에 숙박 요금이 명시된 그래스 호수 여관의 광고가 나와 있던가? 이게 아닌가?" 여기서 메이슨은 똑같은 도장이 찍혀 있는 책자를 다시 돌려주었다. 그런데 책자의 한 페이지에는―메이슨이 왼손 집게손가락으로 가리키는 동일한 페이지 말이다―클라이드가 로버타에게 보여 주었던 광고와 똑같은 것이 있었다. 페이지 중심부에는 인디언 체인, 트웰프스, 빅비턴, 그래스 호수 등 여러 호수의 위치를 나타낸 지도가 있었고, 지도 밑에는 그래스 호수가 건롯지에서 빅비턴의 남단을 거쳐 스리마일베이에 이르는 남행 도로가 분명히 표시되어 있었다. 오랜만에 이 지도를 다시 보고 메이슨이 그가 이 도로를 알고 있었다는 사실을 입증하려 한다는 생각이 갑자기 들자 클라이드는 오싹한 느낌이 들면서 약간 떨리는 목소리로 대답했다.

"이 책자였을지도 모릅니다. 비슷하니까요. 아마 이거였을 겁니다."

"확실히는 모르나?" 메이슨은 음흉하고 뚱하게 물었다. "이 광고를 읽어 보고도 이것이 그 책자였는지 아닌지 모르겠나?"

"글쎄요, 그렇게 보이기도 합니다." 클라이드는 그것을 읽고 그래스 호수에 갈 생각을 하게 된 광고를 먼저 살피고 나서 애매하게 대답했다. "아마 이 책자로 짐작됩니다."

"짐작된다고! 짐작된다 이거지! 이야기가 구체적으로 되어가니까 좀 더 조심스러워지는군. 어쨌든 지도를 다시 보고 거기에 뭐가 보이는지 말해 보게. 그래스 호수에서 남쪽으로 뻗은 도로가 보이는지 말해 보게."

"네, 있습니다." 클라이드가 조금 뒤에야 겨우 부루퉁해서 비통하게 대답했다. 자기를 이런 식으로 끝내 죽음으로 몰아가려고 하는 이 사나이에게 시달리고 상처를 받았기 때문이다. 그는 지도를 만지작거리며 메이슨이 하라는 대로 그것을 들여다보는 척했지만 그의 눈에 비치는 것은 오래전 로버타를 만나러 폰다로 가기 직전 라이커거스에서 본 내용뿐이었다. 그런데 그것이 지금은 그를 공격하는 무기로 이용되고 있었다.

"어디로 가는 도로인가? 배심원석에 들리도록 말해 주겠나? 어디서 출발하여 어디로 가는 도로인가?"

클라이드는 불안하고 두렵고 육체적으로 매우 위축되면서 대답했다. "그래스 호수에서 스리마일베이로 가는 도로입니다."

"중간이나 그 근처에는 어떤 곳들이 있나?" 메이슨은 그의 어깨 너머로 들여다보면서 물었다.

"건롯지입니다. 그곳밖에는 없습니다."

"빅비턴은? 남쪽 방향으로는 빅비턴 근처를 지나고 있지 않나?"

"네, 검사님. 그렇습니다."

"유티카에서 그래스 호수로 가기 전에 그 지도를 보거나 연구한 적은 없었나?" 메이슨은 긴장이 되어 힘찬 목소리로 다그쳐 물었다.

"아뇨, 없습니다, 검사님. 그런 적은 없었습니다."

"그곳에 도로가 있는 것을 몰랐다고?"

"글쎄요, 지도에서 봤을지는 모릅니다." 클라이드가 대답했다. "보았다 해도 주의해서 보지는 않았습니다."

"물론 유티카를 떠나기 전에 책자를 읽고 도로가 있다는 것을 알 기회는 없었겠군?"

"네. 전에는 책자를 본 일이 없었으니까요."

"알겠네. 절대로 틀림없다고 확신하는 거지?"

"네, 검사님. 틀림이 없습니다."

"그렇다면 자네가 그토록 존중하는 엄숙한 선서를 한 상태에서 본 검사에게나 배심원 여러분에게나 어떻게 이 책자에 '뉴욕주 라이커거스, 라이커거스 하우스 증정'이라는 도장이 찍혀 있는지 한번 설명해 보게. 여기서 그는 책자를 접어 다른 붉은 글씨들 사이에 가늘고 붉은 도장이 찍혀 있는 뒷면을 클라이드에게 보였다. 클라이드는 도장이 찍혀 있는 것을 보고 얼이 빠진 사람처럼 그것을 응시했다. 그의 창백한 얼굴은 다시금 잿빛으로 변했고, 길고 가느다란 손가락이 펴졌다 쥐어졌다 했고, 피곤해 붓고 충혈된 눈꺼풀은 눈앞에 있는 저주스러운 긴장을 지워 버리기라도 하려는 듯이 깜박거렸다.

"잘 모르겠습니다." 조금 뒤 클라이드는 힘없이 말했다. "그건 렘프루 하우스 진열대에 있었던 걸 겁니다."

"아, 그래? 내가 만약 자네가 7월 3일에 폰다에 가려고 라이커거스를 떠나기 사흘 전에 라이커거스 하우스에 들어가서 그곳 진열대에서 책자 네댓 권을 갖고 가는 것을 봤다는 증인 두 사람을 이곳에 불러와도 그건 7월 6일에 '렘프루 하우스 진열대에 있었던 겁니다'라고 여전히 우길 작정인가?" 메이슨은 일단 말을 중단하고 마치 '대답할 수 있으면 어디 해 봐!' 하고 말하기라도 하듯 의기양양해서 법정 안을 둘러보았다. 침착성을 잃고 몸이 굳어져서 숨도 쉴 수 없던 클라이드는 적어도 15초가 지나서야 겨우 마음을 가라앉히고 대답을 할 수 있었다. "그럴 수밖에 없었을 겁니다. 제가 라이커거스에서 구한 게 아니니까요."

"좋네. 우선은 이 책자를 배심원 여러분께 보여 드리지." 메이슨 검사는 배심원장에게 건네주었고, 배심원들은 차례로 책자를 돌려가면서 검토했다. 그러는 동안 법정 안은 수군거리는 말소리로 웅성거렸다.

책자의 회람이 끝나자 검사의 공격과 폭로가 한없이 계속 이어질 것으로 알았던 방청객들의 기대와는 달리 메이슨은 재판장 쪽으로 돌아서더니 "제 심문은 이상입니다" 하고 말했다. 그러자 많은 방청객이 일제히 수군거리기 시작했다. "함정에 빠졌어! 함정에 빠졌어!" 오버월처 재판장은 즉시 시간도 늦은 데다 피고 측의 증인 수가 많고 검찰도 몇 명의 증인을 대기시키고 있으므로 그날의 심리는 이것으로 끝내는 것이 좋겠다고 말했다. 그 의견에는 벨크냅도 메이슨도 기꺼이 동의했다. 클라이드가 길 건너편의 유치장으로 옮겨질 때까지 법정의 출입문들은 단단히 잠갔다. 크라우트와 시셀이 와서 그가 며칠 동안 눈여겨보면서 신중히 생각을 해 보았던 출입문과 층계로 그를 호송했다. 클라이드가 사라지자 벨크냅과 제프슨은 서로 마주 쳐다보았지만, 사무실에 돌아가서 출입문을 잠글 때까지 아무런 말도 하지 않았다. 먼저 입을 연 것은 벨크냅이었다. "……좀 자신이 없어 보였지. 그 이상의 변명은 바랄 수 없지만 용기가 좀 부족했어. 워낙 용기가 없는 친구니 하는 수 없는 일이지만." 제프슨은 외투를 입고 모자를 쓴 채 의자에 주저앉으면서 말했다. "그렇습니다. 분명히 그게 가장 큰 문제죠. 여자는 틀림없이 그 친구가 죽였을 겁니다. 그렇다고 지금에 와서 물러설 수도 없는 일이죠. 그나마 그 친구는 제 예상보다는 잘한 셈입니다." 그러자 벨크냅이 한마디 덧붙였다. "어쨌든 나는 최종 변론에서 최선을 다해 보겠어. 그 이상 더 무엇을 할 수 있겠어." 제프슨이 조금 피곤한 듯이 대꾸했다. "그럼요, 변호사님. 죄송한 말씀이지만, 앞으로는 거의 모든 일이 변호사님께 달려 있어요. 하지만 지금 전 유치장으로 가서 그 친구에게 용기를 좀 내라고 해 보겠어요. 그가 내일 너무 풀이 죽은 모습을 보여서는 안 되니까요. 의젓하게 앉아서 배심원들이 어떻게 생각하든 그 자신은 죄가

있다고 생각하지 않는다는 인상을 배심원들에게 심어 줘야 하
거든요." 그는 자리에서 일어서면서 클라이드를 만나러 긴 외투
옆 주머니에 두 손을 집어넣고 을씨년스러운 겨울 거리의 어둠
과 추위를 뚫고 갔다.

제26장

　나머지 재판에서는 11명의 증인이 증언했다. 메이슨 검사 측의 4명과 피고 클라이드 측의 7명이었다. 클라이드 측 증인의 한 사람은 로버타의 시체가 보트 하우스로 옮겨진 그날 우연히 빅비턴에 있었던 레호베스의 A. K. 스워드라는 의사였는데, 그는 그때 시체를 점검해 본 뒤 상처는 그 당시의 상태로 보아 클라이드가 본의 아니게 가했다고 시인한 타격 이상의 타격으로 생긴 것 같지는 않았으며, 미스 올든은 검찰 측의 암시와는 달리 의식이 있는 상태에서 익사한 게 분명하다고 증언했다. 그러자 메이슨은 증인으로서의 의사 경력을 꼬치꼬치 캐물었는데 애석하게도 그 경력은 그다지 대단한 것이 못 되었다. 그는 오클라호마에서 2류 의과 대학을 졸업한 뒤 줄곧 소도시에서 의사로서 개업하고 있던 사람이었다. 이 의사 말고도 — 클라이드가 기소된 범죄와는 아무 관련이 없지만 — 새뮤얼 이어슬리라는 건롯지 근처의 농부가 증인으로 나왔다. 로버타의 시체를 빅비턴과 로지 사이의 도로를 통해 자동차로 운반한 이 증인은 그날 아침 길이 매우 험했다고 증언했다. 이 증인을 심문하는 과정에서 벨크냅은 로버타의 머리와 얼굴의 상처가 심했던 것에는 적어도 도로 사정도 한 원인이라고 지적할 수 있었다. 그러나 이 증언은 메이슨이 내세운 반대 증인의 말로 무의미하게 되어 버렸다. 러츠 장의사의 운전기사가 나와서 그 길에는 바퀴 자국이 난 곳이나 험한 곳이 전혀 없었다고 증언했기 때문이다. 뒤이어 리짓과 위검이 나와서 그들의 판단으로는 그리피스 회사에서 일할 때의 클라이드의 태도는 열성적이고 성실하고 유용한 것이었다고 증언했다. 공적인 입장에서는 나무랄 데가 없었다는 것이었다. 뒤이어 몇 사람의 대수롭지 않은 증인들이 나와 자기네가 관찰한 바로는 클라이드의 사교적인 행동은 조심스럽고 예의 바르고 나무랄 데 없었다고 말했다. 자기네가 아는 한 클라이드가 남에게 해를 끼치는 행동을 한 적은 없다는 것이었다. 그러나 애석하게도 반대 심문에서 메이슨은 때를 놓치지 않고 그들이 로버타 올든의 이름도, 그녀가 임신한 사실도, 또 클라이드와 그녀의 관계도 전혀 들어 본 적이 없다는 점을 지적했다.

마침내 여러 가지 사소하고 위험천만하고 난해한 쟁점들을 둘러싼 쌍방 간의 치열한 공방전이 있은 뒤, 벨크냅은 온종일 매우 조심스럽게 그의 온갖 변론의 정신을 살려 클라이드가 전혀 고의적이 아니었다고는 할 수 없을지 몰라도 거의 자기도 모르게 두 사람 모두에게 비극을 몰고 온 로버타와 관계를 맺게 된 경위를 구체적으로 다시 추적하고 강조했다. 그는 클라이드의 불행했던 어린 시절이 초래한, 아니면 적어도 정신적·도덕적인 비겁함과 그가 전에는 꿈도 꿀 수 없었던 새로운 기회가 '어쩌면 너무 유연하고 관능적이고 비현실적이고 몽상적인 그의 마음'에 영향을 끼쳤을 것이라고 다시금 주장했다. 클라이드가 미스 올든에게 부당한 짓을 했다는 것은 두말할 나위도 없다. 그건 의심할 여지도 없다. 분명히 그의 행동은 부당했다. 그러나 피고가 고백한 내용으로 미루어 보더라도 피고는 검찰 측이 방청객과 배심원들에게 믿게 하려는 만큼 궁극적으로 잔인하거나 사악한 인물로 증명되지 못했다. 애정 관계에서 나이 어린 이 청년이 상상할 수 있는 것보다 훨씬 더 잔인한 남자들은 지금껏 얼마든지 있었다. 그렇다고 그런 남자들이 반드시 교수대에 오른 것은 물론 아니다. 배심원은 가엾은 피해자가 이 청년과의 애정 관계에서 겪은 고통에 대한 동정심에서 이 청년이 기소된 범죄를 저질렀다고 믿거나 판단을 내려서는 안 된다. 남성이고 여성이고 애정 관계에서 잔인해질 때가 없는 사람이 이 세상에 어디 있겠는가?

그러고 나서 벨크냅 변호사는 재판에 제시된 증거의 성격이 순전히 정황적이라는 점을 오랫동안 구체적으로 지적했다. 범행이라고는 하지만 실제로 목격한 사람이나 들어 본 사람은 아무도 없는 반면, 클라이드가 어쩌다 그런 묘한 상황 속에 놓이게 되었는지에 관해서는 그 자신이 아주 분명하게 설명했다고 말이다. 이어 벨크냅은 안내 책자 문제, 클라이드가 빅비턴의 보트 샀을 기억하지 못한 사실, 그가 삼각대를 일부러 땅에 묻은 사실, 그가 로버타 가까이에 있으면서 그녀를 구하지 않은 사실 등을 우연이나 건망증 때문이라고 해명하고, 또 클라이드가 로버타를 구출하지 않은 것에 대해서는 그 자신의 정신이 혼미하고 두려웠기 때문이라고 변호했다. "그의 인생에서 절대로 우물쭈물해서는 안 되는 결정적 순간에 부득이 우물쭈물했지만 범행을 저지를 의도가 있어서 그랬던 것은 아니었다." 이것은 비록 궤변일지라도 아주 호소력이 강한 주장으로 그 나름대로 장점과 비중이 없지 않았다.

이어 클라이드가 더할 나위 없이 냉혹하고 음흉한 살인자라는 확신에 찬 메이슨 검사 역시 하루를 소비하면서 검찰이 이 '수염을 기른 사나이'가 '손이 피로 물든 살인범'임을 입증한, 물샐틈없이 정연하고 풍부한 증거로부터 배심원들의 주의를 딴데로 돌리려고 피고 측이 내세우는 '거미줄같이 얽힌 거짓말과 증거의 뒷받침이 없는 주장들'을 하나하나 반박했다. 그는 이어 몇 시간에 걸쳐 여러 증인들의 증언 내용을 다시 짚고 넘어갔다. 그는 또다시 몇 시간에 걸쳐 클라이드를 공격하거나 로버타의 불행을 이야기했다. 너무 그러다 보니 배심원들과 방청객들은 또 한 번 눈시울을 적셨다. 클라이드는 벨크냅과 제프슨 사이에 앉아 이런 배심원들이 교묘하게, 그리고 감동적으로 다시 제시된 증거 앞에서 그를 무죄로 풀어 줄 리가 없을 것으로 생각하고 있었다.

마침내 오버월처 판사가 단상의 재판장석에서 배심원들에게 지시했다. "배심원 여러분, 모든 증거는 범행을 추리할 수 있게 하는 사실로 구성되던 목격자 증언의 형태로 엄격한 의미에서는 다소나마 정황 증거적인 성격을 띱니다. 목격자의 증언도 물론 어떤 정황 증거에 근거를 둡니다.

관련 사실 중에 어느 한 가지라도 범행의 개연성에 어긋난다면 여러분은 피고에게 무죄 추정의 원칙을 적용해야 합니다.

그리고 정황 증거라 해서 증거를 불신하거나 부정하는 일은 결코 있어서는 안 됩니다. 때로는 정황 증거가 직접 증거보다 신빙성이 있는 경우도 있습니다.

이 법정에서는 동기와 그 동기의 중요성에 관한 발언이 많이 있었습니다만, 여러분은 동기의 입증이 결코 유죄 판결의 절대적인 조건이 아니라는 점을 명심하셔야 합니다. 동기는 범죄를 '확정 짓는' 데 도움이 되는 '정황'으로서 제시될 수는 있지만 검찰은 동기를 입증할 필요는 없습니다.

로버타 올든이 우연히 또는 본의 아니게 보트 밖으로 떨어졌고, 피고가 그녀를 구할 생각을 하지 않았다고 배심원 여러분이 판단한다면 피고의 유죄가 성립되지 않으므로 여러분은 '무죄' 판결을 내려야 합니다. 한편 피고가 타격을 가했거나 다른 방법으로 고의로 로버타 올든의 생명을 앗아 간 사고를 일으켰거나 그 사고가 일어날 수 있는 상황을 만들었다고 판단할 때는 여러분은 피고에게 '유죄' 판결을 내려야 할 것입니다.

여러분이 만장일치로 평결해야 한다고는 말하지 않겠습니다만, 신중한 검토 끝에 자신의 판단이 틀렸다고 생각될 때는 애초의 판단을 끝내 고집하는 일이 있어서는 안 되겠습니다."

오버월처 재판장은 높은 자리에서 엄숙하게 배심원들에게 이렇게 타일렀다.

오후 다섯 시가 되자 배심원들은 자리에서 일어나 법정에서 나갔다. 곧이어 클라이드는 방청객들의 퇴장이 허락되기에 앞서 유치장으로 호송되었다. 보안관은 클라이드가 공격을 받을지도 모른다는 불안감을 항상 느끼고 있었다. 그 후 클라이드는 지루한 다섯 시간을 감방 안에서 이리저리 걸어 다니거나 뭔가 읽거나 휴식을 취하는 척하면서 기다렸고, 클라이드가 지금 '어떻게 하고 있는지' 알려 달라고 부탁하는 각종 신문 특파원들에게서 팁을 받은 크라우트와 시셀은 그를 지켜보려고 교활하게 소리 없이 가까운 곳에 머물러 있었다.

그러는 동안 오버월처 재판장, 메이슨 검사, 벨크냅과 제프슨 변호사는 브리지버그 센트럴 호텔의 이 방 저 방에서 조수나 친구들과 저녁 식사를 하고 나서 술을 들며 배심원들의 평결을 초조하게 기다리면서 유죄든 무죄든 빨리 판결이 내려졌으면 좋겠다고 생각하고 있었다.

그동안 열두 명의 배심원은 — 농부들·사무원들·가게 주인들은 — 저마다 행여 양심에 걸리는 데가 있을세라 메이슨과 벨크냅과 제프슨이 한 말의 내용을 구체적으로 다시 검토하고 있었다. 그래도 결국 벨크냅과 제프슨의 편을 든 사람은 (정치적으로 메이슨과는 반대 입장을 취하고 제프슨의 인품에 감명을 받은) 새뮤얼 어펌이라는 약사 한 사람뿐이었다. 그는 메이슨이 제시한 증거가 완전하다고는 생각하지 않는다는 견해를 고수했고, 그러다 보니 투표는 다섯 번이나 실시되었는데, 마침내 다른 배심원들은 배심원의 의견 분열로 판결이 내려질 수 없을 경우 일반 사람들의 분노와 비방에 대한 책임을 씌우겠다고 그를 위협했다. "당신이 무사할 줄 알아? 당신이 취한 입장을 일반 사람들에게 공개할 테니 각오해." 그러자 노스맨스필드°에서 그런대로 약국을 잘 경영하고 있었던 그는 즉시 메이슨에 대한 반감은 일단 덮어 두고 다른 배심원들과 보조를 맞추는 게 좋겠다고 판단했다.

이어 배심원실에서 법정으로 나가는 출입문에서 노크 소리가 공허하게 네 번 울렸다. 시멘트·석회·석재 상인인 배심원장 포스터 런드가 그 큰 주먹으로 노크를 하고 있었다. 그러자 저녁 식사를 하고 무더운 법정으로 돌아온 수백 명의 사람과, 아예 자리를 뜨지 않고 있던 그 밖의 사람들은 멍한 상태로 있다가 정신을 바짝 차렸다. "결과가 뭐야? 어떻게 된 거야? 배심원들 판결이 끝났어? 어떤 판결이 나왔을까?" 남녀노소 모두가 칸막이 쪽으로 바싹 다가갔다. 배심원실 출입문을 지키던 두 사람의 보안관 대리가 외쳤다. "조용히들 하시오! 재판장님이 들어오시면 다 알게 됩니다." 다른 보안관 대리들은 유치장으로 달려가서 보안관에게 클라이드를 데려오도록 이르고, 또 오버월처를 비롯한 관계자들을 불러오기 위해 브리지버그 센트럴 호텔로 갔다. 그러자 심한 고독감과 견디기 어려운 긴장감 때문에 반쯤 얼이 빠진 클라이드가 크라우트에게 수갑이 채워진 채 슬랙과 시셀 등에게 이끌려 왔다. 그리고 오버월처, 메이슨, 벨크냅, 제프슨과 신문 기자들, 삽화가들, 카메라맨들이 모두 돌아와서 저마다 지난 몇 주일 동안 차지하고 있던 자리에 앉았다. 클라이드는 이번에는 벨크냅과 제프슨 뒤쪽에 앉아서 눈을 깜박이고 있었다. 수갑으로 크라우트에게 단단히 연결되어 있어서 그의 옆자리에 앉을 수밖에 없었기 때문이다. 오버월처가 재판장석에 앉고 서기가 제자리로 돌아가자 배심원실 문이 열리고 배심원 열두 명이 엄숙히 한 줄로 법정으로 들어왔다. 그들의 얼굴과 체구는 형형색색이었지만 대개는 꽤 낡은 기성복 차림이었다. 일단 배심원석에 앉은 그들은 서기의 다음과 같은 질문에 다시 일어섰다. "배심원 여러분, 만장일치로 판결을 내렸습니까?" 그러는 동안 배심원 중 누구 한 사람 벨크냅이나 제프슨이나 클라이드 쪽을 슬그머니 쳐다보는 사람이 없었다. 배심원의 태도를 보고 벨크냅은 평결이 유죄 쪽으로 내려졌다는 것을 판단할 수 있었다.

"다 글렀소." 벨크냅이 제프슨에게 속삭였다. "우리가 패소한 거요." 곧이어 런드가 발표했다. "우리 배심원은 평결을 내렸습니다. 피고가 제1급 살인죄를 범한 것을 인정합니다." 클라이드는 완전히 넋을 잃었는데도 침착한 태도를 유지하려고 눈 한 번 깜박이지 않고 배심원석과 그 너머를 응시하고 있었다. 전날 밤 유치장에서 풀이 죽어 있는 그를 찾아온 제프슨에게서 설령 이 재판의 선고가 불리하게 내려진다고 해도 그 자체는 별다른 의미가 없다는 말을 들었기 때문이었다. 재판은 처음부터 끝까지 부당하게 진행되었다. 편견과 선입견으로 시종일관한 재판이었다. 배심원들 앞에서 그렇게 윽박지르고 위협하고 빈정거린 메이슨의 태도를 상급 법원에서는 공정하다거나 타당하다고 볼 수는 없을 것이다. 항소하면 새 재판이 열릴 것은 뻔한 일이다. 물론 누가 항소 절차를 밟을 것인지에 관해서는 이야기를 꺼낼 준비가 아직 되어 있지 않았다.

클라이드는 지금 전날 밤 일을 떠올리면서 어찌 보면 이 재판의 선고는 별로 문제가 되지 않는다고 스스로 타이르고 있었다. 정말로 문제가 될 수 없겠지. 안 그럴까? 하지만 만약 새로운 재판이 열리지 않는다면 이 평결이 의미하는 바를 생각해 보자! 죽음이 아닌가! 이것이 최종 재판이 된다면 죽음을 의미하게 될 것이다. 그리고 이 재판이 최종 재판이 될지도 모른다. 그렇게 된다면 오래전부터 항상 눈앞에 어른거리던 그 의자 — 끔찍하고 소름이 끼치는 그 전기의자 — 모습이 다시 그의 눈앞에 어른거렸다. 그러나 그 의자는 이번에는 그 자신과 오버월처 판사 사이 한중간에 더 가까이, 더 크게 나타나고 있었다. 지금 의자는 훨씬 더 선명하게 보였다. 네모나고, 팔걸이와 등받이가 묵직하고, 윗부분과 옆에 혁대가 달린 그 의자의 모습이 선했다. 아, 하나님 맙소사! 이제 아무도 그를 도와주지 않는다면! 큰아버지 집에서도 이제는 더 비용을 대지 않으려고 할지도 모르는 일이 아닌가! 생각하기도 끔찍하지 않은가! 제프슨과 벨크냅이 말한 항소 법원에서 그의 항소를 인정할 것이라는 보장도 없었다. 그렇다면 이 법정의 판결이 최종적인 게 될 것이다. 그렇게 될지도 모르지 않은가! 그렇게 될지도! 아, 하나님, 맙소사! 그의 턱이 저절로 움직이다가 멈추었다. 턱을 움직이고 있는 것을 의식하고 멎게 한 것이다. 더구나 바로 그때 벨크냅이 자리에서 일어나 배심원의 개별 투표 결과를 요구하고 있는 반면, 제프슨은 그에게 몸을 가까이 기울이고 속삭이고 있었다. "걱정말게. 최종 판결이 아니니까. 이 재판을 꼭 뒤집어 놓고 말 테니." 그러나 클라이드는 제프슨의 말이 아니라 "네!" 하는 배심원 한 사람한 사람의 답변에 귀를 기울이고 있었다. 도대체 왜 배심원들은 하나같이 저렇게 힘을 주어 대답하고 있을까? 메이슨이 주장한 것처럼 그가 하지 않았다고, 고의로 로버타를 때리지 않았을지도 모른다고 생각하는 배심원이 하나도 없다는 말인가? 그가 겪었다고 벨크냅과 제프슨이 강조한 심경의 변화를 반쯤이라도 믿어 줄 배심원마저 없다는 말인가? 클라이드는 배심원 모두를, 몸집이 크고 작은 그들을 바라보았다. 그들을 보면 갈색이나 오래된 상아 색깔의 얼굴과 손을 지닌 암갈색의 목제 완구 집단과 같았다. 그러고 나서 그는 어머니를 생각했다. 이 많은 신문 기자들, 삽화가들, 카메라맨들이 이렇게 귀를 기울이고 있으니 어머니가 알게 될 것은 불을 보듯 뻔한 일이었다. 길버트 집안사람들은—큰아버지와 길버트 말이다—이제 그를 어떻게 생각할까? 그리고 손드라는! 손드라! 손드라에게서는 아직껏 아무런 소식도 없었다. 벨크냅과 제프슨이 시킨 일이기는 하지만 그는 재판 과정 내내 손드라에게 어쩔 수 없는 뜨거운 애정을 지니고 있었다고 공개적으로 말하지 않았던가. 일이 이렇게 된 것도 따지고 보면 그 애정 때문이 아니었던가! 그런데도 손드라에게서는 한마디 소식도 없었다. 그와 결혼하고 그에게 모든 것을 바치려고 한 그녀가 아니었던가!

법정 안 클라이드 주위에 있는 사람들은 매우 만족해하면서도—아니, 어쩌면 만족했기 때문인지도 모르지만—조용했다. 악마 같은 젊은 놈은 '발뺌하지' 못했다. 심경의 변화가 어쨌느니 하고 허튼소리를 늘어놓았지만, 그는 정신이 멀쩡한 이 군의 열두 명의 배심원을 속일 수는 없었다. 음흉한 놈! 앉은 자세로 앞을 응시하는 제프슨 옆에서 벨크냅은 그 억세게 생긴 얼굴에 경멸과 반항의 표정을 짓고 있었다. 한편 메이슨과 벌리와 뉴콤과 레드먼드는 극도의 만족감을 지나치게 근엄한 표정으로 간신히 억제하고 있었다. 그러는 동안 벨크냅은 자신이 법정에 참석하기에 편리한 일주일 뒤, 즉 다음 금요일까지 선고 공판을 연기해 달라고 요청했지만 오버월처 판사는 특별한 이유를 제시하지 않는 한 그럴 수는 없다고 대답했다. 오버월처는 변호인이 원한다면 이튿날 그의 의견을 들어 보겠다고 했다. 그 이유가 납득할 만한 것이라면 선고를 미루겠지만 그렇지 못하면 다음 월요일에 선고하겠다고 말했다.

그러나 그때 클라이드는 이 말에는 관심을 기울이지 않고 있었다. 그는 어머니에 대해서 생각하고 있었다. 어머니가 어떻게 생각할지, 또 어떻게 느낄지. 그는 그동안 자기에게는 아무 죄가 없으니 신문에 실리는 기사들을 모두, 아니 조금도 믿지 말라는 편지를 자주 어머니에게 보내고 있었다. 그는 무죄로 석방될 것이 확실하다. 직접 증인대에 나가서 증언할 것이다. 그런데 이제…… 이제 와서는…… 아, 그는 어머니가 몹시도 그리웠다. 이제는 모든 사람이 그를 외면하고 있는 것 같았다. 그래서그는 하늘 아래 혼자 있는 것 같은 끔찍한 기분이었다. 어머니에게 빨리 알려야 했다. 어서 빨리 그래야 했다. 그러지 않을 수가 없었다. 그는 제프슨에게서 종이와 연필을 달라고 하여 이렇게 적었다. "콜로라도주 덴버, '희망의 별' 전도관 전교(轉交), 에이서 그리피스 부인. 어머니, 저는 유죄가 됐어요. 클라이드 올림." 그는 그 쪽지를 제프슨에게 주면서 초조하게 힘없이 곧 부쳐 줄 수 없는지 물었다. "곧 부칠 테니 안심하게" 하고 제프슨은 클라이드의 얼굴을 보고 마음이 뭉클해져서 대답하면서 손짓으로 가까이 있는 어느 신문사 사환을 불러 돈과 함께 쪽지를건네주었다.

이런 일이 벌어지고 있는 동안 모든 일반 출입문을 잠갔고, 마침내 클라이드는 시셀과 크라우트의 보호를 받으면서 그곳을 통해서 도망칠 궁리를 했던 옆쪽 출입문 밖으로 나갔다. 신문 기자들과 방청객과 아직 자리를 뜨지 않은 배심원들은 그동안 본 것으로도 부족했던지 클라이드가 평결을 어떻게 받아들이는지 보려고 그의 얼굴을 응시했다. 클라이드에 대한 지방 사람들의 반감이 심했던 만큼 오버월처 판사는 슬랙의 요청에 따라 클라이드가 다시 감방에 갇혔다는 전갈이 오기까지 휴정을선언하지 않았고, 그 소식이 오고 나서야 출입문들이 다시 열렸다. 이어 밖으로 밀려 나간 군중은 이 사건의 진정한 영웅─클라이드의 징벌자─로버타의 복수자인 메이슨이 지나가는 모습을 보려고 법정 출입문 밖에서 기다렸다. 그러나 메이슨에 앞서 침울하다기보다는 오히려 엄숙하고 도도한 태도를 보인 제프슨과 벨크냅이 먼저 함께 나타났다. 특히 제프슨의 얼굴은 한없는 경멸감을 나타내고 있었다. 이어 누군가가 "아무리 그래 봤자 그 녀석을 살려 내지는 못했군!" 하고 외치자 제프슨은 어깨를 한번 으쓱하고 응수했다. "아직은 끝나지 않았어요. 이 군에만 법이 있는 줄 아십니까?" 곧이어 메이슨 검사가 헐렁헐렁하고 무거운 외투를 어깨에 걸치고 낡은 중절모자를 눈 위까지 눌러쓴 모습으로 기다리고 있는 군중의 찬사를 전혀 의식하지 않는 태도로 나타났다. 그는 벌리, 하이트, 뉴콤 등 여러 사람을 시종들처럼 뒤에 거느리고 있었다. 그의 걸음걸이는 기다리고 있는 군중의 의미나 찬사를 완전히 의식하고 있지 않다는 태도였다. 이제 메이슨은 승리자요, 판사로 당선된 인물과 다름없지 않은가! 군중이 만세를 부르면서 순식간에 그를 둥글게 에워쌌다. 그러는 동안 맨 앞에 있던 스무여 사람은 그의 손을 잡거나 그의 팔과 어깨에 손을 얹어 감사하다는 뜻을 전달하려고 했다. "오빌 만세!" "잘했습니다, 판사님!" 판사는 그가 곧 맡게 될 직책이었다. "하나님의 이름으로, 오빌 메이슨, 당신은 이 군민들의 감사를 받아 마땅하오!" "맞아요! 맞아! 맞아!" "메이슨을 위해 만세 삼창을 합시다!" 이 말이 떨어지자 군중은 요란스럽게 만세 삼창을 했다. 이 소리는 감방의 클라이드에게도 잘 들렸고, 그 의미도 그에게 즉시 전달되었다.

사람들은 피고에게 유죄 판결을 내린 데 대해 메이슨에게 환호를 보내고 있었다. 그 많은 군중 속에서 피고의 유죄를 의심하는 사람은 하나도 없었다. 로버타, 그녀의 편지들, 강제로라도 자기가 그와 결혼하겠다는 그녀의 결심, 임신한 사실이 세상에 알려질까 무척 두려워하던 그녀의 마음, 그런 것들이 피고를 끌어내려 유죄로 만들었다. 또한 어쩌면 그를 사형대에 서기까지 만들었다. 그리고 손드라! 손드라! 그녀에게서는 한마디 소식도 없구나! 클라이드는 지금에 와서도 크라우트나 시셀 같은 사람이 그의 일거일동을 살피고 있을 것 같은(누구에겐가 알리기 위해) 생각이 들어 완전히 풀이 죽어 있는 모습을 보이고 싶지 않아 앉아서 잡지를 한 권 집어 들어 읽는 척하면서 실제로는 그 너머 멀리 다른 장면을 눈앞에 그려 보고 있었다. 그는 어머니, 형제자매들, 그리피스 집안사람들, 그가 알고 있던 모든 사람을 눈앞에 그려 보았다. 그러나 비현실적인 허상들만 눈앞에 떠올리는 것이 괴로워 그는 마침내 일어서서 옷을 벗어 던지고 철제 침대에 가서 벌렁 드러누웠다.

"유죄 평결이라니! 유죄 평결!" 그것은 곧 그의 죽음을 의미하는 게 아닌가! 아, 하나님, 맙소사! 그러나 베개에 얼굴을 파묻고 아무에게도 보이지 않을 수 있다는 것이 얼마나 다행인가! 그들이 제 아무리 정확하게 그의 표정을 상상한다고 해도 말이다.

제27장

대서양에서 태평양까지 미국 전역에서 일반 주민들이 지켜보는 가운데 커다란 실패로 끝나 버린 엄청난 변론은— 문제의 비극에 대한 현지 법정의 해석으로 미루어 볼 때— 클라이드가 유죄라는 사실을 더욱 확고하게 했다. 또 전국 신문들의 보도에 따르면 그의 유죄 판결은 정당한 것이라는 사실도 확고해졌다. 그 불쌍한 시골 처녀가 그토록 애처롭게 살해당하다니! 그녀의 슬픈 편지 사연들! 얼마나 고통을 받았을까! 증거가 빈약한 변론! 심지어 덴버에 있는 클라이드의 가족들마저도 재판 과정에서 드러나는 증거 앞에서 너무 동요를 느낀 나머지 함께 있는 자리에서는 신문을 펼칠 용기가 없어 각자 혼자 있을 때만 기사를 읽고서는 나중에야 홍수처럼 쏟아지고 있는 정황 증거에 관해서 소리를 죽여 가며 말을 주고받았다. 그러나 벨크냅의 변론과 클라이드 자신의 증언을 읽고 나서는 오랫동안 고생만 하면서 함께 살아온 이 작은 가족은 그동안 클라이드에게 불리한 내용을 보도한 많은 기사를 읽은 뒤에 그들의 아들이나 동생이나 형이나 오빠가 되는 클라이드의 무죄를 믿게 되었다. 그래서 가족들은 재판이 진행되는 동안과 끝난 후에 밝고 희망적인 편지들을 그에게 띄웠다. 물론 이 편지들은 자기는 범행을 저지르지 않았다고 거듭거듭 강조한 클라이드의 편지에 근거를 둔 경우가 많았다. 그러나 클라이드에게 유죄의 평결이 내려지고 클라이드가 어쩔 수 없는 절망감에서 — 이 점은 신문들이 확인하고 있었다 — 어머니에게 띄운 전보가 날아오자 그리피스 가족은 소스라치게 놀랐다. 이 자체가 클라이드의 무죄를 입증할 증거가 아닌가? 아니면 유죄를 입증할 증거인가? 모든 신문도 그렇게 보고 있는 듯했다. 신문사에서는 저마다 기자를 그리피스 부인한테로 보냈고, 부인은 세상의 이목이 견딜 수 없어 아이들과 함께 전도 사업과는 아무 상관이 없는 덴버의 외진 곳에 숨었다. 그러나 어느 이삿짐 회사가 돈에 매수되어 부인의 주소를 신문 기자들에게 가르쳐 주었다.

그래서 하나님이 이 세상을 지배한다고 굳게 믿는 이 미국 신앙의 증인은 인생살이의 억압과 무자비한 운명의 채찍질을 받으며 위축되어 하루하루의 끼니를 잇기가 어려운 생활을 하면서도 — 조금도 신념을 잃지 않고 말이다 — 지금 볼품없는 초라한 아파트의 의자에 앉아 조용히 말하고 있었다. "오늘 아침에는 아무것도 생각할 수 없습니다. 머리가 멍해서 모든 게 이상하게 보입니다. 내 아들에게 살인죄의 유죄 평결이 내려졌어요! 하지만 나는 그 애의 어미이고, 따라서 난 내 아들이 범행을 저질렀다고는 절대로 믿지 않아요! 아들은 나에게 죄를 짓지 않았다고 편지를 보냈고, 나는 아들의 말을 믿어요. 내가 아니라면 내 아들이 누구한테 진실을 말하고 믿어 달라고 할 수 있겠어요? 어쨌든 모든 것을 보시고 아시는 분은 오직 주님뿐입니다.'"

그러나 클라이드가 처음 캔자스시티에서 저지른 어리석은 짓이 있는 데다 워낙 증거가 많이 쏟아져 나오고 있어 그리피스 부인은 의문을 품기 시작했다. 그러자 두려운 생각이 들었다. 왜 클라이드는 여행안내 책자에 관해 해명할 수 없었을까? 수영을 그렇게 잘하면서도 왜 여자를 구하지 않았을까? 왜 그토록 서둘러서 미지의 미스 X한테―그 여자가 누구든―갔을까? 아, 그렇지만 무슨 일이 있다 해도 큰아들이―침착하지 못한 점은 있었지만 아이 중에서 누구보다도 야심과 희망에 부풀어 있던―그 큰아들이 그런 범행을 저질렀다고는 도저히 믿을 수 없는 일이 아닌가! 그것은 결코 있을 수 없는 일이지 않은가! 지금에 와서도 부인은 아들을 의심할 수 없었다. 살아 계시는 하나님의 자비로운 손길 아래서는 그 아들의 행동이 아무리 정도(正道)에서 벗어난 것이라고 해도 어머니로서 아들이 악하다고 믿는 게 악이 아닌가? 부인이 호기심에서 귀찮게 찾아오는 사람들을 피해 거처를 옮기기 전, 전도관의 초라한 이 방 저 방의 먼지를 털고 바닥을 쓸다가 아무도 보는 사람이 없을 때 머리를 뒤로 젖히고 눈을 감고 햇볕에 그을린 억센 얼굴에 검소하면서도 믿음과 정성이 어린 표정을 짓고―그것은 부인이 믿는

6천 년이나 오래된 세계의 초기 성서 시대부터 전해 온 모습이었다―살아 계시는 하나님, 즉 조물주의 살아 있는 거대한 정신과 육체가 차지하고 있는 옥좌를 진지하게 머릿속에 그려 본 적이 몇 번이었는지 모른다. 그리고 부인은 15분과 30분마다 아들이 유죄인가 무죄인가를 알 힘과 슬기와 가르침을 주십사 하고 기도했다. 만약 아들에게 죄가 없다면 그 아이와 그녀와 그 아이가 아끼는 모든 사람에게서 이 무서운 고통을 덜어 주실 것을, 만약 아들에게 죄가 있다면 그녀가 어떻게 해야 하는지, 아들이 그 불멸의 영혼으로 그가 저지른 무서운 죄를 영원히 씻는 동안 어떻게 견디어야 할지, 가능하다면 하얗게 씻긴 몸으로 다시 한 번 주님 앞에 설 준비를 하는 동안 어떻게 해야 할지, 가르쳐 달라고 기도를 드렸다.

"오 하나님, 당신은 전능하십니다. 그리고 당신에 견줄 존재는 없나이다. 당신에겐 모든 일이 가능합니다. 생명은 당신의 은총 안에 있습니다. 오, 하나님, 자비를 베푸시옵소서. 아들의 죄는 진홍빛일지라도 그를 눈처럼 희게 하옵소서. 그 죄는 진홍빛이라도 양털처럼 희게 하옵소서."

그러나 이렇게 기도하는 동안에도 그녀의 머릿속에서는 하와의 딸과 관련하여 하와의 지혜가 작용하고 있었다. 클라이드가 살해했다는 그 여자―그녀는 어떻게 되나? 그 여자도 죄를 범한 게 아닌가? 게다가 그 여자는 클라이드보다 나이가 더 많지 않던가? 신문에 그렇게 나와 있었다. 그녀의 편지들을 한 줄 한 줄 읽으면서 그리피스 부인은 그 애처로운 사연에 가슴이 뭉클

했고, 올든 집안 식구들이 당한 불행에 대해서는 진심으로 가슴이 아팠다. 그럼에도 태초의 하와의 지혜를 지닌 한 어머니로서 또 여성으로서 부인은 로버타 스스로 응했음이 분명하다고, 로버타가 유혹해서 아들을 나약하게 만들고 잘못을 저지르게 한 것으로 생각했다. 건실하고 착실한 아가씨 같았으면 응하지 않았을 것이고, 응할 수도 없었을 것이다. 전도관에서, 또 가두 설교 때 얼마나 많이 그런 일에 대해서 고백을 들었던가? 태고에 에덴동산에서 그랬던 것처럼 클라이드의 경우에도 그에게 호의로 말할 수 있지 않을까? "여자가 나를 유혹했다"고.

"그분은 선하시며 그 인자함이 영원하다" 하고 부인은 성경을 인용했다. 그분의 인자함이 영원하다면 클라이드 어머니의 인자함도 그보다 못할 리가 없지 않은가?

"너희에게 겨자씨 한 알만 한 믿음이라도 있으면" 하고 부인은 자신에게 성경 구절을 인용했다. 그러다가 극성스럽게 물어대는 기자들에게 말했다. "내 아들이 그 여자를 죽였나요? 그것이 문제입니다. 조물주가 보실 때는 다른 것은 문제가 되지 않습니다." 그녀는 하나님이 그들을 이해하게 해 주실 거라고 확신하는 사람의 표정으로 닳고 닳아서 신경이 무디어진 젊은 기자들을 바라보았다. 그래도 기자들은 부인의 진지한 태도와 믿음에 감명을 받았다. "배심원들이 유죄 평결을 내리든 무죄의 평결을 내리든 손바닥에 별들을 들고 있는 그분이 볼 때는 전혀 문제가 되지 않습니다. 배심원들의 평결은 어디까지나 인간이 내린 겁니다. 그건 이 지상의 일이에요. 나는 변호인의 변론 내용을 읽어 봤어요. 내 아들은 편지로 내게 자기가 한 짓이 아니라고 알려 왔어요. 나는 아들의 말을 믿습니다. 아들에게 죄가 없다는 것을 믿는다고요."

그런데 같은 방의 다른 구석 쪽에 있던 에이서 그리피스는 별로 말이 없었다. 현실에 어두운 데다 불같은 정열의 힘이 어떤 것인지 잘 모르기 때문에 그는 아들이 범한 사건의 의미를 조금도 파악할 수가 없었다. 그래서 클라이드의 결점이나 열광적인 상상을 자기로서는 전혀 이해할 수 없었다고 말하면서 아들에 대해 더는 말하고 싶지 않다고 했다.

"그렇다고 사실 나는 클라이드가 로버타 올든에게 지지른 죄를 두둔한 적은 없습니다." 그리피스 부인이 말을 이었다. "그 애는 죄를 지었어요. 그렇지만 그 애의 욕구를 물리치지 않은 그 여자에게도 잘못은 있어요. 누가 지은 죄든 죄는 두둔할 수 없습니다. 그토록 고통을 겪고 피눈물을 흘리는 로버타 올든의 부모님 생각을 하면 가슴이 찢어질 것 같아요. 그래도 우리는 두 사람 모두 죄를 지었고, 그것을 모든 사람이 알고 거기에 따라서 판단을 내려야 한다고 생각해야 합니다. 그렇다고 우리 애를 감싸려는 건 아녜요" 하고 반복했다. "그 애는 어려서 받은 교육을 잊지 말아야 했어요." 여기서 부인은 슬픈 듯이, 그리고 나무라는 듯한 표정을 짓고 입을 꼭 다물었다. "나는 로버타의 편지들도 읽어 봤어요. 그 편지들이 아니었던들 검사도 재판을 유죄 평결로 몰아갈 수는 없었을 거예요. 검사는 그 편지들을 이용해서 배심원들의 마음을 움직인 겁니다." 그리피스 부인은 불의 시련을 겪은 사람과 같은 모습으로 자리에서 일어나더니 긴장되어 있지만 아름다운 어조로 말했다. "하지만 그 애는 내 아들입니다! 그 애는 방금 유죄 평결을 받았어요. 그 애가 저지른 죄야 어떤 것이든 나는 어머니로서 그 애를 돕는 길을 찾아봐야겠어요." 부인은 두 손을 마주 잡았고, 기자들마저도 부인의 불행한 모습에 감동했다. "그 애한테로 가야겠어요! 지금 생각해 보니 진작 갈걸 그랬어요." 부인은 이해하기는커녕 관심도 두지 않을지도 모르는 세상 사람들에게 마음속의 고민과 책임과 두려움을 털어놓고 있다는 생각이 들자 입을 다물었다.

"재판이 열리는 동안," 그때 기자 중에서도 가장 현실적이고 감정이 무디어진 클라이드와 같은 나이 또래의 젊은이가 물었다. "……부인께서 왜 그곳에 가 있지 않았는지 이상하게 생각하는 사람도 있습니다. 돈이 없어서 가지 않은 겁니까?"

"네, 돈이 없었어요." 부인이 짤막하게 대답했다. "어쨌든 그럴 만큼은 돈이 없었어요. 게다가 변호사들이 오지 말라고 했어요. 굳이 내가 필요 없다는 겁니다. 하지만 이제는 가야겠어요. 어떻게 해서라도요. 무슨 방법을 찾아보려고요." 부인은 가구라고는 별로 없는 방 안에 있는 초라한 작은 책상으로 갔다. "여러분은 시내로 들어가죠? 돈을 줄 테니 전보를 쳐 주시겠어요?" 그녀가 말했다.

"물론이죠!" 그녀에게 가장 무례한 질문을 한 기자가 큰 소리로 대답했다. "이리 주시죠. 돈은 주시지 않아도 됩니다. 신문사에 말해서 보내도록 하겠습니다." 그는 이 전보에 관해서도 기사에 실어야겠다고 생각했다.

부인은 긁힌 자국이 많은 누런 책상에 앉아 조그마한 편지지와 펜을 찾아서 다음과 같이 썼다. "클라이드 — 주님을 믿어라. 주님은 무슨 일이든 다 하신다. 즉시 항소해라. 「시편」 51편'을 읽어라. 재심 때는 무죄가 밝혀질 거다. 우리가 곧 그곳으로 가겠다. 아버지와 어머니로부터."

"돈을 드리는 게 낫겠어요." 부인이 불안한 기색을 보이면서 말했다. 신문사에 전보 요금을 부담시키는 것이 잘하는 일인지 어떤지 몰랐기 때문이었다. 동시에 그녀는 클라이드의 큰아버지가 항소 비용을 부담하려고 할까, 하고 생각하고 있었다. 항소에는 비용이 많이 들지도 몰랐다. 그러고 나서 그녀는 한 마디 덧붙였다. "전문(電文)이 좀 길어서요."

"아, 그건 염려 마십시오!" 세 명의 기자 중 다른 한 명이 전문 내용이 궁금해서 말했다. "쓰고 싶으신 대로 다 쓰십시오. 잘 보내드리도록 하겠습니다."

"나도 그걸 베껴야겠어." 첫 번째 기자가 전문을 받아 주머니에 넣으려는 것을 보고 세 번째 기자가 양보할 수 없다는 듯이 날카롭게 한마디 던졌다. "이건 단독 회견이 아니야. 그걸 이리 내놓든지 아니면 부인한테서 알아낼 거야. 자, 어서 내!"

그러자 첫 번째 기자는 싸움을 피하려고 — 그리피스 부인은 분위기가 험악해진 것을 어렴풋이 눈치채기 시작했다 — 전문을 주머니에서 꺼내 다른 기자에게 내밀었고, 다른 두 기자는 그 자리에서 그 내용을 베꼈다.

이런 일이 일어나던 바로 그 무렵 재심 요구 여부와 그 비용에 관해서 미리 조언을 받았던 라이커거스의 그리피스 집안사람들은─적어도 그들이 비용을 부담하는 한─재심을 요구해야 한다는 확신은커녕 관심도 없다는 태도를 밝혔다. 그들에게 이번 재판은 고문과 같은 괴로움이며 사교 면에서─사업적인 면에서는 아니더라도─하루하루가 엄청난 피해를 주었다. 마치 십자가를 지고 골고다 언덕에 오르는 것과 같았다. 길버트와 그의 사회적 장래는 말할 것도 없고 벨라와 그녀의 앞날에도 친족 한 사람이 계획하고 실행한 범죄가 무자비하게 세상에 노출됨으로써 완전히 먹구름이 드리웠다. 새뮤얼 그리피스 부부는 선의에서 나온 비현실적이고 무의미한 호의가 불러온 이 엄청난 결과 때문에 몸이 야윌 지경이었다. 더구나 새뮤얼은 오랜 생존 경쟁을 겪으며 사업에는 감상적이어서는 안 된다는 교훈을 터득하지 않았던가? 클라이드를 만날 때까지만 해도 그는 한 번도 감상적인 행동을 해 본 적이 없었다. 자기 아버지가 막냇동생에게 너무 심하게 대했다고 생각한 것 자체가 이미 실수였지 않은가! 그런 실수가 이런 사태를 초래한 게 아닌가! 이런 끔찍한 사태를! 그의 아내와 딸은 가장 행복한 시절을 보냈던 곳을 떠나 보스턴 근교 같은 곳으로 거처를 옮겨 평생─어쩌면 영원히─친구들의 눈치를 살피면서 유배자처럼 살아갈 수밖에 없는 형편이 되지 않았는가! 그 사건이 일어난 뒤 줄곧 새뮤얼과 길버트 부자는 라이커거스나 그 밖의 곳에 있는 어느 다른 기업과 주식 형태로 회사를 통합하든가, 아니면 회사를 점진적이 아니라 이른 시일 안에 주요 공장을 세울 수 있는 로체스터나 버펄로나 보스턴이나 브루클린으로 이전시키는 문제에 관해서 협의해 왔다. 이번 일 때문에 당한 치욕을 씻어 버리려면 라이커거스의 모든 것을 버리고 다른 곳으로 가는 길밖에는 없었다. 그들은 적어도 사교 면에서는 새 출발을 해야 했다. 그것은 여생이 얼마 남지 않은 새뮤얼 자신이나 그의 아내에게는 큰 문제가 아니었다. 그러나 벨라와 길버트와 마이라―그들을 어디에 어떻게 새로 자리를 잡아 줘야 할까?

그래서 결국 새뮤얼과 길버트 그리피스 부자는 재판이 다 끝나기도 전에 회사를 남부 보스턴으로 옮겨 이번 일의 고통과 수치가 어느 정도나마 잊힐 때까지 조용히 지내기로 결심했다.

이런 이유로 클라이드를 단연코 이제는 더 도와주지 않기로 했다. 그래서 벨크냅과 제프슨은 함께 앉아 이 문제를 의논했다. 두 변호사는 그들의 시간이 소중하고―이제껏 브리지버그에서 가장 성공적인 변호사 개업에 헌신해 왔다―특별한 이번 사건 때문에 밀린 일도 많았기 때문에 보수를 받지 않고서는 클라이드를 돕는다는 것은 현실적인 이해관계에도 들어맞지 않는다고 생각했고, 또 그런 자선을 베풀고 싶지도 않았다. 사실이지 이 사건의 항소 비용은 그들이 생각하기에도 가벼운 것이 아니었다. 그들이 보기에 항소하는 데 드는 비용도 상당히 많을 것 같았다. 재판 기록이 방대했기 때문이다. 또 항소 서류도 양이 많아 그 비용도 만만치 않아 보였다. 그런데도 뉴욕주에서는 쥐꼬리만 한 금액밖에는 나오지 않았다. 그러나 제퍼슨은 서부에 사는 클라이드의 부모들이 속수무책으로 아무 일도 할 수 없을 것이라고 미리 단정해 버리는 것은 어리석은 일이라고 지적했다. 그들은 오랫동안 종교 관계의 자선 사업에 종사한 사람들이 아니던가? 클라이드가 지금과 같은 비극적인 처지에 놓인 상황에서 그들이 각계에 호소해서 항소 절차의 실비만이라도 마련할 수 있지 않을까? 물론 지금까지는 부모에게서 아무 도움도 받지 못했지만, 그것은 이쪽에서 클라이드의 어머니에게 올 필요가 없다고 알렸기 때문이었다. 그러나 지금은 사정이 달랐다.

"클라이드 어머니에게 이곳에 오라는 전보를 띄우는 게 좋겠습니다." 제프슨은 현실적인 의견을 내놓았다. "만약 클라이드의 어머니가 이곳으로 오려고 한다고 말하면 오버월처 판사도 선고를 10일 이후로 연기해 줄 겁니다. 어쨌든 오라고 하지요. 올 수 없다면 그때에 가서 여비 걱정은 우리가 해 주면 되니까요. 하지만 여비도 여비지만 항소 비용도 일부는 마련해 갖고 올 겁니다."

그래서 아직 클라이드는 모르고 있지만 큰아버지 집에서는 더 이상의 지원을 거부했다는 사실을 알리는 전문과 편지를 그리피스 부인 앞으로 보냈다. 편지에는 선고가 10일 이전에 있을 것이며 클라이드의 운명을 생각해서라도 누군가가 — 될수록 어머니가 — 이곳에 오는 게 좋겠다는 내용도 적었다. 그리고 항소 비용을 마련하든가, 아니면 이 비용을 부담하겠다는 보증이 필요하다는 내용도 담겨 있었다.

전보와 편지를 받은 그리피스 부인은 무릎을 꿇고 하나님의 도움을 청했다. 지금 여기서 하나님의 전지전능한 힘을 그리고 한없는 자비를 보여 주실 때입니다. 앞길을 밝혀 주시고 도와주셔야 합니다. 그렇지 않고서는 클라이드의 항소 비용은 말할 것도 없고 어디에서 여비를 마련할 수 있겠습니까?

그리피스 부인이 무릎을 꿇고 기도하는 동안 머리에 한 가지 생각이 떠올랐다. 신문 기자들은 인터뷰하자고 줄곧 그녀를 괴롭히고 있었다. 그들은 부인을 이곳저곳으로 쫓아다녔다. 왜 아들을 도와주러 가시지 않았습니까? 이 일을 어떻게 생각하십니까? 저 일은 어떻게 생각하십니까? 그래서 그리피스 부인은 지금 자신의 말을 몹시 듣고 싶어 하는 어느 큰 신문사의 편집국장을 찾아가서 자신의 딱한 사정을 호소하면 어떨까, 하고 생각했다. 또 선고 당일 아들 옆으로 가 있게만 해 준다면 그때의 상황을 기사로 써서 신문사에 보내겠다고 말하면 될 것 같았다. 여러 신문사에서 기자들을 여기저기 — 심지어 재판이 열리고 있는 현지까지 — 보내고 있다는 것은 부인도 신문을 읽어 알고 있었다. 그렇다면 왜 자기를, 피고의 어머니를 보내지 못할 이유가 어디 있는가? 그녀는 말도 할 줄 알고 글도 쓸 줄 알지 않는가? 지금까지 얼마나 많은 전도 책자를 썼던가?

그래서 부인은 일어섰다가 또다시 무릎을 꿇었다. "주님께서 저의 기도에 응답해 주셨습니다!" 부인은 이렇게 외쳤다. 이어 부인은 일어서서 낡은 갈색 외투와 끈이 달린 볼품없는 갈색 보닛을 — 이것은 종교적인 견지에서 선택된 부인의 옷차림이었다 ─ 꺼내어 차려입고 곧장 가장 큰 신문사로 갔다. 아들의 재판이 너무나 유명했기 때문에 부인은 즉시 편집국장 앞으로 안내되었고, 부인에게서 감명을 받고 또 흥미도 느낀 편집국장은 정의와 동정을 품고 부인의 말에 귀를 기울였다. 그는 부인의 처지를 이해했고, 신문사에서도 호의적인 반응을 보일 것이라고 판단했다. 그는 몇 분간 자리를 떴다가 돌아왔다. 부인은 3주 기한으로 ─ 아니, 별도 통지가 있을 때까지는 그 후까지도 ─ 특파원으로 채용되었다. 부인의 왕복 여비는 신문사가 부담하기로 했다. 부인이 기사를 작성해서 보내는 방법은 동행하는 조수 한 사람이 지시하게 되었다. 그리고 얼마간의 현금도 부인에게 지급해 주었다. 부인이 원한다면 당장 그날 밤 안으로 떠나도 무방하다고 빨리 출발할수록 좋다고 했다. 그들은 그녀가 떠나기 전에 사진 한두 장을 찍었으면 했다. 그러나 편집국장이 이렇게 말하면서 보니 부인은 두 눈을 감고 고개를 뒤로 젖히고 있었다. 그녀는 지금 자신의 간구를 이런 식으로 직접 들어 준 하나님께 감사하는 중이었다.

제28장

12월 8일 자정이 지나 브리지버그 역에 도착한 완행열차에서 지치고 넋이 나간 듯한 부인 한 사람이 내렸다. 몹시 춥고 별빛이 밝게 빛나는 밤이었다. 부인이 브리지버그 센트럴 하우스로 가는 길을 묻자 역무원 한 사람이 가르쳐 주었다. 브리지버그 센트럴 하우스는 부인이 마주 보고 서 있는 거리를 곧바로 가다가 두 번째 거리가 나오면 왼쪽으로 두 구획 간 곳에 있었다. 졸고 있던 센트럴 하우스의 야근 종업원은 곧 그녀에게 방으로 안내해 주었고, 부인이 누구인지 알자 군 유치장으로 가는 길도 가르쳐 주었다. 그러나 부인은 곰곰이 생각해 보고 지금은 그곳에 찾아갈 시간이 아니라고 판단했다. 클라이드는 지금 잠을 자고 있을지도 모르기 때문이다. 그도 잠을 자고 아침 일찍 일어날 것이다. 그에게 전보를 몇 통 보냈으니 그녀가 온다는 사실을 알고 있을 터였다.

아침 일곱 시에 일어난 그리피스 부인은 여덟 시에는 편지·전보·증명서 등을 갖고 유치장으로 찾아갔다. 부인이 갖고 온 편지들을 검토하고 그녀의 신분을 확인한 유치장 간부들은 클라이드에게 어머니가 온 사실을 알렸다. 침울하게 고독에 잠겨 있던 클라이드는 처음에는 어머니가 찾아오는 게 몹시 두려웠지만 지금은 와 준 것이 무척 고마웠다. 이제는 사정이 달랐기 때문이다. 한없이 끌던 음산한 이야기도 끝난 뒤였다. 또 제프슨이 그럴듯한 변명을 생각해 주었기에 그는 어머니를 마주 보고 떨리지 않고 그가 한 말이 모두 진실이라는 사실 — 로버타를 살해할 계획이 전혀 없었다는 사실 — 로버타를 일부러 물에 빠져 죽게 내버려 두지 않았다는 사실을 말할 수 있을 것 같았다. 서둘러 면회실로 달려간 그는 슬랙의 호의로 그곳에서 어머니와 단둘이서 이야기할 수 있었다.

클라이드는 면회실에 들어서자 어머니가 자리에서 일어나는 모습을 보고 그녀 앞으로 달려갔다. 그는 마음속으로는 혼란을 느끼고 복잡하고 적잖이 의구심이 들면서도 보호와 동정심과 어쩌면 도움을 — 그것도 아무런 비판도 없이 말이다 — 받을 수 있다는 확신이 들었다. 그는 목이 메어 겨우 한마디 외칠 수 있었다. "아, 엄마! 이렇게 찾아와 줘서 고마워요." 그러나 어머니는 가슴이 벅차서 차마 말하지 못하고 사형수가 되어 버린 아들을 품에 안았고, 아들은 어머니 어깨에 얼굴을 파묻고 있다가 고개를 들었다. 하나님은 그녀에게 지금까지 은혜를 베풀어 주셨다. 그렇다면 왜 좀 더 도와주시지 않는 것인가? 아들을 자유의 몸으로 해 주시던가, 아니면 적어도 재심만이라도 받게 해 주시던지 말이다. 하지만 지금과는 달리 아들에게 유리하도록 증거를 공정히 다룰 기회를 주실지도 몰랐다. 어머니와 아들은 그렇게 한동안 서 있었다.

그러고 나서 어머니는 아들에게 집의 소식, 자기가 찾아온 이유, 특파원 자격으로 아들을 인터뷰하고, 나중에 선고 공판 때 아들과 함께 법정에 나설 것이라고 말했다. 그러자 클라이드는 움찔했다. 그러나 어머니의 말을 듣고 보니 그의 운명은 오직 어머니의 노력에만 달린 것 같았다. 큰아버지 집에서는 그들 나름의 이유로 더 이상 그를 돕지 않기로 했다. 하지만 정당한 주장을 세상에 내세울 수만 있다면 아직은 어머니가 그를 도울 수 있을지도 모른다. 지금껏 주님이 그녀를 도와주시지 않았던가? 그렇지만 세상과 주님 앞에서 떳떳하게 주장을 내세우기 위해서는 아들에게서 진실을 알아내야만 했다. 로버타를 때린 건 고의적이었는가, 아니면 우연이었는가? 로버타를 물속에서 죽게 내버려 둔 것 역시 고의적이었는가, 아니면 우연이었는가? 그리피스 부인은 여러 사람의 증언 내용과 그의 편지들을 읽었지만 그가 한 증언에는 앞뒤가 서로 맞지 않는 부분이 있었다. 그러나 메이슨 검사가 한 주장은 사실인가, 거짓인가?

클라이드는 언제나 그랬듯이 지금도 이해할 수 없는, 어머니의 그 타협을 모르는 우직함에 압도되어 애써 단호한 태도를 보이면서— 그러나 마음속은 오한으로 벌벌 떨고 있었지만— 그가 한 증언은 모두 사실이라고 말했다. 기소 내용은 사실과는 다르다고 말이다. 그러나 아, 어머니는 아들을 바라보며 그의 눈에 스친 자신 없는 표정을 놓치지 않았다. 그것은 어머니가 바라던 만큼 그렇게 되기를 기도했던 만큼 확신에서 우러나오는 태도는 아니었다. 아냐, 아냐, 그의 태도와 그의 말에는 그 무엇인가 어딘지 모르게 잦아드는 듯한 억양, 어딘지 모르게 걱정하고 자신이 없어 보이는 표정, 어머니의 가슴을 섬뜩하게 하는 그 무엇이 있었다.

클라이드의 태도는 그렇게 단호하지 않았다. 그러니 처음으로 사건의 소식을 들었을 때 그녀가 염려했던 대로 적어도 부분적으로는 살인 계획을 미리 세웠고 또 아무도 없는 그 호젓한 호수에서 로버타를 때리기까지 했을지도 몰랐다. 실제로 그랬을지 누가 알 수 있겠는가? (그런 생각이 들자 떠오르는 그 끔찍한 파괴력!) 그런데도 그는 증인대에서 하나같이 부정하지 않았던가?

'여호와이레여,' 당신은 한 어머니와 아들의 가장 암담한 시간에 어머니에게 아들을 의심케 하고, 그 의심으로 말미암아 아들을 죽음의 길로 보내게 하지는 않으시겠지요? 어미의 불신앙으로 절대로 그러시지는 않으시겠지요? 오, 절대로 당신은 그렇게 하지 않으실 겁니다. 아, 하나님의 어린양이여, 절대로 그러시지는 않을 겁니다!' 그리피스 부인은 뒤돌아서서 뱀 같은 비늘이 있는 이 어두운 의심의 머리를 구두 뒤축으로 짓밟았다. '오, 압살롬, 나의 압살롬!" 안 돼, 안 돼, 우리는 이런 생각을 해서는 안 돼! 하나님은 어미에게 그런 생각을 강요하지 않으시지. 지금 그가 — 그녀의 아들이 — 그녀 앞에서 그런 짓은 하지 않았다고 분명히 말하고 있지 않은가. 그러니 그녀는 아들의 말을 믿어야 한다. 전적으로 믿을 것이다. 그 불행한 가슴속 어느 깊숙한 구석에 아직도 의심이 남아 있다고 해도 그녀는 아들을 믿을 것이고 또 실제로 믿었다. 자, 이 믿음을 세상 사람들에게 알려야 할 것이다. 그녀는 아들과 함께 기어코 어떤 방법을 찾아낼 것이다. 그러니 그 아들은 믿고 기도해야 한다. 성경책을 가지고 있는가? 성경책을 읽을까? 클라이드는 오래전에 어느 교도관에게서 성경책 한 권을 받아 읽고 있다고 어머니를 안심시켰다.

그리피스 부인은 먼저 아들의 담당 변호사들을 만나 본 뒤 신문 기사를 보내고 다시 유치장에 돌아오기로 했다. 그녀가 밖으로 나가기가 무섭게 기자 몇 사람이 몰려와서 이곳에 찾아온 이유를 물었다. 부인은 아들의 무죄를 믿는가? 재판은 공정했다고 생각하는가, 그렇게 생각하지 않는가? 왜 진작 찾아오지 않았는가? 그래서 부인은 직설적이고 진지하고 어머니의 자애로운 태도로 무슨 이유로 어떻게 이곳에 왔으며, 또 왜 전에는 오지 않았는지 그들에게 솔직히 이야기했다.

그리피스 부인은 이왕 온 바에야 이곳에 머물고 싶다고 말했다. 주님께서 그녀가 죄가 없다고 확신하는 아들을 구제하는 길을 마련해 주실 것이다. 그러니 기자들도 하나님께 그녀를 도와주시도록 기도해 주지 않겠는가? 그녀의 소망이 이루어지도록 기도해 주지 않겠는가? 그리하여 그리피스 부인의 말에 감동한 몇몇 기자들은 물론 기도하겠다고 약속하고, 그 뒤 그녀의 모습을 세상에 널리 소개했다. 소박하고 신앙심 깊으며 의지가 결연하고 진지하고 성실하며, 감동하지 않을 수 없을 만큼 아들의 결백을 믿고 있는 중년 부인의 모습을 말이다.

그러나 그리피스 부인의 소식을 전해 들은 라이커거스의 그리피스 가족은 그녀가 온 사실을 또 하나의 충격적인 사건으로 받아들였다. 뒤에 감방에서 신문 기사를 읽은 클라이드는 자기와 관계있는 모든 일이 이토록 노골적으로 세상에 알려지고 있는 사실에 조금 충격을 받았지만, 어머니가 와 있는 사실 때문에 체념하고 얼마 지난 뒤에는 오히려 행복감을 느끼기까지 했다. 어머니에게 결함이 있든 없든 결국 자기의 어머니가 아닌가? 어머니는 그를 도우려고 찾아온 것이다. 세상 사람들이 어떻게 생각하든 무슨 상관이랴. 그는 죽음의 그림자에 들어서 있고, 그런 그를 저버리지 않은 사람은 어머니뿐이었다. 그러고 보면 이와 더불어 덴버의 한 신문사와 관련을 맺은 어머니의 수완도 높이 평가할 만했다.

그리피스 부인은 전에는 이런 일을 해 본 적이 한 번도 없었다. 몹시 가난한 상태에서도 그녀가 아들의 재심 문제를 해결해서 그의 목숨을 구할 수 없을 것이라고 누가 장담할 수 있을까? 그 누가 알 수 있겠는가? 그는 어머니에 대해 얼마나 많이 그리고 얼마나 무관심하게 죄를 지었던가! 아, 얼마나 많이! 그런데도 어머니는 근심과 괴로움에 시달리면서도 사랑으로 아들의 목숨을 구하겠다고 서부의 한 신문에 그 자신의 유죄 판결에 관해 기사를 써 보냈다. 불과 며칠 전까지만 해도 보기에 민망했던 어머니의 초라한 외투와 괴상한 모자, 표정이 없는 넓적한 얼굴과 투박한 동작도 이제는 그다지 민망해 보이지 않았다. 그녀는 그의 어머니로 그를 사랑하고, 그를 믿고, 그를 살리려고 애썼다.

그러나 벨크냅과 제프슨 변호사가 부인을 처음 대면했을 때 받은 첫인상은 그렇게 호감적이지는 않았다. 무슨 이유에서인지 그들은 부인이 그토록 세련되지 않고 무식하면서도 그렇게 확고한 믿음을 지닌 여성일 것으로는 예상하지 않고 있었다. 넓적하기만 한 신발. 괴상한 모자. 낡은 갈색 외투. 그러나 시간이 얼마 지나자 그들은 부인의 성실성, 신념, 아들에 대한 사랑, 그리고 흔들릴 수 없는 확신과 희생심으로 가득 찬 맑은 눈에 끌렸다.

이 두 변호사는 그녀의 아들이 결백하다고 정말 믿고 있었던가? 부인은 그 점을 먼저 알아야 했다. 아니면 마음속으로는 그가 죄를 범했다고 믿고 있었던가? 그리피스 부인은 서로 어긋나는 증거들 때문에 무척 괴로웠다. 하나님은 그녀와 그녀 아들에게 무거운 십자가를 떠맡기고 있었다. 주님의 이름을 찬양할지어다! 벨크냅과 제프슨은 진실을 알고 싶어 하는 부인의 간절한 마음을 헤아리고 얼른 클라이드의 결백을 믿는다는 말로 부인을 안심시켰다. 만약 검사가 주장하는 범죄 때문에 클라이드가 처형된다면 그것은 정의가 조롱받는 셈이라고 말이다.

그러나 그리피스 부인을 만나 본 두 사람은 항소 비용의 출처가 걱정되었다. 그녀가 이곳에 오게 된 경위를 들어 보니 부인에게 돈이 있을 리 없었다. 그런데 항소하려면 최소한 2천 달러가 필요했다. 그리피스 부인은 한 시간 동안 함께 있는 자리에서 항소를 위해 소용될 기본 비용에—소송 관계 서류를 작성하고 변론을 준비하고 여기저기 출장을 다니는 등의 비용 말이다—대한 설명을 두 사람에게서 듣고 나서는 어떻게 했으면 좋을지 모르겠다고 같은 말을 되풀이할 뿐이었다. 그러더니 부인은 갑자기 두 사람에게 조금 엉뚱하면서도 감동적이고 극적으로 이렇게 말했다. "주님은 저를 버리시지 않을 겁니다. 저는 그걸 잘 알고 있습니다. 그분은 저한테 길을 보여 주셨으니까요. 덴버에서 저더러 신문사에 가라고 하신 것은 주님의 목소리였거든요. 이곳에 온 이상 저는 주님을 믿을 것이고, 그러면 주님은 저를 인도해 주실 겁니다."

그러나 믿음이 부족한 벨크냅과 제프슨은 어리둥절해서 서로 얼굴을 쳐다볼 뿐이었다. 그런 믿음! 간곡한 권고자! 더할 나위 없이 진정한 복음 전도자! 그러나 제프슨의 머릿속에 한 가지 생각이 떠올랐다! 어디에나 종교적 신념을 고려해야 하지 않는가. 이런 굳건한 믿음을 존중하는 신도들이 있는 법이다. 라이커거스의 그리피스 집안이 끝내 등을 돌린다 해도—아, 그렇다면—부인이 지금 이곳에 와 있는 이상 여러 교회와 신앙심 깊은 사람들이 있었다. 이런 성품, 이런 신앙을 가진 부인이라면 지금껏 앞장서서 클라이드를 규탄하고 그의 유죄를 불가피하게 만든 바로 그 사람들에게 상급 재판소에 항소하는 데 필요한 자금을 기부해 달라고 호소할 수 있지 않을까? 의지할 곳 없는 이 어머니. 아들을 믿는 어머니의 마음.

어서 급히 서둘러야지!

얼마쯤 입장료를 받고 신앙 간증회를 열어 누가 보아도 궁핍하다는 것을 알 수 있는 그리피스 부인이 아들이 내세우는 주장의 정당성을 설명하고 편견에 사로잡힌 일반 사람들의 동정을 불러일으키는 동시에 항소 비용 2천 달러나 그 이상을 모금하면 될 것이다.

제프슨은 그리피스 부인에게 이 문제를 제시하고 간증의 원고나 메모를—사실상 지금까지 자기의 변론 내용을 압축시키고, 클라이드에 관한 궁극적이고 본질적인 진실한 모든 자료를—수록한 간증으로 부인이 원하는 대로 다시 정리해서 발표할 수 있도록 작성해 주겠다고 제의했다. 그러자 부인은 햇볕에 그을린 얼굴에 홍조를 띠고 눈을 반짝이면서 그렇게 하겠다고 선뜻 동의했다. 한번 시도해 보겠다는 것이다. 그녀는 하는 데까지 해 볼 것이다. 진실로, 진실로 이것이 이 무서운 시련의 시간에 들려오는 하나님의 목소리, 그녀에게 내미는 하나님의 손이 아니고 무엇이겠는가?

이튿날 아침 클라이드는 선고를 받기 위해 법정에 나왔고, 그리피스 부인은 많은 사람이 지켜보는 앞에서 아들 가까이에 마련된 자리에 앉아 종이와 연필을 손에 들고 그녀로서는 말로 표현할 수 없는 법정의 장면을 메모하고 있었다. 피고의 어머니가 아닌가! 그리고 기자 노릇을 하고 있다니! 이런 집안의 모습은 어딘지 모르게 어리석고, 괴상하고, 미련하고, 우스꽝스럽기까지 했다. 이 사람들이 라이커거스의 그리피스 집안의 직계 친척이라고 생각해 보라.

그러나 클라이드는 어머니의 모습에서 힘과 용기를 얻었다. 전날 오후 유치장으로 돌아온 어머니에게서 그녀의 계획을 들었기 때문이다. 선고가 끝나자마자 — 선고가 어떻게 내려지든 — 어머니는 곧 그 일에 착수할 것이다.

그래서 클라이드는 그의 생애에서 가장 암담한 이 시간에 거의 무심한 상태로 오버월처 판사 앞에 서서 먼저 기소 내용과 재판 기록을 (오버월처는 매우 공평하다고 선언했다) 요약한 설명에서 귀를 기울이고, 이어 다음과 같은 판에 박힌 질문을 받았다. "피고는 법으로 피고에 대한 사형이 이 자리에서 선고되는 것이 부당하다고 입증할 이유가 있는가?" 그러자 클라이드가 맑은 목소리로 자신 있게 한 대답은 그의 어머니와 그 밖의 모든 사람을 놀라게 했다. 놀라지 않은 사람은 미리 그렇게 말하라고 클라이드에게 가르쳤던 제프슨 한 사람뿐이었다.

"저는 기소된 범죄에 대해 결백합니다. 저는 로버타 올든을 죽이지 않았으므로 이 선고는 부당하다고 생각합니다."

그러고 나서 이어 클라이드는 어머니의 대견스러워하고 사랑에 넘치는 표정만을 의식하고 똑바로 앞쪽을 응시했다. 그녀의 아들은 운명의 순간에 이 많은 사람 앞에서 떳떳하게 결백을 주장하지 않았던가? 유치장에서는 어땠든 간에 이 자리에서 한 아들의 말은 진실일 수밖에 없을 게 아닌가? 그렇다면 그녀의 아들은 결백하다. 결백하고말고. 지극히 높은 곳에 계신 주님의 이름을 찬양할지어다! 부인은 모든 신문에 실리도록 이 사실을 기사에서 크게 강조하고 또 뒤에 간증 때도 밝혀야겠다고 다짐했다.

그러나 오버월처 판사는 조금도 놀라거나 동요하는 기색도 없이 질문을 계속했다. "그 밖에 하고 싶은 말은 더 없는가?"

"네, 없습니다, 판사님." 클라이드가 잠시 망설이고 나서 대답했다.

그러자 오버월처는 판결을 내렸다. "피고 클라이드 그리피스, 본 법정은 로버타 올든에 대한 제1급 살인의 유죄 판결에 따라 피고에게 사형을 선고한다. 캐터라키군 보안관은 금일부터 10일 이내에 본 법정의 영장과 함께 피고를 오번*에 있는 뉴욕주 교도소 소장에게 피고를 인도하며, 피고 클라이드 그리피스는 19××년 1월 28일 월요일부터 시작되는 주까지 독방에 감금될 것이며, 지정된 주의 임의의 날짜에 오번에 위치한 뉴욕주 교도소 소장 주관 아래 뉴욕주 법에 규정된 방식으로 처형될 것이다."

선고가 끝나자 그리피스 부인은 아들에게 웃는 얼굴을 보였고, 아들도 어머니에게 미소를 지어 보였다. 아들이 이 법정에서 결백하다고 선언했으므로 이런 선고가 내려졌음에도 불구하고 부인은 의기양양해 있었다. 아들이 결백하지 않고서야 어떻게 이런 자리에서 떳떳하게 결백을 주장할 수 있단 말인가? 클라이드는 어머니의 미소를 보고 어머니가 이제 그를 믿어 준다고 생각하고 있었다. 그토록 그에게 불리한 증거가 많이 쏟아져 나왔는데도 어머니의 믿음은 흔들리지 않았다. 잘못되었든 잘못되지 않았든 어머니의 이런 믿음이 지금은 그에게 용기를 북돋아 주고 있었다. 그런 용기야말로 그에게 절실히 필요한 것이었다. 지금 생각해 보니 그가 방금 한 말은 진실이었다. 그는 로버타를 때리지 않았다. 그건 사실이었다. 그러므로 그는 결백했다. 그래도 크라우트와 슬랙은 또다시 그를 유치장으로 호송했다.

곧이어 그리피스 부인은 기자석에 앉아 호기심에서 주위에 몰려든 기자들에게 설명을 시작했다. "신문사에서 나오신 여러분, 저를 너무 미워하지는 마십시오. 저는 이번 일을 잘 모르지만, 아들 곁으로 오려니까 이 방법밖에는 없었어요. 이렇게라도 하지 않고서는 올 수가 없었습니다." 그러자 여위어 보이는 기자 한 사람이 다가서면서 말했다. "걱정하지 마십시오, 아주머니. 뭔가 당신을 도와드릴 일은 없겠어요? 쓰려는 기사를 좀 고쳐 드릴까요? 기꺼이 도와드리겠습니다." 그 기자는 부인 옆자리에 앉아 그녀가 쓴 기사를 덴버의 신문사에서 좋아할 것 같은 내용으로 다듬어 주었다. 다른 기자들도 무엇이든 도울 수 있는 일이 있으면 돕겠다고 나섰다. 모두 크게 감동하였다.

이틀 후 클라이드의 영장이 작성되고 다른 교도소로 이송이 어머니에게 통고되었지만 어머니의 동행은 허락되지 않았다. 클라이드는 오번에 있는 뉴욕주 서부 교도소로 이송되었다. 그는 그곳의 위아래 층으로 배열된 21개의 감방이 있는, 인간으로서는 견디기 어려운 음산한 지옥과 같은 '죽음의 집' 또는 '살인범 구역'에 갇혀 재심이나 사형 집행 명령이 내려지기를 기다리게 되었다.

클라이드가 브리지버그에서 오번으로 압송되는 동안 역마다 남녀노소 할 것 없이 수많은 군중이 아직도 애티가 나는 이 살인자의 모습을 잠깐만이라도 보려고 몰려들었다. 젊은 여자들과 나이 든 여자들은 이 대담하면서도 낭만적인, 불운한 젊은이의 얼굴을 보고 싶어서 친절을 베푸는 척하며 여기저기서 그에게 꽃을 던지고 떠나는 열차를 향해 큰 소리로 환성을 질렀다.

"어이, 클라이드! 곧 또 만나요. 그곳에 너무 오래 있지 말아요."

"항소하면 반드시 풀려날 수 있을 거예요. 우리는 그렇게 되기를 바라겠어요."

브리지버그 주민들의 태도와는 너무도 대조적인 이 뜻밖의 열광적인 호기심의 발로에 클라이드는 처음에는 적잖이 놀랐지만 나중에는 용기를 얻어 미소를 짓고 고개를 숙여 인사를 하고 손을 흔들기까지 했다. 그러면서도 그는 마음속으로 생각했다. '나는 지금 죽음의 집을 향해 가는 길인데, 저 사람들은 저렇게 정다울 수 있구나.' 호송 책임을 맡은 크라우트와 시셀은 클라이드를 검거하고 유치하여 감호한 당사자들로서 좋은 의미에서든 나쁜 의미에서든 유명해져 있었고, 또 열차 승객들과 바깥 군중들의 눈길을 끌고 있었지만 기분이 우쭐하거나 고상한 생각은 들지 않았다.

그러나 검거된 뒤 처음 경험하는 이 화려한 나들이를 하면서

밖에서 기다리고 있던 군중과, 겨울 햇볕을 받는 들판과 눈 덮인 산들이 뒤로 흘러가는 동안, 라이커거스와 손드라와 로버타와 관련한 지난 20개월의 운명적인 사건들이 주마등처럼 클라이드의 머릿속을 스치더니 곧 오번 교도소의 회색 벽이 앞에 나타났다. 교도소 소장실에서 직원 한 사람이 그의 이름과 죄목을 문서에 기록한 뒤 그는 두 사람의 직원에게 인계되어 목욕하고 머리를 깎았다. 그가 자랑하던 물결치는 검은 머리칼이 잘려 나갔다. 뒤이어 그는 줄무늬가 있는 죄수복, 같은 천으로 된 볼꼴 사나운 모자, 죄수용 내의, 그리고 그 역시 얼마 안 가서 익숙해질 불안한 수인(囚人)의 걸음 소리를 죽이기 위한 회색 펠트 신발과 '77221'의 수인 번호를 받았다.

그런 복장을 한 클라이드는 곧 '죽음의 집' 아래층 감방에 수감되었다. 그 감방은 가로 2.5미터, 세로 3미터쯤 되는 네모난 정결한 곳이었고, 수세식 변소와 간이침대·탁자·의자·조그마한 책장이 비치되어 있었다. 그는 뚜렷하게 의식하지 않았지만, 이곳에는 넓은 복도를 사이에 두고 다른 감방들이 한 줄로 죽 늘어서 있었다. 클라이드는 처음에는 서 있다가 마침내 의자에 앉았다. 그나마 사람들을 친밀하게 대할 기회가 있었던 브리지버그 유치장의 생활은— 또는 이곳으로 이송되는 도중에 본 이상한 군중들과 경치는— 이제 와서는 오히려 즐거운 추억이었다.

긴장과 비탄으로 지속한 혼란스러운 지난날들! 사형 선고. 숱한 사람들이 그의 이름을 부르던 여정. 아래층 교도소 이발소에서 죄수가 그의 머리를 깎던 일. 지금 입고 있는 이 옷과 내의. 감방에는 그 어디에도 거울은 없었지만 그는 자기의 몰골이 어떨지 짐작할 수 있었다. 헐렁헐렁한 상의와 하의, 줄무늬가 있는 모자. 절망감에서 그는 모자를 바닥에 팽개쳤다. 한 시간 전까지만 해도 그는 셔츠에 타이를 매고 훌륭한 양복을 입고 브리지버그를 떠날 때 그가 생각하기에도 단정한 모습을 하고 있다. 그런데 지금, 지금 그의 몰골은 어떤가? 그리고 내일이면 그의 어머니가 찾아올 것이다. 어쩌면 뒤이어 벨크냅과 제프슨 변호사들도 찾아올지 모른다. 아, 하나님, 맙소사!

설상가상으로 맞은편 감방에는 그와 똑같은 복장을 한 혈색이 좋지 않은 여위고 인상이 고약한 중국인 하나가 자기 감방의 창살에 다가서서 무표정하게 가느다란 눈으로 그를 바라보고 섰다가 돌아서더니 손으로 몸을 긁었다. 벌레에 물린 모양이라고 생각하자 클라이드는 소름이 끼쳤다. 하기야 브리지버그에도 빈대가 있었다.

중국인 살인범. 이곳은 '죽음의 집'이 아니던가? 클라이드와 같은 처지일 것이다. 복장도 그와 똑같았다. 면회하러 오는 사람이 많지 않은 게 다행이었다. 그는 어머니한테서 면회는 거의 허락되지 않으며 어머니 자신과 벨크냅 및 제프슨 말고는 그 자신이 지정하는 목사 한 사람이 일주일에 한 번 정도 방문할 수 있을 거라는 말을 들었다. 흰 페인트칠을 한 단단한 벽은 낮에는 탁 트인 넓은 채광창으로, 밤에는 바깥 복도의 백열등으로 환하게 밝혀지고 있었다. 이 모든 것이 브리지버그와는 너무 달랐다. 그런데 이곳 불빛은 브리지버그 유치장에 비해 훨씬 더 밝고 무자비하다는 느낌이 들었다. 브리지버그의 유치장은 낡아서 벽이 회갈색으로 별로 깨끗하지 못했고 감방이 더 크고 때로는 보자기를 씌운 탁자와 책과 신문과 서양 장기판 등 비품들이 많았다. 한편 여기, 이곳의 교도소에는 딱딱한 좁은 벽들 말고는 아무것도 없었다. 쇠창살이 육중하고 단단한 천장까지 올라가 있고, 브리지버그 유치장처럼 음식을 들여보내는 작은 구멍이 있는 매우 두꺼운 철문이 있을 뿐이었다.

바로 이때 어딘가에서 목소리가 들려왔다.

"어이! 여보게들, 한 녀석이 새로 들어왔어! 아래층의 동쪽 2호 감방이야." 그러자 뒤이어 다른 목소리가 들려왔다. "그래? 어떻게 생긴 친구야?" 세 번째 목소리가 물었다. "네 이름이 뭐냐? 두려워할 건 없어. 우린 다 같은 처지니까." 그러자 첫 번째 목소리가 두 번째 목소리에 대답했다. "키가 좀 크고 말랐어. 마마보이처럼 어린애야. 그래도 밉상은 아냐. 어이, 너! 이름이 뭐야?"

클라이드는 어리둥절하고 어안이 벙벙하여 생각에 잠겼다. 이런 소개를 어떤 식으로 받아들여야 할까? 무슨 말을 해야 할까? 어떻게 해야 할까? 상냥하게 대해야 하는 걸까? 그러나 타고난 본능에 따라 그는 이곳에서도 얼른 정중하게 대답했다. "클라이드 그리피스입니다!" 그러자 처음 말한 목소리 중 하나가 다시 들려왔다. "아, 그렇군! 우리는 자네가 누군지 잘 알고 있어. 이곳에 온 걸 환영하네, 그리피스. 우리도 목소리처럼 그렇게 험하지는 않아. 우리는 브리지버그에서 일어난 일을 신문에서 많이 읽어서 자네를 잘 알고 있거든. 그러지 않아도 자네가 곧 올 것이라 생각하고 있던 참이었어." 또 다른 목소리가 뒤따랐다. "너무 실망은 하지 말게. 여기도 그리 나쁜 곳은 아니니까. 시쳇말로 머리 위에 지붕은 있거든." 그러자 어딘가에서 웃음소리가 들려왔다.

그러나 클라이드는 너무 무섭고 역겨워서 아무 말도 하지 못하고 서글픈 표정으로 벽과 문을 응시하다가 이어 중국인 쪽으로 시선을 보냈다. 중국인은 다시금 자기 감방 창살에 다가서서 묵묵히 그를 지켜보고 있었다. 끔찍하구나! 끔찍해! 저런 식으로 저희끼리 말하고 처음 온 사람에게도 허물없이 말을 건네는구나. 그의 비참한 처지, 낯선 느낌, 두려움, 그가 치르고 있는 공포에 대해서는 눈곱만큼도 신경을 쓰지 않는구나. 하긴 살인자가 겁이 많다거나 불행하다고 여길 사람이 어디 있겠는가? 무엇보다도 무서운 것은, 이곳 사람들이 언제쯤 그가 나타날지 추측하고 있었다는 사실이었다. 그렇다면 그의 일은 이곳 사람들에게 알려진 셈이었다. 이곳 수감자들의 비위를 맞춰 주지 않으면 어떤 시달림이나 괴롭힘을 당할지도 모르지 않는가? 만약 손드라나 그가 아는 다른 사람들이 그의 이런 꼴을 보거나 상상이라도 한다면 — 아, 하나님, 맙소사! — 그런데 그 이튿날에는 어머니가 이곳으로 오게 되어 있었다.

한 시간 뒤 저녁이 되면서 수인복보다는 나은 제복을 입은 키가 크고 얼굴이 창백한 교도관이 와서 음식을 담은 쇠 쟁반을 문에 뚫린 구멍으로 들이밀었다. 음식! 감방에 갇힌 그를 위해 갖고 온 음식! 복도 건너편 감방에서는 안색이 누르께한 등이 굽은 중국인이 음식을 받고 있었다. 저 중국인은 누구를 살해했을까? 또 어떻게 죽였을까? 여러 감방에서 쇠 쟁반 바닥을 요란하게 긁어 대는 소리가 들려왔다! 그것은 사람이 음식을 먹을 때 내는 소리라기보다는 차라리 굶주린 짐승이 먹이를 먹을 때의 소리였다. 그중에는 음식을 먹으면서 지껄이고 쟁반을 긁어 대는 사람들까지 있었다. 클라이드는 구토증을 느꼈다.

"제기랄! 취사장 놈들이 식은 콩과 감자튀김과 커피밖에 생각할 줄 모르다니."

"오늘 저녁 이 커피는…… 오, 참 기가 막혀서!…… 버펄로˚의 교도소에서는 말이야. 하지만……."

"아, 이제 그 소린 그만 집어치워!" 하는 소리가 다른 감방에서 들려왔다. "버펄로 교도소와 그곳 음식이 좋다는 말은 한 번만 더 들으면 이제 백 번째야. 여기 와서는 오후가 돼도 차를 시키지 않으면서 뭘 그래?"

"그래도 말이야." 첫 번째 목소리가 대꾸했다. "지금 생각해 보니 그때 음식은 꽤 좋았던 것 같아서 말이야. 지금 생각해 보면 그렇다는 거지, 뭐."

"아, 그만하라니까, 래퍼티." 이번에는 다른 죄수가 큰 소리로 말했다.

다시 한 번 '래퍼티'인 듯한 사내가 말했다. "이걸 먹은 뒤 낮잠이나 한숨 자야지. 그러고 나서 운전기사를 불러 드라이브 좀 해야지. 오늘 밤은 공기가 상쾌할 것 같군."

이번에는 또 다른 감방에서 누군가가 목쉰 소리로 대꾸했다.

"아, 여전히 귀신 씻나락 까먹는 소리군. 이 몸으로 말하자면, 담배 한 대면 목숨과도 바꾸겠어. 한 대 피우고 나면 멋지게 카드 한 판 할 거야."

'한데 이곳에서는 카드놀이를 할 수 있나?' 클라이드는 이렇게 생각했다.

"이곳 시장 선거에 출마했다가 낙선했으니 로젠스타인도 이제는 카드놀이를 하지 않을걸."

"그 사람이 하지 않을 거라고?" 이것은 아마도 로젠스타인의 목소리 같았다.

클라이드의 감방 왼쪽에 붙은 감방에서 지나가는 교도관에게 말을 건네는 낮은 목소리가 똑똑하게 들려왔다. "쉿, 여보시오! 올버니에서는 아직 연락이 없소?"

"아무 연락도 없어, 허먼."

"편지도 없겠죠?"

"편지도 없어."

그 목소리는 매우 다급하고 긴장되고 매우 처량했다. 그 목소리 뒤에는 정적이 흘렀다.

잠시 후 더 멀리 떨어진 감방에서 이루 말할 수 없는 절망적인 목소리가 지옥의 밑바닥에서 울려 나오는 것처럼 들려왔다. "오, 하나님! 오, 하나님! 오, 하나님!"

그러자 위층의 어느 감방에서 또 다른 목소리가 들려왔다. "아, 맙소사! 저 농사꾼이 또 시작하나요? 사람이 견딜 수가 있어야지. 교도관! 교도관! 저 녀석한테 약 좀 먹일 수 없나요?"

지옥의 밑바닥에서 예의 그 목소리가 또다시 들려왔다. "오, 하나님! 오, 하나님! 오, 하나님!"

클라이드는 주먹을 움켜쥐고 일어났다. 그는 온몸의 신경이 끊어질 듯 팽팽하게 긴장되었다. 살인범인가 보구나! 곧 처형될 살인범. 아니면 그 자신의 운명처럼 어떤 끔찍한 일을 슬퍼하고 있는지도 모른다. 신음하고 있구나. 그도 브리지버그에서는 적어도 소리를 죽이고 신음한 적이 몇 번인지 몰랐다. 저렇게 울부짖으면서! 아, 하나님! 저 사람만이 아닐 테지!

낮과 밤으로 이런 일이 끝도 없이 되풀이되다가 어쩌면 끝내는 누가 알랴? 만약 주지사가…… 하지만 클라이드 자신은 아닐 것이다. 그럴 리 없어. 나는 아냐. 아, 그건 말도 안 돼. 적어도 1년 정도는 여유가 있을 거야. 제프슨 변호사가 그렇게 말하지 않았던가? 어쩌면 2년이 걸리게 될지도 몰라. 하지만 그렇다 해도 2년 후에는! 2년이라는 시간이 속절없이 짧게 지나간다고 생각하니 그는 어느새 자기도 모르게 오한에 떨고 있었다…….

그 다른 방! 그 방은 이 건물 안 어딘가에 있었다. 이 방은 그 곳을 통해 있었다. 그는 그걸 알고 있었다. 그 방에는 문이 하나 있었다. 그 문을 열면 그 의자에 이른다. 전기의자 말이다.

바로 그때 아까 들린 목소리가 다시 들려왔다. "오, 하나님! 오, 하나님!"

클라이드는 침대에 털썩 주저앉으면서 두 손으로 양쪽 귀를 막았다.

제29장

이 특정 교도소의 '죽음의 집'은 어떤 특정한 사람에게 이렇다 할 책임이 있는 게 아니라 인간의 어리석음과 우둔함에 따라 건설되고 유지되는 투박스러운 건물 중 하나였다. 실제로 전반적인 계획과 절차는 일련의 법률상의 규정, 그리고 다양한 교도소장의 기질과 피상적인 필요에서 비롯하는 결심과 충동에 따라 이루어졌다. 그러다 보니 마침내 이곳에서는 어느 한 사람의 창의성 따위는 개입할 여지도 없이 어느새 인간이 상상할 수 있는 모든 불필요하고 부당한 잔인성이나 어리석고 파괴적인 고문이 자행되고 있었다. 그래서 일단 배심원 재판에서 사형 선고를 받은 사람은 그 자신이 처형되기 전에 먼저 많은 다른 사람들이 처형되는 고통을 함께 나눠야 했다. 사형실의 위치를 비롯하여 수감자들의 생활과 행동을 규제하는 규칙은 좋든 싫든 이런 고통을 초래하기에 충분했다.

돌과 철근 콘크리트로 지은 이 건물은 폭 9미터에 길이 15미터로 바닥에서부터 9미터 높이에는 채광창이 있었다. 지금도 출입문 하나로 연결된, 이전의 '죽음의 집'보다 조금은 낫다는 이곳 중앙부에는 넓은 복도가 길게 뻗어 있었고, 1층에는 그 양쪽으로 서로 마주 보는 폭 2.5미터에 길이 3미터의 감방이 여섯 개씩 모두 열두 개가 배치되어 있었다. 그리고 위층에는 이른바 발코니 감방이 양쪽으로 다섯 개씩 배치되어 있었다.

　이 큰 복도 중앙에는 아래층 감방들을 같은 수로 양쪽으로 나누는 좁은 복도가 하나 더 있었다. 한쪽 끝은 이른바 '옛 죽음의 집'으로(이곳은 '새 죽음의 집'의 수감자들을 면회하러 오는 사람들만이 들어갈 수 있었다) 다른 쪽 끝은 전기의자가 놓여 있는 사형실로 통하고 있었다. 아래층의 좁은 복도가 만나는 곳에 있는 두 감방은 사형실 출입문을 마주 보고 있었고, 그 반대편 구석의 감방 두 개는 지금은 사형수의 응접실이라고 할 수 있는 '옛 죽음의 집'으로 가는 통로를 마주 보고 있었다. 그런데 사형수는 이곳에서 일주일에 두 번씩 직계 가족이나 변호사와 면회할 수 있었다. 그러나 그 밖의 사람들과의 면회는 전혀 허용되지 않았다.

　'옛 죽음의 집(또는 현재의 면회실)'의 감방들은 복도를 끼고 한쪽으로만 배치되어 수감자끼리 서로 동정을 살필 수 없게 되어 있었는데 감방마다 그 앞에는 철망과 녹색 커튼이 드리워져 있었다. 예전에는 죄수가 새로 도착하거나 떠날 때, 목욕하러 갈 때, 또는 작은 철문을 지나 전에 사형실이 있던 곳으로 끌려갈 때는 이 커튼이 내려졌다. 다른 수감자들이 볼 수 없도록 하기 위해서였다. 그러나 숨 막힐 정도로 고독하지만 사생활을 존중한다는 이런 호의 때문에 뒷날 '옛 죽음의 집'은 너무 비인도적이라고 간주되자, 사려 깊고 선심을 쓰는 듯한 당국자들의 눈에 예전 것보다는 좋게 보이는 '새 죽음의 집'을 건축했던 것이다.

분명히 '새 죽음의 집'의 감방들은 '옛 죽음의 집'의 감방들처럼 비좁고 음산하지는 않았다. '옛 죽음의 집'은 천장이 낮고 위생 시설이 엉망이었지만 이곳은 천장이 높고 감방과 복도는 밝게 등불이 켜져 있었으며 폭 2.5미터에 길이 3미터보다 작은 감방은 없었다. 그러나 오래된 감방과는 달리 커튼은 있었지만, 철망이 없다는 것은 이곳 감방들의 불리한 점이었다.

더구나 '새 죽음의 집'에서는 모든 감방이 위 아래층으로 한곳에 모여 있었기 때문에 수감자들은 저마다 잔인하거나 병적이거나 삶의 의지를 완전히 잃어버리고 절망하는 수감자들의 모든 공포를 어쩔 수 없이 겪을 수밖에 없었다. 진정한 의미의 사생활은 이곳에서는 찾아볼 수 없었다. 한낮에는 벽 위로 높이 뚫린 채광창에서 햇빛이 강렬하게 쏟아져 내렸다. 밤에는 촉수가 높은 많은 백열등이 감방 구석구석을 환하게 밝혔다. 사생활은 있을 수 없었고, 오직 수감자들이 감방에서 나오지 않아도 즐길 수 있는 카드놀이와 체커가 허용될 뿐이었다. 물론 글을 읽을 줄 아는 수감자들이나 이런 처지에서도 글을 읽겠다는 수감자들에게는 책과 신문이 제공되었다. 그리고 면회로 말하자면 이곳 규칙에 따라 오전과 오후에 신부 한 사람이 왔고, 좀 더 뜸하게는 유대교의 랍비나 개신교 목사가 와서 수감자들이 원하면 위로의 말을 해 주거나 미사와 예배를 드렸다.

그러나 이 장소가 견딜 수 없게 느껴지는 까닭은 이렇게 '옛 죽음의 집'을 개선한 바로 그런 점 때문이 아니었다. 그보다는 다가오는 죽음에 관한 생각 때문에 겁을 집어먹고 정신이 혼란해진 사람들과 어쩔 수 없이 하루하루 접촉해야 하는 처지 때문이었다. 처형될 날이 얼마 남지 않은 많은 수감자에게는 죽음의 손길이 이마나 어깨에 닿는 얼음처럼 차갑게 느껴졌다. 비록 허세를 부릴지라도 죽음을 앞두고 정신적으로나 육체적으로 위축되지 않는 사람은 단 하나도 없었다. 음산함, 긴박감, 형용할 수 없는 공포와 절망감은 바람이나 입김처럼 이 장소 곳곳을 불며 모든 수감자를 돌아가며 짓누르고 있었다. 이런 공포감과 절망감은 아무도 예기치 못한 순간에 욕지거리, 탄식, 눈물, 노래를 부르자는 제의 — 아, 그것만은 제발! — 또는 본인의 의도와는 관계없이 지르는 고함 소리나 신음으로 표현되었다.

이보다도 더 끔찍스러운 것은 — 이 비참한 환경에서도 가장 견디기 어렵고 파괴적인 것은 — 한쪽의 '옛 죽음의 집'과 다른 쪽의 사형실 사이를 가로지르는 통로였다. 이곳에서 이따금 — 아, 슬프게도 너무 빈번히 — 규칙적으로 사형이라는 최후의 연극 장면의 적어도 일부가 연출되곤 했다.

최후의 날이 되면 사형수는 한두 해쯤 갇혀 있던 새 건물의 '좋은' 감방으로부터 이 통로를 따라 '옛 죽음의 집'의 한 감방으로 옮겨졌다. 이것은 최후의 몇 시간을 혼자 있게 해 주려는 당국의 배려 때문이었다. 그러나 최후의 시간(죽음의 행진)이 되면 사형수는 다시 이 좁은 복도를 따라 되돌아가 모든 수감자가 지켜보는 가운데 반대편 끝에 있는 사형실로 가야 했다.

또한 변호사나 가족이 사형수를 면회하러 '옛 죽음의 집'으로 갈 때도 수감자는 중앙 복도를 통해서 이 좁은 통로를 거쳐 가야 했고, 일단 '옛 죽음의 집'에 들어서면 앞에 두께 0.5미터 조금 넘는 간격의 철망이 있는 감방에 수용되었고, 그가 면회자(아내·아들·어머니·딸·동생·변호사)와 이야기하는 동안 철망과 감방 사이에 앉아 있는 교도관은 그런 대화의 내용을 한마디도 놓치지 않고 들었다. 악수나 키스나 정다운 손길이 상대방의 몸에 닿는 것은 허용되지 않았다. 마지막 시간이 왔을 때 어느 수감자든―사악하든 순박하든 감정이 예민하든 둔하든― 의도적으로는 아니라 할지라도 형 집행의 마지막 준비를 목격하지는 않는다고 해도 소리는 들을 수밖에 없었다. 형 집행 전의 수감자를 '옛 죽음의 집' 감방으로 옮기는 소리, 어쩌면 마지막으로 면회 온 어머니, 아들, 딸, 아버지의 울음소리를 듣지 않을 수 없었다.

이 건물의 설계나 운영 과정에서는 이곳에 수감되어 즉시 처형되는 게 아니라 상급 재판소의 재심 여부 결정을 기다려야 하는 죄수들에게 주는 이런 불필요하고 부당한 고문은 전혀 고려되지 않았다.

클라이드는 물론 처음에는 이런 사실을 별로 의식하지 못했다. 수감된 첫날 그는 이곳의 사정을 그저 어렴풋이 짐작했을 뿐이다. 그의 마음을 밝게 했든 더 어둡게 했든 바로 이튿날 그의 어머니가 면회하러 왔다. 어머니는 클라이드와의 동행이 허락되지 않자 뒤에 남아서 벨크냅과 제프슨을 마지막으로 한 번 더 만나고, 이어 아들을 떠나보내면서 느낀 인상을(그 얼마나 괴로웠던 심정이었을까!) 자세히 기사로 썼다. 어머니는 교도소 근처에 방을 구하고 싶었지만 오번에 도착하자 먼저 교도소 사무실로 가서 오버월처 판사의 명령서와 처음만이라도 클라이드와의 단독 면회를 허락해 달라고 부탁한 벨크냅과 제프슨 두 변호사의 간곡한 편지를 내놓자 '옛 죽음의 집'에서 떨어진 어느 방에서 아들과의 면회가 허락되었다. 소장 자신이 부인의 활동과 희생에 관한 기사를 그동안 신문에서 읽었기 때문에 그는 부인은 말할 것도 없고 클라이드까지도 만나 보고 싶었다.

그러나 면회실에 들어선 그리피스 부인은 너무도 갑작스럽게 변한 클라이드의 모습을 보자 그만 말문이 막혀 버렸다. 아들은 알아보기 어려울 정도로 뺨이 창백하다 못해 잿빛으로 변해 있었고, 눈에는 어렴풋이 긴장한 빛이 감돌았다. 저렇게 빡빡 깎은 머리! 저 죄수복! 주위에 철문과 자물쇠와 구석구석마다 제복을 입은 교도관들이 지키는 긴 복도가 있는 이 음산한 건물!

그리피스 부인은 한순간 충격을 받고 정신이 나가서 움찔하며 몸을 떨었다. 그 이전에 그녀는 캔자스시티, 시카고, 덴버 등지에서 여러 번 유치장과 이곳보다 더 큰 교도소에 찾아가서 책자를 나누어 주며 설교를 하고 또 그 밖에 도울 일이 있으면 돕기도 했다. 하지만 이곳, 이곳은! 그녀의 아들이 지금 이곳에 갇혀 있지 않은가! 부인의 넓고 건장한 가슴이 들먹이기 시작했다. 부인은 아들을 바라보고 있다가 자신의 얼굴을 보이지 않으려고 그 널찍하고 건장한 등을 잠시 돌렸다. 그녀의 입술과 턱이 파르르 떨렸다. 그녀는 들고 있던 손가방에서 손수건을 더듬어 찾으면서 혼자서 중얼거렸다. "나의 하나님, 왜 저를 버리셨나이까?" 그러나 그러는 동안에도 부인은 이런 태도를 아들에게 보여서는 안 된다고 스스로 타이르고 있었다. 이러면 안 되었다. 그녀가 눈물을 보이면 아들의 마음만 약해질 것이다. 의지가 강한 부인이었지만 울음을 금방 그칠 수는 없어 계속 흐느꼈다.

클라이드는 어머니의 그런 모습을 보자 마음을 단단히 먹고 어머니에게 위로가 될 만한 말을 하려고 입을 열었다.

"그러지 마세요, 엄마. 아, 울지 말아요. 엄마가 얼마나 가슴 아파할지 잘 알아요. 나는 괜찮을 거예요. 확실히 괜찮고말고요. 여긴 생각했던 것보다는 그렇게 나쁘지 않아요." 그러나 그는 마음속으로는 이렇게 말했다. '아, 이렇게 끔찍한 곳이 또 어디에 있을까?'

그러자 그리피스 부인이 큰 소리로 대꾸했다. "불쌍한 내 아들! 내 귀한 아들! 하지만 우리는 포기해서는 안 돼. 안 돼, 절대로 포기해서는 안 돼. '보라, 내가 사악한 자들의 올무에서 너를 구할지니.' 하나님께서는 우리를 버리시지 않으셨어. 하나님은 그러지 않으실 거야. 나는 그걸 확실히 알고 있거든. 우리를 버리시지 않는다. '잔잔한 물가로 나를 인도하신다.' '주님은 내 영혼을 소생시키시도다.' 그러니 우리는 그분을 믿어야 해. 게다가……."부인은 자신과 클라이드에게 용기를 불어넣기 위해 힘차게 노련한 어조로 말을 이었다. "나는 벌써 항소할 준비를 끝냈지 않았더냐? 이번 주일 안으로 결정되겠지. 곧 고시가 나올 거다. 그러니 일 년 안에는 심리도 할 수 없겠지. 하지만 아까는 네 모습을 보고 놀라서 그랬단다. 설마 그런 모습을 하고 있을 줄은 예상하지 못했거든." 부인은 어깨를 펴고 고개를 들면서 애써 미소를 지어 보였다. "이곳 소장님은 매우 친절하신 분 같더라. 하지만 이렇게 너를 보니……."

그리피스 부인은 갑작스럽게 큰 충격을 받고 젖은 눈을 손수건으로 닦았다. 그녀는 자신과 아들의 마음을 딴 데로 돌리게 하려고 자기가 해야 할 매우 중요한 일에 관해서 이야기를 꺼냈다. 떠나기 전에 그녀는 벨크냅과 제프슨 두 변호사한테서 많은 용기를 얻었다. 그들의 사무실에 갔더니 두 사람은 그녀하고 클라이드가 마음을 밝게 가져야 한다고 말했다. 그녀는 곧 간증을 시작하는데, 그걸로 돈도 마련할 것이다. 아 참, 그렇지. 제프슨 변호사는 며칠 안으로 그를 만나러 올 것이다. 재판이 끝난 것은 절대로 아니라고 했다. 아직 멀었다고 말이다. 일전의 판결과 선고는 번복되고 새로 재판이 열릴 것이다. 변호사가 보기에 지난번 재판은 한 편의 희극이었다고 했다는 것이다.

그리고 그리피스 부인으로 말하자면, 그녀는 교도소 근처에 방을 얻는 대로 오번의 유력한 목사들을 찾아가 간증해서 아들의 입장을 옹호할 두서너 군데 교회를 알아볼 생각이었다. 제프슨 변호사는 그녀가 간증에 이용할 만한 자료를 하루나 이틀 후에 우편으로 보내 주게 되어 있었다. 그 뒤에는 시러큐스, 로체스터, 올버니, 스키넥터디에 — 즉, 동부 여러 도시에 — 있는 교회들을 돌아다니며 필요한 자금이 마련될 때까지 간증을 계속할 것이다. 물론 그렇다고 클라이드를 그냥 내버려 두지는 않을 것이다. 적어도 일주일에 한 번은 면회 올 것이고, 이틀에 한 번씩, 아니 될 수 있으면 날마다 편지를 쓸 것이다. 어머니는 소장을 만나서 이야기해 볼 것이다. 그러니 클라이드는 절대로 절망해서는 안 된다. 물론 앞으로 어려운 일이 많겠지만 그녀가 하는 일마다 주님께서 인도해 주실 것이다. 그녀는 하나님이 그렇게 해 주시리라는 걸 잘 알고 있었다. 주님은 벌써 자비와 기적 같은 은혜를 베풀어 주시지 않았던가?

클라이드는 어머니와 그 자신을 위해서 기도해야 한다. 「이사야서」를 읽어라. 날마다 「시편」 23편과 51편 그리고 91편을 읽어라. 또한 「하박국서」도 읽어야 한다. "주님의 손을 막을 벽이 있으랴?" 그리고 나서 눈물을 흘리며 가슴 아픈 장면을 다시 한 번 벌인 뒤 부인은 마침내 자리를 떴고, 클라이드는 이루 말할 수 없는 비참한 기분으로 감방으로 돌아갔다. 그의 어머니. 그 나이에 — 돈도 거의 없이 — 그를 살리기 위해 돈을 장만하려고 돌아다니다니. 지금 생각해 보니 그는 과거에도 어머니에게 너무 심하게 대했다.

교도소 안에서 클라이드가 침대 모퉁이에 걸터앉아 두 손으로 머리를 감싸고 있는 동안, 철문이 닫힌 교도소 밖에서는 외로운 방과 간증 여행의 시련만이 기다리고 있는 그리피스 부인이 잠깐 발걸음을 멈췄다. 클라이드에게 그렇게 말하기는 했지만 그렇다고 확신할 수 있는 것은 아니었다. 물론 주님이 그녀를 도와주실 것이다. 물론 그렇게 하실 것이다. 지금껏 그녀를 저버리신 적이 있었던가? 완전히 저버리신 적이 말이다. 그리고 지금—이곳에서—그녀와 그녀의 아들이 가장 암담한 시련을 겪고 있지 않은가! 주님이 설마 그러실 리가?

그리피스 부인은 잠시 뒤 교도소를 지나친 곳에 있는 조그마한 주차장에서 발길을 멈추고 교도소의 높은 회색 담벼락과 제복을 입은 무장 교도관들이 지키고 있는 감시탑과 창살이 박힌 창과 출입문들을 바라보았다. 교도소. 그녀의 아들이 지금 저 안에 그것도 외부와는 완전히 단절된 좁은 '죽음의 집'에 있었다. 전기의자에 앉아 죽기를 기다리면서—무슨 수가 있지 않은 한—무슨 뾰족한 수가 있지 않은 한에는. 하지만 아냐, 아냐, 그런 일은 있어서는 안 돼. 그런 일은 있을 수 없어. 항소가 있지 않은가. 참, 항소 비용. 일찍 서둘러 그 비용을 마련해야지. 생각하거나 우울해하거나 절망할 시간이 없어. 아, 그럴 시간이 없고말고. "주님은 나의 방패시오." "주님은 나의 빛이시오 나의 능력이시오." "오, 주여, 당신은 나의 능력, 나의 구원이십니다. 나는 당신을 믿나이다." 부인은 다시 한 번 눈물을 훔치며 덧붙였다. "오, 주님, 저는 주님을 믿나이다. 믿음이 부족한 저를 도와주시옵소서.'"

　그래서 그리피스 부인은 번갈아 가며 기도를 올렸다가 울었
다가 하면서 다시 걸음을 옮겼다.

제30장

클라이드에게는 지루한 교도소 생활이 계속되었다. 일주일에 한 번씩 어머니가 면회를 올 뿐이었다. 어머니도 일단 일을 시작하자 두 달 동안은 처음에 바랐던 만큼의 성과는 없었지만 올버니와 버펄로, 그리고 뉴욕시까지 왕래하느라고 그 이상은 더 자주 그를 만나러 오기 어려웠다. 교회와 일반 대중을 상대로 호소를 해 보았고 그것은 지칠 대로 지치는 일이었다. (또한 클라이드에게는 아닐지라도 다른 사람들에게는 비밀로 해야 했다.) 세 주 동안 지역과 교파에 시도해 본 끝에 그리피스 부인은 교인들이 매우 무관심하다는 결론을 내릴 수밖에 없었다. 그녀가 생각하는 기독교인들의 태도는 아니었다. 모든 사람이 그랬지만 특히 그중에서도 모든 일에서 매우 조심스럽게 자기네 교회의 신도들을 대변하는 이 지역의 목사들이 보기에는, 하나같이 악명 높고 불미스러운 재판에서 클라이드에게 내려진 판결은 적어도 여러 신문의 논조로 미루어 보더라도 전국의 보수주의자들이 동의하고 있었다.

더구나 이 부인은—아들도 그렇지만—도대체 어떤 사람인가? 조직적이고 역사적이며 성직과 관련한 종교의 권위와 형태(하나님의 말씀을 역사적으로 교리에 따라 조심스러우면서도 현명하게 적법하다고 해석하는 신학교들과 정식 교회들 및 그 산하 단체 등)의 교리와 과정을 무시한 채 어떤 식으로도 목회의 인가를 받지 않고 이곳저곳 돌아다니면서 정체를 알 수 없는 무허가 전도 사업을 벌이고 있는 길거리 설교자가—정체를 알 수 없는 설교자가—아닌가? 더욱이 만약 그녀가 훌륭한 어머니답게 집 안에 남아 그와 다른 아이들에게 헌신했다면—그들을 잘 돌보고 훈육했다면—이런 일은 아예 일어나지 않았을 게 아닌가?

어디 그뿐인가? 재판 때 클라이드가 한 증언에 따르면, 그는 이 젊은 아가씨와 간음의 죄를 범하지 않았던가? 그 여자를 죽였든 죽이지 않았든 상관없이 말이다. 그 죄는 살인에 버금가는 무서운 죄라고 생각하는 사람이 너무도 많았다. 그는 그 죄를 이미 고백하지 않았던가? 비록 살인은 하지 않았다 해도(하긴 그것도 알 수 없는 일이었지만) 여자와 부적절한 관계를 맺은 사실이 밝혀진 사람의 구명 운동을 교회에서 해도 될 일인가? 아니, 그럴 수는 없었다. 모든 교회의 신도들이 아무리 개인적으로는 그리피스 부인을 동정한다 해도 또 부인 아들이 재판에서 부당하게 취급받았다고 해도 이 사건의 공과(功過)를 교회에서, 그것도 입장료를 받고 운운한다는 것은 도저히 있을 수 없는 일이었다. 아니, 절대로 그럴 수는 없었다. 그것은 도덕적으로도 바람직하지 않았다. 심지어 젊은이들이 이 범죄의 구체적인 내용을 알게 되는 사태까지 발생할지도 몰랐다.

더구나 그리피스 부인이 아들을 도우러 동부에 온 사실을 보도한 신문의 기사 내용과 검소한 옷차림을 한 그녀의 사진을 보고 대부분의 목사는 부인이 어느 교파에 속하나 정통적인 교리를 믿지 않는 괴팍한 인물로 그 옷차림만으로도 순수하고 참된 믿음을 웃음거리로 만들 것 같다고 생각했다.

결국 목사들은 저마다 자기 차례가 오면, 마음이 냉혹해서 그런 것은 아니었지만 신중히 처리하기 위해서라도 부인의 요청을 거절하기로 하고, 공회당 같은— 기독교도들 사이에 말썽을 일으키지 않을 더 좋은— 그런 장소가 있지 않겠느냐, 또 신문을 통해서 호소하면 기독교인들도 그런 장소에 가게 되지 않겠느냐고 말했다. 그리피스 부인은 한 곳을 제외한 모든 교회에서 다른 곳으로 가 보라는 말을 들었는데 가톨릭교회에 관해서는 편견과, 사실과 그다지 어긋나지도 않는 막연한 지식 때문에 부인은 본능적으로 생각조차 해 보려고 하지 않았다. 성(聖)베드로의 신성한 열쇠*를 가지고 있는 분이 해석하는 그리스도의 은총은 교황의 권위를 인정하지 않는 사람에게는 베풀어질 수 없다는 것을 부인은 잘 알고 있었다.

그래서 그리피스 부인은 며칠간 보람도 없이 이곳저곳을 찾아다닌 끝에 마침내는 적잖이 침울한 마음으로 유티카에서 가장 큰 영화관─죄 많은 극장을 경영하고 있는 어느 유대인에게 호소할 수밖에 없었다. 유대인의 배려로 부인은 어느 날 영화관을 오전 중 무료로 빌려 '아들을 위한 어머니의 호소'라는 제목으로 아들의 입장을 옹호하는 간증을 할 수 있었다. 한 사람의 입장료가 25센트인 이 간증에서는 2백 달러라는 놀라운 금액이 걷혔다. 이 금액 자체는 그다지 많지 않았지만, 부인은 처음에는 정통파 기독교인들의 태도야 어떻든 곧 항소 비용을 벌 수 있으리라는 자신감을 얻었다. 시간은 걸릴지 모르지만 그녀는 필요한 금액을 마련할 생각이었다.

그러나 그리피스 부인은 그 밖에도 고려해야 할 요인이 한둘이 아니라는 것을 곧 깨달았다. 현재는 생활비가 한 푼도 없을 뿐 아니라 집안에 생긴 이번의 엄청난 비극 때문에 자리에 누워버린 덴버의 남편에게─프랭크와 줄리아에게서 병이 매우 무겁다는 다급한 편지가 오고 있었다─꼭 보내야 하는 일정한 금액 말고도 차비와 유티카와 그 외의 곳에서 드는 경비 등이 있었다. 남편은 다시 일어날 수 없을지도 몰랐다. 그쪽에도 도움이 필요한 상태였다.

결국 그리피스 부인은 하나밖에 없는 현재의 수입원에서 자신의 체재비뿐만 아니라 다른 비용까지도 지출해야 했다. 클라이드의 암담한 처지를 생각한다면 답답하기 짝이 없는 일이었지만, 승리를 쟁취하기 위해서는 그녀 자신이 살아 있어야 하지 않는가? 클라이드 혼자만을 돕기 위하여 남편을 버릴 수도 없는 일이었다.

엎친 데 덮친 격으로 간증을 들으러 오는 사람이 갈수록 더 줄어서 마침내는 겨우 몇 사람이 올 정도가 되었고, 부인은 체재비도 감당하기 어렵게 되었다. 그러나 그런 중에서도 — 모든 비용을 치르고 나니 — 1천 1백 달러가 남았다.

그런데 근심 걱정이 태산 같은 바로 이 무렵, 살아 있는 동안에 아버지를 다시 보고 싶으면 곧장 집으로 오라는 전보가 프랭크와 줄리아에게서 날아왔다. 병이 위독해서 살아날 것 같지 않다는 사연이었다. 여러 어려움이 한꺼번에 몰아닥치고 교도소의 규칙에 따라 일주일에 한두 번 이상은 클라이드를 찾아갈 수 없고, 또 그 밖에는 할 일도 없었으므로 부인은 곧장 벨크냅과 제프슨 두 변호사를 찾아가서 매우 딱한 사정을 털어놓았다.

두 변호사는 그리피스 부인이 지금껏 마련한 돈에서 1천 1백 달러를 넘겨주겠다는 말을 듣자 인정이 솟구쳐 올라 남편한테로 돌아가는 게 좋겠다고 말했다. 관계 기록과 항소 서류를 제출하는 시한이 일 년까지는 아니더라도 적어도 열 달은 남아 있으니, 우선은 클라이드에 대해서는 걱정하지 않아도 된다는 것이었다. 더욱이 재심 여부의 결정이 내려지기까지는 다시 그때로부터 일 년이 더 걸릴 것이다. 그때까지는 항소 비용의 부족한 금액이 분명히 마련될 수 있을 것이다. 비록 그렇게 되지 않는다고 해도 — 그렇다면야 — 어떻든(이때 부인의 너무도 지친 망연한 모습을 보고) 걱정할 것은 없다고 말했다. 그들 변호사두 사람이 클라이드를 보호할 것이다. 그들은 항소와 변론을 맡는 것은 물론이고 때가 오면 정당한 심리가 열리도록 백방으로 손을 쓰겠다고 했다.

그리피스 부인은 이렇게 마음의 큰 짐을 덜고—마지막으로 두 번 더 클라이드를 만나러 갔다—아버지가 다시 힘을 얻어 일어나고 돌아오는 여비가 마련되는 대로 하루 속히 돌아오겠다고 안심시킨 뒤 그곳을 떠났다. 그러나 부인이 덴버로 돌아가 보니 남편의 병은 쉽게 치유될 수 없다는 사실을 깨달았다.

한편 클라이드는 좋게 표현해서 단테 같으면 "이곳에 들어오는 자여, 모든 희망을 버릴지어다!"라고 했을지도 모르는 정신 병자들의 지옥이라고 할 세계에 갇혀 이런저런 생각을 하며 능력껏 살아가는 수밖에 없었다.

음산하기만 한 이 세계. 느리지만 영혼을 불태워 버리는 이 세계의 심리적인 힘! 끊임없고 확고부동한 공포와 의기소침! 용기가 있든 공포에 짓눌려 있든, 허세를 부리든 무관심하든(그 중에는 무관심한 수감자들도 있었다) 이곳 사람들은 여전히 그 순간을 생각하며 기다리고 있었다. 그들은 하나같이 가장 춥고 가장 괴로운 형태의 감옥살이를 하는 동안, 육체적 의미에서는 아니더라도 정신적 의미에서는 자신과 같이 성격이나 상황에서 비롯한 흥분과 욕정과 불행의 노예가 되어 버린 기질과 국적이 저마다 다른 스무 명의 다른 사형수와 늘 접촉할 수밖에 없었다. 최후의 결과나 마지막 일화로서 정신적이고 법정 투쟁과 패배의 무섭고 고달픈 과정을 치른 사람들이 이곳에 있는 스물두 개의 쇠 우리에 갇혀 기다리고 있었다. 과연 무엇을 기다리는 것일까?

수감자들은 잘 알고 있었다. 하나같이 너무나도 잘 알고 있었다. 그리고 이곳에는 때로는 분노와 절망이나 기도가 모든 수감자의 귀에 큰 소리로 들렸다. 다른 때는 욕설, 야비하거나 거친 농담, 또는 모든 사람에게 들려주는 이야기, 저속한 웃음소리가 들릴 때도 있었고 지친 영혼이, 침묵하는 육체와 정신이 휴식을 취하게 마련인 심야의 시간에 탄식과 신음이 들리기도 했다.

긴 복도 끝을 나선 곳에 있는 운동장에서는 아침 열 시부터 오후 다섯 시 사이에 하루 두 번씩 수감자들이 대여섯 명씩 이끌려 나가 숨을 내쉬고, 걷고, 체조하고, 또 마음이 내키면 달리기도 하고, 뛰기도 했다. 그러나 그곳에는 항상 무슨 말썽이라도 일어나면 진압하려고 교도관들이 지켜보며 대기하고 있었다. 클라이드도 수감된 이튿날부터 함께 나가는 사람들은 그때그때 바뀌었지만 이곳으로 이끌려 나갔다. 처음에는 이렇게 여러 사람과 어울리는 것이 몹시 마음에 걸렸다. 그러나 다른 사람들은 처형될 날이 얼마 남지 않았는데도 운동을 즐기고 있는 것 같았다.

이곳에는 눈이 검고 인상이 험상궂은 이탈리아인 두 사람이 있었는데 그중 한 명은 결혼해 주지 않는다고 여자를 죽인 사람이었고, 다른 한 명은 아내와 함께 생활비를 마련하기 위해 장인을 대상으로 강도질을 한 뒤 장인을 살해하고 나서 그 시체를 태워 버리려고 한 사람이었다. 그리고 머리가 크고 어깨가 딱 벌어지고 손발이 크고 체구가 큰 래리 도너휴는 병사로서 해외에 주둔한 적이 있었는데 브루클린의 어느 공장의 야간 경비원 일자리에서 쫓겨나자 공터에 잠복하고 있다가 자기를 파면한 공장의 주임을 살해했는데 서툴러서 그만 군대에서 받은 종군 기장(旗章)을 현장에 떨어뜨리는 바람에 신원이 들통난 사람이었다. 클라이드는 두 명씩 여덟 시간을 교대로 근무하며 밤낮으로 감방들을 감시하는, 겉보기에 친절하고 이상하게 감정을 드러내지 않는 교도관들에게서 이런 사실들은 들어서 알고 있었다. 로체스터에서 경찰관을 지낸 리오던은 헤어지자고 고집하는 아내를 살해한 죄로 이제는 자신이 죽게 되어 있었다. 클라이드가 첫날밤에 신음을 들었던 젊은 농부 — 실제로는 일꾼이었지만 — 토머스 모러는 갈퀴로 주인을 죽인 죄로 곧 처형될 예정이었다. 클라이드가 듣기로 그 사람은 고개를 떨어뜨리고 뒷짐을 진 자세로 감방의 벽에 붙어 쉴 새 없이 걸음을 옮긴다고 했다. 난폭하고 건장하고 촌스러운 서른 살가량의 이 사나이는 그 자신이 남에게 해를 끼친 것보다 훨씬 고통을 치르고 배신당한 사람처럼 행동하고 있다는 것이다. 클라이드는 그 사람에 대해서 궁금했다. 그가 저지른 진정한 범죄가 과연 무엇일까?

밀러 니컬슨은 키가 후리후리하게 큰 의젓한 인상의 마흔 살쯤 되어 보이는 버펄로의 변호사였는데, 그 세련되고 지적으로 보이는 모습에서 살인자를 연상할 사람은 거의 없을 것 같았다. 그것은 클라이드를 보고 살인자라고 생각할 사람이 없는 것과 마찬가지였다. 그런데도 니컬슨은 어느 돈 많은 노인을 독살한 뒤 그 재산을 횡령하려고 한 죄로 사형을 선고받은 인물이었다. 그러나 적어도 클라이드가 느끼기에 그의 모습이나 태도에서 받은 인상으로는 그토록 나쁜 인간 같지 않았다. 첫날 아침 클라이드를 보자 이 상냥하고 예의 바른 사람은 다가와서 말을 건넸다. "무서운가?" 클라이드는 겁에 질린 나머지 움직이기는커녕 무슨 말을 해야 할지도 몰라 멍청하게 서 있었다. 그러면서도 그는 니컬슨의 부드럽고 정다운 말투에 감명을 받았다. 그는 이제는 정말로 끝장이라는 기분에서 "네. 그런 것 같습니다"라고 대답했다. 이 말을 하자마자 곧 그는 왜 그런 말(그런 나약한 고백)을 했을까 하고 생각했고, 나중에는 그 사람이 지니는 무언가에서 용기를 얻으면서 그런 대답을 한 것을 후회했다.

"자네 이름이 그리피스인가?"

"네, 그렇습니다."

"내 이름은 니컬슨이야. 두려워하지 말게. 자네도 차츰 익숙해질 거야." 그는 힘은 없지만 환한 미소를 지어 보였다. 그러나 그의 두 눈은 웃고 있지 않았다.

"저는 그다지 두려워하고 있지는 않습니다." 클라이드는 조금 전에 자기도 모르게 불쑥 던져 버린 말을 바로잡으려고 이렇게 말했다.

"그래, 그게 좋지. 용기를 내야지. 이곳에서 우린 모두 용기를 내야 해. 그러지 않고서는 모두 미쳐 버릴 테니까. 숨을 크게 들이쉬게. 아니면 빠른 걸음으로 걷든지. 그러면 기분이 좀 좋아질 걸세."

니컬슨은 몇 발자국 물러서더니 팔 운동을 시작했고, 클라이드는 아직도 충격에서 벗어나지 못한 채 그 자리에 서서 입 속으로 그가 한 말을 되뇌었다. '우린 모두 용기를 내야 해. 그러지 않고서는 모두 미쳐 버릴 테니까.' 이 말이 사실이라는 것은 클라이드도 첫날 밤 이후 보고 느껴서 알고 있었다. 미쳐 버린다는 말이 옳았다. 너나 할 것 없이 자기 눈앞에 다가오는 무서운 종말을 하고많은 날 목격해야 하니 말이다. 그것은 사람을 죽을 때까지 고문하는 것과 다름없었다. 이 고통을 얼마나 오랫동안 견뎌 내야 하는 걸까? 도대체 얼마 동안이나?

그러나 하루 이틀 지나는 사이에 클라이드는 이 '죽음의 집' 역시 적어도 겉보기에는 두려움만 가득 찬 곳이 아니라는 것을 알게 되었다. 사람마다 죽을 날이 눈앞에 다가와 있는데도 '죽음의 집'은 사실상 조롱과 환성과 우스갯소리가 오가고, 놀이와 체육 행사와 연극 등 온갖 인간의 재주 겨루기가 벌어지고, 일반적으로 낮은 수감자들의 지적 수준이 허용하는 범위에서 죽음과 여자 문제부터 그 부재(不在) 문제에 이르는 온갖 화제를 놓고 토론을 벌이는 곳이기도 했다.

아침 식사가 끝나면 대개 먼저 운동장으로 불려 나가지 않는 사람들은 이곳에서 허용되는 두 가지 놀이, 즉 카드와 체커를 즐겼다. 그러나 독방에서 풀려나온 사람들끼리 한 벌의 체커나 카드를 갖고 노는 것은 아니었다. 언제나 옆에서 감시하고 있는 교도관이 서로 겨루어 보려는 두 사람에게 (체커의 경우에는) 체커 판을 한 개씩 주되 말은 주지 않았다. 말은 필요 없었다. 이어 한쪽에서 먼저 어느 말을 움직인다고 말한다. "G2에서 E1로 움직인다." 체커 판의 눈에는 일일이 숫자가 표시되어 있었고,

측면에는 알파벳의 글자로 표시되어 있었다. 말의 움직임은 연필로 기록했다.

그러면 상대방은 자기가 가지고 있는 판에 이 말의 움직임을 기록하고 그것이 자신의 진용에 미치는 영향을 숙고하고 나서 자기 말의 움직임을 말해야 했다. "E7에서 F5로 옮긴다." 승부의 어느 한쪽에 가담하고 싶은 사람이 있을 때는 추가로 체커 판과 연필을 제공해 주었다. 그러면 쇼티 브리스틸은 자기 감방에서 세 칸 떨어진 감방에 수감된 '네덜란드인' 스위고트 편을 들어서 이런 식으로 훈수하기도 했다. "어이, 네덜란드인, 그 수는 좋지 않아. 좀 기다려 봐. 좀 더 좋은 수가 있어." 이런 식으로 승부의 기복과 난이도에 따라 놀림과 욕설과 웃음이 오가고 말다툼이 벌어졌다. 카드놀이를 할 때도 마찬가지였다. 카드놀이 역시 독방에 갇힌 사람들끼리의 승부였지만 체커의 경우처럼 무난하게 진행할 수 있었다.

그러나 클라이드는 카드놀이에 별로 흥미가 없었고, 주고받는 야비한 말들도 싫었다. 그가 듣기에는 오직 한 사람만을―니컬슨 말이다― 제외하고는 모든 사람의 입에서 나오는 말이 너무도 상스럽고 거칠었다. 그러나 그는 니컬슨에게는 친근감을 느꼈다. 얼마 뒤 며칠이 지나는 사이 클라이드는 어쩌다가 같은 그룹에 끼어 운동 시간에 마주치게 되는 이 변호사 때문에 이곳에서의 시간도 어느 정도 견딜 수 있다고 생각하기 시작했다. 니컬슨은 수감자 중에서 누구보다도 지적이고 존경받을 만한 인물이었다. 다른 사람들은 전혀 딴판이어서 때로는 말이 없었지만 대개는 사납거나 야비하거나 서먹서먹한 태도를 보이고 있었다.

그러나 클라이드가 이곳에 온 지 일주일쯤 지나 니컬슨에게 느끼는 관심 때문에 그나마 견딜 수 있다고 느낄 무렵 아내를 유혹하려 한 동생을 살해했다는 이유로 사형 선고를 받은 브루클린 출신의 파스칼레 쿠트로네라는 이탈리아인의 사형 집행이 있었다. 클라이드가 이곳에 온 뒤 알게 된 일이었지만 그는 횡단 복도에 가장 가까운 어느 감방에 수용되어 있었는데, 상심하다 못해서 머리가 살짝 돌아 있었다. 그는 다른 사람들이 여섯 명씩 짝을 지어서 운동장으로 나갈 때도 언제나 감방에 남겨져 있었다. 클라이드는 지나가다가 그의 초췌한 얼굴을 어쩌다 본 적이 있었다. 감옥살이하는 동안 두 눈에서 양쪽 입가로 패인 깊은 주름살 때문에 그의 얼굴은 음산한 세 개의 부분으로 나뉘어 있었다.

그 사람은 클라이드가 이곳에 도착했을 때부터 밤낮으로 기도하기 시작했다. 그전에 이미 처형일이 언제쯤 될 것이라는 통고를 받았었는데, 그 날짜가 그 주일에 들어 있었기 때문이다. 그 뒤 그는 감방 안을 기어 다니면서 감방 바닥에 입을 맞추고 교도소 측에서 준 놋쇠로 된 십자가 위의 예수 발을 핥고 있었다. 이탈리아에서 방금 도착한 형과 누나가 여러 번 그를 면회하러 왔고, 그는 그럴 때마다 어떤 시간에 옛 '죽음의 집'으로 옮겨졌다. 그러나 이제는 모든 사람이 수군거리는 것처럼 그는 형과 누나도 어쩔 수 없을만큼 심한 정신 착란을 일으키고 있었다.

그는 형과 누나가 면회하러 오지 않을 때는 밤이고 낮이고 언제나 방바닥을 기어 다니며 기도했다. 잠을 이루지 못해 독서로 시간을 보내려고 하는 수감자들은 그가 중얼거리는 기도 소리와 주기도문, 성모송을 수없이 부르면서 굴리는 묵주 소리에 귀를 기울이지 않을 수 없었다.

어쩌다 "아, 제기랄! 좀 잠을 자면 좋으련만" 하고 말하는 사람도 있었지만 그는 여전히 막무가내였다. 기도하며 감방 바닥을 이마로 치는 소리는 그칠 새가 없었지만, 마침내 처형을 하루 앞둔 운명의 날이 오자 파스칼레는 이곳 감방에서 옛 '죽음의 집' 감방으로 옮겨졌다. 클라이드가 뒤에 알게 된 일이지만 그곳에서 이튿날 아침이 되기 전에 그럴 사람이 있으면 마지막 작별 인사를 나누게 되어 있었다. 그리고 그곳에서는 조물주 앞에 나갈 마음의 준비를 위해 몇 시간의 여유도 주어졌다.

그러나 그 밤 동안에 '죽음의 집'에 갇힌 사람들은 모두가 기이한 상태에 빠져들었다. 감방에서 나가는 쟁반을 보면 알 수 있는 일이었지만 음식에 손을 대는 사람은 별로 없었다. 정적이 흘렀고, 그러다가 잠시 후에 파스칼레를 뒤따라 갈 몇몇 사람이 나직하게 기도하는 소리가 들렸다. 은행 경비원을 살해한 죄로 사형 선고를 받은 어느 이탈리아인은 발작을 일으켜 악을 쓰고, 감방의 의자와 탁자를 문살에 밀쳐놓고, 침대 시트를 갈기갈기 찢어 목매달려 하다가 압도되어 정신 감정을 받기 위해 건물의 다른 구역에 있는 어느 감방으로 옮겨졌다.

이런 어수선한 분위기가 지속하는 동안 다른 사람들은 감방 안을 걸어 다니면서 중얼중얼하거나 교도관을 불러 이런저런 일을 부탁했다. 이런 일을 한 번도 상상해 본 적이 없는 클라이드는 감당할 수 없는 공포감에 사시나무 떨듯 몸을 떨었다. 이 탈리아인의 생애 마지막 날 밤, 클라이드는 침대에 누워 망상에 시달리고 있었다. 이곳에서의 죽음은 바로 이런 것이로구나. 사람들은 울부짖고 기도하고 미쳐 버리는구나. 하지만 이미 정해진 일은 가차 없이 진행되었다. 그 대신 밤 열 시가 되자 나머지 수감자들을 진정시키기 위해 간식이 나왔지만, 복도 건너편의 중국인을 제외하고는 그것을 먹는 사람은 아무도 없었다.

이튿날 새벽 네 시가 되자 사형 집행을 맡은 교도관들이 말없이 중심 복도를 지나면서 감방마다 비치된 두꺼운 녹색 커튼을 쳤다. 수감자들에게 옛 '죽음의 집'에서 되돌아와 사형실로 가는 죽음의 행렬을 보지 못하도록 하기 위해서였다. 그러나 그 소리에 클라이드를 비롯한 모든 수감자는 잠에서 깨어 일어나 앉았다.

이곳에서 사형을 집행하는구나! 죽음의 시간이 왔구나! 이것이 그 신호가 아니겠는가? 공포나 회개나 타고난 믿음 때문에 신앙에 의지하게 된 사람들은 저마다 자기 감방 안에서 무릎을 꿇고 기도를 올렸다. 그저 감방 안을 걷거나 입 속으로 무슨 말인가를 중얼거리는 사람들도 있었다. 또 억누를 수 없는 공포감에서 간혹 비명을 지르는 사람들도 있었다.

클라이드 자신은 온몸이 마비되고 얼이 빠져 있었다. 아무런 생각도 없었다. 저 사람을 저기 있는 저 방에서 죽이는구나. 저

의자는— 그가 그동안 그토록 두려워했던 전기의자— 저렇게 가까이 있구나. 하지만 제프슨 변호사와 어머니는 그의 차례는 아직 멀었다고 했다. 하지만 만약 그런 일이…… 그런 일이 일어난다면…… 일어난다면…….

이번에는 다른 소리들이 들려오고 있었다. 오가는 발소리도 들렸다. 어디에선가 철컥 감방문이 열리는 소리가 났다. 그러자 옛 '죽음의 집'에서 이곳으로 통하는 문이 열렸다. 아직은 무슨 말인지 분명치 않지만 몇 사람의 말소리가 들려오고 있었다. 이어 기도하는 듯한 누군가의 목소리가 좀 더 똑똑히 들려왔다. 그러자 행렬을 지어 통로를 지나오는 발소리가 마치 고자질하듯이 들려왔다. "주여, 자비를 베푸시옵소서. 예수님, 자비를 베푸시옵소서."

"성모 마리아여, 자비로우신 마리아여, 성 미가엘, 저를 위해 기도해 주시옵소서. 어진 천사시여, 저를 위해 기도해 주시옵소서."

"성 미가엘이여, 저를 위해 기도해 주시옵소서. 성 요셉이여, 저를 위해 기도해 주시옵소서. 성 암브로스여, 저를 위해 기도해 주시옵소서. 모든 성자들과 천사들이여, 저를 위해 기도해 주시옵소서."

"성 미가엘, 저를 위해 기도해 주시옵소서. 어진 천사시여, 저를 위해 기도해 주시옵소서."

그 목소리는 죽으러 가는 사람을 따라가는 신부가 연도(連禱)를 외는 소리였다. 다들 그 사람이 이제는 제정신이 아니라고들 했다. 그래도 기도를 중얼거리는 목소리는 그 사형수의 목소리가 아닌가? 분명히 그의 목소리였다. 클라이드는 그 목소리를 알 수 있었다. 그것은 며칠 동안 너무도 많이 들어 온 목소리였다. 이제 곧 그 방의 문이 열릴 것이다. 그러면 문을 통해 곧 죽을 사형수를 볼 수 있을 것이다. 머리에 뒤집어씌울 모자를, 그의 손발을 묶을 가죽끈들도 볼 수 있을 것이다. 아, 클라이드는 이제 그런 것들에 대해 모조리 알고 있었다. 비록 그 자신은 어쩌면 그런 것들을 착용하지 않겠지만.

"잘 가게, 쿠트로네!" 근처 감방에서 누군가가 떨리는 쉰 목소리로 외쳤다. 클라이드는 그게 어느 감방인지 알 수 없었다. "더 좋은 세상으로 가게나." 이어 다른 죄수들이 외쳤다. "잘 가게, 쿠트로네. 하나님께서 자네를 지켜 주시기를. 비록 자네는 영어를 모르지만."

행렬이 지나갔다. 문이 닫혔다. 그 사람은 지금 그 방에 들어가 있을 것이다. 아마 가죽끈으로 그를 묶고 있을 것이다. 이제 더 할 말이 없느냐고 묻겠지. 제정신이 아닌 그에게 말이다. 이제는 가죽끈으로 묶었을 테고, 모자도 뒤집어씌웠겠지. 이제 곧, 이제 곧 확실히……

이어 클라이드는 그 순간 눈치채지 못했지만, 그의 감방 안과 교도소 전체의 불빛이 갑자기 어두워졌다. 그것은 같은 전원으로 사형을 집행하고 또 모든 감방을 밝히는 어리석으면서도 생각 없는 조치에서 비롯된 결과였다. 그러자 누군가가 큰 소리로 외쳤다.

"자, 시작이다! 바로 그거야. 그 친구 이제는 다 끝났군."

또 두 번째 목소리가 말했다. "그래, 끝났군, 불쌍한 녀석."

그러고 나서 일 분 정도 지난 뒤 30초 동안 불빛이 다시 어두워졌다. 이윽고 세 번째로 불빛이 흐려졌다.

"그래. 확실해. 이제는 모두 끝났어."

"맞았어. 이젠 그 친구 저승 구경을 하고 있겠구나."

그러고 나서는 깊은 침묵, 죽음 같은 고요가 흐르더니 여기저기서 기도하는 낮은 목소리가 들려왔다. 그러나 클라이드는 오한이 나서 몸을 떨고 있었다. 그는 울기는커녕 감히 아무것도 생각할 수조차 없었다. 이런 식으로 집행하는 거였다. 커튼을 친다. 그러고 나서 ― 그러고 나서 그 사람은 이제는 이 세상에서 사라져 버렸다. 불빛이 세 번 흐려졌다. 바로 의자에 전기를 넣었을 때였다. 수많은 밤을 기도로 보냈는데! 그토록 신음했는데! 감방 바닥에 그렇게 머리를 처박았는데! 불과 일 분 전에는 살아서 이 앞을 지나가지 않았는가. 그런데 지금은 죽었어. 언젠가는 그도…… 그도! 그렇게 되지 않으리라고 어떻게 장담할 수 있단 말인가? 어떻게?

클라이드는 침대에 엎드려 얼굴을 파묻고 마구 몸을 떨었다. 교도관들이 와서 마치 세상에 죽음이 어디 있느냐는 듯 삶에 안주하는 태도로 커튼을 올렸다. 이윽고 교도관들이 다른 수감자들 몇몇에게 ― 지금껏 너무 말이 없던 그에게 하는 말은 아니었지만 ― 말을 거는 소리가 들려왔다.

불쌍한 파스칼레. 이런 사형 제도는 전적으로 옳지 않았다. 교도소 소장도 그렇게 생각했다. 수감자들도 같은 의견이었다. 소장은 사형 제도 폐지를 위해 애쓰고 있었다.

하지만 그 사람은! 그 사람의 기도는! 그런데도 그 사람은 이제 이 세상 사람이 아니었다. 지금은 비어 있는 그 사람 감방에는 나중에 역시 죽어야 하는 다른 사람이 들어오겠지. 누군가가— 많은 사형수가— 이런 감방에서 이런 짚으로 만든 요 위에서 지낸 쿠트로네나 그 같은 사람이 들어올 것이다. 클라이드는 일어나 앉았다가 의자 쪽으로 몸의 위치를 옮겼다. 그러나 쿠트로네도— 다른 사형수들도— 의자에 앉지 않았던가? 그는 일어섰다가 요 위에 다시 털썩 주저앉았다. "하나님! 하나님! 하나님! 하나님!" 그는 소리를 내지 않았지만, 이곳에 온 첫날 밤에 그를 두렵게 한, 그리고 아직도 이곳에 있던 그 사나이와 별로 다를 바 없이 울부짖었다. 하지만 그 자신도 죽게 될 것이다. 이곳에 있는 다른 사람들도 하나같이…… 어쩌면 그 자신도…… 만약에…… 만약에…… .

클라이드는 이렇게 처음으로 사형수가 죽는 것을 경험하게 되었다.

제31장

한편 에이서는 병세가 좀처럼 호전되지 않아 넉 달이 지나고 나서야 다시 일어나 앉을 수 있었고, 그리피스 부인도 간증 여행을 다시 시작할 생각을 할 수 있었다. 그러나 이제는 부인과 클라이드의 운명에 대한 일반의 관심은 많이 줄어들어 있었다. 부인에게 기사를 써 준다는 조건으로 되돌아갈 여비를 부담하겠다고 나서는 덴버 신문사는 하나도 없었다. 범행이 발생한 인근 주민들로 말할 것 같으면, 그리피스 부인과 그 아들을 잘 기억하고 있었고 부인의 입장을 동정하고 있었다. 그러나 클라이드는 아마 죄를 지은 게 분명한 것 같으니 그에게 내려진 판결은 정당하며 항소 절차는 밟지 않는 게 좋을 것이라고, 설령 그런 절차를 밟는다고 해도 기각되는 것이 좋겠다고 생각하고 있었다. 범죄자들이 끝없이 너무 항소만을 일삼고 있지 않은가?

클라이드가 있는 교도소에서는 처형되는 사람의 수가 자꾸만 늘어 갔다. 그때마다 클라이드가 섬뜩한 기분으로 새삼 느낀 일이었지만 인간이 처형되는 사실에 익숙해지는 사람은 아무도 없었다. 농장 일꾼인 모러는 주인을 살해한 죄로 처형되었고, 아내를 죽인 경찰관 리오던은 죽기 직전까지 의연한 자세를 취했다. 그 후 한 달 안에 까닭은 잘 모르지만 아직 차례가 돌아올 날이 멀다고 여겨졌던 중국인이(영어 몇 마디를 한다는 것은 잘 알려져 있었는데도 누구에게도 작별의 말 한마디도 남기지 않은 채) 처형되었다. 중국인 다음에는 해외에서 군에 복무했던 래리 도너휴 차례였는데, 그는 사형실 문이 닫히기 직전 큰 소리로 작별 인사를 했다. "모두들 잘 있게나. 행운을 비네."

도너휴 다음에는 — 하지만 아! — 너무나 견디기 힘들었다. 클라이드와 가까웠던 밀러 니컬슨 차례였다. 니컬슨이 없는 이곳 생활을 생각하니 클라이드는 눈앞이 캄캄했다. 같이 걸으며 대화를 나누고, 또 때로는 서로 자신이 갇혀 있는 감방에서 큰 소리로 이야기를 나누기도 하면서 다섯 달을 지내는 동안 니컬슨은 그에게 이런저런 책을 읽으라고 충고해 주기 시작했다. 또한 그는 클라이드에게 재심 문제에 관해서도 매우 중요한 조언을 해 주었다. 즉, 항소나 재심 과정에서 로버타의 편지들이 지닌 감정적인 호소력이 어떤 배심 재판에도 부당한 영향을 끼쳐 거기에 수록된 제반 사실의 냉철하고 공정한 심리를 저해하는 탓에 그 전문이 증거로 채택되는 데 끝까지 반론을 펴고 편지의 전문이 아니라 그 내용에서 사실을 요약한 부분만을 배심원들에게 제시해야 한다고 주장하라고 했다. "만약 자네 변호인들의 그런 요구를 2심 법정에서 정당하다고 받아들인다면 자네는 틀림없이 풀려날 걸세."

클라이드는 때를 놓치지 않고 즉시 제프슨에게 방문해 달라는 전갈을 보냈고, 제프슨이 찾아오자 니컬슨의 의견을 전달했다. 그러자 제프슨은 좋은 의견이라고 하면서 벨크냅과 의논해서 그것을 항소문에 반영시키겠다고 말했다.

그러나 며칠 뒤 운동장에서 돌아온 클라이드를 감방에 다시 수용하고 난 교도관이 니컬슨의 감방 쪽으로 고갯짓하면서 속삭였다. "다음은 저 사람 차례야. 저 사람이 자네에게 말하지 않던가? 사흘 뒤야."

차가운 입김처럼 가슴을 서늘케 하는 그 소식에 클라이드는 온몸이 오그라들었다. 그는 운동장에서 방금 니컬슨과 함께 걸으면서 얼마 전 들어온 수감자인 유티카의 어느 헝가리인에 관해 이야기를 나누고 돌아오는 길이었다. 그는 정부(情婦)를 용광로에 던져 넣어 살해하고 나서 그 사실을 자백한 사람이었다. 체구가 크고 거칠고 검은 얼굴이 괴물처럼 생기고 무식했다. 니컬슨은 이 헝가리인이 인간보다는 차라리 짐승에 가깝다고 말했다. 그러면서도 그는 자기에 관해서는 한마디 입도 뻥긋하지 않았다. 게다가 사흘 뒤라고 하지 않는가! 교도관의 말로는 그가 전날 밤 이미 통고를 받았는데도 아무 일도 없다는 듯이 함께 걸으며 이야기를 할 수 있었다.

이튿날도 마찬가지였다. 니컬슨은 아무 일도 없었다는 듯이 걸으면서 이야기했고 하늘을 쳐다보다가는 공기를 들이마셨다. 그러나 함께 있는 클라이드는 밤새 생각만 해도 두려웠기 때문에 열병에 걸렸을 때처럼 가슴이 울렁거려 걸음을 옮기면서도 말은 하지 못하고 그저 마음속으로만 생각할 뿐이었다. '어쩌면 저렇게 태연하게 걸을 수 있을까? 도대체 어떤 사람이기에 이럴 수 있을까?' 클라이드는 엄청난 위압감을 느끼면서 몸이 나른해졌다.

이튿날 아침 니컬슨은 운동장에 나오지 않고 감방에 남아서 그동안 여러 사람에게서 받은 편지를 찢어 없애고 있었다. 정오가 가까워졌을 무렵 그는 맞은편으로 두 칸 떨어져 있는 클라이드를 향해 큰 소리로 말했다. "자네에게 나를 기억할 만한 물건을 보내겠네." 그러나 그는 처형되게 된 사실에 관해서는 아무 말도 하지 않았다.

그리고 나서 곧 교도관이 클라이드에게 두 권의 책, 『로빈슨 크루소』와 『아라비안나이트』를 갖고 왔다. 그날 밤 니컬슨은 다른 감방으로 옮겨졌고, 이튿날 새벽에는 감방마다 커튼으로 가려졌다. 곧이어 이제는 클라이드도 익숙해진 행렬이 지나갔다. 익숙해졌다고는 해도 이번에는 사정이 너무 달랐다. 남의 일 같지 않은, 너무도 가혹한 일이었다. 니컬슨은 앞을 지나가면서 수감자들에게 큰 소리로 작별 인사를 했다. "여러분 모두에게 하나님의 가호가 있기를 빕니다. 운이 좋아 풀려나기를 바라겠소." 곧이어 누군가가 처형되고 난 뒤에 찾아오는 음산한 고요가 흘렀다.

이때부터 클라이드는 외로웠다. 무척이나 고독했다. 이제 이 교도소에서 그가 관심을 두는 사람은 단 한 사람도 없었다. 그는 앉아서 책을 읽고 생각을 하고 아니면 흥미도 없으면서 남들이 주고받는 말에 흥미를 느끼는 체할 수밖에 없었다. 그는 불어닥친 자신의 불행을 잊을 수 있다면 현실보다 환상에 더 이끌리는 성격이었다. 어쩌다가 책을 읽을 때 그는 이곳은 말할 것도 없고 바깥세상에 관한 것이라도 가혹한 현실을 소재로 한 소설보다는 그가 동경했던 그런 세계를 묘사한 가볍고 낭만적인 소설을 좋아했다. 이제 그는 결국 어떻게 될까? 완전한 외톨이가 아닌가! 그에게는 어머니와 형제자매가 보내는 편지가 고작이었다. 아버지의 병세는 여전했고, 덴버에서는 사정이 곤란해져서 어머니는 아직 돌아올 수 있는 형편이 아니었다. 어머니는 남편의 간호를 하면서 어디엔가 교회 관계 학교에서 교사로 일할 자리를 찾고 있었다. 그러나 어머니는 시러큐스에서 간증할 때 알게 된 덩컨 맥밀런이라는 젊은 목사에게 아들을 찾아가 달라고 부탁했다. 맥밀런 목사는 믿음이 강하고 친절한 사람이었다. 만약 목사가 클라이드에게 면회를 하러 갈 수만 있다면, 그녀가 아들 옆에 있을 수 없는 지금 같은 암담하고 고달픈 시기에 큰 도움과 용기를 줄 것이라고 확신했다.

그리피스 부인은 그 지역의 교회와 목사들을 찾아다니며 아들의 입장을 호소하던 중 시러큐스에서 어느 교파에도 속하지 않은 교회를 운영하는 덩컨 맥밀런 목사를 만났다. 이 젊은 목사는 부인이나 그녀의 남편 에이서처럼 어느 교단에서도 임명된 일이 없는 목사 또는 복음 전도자였지만 클라이드의 부모보다는 훨씬 더 적극적이며 효과적인 신앙 활동을 벌이고 있었다. 그리피스 부인이 나타났을 때 그는 이미 클라이드와 로버타 사건을 신문에서 자주 읽었기 때문에 재판 결과를 보고 법의 판결이 적절하다고 생각하고 있었다. 그러나 그는 엄청난 슬픔을 느끼며 힘들게 도움의 손길을 찾아다니는 부인의 마음에 감동되었다.

맥밀런 목사는 효성이 지극한 아들이었다. 억제되거나 승화되었다고는 해도 성(性) 문제를 보는 눈이 매우 시적이고 낭만적인 그는 이 북부 지역에서 클라이드가 기소된 사건으로 심적 동요를 받은 사람 중 하나였다. 애처롭고 끔찍하기 그지없는 로버타의 편지들! 그 여자가 라이커거스와 빌츠에서 보낸 슬픈 나날들! 이런 것들에 관해 자주 생각하고 있을 때 그 앞에 그리피스 부인이 나타났던 것이다. 그 목가적인 전원 세계에서 로버타와 가족들이 누린 게 분명한 순박한 미덕! 클라이드의 죄는 의심할 여지가 없는 듯했다. 그런데 그 앞에 의지할 데라고는 아무것도 없는 불행한 그리피스 부인이 갑자기 나타나 아들의 결백을 주장하는 게 아닌가. 그러나 클라이드는 사형수로서 교도소에 수감되어 있었다. 혹시 어떤 야릇한 운명의 장난 때문에 법의 해석이 잘못된 탓으로 클라이드도 겉으로 보이는 것과는 달리 실제로는 그런 죄를 지은 것이 아닐지도 모른지 않은가?

맥밀런 목사는 예외적인 성격의 소유자였다. 신경이 예민한 데다 유별났다. 그는 현세의 성 베르나르˙, 사보나롤라˙, 성 시메온˙, 은자 베드로˙라고 할 수 있는 사람이었다. 인생·사상, 모든 예법과 사회 구조를 하나님의 말씀·표현·입김이라고 생각하고 있었다. 이 점은 틀림없는 사실이었다. 그러면서도 목사는 이 세상에서 악마와 악마의 노여움이 ─ 추방된 마왕이 ─ 이 지상에서 이리저리 활보한다고 믿기도 했다. 이와 동시에 그는 지복(至福)*과 산상 수훈(山上垂訓), 성 요한의 그리스도와 하나님과의 만남과 그 해석을 존중했다. "나와 함께 아니하는 자는 나를 반대하는 자요, 나와 함께 모으지 않는 자는 헤치는 자니라."* 목사는 기이하고 강력하고 몹시 긴장된 데다 혼란스럽고 자비롭고, 또 그 나름대로 아름다운 영혼을 지니고 있었다. 비참함을 보면 가슴이 아프고, 바랄 수 없는 정의를 동경했다.

그리피스 부인은 목사와 이야기를 나누면서 로버타에게도 전혀 죄가 없었던 것은 아니라는 사실을 상기해야 한다고 역설했다. 그 여자도 그녀의 아들과 함께 죄를 짓지 않았던가? 그런데도 어떻게 로버타가 전적으로 결백하다고 할 수가 있겠는가? 법의 판결이 크게 잘못되었다. 그녀의 아들은 애처롭지만 낭만적이고 시적인 그 여자의 편지 때문에 부당하게 사형 선고를 받은 거였다. 남성들뿐인 배심원들 앞에서 그런 편지를 읽는 법이 어디 있단 말인가? 배심원들은 낭만적이고 예쁜 아가씨와 관련해 애처로운 것이라면 무엇이든 공정한 판단을 내릴 수 없다고 부인은 주장했다. 그녀는 전도 사업을 하면서 그런 것을 알게 되었다.

덩컨 맥밀런 목사는 그리피스 부인의 말이 매우 중요하고 사실일지도 모른다고 생각했다. 그리고 부인의 주장대로 어떤 강력하고 정의로운 하나님의 사자(使者)가 클라이드를 찾아가 믿음의 힘과 하나님의 말씀으로 현세와 내세에서 그의 영생불멸의 영혼에 비추어 그가 로버타와 함께 지은 죄가 얼마나 큰지 자각하게 할 수만 있다면. 그러나 부인은 클라이드가 아직은 그것을 자각하지 못하고 있다고 확신하는 데다, 그녀 자신도 경황이 없고 또 본인의 어머니라서 아들을 자각시키지 못하고 있었다. 만약 그렇게 할 수 있다면 하나님에 대한 감사로, 하나님에 대한 존경과 믿음으로 그의 모든 죄가 깨끗이 씻어지지 않을까? 그가 기소된 범행을 저질렀든 저지르지 않았든─어머니는 아들이 결백하다고 확신하고 있었다─그는 전기의자의 위험 속에 놓여 있는 몸이 아닌가? 죽음을 통해 언제라도(그 자신이 마음의 결정을 내리기도 전에) 창조주 앞에 불려 갈 위험에 놓여 있지 않은가? 로버타뿐만 아니라 라이커거스의 그 여성에게 한 숱한 거짓말과 기만행위는 말할 것도 없고, 무서운 간음의 죄까지 짊어진 채 말이다. 그러니 하나님께 귀의하고 회개함으로써 이 모든 죄를 씻어야 하지 않겠는가? 만약 그의 영혼을 구할 수만 있다면, 그렇게만 할 수 있다면 부인도 아들도 이 세상에서 평화를 누릴 수 있을 터였다.

덴버로 돌아간 그리피스 부인에게서 외로운 처지의 클라이드에게 도움의 말이 필요하다는 사연을 담은 편지를 두 번이나 받고 나서 맥밀런 목사는 오번으로 떠났다. 교도소 소장에게 클라이드 자신과 그의 어머니 및 하나님을 위해 그의 영혼을 구제하러 찾아왔다는 목적을 밝힌 목사는 곧바로 클라이드가 있는 '죽음의 집'으로 안내되었다. 그는 바로 클라이드의 감방문 앞에 서서 그 안을 들여다보았다. 클라이드는 처량한 모습으로 침대에 누워서 책을 읽으려고 애쓰고 있었다. 그러자 맥밀런 목사는 후리후리하게 키가 큰 몸을 창살에 기대더니 인사말 한마디 없이 고개를 떨어뜨린 채 기도하기 시작했다.

"아, 하나님이여, 주의 인자하심을 따라 내게 은혜를 베푸시며 주의 많은 긍휼을 따라 내 죄악을 지워 주소서."

"나의 죄악을 말갛게 씻으시며 나의 죄를 깨끗이 제하소서."

"무릇 나는 내 죄과를 아오니 내 죄가 항상 내 앞에 있나이다."

"내가 주께만 범죄하여 주의 목전에 악을 행하였사오니 주께서 말씀하실 때 의로우시다, 하고 주께서 심판하실 때에 순전하시다 하리이다."

"내가 죄악 중에서 출생하였음이여, 어머니가 죄 중에서 나를 잉태하였나이다."

"보소서 주께서는 중심이 진실함을 원하시오니 내게 지혜를 은밀히 가르치시리이다."

"우슬초로 나를 정결하게 하소서 내가 정하리이다. 나의 죄를 씻어 주소서. 내가 눈보다 희리이다."

"내게 즐겁고 기쁜 소리를 들려주시사 주께서 꺾으신 뼈들도 즐거워하게 하소서."

"주의 얼굴을 내 죄에서 돌이키시고 내 모든 죄악을 지워 주소서."

"하나님이여, 내 속에 정한 마음을 창조하시고 내 안에 정직한 영을 새롭게 하소서."

"나를 주 앞에서 쫓아내지 마시며 주의 성령을 내게서 거두지 마소서."

"주의 구원의 즐거움을 내게 회복시켜 주시고 자원하는 심령을 주사 나를 붙드소서."

"그리하면 내가 범죄자에게 주의 도를 가르치리니 죄인들이 주께 돌아오리이다."

"하나님이여, 나의 구원의 하나님이여, 피 흘린 죄에서 나를 건지소서. 내 혀가 주의 의를 높이 노래하리이다."

"주여 내 입술을 열어 주소서, 내 입이 주를 찬송하여 전파하리이다."

"주께서는 제사를 기뻐하지 아니하시나니, 그렇지 아니하면 내가 드렸을 것이라 주는 번제를 기뻐하지 아니하시나이다."

"하나님께서 구하시는 제사는 상한 심령이라. 하나님이여, 상하고 통회하는 마음을 주께서 멸시하지 아니하시리이다."

"주의 은택으로 시온에 선을 행하시고 예루살렘 성을 쌓으소서."

"그때에 주께서 의로운 제사와 번제와 온전한 번제를 기뻐하시리니 그때에 그들이 수소를 주의 제단에 드리리이다."

이렇게 맥밀런 목사는 낭랑하고 아름다운 목소리로 「시편」 51편을 모두 외우고 난 뒤에야 잠시 중단했다. 그러자 클라이드는 매우 놀라서 처음에는 일어나 앉았다가, 곧이어 일어서서 혈색은 나빠도 정결하고 활력이 넘치는 이 젊은 인물에 이상하게 이끌려 감방 문 가까이 다가갔다. 그러자 목사는 이렇게 덧붙였다.

"클라이드, 나는 자네에게 하나님의 자비와 구원을 전하러 왔네. 나는 하나님의 부르심을 받고 이곳에 왔어. 하나님은 자네의 죄가 주홍빛처럼 붉을지라도 눈처럼 하얗게 씻길 수 있다고 전하도록 나를 이곳에 보내셨네. 자네 죄는 진홍색처럼 붉더라도 양털처럼 씻길 걸세. 자, 하나님과 함께 대화를 나눠 보세"

목사는 말을 중단하고 부드러운 시선으로 클라이드를 빤히 바라보았다. 어딘지 모르게 낭만적이고 젊은이다운 따사로운 미소가 그의 입가에 맴돌고 있었다. 그는 클라이드의 세련된 젊음이 마음에 들었고, 클라이드도 이색적인 이 인물에 마음이 끌리고 있는 게 분명했다. 물론 또 다른 교회 관계자일 것이다. 그러나 이곳에 있는 개신교 목사는 그와는 전혀 달랐다. 사람의 눈길을 끌 만큼 인상적이지도 매력이 있지도 않았다.

"덩컨 맥밀런이라고 하네." 그가 말했다. "나는 시러큐스에서 주님의 일을 하는 사람일세. 하나님께서 나를 이곳에 보내셨네. 자네 어머니를 내게 보내신 것처럼. 자네 어머니께서 자신이 믿는 바를 모조리 내게 말씀해 줬다네. 나는 재판 때 자네가 한 말을 신문에서 읽었지. 그래서 왜 자네가 이곳에 와 있는지도 잘 알고 있고. 하지만 나는 자네에게 영혼의 즐거움과 기쁨을 주기 위해 이곳에 찾아온 걸세."

여기서 목사는 갑자기 「시편」 13편 2절을 인용했다. "'나의 영혼이 번민하고 종일토록 마음에 근심하기를 어느 때까지 하오며 내 원수가 나를 치며 자랑하기를 어느 때까지 하리이까.' 이건 「시편」 13편 2절의 말씀이라네. 자네에게 꼭 해야 할 말이 또한 가지 생각나는군. 이것 역시 성경의 말씀인데, 「시편」 10편일세. '그의 마음에 이르기를 나는 흔들리지 아니하며 대대로 환난을 당하지 아니하리라 하나이다.'" 자네는 지금 환난을 당하고 있네. 죄를 지으며 사는 우리는 모두가 그렇다네. 또 한가지 자네에게 할 말이 생각나는군. 이건 「시편」 10편 11절의 말씀일세. '그가 그의 마음에 이르기를 하나님이 잊으셨고 그의 얼굴을 가리셨으니 영원히 보지 아니하시리라 하나이다.' 나는 하나님께서 얼굴을 가리지 않으신다는 사실을 자네에게 말하라는 가르침을 받았다네. 「시편」 18편의 이 말씀을 자네에게 들려주라는 가르침도 받았지. '그들이 나의 재앙의 날에 내게 이르렀으나 여호와께서 나의 의지가 되셨도다. 그가 높은 곳에서 손을 펴사 나를 붙잡아 주심이여 많은 물에서 나를 건져 내셨도다.'"

　'나를 강한 원수와 미워하는 자에게서 건지셨음이여.'

　'그들은 나보다 힘이 세기 때문이로다.'

　'그들이 나의 재앙의 날에 내게 이르렀으나 여호와께서 나의 의지가 되셨도다.'

　'나를 넓은 곳으로 인도하시고 나를 기뻐하시므로 나를 구원하셨도다.'"

클라이드, 이건 다 자네에게 들려주라는 말씀일세. 자네에게 전하라는 듯이 마치 속삭임처럼 지금 내 귀에 들리고 있다네. 다만 나는 내 입을 빌려 이 말씀을 자네에게 들려줄 뿐이라네. 자네 양심의 목소리에 귀를 기울이게. 어두운 곳에서 광명 쪽으로 돌아서게. 그래서 우리 함께 불행과 어둠의 굴레에서 벗어나세. 이 그늘과 이 어둠을 쫓아 버리세. 자네는 죄를 지었어. 하지만 주님은 용서해 주실 걸세. 회개하게. 이 세계를 창조하시고 보호하시는 하나님에게 귀의하게. 하나님은 자네의 믿음을 외면하지 않으실 것이고, 자네 기도를 저버리지 않으실 걸세. 이 좁은 감방 안에서 — 마음의 문을 열고 — 이렇게 기도하게. '주님, 저를 도우소서. 주님, 저의 기도를 들어주시옵소서. 주님, 저의 두 눈을 밝혀 주시옵소서!'라고 기도를 드리게.

자네는 하나님이 계시지 않다고 하나님이 자네의 기도를 들어주시지 않는다고 생각하는가? 기도를 드리게. 고통을 당하고 있는 지금 하나님에게 의지하게. 내게도 아니고 다른 그 누구에게도 아니고. 하지만 그분께 의지하게. 기도하게. 하나님께 말씀드려 보게. 하나님께 부르짖게. 하나님께 진실을 말씀드리고 구원을 청해 보게. 만약 진심으로, 진심으로 자네가 범한 죄를 뉘우친다면 자네는 하나님의 목소리를 들을 수 있고, 하나님의 손길을 느낄 수 있을 걸세. 지금 자네가 내 앞에 있는 것처럼 분명한 일이니까. 하나님은 자네 손을 잡아 주실 걸세. 하나님은 이 감방 안으로 들어오셔서 자네의 영혼 속으로 들어오실 걸세. 자네는 자네의 마음에 가득 차는 평화와 빛을 보고 그분을 알 수 있을 걸세. 기도를 드리게. 그리고 내 도움이 필요하다면 — 자네와 함께 기도하기 원한다면 — 아니면 어떤 종류건 도움이 필요하다면, 자네의 외로움을 달래 줄 사람이 필요할 때는 나를 부르기만 하면 되네. 내게 쪽지를 보내게. 나는 자네 어머니께 자네를 돕겠다고 약속했고, 내 힘껏 자네를 돕겠네. 내 주소는 이곳 소장이 알고 있네." 목사는 진지한 어조로 결론을 내리려는 듯이 입을 다물었다. 이때껏 클라이드는 그냥 호기심과 놀라움의 표정을 짓고 있을 뿐이었기 때문이다.

동시에 목사는 아직도 애티 나는 클라이드의 모습과 어머니와 니컬슨이 떠나 버린 뒤 의지할 사람이 없어 고독해 보이는 분위기 때문에 이렇게 덧붙였다. "나는 언제라도 쉽게 연락이 닿을 수 있네. 시러큐스에서 교회 관계의 일 때문에 바쁜 몸이지만 자네를 도울 일이 있다면 언제라도 기꺼이 달려오겠네." 그러고 나서 그는 떠나려는 것처럼 뒤돌아섰다.

그러나 클라이드는 긴장과 두려움과 외로움으로 충만한 이곳 생활과는 너무도 대조적인 활기차고 신념에 넘친 그의 따뜻한 태도에 매혹되어 그의 등 뒤를 향하여 말했다. "아, 아직 가지마세요. 조금만 계셔 주십시오. 이렇게 찾아와 주셔서 감사합니다. 목사님이 와 주실지 모른다는 편지를 어머니한테서 받았어요. 여기는 정말 외로운 곳입니다. 저는 남들이 생각하는 것처럼 죄가 있다고 느끼지 않기 때문에 지금 말씀하신 것에 관해서는 별로 생각해 보지 않았습니다. 물론 후회는 하고 있습니다. 그리고 이곳에 있는 사람은 누구나 모두들 기도를 많이 합니다." 그의 눈빛은 몹시 슬프고도 긴장한 듯 보였다.

처음으로 깊이 감동한 맥밀런 목사는 얼른 말했다. "클라이드, 걱정 말게. 나도 자네에게 내가 필요하다는 것을 알았으니까 일주일 안으로 다시 오겠네. 나는 자네가 로버타 올든을 살해했다고 생각하기 때문에 자네에게 기도하라고 말하는 건 아닐세. 자네가 죽였는지 어떤지 그건 나는 모르네. 자네는 내게 아무 말도 하지 않았으니까. 자네의 죄와 자네의 슬픔이 어떤 것인지는 오직 자네와 하나님만이 아시네. 하지만 나는 자네에게는 정신적인 도움이 필요하며 하나님은 그 도움을 아낌없이 주시리라는 알고 있네. 아, 너무나도 잘 알고 계시지. '여호와는 압제를 당하는 자의 요새이시요 환난 때의 요새이시로다.'"

목사는 클라이드가 정말 마음에 들었다는 듯이 미소를 지었다. 이 미소에서 힘을 얻은 클라이드는 잘 있다는 소식을 어머니에게 전해서 어머니의 마음을 조금이라도 가볍게 해 주고 싶을 뿐 지금으로서는 달리 할 말이 없다고 대답했다. 어머니 편지들이 너무 슬픈 것 같다는 생각이 들었다. 어머니는 그를 너무 걱정하고 있었다. 하기야 그 자신도 기분이 아주 좋지 않았다. 요즈음 적잖이 우울하고 걱정이 많았던 것이다. 그와 같은 처지에 놓여 있는데 그렇지 않을 사람이 어디 있겠는가? 정말이지 기도를 통해 영적 평화를 얻을 수만 있다면 그는 기꺼이 기도할 것이다. 어머니도 기도하라고 늘 말했다. 그렇지만 지금껏 어머니의 충고를 별로 귀담아듣지 않았다. 그는 넋이 나가고 우울해 보였다. 그의 얼굴은 이미 오래전부터 죄수 특유의 창백한 빛깔을 띠고 있었다.

　맥밀런 목사는 클라이드의 상태가 몹시 가슴 아파 이렇게 대답했다. "걱정하지 말게, 클라이드. 자네는 반드시 계시를 받고 평안을 얻을 수 있을 걸세. 나는 그걸 알 수 있네. 성경책을 갖고 있군. 「시편」 아무 데라도 좋으니 펼쳐서 읽게. 51편과 91편과 23편을 읽어 보게. 「요한복음」을 펼쳐 처음부터 끝까지 몇 번씩이라도 거듭해서 읽게. 묵상하고 기도하게. 자네 주변에 있는 모든 것에 대해 묵상하게. 달·별·해·나무·바다, 고동을 치는 자네의 심장, 육체, 힘 등에 대해 묵상하게. 도대체 누가 그런 것들을 창조했을까? 그러고 나서 만약 그것들을 설명할 수 없거든 그것들과 자네 자신을 창조하신 분이 ― 그분이 누구이든, 무엇이든, 또는 어디에 있든― 자네에게 도움이 필요할 때 자네를 도울 만큼, 자네에게 빛과 평화와 가르침이 필요할 때 그런 것을 자네에게 줄 만큼 힘과 슬기와 자비심을 갖추고 있지 않을지 스스로 물어보게. 이 모든 확실한 현실을 창조하신 조물주는 어떤 분일까, 하고 혼자 생각을 해 보게. 그러고 나서 조물주, 즉 하나님에게 무엇을 어떻게 하는 게 옳은가 여쭈어보게. 회의하지 말게. 그저 간구하게. 밤에도 좋고 낮 시간에도 좋고 늘 간구하게나. 고개를 숙이고 기도를 해 보게. 진실로 하나님께서는 자네를 실망하게 하지 않으실 걸세. 내게는 그런 평화가 있으니까, 나는 잘 알고 있거든."

　목사는 이해를 하게 하려는 듯이 클라이드를 바라보고 나서 미소를 짓고 돌아갔다. 그리고 클라이드는 감방 문에 기대서서 생각에 잠기기 시작했다. 창조주여! 그를 창조하신 조물주여! 세계를 창조하신 조물주……! 간구해 보라……!

그래도 클라이드의 마음 한구석에는 아직도 종교와 그 결실, 즉 그의 아버지와 어머니의 끊임없지만 아무 보람도 없는 기도와 권고를 멸시하던 옛 감정이 남아 있었다. 이곳 사람들처럼 막다른 골목에 들어선 끝에 두려워서 이제 와 종교에 의지해야 한단 말인가? 그러고 싶지는 않았다. 그런 식으로 종교에 귀의하기는 싫었다.

그런데도 덩컨 맥밀런 목사의 분위기와 기질 그 젊고 힘차고 신념에 가득 찬 인상적인 체구·얼굴·눈에서 클라이드는 지금껏 어떤 성직자, 어떤 목회자에게서도 느껴 보지 못한 감동을 느꼈다. 그 자신이 그 사람처럼 믿음에 의지하게 될 날이 갑자기 찾아올지, 아니면 영원히 찾아오지 않을지 어떨지는 알 수 없었지만, 그 사람의 믿음은 그를 매혹하면서 사로잡았다.

제32장

맥밀런 목사 같은 사람의 개인적인 믿음과 힘은 어떤 의미에서는 클라이드가 잘 아는 성질의 것으로 (지금껏 그런 것에 익숙했기 때문에) 18개월 전까지만 했어도 그의 마음을 움직일수 없었을 테지만 지금과 같은 처지에 놓인 그에게는 달리 작용했다. 외부 세계와 단절된 '죽음의 집'에서의 영어(囹圄) 생활은 비슷한 처지에 놓인 사람들이 과거나 현재나 미래를 생각하며살아갈 수밖에 없는 것처럼 클라이드도 자기 생각 속에서 위로나 위안을 찾을 수밖에 없었다. 그러나 과거는 생각하기에 너무고통스러웠다. 마치 불로 살을 태우는 것과 같았다. 현재(감방의 주변 세계), 그리고 항소가 기각되면 닥쳐올 게 분명한 사태에 대한 끔찍한 두려움을 동반한 미래는 깨어 있는 그의 의식에똑같이 공포감을 불러일으키는 두 가지 요인이었다.

그러니 고뇌에 시달리는 모든 의식의 흔적을 따라가는 수밖에는 없었다. 고뇌에 시달리는 의식은 두려워하거나 미워하면서도 피할 수 없다는 것을 알거나 느끼는 대상으로부터 희망을 걸 수 있는 것, 아니면 적어도 상상할 수 있는 것으로 도피한다. 그러나 무엇을 희망하고 무엇을 상상한다는 말인가? 니컬슨의 조언에 따라 클라이드는 재심이라는 가능성에 희망을 걸 수밖에 없었는데, 만약 재심에서 무죄로 석방된다면 저 멀리 먼 곳, 가령 오스트레일리아나 아프리카나 멕시코 같은 그런 먼 곳으로 가서 이름을 바꾸고 얼마 전까지만 해도 그를 사로잡았던 상류 사회와의 관계나 그것과 관련한 야심을 잊고 조금이나마 자신을 회복할 수 있을지도 모른다. 그러나 물론 이런 희망적인 상상으로 이어지는 길에는 항소 법원의 재심 거부가 불러일으키는 죽음의 그림자가 가로막고 있었다. 브리지버그에서의 배심원들의 태도로 미루어 보면 항소가 기각될 가능성이 충분히 있지 않은가? 그리고 서로 엉킨 뱀들을 피하려고 돌아섰다가 발을 구르며 달려오는 두 뿔이 달린 코뿔소 떼와 마주쳤던 꿈속에서처럼 저쪽 인접한 방 안에 있는 그 끔찍한 물건이 — 음산한 전기의자가 — 그의 앞길을 가로막고 있지 않은가! 저 의자! 혁대가 주렁주렁 달려 있고 감방의 불이 정기적으로 깜박일 때마다 섬광이 스치는 그 의자. 그는 차마 자기가 그 방으로 들어가는 장면을 생각할 수 없었다. 전혀 그럴 수 없었다. 하지만 만약 항소가 기각된다면! 이런 생각은 하지 말자! 그 일은 더 이상 생각하고 싶지 않았다.

그러나 그것 말고는 생각할 일이 뭐가 또 있는가? 덩컨 맥밀런 목사가 찾아와서 (그가 주장한 것처럼) 만물을 창조한 조물주에게 직접 호소를 해 보라고 권유할 때까지 클라이드를 괴롭히고 있던 것은 바로 이런 문제였다. 그런데 듣고 보니 그의 해결책은 이토록 간단한 것이 아닌가!

"너희는 하나님의 평강을 누릴 수 있느니라." 목사는 바울의 말을 인용하고 다시 「고린도서」, 「갈라디아서」, 「에베소서」의 구절들을 인용하면서 만약 그가 시키는 대로 거듭거듭 기도하면 '모든 이해를 초월하는 평강'을 얻어 기쁨을 누릴 수 있다고 역설했다. 평강은 그와 더불어 있고 그의 주위에 충만되어 있었다. 그는 그것을 찾기만 하면 되는 것이었다. 마음의 슬픔과 과오를 고백하고 회개하는 뜻을 밝히기만 하면 되었다. "구하라 그리하면 너희에게 주실 것이요, 찾으라 그리하면 찾아낼 것이요, 문을 두드리라 그리하면 너희에게 열릴 것이니 구하는 이마다 받을 것이요, 찾는 이는 찾아낼 것이요, 두드리는 이에게는 열릴 것이니라. 너희 중에 누가 아들이 떡을 달라 하는데 돌을 주며 생선을 달라 하는데 뱀을 줄 사람이 있겠느냐?" 목사는 이런 식으로 성경 말씀을 아름답고 진지하게 인용했다.

그러나 클라이드는 늘 자기 아버지와 어머니의 예를 생각하지 않을 수 없었다. 부모가 얻은 것은 무엇인가? 기도도 두 분에게는 별로 소용이 없지 않았는가? 그가 보기에는 날마다 이곳에 찾아오는 신부나 랍비나 목사의 설교와 기도도 그것에 의지하는 다른 사형수들에게는 도움이 되는 것 같지 않았다. 그런 설교나 기도에 의지한다고 해도 그들은 불만을 말하거나 항의를 하거나 아니면 쿠트로네처럼 미쳐 버리거나 무관심한 태도로 사형실로 끌려가지 않았던가? 클라이드 자신으로 말하자면, 그는 지금껏 그 어떤 것에도 관심을 두지 않았다. 허튼소리! 쓸데없는 공상! 무엇에 대한 것이란 말인가? 그는 그 질문에 답할 수 없었다. 그러나 덩컨 맥밀런 목사의 말에는 호소력이 있었다. 부드럽고 온화한 그의 눈빛, 감미로운 그의 목소리. 그의 믿음. 맥밀런에게서 클라이드는 크게 감동하였다. 정말 그럴까? 정말로 그럴 수 있을까? 지금 클라이드에게는 어떤 도움이 절실히 필요했다.

만약 클라이드가 착실하게 살아왔더라면, 어머니의 가르침을 좀 더 귀담아들었더라면, 캔자스시티에서 그 창녀촌에 가지 않았더라면, 그런 식으로 호튼스 브릭스를 쫓아다니지 않았더라면, 그리고 나중에 로버타와 그런 사이가 되지 않았더라면, 또 여느 사람들처럼 일하고 저축하는 것으로 만족했더라면 아마 이런 처지는 되지 않았을 게 아닌가? (그는 적어도 이 점에서는 맥밀런 목사의 가르침의 영향을 받고 있었다.) 그러나 그에게는 극복하기 매우 어려운 강한 충동과 욕망이 있는 것도 사실이었다. 그는 자기의 그런 충동과 욕망을 생각해 보고, 또 그의 어머니·큰아버지·사촌·목사 같은 많은 사람이 그런 충동과 욕망의 시달림을 받지 않고 있는 것 같은 사실도 생각해 보았다. 그는 또 때로는 이런 사람들이 자기가 느끼는 것 같은 욕정 앞에 굴복하지 않는 것은 아마 더 뛰어난 정신적·도덕적인 용기 때문일 것으로 생각해 보기도 했다. 그는 어쩌면 그의 어머니나 맥밀런, 그리고 그가 검거된 이후 거의 모든 사람이 생각하는 것처럼 자기 자신의 생각과 행동에서 너무 방종한 것인지도 몰랐다.

이런 모든 일이 지니는 의미는 무엇일까? 하나님은 존재할까? 맥밀런 목사가 역설하는 것처럼 하나님은 인간의 일에 간섭하는 것일까? 하나님을 항상 무시해 오던 자도 이런 암담한 때 하나님이나, 아니면 어떤 창조의 힘을 가진 존재에 도움을 호소할 수 있는 것일까? 인간이 아닌 법의 지배와 명령을 받으며 외롭게 지내는 사람에게는 — 이곳 사람들은 모두가 그야말로 법의 종복들이었다 — 정말로 도움이 필요했다. 하지만 그 불가사의한 존재는 과연 도움을 베풀어 줄까? 정말로 존재하면서 인간의 기도에 귀를 기울이는 것일까? 맥밀런 목사는 그렇다고 주장했다. "그가 그의 마음에 이르기를 하나님이 잊으셨고 그의 얼굴을 가리셨으니 영원히 보지 아니하시리라 하나이다." 그러나 그게 사실일까? 그 말을 믿어도 되는 것일까? 중대한 위험에 직면해서 물질적인 도움은 아니더라도 어떤 정신적인 도움이 다급해진 클라이드는 비슷한 처지에 놓인 사람이면 으레 하는 행동을 하고 있었다. 즉, 자기에게 어떤 도움을 줄 수 있는 초인간적이거나 초자연적인 인격 또는 힘의 존재를 간접적으로 착잡하게, 거의 의식하지 않는 채 찾았고, 아직은 매우 소극적이고 무의식적이었지만 그로서는 종교를 떠나서는 짐작조차 할 수 없는 어떤 인격화 또는 인간화된 어떤 힘을 찾는 방향으로 돌아서기 시작하고 있었다. "하늘이 하나님의 영광을 선포하고 궁창이 그의 손으로 하신 일을 나타내는도다."* 어머니의 전도관 창문에 나붙었던 글귀가 생각났다. 또 다른 플래카드의 글도 생각났다. "그는 네 생명이시요 네 장수(長壽)이시니."* 그러나 덩컨 맥밀런 목사에게 갑자기 신뢰감을 느꼈다고는 해도 그는 어떤 종교의 도움으로 지금의 불행에서 벗어날 수 있다는 믿음을 아직은 가질 수 없지 않은가?

그러나 몇 주가 지나고 몇 달이 흘렀다. 그동안 맥밀런 목사는 뜸할 때는 두 주에 한 번씩, 다른 때는 매주 한 번씩 면회하러 와서 그의 안부를 묻고, 그의 답답한 사정에 귀를 기울이고 그에게 건강과 마음의 평안에 관한 조언을 해 주었다. 그가 흥미를 잃고 오지 않게 될까 두려워진 클라이드는 차츰 더 그와 우정을 나누고 영향을 받게 되었다. 그 고매한 정신. 그 아름다운 목소리. 그리고 목사는 언제나 위안을 주는 말들을 인용했다. "사랑하는 자들아 우리가 지금은 하나님의 자녀라 장래에 어떻게 될지는 아직 나타나지 아니하였으나, 그가 나타나시면 우리가 그와 같을 줄을 아는 것은 그의 참모습 그대로 볼 것이기 때문이니, 주를 향하여 이 소망을 가진 자마다 그의 깨끗하심과 같이 자기를 깨끗하게 하느니라."*

"그의 성령을 우리에게 주시므로 우리가 그 안에 거하고 그가 우리 안에 거하시는 줄을 아느니라."*

"너희는 값으로 산 것이 되었으니."*

"그가 그 피조물 중에 우리로 한 첫 열매가 되게 하시려고 자기의 뜻을 따라 진리의 말씀으로 우리를 낳으셨느니라. 온갖 좋은 은사와 온전한 선물이 다 위로부터 빛들의 아버지께로부터 내려오나니 그는 변함도 없으시고 회전하는 그림자도 없으시니라."

"하나님을 가까이하라. 그리하면 너희를 가까이하시리라."

클라이드는 때때로 이런 힘에 호소하면 평강과 힘을—어쩌면 도움까지도—얻을 수 있을지 모른다고 생각하기도 했다. 맥밀런 목사의 정신력과 진지한 태도가 그에게 영향을 끼치고 있었다.

그러나 회개와 거기에 따르는 고백의 문제가 남아 있었다. 누구에게 고백한단 말인가? 물론 고백할 대상은 덩컨 맥밀런 목사일 것이다. 맥밀런은 그가 하나님의 사도인 자기나 자기 같은 사람 앞에서 그 영혼을 깨끗이 씻을 필요가 있다고 느끼고 있는 것 같았다. 문제는 바로 여기에 있었다. 항소는 그가 재판 때 거짓 증언을 한 것을 근거로 하고 있었기 때문이다. 지금은 더구나 항소가 계류 중인데 그 증언을 번복한다면 어떻게 될까. 항소의 결과가 나타날 때까지 기다리는 게 좋을 것 같았다.

하지만 아, 이 얼마나 비열하고 기만적이고 부질없고 불성실한 태도란 말인가? 어떤 하나님이 이런 식으로 흥정을 하려는 자를 돌보려 하겠는가? 그건 안 돼, 안 돼! 기다려 본다는 것은 옳은 일이 아니었다. 만약 그가 이런 생각을 하고 있다는 것을 안다면 맥밀런 목사는 그를 어떻게 생각할까?

그러나 클라이드는 자신이 범한 진짜 죄의 규모에 관해서도 그의 마음속에는 의문이 남아 있었다. 그가 처음 로버타를 죽이려고 계획을 세운 것은 사실이었다. 지금 생각하기에도 매우 끔찍한 일이었다. 손드라에 대한 열병과도 같은 욕망이 어느 정도 가라앉은 지금, 어쩌다 손드라와 자주 만나던 무렵의 정신 상태가 초래한 그 절망적인 설렘과 아픔 없이 그 무렵의 일을 생각할 수 있었다. 지금 생각해 보니 (벨크냅의 변론을 들어봐서 분명해진 일이었지만) 자기 자신도 모르게 정신 착란과 다름없는 그 거센 정염으로 가슴을 불태우던 끔찍하고 괴로운 나날들이었다. 아름답던 손드라! 찬란하게 빛나던 손드라! 그 무렵의 손드라의 미소가 지닌 마력, 그 미소가 불러일으킨 불길! 지금도 그 무서운 열병은 완전히 사라지지 않고 그 뒤 그에게 일어난 끔찍한 일들에 묻혀 아직도 마음속에서 연기를 피우고 있었다.

또한 클라이드는 자기 편에서 생각해 보니 그도 그처럼 정신이 나가 광기에 사로잡혀 있지 않았던들 로버타와 같은 처녀는 말할 것도 없고 그 누구든 죽이려는 그런 무서운 생각을 절대 하지 않았을 것 같았다. 그러나 브리지버그의 배심원들은 변호인의 그런 호소를 경멸하며 귀를 안 기울이지 않았던가? 항소 법원에서는 그와 다르게 생각할까? 그럴 것 같지 않다는 두려움이 들었다. 하지만 사실이 그렇지 않았던가? 아니면 그가 전적으로 잘못인 걸까? 어느 게 옳은 것일까? 그가 맥밀런 목사나 누군가에게 설명하면 그 문제에 관해서 판단해 줄 수 있을까? 그는 이런 점을 맥밀런 목사에게 말하고 싶었다. 이 모든 것에 분명한 답을 얻기 위해 그에게 모든 것을 고백하고 싶었다. 더구나 손드라 때문에 그런 일을 계획하기는 했어도(다른 사람은 몰라도 하나님만은 그 사실을 알고 계실 것이다) 그는 정작 범행을 저지를 수는 없었다. 재판 때의 허위 변호 방식 탓에 진실을 해명할 수 없었기 때문에 그것이 재판에서는 밝혀지지 않았지만, 혹 참작할 만한 상황이 되지 않을까? 또는 맥밀런 목사라면 그렇게 생각할지도 모를 일이 아닌가? 제프슨 변호사의 판단으로 거짓 증언을 하게 되었다. 그랬다고 그 상황이 덜 진실해질 것인가?

지금 생각해 보니 클라이드가 꾸민 그 음흉한 계획에는 쉽게 폐기할 수 없는, 얽히고설킨 데다 의혹을 불러일으킬 문제들이 있었다. 그중에서도 최악의 두 가지는 먼저 로버타를 그 호수로 — 호수의 호젓한 곳으로 — 데려갔다가 마음이 약해져서 악한 짓을 할 수 없는 자기 자신에 화가 났고, 로버타를 놀래게 해서 급히 일어나 자기 쪽으로 다가오도록 했다는 사실이었다. 그러다 보니 로버타는 우연히 그의 타격으로 충격을 받았고, 사람의 목숨을 빼앗는 결과를 가져온 범죄의 충격을 가한 책임이 적어도 부분적으로는 그 자신에게도 있었다. 어쩌면 맞는 말일 것이다. 맥밀런 목사는 이 사실에 대해 뭐라고 말할까? 그 때문에 로버타는 물에 빠졌으므로 그 책임은 그에게 있는 게 아닐까? 그 부분에 그가 책임이 있다는 생각 — 이런 생각으로 요즘 그의 마음이 몹시 괴로웠다. 재판 때 오버월처 판사는 그가 로버타를 내버려 둔 채 헤엄쳐 나온 사실에 관해서 만약 로버타가 우연히 호수에 떨어졌다면 그가 일부러 그녀를 구하려 하지 않았다 해도 범죄는 성립되지 않는다고 했지만 지금 생각해 보니 그때까지 로버타에게 품고 있었던 생각을 감안한다면 그것은 범죄 행위가 아니던가? 하나님은—맥밀런 목사는—그렇게 생각할 것이 아닌가? 그리고 재판 때 메이슨 검사가 예리하게 지적했듯이 로버타를 살릴 수 있었던 것도 의심의 여지가 없었다. 그때 물에 빠진 사람이 손드라였다면, 아니, 일 년 전 여름의 로버타였더라도 그는 분명히 살렸을 것이다. 게다가 로버타가 자기에게 매달리면 함께 익사할까 두려웠다고 했지만 그것은 두려움치고는 비열했다. (맥밀런 목사가 그에게 회개하고 하나님과 화해하라고 권유하고 있던 이 무렵에 그는 밤이면 침대에 누워서 이런 식으로 자문자답을 했다.) 그렇다, 그는 스스로 그것을 시인하지 않을 수 없었다. 만약 그 대상이 손드라였다면 그는 서슴지 않고 즉시 살리려 했을 것이다. 그렇다면 이것은 맥밀런 목사나—진실을 말할 때 그 진실을 털어놓을 대상이 되는 다른 사람이나—어쩌면 세상 사람 모두에게 고백해야 할 사실 같았다. 그러나 일단 고백해 버리고 나면 그의 유죄가 확정될 게 아닌가? 자신을 유죄로 만들어 죽고 싶단 말인가?

아냐, 아냐, 어쩌면 좀 더 기다려 보는 게 좋을지 몰라. 적어도 항소 법원이 재심 여부를 결정할 때까지만이라도 말이다. 하나님이 이미 진실을 알고 있는데, 무엇 때문에 일부러 자신의 처지를 불리하게 만든단 말인가? 물론 그는 진심으로, 진심으로 후회하고 있었다. 이 모든 일이 얼마나 끔찍한지, 로버타의 죽음은 별문제로 하더라도 그는 숱한 사람에게 불행과 아픔을 안겨 줬다는 것은 잘 알 수 있었다. 이제는 그가 저지른 일이 얼마나 끔찍했는지 알 수 있었다. 그러나 여전히, 여전히 살아 있다는 건 좋은 일이 아닌가? 아, 이곳에서 풀려날 수만 있다면! 그렇게 되면 이곳에서 지금 그를 짓누르고 있는 이 견딜 수 없는 공포심을 보거나 듣거나 느끼지 않을 텐데. 서서히 찾아오는 어둠—서서히 찾아오는 새벽. 길고 긴 밤! 탄식—신음, 밤낮으로 이어지는 괴로움으로 그는 어떤 때는 거의 미칠 지경이었다. 그에게 헌신적인 것으로 보이는, 그토록 친절하고 설득력이 있고 때로는 신뢰감을 주는 맥밀런이 없었던들 그는 실제로 미쳐 버렸을지도 모른다. 그는 어느 날엔가는 이곳이든 다른 곳이든 함께 앉아서 맥밀런에게 모든 것을 고백하고 나서 맥밀런이 그의 죄를 어떻게 생각하는지 듣고 싶었고, 또 맥밀런이 그에게 죄가 있다고 판단할 때는 그 대신 기도를 해 달라고 부탁하고 싶었다. 어떤 때는 그는 자신의 기도보다는 어머니와 덩컨 맥밀런 목사의 기도가 훨씬 더 효과가 있을 것이라는 확신이 들기도 했다. 어찌된 영문인지 그는 아직은 기도를 드릴 수 없었다. 때때로 그는 기도하거나 「갈라디아서」, 「데살로니가서」, 「고린도서」를 읽어 주는 맥밀런의 부드럽고도 낭랑한 목소리를 창살을 통해 들으면서 곧 그에게 모든 것을 고백해야겠다고 다짐했다.

그러나 그럭저럭 시간은 흐르고 여섯 주가 지난 어느 날, 클라이드가 끝내 입을 다물고 있어서 맥밀런 목사가 그를 회개와 구원의 길로 인도하려는 노력을 포기하려고 생각하기 시작했을 무렵, 손드라에게서 편지가 날아왔다. 교도소 소장실을 거쳐 교도소 소속 개신교 목사 프레스턴 길퍼드가 가져온 이 편지에는 보낸 사람의 이름이 서명되어 있지 않았다. 양질의 종이에 쓴 편지 내용은 교도소 규칙에 따라 개봉되고 검열을 거친 뒤였다. 소장과 길퍼드 목사가 편지 내용이 동정적인 동시에 징벌적인 성격을 띠고, 또 그렇다고 입증할 수는 없어도 분명히 클라이드의 재판으로 유명해진 미스X에게서 온 것이라고 판단하여 심사숙고 끝에 클라이드에게 전달해도 괜찮겠다는—아니, 읽히는 편이 좋겠다는 판단을 내렸다. 그들은 편지에 교훈적인 가치가 있을지도 모른다고 생각했다. 범법자에게 어떤 길을 제시할 수도 있었다. 그래서 지루한 여름이 지나고(그가 이곳에 수감된 지도 벌써 1년이 되어 가고 있었다) 늦은 가을의 어느 하루가 끝날 무렵 편지가 클라이드에게 전달되었다. 그는 편지를 받았다. 타이프로 쓴 편지 겉봉에는 뉴욕이라고 소인이 찍혀 있을 뿐 날짜도 주소도 없었다. 그러나 그는 손드라에게서 온 편지라는 것을 직감했다. 그는 너무 흥분한 나머지 손이 가늘게 떨렸다. 이어 그는 편지를 읽었다. 그 뒤로도 며칠을 두고 여러 번 읽고 또 읽었다. "클라이드, 한때 당신이 아끼던 어떤 여자가 당신을 완전히 잊었다고는 생각하지 말라는 뜻에서 이 편지를 씁니다. 그 여자도 무척 괴로워했어요. 당신이 어떻게 그런 짓을 할 수 있었는지 이해할 수 없지만 지금도 그 여자는, 다시는 당신을 만날 수 없지만 슬픔과 동정심을 느끼고 당신이 자유의 몸이 되어 행복을 누리게 되기를 바라고 있어요."

그러나 아무런 서명도, 그녀의 필적을 알아볼 만한 흔적도 없었다. 자신의 이름을 쓰기가 두려웠고, 그녀의 마음도 이제는 그에게서 멀어져 지금 사는 곳이 어딘지 그것조차 그에게 알리고 싶지 않은 게 분명했다. 뉴욕! 그러나 다른 곳에서 보낸 것을 다시 뉴욕에서 발송할 수도 있는 일이었다. 그녀는 이곳에서 죽음을 기다리고 있는 그에게 사는 곳은 물론 어떤 것도 영원히 알리고 싶지 않았다. 그의 마지막 남은 희망, 그의 꿈의 마지막 흔적까지 이제는 완전히 사라져 버렸다. 영원히! 그것은 서쪽에 어렴풋이 비치는 마지막 남은 빛이 마침내 어둠 속에 묻혀 버린 순간과도 같았다. 옅은 분홍빛 색조가 점점 희미해지다가 마침내 어둠에 잠기는 것 말이다.

클라이드는 침대에 앉았다. 볼꼴 사나운 수인복의 줄무늬와 회색 펠트 구두가 그의 시선에 들어왔다. 중죄인. 이 줄무늬. 이 구두. 이 감방. 생각만 해도 소름이 끼치는 캄캄한 앞날. 그 화려하던 꿈이 이런 식으로 끝장나는구나! 이런 운명이 되려고 로버타를 떼어 놓으려—살해하는 한이 있더라도—그토록 애를 썼던가? 이렇게! 이렇게! 그는 편지를 만지작거리다 손을 멈췄다. 지금 손드라는 어디 있을까? 어쩌면 애인도 생겼겠지. 그동안 그녀의 마음도 변했겠지. 그한테는 조금 애정을 느꼈을 뿐이었을 거야. 그러다가 그 무서운 사건이 폭로되자 그에 대한 애정이 완전히 식었을 것이다. 손드라는 자유의 몸이었다. 그녀는 아름답고 돈도 많았다. 그러니 지금쯤은 다른 누군가를 만나서……

클라이드는 침대에서 일어나서 참을 수 없는 고통을 가라앉히려고 감방 문 앞으로 걸어갔다. 한때 중국인이 차지했던 맞은편 감방에는 워쉬 히긴스라는 흑인이 수감되어 있었다. 소문에 따르면 그는 음식을 팔려고 하지 않았을 뿐 아니라 모욕까지 한 어느 레스토랑의 웨이터를 칼로 찔러 죽였다고 했다. 흑인의 옆 감방에는 젊은 유대인이 있었다. 강도질을 하려고 보석상에 들어갔다가 주인을 살해한 사람이었다. 그러나 이곳에서 죽게 된 지금 그는 완전히 의기소침해서 온종일 침대에 앉아 두 손으로 머리를 감싸고 있었다. 클라이드는 서 있는 곳에서 그 두 사람을 볼 수 있었다. 유대인은 두 손으로 머리를 감싸고 있었지만 흑인은 한 다리를 다른 다리에 포개고 침대에 걸터앉아 담배를 피우며 노래를 부르고 있었다……．

　오, 큰 마차가 굴러오누나…… 덜커덩!
　오, 큰 마차가 굴러오누나…… 덜커덩!
　오, 큰 마차가 굴러오누나…… 덜커덩!
　　나를 태워 가려고! 나를 태워 가려고!

　그러고 나서 클라이드는 마음속에 자꾸만 떠오르는 생각을 떨쳐 버릴 수 없어서 돌아섰다.

　클라이드는 죽을 운명에 놓인 사형수였다! 그리고 손드라와의 일도 이제 모두 끝장났다. 그는 그 종말을 느낄 수 있었다. 안녕! '비록 그녀는 다시는 너를 만날 수 없지만.' 클라이드는 침대 위에 털썩 몸을 던졌다. 울기 위해서가 아니고 쉬기 위해서였다. 그는 몸이 몹시 피곤했다. 라이커거스. 패스 호수. 베어 호수. 웃음소리, 키스, 미소. 지난해 가을에 이루어질 수 있었던 일들. 그리고 현재 1년이 지난 지금.

젊은 유대인 죄수는 정신적인 고뇌 때문에 이제는 더 침묵을 견딜 수 없을 때마다 어떤 종교적인 노래를 큰 소리로 부르곤 했다. 그런데 아, 그 노래는 너무도 구슬펐다. 많은 수감자가 집어치우라고 외쳤다. 하지만 아, 지금 클라이드의 귀에는 왠지 안성맞춤처럼 들렸다.

"저는 사악한 인간이었습니다. 저는 무정했습니다. 저는 거짓말을 했습니다. 아! 아! 아! 저는 믿지 않았습니다! 저는 마음이 악독했습니다. 저는 사악한 짓을 하는 무리와 어울렸습니다. 아! 아! 아! 저는 남의 물건을 훔쳤습니다. 저는 거짓말을 했습니다. 저는 잔인했습니다. 아! 아! 아!"

암흑가의 여자를 놓고 다투던 토머스 타이를 죽이고 사형을 선고받은 빅 톰 루니의 목소리가 들려왔다. "아, 제발 그만두지 못해! 네 마음이 아프다는 건 건 잘 알아. 하지만 나도 그래. 아, 그러니까 제발 좀 집어치워!"

클라이드는 침대에 앉아 유대인 죄수의 노래에 마음속으로 박자를 맞추면서 조용히 그와 같이 노래를 하고 있었다. "저는 사악한 인간이었습니다. 저는 무정했습니다. 저는 거짓말을 했습니다. 아! 아! 아! 저는 믿지 않았습니다. 저는 마음이 악독했습니다. 저는 사악한 짓을 하는 무리와 어울렸습니다. 아! 아! 아! 저는 거짓말을 했습니다. 저는 잔인했습니다. 저는 살인을 하려 했습니다. 아! 아! 아! 무엇 때문에? 허망한, 이루어질 수 없는 꿈 때문이었습니다! 아! 아! 아! ……아! 아! 아!"

한 시간 후 교도관이 와서 저녁 식사를 문에 달린 선반에 올려놓았을 때 클라이드는 몸을 움직이지 않았다. 음식이라니! 30분 후 교도관이 다시 돌아왔지만, 그의 음식은 유대인 죄수의 음식처럼 손도 대지 않은 채 그대로 고스란히 있었다. 교도관은 말없이 그의 음식을 갖고 돌아갔다. 교도관들은 수감자들이 우울증에 빠져 있을 때를 잘 알고 있었다. 이럴 때면 수감자들은 음식을 먹지 못했다. 교도관들마저도 음식을 먹을 수 없을 때가 가끔 있었다.

제33장

이틀이 지난 뒤에도 풀이 죽어 있는 클라이드의 모습을 보고 맥밀런 목사는 그 이유를 알고 싶어 했다. 최근에 그는 클라이드의 태도에서 그가 자신의 설교를 자기가 바라는 대로 열성적으로 받아들이지는 않는다고 해도 차츰 자신의 정신적인 관점에 접근해 오고 있다고 믿고 있었다. 그가 생각하기에도 울적하고 절망에 빠져 있는 것은 어리석은 일이라는 그의 조언은 적잖이 효과가 있는 듯했다. "왜 그러는가? 하나님의 평화는 그것을 구하는 사람에게, 그의 손이 닿는 곳에 있네. 하나님을 찾고 만난 사람에게는 — 자네도 찾으면 만날 수 있네 — 슬픔은 있을 수 없고 오로지 기쁨만이 있을 뿐일세. '그의 성령을 우리에게 주시므로 우리가 그 안에 거하고 그가 우리 안에 거하시는 줄을 아느니라.'" 목사는 이런 설교를 하고 성경을 읽었다. 그래서 마침내 손드라의 편지를 받고 나서 두 주가 지났을 때 클라이드는 편지에서 받은 충격 때문에 맥밀런 목사에게 모든 것을 털어놓고 의견을 듣고 싶으니 괴로운 생각으로 가득 차 있는 이 감방이 아닌 다른 곳으로 데려갈 수 있도록 교도소 소장의 허가를 받아 달라고 부탁했다. 그는 맥밀런 목사에게 최근 자기 삶에 일어난 일들과 관련한 자기의 책임을 정확하게 알 수가 없고, 그 때문에 맥밀런 목사가 늘 말하는 마음의 평화를 얻을 수 없는 것 같다고 말했다. 어쩌면…… 아니, 분명히 그의 관점이 잘못된 게 틀림없었다. 실제로 그는 사형 선고를 받은 그 범죄를 자세히 돌이켜 보고 그가 그것을 잘못 이해하고 있지나 않은지 알아보고 싶었다. 아직도 확신할 수가 없었다. 이 말을 듣자 맥밀런은 매우 감동했다. 클라이드의 말이 그에게는 위대한 정신의 승리, 믿음과 기도의 참된 보답으로 느껴졌기 때문이다. 목사는 즉시 소장에게로 달려갔고, 소장도 그런 일이라면 기꺼이 돕겠다고 했다. 소장은 필요하다면 얼마든지 옛 '죽음의 집'의 한 감방을 사용하라고 허가했다. 교도관도 바깥 복도에 세워 뒀을 뿐 맥밀런과 클라이드 사이에 끼어들지 못하게 했다.

그곳에서 클라이드는 로버타와 손드라와의 사이에 있었던 일들을 말하기 시작했다. 그러나 그 이야기는 재판 때 이미 대부분 밝혀진 내용이었으므로 그는 피고 측이 내세웠던 심경의 변화에 관한 이야기는 제외하고 주로 여러 가지 증거를 언급하는 데 그쳤다. 이어 그는 로버타의 죽음으로 끝난 보트 위에서 있었던 일들을 좀 더 구체적으로 이야기했다. 그가 처음에는 살해할 계획을 세웠고— 따라서 살의가 있었다는 점에서 — 맥밀런 목사는 그에게 죄가 있다고 생각하는가? 특히 그가 손드라에게 사로잡혀 있었고 또 손드라에게 모든 꿈을 걸고 있었던 점으로 미뤄 볼 때 정말로 그때의 일이 살인 행위가 되는 것일까? 재판 때 증언한 내용과는 달리, 실제로 있었던 일을 묻는 것은 그일이 바로 그가 범한 행동이기 때문이었다. 심경의 변화가 일어났다는 말은 거짓말이었다. 변호인들은 그가 살인했다고 믿지 않았기 때문에 가장 빨리 풀려나올 방법이라면 그렇게 변론하는 게 제일 좋다고 조언했다. 그러나 그것은 거짓말이었다. 보트 위에서의 그의 정신 상태, 로버타가 일어나서 그한테로 다가오기 전과 후의 그의 정신 상태 — 로버타를 때린 일과 그 뒤에 일어난 것에 관해서도 진실을 말하지 않았다. 그는 본의 아니게 로버타에게 가한 타격에 대해서도 지금 설명하고 싶었다. 그 일 때문에 종교적인 명상에 잠겨 보려고 해도 조물주 앞에 정직하게 나서려고 해도 잘되지 않기 때문이었다. (그는 아직 조물주 앞에 그렇게 나서려고 해 본 적이 없었다는 말을 하지 않았다.) 심지어 그 자신에게도 확실하게 말할 수 있는 것 이상으로 다른 어떤 것이 있었다. 실제로 그 일에 관해서는 그 자신도 파악할 수 없고 해명조차 할 수 없는 점이 아직도 많이 남아 있었다. 그는 분노의 감정을 지닌 적이 없다고, 심경의 변화를 일으켰다고 증언했다. 그러나 실제로 어떤 심경의 변화도 없었다. 사실 지금 생각해 보니 로버타가 일어나서 그에게 다가오려 하기 직전 그는 거의 넋을 잃었거나 마비된, 매우 복잡한 정신 상태에 있었다. 그러나 왜 그랬는지 지금도 확실히 알 수 없었다. 그는 처음에는— 또는 나중에 그랬을지 모르지만— 로버타에 대한 동정심 또는 그녀를 때릴 계획을 세우는 등 그녀에 대해 너무 잔인하다는 수치심에 그 원인이 있었다고 생각했다. 하지만 그때는 원하지 않는 일을 억지로 시키려 드는 로버타의 고집에 대한 분노, 어쩌면 증오심도 작용한 것 같았다. 셋째로 확실하지는 않지만 (오랫동안 곰곰이 생각해 보았어도 아직도 잘 알 수 없는 일이지만) 그런 나쁜 행위의 결과에 대한 두려움도 있었던 것 같다. 물론 지금 돌이켜 보니 그때는 결과가 아니라 계획한 대로 행동하지 못하는 자신의 무능력만을 생각했고 그 때문에 자신에게 분노가 치밀었던 것 같았다.

그래도 그 일격, 일어나서 그에게 다가오려는 로버타에게 본의 아니게 가한 그 일격에는 그에게로 다가오고 싶어 하는 로버타에 대한 분노가 어느 정도는 포함되어 있었다. 지금도 분명치는 않지만 그 때문에 손이 그렇게 파괴력을 지녔던 것 같다. 어쨌든 그런 생각이 든 것은 나중의 일이었다. 하지만 그의 증오심에도 불구하고 그가 로버타를 붙잡아 주려고 일어선 것은 사실이었다. 그는 또 적어도 그 순간에는 로버타를 구타한 것을 후회했다. 그리고 곧 보트가 뒤집혀 두 사람이 물에 빠지고 로버타가 익사하려고 했을 때 '아무것도 하지 말고 가만히 있자'하고 생각한 것도 사실이었다. 그렇게 하면 그녀로부터 해방될 수 있으니까. 정말로 그렇게 생각했다. 벨크냅과 제프슨 두 변호사가 지적했듯이, 그가 이 사건의 가장 강력한 동기라 할 수 있는 미스 X 생각에 사로잡혀 마음이 흔들린 것도 사실이었다. 그렇다면 전후의 모든 사정, 그가 로버타를 구타한 것은 본의가 아니었지만, 거기에는 분노, 실제로 로버타에 대한 불만에 분노가 포함되어 있었고 또 물에 빠진 로버타를 그가 구하려 하지 않은 사실을 염두에 둘 때 맥밀런 목사는 그 행위가 살인죄를 구성한다고 생각할까? 죽어 마땅할 정신적·법적인 범죄 말이다. 목사는 그렇게 생각할까? 영혼의 평화를 위해 그가 기도할 수 있도록 그는 그걸 알고 싶었다.

맥밀런 목사는 이 모든 이야기를 들었다. 그는 이렇게 복잡하고 이해할 수 없는 묘한 문제를 이제껏 들어 본 적이 없었다. 그리고 클라이드가 자신을 신뢰하고 존경하는 데 크게 감동했다. 목사는 클라이드 앞에 꼼짝도 하지 않고 앉아서 슬프고 초조하기까지 한 태도로 깊이 생각해 보았다. 그에게 의견을 말해 달라는 클라이드의 요청은 너무도 심각하고 중차대했다. 클라이드에게는 목사의 대답에 현세의 평화와 영혼의 평화가 달려 있었기 때문이다. 그런데도 맥밀런 목사는 너무나 어리둥절해 있어서 얼른 대답할 수가 없었다.

"클라이드, 로버타와 보트를 타고 나갔을 때까지도 그 여자에 대한 마음이 변하지 않았다는 건가? 자네의 의도…… 그 의도 말이네…… ."

맥밀런 목사의 얼굴은 잿빛으로 변하고 초췌해 보였다. 그의 두 눈에도 서글픈 빛이 감돌았다. 지금 방금 슬프고도 끔찍한 이야기를, 사악하고, 잔인하고, 스스로 괴롭히고 스스로 파멸을 초래하는 이야기를 들었기 때문이다. 사악하고 잔인한 것 같았다. 이 젊은이는—정말로!—맥밀런 목사에겐 한 번도 결핍되어 본 적이 없는 것들을 가지고 있지 않았던 클라이드의 초조하고 뜨거운 가슴이 반역을 일으킨 셈이었다. 그리고 그런 반역 때문에 젊은이는 사람을 죽이는 죄를 범했고, 지금 사형을 선고받은 것이다. 정말로 그의 마음이 동요된 것처럼 그의 이성도 무척 혼란스러웠다.

"네, 달라지지 않았습니다."

"자넨 계획한 행동을 할 수 없을 만큼 마음이 약한 자신에 화가 났다고 했어."

"네, 어떤 면에선 그랬습니다. 하지만 그러면서도 미안하다는 생각도 들었거든요. 아마 두렵기도 했을 겁니다. 지금에 와서 확실하게는 모르겠습니다. 어쩌면 그렇지 않았을지도 모르죠."

맥밀런 목사는 고개를 저었다. 참으로 이상하군! 참으로 아리송하군! 참으로 사악하군! 그런데도…… .

"그러면서도 자네를 그런 궁지로 몰아넣은 로버타에게 분노를 느꼈다고 했지."

"네, 그렇습니다."

"쯧! 쯧! 쯧! 그래서 그녀를 구타하려고 한 거로군."

"네, 그랬습니다."

"그런데도 구타할 수는 없었군."

"네."

"주님의 자비로우심을 찬양하리로다. 그러면서도 자네가 가했다는 그 타격에는—자네 말대로 본의 아니게 말이지—그녀에 대한 분노가 섞여 있었어. 충격이 그렇게 컸던 건 바로 그래서였군. 자넨 그 여자가 가까이 다가오는 게 싫었으니까."

"네, 싫었습니다. 어쨌든 싫었던 같습니다. 확실치는 않습니다. 어쩌면 전 제정신이 아니었을지도 모르겠습니다. 어쨌든 저는 몹시 흥분해 있었던 같습니다. 거의 아플 정도로요. 저는…… 저는……." 클라이드는 짧게 깎은 머리에 죄수복 차림으로 앉아서 그때의 정황을 정직하게 기억에 되살려 보려고 애쓰면서도 자기가 정말 살인을 한 것인지 아닌지 증명해 보일 수 없어 몹시 괴로웠다. 정말로 그가 죽인 것일까? 죽이지 않은 것일까? 맥밀런 목사 자신도 매우 긴장해서 입 속으로 중얼거렸다. "좁은 문으로 들어가라 멸망으로 인도하는 문은 크고 그 길이 넓어……." 그러나 그는 한마디 더 덧붙였다. "하지만 자네는 그 여자를 붙잡아 주려고 일어났지."

"네, 뒤에 일어났습니다. 그 여자가 넘어진 뒤 그녀를 붙잡아 주려고 했습니다. 그 바람에 보트가 뒤집힌 겁니다."

"정말로 붙잡아 주려고 했나?"

"그건 잘 모르겠습니다. 그 순간에는 그러려고 했던 것 같습니다. 어쨌든 가엾다는 생각이 들었던 것 같습니다."

"하지만 창조주 앞에서 정직하게 그리고 분명하게 가엾다고 생각했다고 말할 수 있겠나? 그 순간 그 여자를 구해 주고 싶었다고 말할 수 있겠는가?"

"너무 순식간에 일어난 일이라서요." 클라이드가 초조한 표정으로 거의 절망 상태에서 입을 열었다. "확실하지가 않습니다. 정말 그 여자가 불쌍하다고 생각했는지 어떤지 확신할 수가 없습니다. 그래요. 지금 생각을 해 봐도 잘 알 수가 없어요. 조금 그런 생각이 들었던 것처럼 느껴질 때도 있고, 그렇지 않을 때도 있습니다. 하지만 그 여자의 모습이 사라지고 제가 호숫가에 올라왔을 때 저는 미안하다는 생각이 들었습니다. 조금 말이죠. 자유의 몸이 된 게 기뻤지만 다른 한편으로는 두렵기도 했습니다. 목사님도 아시다시피……."

"그래, 알고 있고말고. 자넨 미스 X한테 가려고 했겠지. 하지만 호수 위에 있을 때 로버타가 물에 빠진 것을 보고도 말이지?"

"아닙니다."

"그 여자를 살려 주고 싶은 생각은 없었는가?"

"네, 없었습니다."

"쯧! 쯧! 쯧! 정말 불쌍한 생각이 들지 않던가? 부끄럽지도 않던가? 그러고 나선?"

"네, 부끄럽다는 생각은 했던 것 같습니다. 어쩌면 조금은 불쌍하다는 생각도 들었고요. 끔찍한 일이 일어났다는 건 알고 있었습니다. 물론 정말로 그랬어요. 그렇기는 했지만 여전히…… 목사님도 아시다시피……."

"암, 알고말고. 미스 X 생각을 했겠지. 그래서 그곳을 떠나고 싶었겠지."

"네. 하지만 저는 무엇보다도 두려웠어요. 그리고 로버타를 살려 주고 싶지 않았습니다."

"그랬군! 그랬어! 쯧! 쯧! 쯧! 그 여자가 죽으면 미스 X한테로 갈 수 있으니까. 자넨 그런 생각을 한 거였지?" 맥밀런 목사의 굳게 다문 입가에는 슬픔이 감돌고 있었다.

"네, 맞습니다."

"내 아들아! 내 아들아! 그렇다면 자네는 마음속으로 살인을 저지르고 있었네."

"네, 그렇습니다!" 클라이드는 생각에 잠기는 듯한 표정으로 대답했다. "저도 그동안 그렇게 생각해 왔습니다."

맥밀런 목사는 잠시 말을 멈추고, 자기에게 맡겨진 이 벅찬 임무를 위해 용기를 내려고 조용히 자신에게 기도를 올리기 시작했다. "하늘에 계신 우리 아버지여 이름이 거룩히 여김을 받으시오며, 나라가 임하시오며, 뜻이 하늘에서 이루어진 것같이 땅에서도 이루어지이다.'" 그는 잠시 뒤 다시 몸을 폈다.

"아, 클라이드! 하나님의 자비는 모든 죄에 평등하다네. 나는 그것을 잘 알고 있지. 하나님은 세상의 모든 죄를 짊어지고 죽으라고 독생자를 보내셨다네. 하나님의 자비를 받을 수 있네. 만약 자네가 회개하면. 하지만 그런 생각은! 그런 행위는! 자네는 기도를 많이 해야겠네, 내 아들아. 아주 많이. 아, 그렇고말고. 하나님의 눈에 띨까 나는 두렵다네. 그렇지…… 그런데도…… 나는 계시를 받기 위해 기도를 해야겠네. 자네가 들려준 건 이상하고도 무서운 이야기로군. 너무도 복잡한 면이 있어. 어쨌든 함께 기도하세. 빛을 주십사 하고 나와 함께 기도하세." 그러더니 목사는 고개를 숙였다. 그는 한동안 말없이 그렇게 앉아 있었다. 한편 클라이드도 불안한 마음으로 말없이 그 앞에 앉아 있었다. 그러고 나서 잠시 뒤 목사는 기도를 시작했다.

"오, 주여, 노여움으로 저를 꾸짖지 마시옵소서. 심한 불만으로 저를 벌하지도 마옵소서. 오, 주여, 저는 약한 몸이오니 자비를 베풀어 주시옵소서. 당신이 보시기에 제 영혼이 검게 상처를 입었으니 저의 부끄러움과 슬픔을 치유해 주시옵소서. 오, 제 마음의 악을 물리쳐 주시옵소서. 오, 하나님, 저를 당신의 의로운 길로 인도하여 주시옵소서. 저의 마음의 악을 물리치시고 다시는 기억나지 않게 해 주시옵소서."

클라이드는 고개를 떨어뜨리고 꼼짝도—조금도 꼼짝하지 않고—조용히 앉아 있었다. 그 역시 마침내 마음이 흔들리고 슬픔에 잠겼다. 그의 죄가 매우 크다는 사실은 이제 의심할 여지가 없었다. 정말로, 정말로 무서운 죄가 아닌가! 그런데도 그때 맥밀런 목사는 기도를 끝내고 일어났고, 그도 따라 일어났다. 맥밀런은 마지막으로 이렇게 덧붙였다. "이제 그만 가 봐야겠네. 생각하고 기도를 해야겠어. 자네 이야기에 내 마음이 크게 동요되었거든. 오, 하나님! 그리고 자네도…… 내 아들도…… 돌아가서 혼자 기도하게. 회개하게. 무릎을 꿇고 하나님께 용서를 빌게. 그러면 하나님은 자네의 기도를 들어 주실 걸세. 암, 들어 주시고말고. 내일 될 수 있는 대로 빨리 다시 오겠네. 하지만 절망하지는 말게. 늘 기도하게. 기도만이, 기도와 회개만이 구원을 얻을 수 있는 길이라네. 세상을 손바닥에 얹어 놓고 계시는 하나님의 힘에서 안식을 구하게. 그분의 넘치는 힘과 자비 안에 평화와 용서가 있다네. 암, 그렇고말고."

맥밀런 목사가 가지고 다니는 작은 열쇠고리로 철문을 두드리니 그 소리를 들은 교도관이 곧 왔다.

이어 맥밀런은 클라이드를 감방까지 배웅해서 그 안에 갇히는 모습을 또 한 번 본 뒤 클라이드의 이야기에 괴로워하면서 무겁고 슬픈 마음으로 그곳을 떠났다. 뒤에 남은 클라이드는 자기가 고백한 모든 것이 자신과 맥밀런에게 어떤 영향을 끼쳤는지 곰곰이 생각해 보았다. 새로 사귄 친구인 맥밀런의 놀라던 모습. 그 모든 이야기를 들으며 고통스러워하고 전율하던 모습. 클라이드는 정말로 죄를 범한 것일까? 그래서 그 죄 때문에 정말 죽어야 마땅할 몸일까? 맥밀런 목사도 그렇게 판단을 내렸을까? 그렇게 친절하고 온정이 많은 사람인데도?

클라이드의 뉘우치는 듯한 태도와 그의 이야기에 나타난 정상 참작의 여지가 있는 복잡한 상황에 마음이 움직인 맥밀런 목사는 그 후 일주일 동안 사건의 자초지종을 도덕적인 차원에서 곰곰이 생각해 본 끝에 다시 한 번 클라이드의 감방 앞에 나타났다. 그러나 클라이드가 마침내 정직하게 털어놓은 사실들을 아무리 너그럽게, 동정적으로 해석한다고 해도 일차적으로나 이차적으로는 클라이드가 살인죄를 면할 수 있다고 생각할 수 없다고 말했다. 그는 살인을 계획하지 않았는가? 그 여자를 구할 수 있었는데도 구하지 않았다. 그 여자가 죽기를 원했고, 그녀가 죽은 다음에는 후회조차 하지 않았다. 보트를 뒤집히게 만든 그 구타에는 어느 정도 분노의 감정이 섞여 있었다. 그가 그 여자를 의도적으로 구타하지 않았다 해도 마찬가지였다. 그가 미스 X의 미모와 신분에 매혹된 나머지 그런 범행을 계획한 사실, 그리고 로버타와 부적절한 관계를 맺은 뒤 그가 그녀와 결혼해야 한다고 결정한 사실은 그의 행위에 정상 참작을 할 만한 조건이 되기는커녕 오히려 그가 지상에서 저지른 양심의 죄와 범죄의 또 다른 증거가 되었다. 그렇다면 그는 하나님께 여러 가지 죄를 지은 셈이었다. 맥밀런 목사가 보기에, 그 무렵 그는 사도 바울이 그렇게 강렬하게 경고하던 이기심과 부정한 욕정과 간음을 모두 범하고 있었다. 그는 그런 생활을 지속하면서 끝내 변하지 않았다. 그가 법의 심판을 받게 된 날까지도 말이다. 그는 자신의 행동을 후회하지도 않았다. 그럴 시간이 충분히 있었던 베어 호수에서조차도. 어디 그뿐인가, 그는 처음부터 끝까지 거짓 주장과 구실로 무장하지 않았던가? 정말로 그랬다.

한편 클라이드로서는 처음으로―그러나 분명히 회개하고―자신의 죄의 중대성을 이해하기 시작했는데도 그가 처형된다면 그때는 죄에 다시 죄를 뒤집어쓰는 것과 다름없는 일이었다. 이번 경우에는 뉴욕주가 죄를 범하는 것이 되었다. 맥밀런 목사는 교도소 소장을 비롯한 다른 많은 사람처럼 사형제도를 반대했으며 범법자에게는 주의 이익을 위해 일하게 하는 게 옳다고 생각하고 있었다. 그런데도 목사는 클라이드가 결백하다고는 생각할 수 없었다. 아무리 생각해도, 아무리 클라이드를 영적으로 면죄시키길 바란다고 해도 그가 무죄가 될수 있을까?

그래서 맥밀런은 클라이드에게 그의 도덕적·정신적인 각성으로 그의 삶과 행동이 그 이전보다 좀 더 완벽하고 아름답게 되었다고 지적해 주었지만, 그것은 모두 한낱 부질없는 일이었다. 클라이드는 외로웠다. 그를 믿어 주는 사람은 이 세상에 아무도 없었다. 단 한 사람도. 사건 전의 그의 괴로웠던 행동에서 가장 흉악한 범죄 사실 말고는 그 밖의 의미를 헤아린 사람은 아무도 없었다. 그러나 그렇다고는 해도(손드라와 맥밀런 목사, 그리고 그 문제로 말하자면 메이슨 검사, 브리지버그의 배심원들, 브리지버그 배심원들의 평결을 확정하기로 판단한다면 올버니의 상소 법원 등 세상의 모든 사람에도 불구하고 말이다) 클라이드는 마음속으로 자기가 모든 사람이 생각하는 것처럼 그렇게 죄가 있지는 않다고 생각했다. 뭐니 뭐니 해도 세상 사람들은 그처럼 자기와 결혼해서 일생을 망치도록 고집부리던 로버타에게서 시달림을 받지 않았다. 그처럼 아름다운 꿈속에서 손드라에 대한 정열로 가슴을 불태워 보지도 않았다. 그처럼 어린 시절의 불우한 환경 때문에 더 좋은 생활을 갈망하면서도 창피하게도 길거리에 나서 억지로 고통스럽게 조롱을 받으며 찬송가를 부르고 기도해야 했던 경험이 없었다. 그런 사람들이 — 어머니까지도 포함해서 — 그가 어떤 정신적·육체적인 고통을 겪었는지도 모르면서 어떻게 그를 심판한단 말인가? 지금 이 순간 그 모든 일을 돌이켜 보니 과거의 아픔과 정신적인 독소가 생생하게 되살아났다. 이런 모든 사실이 엄연히 있었고, 또 세상 사람들이 그의 유죄를 믿고 있다고 해도 그의 내부 깊숙한 곳에는 그것에 반대해서 외치는 무언가가 있는 듯했고, 놀랄 때가 가끔 있었다. 그러나 여전히 맥밀런 목사가 있었다. 그는 매우 공정하고 온정이 많은 사람이었다. 이 모든 일을 그가 미칠 수 없는 높은 관점에서 바라보고 있는 게 분명할 것이다. 그는 때론 자신의 결백을 믿었지만, 또 자신의 유죄를 시인하는 쪽으로 생각이 기울어질 때도 있었다.

아, 이 걷잡을 수 없이 착잡하고 괴로운 생각들! 그의 머릿속에서 이런 모든 생각을 말끔히 정리할 수 없을까?

클라이드는 맥밀런 목사같이 선량하고 순수한 사람의 온정과 믿음과 헌신에서도, 또 맥밀런이 사자(使者) 노릇을 하는 그 자비롭고 강력한 하나님에게서도 진정으로 도움을 받을 수 없었다. 그렇다면 이제 그는 어떻게 해야 할까? 어떻게 하면 모든 걸 체념하고 아무 조건 없이 신실하게 기도를 올릴 수 있을까? 이런 상태에서 그의 고백을 듣고 그가 이제는 완전히 하나님을 믿게 되었다고 확신한 맥밀런 목사의 권유 때문에 클라이드는 다시금 목사가 지적해 준 성경의 구절들을 넘기면서 익숙해진 「시편」을 몇 번씩이나 거듭해서 읽음으로써 영감을 통해 회개하려고 애썼다. 일단 회개하게 되면 그는 지루하고 쓸쓸한 나날을 보내면서 그토록 갈망하던 평화와 힘을 얻을 수 있었다. 그러나 그런 회개는 두 번 다시 그에게 찾아오지 않았다.

그러는 동안에 어느덧 넉 달이 지나갔다. 넉 달이 다 지난 뒤에 19××년 1월에 항소 법원은 (풀햄 2세가 벨크냅과 제프슨이 제출한 서류를 심리하고) 킨케이드, 브릭스, 트루먼 및 돕셔터의 동의로, 캐터라키군의 배심 평결대로 클라이드의 유죄를 확정하고 2월 28일에 시작되는 그 주 안으로 또는 6주 뒤의 임의의 시간에 사형을 집행한다는 선고를 내렸다. 선고 판결문의 결론은 다음과 같았다.

"본심은 본 사건이 정황 증거에 의해 심리되고 유일한 목격자가 그 죽음이 범죄의 결과가 아니라고 부인하고 있는 점에 유의한다. 그러나 검찰은 그러한 증거에 수반되는 매우 엄격한 요구 사항을 존중하여, 매우 이례적인 면밀성과 능력을 발휘하여 피고의 유죄 또는 무죄의 문제를 올바르게 해결할 목적으로 수많은 상황을 조사하고 그 증거를 제출하였다.

본심은 이런 일부의 증거가 그 자체만으로는 증거에서 미비점이나 모순점이 있다는 이유에서 의문의 여지를 남기고, 또 무죄로 설명되거나 해석될 수 있는 다른 예도 있었음을 인정한다. 변호인 측은— 탁월한 변론으로— 이런 견해를 관철하려고 노력하였다.

그러나 모든 상황을 상호 연관성 있는 하나의 전체로서 고려해 볼 때 증거에서 얻는 유죄의 심증은 매우 확고하고, 본심은 어떠한 정당한 추리에 의해서도 증거의 신빙성을 부인할 수 없으며, 그 판결은 증거의 중요성과, 그것에서 비롯하는 정당한 추론에 위배되는 것이 아닐뿐더러 오히려 그것에 의해 정당화된다고 판단할 수밖에 없다. 그러므로 본심은 만장일치로 하급 법원의 판결을 확정한다."

이 소식을 듣자 시러큐스에 있던 맥밀런 목사는 항소 법원의 판결이 공식적으로 클라이드에게 전달되기 전에 정신적으로 용기를 북돋아 주고 싶어서 그에게로 달려갔다. 목사가 판단하기에, 곤경에 처한 자를 항상 돕는 주님의 도움 없이는 클라이드가 그런 심한 충격을 이겨 낼 수 없을 것으로 판단했기 때문이다. 클라이드는 그가 찾아온 것을 몹시 고맙게 생각하고 있었다. 다행히 클라이드는 집행 영장이 송달되기까지는 사형수에게 아무 소식도 전하지 않기로 되어 있으므로 아무것도 모르고 있었다.

매우 부드러운 영적인 대화에 이어—이 대화에서 맥밀런은 현세의 덧없음과 내세의 참된 현실과 기쁨을 찬양한 마태, 바울, 요한의 구절들을 인용했다—클라이드는 맥밀런에게서 항소가 기각된 사실을 알게 되었다. 맥밀런은 자기 말을 들을 것이 분명한 몇몇 사람과 함께 주지사에게 탄원해 보겠다는 말을 했지만, 주지사가 6주 안에 어떤 조치를 하지 않는 한 자기는 죽을 수밖에 없다는 것을 그는 알고 있었다. 일단 자기의 형이 확정된 사실을 절감하자—맥밀런이 믿음과 하나님의 자비와 지혜가 가져다주는 안식을 이야기하는 동안—클라이드는 얼굴과 눈에 열망에 가득 찬 짧은 생애에서 일찍이 보인 적이 없는 용기와 인품을 나타내 보이며 서 있었다.

"항소가 기각됐군요. 결국 저도 이제 저 문을 지나가야 하겠네요. 다른 사람들처럼요. 제 차례가 됐을 때도 커튼을 치겠죠. 다른 사람들처럼 저쪽 방에 들어갔다가 다시 복도를 지나오면서 작별 인사를 하게 되겠죠. 그럼 저도 이곳에 없게 되겠지요." 클라이드는 한 발자국 한 발자국을, 이제는 익숙해진 그 발자국을 마음속에 새겨 보고 있는 듯했다. 그러나 이제 처음으로 그 자신이 직접 실행에 옮기는 것 같았다. 그는 두렵고도 왠지 모르게 넋을 빼앗는 것 같은 이 무서운 소식을 접하면서도 예상했던 만큼 당황하거나 맥이 빠지는 느낌은 들지 않았다. 그 자신도 놀란 일이었지만 두려워하던 조금 전의 태도와는 달리, 그는 어떻게 행동할 것인지, 무슨 말을 할 것인지에 대해 겉으로 보기에는 차분하게 생각하고 있었다.

맥밀런 목사가 이곳에서 읽어 준 기도문을 외울까? 물론 그래야 할 것 같았다. 그것도 기쁜 마음으로. 그렇지만……

클라이드는 한순간 넋을 잃고 있었기 때문에 맥밀런이 지금 무엇인가 속삭이고 있다는 것도 의식하지 못하고 있었다.

"하지만 아직 완전히 끝난 건 아닐세. 1월이면 새 주지사가 취임하거든. 사리에 밝은 데다 좋은 사람이라고 하더군. 사실 나는 새 주지사와 가까운 사람들을 알고 있어. 그래서 직접 그 사람을 만나 볼 생각이야. 또 내가 아는 다른 사람들에게도 사정을 말해서 주지사에게 탄원서를 쓰도록 하겠네."

그러나 클라이드가 맥밀런의 말을 듣고 있지 않다는 것은 그의 표정이나 그의 입에서 나온 말로도 알 수 있었다.

"저의 어머니 말입니다. 누군가가 어머니한테 전보를 쳐야 할 것 같아요. 매우 상심하실 겁니다." 그러고 나서 클라이드는 한마디 덧붙였다. "로버타의 편지들을 그대로 제시하지 말았어야 한다고 생각하지 않은 모양이죠. 혹시 그렇게 생각해 주지 않을까 했지만요." 그는 니컬슨을 생각하고 있었다.

"걱정하지 말게, 클라이드." 맥밀런 목사는 괴롭고 슬픈 심정으로 말했다. 이 순간 그는 백 마디 말보다 차라리 클라이드를 덥석 껴안고 위로해 주고 싶은 심정이었다. "자네 어머니한테는 이미 전보를 쳤네. 이번 판결 문제는 곧 자네 변호인들을 만나 보겠네. 그리고 내가 말했듯이 내가 직접 주지사를 만나 보겠네. 새로 부임하는 주지사 말일세."

맥밀런 목사는 클라이드가 조금 전에도 듣고 있지 않던 말을 다시 한 번 되풀이했다.

제34장

맥밀런 목사가 클라이드에게 최종 판결 소식을 전한 뒤 세 주쯤 지나 새로 당선된 뉴욕 주지사 집무실에서 있었던 일이었다. 클라이드의 형량을 사형에서 무기로 감형시키려는 벨크냅과 제프슨 변호사들의 노력이 수포가 된 뒤(두 변호사는 관례적인 감형 탄원서와 함께 증거의 해석이 잘못되었으며 로버타의 편지들을 증거로 제시된 사실이 불법적이라는 점을 지적한 의견서를 제출했지만, 이에 대해 뉴욕주 남부 출신으로 지방 검사와 판사를 지낸 월섬 지사는 양심에 비춰 자신이 개입할 근거를 찾을 수 없다고 답할 수밖에 없었다) 월섬 지사는 그리피스 부인과 맥밀런 목사를 만났다. 클라이드 사건의 마무리가 어떻게 될 것인지에 관해 일반의 관심이 높다는 것을 잘 알고 있는 데다 또 아들을 끝까지 믿는 클라이드의 어머니가 항소 법원의 판결을 알자 곧 오번으로 다시 와서 아들의 파멸을 둘러싼 사정에 대해 정상을 참작해 달라고 호소하는 편지를 각 신문사와 그 자신에게 보냈고, 사건에 관한 그녀의 확신을 말하고 싶으니 만나 달라고 여러 번 호소했으므로 주지사는 마침내 부인을 만나기로 동의했다. 부인을 만나 본다고 해로울 것은 없었고, 게다가 만나 주면 부인에게 위로가 될 것 같았다. 그뿐만 아니라 변덕스러운 여론은 어느 특정 사건의 경우 확신이야 어떻든 보통 그 확신 자체는 흔들리지 않으면서도 관용의 편을 들게 마련이었다. 이 사건의 경우 신문의 논조로 판단한다면, 여론은 클라이드의 유죄를 믿고 있었다. 한편 그리피스 부인은 클라이드와 로버타의 일, 재판 과정과 재판 뒤의 클라이드의 고뇌, 그가 무슨 죄를 지었든 맥밀런 목사에 따르면 이제는 진심으로 회개하고 창조주에게로 귀의했다는 사실에 관해 오랫동안 깊이 생각한 탓에 인도적인 차원에서는 물론, 법적인 입장에서도 클라이드를 살리기만이라도 해야 한다는 신념을 더욱더 굳히고 있었다. 그래서 부인은 지금 주지사 앞에 서 있었다. 주지사는 키가 크고 진지하고 어딘지 모르게 우울해 보이는 사람이었는데, 평생 클라이드의 마음을 불태웠던 그런 정염은 겪은 적이 없었지만 다정한 아버지요 남편이었기에 부인의 현재 심정을 헤아리고도 남음이 있었다. 그러나 동시에 주지사는 자신이 이해하고 있는 여러 사실과, 법과 질서에 대한 영원하고 뿌리 깊은 복종심에 크게 영향을 받았다. 그는 항소 법원에서 제출한 모든 증거와 벨크냅과 제프슨이 제출한 최근의 관계 서류들을, 그에 앞서 서류들을 읽은 사면 담당관처럼 이미 읽어 보았다. 그러나 새로운 자료라고는 아무것도 없는데 — 이미 채택된 여러 증거를 새로운 각도에서 해석하지 않는 한 — 무슨 근거에서 데이비드 월섬이 클라이드의 형량을 사형에서 무기 징역으로 감형할 수 있다는 말인가? 배심원 재판과 항소원에서 이미 사형을 결정하지 않았던가?

그래서 그리피스 부인이 떨리는 음성으로 탄원을 시작하면서 — 클라이드의 삶의 발자취를 더듬고, 그의 장점들을 열거하고, 그가 나쁜 아이거나 잔인한 아이가 아니었다는 사실을 지적하고 — 또한 미스 X는 아니지만 로버타에게도 어느 정도의 책임이 있다고 말하는 동안, 주지사는 깊이 감동해서 그저 물끄러미 부인을 바라보고 있을 뿐이었다. 한 어머니의 애정과 헌신! 이 어머니가 바로 그 시간에 겪고 있는 고뇌! 이미 입증된 사실들이 있는데도 그 자신이나 다른 모든 사람과는 달리 아들이 그렇게까지 악할 수가 없다는 어머니의 믿음! "아, 주지사님, 제 아들은 마음속에서 죄를 말끔히 씻고 하나님을 위해 헌신적으로 일하려고 합니다. 그런데 지금 아들의 목숨을 희생시킨다고 해서 우연한 사고이든 아니든 그 가엾은 아가씨의 죽음에 대해 뉴욕주에게 어떻게 보상할 수 있겠습니까? 어떻게 말입니까? 뉴욕주의 수백만 명의 주민이 용서해 줄 수는 없나요? 그 주민들의 대표로서 주지사님께서 그들이 느낄지도 모르는 온정을 베풀어 주실 수는 없나요?"

그리피스 부인은 이제 더 말을 잇지 못했다. 부인은 돌아서서 소리 없이 울기 시작했고, 월섬은 가슴이 벅차서 그 자리에 서 있을 뿐이었다. 불쌍한 여인! 의심할 여지도 없이 정직하고 진지한 그 마음! 이어 자기 차례라고 생각한 맥밀런 목사가 탄원하기 시작했다. 클라이드는 새사람이 되었다. 이전의 그의 생활에 대해서는 그로서도 잘 모른다. 하지만 교도소에 수감된후—지난 1년 동안의 일이지만— 클라이드는 삶, 사명, 그리고 인간과 하나님에 대한 의무를 새롭게 이해하고…….

매우 진지하고 양심적인 주지사는 맥밀런 목사의 말에 열심히 귀를 기울였다. 주지사가 보기에 맥밀런은 성실하고 활동적인 이상주의자였다. 그는 이 사람의 입에서 나오는 말이 — 그게 무엇이든 진실한 것이고 — 그가 파악하고 있는 진실의 개념에서 벗어나지 않는다는 걸 믿어 의심치 않았다.

"하지만 맥밀런 목사님." 주지사가 마침내 입을 열었다. "목사님은 교도소에서 오랫동안 그 청년과 접촉을 했으니 말입니다만 재판 때 제시되지 않은 어떤 물적 증거, 재판에서 채택된 증거의 일부라도 효력을 잃게 하거나 약화할 만한 어떤 물적 증거를 알고 있습니까? 목사님도 아시겠지만 이건 법적 절차입니다. 나는 감정만으로 결정을 내릴 수는 없습니다. 더욱이 별도로 이루어진 두 재판 판결이 만장일치로 이루어졌습니다."

주지사는 맥밀런 목사를 똑바로 바라보았고, 목사는 얼굴이 창백해진 채 말문이 막혀 주지사의 얼굴을 마주 쳐다보았다. 클라이드의 유죄나 무죄를 판단할 짐은 이제 그의 입에서 나오는 말에, 그의 두 어깨 위에 놓여 있었다. 하지만 클라이드의 무죄를 그가 결정할 수 있을까? 자기가 클라이드의 고백을 듣고 나서 곰곰이 생각해 본 끝에 하나님과 법 앞에서 클라이드는 유죄라는 판단을 내리지 않았는가? 그런 흔들릴 수 없는 확신이 있는데도 이제 와 자비를 위해 신념과는 다른 말을 할 수 있을까? 그렇게 하는 것이 주님 앞에서 참되고 또 결백하고 가치 있는 일일까? 그는 클라이드의 정신적인 조언자로서 클라이드의 영적 가치에 어긋나는 일은 해서는 안 되겠다고 즉시 판단했다. "너희는 세상의 소금이니 소금이 만일 그 맛을 잃으면 무엇으로 짜게 하리요?" 목사는 즉시 선언하듯 말했다. "저는 클라이드의 정신적인 조언자로서 그의 정신적인 삶에는 관여했지만 법적인 문제는 잘 모릅니다." 그러자 월섬 주지사는 맥밀런의 태도에서 즉시 그 역시 다른 사람들처럼 클라이드의 유죄를 믿고 있다는 판단을 내렸다. 그래서 그는 마침내 용기를 내어 그리피스 부인에게 말했다. "부인, 1, 2심 판결의 적법성에 의문을 품을 만한 어떤 명확한 새 증거를 보지 못하는 한, 본인은 판결에 따를 수밖에 없습니다. 정말 안됐습니다. 하지만 법이 존중되려면 법의 결정은 법적 타당성을 지닌 이유에 따르지 않고서는 변경될 수 없습니다. 본인도 다르게 결정을 내리고 싶습니다. 이건 진심으로 드리는 말씀입니다. 온 마음을 다해 부인을 위해 기도하겠습니다."

주지사는 단추를 눌렀다. 그러자 비서가 들어왔다. 면담이 끝난 것이 분명했다. 그리피스 부인은 아들의 죄에 관해서 주지사가 매우 중요한 질문을 직접 던진 그 결정적인 순간에 침묵을 했다가 회피적인 대답을 한 맥밀런의 이해할 수 없는 태도에 매우 놀라고 실망한 나머지 한마디도 하지 못하고 있었다. 이제는 어떻게 해야 할까? 어느 길로 가야 할까? 누구에게 호소할 수 있을까? 하나님, 오직 하나님밖에는 남지 않았구나. 부인과 클라이드는 이 세상에서 그 아이의 실패와 죽음에 대한 위로를 창조주에게서밖에 얻을 수가 없었다. 그런 생각을 하면서 흐느끼고 있는 부인을 맥밀런 목사가 조심스럽게 데리고 방에서 나왔다.

그리피스 부인이 사무실에서 나간 뒤 주지사는 비서를 돌아보고 말했다.

"이렇게 슬픈 의무에 직면해 본 건 내 생전 처음이군. 평생 잊을 수 없을 거야."

이 일이 있고 나서 클라이드에게 남은 시간은 두 주밖에 없었다. 이 사이에 주지사의 최종 결정은 그의 어머니도 참석한 자리에서 맥밀런의 입으로 그에게 전해졌다. 클라이드는 맥밀런이 입을 열기도 전에 그의 얼굴에서 모든 것을 짐작할 수 있었다. 그는 맥밀런에게서 다시 한 번 그를 창조하신 하나님에게서 안식을 구하라는 말을 들었다. 그는 지금 어느 한곳에 잠시라도 가만히 있을 수 없어 감방 안을 왔다 갔다 하고 있었다. 죽을 날이 며칠 남지 않았다는 사실을 마침내 실감하게 되었는데도 그는 불행했던 자기 생애를 돌이켜볼 필요를 느꼈다. 어린 시절. 캔자스시티. 시카고. 라이커거스. 로버타와 손드라. 돌이켜 보니 주마등처럼 흘러간 세월이었다. 몇 번 찾아왔다가는 재빠르게 지나가 버린 화려하고 강렬한 순간들. 많은 것을 — 좀 더 많은 것을 — 자꾸만 원했던 그의 마음. 손드라가 나타난 뒤 라이커거스에서 경험했던 그 강렬한 욕망, 그런데 지금, 지금의 이 처지! 이 처지 — 이것 — 이것마저도 이제 막을 내리고 있었다. 아, 아직 인생을 살았다고 할 수 없는데 그나마 마지막 2년은 이런 숨 막히는 벽 속에 갇혀 지낸 비참한 나날이었지 않은가. 이런 인생인데도 이제 남은 시간은 물이 흐르듯 열에 들뜬 듯 덧없이 지나갈 14일, 13일, 12일, 11일, 10일, 9일, 8일밖에는 남지 않았다. 시간은 사정없이 흐르고, 또 흐르고 있었다. 하지만 목숨, 목숨이 사라지면 어떻게 될까? 아름답기 그지없는 하루하루, 맑게 갠 날과 비 오는 날, 일·사랑·정력·욕망. 아, 그는 정말 죽고 싶지 않았다. 죽기 싫었다. 지금, 지금 이 순간이 전부라고 할 수 있는데, 도대체 왜 어머니와 맥밀런 목사는 자꾸만 하나님의 자비 속에서 모든 걱정 근심을 잊어버리고 하나님만 생각하라고 할까? 그러나 맥밀런 목사는 그리스도와 내세에서만 참된 영화를 누릴 수 있다고 주장하고 있었다. 아, 그렇기야 하지만 주지사를 만난 자리에서 그에게는 죄가 없다고 적어도 전부 그의 죄는 아니라고 말할 수는 없었을까! 만약 그가 그렇게 판단하기만 했더라면 그때에 그랬다면 주지사가 사형을 무기형으로 감형시켜 줬을지도 모르지 않는가? 그가 어머니에게 맥밀런 목사가 주지사에게 무슨 말을 했느냐고 물었을 때 (그러면서도 그는 맥밀런에게 모든 것을 고백했다는 말은 하지 않았다) 어머니는 목사가 진심으로 그가 주님에게로 돌아갔다고 주지사에게 말했지만 그가 결백하다고는 말하지 않았다고 대답했다. 맥밀런 목사가 양심적으로 그를 위해 그 이상으로는 말할 수 없었던 사실이 클라이드에게는 매우 기이하게 느껴졌다. 너무나 슬펐다. 너무나 절망적이었다. 그처럼 수많은 다른 사람들도 겪는—어쩌면 올바르지 않을는지는 몰라도—너무도 인간적인 그의 굶주림을 이해해 주는 사람은 이 세상에 단 한 사람도 없다는 말인가?

설상가상으로 맥밀런 목사가 주지사의 마지막 질문에 대답한 또는 대답하지 않은 말과, 그리피스 부인의 물음에 대해 그가 똑같은 말로 답변했기 때문에 부인은 자신이 처음부터 걱정했던 것처럼 클라이드에게 죄가 있을지 모른다는 의혹이 들자 경악하지 않을 수 없었다. 그래서 그녀는 언젠가 한번 그에게 물었다.

"클라이드, 아직 고백하지 않은 것이 있으면 떠나기 전에 고백해야 한다."

"어머니, 하나님과 맥밀런 목사님한테 모든 걸 고백했어요. 그거면 충분하지 않나요?"

"아니야, 클라이드. 너는 세상 사람들에게 네가 결백하다는 말을 해 왔지. 하지만 만약 결백하지 않다면 그렇다고 고백해야 해."

"그렇지만 양심이 제가 옳다고 말한다면 그걸로 충분하지 않나요?"

"아니야, 만약 하나님의 말씀이 그렇지 않다고 할 때는 그렇지 않거든, 클라이드." 그리피스 부인은 초조하게 그리고 몹시 영혼의 고통을 느끼며 대답했다. 그러나 그는 이 자리에서는 더 이상 아무 말도 하지 않았다. 그 자신이 맥밀런 목사에게 고백할 때도, 또 그 뒤 목사와 이야기를 나눌 때도 분명히 해결할 수 없었던 기묘한 상태를 어머니나 세상 사람들에게 어떻게 설명할 수 있다는 말인가? 그것은 불가능한 일이었다.

자신에게조차 속마음을 털어놓지 않으려는 아들의 태도에 그리피스 부인은 정신적으로뿐만 아니라 개인적으로도 괴로워하지 않을 수 없었다. 자기 아들이 죽을 날이 며칠 남지 않았는데도 맥밀런 목사에게는 분명히 말한 사실을 그녀에게는 숨기고 있다니. 하나님은 언제 그녀에 대한 시험을 끝내시려는 것일까? 그런데도 클라이드가 과거의 죄야 어떻든 지금은 회개하고 주님 앞에 떳떳이 나설 수 있다는 맥밀런의 말에서 부인은 위안을 얻고 있었다. 주님은 위대하시도다! 주님은 자비로우시도다! 주님의 품 안에 평화가 있었다. 주님의 평화를 누리는 사람에게 죽음이 무엇이며 또 삶이 무엇이겠는가? 그것은 아무것도 아니었다. 이제 몇 해만 있으면 (얼마 남지 않은 시간에) 그녀와 에이서도, 그리고 나중에 그의 형제자매들도 클라이드를 뒤따를 게 아닌가. 그때가 되면 이 지상에서의 그 아이의 불행도 다 잊힐 것이다. 하지만 주님의 평화가 없다면, 그분의 존재·사랑·보살핌·자비를 아름답게 완전히 깨닫지 못한다면……! 부인은 최근에 가끔—자못 비정상적으로—영적인 기쁨에 전율할 때가 있었다. 지금 그 순간 클라이드가 보기에도 그랬다. 클라이드는 아들의 정신적 행복을 위한 어머니의 기도와 심려에서 어머니가 그의 심정과 포부를 완전히 이해하지 못하고 있다는 걸 잘 알고 있었다. 그는 캔자스시티 시절에 그토록 많은 것

을 갖고 싶어 하면서도 별로 가진 것이 없었다. 물건들이 — 그
저 한낱 물건에 지나지 않는 것들이 — 그에게는 아주 중요해 보
였다. 다른 남자아이들과 여자아이들이 보는 거리로 끌려 나가
는 것에 그는 끔찍이도 분개했었다. 많은 아이는 그가 그토록
갖고 싶어 하는 것들을 갖고 있었다. 그는 그것이 아니라면, 길
거리가 아니라면 이 세상 어느 곳이라도 기꺼이 갔을 것이다.
아니, 가고 싶었다. 어머니에게는 한없이 소중했지만, 그에게
는 몹시 서글프기 짝이 없던 전도 생활! 하지만 그가 그렇게 느
끼는 게 잘못이었을까? 정말로 잘못이었을까? 이제 주님은 그
걸 탓하실까? 어쩌면 그에 대해 어머니가 생각하는 게 옳을지
도 모른다. 어머니가 조언하는 대로만 했다면 이 지경은 되지
않았을 게 분명했다. 인생의 최후가 다가오고 있는 지금 무엇보
다 동정이, 아니 동정보다는 진실하고 깊은 이해가 그리운 지
금, 어머니가 애정과 동정을 쏟으면서 근엄하게 자기희생을 무
릅쓰고 그를 도우려고 안간힘을 쓰고 있는 지금조차 실제로 일
어났던 모든 일을 어머니에게 몸을 돌리고 고백할 수 없다는 게
참으로 신기했다. 이해의 결여 때문에 마치 어머니와 아들 사이
에는 넘어설 수도 뚫을 수도 없는 어떤 장벽이 가로놓이게 된 것
같았다. 사실이 그러했다. 어머니는 안일과 사치, 아름다움과
사랑에 대한 그의 갈망, 겉치레·향락·부·지위, 억누를 수 없는
야망과 욕망을 한 번도 이해하려고 하지 않았다. 어머니는 그
런 것들을 이해할 수가 없었다. 그녀는 그런 모든 것을 죄 — 죄
악이나 이기심으로 간주하곤 했다. 로버타와 손드라와 관련한

치명적인 단계에 대해서도 간음, 음란, 심지어 살인이라고 여겼다. 어머니는 그가 뉘우치고 전적으로 회개하기를 바랐다. 그러나 그는 맥밀런 목사와 어머니에게 모든 것을 다 말하고 난 지금에 와서도 그러고 싶은 마음이 들지 않았다. 비록 하나님에게서 안식을 구하고 가능하다면 어머니의 이해와 동정에서 안식을 구하고 싶으면서도 말이다. 만약 그게 가능하다면.

주님, 어찌 그렇게도 끔찍하나이까! 클라이드는 몹시 외로웠다. 얼마 남지 않은 마지막 시간이 자꾸만 흘러가는 이 순간(하루하루가 쏜살같이 지나갔다) 어머니와 맥밀런 목사가 함께 있지만 두 사람 모두 그를 이해하지는 못했다.

그러나 그보다 훨씬 더 심각한 것은 이곳에 가둬 놓고 죽음으로 보내지도 않는다는 사실이었다. 그가 오래전부터 느낀 일이지만 무서운 하루하루가 어떤 제도에 ─ 틀에 박힌 끔찍한 제도에 ─ 의해 운영되고 있었다. 이 제도는 강철로 만들어져 있었다. 인간의 손이나 가슴을 떠나 기계처럼 자동적으로 움직이고 있었다. 교도관들만 해도 그랬다. 편지를 갖다 주고, 이것저것 묻고, 친절하지만 공허한 말을 하고, 잔심부름을 해 주고, 수감자들을 운동장이나 목욕탕으로 데리고 나갔다가 데리고 돌아오는 그들 역시 강철 덩이였다. 그들은 기계처럼, 자동인형처럼 사람을 밀고 가다가 잡아당기기도 했고, 이 벽들 안쪽에서 호의도 베풀었지만 말썽을 일으키는 사람은 쉽게 죽일 준비가 되어 있었다. 그러면서도 밀고, 밀고, 또 밀고 언제나 저쪽의 작은 문 쪽으로 밀고 갔는데 거기에서 도망갈 방법은 전혀 없었다. 그러다가 마침내 그 문 쪽으로 걸어 나가면 두 번 다시 돌아올 길은 없었다. 돌아올 길이 전혀 없었다. 그저 앞으로 앞으로만 나아갈 뿐. 그러다가 마침내 그들이 그 문 안으로 밀어 넣으면 다시는 돌아올 수가 없지 않은가! 결코, 두 번 다시는 돌아올 수 없는 불귀의 여행이 아닌가!

이런 생각을 할 때마다 클라이드는 일어나서 감방 안을 걸었다. 그러고 나서 그는 보통 자신의 죄에 대한 수수께끼처럼 어려운 문제를 다시 생각했다. 그는 쇠 침대에 엎드린 채 로버타를, 그녀에게 그가 저지른 일을 생각해 보기도 하고, 심지어 성경을 읽으려고 하면서 몇 번씩이나 되뇌었다. "주님, 저에게 평화를 주시옵소서. 저에게 빛을 주시옵소서. 주님, 제가 품어서는 안 될 사악한 생각을 물리칠 힘을 주시옵소서. 제가 완전히 결백하지는 않다는 것을 잘 알고 있습니다. 아, 정말 그렇습니다. 제가 악을 계획했다는 걸 잘 알고 있습니다. 네, 그렇습니다. 물론 알고 있습니다. 고백합니다. 하지만 저는 이제 정말 죽어야 합니까? 제게 도움은 없습니까? 주님, 저를 도와주지 않으시겠습니까? 저의 어머니 말대로 제 앞에 나타나지 않으시겠습니까? 저를 도우시려면 말입니다. 주지사를 움직이셔서 마지막 순간에 저의 형을 무기 징역으로 감형시켜 주지 않으시겠습니까? 맥밀런 목사님, 그리고 제 어머니의 생각을 돌려 주지사에게 찾아가도록 해 주지 않으시겠습니까? 저는 죄스러운 생각을 모두 쫓아 버리겠습니다. 저는 사악한 생각을 모두 쫓아 버리겠습니다. 새사람이 되겠습니다. 아, 정말입니다. 만약 살려만 주신다면 꼭 그렇게 하겠습니다. 그러니 제발 제가 죽게만 하지 말아 주시옵소서. 그렇게 빨리 죽도록 말입니다. 제발 그렇게 하지 마옵소서. 제가 기도하겠습니다. 네, 꼭 그렇게 하겠습니다. 이해하고 믿을 수 있는, 그리고 기도할 힘을 주시옵소서. 아, 제발 부탁드립니다!"

어머니와 맥밀런 목사가 주지사를 마지막으로 만나고 온 뒤부터 클라이드가 묵상하고 기도하던 마지막 시간까지 그는 이렇게 얼마 남지 않은 두려운 나날을 보냈다. 그러나 내세의 의미, 피할 수 없는 죽음, 어머니는 물론 날마다 찾아와 주님의 자비를 설명하고 완전한 믿음에 의지하라고 설교하는 맥밀런 목사의 신앙과 격정이 불러일으킨 어떤 심리적인 공포 상태에서 클라이드는 마침내 믿음을 가져야 하겠다고 생각했을 뿐만 아니라, 자기로서는 이미 완전하고 확고한 믿음을, 그리고 평화를 얻을 수 있다고 확신하게 되었다. 그런 상태에서 클라이드는 맥밀런 목사와 어머니의 부탁을 받고 목사의 도움을 받아 가며 세상 사람들, 그중에서도 특히 그와 같은 나이 또래의 젊은이들에게 보내는 편지를 썼다. 클라이드가 보는 앞에서 그의 승낙을 받고 맥밀런이 가필한 편지의 내용은 다음과 같았다.

죽음의 계곡에 들어선 저는* 우리의 구세주이자 영원한 벗인 예수 그리스도를 만난 사실에 대한 의문을 불식시키기 위해서라면 무슨 일이든 간절히 하고 싶습니다. 지금 이 순간 제가 느끼는 단 한 가지 후회는, 지금껏 살아오는 동안 주님을 위해 일할 기회가 있었는데도 주님을 제 인생에서 최고의 존재로 모시지 못했다는 것입니다.

만약 제가 젊은이들을 그리스도에게로 인도할 수 있는 한마디 말을 할 수 있다면 저에게 더없는 특권이 주어진 것으로 생각하겠습니다. 그러나 지금 제가 할 수 있는 말은 오직 이것뿐입니다. "이로 말미암아 내가 또 이 고난을 받되 부끄러워하지 아니함은 내가 믿는 자를 내가 알고 또한 내가 의탁한 것을 그날까지 그가 능히 지키실 줄을 확신함이라."'" (맥밀런 목사 덕분에 그가 잘 알고 있는 구절이었다.)

만약 이 나라의 젊은이들이 그리스도인으로서 삶의 기쁨을 안다면 그들은 진지하고 적극적인 그리스도의 추종자가 되기 위해 최선을 다하고, 그리스도의 소망대로 살려고 노력하리라는 것을 저는 잘 알고 있습니다.

저는 이제 하나님 앞에 나서는 데 마음에 걸릴 일은 단 한 가지도 남아 있지 않습니다. 저의 정신적 조언자와 자유롭고 솔직한 대화를 나누면서 저는 저의 죄가 용서받았음을 알았고, 하나님이 제가 서 있는 곳을 아신다는 것을 알 수 있게 되었기 때문입니다.

이제 저는 할 일을 다 했고, 마침내 승리를 쟁취했습니다.

클라이드 그리피스

클라이드는 그의 특징이었던 반항적인 기질과는 너무나도 거리가 먼 — 그래서 클라이드도 그렇게 변한 자신에 놀라고 있었지만 ─ 이 성명서를 만들어 맥밀런에게 건네주었다. 그러자 맥밀런은 이 위대한 승리에 감동해서 큰 소리로 외쳤다. "클라이드, 승리는 쟁취됐네. '오늘 네가 나와 함께 낙원에 있으리라 하시니라.' 이건 하나님의 말씀이시라네. 이제 자네의 영혼과 육체는 그분의 것이라네. 영원토록 당신의 이름을 찬양할지어다.'"

그러더니 맥밀런 목사는 이 승리에 흥분되어 클라이드의 두 손을 잡고 거기에 입술을 댔다가 그를 얼싸안았다. "아들아, 내 아들아, 네가 몹시 자랑스럽구나. 하나님께서는 너를 통해 그분의 진리를 보여 주신 거다. 구원의 힘도 함께 말이야. 나는 그것을 볼 수 있어. 또 느낄 수도 있어. 자네 편지는 그야말로 세상 사람들에게 보내는 하나님의 말씀이야." 그리고 나서 목사는 클라이드의 사후에 ─ 살아 있는 동안이 아니고 ─ 발표하기로 판단하고 그 성명서를 호주머니에 집어넣었다. 그러나 클라이드는 이 성명서를 쓰고 나서도 순간순간 회의를 느끼지 않을 수 없었다. 그는 정말 구원을 받은 것일까? 시간이 이렇게 너무 짧지 않은가? 성명에서 말하는 것처럼 정말로 그런 절대적인 확신을 하고 하나님에게 의지할 수 있는 것일까? 정말 그럴 수 있는 것일까? 인생이란 참으로 알 수 없는 것이었다. 미래는 헤아릴 수도 없었다. 죽은 후에도 정말로 삶이 있는 것일까? 맥밀런 목사와 그의 어머니 주장대로 그를 반겨 줄 하나님이 있는 것일까? 정말로 있는 것일까?

이런 와중에 사형당하기 이틀 전 그리피스 부인은 공포로 인한 발작 상태에서 데이비드 윌섬 주지사에게 편지를 써 보냈다.

"주지사님께서는 클라이드의 죄가 의심할 여지가 없다고 하나님 앞에서 말씀하실 수 있으신지요? 전보로 회답해 주십시오. 하나님 앞에서 그렇게 말씀하실 수 없으시다면 그 아이의 피가 당신의 머리 위에 떨어지게 될 겁니다. 클라이드 어미 올림." 그러자 주지사의 비서 로버트 페슬러는 부인에게 답신 전보를 보냈다. "월섬 주지사께서는 항소 법원 판결에 개입할 정당한 근거가 없는 것으로 생각하고 있습니다."

드디어 마지막 날이 — 최후의 시간이 — 다가와 클라이드는 옛 '죽음의 집'의 한 감방으로 옮겨져 면도하고 목욕을 한 뒤 검은 바지에 나중에 목 부분을 트게 된 깃 없는 흰 셔츠와 새 펠트 슬리퍼와 회색 양말을 받았다. 이런 복장을 한 뒤 그는 다시 한번 어머니와 맥밀런 목사를 면회할 수 있었다. 두 사람은 그의 처형 전날 저녁 여섯 시부터 마지막 날 새벽 네 시까지 그와 함께 지내면서 하나님의 사랑과 자비에 관해 이야기할 수 있도록 허가받았다. 그러다가 네 시가 되자 교도소 소장이 와서 시간이 되었으니 그리피스 부인은 클라이드를 맥밀런 씨에게 맡기고 돌아가야 한다고 말했다. (안타깝지만 법규에 따른 어쩔 수 없는 일이라고 그는 설명했다.) 클라이드는 어머니에게 마지막 작별 인사를 하기 전에 가슴이 찢어질 듯 고통을 느끼면서도 간신히 이런 말을 입 밖에 냈다.

"엄마, 나는 체념하고 편안한 마음으로 죽는다는 걸 믿으셔야 해요. 너무 고통스럽지도 않을 거예요. 하나님은 제 기도에 응답해 주셨어요. 저한테 힘과 평화를 주셨거든요." 그러나 그는 마음속으로는 '정말 그럴까?' 하고 생각하고 있었다.

그리피스 부인은 울부짖듯이 말했다. "내 아들아! 내 아들아, 나는 안다, 모든 걸 알아. 나도 믿는다. 나의 구세주께서는 살아 계시고 너와 더불어 계신다는 걸 잘 알고 있다. 우리는 죽지만 그래도 살아 있을 것이다!" 부인은 그 자리에 못 박힌 듯 하늘을 우러러보았다. 그러다가 아들을 왈칵 껴안더니 오랫동안 그런 자세로 아들에게 속삭였다. "내 아들…… 우리 아기……." 부인은 목이 메어 말을 잇지 못하고 숨이 막히는 듯했다. 부인은 전신의 힘이 아들에게로 쏠리는 듯해서 곧 떠나지 않으면 그만 쓰러질 것만 같았다. 그래서 부인은 몸을 돌려 소장 쪽으로 휘청거리며 걸어갔다. 소장은 그녀를 오번에 있는 맥밀런의 친구들한테로 데려다주려고 기다리고 있었다.

이어 한겨울의 새벽어둠 속에서 마지막 순간이 다가오자 교도관들이 와서 먼저 금속판이 살에 닿을 수 있도록 그의 오른쪽 바짓가랑이를 찢은 다음 모든 감방 앞을 커튼으로 가렸다. "이제 시간이 된 것 같아. 아들아, 용기를 내." 교도관들이 오는 것을 보고 깁슨 목사와 함께 있던 맥밀런 목사가 클라이드에게 말했다.

클라이드는 맥밀런 목사와 나란히 앉아서 목사가 「요한복음」 14, 15, 16장을 읽는 것을 듣고 있다가 침대에서 일어섰다. "너희는 마음에 근심하지 말라 하나님을 믿으니 또 나를 믿으라." 그러고 나서 클라이드가 가는 마지막 길에 그의 오른쪽에는 맥밀런 목사가, 왼쪽에는 깁슨 목사가, 그리고 앞뒤에는 교도관들이 동행했다. 그러나 맥밀런 목사는 관례적인 기도를 하지 않고 이렇게 말했다. "그러므로 하나님의 능하신 손 아래에서 겸손하라. 때가 되면 너희를 높이시리라. 너희 염려를 다 주께 맡기라. 이는 그가 너희를 돌보심이라." 평화를 누릴지어다. 여호와께서는 그 모든 행위에 의로우시며 그 모든 일에 은혜로우시도다. 그리스도 안에서 너희를 부르사 자기의 영원한 영광에 들어가게 하신 이가 너희를 잠깐 고난을 당하게 하시니. 예수께서 이르시되 내가 곧 길이요 진리요 생명이니 나로 말미암지 않고는 아버지께로 올 자가 없느니라.'"

클라이드가 전기의자가 있는 방으로 가기 위해 첫 번째 문에 들어서자 여기저기서 "잘 가게, 클라이드!" 하고 외치는 소리가 들렸다. 클라이드도 "안녕히들 계십시오!" 하고 인사할 만큼 사고 능력과 기운이 남아 있었다.

그러나 그 목소리는 자기가 생각하기에도 이상하고 힘없이 들렸다. 마치 자기 자신이 아니라 그와 나란히 걷고 있는 어떤 다른 사람의 입에서 나온 것처럼 멀리서 들렸다. 걷고 있었지만 그의 발은 기계적으로 움직이고 있는 듯했다. 그는 문 쪽으로 가는 교도관들의 귀에 익은 그 발소리를— 발을 질질 끌며 걷는 소리를— 의식하고 있었다. 어느새 문이 눈앞에 있었다. 그 문이 열리고 있었다. 그곳에 그것이 꿈속에서 자주 보았고 그토록 두려워했던 그 의자가 놓여 있었고, 지금 그는 마지못해 그 의자를 향해 걸어가고 있었다. 그를 맞이하기 위해 열린 문을 통해서 그는 그것을 향해— 그것 속으로— 그곳 위로 떠밀려 가다 마침내 앉혀졌다. 문은 그가 지나온 이 세상을 뒤로한 채 다시 재빨리 닫혔다.

15분 뒤 얼굴색이 잿빛이 되어 지칠 대로 지친 맥밀런 목사는 허약한 모습으로 중병에 걸린 사람처럼 비틀거리는 걸음걸이로 교도소의 철문들을 통해 나오고 있었다. 이 늦겨울의 새벽은 아직 너무 어슴푸레하고 너무 희미하고 마치 지금의 그 자신처럼 모든 것이 잿빛 일색이었다. 죽었구나! 불과 몇 분 전, 클라이드는 불안해하면서도 신뢰감을 보이며 그와 나란히 걸었다. 그러나 이제 그는 이 세상 사람이 아니었다. 법! 이런 교도소들! 클라이드가 기도할 때 콧방귀를 뀌던 그 억세고 사악한 사람들. 클라이드의 고백! 그 자신이 내린 결심은 과연 진정한 것이었는가? 하나님이 주신 대로 하나님의 지혜로써 내린 것이었을까? 정말로 주님이 주신 지혜에 어긋남이 없는 결심이었을까? 클라이드의 그 눈빛! 클라이드의 머리에 그 모자가 씌워지고 전류가 흘렀을 때 그 자신도 — 맥밀런 목사 자신도 — 실신할 지경이었다. 클라이드가 신뢰했던 그였지만, 그 방에서 나올 때는 얼굴이 창백해지고 온몸이 떨려서 남의 부축을 받아야 했다. 그래서 그는 힘을 주시옵소서, 하고 하나님에게 기도했고, 지금도 기도하고 있었다.

맥밀런 목사는 쥐 죽은 듯 고요한 거리를 따라 걷다가 발을 멈추고 나무에 기대어야 했다. 잎이 없는 한겨울의 나무는 황량하기만 했다. 클라이드의 그 눈빛! 그 끔찍한 의자에 앉으면서 불

안한 듯, 호소하는 듯 멍하니 자기와 그 외의 자기를 둘러싼 사
람들을 바라보던 클라이드의 표정.

과연 맥밀런은 옳은 결단을 내린 것일까? 월섬 주지사 앞에
서 그가 내린 결단은 정말 건전하고 공정하고 자비로운 것이었
을까? 주지사에게는 클라이드의 행동에는 어쩌면, 어쩌면 말이
다, 온갖 복잡한 요소가 작용하고 있었다고 말하는 게 옳지 않
았을까……? 그는 이제 다시는 마음의 평화를 누릴 수 없는 것
이 아닐까?

"내가 알기에는 나의 대속자가 살아 계시니 마침내 그가 땅
위에 서실 것이라."

맥밀런 목사는 차마 클라이드의 어머니를 마주 보기 전 몇 시
간을 걷고 또 걸었다. 그녀는 오번의 구세군 군인인 프랜시스
골트 목사 부부 집에서 네 시 반부터 무릎을 꿇고 창조주의 품에
안겼을 아들의 영혼을 위해 기도를 하고 있었다.

"내가 믿는 자를 내가 알고 있습니다." 부인은 기도하면서 이
렇게 말하고 있었다.

뒤에 남은 이야기

    어느 여름날 땅거미가 질 무렵…….

    샌프란시스코 상업 중심가의 높은 벽들이 저녁 어스름 속에서 잿빛으로 높이 솟아 있었다.

    부산한 낮 시간이 지나 비교적 한산해진 마켓 거리* 남쪽의 큰길 위쪽으로 다섯 명의 일행이 지나가고 있었다. 그 일행 중 예순쯤 되어 보이는 남자는 키가 작고 뚱뚱하지만 얼굴, 특히 거무스레한 눈언저리에는 시체처럼 핏기가 하나도 없었고, 머리에 쓴 낡은 둥근 펠트 모자 밑으로 흰 머리칼이 삐죽이 나와 있었다. 몹시 지쳐 보이는 이 볼품없는 인물은 보통 거리의 전도사나 가수들이 이용하는 작은 휴대용 손풍금을 들고 있었다. 그 옆에는 그보다 다섯 살쯤 아래로 보이는, 키가 더 크고 뚱뚱하지는 않아도 체구가 단단하고 활력이 넘치는 부인이 걷고 있었다. 머리칼이 눈처럼 새하얀 이 부인은 옷이나 모자나 구두나 모두 검정 차림이었다. 남편보다 더 넓적하고 개성이 강한 부인의 얼굴에는 불행과 고뇌의 주름이 훨씬 더 깊이 패어 있었다. 이 부인 옆에서는 눈이 아주 둥글고 기민해 보이는 일고여덟쯤 되어 보이는 소년이 성경책 한 권과 찬송가 몇 권을 들고 걷고 있었다. 두 사람 사이에 무슨 마음의 교감이라도 있는지 소년은 부인 옆에 바싹 다가서서 걷고 싶어 하는 것 같았다. 이 소년의 걸음걸이는 활기찼지만 옷차림은 초라했다. 이 세 사람 뒤로 좀 뒤처져 스물일곱이나 스물여덟쯤 되어 보이는 안색이 나쁘고 매력 없는 여자가 50세가량의 또 다른 여성과 함께 걷고 있었다. 얼굴이 서로 매우 닮은 점으로 미루어 보아 어머니와 딸이 분명했다.

태평양 연안의 여름 특유의 나른한 기운이 주위에 감미롭게 감도는 더운 날이었다. 일행은 마켓 거리의 대로에 다다랐고, 반대 방향에서 지나가는 실처럼 엉킨 자동차의 행렬과 전차들 틈에서 교통순경의 신호를 기다렸다.

"러셀, 바싹 붙어 있어." 남자의 아내가 말하고 있었다. "내 손을 잡는 게 낫겠구나."

"이곳의 교통은 갈수록 더 번잡해지는 것 같아." 힘이 없으면서도 차분한 남편이 말했다.

전차들은 딸랑딸랑 종을 울렸다. 자동차들은 마치 짐승처럼 우는 소리를 냈다. 그러나 그들 일행은 오직 길을 건너는 일만 의식하고 있는 듯했다.

"거리의 전도사들이야." 지나가던 은행원이 같이 걸어가던 여자 출납계 직원에게 말했다.

"그래요. 매주 수요일이면 거의 언제나 이곳에서 봐요."

"어린애에게는 정말 가혹한 것 같군. 저렇게 어린것을 거리로 끌고 다니다니 말이야. 안 그래, 엘러?"

"물론이죠. 내 동생이 저렇게 되면 끔찍할 거예요. 어린애가 저렇게 살아야 한다니 참 안됐어요." 은행원과 함께 지나가면서 여자가 내뱉었다.

길을 건너서 그쪽의 첫 번째 교차로에 이르자 일행은 목적지에 이르렀다는 듯 멈추고 주위를 살펴보았다. 남자는 손풍금을 내려놓고 뚜껑을 열면서 아담한 악보대를 세웠다. 그러는 동안 그의 아내는 손자에게서 성경과 찬송가 책을 받아 각각 한 권씩 남편에게 건네주고, 찬송가집 한 권을 손풍금 위에 올려놓고, 나머지는 다른 사람들과 나누어 가졌다. 남편은 조금 멍한 시선으로 주위를 둘러보다가 자신 있는 듯한 태도로 입을 열었다.

"오늘 저녁은 찬송가 276장부터 시작하겠습니다. 〈예수 나의 견고한 반석〉입니다. 자, 시작해, 미스 스쿠프."

그러자 두 여성 중 젊은 여자가— 바싹 마르고 뼈가 앙상한 데다 얼굴이 각이 지고 수수하게 생겼으며 살면서 타고난 복이라고는 하나도 없는 것 같은 여자가— 노란 간이 의자에 앉아 손풍금의 음을 조율하고 찬송가 책장을 넘긴 뒤 찬송을 부르기 시작했고, 나머지 사람들도 따라 불렀다.

이 무렵 집으로 가던 여러 직종의 사람들이 도시 중심가에 편안히 자리 잡은 이 일행을 보고 잠시 걸음을 멈추었다. 그러면서 일행을 곁눈질로 보기도 하고 일행이 하는 일의 성격을 알아 보려고 하기도 했다. 일행이 찬송가를 부르는 동안 이렇다 할 특징이 없고 무관심한 길거리의 통행인들은 이런 초라한 집단 이 삶의 엄청난 회의와 무관심에 맞서 목소리를 높이고 있는 게 하도 신기해서 지켜보았다. 헐렁한 낡은 푸른색 양복을 입은 무 기력하고 무능해 보이는, 혈색이 나쁜 노인. 건장하면서도 거칠 고 고달픈 백발의 여인. 아직 세상의 때가 묻지 않고 아무것도 모르는 순진하고 얌전한 소년. 이 어린아이는 이곳에서 무슨 일 을 하고 있는가? 그리고 저 바싹 마른 노처녀와 딸 못지않게 마 르고 멍청해 보이는 노처녀의 어머니. 일행 중에서 유독 아내 한 사람만이 아무리 맹목적이거나 옳지 않다고 해도 인생을 살 아가는 데 필요한— 진정한 성공은 아니라 해도— 힘과 결단을 지닌 사람으로 통행인들의 이목을 끌었다. 일행 중에서 어느 누 구보다도 그녀는 무식하면서도 남이 존경하지 않을 수 없는 그 런 신념을 지닌 사람으로 돋보였다. 길을 가다가 발길을 멈추 고, 찬송가를 든 손을 옆으로 축 늘어뜨리고 서서 앞을 응시하 고 있는 이 부인을 본 사람들은 집으로 돌아가면서 저마다 이런 말을 했다. "그래, 저런 사람이야말로 결점이야 어쨌든 가능한 한 신념대로 살아가려는 사람이야." 부인이 선포하는, 모든 것 을 확실히 지배하고 지켜보고 자비를 베푸는 권능의 지혜와 자 비에 대해 흔들리지 않는 굳건한 믿음이 부인의 표정과 동작 하 나하나에 뚜렷하게 새겨져 있었다.

찬송가에 이어 부인이 길게 기도하고 나서 남편이 설교한 다음 다시 다른 일행의 간증이 있었다. 하나님이 자기들을 위해 주신 모든 일에 대한 간증 말이다. 찬송가 책을 거두어들이고 손풍금을 닫아 가죽 끈으로 남편의 어깨에 멘 뒤 일행은 전도관 쪽으로 발길을 돌렸다. 일행이 걸으면서 남편이 한마디 했다. "괜찮은 밤이었소. 오늘 밤엔 사람들이 다른 때보다 좀 더 열심히 들어준 것 같으니."

"아, 네, 정말로 그랬어요." 풍금을 친 노처녀가 대꾸했다. "적어도 열한 사람이 책자를 받아 갔어요. 게다가 노인 한 분은 전도관이 어디에 있는지, 예배는 언제 하는지 물었고요."

"주의 이름을 찬양할지어다!" 남자가 말했다.

마침내 일행은 전도관에 도착했다. '희망의 별. 베셀 독립 전도관. 집회는 매주 수요일과 토요일 밤 8시부터 10시까지. 일요일은 11시, 3시, 8시. 누구나 환영.' 창마다 쓰여 있는 이 글귀 밑에는 "하나님은 사랑이시다"라는 구절이 적혀 있었다. 다시 그 아래에는 더 작은 글씨로 "어머니에게 편지를 띄운 지 얼마나 됐습니까?"라는 문장이 적혀 있었다.

"할머니, 10센트만 주실래요? 길모퉁이에 가서 아이스크림콘을 사 먹고 싶어요." 소년이 묻고 있었다.

"암, 그러려무나, 러셀. 하지만 내 말 잘 들어. 곧 돌아와야 한다."

"네, 할머니. 걱정하지 마세요. 저를 잘 아시잖아요."

소년은 할머니가 깊숙한 호주머니에서 꺼내 준 10센트짜리 동전을 받아들고 아이스크림 장수한테로 달려갔다.

그녀의 귀여운 손자. 부인의 시들어 가는 인생의 빛이요, 색깔. 그녀는 이 아이에게 좀 더 상냥하고 좀 더 너그럽게 대해 주고, 어쩌면 그전처럼 — 어쩌면 부인이 옛날에 그랬던 것처 럼 — 그렇게 너무 까다롭게 굴지는 말아야 할 터였다. 그녀는 달려가는 손자의 뒷모습을 애정 어린 눈길로, 그러면서도 조금 멍한 시선으로 지켜보았다. "그 '애'를 위해서라도."

러셀이 빠진 그들 일행은 노랗게 페인트칠을 한 초라한 문 안으로 들어가 모습을 감췄다.

41   **알라딘** 『아라비안나이트』의 요술 램프 일화에 나오는 주인공. 악한 마법사에게 속아 요술 램프를 훔치게 되었지만, 동굴에 갇혀 버려 램프의 힘으로 탈출하고 왕자의 직위를 얻어 공주와 결혼한 뒤, 다시 나타난 사악한 마법사의 음모를 쳐부순다.

52   **회색 태피터** 호박단. 광택이 있는 빳빳한 견직물로 주로 드레스를 만든 데 사용한다.

57   **디키** 손드라 핀칠리의 말. 핀칠리 집안 식구마다 말이 따로 있다.

66   **피츠필드** 매사추세츠주 서쪽 버크셔에 소재한 도시.

79   **트웬티 러브** 테니스 경기에서 0점이나 무득점을 '러브'라고 한다. '러브 올'은 '0대 0'을 말한다.

104   **애디론댁산맥** 미국 뉴욕주 북부에 있는 산맥으로 최고봉은 마시산(해발 1,629미터)이다. 뉴욕주립의 앤디론댁 공원이 거의 산 전체를 차지하고 있다.

128   **거인 이프릿** 『아란비안나이트』를 비롯한 중동 지방의 민담에 흔히 등장하는 초자연적인 요정.

145   **와인브레너** 존 와인브레너가 창시한 개신교 교회. 필라델피아에 본부를 두고 있는 이 교회의 공식 명칭은 '하나님의 교회 총회(Churches of God General Conference)'다.

146 **결혼 증명서** 미국에서는 결혼하기 전 교회나 정부 기관으로부터 결혼해도 좋다는 서류를 발급받아야 한다.

161 **아, 켄터키 옛집에 햇빛 비치어** 미국 작곡가 스티븐 포스터가 1853년에 발표한 〈켄터키 옛집〉의 가사 일부. 제목이 "My Old Kentucky Home"로 널리 알려져 있지만 원래 제목은 "Poor Uncle Tom, Good Night!"이었다. "켄터키 옛집에 햇빛 비치어 / 여름날 검둥이 시절 / 저 새는 긴 날을 노래 부를 때 옥수수는 벌써 익었다"로 시작한다.

210 **의인이 버림받는 것과~보지 못하였다** "내가 어려서부터 늙기까지 의인이 버림을 당하거나 그의 자손이 걸식함을 보지 못하였도다."(「시편」 37편 25절)

232 **유레카** Eureka. "나는 (그것)을 찾았다"라는 의미로 뜻밖의 발견을 했을 때 외치는 말. 아르키메데스는 목욕을 할 때 물이 넘치는 것을 보고 같은 질량의 물체라도 부피가 크면 밀도가 작고 부피가 작으면 밀도는 커진다는 사실을 발견하고 외쳤다.

249 **혼합 포섬** 각 조가 남녀 두 사람으로 구성되는 골프 경기

252 **클레오파트라가 배를 타고** 악티움 전쟁에서 클레오파트라는 200척의 배를 안토니우스에게 지원했고, 엄청난 금과 은과 보석의 이집트 군자금을 배에 싣고 전장에 출전했다.

262 **뉴올리언스** 루이지애나주 최남단 항구 도시로 뉴욕주 북부에서 남북으로 가장 멀리 떨어진 곳이다.

271 **메티스** 캐나다 백인과 북미 원주민 사이에서 태어난 혼혈을 일컫는 용어.

329 **어퍼 새러낵** 뉴욕주 북부 클린턴군에 위치한 소도시.

334 **내러갠셋** 로드아일랜드주 워싱턴군에 있는 소도시. 여름 휴양지로 유명하다.
사우전드 아일랜드 캐나다의 온타리오 호수에서 흘러 들어오는 물이 강으로 바뀌는 세인트로렌스강 입구에 위치한 휴양지.

403 **블루마운틴 호수** 뉴욕주 동북부 해밀턴군에 위치한 호수로 관광 휴양지로 유명하다.

404 **펜실베이니아주 베드퍼드** 펜실베이니아주 남중부에 위치한 도시로 베드퍼드군의 군청 소재지. 피츠버그에서 동쪽으로 172킬로미터 떨어져 있다.

415 **기드온 성경** 국제 기드온 협회가 발행한 성경. 이 협회는 성경을 전 세계에서 출판하고 보급하기 위해 설립된 국제 개신교 단체로 1899년 위스콘신주에서 처음 시작되었다. 기드온은 구약성서에 나오는 사사 기드온의 이름이다.

여호와여 나의 대적이 어찌 그리 많은지요 「시편」 3편 1절.

내 의의 하나님이여 내가 부를 때에 응답하소서 「시편」 4편 1절.

416 **우리 구원의~우리에게 응답하시리이다** 「시편」 65편 5절.

그는 나의 피난처요~내가 의뢰하는 하나님이라 「시편」 91편 2절.

그가 나를~쉴 만한 물가로 인도하시는도다 「시편」 23편 2절.

내 영혼을 소생시키고 「시편」 23편 3절.

그가 너를 그의 깃으로~그의 날개 아래에 피하리로다 「시편」 91편 4절.

428 **빙햄턴** 미국 뉴욕주의 남중부에 위치한 도시.

458 **계획하는 것은~하느님입니다** 이 격언은 독일 태생의 작가 토마스 아 켐피스(1380?~1471)의 책 『그리스도를 좇아서』에서 나오는 구절에서 비롯되었다. 구약성서 「잠언」에도 이와 비슷한 "사람이 마음으로 자기의 길을 계획할지라도 그의 걸음을 인도하시는 이는 여호와시니라(16장 9절)"라는 구절이 나온다.

495 **에이번의 시인** 영국의 문호 윌리엄 셰익스피어를 가리킨다. 그는 스트래트-앳-에이번에서 태어났기 때문에 그런 별명이 붙었다. 위 인용문은 그의 역사극 『헨리 6세』 2부에 나온다.

496 **우리는 모두가~기억하셔야 합니다** "변호사들도 한때는 아이들인 적이 있었겠지요."라는 찰스 램의 말을 염두에 둔 듯하다.

비판을 받지 아니하려거든~너희가 헤아림을 받을 것이니라 "비판을 받지 아니하려거든 비판하지 말라. 너희가 비판하는 그 비판으로 너희가 비판을 받을 것이요 너희가 헤아리는 그 헤아림으로 너희가 헤아림을 받을 것이니라(「마태복음」 7장 1~2절)."

496　**좁은 도덕의 정도**　"좁은 문으로 들어가라 멸망으로 인도하는 문은 크고 그 길이 넓어 그리로 들어가는 자가 많고, 생명으로 인도하는 문은 좁고 길이 협착하여 찾는 자가 적음이라(「마태복음」 7장 13~14절)."

509　**퀸시**　미국 일리노이주 서중부에 위치한 소도시로 애덤스군에 속해 있다.

514　**앨턴**　일리노이주 서남부에 위치한 매디슨군 소재 소읍.

　　　페오리아　일리노이주 북중부에 위치한 페오리아군 소재 소읍.

　　　블루밍턴　인디아나주 남중부에 위치한 먼로군 소재 소읍.

561　**하나님 앞에서~엄숙히 서약했네**　"진실을, 모든 진실을, 오직 진실만을 말할 것을 맹세하는가?" 법정에서 증인이나 피고에게 진실을 말하겠다고 맹세시키는 표현.

581　**분노의 괴물**　그리스 신화에서 에리니에스는 크로노스가 우라노스의 성기를 자르면서 흐른 피와 가이아 여신의 땅이 결합하여 태어난 세 여신이다. 이 세 여신은 머리카락에는 뱀이 휘감고 있고, 한쪽 손에는 횃불, 다른 손에는 채찍을 들고 있다. 또한 피눈물을 흘리고, 박쥐의 날개를 달고 있는 흉측하고 모든 이들의 공포의 대상인 저주와 복수의 여신이다.

628　**노스맨스필드**　뉴욕주 서남부 캐터로거스군에 위치한 소도시

638　**모든 것을 보시고~주님뿐입니다**　"지으신 것이 하나도 그 앞에 나타나지 않음이 없고 우리의 결산을 받으실 이의 눈앞에 만물이 벌거벗은 것같이 드러나느니라(「히브리서」 4장 13절)."

639　**아들의 죄는~양털처럼 희게 하옵소서**　"여호와께서 말씀하시되 오라 우리가 서로 변론하자 너희의 죄가 주홍 같을지라도 눈과 같이 희어질 것이요 진홍같이 붉을지라도 양털같이 희게 되리라(「이사야서」 1장 18절)."

640 **여자가 나를 유혹했다** "아담이 이르되 하나님이 주셔서 나와 함께 있게 하신 여자 그가 그 나무 열매를 내게 주므로 내가 먹었나이다 (「창세기」3장 12절)."

그분은 선하시며 그 인자함이 영원하다 "여호와께 감사하라 그는 선하시며 그 인자하심이 영원함이로다(「시편」136편 1절)."

너희에게 겨자씨 한 알만 한 믿음이라도 있으면 "주께서 이르시되 너희에게 겨자씨 한 알만 한 믿음이 있었더라면 이 뽕나무더러 뿌리가 뽑혀 바다에 심기어라 하였을 것이요 그것이 너희에게 순종하였으리라(「누가복음」17장 6절)."

배심원들이~문제가 되지 않습니다 "누가 손바닥으로 바닷물을 헤아렸으며 뼘으로 하늘을 쟀으며 땅의 티끌을 되에 담아 보았으며 접시 저울로 산들을, 막대 저울로 언덕들을 달아 보았으랴(「이사야서」40장 12절)."

643 **「시편」51편** "하나님이여 주의 인자를 따라 내게 은혜를 베푸시며 주의 많은 긍휼을 따라 내 죄악을 지워 주소서. 나의 죄악을 말갛게 씻으시며 나의 죄를 깨끗이 제하소서. 무릇 나는 내 죄과를 아오니 내 죄가 항상 내 앞에 있나이다(「시편」51편 1~3절)."

652 **여호와이레여** 하나님을 지칭하는 여러 용어 중 하나로 '준비하시는 하나님'이라는 뜻. 아브라함의 신앙이 여호와 하느님으로부터 인정받는 것과 관련된다. 「창세기」22장 14절에 따라 하나님이 아브라함에게 그의 아들 이삭을 번제물로 바치라고 명령하였던 모리아 지역을 가리키기도 한다.

나의 압살롬 "내 아들 압살롬아 내 아들 내 아들 압살롬아 차라리 내가 너를 대신하여 죽었더라면, 압살롬 내 아들아 내 아들아 하였더라(「사무엘하」18장 33절)."

659 **오번** 뉴욕주 케이유거군에 위치한 소도시.

666 **버펄로** 뉴욕주 서북부 캐나다 국경 근처에 위치한 도시로 뉴욕주에서는 뉴욕 다음으로 가장 큰 도시다.

667 **올버니에서는 아직 연락이 없소** 올버니는 뉴욕주의 주도로 이곳에서 주지사가 사형 집행 명령을 결정한다.

675 **나의 하나님, 왜 저를 버리셨나이까** "제구시쯤에 예수께서 크게 소리 질러 이르시되 '엘리 엘리 라마 사박다니' 하시니 이는 곧 나의 하나님, 나의 하나님, 어찌하여 나를 버리셨나이까 하는 뜻이라(「마태복음」 27장 46절)."

보라, 내가~올무에서 너를 구할지니 "나를 지키사 그들이 나를 잡으려고 놓은 올무와 악을 행하는 자들의 함정에서 벗어나게 하옵소서(「시편」 141편 9절)."

676 **잔잔한 물가로 나를 인도하신다** "여호와는 나의 목자시니 내게 부족함이 없으리로다. 그가 나를 푸른 풀밭에 누이시며 쉴 만한 물가로 인도하시는도다(「시편」 23편 1~2절)."

주님은 내 영혼을 소생시키시도다 "내 영혼을 소생시키시고 자기 이름을 위하여 의의 길로 인도하시는도다(「시편」 23편 3절)."

678 **주님은 나의 방패시오** "여호와는 나의 반석이시요 나의 요새시요 나를 건지시는 이시요 나의 하나님이시요 내가 그 안에 피할 나의 바위시요 나의 방패시요 나의 구원의 뿔이시오 나의 산성이시로다(「시편」 18편 2절)."

나는 당신을 믿나이다 "여호와는 나의 빛이요 나의 구원이시니 내가 누구를 두려워하리요 여호와는 내 생명의 능력이시니 내가 누구를 무서워하리요(「시편」 27편 1절)."

679 **믿음이 부족한 저를 도와주시옵소서** "곧 그 아이의 아버지가 소리를 질러 이르되 내가 믿나이다 나의 믿음 없는 것을 도와주소서 하더라(「마가복음」 9장 24절)."

681 **그 죄는 살인에~사람이 너무도 많았다** "살인하지 말라. 간음하지 말라(「출애굽기」 20장 13~14절)." 위 두 계명은 십계명 중 여섯 번째와 일곱 번째 계명에 속한다.

682 **신성한 열쇠** 성 베드로는 흔히 최초의 교황으로 일컫는다. "또 내

가 네게 이르노니 너는 베드로라 내가 이 반석 위에 내 교회를 세우리니 음부의 권세가 이기지 못하리라. 내가 천국 열쇠를 네게 주리니 네가 땅에서 무엇이든지 매면 하늘에서도 매일 것이요 네가 땅에서 무엇이든지 풀면 하늘에서도 풀리리라 하시고(「마태복음」16장 18~19절)."

685 **이곳에 들어오는 자여, 모든 희망을 버릴지어다** 단테 알리기에리의 『신곡』「지옥편」 제3곡의 첫 구절로 지옥문 입구에 적혀 있다. "Lasciate ogni speranza, voi ch'entrate."

703 **성 베르나르** 클레르보의 베르나르(1090~1153). 12세기에 활동한 수도자로 시토회를 창립했다.

사보나롤라 지롤라모 사보나롤라(1452~1498). 이탈리아의 도미니쿠스회 수도사 · 설교가 · 종교개혁가.

성 시메온 시므온 또는 성 시메온(390?~459)은 신약성서 「누가복음」에 나오는 사람이며, 가톨릭교회 등에서 성인으로 간주하는 인물이다.

은자 베드로 은수자 베드로. 중세 유럽의 한 광신도인 그는 성 베드로가 그의 꿈에 나타나 당나귀를 타고 이슬람과 전쟁을 해야 한다는 명령을 내렸다고 주장했다.

704 **지복** 예수 그리스도가 산상 수훈에서 가르친 여덟 가지의 참 행복.

나와 함께 모으지 않는 자는 헤치는 자니라 「마태복음」 12장 30절; 「누가복음」 11장 23절.

709 **그의 마음에 이르기를~환난을 당하지 아니하리라 하나이다** 「시편」 10편 6절.

그들이 나의 재앙의 날에~많은 물에서 나를 건져 내셨도다 「시편」 18편 18절, 16절.

나를 강한 원수와~나를 구원하셨도다 「시편」 18편 17~19절.

712 **여호와는 압제를~환난 때의 요새이시로다** 「시편」 9편 9절.

717 **너희는 하나님의 평강을 누릴 수 있느니라** 시어도어 드라이저는 사도 바울의 말로 언급하지만 성서에서 정확한 구절은 찾을 수 없다. 다만 "하나님과 우리 주 예수를 앎으로 은혜와 평강이 너희에게 더욱 많을지어다(「베드로후서」1장 2절)" 같은 구절이 여러 번 나온다. **구하라 그리하면 너희에게~뱀을 줄 사람이 있겠느냐** 「마태복음」7장 7~10절.

719 **그가 그의 마음에 이르기를~영원히 보지 아니하시리라 하나이다** 「시편」 10편 11절.

720 **하늘이 하나님의~그의 손으로 하신 일을 나타내는도다** 「시편」19편 1절.
그는 네 생명이시요 네 장수이시니 「신명기」30장 20절.
사랑하는 자들아~그의 깨끗하심과 같이 자기를 깨끗하게 하느니라 「요한 1서」3장 2~3절.
그의 성령을~그가 우리 안에 거하시는 줄을 아느니라 「요한1서」4장 13 절.
값으로 산 것이 되었으니 「고린도전서」6장 20절.

721 **그가 그 피조물~회전하는 그림자도 없으시니라** 「야보고서」1장 18절, 17절.
하나님을~그리하면 너희를 가까이하시리라 「야보고서」4장 8절.

731 **그의 성령을~우리 안에 거하시는 줄을 아느니라** 「요한1서」4장 13절.

737 **좁은 문으로 들어가라 멸망으로 인도하는 문은 크고 그 길이 넓어** "좁은 문으로 들어가라. 멸망으로 인도하는 문은 크고 그 길이 넓어 그리로 들어가는 자가 많고, 생명으로 인도하는 문은 좁고 길이 협착하여 찾는 자가 적음이라(「마태복음」7장 13~14절)."

739 **하늘에 계신 우리 아버지여~땅에서도 이루어지이다** 주기도문 전반부 (마태복음」6장 9~10절).

742 **이기심과 부정한 욕정과 간음을 모두 범하고 있었다** "육체의 일은 분명하니 곧 음행과 더러운 것과 호색과 우상 숭배와 주술과 원수 맺는 것과 분쟁과 시기와 분냄과 당 짓는 것과 분열함과 이단과 투기와

술 취함과 방탕함과 또 그와 같은 것들이라 전에 너희에게 경계한 것 같이 경계하노니 이런 일을 하는 자들은 하나님의 나라를 유업으로 받지 못할 것이요.(「갈라디아서」 5장 19~21절)."

753 **너희는 세상의 소금이니~무엇으로 짜게 하리요** 「마태복음」 5장 13절.

761 **죽음의 계곡에 들어선 저는** "내가 사망의 음침한 골짜기로 다닐지라도 해를 두려워하지 않을 것은 주께서 나와 함께 하심이라. 주의 지팡이와 막대기가 나를 안위하시나이다."(「시편」 23편 4절)

762 **이로 말미암아~그가 능히 지키실 줄을 확신함이라** 「데모데후서」 1장 12절.

763 **오늘 네가 나와~낙원에 있으리라 하시니라** "예수께서 이르시되 내가 진실로 네게 이르노니 오늘 네가 나와 함께 낙원에 있으리라 하시니라."(「누가복음」 제23장 43절)

영원토록 당신의 이름을 찬양할지어다 "다니엘이 말하여 이르되 영원부터 영원까지 하나님의 이름을 찬송할 것은 지혜와 능력이 그에게 있음이로다."(「다니엘서」 2장 20절)

765 **너희는 마음에~또 나를 믿으라** 「요한복음」 14장 1절.

766 **그러므로 하나님의~그가 너희를 돌보심이라** 「베드로 전서」 5장 6~7절.

여호와께서는~아버지께로 올 자가 없느니라 「시편」 145편 17절, 「베드로 전서」 5장 10절, 「요한복음」 14장 16절 등이 뒤섞여 있다.

768 **마침내 그가 땅 위에 서실 것이라** 「욥기」 19장 25절.

내가 믿는 자를 내가 알고 있습니다 「디모데 후서」 1장 12절.

769 **마켓 거리** 샌프란시스코 중심부를 가로지르는 대동맥과 같은 도로로 엠바카데로에서 카스트로 지역까지 일직선으로 뻗어 있다. 이 거리는 미국의 또 다른 자연주의 작가 프랭크 노리스의 『맥티그』(1899)의 지리적 배경이기도 하다.

'미국의 꿈'인가, '미국의 악몽'인가

김욱동(문학평론가)

1900년 1월 뉴욕의 이름난 출판사 더블데이 페이지는 뒷날 『맥티그』를 출간하여 미국의 자연주의 작가로 이름을 떨친 프랭크 노리스를 특별 편집인으로 고용했다. 그가 맡은 일은 출판사에 제출된 소설 원고를 읽고 출판 여부를 결정하는 것이었다. 이 일을 맡은 지 여섯 달쯤 지났을 무렵 그는 어느 무명작가가 쓴 장편 소설 원고를 읽게 되었다. 이 무명작가는 하퍼스 출판사에서 원고를 거절당한 뒤 더블데이 페이지 출판사에 제출했던 것이다. 이 작품을 읽고 깊은 감명을 받은 노리스는 출판사 사장 월터 페이지에게 이 소설을 출판할 것을 적극 추천했다. 마침 그의 동업자 프랭크 더블데이가 해외 출장 중이어서 페이지는 단독으로 무명작가와 계약을 맺었다. 물론 인쇄에 들어가기에 앞서 전문적인 편집자들을 동원하여 문제가 될 만한 부분을 뜯어 고치고 문법에 맞지 않는 문장이나 서툰 문장을 바로잡았다.

그러나 해외 출장에서 돌아온 더블데이는 그 작품의 교정쇄를 읽고 나서 적잖이 불만을 털어놓으며 이 책의 출판을 이 핑계 저 핑계로 계속 미루었다. 결국 작가가 출판 계약을 약속대로 지킬 것을 강력하게 주장하자 어쩔 수 없이 마지못해 출판에 응했다. 그러나 소설은 출판되었지만 출판사 측은 온갖 방법을 동원하여 10년이 지나도록 그 책이 시중에서 팔려 나가지 않도록 했다. 그리하여 이 소설은 초판으로 인쇄한 1,000여 부 가운데에서 500권도 채 팔리지 않았다. 이 작가가 미국의 대표적인 작가 중 한 사람으로 꼽히는 시어도어 드라이저고, 이 작품이 그의 첫 작품인 『시스터 캐리』다. 이 작품을 둘러싼 출판 비화는 이제 미국의 출판 문화를 보여 주는 고전적인 예가 되다시피 했다. 그러나 드라이저 문학의 금자탑이라고 할 『아메리카의 비극』은 비교적 쉽게 출간됐다. 미국 문단에서 그는 이미 소설가로서의 위치를 굳혔기 때문이다.

드라이저는 다른 작품처럼 『아메리카의 비극』에서도 실제 사건에서 작품의 실마리를 빌려 온다. 1906년 일어난 악명 높은 '질레트-브라운 사건'이 바로 그것이다. 1906년 7월 11일 뉴욕 주 북부 애디론댁산맥 빅무스 호수에 그레이스 브라운라는 젊은 여성이 뒤집힌 보트와 함께 시체로 발견됐다. 살인 사건의 혐의자로 곧 체스터 질레트가 체포되었지만 그는 그레이스가 자살한 것일 뿐 자신은 이 사건과 아무런 관계가 없다고 변명했다. 그러나 이듬해 3월 그는 재판에서 유죄 판결을 받고 전기의자에서 사형됐다. 일간신문에서 이 사건 기사를 읽은 드라이저는 신문에서 오린 기사를 몇 년 동안 간직하면서 이 사건을 토대로 작품을 쓰기로 결심했고, 마침내 출간된 작품이 바로 『아메리카의 비극』이다. 그는 심지어 실제 사건의 범행자 이름과 작품의 주인공 클라이드 그리피스의 이름 첫 글자를 'C'와 'G'로 동일하게 했을 정도다.

이 작품의 주제를 캐는 열쇠는 다름 아닌 '아메리카의 비극'이라는 제목에 들어 있다. 세계 어느 국가보다도 물질주의가 팽배해 있는 자본주의 국가 '아메리카'에서 일어나는 '비극'이라는 뜻이다. 이 작품의 주인공인 클라이드 그리피스는 가난한 개신교 전도사의 아들로 태어나 어려서부터 가치 박탈을 체험하며 자란다. 호텔 벨보이 등 여러 직업에 전전하다 그는 우연히 시카고에서 부자인 큰아버지를 만나면서 그의 도움으로 뉴욕주의 큰아버지 셔츠 칼라 공장에서 일하게 된다. 큰아버지 집안의 무관심과 사촌의 냉대 속에서 외로움을 느끼는 클라이드는 공장 여직공 로버타와 사귀면서 그녀를 임신시키기에 이른다. 한편 부호의 딸 손드라와 사귀면서 클라이드는 자신의 출세 가도에 걸림돌이 되는 로버타를 뱃놀이를 가장하여 호수로 유인해 살해하기에 이른다. 결국 그는 경찰에 체포되어 재판에서 유죄 판결을 받고 전기의자에서 사형을 받는다.

드라이저는 이 작품에서 그동안 미국인들이 소중하게 생각해 온 가치라고 할 '미국의 꿈(American Dream)'에 깊은 의문을 품는다. 17세기 초엽 미국 땅에 이주해 온 청교도들에게 신대륙은 아무런 간섭을 받지 않고 마음껏 하나님을 섬길 수 있는 신앙의 자유를 구가할 수 있는 곳이요, 구대륙의 전제주의와는 다른 자유의 나라요, 아직 파괴되지 않은 대자연에 대한 신비감과 더불어 땅을 개척하고 소유할 수 있는 가능성의 땅이었다. 그러나 시간이 지나면서 다분히 정신적이고 도덕적인 이상은 점차 물질적인 성공에 대한 신화로 바뀌었다. 특히 미국을 건국한 국부(國父) 중 한 사람인 벤저민 프랭클린은 아무리 신분이 비천하더라고 근면하고 성실하고 용기와 의지가 있으면 누구라도 미국에서는 물질적으로 성공할 수 있다는 생각을 널리 전파했다. 비록 흑수저로 태어났지만 열심히 노력하면 자신은 물론이고 자식들에게도 금수저를 물려줄 수 있다는 믿음이 미국을 발전시키는 원동력이 되었다. 수많은 이민자가 대서양과 태평양을 건너 '황금의 땅'이라는 미국에 건너간 것은 바로 그 때문이었다.

그러나 청교도들과 미국을 건국한 국부들이 가슴에 품은 '미국의 꿈'은 헛된 꿈이라는 사실이 조금씩 밝혀지기 시작했다. 더러 예외가 없는 것은 아니지만 미국 사회의 구조는 부(富)를 향유하는 사람들은 더욱 부를 향유할 수 있는 반면, 가난하게 태어난 사람은 계속 가난하게 살아갈 수밖에 없다는 것이 안타깝게도 어쩔 수 없는 현실이다. 자본주의가 발전에 발전을 거듭하면서 하류 계층 사람이 상류 계층에 편입한다는 것은 그야말로 한낱 '꿈'에 지나지 않았다. 빌 클린턴 정부 시절에는 노동부에서 수석 이코노미스트로 활동하고 버락 오바마 전 미국 대통령 행정부 출범 초기 재무부에서 차관보를 지냈으며 2011년부터 2013년까지 백악관 경제자문위원회(CEA) 위원장으로 일한 앨런 크루거 교수는 '위대한 개츠비 곡선'을 주장하여 관심을 끌었다. 세계적으로 손꼽히는 노동 경제학자 중 한 명인 그는 실업과 노동 시장에서 교육의 효과 문제를 주로 연구했다. '위대한 개츠비 곡선'이란 지니 계수가 커질수록, 즉 소득 불평등이 커지면 커질수록 세대 간 계층 이동성이 작아진다는 것을 보여 주는 곡선이다. 크루거가 F. 스콧 피츠제럴드의 소설을 이 곡선의 이름으로 삼은 것은 이러한 사회경제적 불평등이 주인공 개츠비에서 잘 드러나 있기 때문이다.

『아메리카의 비극』의 주인공 클라이드 그리피스는 여러모로 피츠제럴드의 주인공과 비슷하다. 흥미롭게도 이 두 소설은 1925년 같은 해에 출간됐다. 물론 그의 성격적 결함도 문제지만 클라이드는 미국 사회에서 물질적으로 성공하기에는 제약이 많다. 그가 태어난 가난한 집안도 그러하고, 미국의 경쟁 사회에 적응할 수 있도록 제대로 교육과 훈련을 받지 못한 것도 그러하다. 그가 상류 사회에 진입을 꿈꾸는 것은 마치 가난한 집에서 태어난 시골 아이가 대도시의 휘황찬란한 쇼윈도 안에 진열된 값비싼 물건을 바라보면서 간절하게 갖고 싶어 하는 것과 같다. 미국이 자본주의 사회로 발전하면서 '미국의 꿈'은 한낱 환상이거나 아예 '미국의 악몽'으로 변질됐다. 오죽하면 미국의 코미디언 조지 칼린이 "미국인의 꿈이라는 것을 믿기 위해서는 수면 상태에 있어야 한다"고 농담을 하겠는가?

드라이저는 이 작품에 등장하는 작중 인물들을 다양한 사회

계층에서 취해 온다. 다시 말해서 길거리 전도사와 시골 농부에서 사업가와 법조인에 이르기까지 인물의 스펙트럼이 무척 넓다. 한편 지리적 배경에서도 미국 동부에서 서부, 남부에서 북부 등 미국 전역을 포함하다시피 한다. 드라이저는 그만큼 이 작품을 한 개인의 일탈을 그린 소설이 아니라 20세기 초엽 미국 사회 전체를 보여 주는 거울로 생각했다. 비단 드라이저만이 아니고 적지 않은 미국 작가들이 그동안 '미국의 꿈'을 진단하는 책을 출간해 왔다. 예를 들어 존 스타인벡은 『생쥐와 인간』에서, 싱클레어 루이스는 『배빗』에서 이 꿈의 왜곡된 모습을 다루었다. 방금 앞에서 언급한 피츠제럴드는 『위대한 개츠비』에서 이 허황된 꿈을 좇다가 파멸한 인물을 그렸다. 아서 밀러의 희곡 작품 『세일즈맨의 죽음』도 마찬가지다. 그런가 하면 헌터 S. 톰슨은 논픽션 소설 『라스베이거스의 공포와 혐오』에서 이 꿈을 가로막는 정치 제도, 폭력, 탐욕, 무지, 부도덕한 애국심, 개인 소외, 풍토병 같은 악조건과 싸워야 했던 당시 미국 사회를 묘사했다.

그러나 자칫 놓치기 쉽지만 이 작품의 원래 제목은 'An American Tragedy'다. 부정관사 'a'에 주목해야 한다. '미국'이라는 국가에서 일어나는 여러 비참한 일 중에서 그 하나에 해당한다는 뜻이다. 미국이 안고 있는 비극에는 지나친 물질주의 추구 말고도 흑인이나 원주민 미국인을 둘러싼 인종 문제, 제국주의적 정책 같은 다른 문제들도 있다.

더구나 이 작품에서 드라이저가 그리는 '비극'은 단순히 미국에만 국한되지 않고 비록 정도의 차이는 있을망정 오대양 육대주의 모든 국가에도 마찬가지로 해당한다. 그렇다면 '아메리카'는 북아메리카 대륙에 위치한 국가를 포함한 모든 국가를 가리키는 제유적 표현일 뿐이다. 클라이드 그리피스의 비극은 곧 우리 모두의 슬픈 내면 풍경이요, 일그러진 자화상이다. 이 작품을 읽다 보면 여러모로 한국의 사회 현실을 들여다보는 것 같기도 하다.

한편 『아메리카의 비극』에서 드라이저는 19세기 말엽 프랭크 노리스가 미국 문학에 처음 세운 자연주의 전통의 바통을 이어받아 더욱 정교하게 다듬어 완성한다. 일찍이 저널리스트로 출발한 드라이저는 미국 사회의 누추한 모습을 샅샅이 들여다보면서 사회적 불평등을 비롯한 여러 어두운 현실을 직접 지켜봤다. 그는 미국 사회가 부를 향유하는 소수와 힘겹게 살아가는 대다수로 이루어져 있다는 사실을 깨닫고 깊은 절망감을 느꼈다. 국부들이 내세웠던 자유와 평등과 기회의 깃발은 시간이 지나면서 더욱 빛이 바랬기 때문이다.

『아메리카의 비극』은 자연주의 요소를 두루 갖추고 있다. 드라이저는 이 작품에서 환경과 유전, 본능에 지배받는 인간의 비극성을 설득력 있게 그린다. 생물학적 결정론과 사회경제적 결정론, 그리고 우연은 클라이드의 삶에 절대적인 영향을 끼친다. 클라이드와 로버타 같은 사회적 약자는 이 세상에 태어나기도 전에 이미 운명이 결정되었다. 그들에게는 자유의지를 행사하여 누추한 삶을 개선할 여지가 좀처럼 주어지지 않는다. 말하자면 그들의 삶은 거센 가을바람에 속절없이 이리저리 나부끼는 나뭇잎과 같다. 그래서 작가는 작중 인물들에게 어떤 도덕적 책임을 묻지 않는다. 한마디로 이 소설은 미국 문학사에서 『맥티그』와 함께 자연주의 문학의 기념비적 작품이요, 금자탑이라고 해도 조금도 틀리지 않는다.

　『아메리카의 비극』은 1920년대 두 차례 걸쳐 희곡으로 각색되어 무대에서 공연됐다. 패트릭 키어니가 1927년에 무대에 올렸고, 그 뒤 곧바로 독일 연출가 에르빈 피스카토르가 역시 무대에 올렸다. 한편 이 소설은 두 차례에 걸쳐 영화로 만들어져 큰 인기를 끌었다. 1931년 조세 폰 스턴버그 감독이 만든 〈아메리카의 비극〉과 1951년 조지 스티븐스 감독이 만든 〈젊은이의 양지(A Place in the Sun)〉가 그것이다. 첫 번째 작품에서는 필립스 홈스가 클라이드 역을 맡았고, 두 번째 작품에서는 몽고메리 클리프트가 클라이드, 엘리자베스 테일러가 손드라 역을 맡아 관객을 사로잡았다. 〈젊은이의 양지〉는 6개 부문에서 아카데미상을 받을 만큼 소설 못지않게 영상 미학으로도 크게 성공한 작품으로 평가받았다.

판본 소개

시어도어 드라이저가 『아메리카의 비극』을 처음 집필하기 시작한 것은 1920년 여름 로스앤젤레스에서였다. 그러나 1921년 6월 집필을 중단했다가 1923년 다시 집필을 시작했다. 이때 뉴욕에 머물던 그는 아내 헬런과 두 편집 비서 루이즈 캠벨(Louise Campbell)과 샐리 쿠셀(Sally Kusell)의 도움을 받았다. 이 작품은 1925년 12월 뉴욕에 기반을 둔 '보니 앤드 라이브라잇(Boni & Liveright)' 출판사가 2권 세트로 초판을 출간했다. 그 뒤 초판 텍스트의 오자와 탈자 등을 수정한 문고판이 2000년 '시그닛 클래식(Signet Classics)'에 의하여 출간되어 보급판으로 널리 읽혔다. 이 번역서에서는 가장 권위 있는 텍스트로 인정받는 2003년도판 '라이브러리 오브 아메리카(Library of America)'의 『아메리카의 비극』을 저본을 삼았다. 초판본을 저본으로 삼은 이 판본은 그동안 남아 있던 몇몇 오류를 바로잡았다. 편집자 토머스 리지오(Thomas P. Riggio)는 코네티컷대학교 영문학과 교수로 그동안 펜실베이니아대학교 출판부에서 출간해 온 '드라이저 전집'의 편집 책임자였다.

시어도어 드라이저 연보

1871   8월 27일 인디애나주 테러호트에서 독일계 이민자 가정에서 13명 중 열두 번째 아이로 태어남 (본명은 '시어도어 허먼 앨버트 드라이저').

1877~1878   세인트베네딕트가톨릭학교 입학. 수업은 주로 독일어로 진행되었음.

1885~1886   센트럴고등학교 8학교에 진학. 이 학교의 교사 밀드리드 필딩이 드라이저에게 사회적으로 열등한 가정 환경을 극복할 수 있는 잠재력이 있다고 격려해 줌.

1887   시카고로 이주하여 식당에서 접시닦이 등 막노동에 종사함.

1889   고등학교 스승 밀드리드 필딩의 도움으로 인디애나대학교에 진학하지만 적응하지 못하고 1년 뒤 중퇴함.

1891   다시 시카고에서 세탁소 배달원으로 일함.

1892   「시카고 데일리 글로브」 기자로 저널리즘에 종사하기 시작함. 곧 미주리주의 「세인트루이스 글로브-데모크래트」와 「세인트루이스 리퍼블릭」으로 자리를 옮김.

1894   오하이오주 「톨리도 블레이드」에서 근무하던 중 편집자 아서 헨리와 친분을 맺음. 뉴욕주로 이주함.

1895   브로드웨이 쇼맨이자 가수로 성공한 형 폴 드레서가 운영하는 악보

출판사에서 간행하던 잡지 「에브리 먼스」를 편집함.

1898 미주리주의 교사 세러 화이트와 5년 구애 끝에 결혼함.

1899 아서 헨리의 권유로 소설 『시스터 캐리(*Sister Carrie*)』를 집필하기 시작함.

1900 소설 『시스터 캐리』 출간. 그러나 출판사 사장 프랭크 더블데이가 판매에 소극적인 태도를 취함.

1906 형 폴이 심장 마비로 갑자기 사망함.

1907~1910 버터릭출판사에서 편집장으로 근무함.

1908 비평가 H. L. 멩큰을 만나 친교를 맺기 시작함.

1911 영국과 프랑스를 방문. 소설 『제니 게르하르트(*Jennie Gerhardt*)』 출간.

1912 미국의 재벌 찰스 여키스를 모델로 한 '욕망 3부작' 중 첫 작품 『자본가(*The Financier*)』 출간.

1914 시카고에서 다시 뉴욕 그리니치 빌리지로 이주함. '욕망 3부작' 중 두 번째 작품인 소설 『거인(*The Titan*)』 출간. 아내 새러와 별거에 들어감.

1918 단편집 『자유 및 기타 단편(*Free and Other Stories*)』 출간.

1919 인물 평전 『열두 명의 남자(*Twelve Men*)』 출간.

1922 자서전 『나 자신에 관한 책(*A Book About Myself*)』 출간.

1923 논픽션 『한 위대한 도시의 색깔(*The Color of a Great City*)』 출간.

1925 소설 『아메리카의 비극(*An American Tragedy*)』 출간.

1927 소설 『사슬(*Chains*)』 출간.

1927~1928 소비에트를 방문함.

1928 소비에트 기행기 『드라이저 러시아를 바라보다(*Dreiser Looks at Russia*)』 출간.

1929 논픽션 『여자들의 무리(*A Gallery of Women*)』 출간.

1931 소설 『새벽(*Dawn*)』 출간.

1935 기관지염과 우울증에 시달림.

1941 평론집 『미국은 구제할 가치가 있다(*America Is Worth Saving*)』 출간.

1945 미국 공산당에 입당함. 12월 29일 캘리포니아주 할리우드에서 심장 마비로 사망함.

1946 소설 『성채(*The Bulwark*)』 출간(이 소설은 1914년 집필을 시작했음).

1947 '욕망 3부작' 중 마지막 작품 『금욕주의자(*The Stoic*)』 출간(이 소설은 사망 직전인 1945년에 집필을 마쳤음).

새롭게 을유세계문학전집을 펴내며

을유문화사는 이미 지난 1959년부터 국내 최초로 세계문학전집을 출간한 바 있습니다. 이번에 을유세계문학전집을 완전히 새롭게 마련하게 된 것은 우리가 직면한 문화적 상황에 적극적으로 대응하기 위해서입니다. 새로운 을유세계문학전집은 세계문학의 역할이 그 어느 때보다 중요해졌다는 인식에서 출발했습니다. 오늘날 세계에서 타자에 대한 이해는 우리의 안전과 행복에 직결되고 있습니다. 세계문학은 지구상의 다양한 문화들이 평등하게 소통하고, 이질적인 구성원들이 평화롭게 공존할 수 있는 문화적인 힘을 길러 줍니다.

을유세계문학전집은 세계문학을 통해 우리가 이런 힘을 길러 나가야 한다는 믿음으로 만들어졌습니다. 지난 5년간 이를 준비하기 위해 많은 노력을 기울였습니다. 세계 각국의 다양한 삶의 방식과 문화적 성취가 살아 있는 작품들, 새로운 번역이 필요한 고전들과 새롭게 소개해야 할 우리 시대의 작품들을 선정했습니다. 우리나라 최고의 역자들이 이들 작품 속 한 문장 한 문장의 숨결을 생생히 전하기 위해 심혈을 기울였습니다. 또한 역자들은 단순히 번역만 한 것이 아니라 다른 작품의 번역을 꼼꼼히 검토해 주었습니다. 을유세계문학전집은 번역된 작품 하나하나가 정본(定本)으로 인정받고 대우받을 수 있도록 최선을 다했습니다. 세계문학이 여러 경계를 넘어 우리 사회 안에서 주어진 소임을 하게 되기를 바라며 을유세계문학전집을 내놓습니다.

을유세계문학전집 편집위원단(가나다 순)
김월회(서울대 중문과 교수)
김헌(서울대 인문학연구원 교수)
박종소(서울대 노문과 교수)
손영주(서울대 영문과 교수)
신정환(한국외대 스페인어통번역학과 교수)
정지용(성균관대 프랑스어문학과 교수)
최윤영(서울대 독문과 교수)

을유세계문학전집

을유세계문학전집은 계속 출간됩니다.

을유세계문학전집 연표